U0828595

Traditional poetry

近百年传统诗词高峰论坛论文集

主　编　赵松元
副主编　殷学国　陈　伟

暨南大學出版社
JINAN UNIVERSITY PRESS

中国·广州

图书在版编目（CIP）数据

近百年传统诗词高峰论坛论文集/赵松元主编；殷学国，陈伟副主编．—广州：暨南大学出版社，2015.12

ISBN 978-7-5668-1550-7

Ⅰ．①近…　Ⅱ．①赵…②殷…③陈…　Ⅲ．①古典诗歌—诗词研究—中国—文集

Ⅳ．①I207.2-53

中国版本图书馆 CIP 数据核字（2015）第 155558 号

出版发行：暨南大学出版社

地　址：中国广州暨南大学
电　话：总编室（8620）85221601
营销部（8620）85225284　85228291　85228292（邮购）
传　真：（8620）85221583（办公室）　85223774（营销部）
邮　编：510630
网　址：http：//www.jnupress.com　http：//press.jnu.edu.cn

排　版：广州市天河星辰文化发展部照排中心
印　刷：佛山市浩文彩色印刷有限公司

开　本：787mm×1092mm　1/16
印　张：25.25
字　数：650 千
版　次：2015 年 12 月第 1 版
印　次：2015 年 12 月第 1 次

定　价：59.80 元

（暨大版图书如有印装质量问题，请与出版社总编室联系调换）

近百年传统诗词高峰论坛答谢辞（代序）

尊敬的各位领导、各位来宾、各位诗人、学者：

近百年传统诗词高峰论坛就要闭幕了，我心中涌起万千感慨，既感到高兴，感到兴奋，又有几分忐忑，几分不安。

孔子说，有朋自远方来，不亦说乎！这次论坛，由韩山师范学院与中华诗教学会、持社以及北京大学文化资源研究中心联合主办，得到了来自北京、上海、广州、香港、深圳、成都、重庆、合肥、南昌、长沙、惠州、潮州等地的诗人词客和专家学者的鼎力支持，可谓少长咸集，群贤毕至。龚鹏程教授因故不能出席，特别寄来了贺信。国务院参事室中华诗词研究院蔡世平副院长专程从北京赶来参会。论坛共收到论文 32 篇，诗词作品近 800 首。与会专家既是能作学术研究撰写论文的诗人，又是擅长诗词创作才调风流的学者。这使我们这次论坛诗文并俱，特色鲜明。几天来，大家就近百年名家诗词研究、当代诗词生态研究、诗教与大学诗教以及近百年诗词名家之创作等几个方面的问题展开了深入探讨，进行了广泛的对话与交流。与会者大都是当今各界的精英、一流的诗人。不同的见地在这里碰撞，火花四溅；不同的才情在这里展现，魅力四射。星光璀璨，风云际会，共同成就了当代诗词学术文化的一场盛宴。我们相信，这次论坛必将有力推进近百年传统诗词的研究，并对当代诗词创作的繁荣产生积极的影响。

韩山师范学院向称“千年学府，百年师范”，自 1903 年由韩山书院改制为“惠潮嘉师范学堂”迄今，师范教育已有 110 周年，是一所历史悠久、积淀深厚的师范学院。在这所薪火相传、弦歌不辍的百年老校，开展诗教有着得天独厚的条件。我曾在《最是山花烂漫时——中文系学生优秀文学作品选集》的序言中写过这么一段话：

在中国的版图上，以韩愈之姓为名的山，恐怕只有潮州的韩山；在中国的高校中，以与韩愈关系密切的一座山来命名的，应该只有韩山师范学院了。这座百年学府不仅以韩山命名，而且怀抱于这青翠的山中。这座山，依偎着碧波荡漾的韩江，形如笔架，树木葱茏，朝岚夕晖，风景秀美。独特的形貌、美丽的风景又浸染着深厚的历史人文气息，最能陶冶性情，触发灵思。自晚清以来，就有许多诗人、学者与这座山，与这座学府有着血脉相连的关系：100 年前，近代诗坛寇杰丘逢甲在这座山中生活过；70 多年前，20 世纪词学大师、著名词人詹安泰在这里生活过；还健在的国际汉学大师、学艺双修、诗词妙绝的饶宗颐教授青年时期从这里走上杏坛，留下了动人的故事……

100 多年来，许多杰出校友为韩山师范学院的诗教创造了优良的人文传统。换言之，正是有百年学府深厚人文传统的滋养，依托韩山韩水优美环境的熏染，韩山师范学院的诗教才拥有了深厚的底蕴和得天独厚的人文条件。由此，我们顺应当代教育教学改革的发展，结合着潮州地域文化的特色，在近20多年的本科教育过程中，逐步形成了以诗教和书教为核心的人才培养特色，并在教育教学改革和质量工程建设中取得了令人瞩目的成绩，为粤东以及岭南地区经济文化建设尤其是教育事业的发展，作出了较大的贡献。在全国高等学校的版图上，作为广东省属的一所全日制本科师范学校，韩山师范学院并不起眼，无论学科专业建设还是办学条件，与“211”“985”高校根本无法相比，但我们的大学诗教却引起诗界和学界的关注与重视，得到了上级机关和社会的肯定与认可，得到了很多专家学者、诗人词家的高度评价。2012年11月，华东师范大学胡晓明教授应邀莅临韩山师范学院中文系讲学，返回上海后，特写了一封信，其中有这么一段话：

在韩江之畔，笔架山下，古城的茶烟缭绕之中，你们营造了一个非常好的小环境。领导用心，上下和谐，同事相敬相亲，师生精神交流。这不是所有的中文系能做得到的。山不在高，有仙则灵，中文系不在老，有文则灵。在课题优先，功利至上，师生隔谟，精神萎谢的当今大学体制与生态里，你们却有其乐融融的文化生活，即诗词写作，有共同的目标即饶学研究，爱学生、爱诗书、爱乡土，一草一木皆有情，充满真正的大学人文之尊严与美的享受。这是我最有感受的事，其实也是我最向往的大学校园了。

然而，我们深知，作为二本高校，我们的办学水平还有待提高，尤其是学科建设亟待加强。韩山师范学院远离政治经济文化中心，如果不能突破这种地域的局限，就势必会严重影响教育教学与学术研究的发展。因此，我们一直在积极寻求突破地域局限谋求更快更好的发展途径。那么，送出去，请进来，以加强学术交流，就是我们必须采取的一种策略和姿态。所谓“送出去”，就是鼓励和支持教师外出学习和交流。所谓“请进来”，就是邀请海内外的知名学者到韩山师范学院来讲学和指导，并积极主办或承办高层次的学术研讨会。我和同仁们认为，只有这样，我们的专业和学科建设才能得到海内外学者的关心和支持，并因此而一步一个脚印地迈上新的台阶。所以近几年来，我们主办、承办或协办了6次高规格的学术会议。特别是这一次，我们得到了中华诗教学会会长陈永正教授、常务副会长张海鸥教授、北京大学文化资源中心主任龚鹏程教授、安徽社科院文学研究所研究员刘梦芙先生以及持社社长杨启宇先生、副社长段晓华教授、《爽籁》主编熊盛元先生等知名学者、诗人的大力支持，得以联手打造了这一规模不大但层次颇高的近百年传统诗词高峰论坛。我们中文系的教师们得到了向海内外优秀学者和诗词家进行讨教学习的宝贵机会，诗歌创研中心的同仁们也得以与各位学者、诗人切磋琢磨，眼界大开，受益匪浅；中文系学生有约800人次有机会参与了内容丰厚的学术盛宴，领略了海内外学术名家的风采，接触到了最前沿的学术成果，学到了在书本上学不到的学术文化知识，得到了最好的诗词学术文化的熏陶。可以预期，这一次诗词学术盛会，将会给我们正在开展的诗书教育和中文系的专业学科建设，带来积极的深远的影响。

《楚辞》云：“乐莫乐兮新相知。”通过这次论坛，我们不仅与许多老朋友重逢相聚，而且结识了许多新朋友。可惜的是时间太短，过得太快。仅仅三四天时间，我们的快乐体验才刚刚开始，诗人们、学者们、朋友们就要离开潮州，星散四面八方。此时此刻，我心中涌起一种复杂难言的情绪，感激中有不舍，不舍中有感激。我谨代表韩山师范学院中文系全体师生，向各位诗家学者，表达崇高的敬意和衷心的感谢！同时，我和同仁们也热切希望，从今往后，韩山师范学院中文系能够进一步与中华诗教学会、与持社、与诸位专家学者形成久远而深厚的友谊，能够得到大家的关心与支持。由于水平有限，此次会议的安排和接待肯定有许多不尽如人意的地方，在此，特敬请各位诗人学者多多包涵。但不管怎样，我们一如既往地欢迎各位专家学者再来潮州，再来韩山！杜甫诗云："何时一樽酒，重与细论文。"韩山苍苍，韩水悠悠，我们真诚地盼望在韩江之滨、韩山之中再与各位专家学者各位诗人骚客各位酒友举酒论文，痛饮狂歌。

最后，祝各位专家学者诗人词家六时吉祥，幸福安康！

谢谢！

赵松元

2013 年 11 月 10 日

目 录

— CONTENTS —

第三部分　诗教与大学诗教

第四部分　其他文稿

第一部分

近百年名家诗词研究

近百年名家旧体诗词及其流变研究[①]

刘梦芙

《近百年名家旧体诗词及其流变研究》属于国家社会科学基金项目，2005 年经全国哲学社会科学规划办公室批准立项（批准号：05BZW046）。在承担项目期间，笔者因主编并校勘“二十世纪诗词文献丛书”数十种，耗费大量时间与心力，此项目两次申请延期，至 2010 年 12 月方告完成，2011 年经主管部门批准结项，颁发证书（证书号：20110725）。按原定规划，阶段成果《二钱（钱仲联、钱锺书）诗学之研究》共 31 万字，2007 年完成，当年 12 月由黄山书社出版，被列为“安徽师范大学中国诗学研究中心学术丛书”，并于 2010 年获安徽省社会科学优秀成果二等奖。本书为最终成果，初稿共 90 万字，远远超过预定的规模（60 万字），批准结项后加以修订，删去本课题立项前已经发表的前期成果近 30 万字，补入近两年新写文稿，全书约 72 万字。书中文稿，除数篇作为笔者主编“二十世纪诗词名家别集丛书”的前言在黄山书社出版外，绝大部分皆未曾发表。以下对该项目研究的意义与本书主要内容、学术观念及撰写历程作具体介绍，谬误之处，敬祈读者诸君批评指正。

一、项目研究之目的和意义

20 世纪初叶，“五四”新文化运动批判以孔子为代表的儒家文化，传统诗词成为“文学革命”的对象，产生了白话新诗，但旧体诗词的传承与创作并未因此中断。民国期间名家辈出，新中国成立后，诗词虽一度沉寂，但“文革”后迅即复苏并走向兴盛。自甲午战争（1894）、“庚子事变”（1900）至“文革”（1976）结束，我国内忧外患极为深重，“拨乱反正”后转入改革开放时期，政局安定，经济繁荣。百年间中国现代化的进程艰难曲折，中西文化从激烈碰撞到交流融合，社会环境和思想意识都发生了巨大变化，对文学产生了重大而深刻的影响。生活在 20 世纪的诗人词家，心忧邦国，情系苍生，以传统诗词反映风云变幻的时代，不仅其作品之题材与内容迥异于古，多有革新；同时在诗词的表现手法和由此形成的艺术风格、境界方面，也有更多的开拓与创造，其总体成就非但足以媲美古代，且骎骎有超越之势。规模宏大的创作群体，数量极为丰富、文质兼美的诗篇，

---

① 此文为刘梦芙《近百年名家旧体诗词及其流变研究》前言。2013 年 5 月，岁次癸巳，写于淝滨寓居。

以及同步产生的诗学、词学理论，展现出传统文学在西化浪潮中坚强屹立的民族精神气质，诸多优秀诗词家的思想品格与精美的诗词艺术一体浑成，达到极高的境界，理当引起学术界的高度重视。笔者作为项目负责人，选取百年诗词尤其是众多名家的精品力作进行研究，力图对此作历史性的清理与评判，为中国现当代文学史、诗歌史乃至学术史、思想史补写不可缺少的新篇章，为建设现当代诗词研究的新学科作出贡献。

20 世纪 90 年代学界与民间兴起的“文化热”“国学热”，二十年来蓬勃发展，持续不衰，受到政府高层的重视。重振国学，对于认识传统文化的价值，恢复民族自信心，建设民族精神家园，增强我国在全球文化竞争中的软实力，都具有至关重要的意义。《国家“十一五”时期文化发展纲要》赋予传统文化以崇高的地位，要求在社会上广泛开展吟诵古典诗文、传习传统技艺等优秀文化普及活动，加强对重要文化遗产的保护。古典诗词属于国学即传统文化的一个重要组成部分，蕴含着中华民族的人文精神，具有融情感之真、品德之善与艺术之美于一体的永恒价值。历代诗人、词家留下无数精品，现当代诸多国学大师和名家创作的诗词，同样具有珍贵的价值。当今诗词社团遍布全国，互联网上涌现出许多中青年作者，创作队伍不断壮大，这些都属于国学运动的一个方面。传统诗词出于知识精英之手，又为民间广大的作者和读者群体所喜爱，富有民族作风与气派的诗歌体式得以广泛流传，深入人心，这是欧化新诗和“俗”文化、快餐文化所难以取代的。总之，继承和弘扬优秀的传统文化，建设中华民族共有的精神家园，已成为全社会的共识；诗词当在中华民族伟大复兴的进程中增辉溢彩。在此前提下，系统深入地研究近百年诗词及其相关理论，明察诗词千古以来持续不断的渊源流变，昭示现当代老辈名家的思想品格与诗词创作的艺术规律，以为 21 世纪诗词创作之借鉴，具有继往开来的意义和拓荒性的学术价值。

二、研究成果的主要内容和基本观点

本书由四个部分组成。第一部分综合性论述为“近百年诗词概论”，论述晚清（近代）及“五四”后现当代诗词的发展历程与重大成就，重点揭示近百年诗词名家的爱国情怀、忧患意识、自由思想、独立精神与终极关怀，阐析“五四”以来对传统文化的继承与创新，略论艺术风格的流变，总结研讨近百年名家诗词的多方面意义。本文鸟瞰百年诗词全局，有涵盖全书、提纲挈领的作用，笔者的主要观点融贯于本书其他作家分论之中。第二部分为“现当代名家诗词分论”，是本书的主要部分，由两大类文章组成：（一）现当代文学家旧体诗分论。分别论述陈独秀、鲁迅、胡适、郁达夫、俞平伯、施蛰存诸家诗，对沈尹默、刘大白、闻一多、王统照、老舍、叶圣陶、田汉、朱自清八家诗只作简要论述，论诗时结合诗人的诗学理论加以阐析，对胡适“文学革命”的主张提出批评。（二）“学衡派”学人之诗。分论吴宓、胡先骕、柳诒徵、吴芳吉、邵祖平、徐震堮诸家之诗（含词），以其诗学理论、文学批评与新文化派的主张互为比勘，阐明“学衡派”在继承传统的基础上创新、在文化上挺立主体并融通西学，实为中正之道。第三部分为各具风采的现当代名家诗词，分论晚清桐城三家（方守彝、姚永朴、姚永概）诗以及陈匪石、夏承焘、唐圭璋、陈小翠、徐澄宇、陈家庆、潘伯鹰、孔凡章诸家诗词，阐析诗人词家的思想品质、作品内涵与艺术特色，印证其诗学、词学理论，重点揭示他们的爱国精神、崇高人格及艺术创新，为当今诗词树立楷范。第四部分为“当代诗词的发展历程、创作成就与存在问题”，属于综合性论述，若干论断与开篇“近百年诗词概论”有所重复，故作为附录，首尾互为照应。相同之处是二者均述及当代（新中国成立后）诗词历程和一些评价诗词的观点；不同之处是前者指出当今诗词存在的种种问题，并提出解决的方法，阐明正确的方向。全书的结构是综论—作家作品分论—综论；分论各篇既独立成章，在思路和学理上又互有联系，重点彰显诗词名家各自的创作成就，从中可见名家作品在精神气质和艺术风格方面通贯古今、因时而异的渊源流变。以上为本书的主要内容。

本书之论述，融贯以下基本观点：

（1）传统诗词是富有中华民族文学特色且品位高雅的艺术形式，为国学之英华。它与时代同步更新、发展，生命力极强。“五四”新文化运动之后，白话新诗未能取代传统诗词，“文革”也未能摧毁诗词深植于国人心里的根基，民国以来众多名家的创作成就和“拨乱反正”后诗词兴盛的事实均足以证明。用二元对立的思维方式割裂传统，贬抑旧体诗词，这种文化虚无主义的错误亟须大力纠正。

（2）近百年诗词以知识精英为创作队伍的主力，其中多有学贯中西的一代宗师与国学大家，他们是当今人文与社会科学的重点研究对象。诗词是言志抒情的艺术，在表现作家心灵世界的同时反映社会现实，通过作品来探讨作家的人生历程和思想品格，以诗证史，以史为鉴，可知文化之兴衰，与国家、民族的命运关系紧密。

（3）孔子开创的儒家思想在中华文化中最具代表性，对历代政治精英、知识精英和广大民众都有深刻而持久的影响。近百年诗词名家的爱国情怀、忧患意识以及天人合一的理念、天下为公的理想大多来源于儒家经典，其崇高品格、卓荦风骨亦多由儒学陶冶而成。同时，他们汲取新知，中西融合，既能继承传统的人文精神，又具有现代知识人士思想自由、人格独立的特点，不激不随，行中正之道。其诗词作品的主旋律是抗敌救亡、护持民族文化，批判政治专制与社会不良风气，呼吁民主自由、公平正义与世界和平，建设文明富强的祖国。

（4）近百年名家诗词既能表现诗人、词人丰富的情感，又蕴含多方面的学问，风格高华典雅，意境博大深沉，在继承的基础上颇有创新，形成异彩纷呈的流派，其总体成就足以媲美唐宋，甚至超越古人。

（5）现当代诗词的内容、格调、技巧、意境、流派形成、作家成分等与古人诗词有异，尤其写古人笔下所无的题材，风貌多新，往往后胜于前。但形式上的新与旧、风格的通俗与典雅，并非评判作品质量的绝对标准，唯有真、善、美高度统一的精品，方具有永恒的价值，其中“善”是核心因素。而诗品、词品取决于人品，立德重于立言，因此评价作品，必须考察作家之人生事迹，观其言复观其行，德艺双馨，方能树立楷范。

（6）前辈名家多为学者，创作诗词，兼为论著，其诗论、词论多有高见卓识，与创作相辅相成。通过梳理阐发，对当今的诗歌创作具有指导意义。

（7）近百年来的现当代诗词上承古代下及近代，是中国自《诗经》以来三千多年诗词史发展到20世纪的一个重要环节，不但未曾中断，而且正在延续，理当对此进行全面深入的研究，补写现当代文学史、诗歌史。

三、从事近百年诗词研究的经历与成果

笔者在申报本项目之前，已有近四十年的诗词习作体验与二十多年的现当代诗词文献积累及研究经历。笔者出生于知识分子家庭，故乡在皖鄂交界的大别山深处，环境偏僻贫困，祖上历代以耕读传家，曾祖、祖父在晚清参加科举考试，皆取得功名。父亲讳凤梧（1894—1974），毕业于安徽大学文学院，曾任安徽省教育厅视导及省城（安庆）多所高级中学国文教师，1949 年退休归里，新中国成立后，受聘为安徽省文史研究馆馆员。家父国学造诣深厚，博通经史，诗词创作成就颇高，遗著《蕉雨轩诗钞》《绿波词》《病蛩吟草》《劫灰集》等，存诗词数千首，已由黄山书社于2012 年结集出版。我在童年期间，父亲就教读唐诗、古文，幼小的心灵饱受古典文学甘泉的滋润。“文革”祸起，家藏典籍全遭焚毁，父亲在“打倒”之列。我读初中未卒业就被学校斥令回乡，参加艰苦的体力劳动。在无书可读、心情极为苦闷之时，开始习作旧体诗词聊以消遣，承卧病在床的父亲精心批改，严格要求，得以通晓格律声韵、章句技法，打下一定的基础。家中的书籍包括历代诗文集虽被烧光，但事先略知“扫四旧”的信息，藏匿了父亲的诗稿，它成为我在月黑灯昏之夜吟诵与习作的唯一范本，父亲苍凉沉郁的诗风，给我以深刻的影响。

“拨乱反正”后，我被聘为乡中学教师，自学大学文科课程，同时购买大量诗学、词学书籍，潜心研读。恰逢 20 世纪 80 年代初诗词复兴，报刊纷出，因以习作投寄，时有发表。但深感环境闭塞，学识浅陋，便以信函向海内外知名的前辈诗人学者求教，并在假期外出参加各种诗词活动和学术研讨会。二十余年来，转益多师，缪钺、施蛰存、宛敏灏、钱仲联、胡国瑞、周振甫、程千帆、张珍怀、饶宗颐、罗忼烈、吴孟复、霍松林、叶嘉莹、刘世南、彭靖、李汝伦诸先生都曾寄赠其学术著作与诗词集，来函以谆谆教诲；而中央文史研究馆孔凡章先生在诗词创作方面指导尤多，批改极严。20 世纪 90 年代我参加一系列全国诗词大赛，获一、二、三等奖共十多次，因而被中华诗词社借调至北京，任责任编辑。期满后被推荐调入安徽省社会科学院，从事近现代诗词的专业研究。这一人生命运的转折，是与诸多前辈的关爱和栽培分不开的。

当今学术界研究诗词，大多集中于古代，而近百年诗词极少有人着手。治晚清以至民国初期之诗，毕竟还有几位前辈学者取得可观的成果（如汪辟疆、钱基博、胡先骕、钱仲联诸先生），但对“五四”以后大规模存在而且不断产生的现当代诗词，却视同已陈刍狗，加以“封建骸骨”的恶谥，治新文学者甚至撰文公开反对将现代诗词写入文学史。这明显是受新文化运动激进主义与新中国成立后极“左”思潮的影响，其特征是采用二元对抗的思维方式，割裂传统与现代、“旧”与“新”之间的有机联系，凡“立新”必以“破旧”为代价，给我国几千年文化的传承造成巨大的损失，“代沟”迄今尚未填平。除观念上的误区有待澄清外，还有一个研究能力的问题。百年来教育与科研体制或学欧美，或仿苏俄，中国传统学术全遭解构，文、史、哲各自独立，隔阂不通。所谓“诗学”，指专门研究诗歌的学问，其中又有古今新旧之分，互不相涉，有些学者、诗歌评论家未必是诗人。但在我国古代，诗歌创作与理论密不可分，“诗学”“词学”指与诗词有关的学养、技艺，当然也包括笺释、考证和鉴赏批评，大量的诗话、词话与文论从诵读、创作诗词的

深刻体验中产生，能切实有力地指导和推动创作，很少有不能作诗填词的空头理论家。因此古代诗论，实为一个创作学的体系，而脱离实践的空论，诗人们不屑一顾。王国维、吴梅、刘永济、陈寅恪、顾随、夏承焘、龙榆生、詹安泰、缪钺、钱仲联、钱锺书、沈祖棻、程千帆、饶宗颐等老一辈学者，继承了古人学术研究与创作实践相结合的优良传统，在研究诗词的同时不辍吟咏，是学者，也是诗人、词人，其造诣之高，是今日专治诗学理论却不事创作的后辈甚难企及的，试取其著作，一较可知。中青年学者往往以西方文学、美学理论与框架硬套中国诗词，片面求新，不惜削足适履；严重缺乏诗词与文言文写作的基本功，不知声韵格律、不谙典故辞章，所谓专著亦成空中楼阁，甚至硬伤累累，触目皆是，刘世南先生曾对此现象多次提出严肃的批评。如此“研究”，不能从活生生的创作实际中汲取真知，郢书燕说式的理论也难以为今日广大诗词作者所接受，起不到指导作用，不过是学术圈子内猎学位、评职称的工具而已。有鉴于此，本书一方面批评新文化派对传统诗词的批判造成的错误，正本清源；另一方面阐析老辈名家的诗论、词论，与其诗作互为观照，力图承续中断的诗学传统。而因水平所限，学力不足，未能达到希冀的目的，或有谬误，则是另一个问题，与研究方法无多大关系。

在中学任教期间，笔者撰写现当代诗词研究论文多篇及《冷翠轩词话》，共二十余万言，分别发表于《词学》、《中国韵文学刊》、《晋阳学刊》、《中华诗词》、《当代诗词》、广州《诗词报》、香港《大公报·艺林》及多种省级诗词学会期刊，并写数十篇赏析短文，被收入各种诗词鉴赏辞典。调入省社科院后，有充分的写作时间，笔者认为近百年诗词目前罕有研究，在现当代文学史、学术史上是一片巨大的空白，因而以此为探讨的重点，试图开荒拓壤。十多年来，陆续写出两百多万字文章，发表于《钱锺书研究集刊》第一、二、三辑，新加坡南洋理工大学《语言文化学报》，以及《华学》《中国诗学》《中国诗歌研究》《词学》《中国韵文学刊》《中华诗词》《中国诗歌研究动态》《古籍研究》《孔子研究》《学术界》《光明日报》《中华读书报》《博览群书》《诗词丛刊》《诗词界》《诗词学》《饶宗颐研究》《新文学评论》等多种期刊学报，并被收入多种国际学术研讨会论文集。其中《“二钱”与〈人境庐诗〉》一文被《新华文摘》（2005 年第 13 期）转载，《诗词的青春美》被选入《中国诗词年鉴》（中华书局 2012 年版），学术观点在《文艺报》（2009 年 11 月 24 日）、《人民日报（海外）》（2009 年 11 月 28 日）整版报道中多处采用。论文结集为《二十世纪名家词述评》（安徽文艺出版社 2006 年版）、《近现代诗词论丛》（学苑出版社 2007 年版）、《二钱诗学之研究》（黄山书社 2007 年版），与人合著《选堂诗词论稿》（黄山书社 2009 年版），诸书论及近现代诗词名家数十人，是为本项目的前期成果。另有《啸云楼诗词论丛》一百多万言，目前出版社正在排印中。

在从事理论研究的同时，笔者致力于近百年诗词文献的整理、编辑工作，先后出版《20 世纪中华词选》（上、中、下三册，166 万字，选入词人 838 家，词 7 000 余首，重点采录大家名手的精品，兼取一般作者的佳篇，并附大量集评，全面展示 20 世纪词作的丰硕成果，黄山书社 2008 年版）、《中国现代词选》（收入《中华诗词文库》，中国文联出版社 2011 年版）。2008 年，开始主编并校勘“20 世纪诗词文献汇编·文论”“二十世纪诗词名家别集丛书”“当代诗词家别集丛书”“安徽近百年诗词名家别集丛书”等各类丛书共 60 余种，由黄山书社、巴蜀书社陆续印行，迄今已出版 50 余种。丛书为近百年诗词研究提供基础性文献，学者马大勇在《文学评论》发表论文，认为诸书质量“堪称典范”。此外，笔者著有《唐诗百首》《宋词百首》《山水诗百首》三本古典诗词注评，安徽文艺出版社初版后再版，是为学术研究面向社会的普及工作。

如前所述，近百年尤其是“五四”以后的诗词在当今学界很少有人研究，课题本身既是拓荒也是创新。具体而言，本书开篇的概论及附录之文，梳理近百年诗词的历史进程，总结“五四”以来诗词的重大成就，纠正现当代诗坛唯有白话新诗的偏见，这是发人所未发的学术工作。重点论述多位名家的作品，一种是在前人研究的基础上再加辨析，澄清若干认识误区，提出新的见解，例如论陈独秀、鲁迅、胡适之诗；另一种则是论述众多无人系统研究的名家作品，例如新文学家俞平伯、施蛰存，“学衡派”诗人吴宓、胡先骕、柳诒徵、邵祖平、徐震堮，晚清桐城诗人方守彝、姚永朴、姚永概，其他名家如陈匪石、唐圭璋、陈小翠、徐澄宇、陈家庆、潘伯鹰、孔凡章等，皆有全面阐析的专论；有些名家如郁达夫、吴芳吉、夏承焘，或已有零星的评论，或各地开过专题研讨会，但笔者主要是通过研读文本得出自己的观点。可以说这一类无人研究或少有全面研究的作家作品，对此进行探索研究，属于独立意义上的学术创新。书中对激进主义、全盘西化派多有批评和驳论，立足于史实与学理，目的是正本清源，消除流弊，恢复现当代诗词应有的历史地位，这在观念上属于“返本开新”，也是一种思想解放。

课题负责人前期成果（已发表的论文和已出版的学术著作），承缪钺、钱仲联、饶宗颐、霍松林、刘世南、叶嘉莹等前辈名家，以及龚鹏程、胡晓明、赵敏俐、周秦、钱念孙等知名学者之嘉勉，或写书评，或为论著作序，兹不具引。

四、存在的不足和尚需深入研究的问题

负责人从事本课题的前期准备和研究工作，已历二十余年，付出大量心力，孤行冥索，深感艰辛。首先，是文献资料收集的困难，许多诗词家的专集或庋藏于各地图书馆，或分散于民间，以个人微力难得其全。其次，课题时间有限制，多位名家如陈三立、郑孝胥、沈曾植、陈衍、丘逢甲、王闿运、樊增祥、陈曾寿、俞明震、杨圻、康有为、梁启超、王鹏运、朱祖谋、郑文焯、况周颐、赵熙、张尔田、黄人、黄节、黄侃、王国维、金天羽、马一浮、刘永济、刘师培、吴梅、汪辟疆、王易、陈寅恪、庞俊、顾随、龙榆生、詹安泰、潘天寿、林散之、黄咏雩、寇梦碧、沈祖棻、程千帆、朱庸斋等等，虽已掌握文献，但不仅要读其诗词，对其中著名学者的学术著作也须通览，如此方能全面了解其思想与人格，下笔为文，极费时日，因此本课题两次申请延期。虽然现有成果已远远超出预期字数（计划60万字，而阶段成果《二钱诗学之研究》与本书总计100多万字），但还有许多重要作家未能专论。再次，诗词是典雅精深的语言艺术，其内容贯通古今历史，浑涵万象；作家多为大师级学者，笔者从事此项研究，深感学力之不足。例如沈曾植、王国维、马一浮、陈寅恪诸家之诗，非浅学者易解，需下艰苦的功夫。即以本书论及的多位学人诗词而言，如俞平伯、施蛰存、吴宓、胡先骕、柳诒徵、邵祖平、姚永朴、姚永概、陈匪石、夏承焘、唐圭璋、徐澄宇、潘伯鹰之作，虽潜心探索，也只是初发其绪，难免误解妄说。阶段成果《二钱诗学之研究》，于钱仲联之多种专著，于钱锺书之《谈艺录》《管锥

编》中许多观点，皆未及剖析。学无止境，假以年月，当努力不懈，续写专著，完成心愿。

本书承首都师范大学中国诗歌研究中心主任赵敏俐教授殷殷关注，列为中心学术丛刊，提供出版资助；复承著名学者龚鹏程先生赐序，学苑出版社刘丰先生精心编校，师友之德，感念不尽，在此一并致以深切的谢意！

钱锺书诗论略

刘永翔

钱锺书先生在学术和创作上的巨大成就为世所仰，在其生前就已形成的“钱学”，对先生的身世、思想、美学观、创作论、阐释学、小说、散文等各方面进行了“无微不至”的探究，先生的《谈艺录》《管锥编》《宋诗选注》《七缀集》《围城》《人·兽·鬼》《写在人生边上》《石语》《槐聚诗存》诸书无一不被广为挦撦，发为文章。但在这些文字中，详细研究先生旧体诗艺术的，恕笔者荒陋，一直未曾读到（王辛笛先生《〈槐聚诗存〉读后》一文，仅论交情；陈声聪先生《荷堂诗话》盛赞钱诗，然只谈印象而无分析；其他提及此集的，亦意在“以诗证史”，均未提及诗艺）。作为平生酷嗜旧诗、平居亦喜吟咏的笔者，未免情不自禁，愿在这方面为“钱学”拾遗补阙。

一

先生于文言、白话无所轩轾。论著既采文言，亦用白话；小说、散文则纯使白话，不作文言；唯独诗歌创作只吟旧体，不写新诗。那么，先生对新诗的态度究竟是怎样的呢？

先生自幼好读旧诗，却也不废浏览新诗，二十三岁时所作的评曹葆华《落日颂》一文即一证。虽对其诗艺否定多于肯定，然而并未一笔抹杀新诗这一体裁。《围城》中有两首新诗。苏文纨的一首，据杨绛先生说，“是锺书央求我翻译的，他嘱我不要翻得好，一般就行”（《记钱锺书与〈围城〉》）；曹元朗的一首仿爱利恶德体的诗，杨先生未言，当是钱公自作，也许这是他平生所作的唯一的一首新诗，以文为戏，意在嘲讽。钱公自言：“我在《围城》中所笑的，是模仿《荒原》体的劣诗，并不是《荒原》本身。”（水晶《两晤钱锺书先生》）这样看来，似乎钱公是瞧不起新诗中的劣作而非新诗这一文体的。但结论可不能下得过早，我们在《围城》中看到，方鸿渐对唐晓芙说：“我对新诗不感兴趣，为你表姐的缘故而对新诗发生兴趣，我觉得犯不着。”（第三章）董斜川提起陈散原说新诗中“还算徐志摩的诗有点意思，可是只相当于明初杨基那些人的境界，太可怜了”（第三章）。当然，小说中人物的好恶不一定等同于作者自己的好恶。但联系起作者自己不写新诗，大学毕业后也绝口不评新诗的情况，我们不能不猜想钱公是在借他人之口述自己之意。《围城》中苏文纨诗云：

难道我监禁你？/还是你霸占我？/你闯进我的心，/关上门又扭上锁。/丢了锁上的钥匙，/是我，也许你自己。/从此无法开门，/永远，你关在我心里。

这首诗，方鸿渐说是从十五六世纪的德国民歌里偷来的。实际正是如此，如前所述，是钱公请夫人代为翻译的。小说中方鸿渐嚷着要报告捕房捉贼起赃，极尽挖苦讽刺之能事，钱公自己却也将这首德国民歌“攘为己有”。《槐聚诗存》中《当子夜歌》第二首云：“妾心如室，欢来居中。键户藏钥，欢出无从。”可见钱公对诗意实是欣赏非常，不然也不会忍俊不禁，移植到自己的诗中去的，他所不喜欢的只是新诗的形式而已。记得笔者的朋友徐震曾将自己所作的新诗寄给钱公请求斧正，先生回信说：“大作拜读，情感洋溢。我不懂新诗，不知道艺术上是否成熟，请就正于行家。原稿奉还。”钱公在《围城》中曾说：“只有做旧诗的人敢说不看新诗，做新诗的人从不肯说不懂旧诗的。”两相比较，则钱公本人对诗的这一新的载体的态度虽未明言却也不言自明了。吴组缃先生说钱公“瞧不起白话诗”，当不是诬枉之说（李洪岩《吴组缃畅谈钱锺书》）。据美国人李克（Walter Allyn Rickett）、李又安（Adele Austin Rickett）夫妇《解放的囚徒》（*Prisoners of Liberation*）一书所述，李又安曾对钱公（书中称为“赵”）提起现代诗，钱公回答说：“你说是‘现代’诗吗？哼……我认为还不如说是‘绝代’诗倒更恰当些（Did you say ‘contemporary’? Hmmm, I think ‘temporary’ would be more appropriate）。50 年以后就不会有人再听到这些东西了。”（译文据青柯译：《两个美国间谍的自述》，群众出版社 1958 年版，第 35 页）此条材料可为旁证。

至于词曲，钱公似也从未作过（至少未出以示人），但在著作中征引称赏之处俯拾即是。故疑先生之不为，犹如袁枚所说的“余不耐学词，嫌其必依谱而填之故”，非卑其体，乃性分不近耳。倚声按谱，以本人看来，亦大是苦事。

二

作家成长的过程历来是研究者最为关心之事。入手之始、师法之源、风格之成，皆诗人研究的必涉之题。在此，笔者想对这一系列问题作一些粗略的探讨。

首先，先生学诗始于何时？对此，钱公自己有两种说法：

一是吴忠匡先生披露的“夫子自道”：“余年十九始学为韵语。”（《记钱锺书先生》）一是《槐聚诗存》自序中语：“余童时从先伯父与先君读书，经、史、‘古文’而外，有《唐诗三百首》，心焉好之。独索冥行，渐解声律对偶，又发家藏清代名家诗集泛览焉。及毕业中学，居然自信成章，实则如鹦鹉猩猩之学人语，所谓‘不离鸟兽’者也。”

一说是十九岁，一说是童时。由于钱公有“总记不得自己的出生年月日”的“混沌表现”（《记钱锺书与〈围城〉》），加之我们发现《槐聚诗存》中有不少编年错误，这两种说法就有略加考辨的必要了。据杨绛先生说，钱公学诗是在上苏州桃坞中学时，则时当在 1926 年之前，年龄当小于十七虚岁，与“序”说相符，三占从二，则学诗始于童时为是。然十九岁想亦非吴氏误记，忖度其意，则钱公所云“十九始学为韵语”者，乃指“居然自信成章”而言耳。

读《槐聚诗存》，发现先生将二十三岁（1933 年）以前的作品都删得一字不存了，原因何在呢？“悔其少作”当然是最方便也绝不会出错的回答。但悔什么呢？是沈休文绮语之悔吗？显然不是。钱公绝不是死后妄想配享孔庙两庑、吃一块冷猪肉的道学先生。何况删存之诗，其中“绮语”亦复不少，如“桃李冰霜怜颊涡”（《秣陵杂诗》）、“妾心如关，守卫严甚。欢竟入来，如无人境”（《当子夜歌》）、“何时铲尽蓬山隔，许傍妆台卜此生”（《古意》）、“捣麝拗莲情未尽，擘钗分镜事难凭”（《古意》）、“缬眼容光忆见初，蔷薇新瓣浸醍醐。不知靧洗儿时面，曾取红花和雪无”（《偶见》）等等，均可当艳诗之目。那么，是悔其体卑吗？先生向吴忠匡先生自述，少时“好义山、仲则风华绮丽之体，为才子诗，全恃才华为之”（《记钱锺书先生》）。“同光体”诗人兼理论家陈衍阅先生之诗，觉得“斐然可观”，但又嫌其“多缘情凄婉之作”，说：“汤卿谋不可为，黄仲则尤不可为，故愿其多读少作也。”（《石遗室诗话续编》卷一）其实，陈衍不赞成先生写这种情调的诗，除了诗学观的原因之外，恐其成为“诗谶”，亦如黄仲则等诗人不幸短命也是因素之一（郑朝宗《但开风气不为师》）。这样看来，似是悔其体卑了，是不是钱公听从陈衍之语而改弦易辙了呢？笔者看也不是。因为钱公后来在《谈艺录》和《管锥编》中还屡屡提起黄仲则，有称赏而无贬斥，所作七绝也时时透露《两当轩》滋味。笔者看还是《槐聚诗存》自序中语可以信从，即少作“如鹦鹉猩猩之学人语”“牵率酬应，仍所不免。且多俳谐嘲戏之篇，几于谑虐。代人捉刀，亦复时有”，故“概从削弃”。钱公在写给夫人的诗里也说：“廿载犹劳好护持，气粗语大旧吟诗。而今律细才偏退，可许情怀似昔时?”可见先生是嫌少作学步邯郸，有人无己且诗律不细而加痛删。值得注意的是此诗的标题是“偶见二十六年前为绛所书诗册，电谢波流，似尘如梦，复书十章”，诗作于 1959 年，二十六年前是 1933 年，是年以前之诗，如前所述，在《槐聚诗存》中已踪影全无了。而那本诗册，不知尚为杨先生所珍藏否？

先生的“壮悔”，据《石语》记载推测，至迟当在 1938 年，其年先生二十八岁。钱公云：“二十一年春，（石遗）丈点定拙诗，宠之以序。诗既从删，序录于左。”《石语》自序署年为“民国二十七年二月八日”，那时为陈衍点定的诗作已全部删却，即使是《石遗室诗话续编》称赏过的诗也不略留以志鸿爪，其故何在呢？我认为原因有三：一是钱公当时诗风确已丕变，他对吴忠匡先生说：“其后游欧洲，涉少陵、遗山之庭，眷怀家国，所作亦往往似之。”二是陈衍实际并不赞成钱公少作的风格，这点我们在前面已经提到了，在为钱诗所作的序中，他还告诫钱公：“未臻其境，遽发为牢愁，遁为旷达，流为绮靡，入于僻涩，皆非深造逢源之道也。默存勉之。”最后还鼓励钱公“自成一家”。三是《石遗室诗话》及其《续编》确实如陈衍本人所说，是“于古今人诗，皆献可而绝少替否”的（《石遗室诗话续编》卷一）。石遗老人逢人说好，显得十分世故，与《石语》中所载私下谈话的肆意臧否人物大不相同。先生《论师友诗绝句》于陈衍云：“其雨及时风肆好，匹园广大接随园。”此诗可作两面观：一方面，将陈氏比作袁枚，是称赞他延接诗人、提携后进不遗余力，有似袁氏当年（舒位《乾嘉诗坛点将录》将袁枚比作“及时雨”宋江），也是一位广大教化主。另一方面，陈衍在《石遗室诗话》中称道达官贵人之诗，亦与袁氏《随园诗话》相似。果真这样，则名登其上、诗录其中便不足为荣，傲兀如钱公，难免有耻与哙伍之感。记得钱公老友苏渊雷先生尝对笔者说，他在钱家见书房上挂着陈石遗写给钱公的诗轴，当时未曾记下。后来写信给钱公，求其录示，钱公不肯，回信说：“石遗丈赠诗联，乃耆硕奖借后生之盛意，四十年来，三劫曾经，六丁未取，聊悬斋壁，如对老成人，而亦觅我少年心耳。若传录炫示，便迹近标榜借重，非某甲堂堂一个人所愿也。”苏公道及此事，言下颇有怪钱公矫情之意。不过我认为钱公所言实出真心，钱家书房非轻易可入，钱公亦不因人而热，要靠石遗成名。且“五四”新文化运动以来，胡适之、钱玄同辈呼风唤雨，旧式文人如石遗诸公实不能“飞沉出其指顾，荣辱定其一言”；相反，得到他们的称赞，反而会蒙受“骸骨迷恋”之讥，“谬种”“妖孽”之詈呢！石遗死后，更是“纷纷轻薄溺寒灰”（《叔子寄示读近人集题句》）。新中国成立后则“同光体”几与“反动”二字同义，人们避之若浼；“文革”后则钱公名满天下，何须再引石遗自重呢？《槐聚诗存》中不录石遗点定的少作，正是钱公诗学与诗艺成熟的一种表现。

钱公不但自己对少作“拉杂摧烧”，还反对他人为之搜亡补佚。他在《槐聚诗存》中揶揄某些佚诗搜辑者说：“他年必有搜拾弃余，矜诩创获，且凿空索隐，发为弘文，则拙集于若辈冷淡生活，亦不无小补云尔。”有人认为，衡以章学诚“言公”之论，先生所言未免“失言”“失体”，不知先生苦心实是爱惜羽毛，恐“谬种”流传，不愿将自己早年不成熟的作品留给后人而已。“大匠不示人以璞”，先生有焉。钱公不独对诗作如此，对其他述作也莫不如此。他曾多次拒绝旧作的重印，辞不获免时则必千修万改，曾说：“弟于旧作，自观犹厌，敝屣视之。而国内外不乏无聊好事或啾名牟利之辈，欲借弟为敲门之砖、易米之帖。”（黄裳《故人书简》）“他年弟身后有为此者，弟不能如郑板桥之化厉鬼以击其脑，亦唯衔恨泉下。一息尚存，则掩耳摇手而已。”（《学术集林》卷二）话说得更加激烈，而其意是一以贯之的。但是，目前的现实是，辑佚已成显学，学界到处是“诗书发冢”之儒。在这些人的“洛阳铲”下，作家们都是驷不及舌、容不得反悔的。《围城》在钱公生前既已被“变相盗版”，《槐聚诗存》在先生身后只怕也难逃“厄运”，校勘、辑佚都是意料中事。人们会振振有词地说，作家废弃之稿即使没有文学价值，也必然具有历史价值。要阻止他人搜集佚作，无论是作家本人的诅咒还是现行的法律都是无能为力的。我们知道，郑板桥的毒誓并未吓退卞孝萱和郑炳纯，他们整理出了目前为止最为完备的《郑板桥全集》和《郑板桥外集》；我们的法律也仅将作家的著作权维持至其死后五十年。所以，槐聚和板桥二先生在九泉亦唯有徒唤奈何而已。

三

钱公自述学诗经历的“夫子自道”还说：“归国以来，一变旧格，炼意炼格，尤所经意，字字有出处而不尚运典，人遂以宋诗目我。实则予于古今诗家，初无偏嗜，所作亦与为同光体以入西江者迥异。倘于宋贤有几微之似，毋亦曰唯其有之耳。自谓于少陵、东野、柳州、东坡、荆公、山谷、简斋、遗山、仲则诸集，用力较劬。少所作诗，惹人爱怜，今则用思渐细入，运笔稍老到；或者病吾诗一‘紧’字，是亦知言。”

这里，钱公已将自己的师承讲得明明白白了。读《谈艺录》与《管锥编》，其用力处，亦可一一与之互相印证。这段话虽是在蓝田师范学院执教时所言，时仅年届而立，而诗格之立亦在此时，且终身以之，至老不变了。所举诸家，我觉得尚可增益长吉、放翁、定庵，甚至还有先生贬多褒少的萚石。总之，先生是转益多师，并不暖姝一先生之言。

那么，既然钱公如此不分唐宋、博采众长，人们为什么还要置之于宋诗派之列呢？原因有二：一是非此即彼的简单逻辑使人们断定旧诗非唐即宋，非宋即唐。钱公之诗既然不纯似唐音，那当然就是宗宋了。想来吴组缃先生即属此列。（李洪岩《吴组缃畅谈钱锺书》：“他是写宋诗的。”）二是从师友渊源上来考虑，如钱公所说，郑振铎先生因为他曾蒙陈衍先生等的奖誉，就有了一个印象，以为他喜欢宋诗（彦火《钱锺书访问记》），而人们也就进而推断他写的也是宋诗。

这个印象无非是基于以下的逻辑：陈衍是宋诗派，得其称赏之诗必是宋诗。这个推理，其误有三：其一，钱公谒见陈衍时，所写的乃李义山、黄仲则风格之诗，并非宋调。其二，如前所述，《石遗室诗话》及其《续编》所表彰的诗篇未必为陈衍真心所赏，陈衍于钱诗实有微词。其三，陈衍并不承认自己是宋诗派，他说：“余于诗不主张专学某家，于宋人固绝爱坡公七言各体，兴趣音节，无首不佳，五言则具体而已，向所不喜。双井、后山，尤所不喜。日本博士铃木虎雄，特撰《诗说》一卷，专论余诗，以为主张江西派，实大不然。……故时论不尽可凭，若自己则如鱼饮水，较知冷暖矣。”（《石遗室诗话续编》卷三）教人作诗，亦“为选香山诗二三百首、东坡集百十首使阅之”（《石遗室诗话续编》卷一）。值得注意的是，前引钱公自述，亦谓“予于古今诗家，初无偏嗜”，与石遗老人的“夫子自道”笙磬同音。于此不禁使人兴“人莫不饮食也，鲜能知味也”之叹。

实际上，钱公之诗已唐宋两忘，自成一体，这是开卷即知的。有人认为钱诗是学黄山谷的，还有人说钱诗纯是“二陈汤”，这适足证明其于山谷、二陈及钱公之诗均未深加涵泳，以得其味。钱公是不以山谷、江西诗派、同光体为然的。冒效鲁先生曾说：“默存卅九年前与弟同舟时即规以‘看君口吸西江尽，已到机锋转捩时’，早已鉴及此路不通，断潢绝港。”（《致苏渊雷先生书》）自己作诗，哪里会“自蹈其失”呢！

四

通读《槐聚诗存》，总觉得其中充满了一种抑郁之气，杨绛先生所说“《槐聚诗存》的作者是个‘忧世伤生’的锺书”，这话的确是不错的。在集中很少找得到钱公在小说和散文中的幽默语、调侃语和嘲讽语，也就是杨先生所说的旺盛的“痴气”。当然，钱公并不是没有写过“俳谐嘲戏之篇”，这点他在《槐聚诗存》序里也曾承认，并说都“概从削弃”了。其实，删而未尽者尚有《予不好茶酒而好鱼肉戏作解嘲》《肩痛》《戏燕谋》等篇，但均谑而不虐（谑而虐者笔者仅读到钱公冒效鲁先生互嘲之诗手稿，尊重二公之意，不欲为外人道）。作者之意是要读者领略他对人生和世界思考沉重的一面，亦即 long-term pessimism（目光放远，万事皆悲）的态度（见夏志清《重会钱锺书纪实》），集中发挥了“诗可以怨”“好音以悲哀为主”的功能。在诗中钱公未能做到古人提倡的“哀而不伤”，却完全做到了“怨而不怒”，这是另一位学术大师陈寅恪先生所做不到的。

将钱公之诗与陈氏之遗诗加以比较，会发现一个较为奇怪的现象：陈氏虽是大史学家，其诗则似多诉诸感情；钱公虽是大文学家，其诗则似多诉诸理性（非形象思维与逻辑思维）。联想起陈氏提倡“以诗证史”，以理性产物视文学作品，而钱公大不以为然之事，二公作起诗来，则偏偏自相背反。试各取新中国成立后诗为例，陈诗如：

> 五羊重见九回肠，虽住罗浮别有乡。留命任教加白眼，著书唯剩颂红妆。
> 钟君点鬼行将及，汤子抛人转更忙。为口东坡还自笑，老来事业未荒唐。
> ——《辛丑七月雨僧老友自重庆来广州承询近况赋此答之》

任教忧患满人间，欲隐巢由不买山。剩有文章供笑骂，那能诗赋动江关。
今生积恨应销骨，后世相知倘破颜。疏属汾南何等事，衰残无命敢追攀！

——《壬寅小雪夜病榻作》

这些诗充满了怨怒之情，更甚者，尚有“平生所学供埋骨，晚岁为诗欠斫头”之句（原作“砍头”，太俗，非寅恪先生语，今正。“斫头”语出《三国志·张飞传》）。诗一名三训中所谓“志”“承”“持”中，只发挥了“承君政之善恶，述己志而作诗”的一面，未能做到“持（控制）人之行，使不失队（坠）”（郑玄《诗谱序》，孔颖达疏）。

再看钱诗：

知有伤心写不成，小诗凄切作秋声。晚晴尽许怜幽草，末契应难托后生。
且借余明邻壁凿，敢违流俗别蹊行？高歌青眼休相戏，随分齑盐意已平。

——《龙榆生寄示端午漫成绝句即追和其去年秋夕见怀韵》

树喧虫默助凄寒，一掬秋心揽未安。指顾江山牵别绪，流连风月逗忧端。
劳魂役梦频推枕，怀远伤高更倚栏。验取微霜新点鬓，可知青女欲饶难。

——《秋心》

这是《槐聚诗存》中新中国成立后写哀愁较为显露的两首。二诗均无自注，细味诗意，第一首似是龙榆生先生作诗抒愁，有老来为年轻一辈欺负之叹。钱公则劝其只管余年读书，勿作矫世违俗之举。“至于您对我的期许么，太高了，我这一辈子粗茶淡饭也就心甘情愿了。”（“高歌青眼休相戏，随分齑盐意已平。”）怨而不怒，深得“持”字之旨。第二首虽读来满纸凄清，但流露的只是一种个人的无奈、自怨自艾，浑不涉“怨灵修之浩荡”“哀民生之多艰”之意，所抒发的情感看上去似乎是属于所有时代的多愁善感文人的。记得丙丁之劫中杨先生烧毁了不少文字材料（《丙午丁未纪事》），而此册《槐聚诗存》则“恐遭劫火，手写三册，分别藏隐”，由此也可知钱诗中无甚触目的违碍字句（今问世《槐聚诗存》有《题新刊聆风簃诗集》一诗，于黄秋岳有怜才之意，“文革”时若为人告发，必致阶祸。想必为其时抄本中所无，而为后来所补入。然而，“欲加之罪，何患无辞”，钱氏夫妇幸未如吴晗、邓拓辈遭“罗织经”耳）。与陈诗相较，钱诗在“承”字上不及陈诗，在“持”字上则远胜陈作，而“持”正是理智战胜感情的结果。顺便说一句，杨绛先生的《丙午丁未纪事》《干校六记》等无不是“善持”的产物，且其“善持”又远远超过钱诗。钱公之能“持”，当得贤内助之力不少。

再看几乎是先生绝笔的一首七律：

阅世迁流两鬓摧，块然孤喟发群哀。星星未熄焚余火，寸寸难燃溺后灰。
对症亦知须药换，出新何术得陈推？不图剩长支离叟，留命桑田又一回。

——《阅世》

此诗尽管情调低沉，萦绕其中的却是对中国前途的冷静思考，有忧世之心，无骂座之意。但如由寅恪先生写来，恐怕就把持不住了。他写出的尽是“避秦心苦谁同喻？走越装轻任更贫”“名山讲席无儒士，胜地仙家有劫灰”“吃菜共归新教主，种花真负旧时人”“武陵虚说寻仙境，子夜唯闻唱鬼歌”“一自黄州争说鬼，更宜赤县遍崇神”。这些或悲愤或嘲讽的诗句，未免怒形于色，文字贾祸之惧，似早已置之度外了。

“善持”，非诉诸理性不可；不“善持”，任凭感情泛滥，则其诗“怨以怒”矣。其实，何必“怨以怒”呢？钱公“哀以思”的诗风，不是也足以反映“其民困”的现实么？一个“哀以思”，一个“怨以怒”，读《槐聚诗存》与《陈寅恪诗集》，便可以得出这两个不同的印象。如果真有所谓“诗谶”的话，实际只是文如其人，而人之性格决定命运罢了，观钱、陈二公的不同遭遇就可思过半矣。以中华文化而论，作为学术界的一代传人，“小不忍则乱大谋”，带来的只会是无法弥补的巨大损失。

五

钱公之诗，皆千锤百炼，苦吟而成。自述“字字有出处而不尚运典”，读之信然。钱公这里将“出处”与“运典”区而为二，窥其意，“出处”当指遣词造句非杜撰，均有来历，出于古人某诗某文而言；“运典”当指诗中取以类比的故实，如史传小说等。而不尚运典，非不运典之谓，先生之诗，运典实多，然所用多非僻典，万不得已而用之，必加自注。当然，典之僻与不僻是相对的，虽说先生少时尝有“南华北史书非僻，辛苦亭林自作笺”之句以讽吴宓（《论师友诗绝句》），晚年却躬自蹈之，当然是因为现在人们的文史修养每况愈下，若是不注，人将不解甚至会滋生误解之故。《管锥编》论谢灵运《山居赋》一节对僻典难字的自注加以宽假，也是这个道理。

先生在《宋诗选注》和《管锥编》中皆有赞同钟嵘“吟咏情性，亦何贵于用事”，反对“句无虚语，语无虚字”“文章殆同书抄”之语，但在具体鉴赏和自己的诗歌创作中却非常讲究用典贴切和“无一字无来历”。为什么如此“言行不一”呢？

窃以为“听其言而观其行”，《宋诗选注》和《管锥编》所言不免为下民说法，流为俗谛，未必出自钱公肺腑。钱公实际所持的还是他二十四岁时的见解：“在原则上典故无可非议，盖与一切比喻象征，性质相同，皆根据类比推理来。”（《与张君晓峰书》）记得1985年春末夏初，笔者赴京拜谒钱公，蒙先生书赠旧作《暑夜》诗留念。此诗据笔者所知，钱公还曾写给郑朝宗、陆文虎师弟及《围城》的日译者中岛长文夫妇，显然是其得意之作，诗云：

> 坐输希鲁有池亭，陋室临街夜不扃。未识生凉何日雨，仍看替月一天星。
> 慢肤多汗身为患，赤脚层冰梦易醒。白羽指挥聊自许，满怀风细亦清泠。

钱公曾对笔者略述诗意，说颈联上句出自韩愈，下句出自杜甫。先生仅举一隅，请以三隅反之：

首句“坐输希鲁有池亭”，《槐聚诗存》自注引《困学纪闻》卷十五：“蒋堂居姑苏，谓卢秉曰：亭沼初适，林木未就。”考《宋史·卢秉传》，卢秉字仲甫，“尝谒蒋堂，坐池亭”。则“池亭”二字亦有着落。“夜不扃”似出高适《睢阳酬别畅大判官》诗：“榆关夜不扃。”“未识”句从东坡少时所见无名氏诗“夜凉疑有雨”及徐俯诗“不知何处雨，已觉此间凉”等句变化而来。“替月”出自李商隐《李夫人三首》之一：“惭愧白茅人，月没教星替。”颈联上句出自韩愈《郑群赠簟》诗：“慢肤多汗真相宜。”又《道德经》：“吾所以有大患者，为吾有身，及吾无身，吾有何患？”下句出自杜甫《早秋苦热堆案相仍》：“安得赤脚踏层冰。”尾联上句出《殷芸小说》，诸葛亮“持白羽扇指麾，三军随其进止”。下句取李后主《咏扇》诗：“揖让月在手，动摇风满怀。”

先生的善于用典与讲究来历可见一斑。不用典故，则短短五十六字不可能表达这么多的意思；没有出处，则整首诗不可能显得这么整饬高雅。一句话，没有书本子，旧诗，尤其是其中的律诗，是写不出来的。即使写得出，也必然流于俚俗。

正因为先生“句无虚语，语无虚字”，一句甚至不止一个出处，读书不多者甚至不能明其诗之意、领其语之妙。

例如《叔子病起寄诗招游黄山》的首联“病余意气尚骞腾，想见花间着语能”，若不知来历，也许会以为冒叔子所寄诗为咏花之什或花下所作，稍知《花间集》名者也许会认定叔子所寄乃香艳之体。实际上，钱公乃用陈师道《寄晁无斁》诗之“花间着语老犹能”，隐去一“老”字，盖指叔子兴复不浅，老尚能诗耳。又如《大伏过拔可丈忆三年前与叔子谒丈丈赋诗中竹影蝉声之句感成呈丈》的“抢地竹怜生节直，过枝蝉警举家清”，“抢地”出自《战国策·魏策四》：“布衣之怒，亦免冠徒跣，以头抢地尔。”又黄庭坚《题伯时顿尘马》：“竹头抢地风不举。”曾几《十二月六日大雪》：“竹头抢地最怜渠。”“竹怜生节直”出自王安石《与舍弟华藏院此君亭咏竹》：“人怜直节生来瘦。”“过枝”出自方干《旅次洋州寓居郝氏林亭》：“蝉曳残声过别枝。”“蝉警举家清”出李商隐《蝉》：“烦君最相警，我亦举家清。”每句皆有几个出处，真可谓“无一字无来历”，老辈如李拔可，怎能不击节叹赏呢！

先生用典或用成语，往往并不限于原意，或反而用之，或引而申之。在其小说中用得最为出色的取事物间距离大者相比的手法也时时出现。

比如“胸有成竹”“心花怒放”二语，为人们所常用，钱公为之，则成“才悭胸竹难成节，春好心花尚勒芳”，此所谓“反而用之”。又如《荀子·劝学》“驽马十驾，功在不舍”，刘禹锡《酬乐天扬州初逢席上见赠》“沉舟侧畔千帆过”，钱公用之，则成“病马漫劳追十驾，沉舟犹恐触千帆”（《答叔子》），此所谓“引而申之”。至于取二物相距远者为喻者，如“睡如酒债欠寻常，无计悲欢付两忘”（《山斋不寐》），用杜甫《曲江二首》之二“酒债寻常行处有”，以酒债比失眠。又“心如红杏专春闹，眼似黄梅乍（原误作‘诈’）雨晴”（《古意》），用宋祁《玉楼春·春景》名句“红杏枝头春意闹”与戴复古《初夏游张园》佳句“熟梅天气半晴阴”构成巧对，喻心之不平静，泪之止而复流、流而复止。又“心事流萤光自照，才华残蜡泪将干”（《刘大杰自沪寄诗问讯和韵》），上句用杜甫《倦夜》“暗飞萤自照”，大约指自己方为“为己之学”；下句用李商隐《无题》“蜡炬成灰泪始干”，谦称已近江郎才尽之年。如此种种，指不胜屈。

有人说，钱公将引文构成了自己的学术著作；笔者也可以这样说，在某种意义上，钱公将引文构成了自己的诗。但著作是钱公自己的著作，而不是前人的发言纪要；诗也是钱公自己的诗，而不是前人的摘句之图。这里，花已成蜜，米已成酒，完全是另一种形态、另一种化学成分了。

六

《槐聚诗存》中的诗，给人的印象是刻意非凡，字字皆苦吟而出。陈衍尝嫌其“下笔太矜持”，钱公亦谓“丈言颇中余病痛”。但这种“矜持”至老犹然，未曾“改悔”。

先生论诗贵创意，作诗亦然，但对古、近二体要求不同。古体最讲创辟，近体中绝句次之，律诗追求的是对属之工、隶事之切、结构之精，并不斤斤于言语之是否未经人道。

先论古体。五古中有最为其夫人欣赏的《游雪窦山》之二、三两首。今即举以为例。第二首云：

> 天风吹海水，屹立作山势。浪头飞碎日，积雪疑几世。
> 我尝观乎山，起伏有水致。蜿蜒若没骨，皴具波涛意。
> 乃知水与山，思各出其位。譬如豪杰人，异量美能备。
> 固哉鲁中叟，只解别仁智。

喻山为波涛，古已有之，并非创意，如李白“连山似惊波，合沓出溟海”（《九日登山》）、岑参“连山若波涛，奔凑似朝东”（《与高适薛据登慈恩寺浮图》）、苏轼“山为翠浪涌，水作玉虹流”（《郁孤台》）。而钱诗“乃知”以下的引申则人所未言。由此可见先生的“打通”思想其时早已孕育，借咏山水之机略吐其端。

第三首有云：

> 山容太古静，而中藏瀑布。不舍昼夜流，得雨势更怒。
> 辛酸亦有泪，贮胸肯倾吐？略似此山然，外勿改其度。
> 相契默无言，远役喜一晤。微恨多游踪，藏焉未为固。
> 衷曲莫浪陈，悠悠波行路。

以山藏瀑布而山容仍静来比喻自己贮胸有泪而不肯倾洒，就近取譬，亦得未曾有。先生写景多意不在景，而是借题发挥，用以抒情纵议而已。

七古如《遣愁》有云：

> 乾愁顽愁古所闻，今我此愁愁而哑。

“哑愁”何谓？读至此句，不禁纳闷，然而读下去：

> 口不能言书不尽，万斛胸中时上下。恍疑鬼怪据肝肠，绝似城狐鼠藏社。
> 鲠喉欲吐终未能，扪舌徒存何为者？

至此便恍然大悟，真觉“愁而哑”三字贴切无比，初起的怪诞之感即刻烟消云散了。

钱公的绝句则有两种，一种刻意，一种自然。刻意的有如将孟郊的五古“译”成七绝，自然的即龚自珍所谓的“平易近人诗”，时有隽语。

先举刻意的：

往事成尘欲作堆，直堪墟墓认灵台。旧游昔梦都陈迹，拉杂心中瘗葬来。

——《心》之一

坐看暝色没无垠，襟抱凄寒不可温。影事上心坟鬼语，憧憧齐出趁黄昏。

——《心》之二

前人有“哀莫大于心死”的说法，钱公则进一步将心比作坟墓，前尘影事是心中埋葬之物。这样，往事的浮现自然是鬼魂的夜出了。语奇而不觉突兀，自是千锤百炼，才能使之“蟠屈”诗中，似是孟郊诗与李贺诗嫁接而生的果实。

愁挟诗来为护持，生知愁是赋诗资。有愁宁可无诗好，我愿无愁不作诗。

——《愁》

诗意虽从“诗穷而后工”常语生发出来，但每句皆围着“愁”“诗”二字作缠绕之笔，常语因之而不常，苦语因之而弥苦。但微觉得缚得“紧”了一些，诗“汁”似乎有所流失。

再看自然的：

涸阴乡里牢愁客，徙倚空庭耐嫩寒。今夜鄜州同独对，一轮月作两轮看。

——《中秋夜作》之三

鬓毛未改语音存，憔悴京华拙叩门。怪底十觞浑不醉，寒灰心事酒难温。

——《秣陵杂诗》之三

绿水疏林影静涵，秋容秀野似江南。乡愁触拨干何事？忽向风前皱一潭。

——《牛津公园感秋》

细味皆有黄仲则“咽露秋虫，舞风病鹤”的味道。

对于律诗，钱公则将精力集中在对仗用典、结构造句上，这是尊体的表现。长期以来，人们对诗中各体形成了不同的欣赏习惯，律诗中间两联须对，当然会对其妃青俪白十分留意；律诗只有八句，当然对其起承转合的妥当与否难以忽略，对其词语组合的是否妥帖难以放过。人们对于创意的期待被对于偶俪的讲究和通体完善的追求所大大淡化了。

以《周振甫和秋怀韵再用韵奉答君时为余勘订谈艺录》一诗为例：

伏处嘤嘤语草虫，虚期金翮健摩空。班荆欲赋来今雨，扫叶还承订别风。
臭味同岑真石友，诗篇织锦妙机工。只惭多好无成就，贻笑兰陵五技穷。

先看对仗。颔联工极切极。“班荆”语出《左传·襄公二十六年》。“今雨”出自杜甫《秋述》。“扫叶”出自《战国策》鲍彪序附言：“先哲言：校书如尘埃风叶，随扫随有。”“别风”出自《文心雕龙·练字》：“《尚书大传》有‘别风淮雨’,《帝王世纪》云‘列风淫雨’。”此联意本平常，即“多亏结交了你这位新朋友，可要靠你给我的书订正错字呀”，但一对仗起来，给人的印象就迥然不同了。“荆”“叶”同归植物类，“雨”“风”共属气象类，非工对而何？组成佳对则绝妙好诗，译为白话则客套常语，由此亦可见在文学上是绝对不能“得意忘言”的。此理钱公在《谈艺录》论“妙悟与参禅”时曾经拈出。

再谈结构。首二句自比草虫伏处，请对方毋以大鹏金翅鸟来相待。“伏处”出自《庄子·在宥》：“贤者伏处大山嵁岩之下。”“嘤嘤草虫”出自《诗经·召南·草虫》；“金翮”指金翅鸟，佛经中常见，如《大方广佛华严经》卷五十二有云：“譬如金翅鸟王飞行虚空，回翔不去，以清净眼观察海内诸龙宫殿，奋勇猛力，以左右翅鼓扬海水，悉令两辟，知龙男女命将尽者而博取之。”改“金翅”为“金翮”，则避俗之故；而“金翮”二字，亦经前辈烹炼，李因笃《受祺堂诗》卷五《二李》诗即有“金翮久摩空”句。用字造句，可谓“无一字无来历”了。末二句则远远相承，说自己“多好无成就”（苏轼《和子由论书》：“多好竟无成，不精安用伙”），会像荀子所说的“梧鼠五技而穷”而被人讥笑。这样，四句皆是鸣谦之辞，其余四句被其包围，纵出别意，也不会显得离题；何况“班荆”句表结交之乐，“扫叶”句谢勘订之劳，“臭味”句谈交情之厚，“诗篇”句夸友才之高，皆属题中应有之义。

至于钱公律诗不重创意，还可从其喜用“成语”看出来。以《代拟无题七首》之三为例：

辜负垂杨绾转蓬，又看飞絮扑帘栊。春还不再逢油碧，天远应难寄泪红。
炼石镇魂终欲起，煎胶续梦亦成空。依然院落溶溶月，怅绝星辰昨夜风。

一首诗将晏殊的七律《寓意》用了两次：第三句取其“油壁香车不再逢”，第七句用其“梨花院落溶溶月”，毫不避忌。末句出李商隐《无题》“昨夜星辰昨夜风”，只改两字。整首诗着意的是对仗的配置和情调的营造。至于《代拟无题七首》之五的警句“休凭后会孤今夕，纵卜他生失故吾”，亦从钱载悼亡之作《追忆诗》“来生便复生同室，已是何人不是君”变化而来；此诗钱公曾在《谈艺录》中称赏过，誉为奇作。由此可见钱公对律诗讲究的是整体的贴切浑成，而非一二独创的惊人之句。

先生于律诗对句喜用动词和虚词，有时甚至一句数意，繁音促节，使人觉得“紧”大概是这个原因吧。再看：

生灭心劳身漫息，住空世促夜偏长。

——《山斋不寐》

声欲宣心词体物，筛教盛水网罗风。

——《少陵自言性僻耽佳句》

乍惊梦断胶难续，渐引愁来剪莫除。

——《沪西村居闻晓角》

药通得处宜三上，酒熟钩来复一中。

——《寻诗》

魂即真销能几剩？血难久热故应寒。

——《代拟无题七首》

这种造句法使用之频，在喜用虚词和动词的宋人中亦为罕见；这样的诗句，不读上几遍确实是难获“的解”的。所以钱诗之难读，往往不是由于典故与来历，而是如吴忠匡先生所说，“由于过分的雕镂，句意不无晦涩”（《记钱锺书先生》）之故。

以这种创作态度来作诗是不可能“斗酒诗百篇”的，“二句三年得”亦当常事。费时不关构思之迟，而在改易之屡。如《代拟无题七首》，杨绛先生《缘起》言，钱公“苦思冥搜者匝月”始成。其实，其中“辜负垂杨绾转蓬”一首七律实是四十余年前旧作，曾“书应黄裳大才人雅教”，笔者曾见过墨迹的复印件。收入《无题》时，修改了一些词句。“愁喉欲斫仍无着”一首的一、二句本是《春怀昆明作》的首联，只是用换字法“不易其意而造其词”。其余则究为旧作抑为新制不得而知，即使是旧作，也必然经过大改特改，这是可以断言的。所以我认为钱公作诗，费时不在布格，实在修润，而这种勇改不倦的精神，无论是其小说、散文也好，论著也罢，都是自始至终贯穿其中的。

七

谈到修改，钱公著述中佳例更仆难数，为了不致离题，这里只想集中探讨一下钱公在诗歌创作上千辟万灌、一字不肯等闲放过的精神。录于《槐聚诗存》者几乎首首皆经涂窜，真可谓“一诗千改始心安”。其改易于人启发实多，而颇亦得失相参，要之得大于失则可断言，下面略加申论。自愧才不能逮于作者，聊妄言而已。

《玉泉山同绛》一首，初稿之一云：

已息人天籁，而无车马音。数铃闻偶语，众窍答还沉。
久坐槛生暖，忘言意转深。颠风明日渡，珍取此时心。

定本是：

欲息人天籁，都沉车马音。风铃呶忽语，午塔鬜（闲）无阴。
久坐槛生暖，忘言意转深。明朝即长路，惜取此时心。

两本除颈联全同外，每句皆有所异。“他人有心，予忖度之”，其更改之由猜测如下：“已息”改为“欲息”，显然是因为与“数铃闻偶语”句矛盾之故，改“已”为“欲”，则“欲息而未息”，铃声之现不与凿枘矣。“而无车马音”从陶潜《饮酒诗》之“而无车马喧”套来，形于率易，故将“而无”改为“都沉”，“沉”字甚炼。“数铃闻偶语”改为“风铃呶忽语”，使人知铃声并非一直响着，而是清风忽起，铿然一声，与首句“欲息”呼应而成“未息”。因“沉”字已于次句用过，故第四句整句重写，弃“众窍”而言“午塔”。“鬜”（闲），《说文解字·髟部》云：“鬓秃也。”韩愈《南山》尝用：“或赤若秃鬜（闲）。”（窃以为“鬜”（闲）字太僻，不宜用于近体）“颠风明日渡”之所以涂去，亦是从苏轼《大风留金山两日》“塔上一铃独自语，颠风明日当断渡”信手拈来，有拾人牙慧之嫌。只是初稿此句与“风铃”句相承，改易后则其意不属了。“珍”字改为“惜”字，恐怕是因为“惜”字较“珍”字更具感情色彩的缘故。

钱公有时为了诗中一句之不妥，竟将全诗推倒重来。如《空警》初稿云：

惴惴时惊屋打头，六丁帝敕取神州。看遭雷击空般射，坐待天崩甚杞忧。
苍鹢退飞徵陨石，金乌下啄有潜虬。平生英气销垂尽，失箸仓皇不自羞。

定本云：

太空滓秽片云浮，惴惴时惊屋打头。雷击忽随殷帝射，天崩合作杞人忧。
乍看陨石过飞鹢，疾下金乌啄赤虬。自叹摧藏英气减，尚容失箸解嘲不？

一首本来“仄起”的七律被换成了“平起”。改易之故何在呢？比较二诗，发现除“六丁帝敕取神州”一句改成“太空滓秽片云浮”外，其余诗句声调虽平仄相反，而意义则差异甚微，可知痛改全诗即为“六丁”句之故。“六丁”句缘何不妥呢？溯其源出自韩愈《调张籍》的“仙官敕六丁，雷电下取将”，指玉帝命仙官派六丁神下凡收取李杜之诗。将空袭比作玉帝旨意的体现未免不妥，钱公当是后悟其非，遂将此句改为“太空滓秽片云浮”，其语出《世说新语·言语》：“司马太傅斋中夜坐，于时天月明净，都无纤翳。太傅叹以为佳。谢景重在坐，答曰：‘意谓乃不如微云点缀。’太傅因戏谢曰：‘卿居心不净，乃复强欲滓秽太清邪？’”钱公用此事以状轰炸机之出现。但此句之力显然不及“六丁”句之强，不足以承“惴惴”句，故移至篇首。这样一来，其余诸句就需重加调度，以就新的平仄了。

有时钱公将一字改至再三，可谓“金入洪炉不厌频”，如《叔子病起寄诗招游黄山》尾联云：

欲踏天都酬宿诺，新来筋力恐难胜。

笔者曾见初稿两种，一种“恐”字作“渐”字，一种“恐”字作“亦”字，细加体味，均不及“恐”字为佳。作“亦”字，需另有其他不能游山的原因方可，而诗中不见；作“渐”字，则需有经常攀登黄山的经历方可，而先生未曾有。用“恐”字则有权衡体力，自觉难支之意，不下死语，颇形委婉。此改可谓一字千金，不可复易。顺便说一句，“酬宿诺”，初稿有作“寻旧约”者，二者意亦有别，前者意义更为明确。因作“旧约”则由谁发起不明，人们也许会说安知不是钱公；而“宿诺”则明确表示游山是由冒公提出，钱公当时允诺的。

这首诗的改易还有得失不易确定之处，如颔联：

老手诗中识途马，壮心酒后脱韝鹰。

原作：

老手诗中孤竹马，壮心酒后海东鹰。

两稿的意思是差不多的，只是字面变了。“孤竹马”典出《韩非子·说林上》：“管仲、隰朋从于桓公伐孤竹，春往冬返，迷惑失道。管仲曰：‘老马之智可用也。’乃放老马而随之。遂得道。”“海东鹰”指海东青。庄季裕《鸡肋编》卷下：“鸷禽来自海东，唯青鸡最毒，故号‘海东青’。”将“孤竹马”“海东鹰”换成“识途马”“脱韝鹰”，浅显是浅显了，“孤竹”二字诚不足惜，置换之可也。但笔者个人颇偏爱“海东”字面，能令人眼前浮现沧海无垠、一鹰高举的景象，用以状叔子壮心似更形象。当然，如“海东”不易，“孤竹”也不能改。一孔之见，未必为通人所许，前所谓得失不易确定者以此也。

还有可以商榷的改易，如《渊雷书来告事解方治南华经》，其诗初稿云：

塞雪边尘积鬓斑，居然乐府唱刀镮。心游秋水无涯境，梦越春风不度关。
穷验能工诗笔健，狂知因醉酒杯闲。五年逋欠江南睡，瓶钵行看得得还。

定本“涯”作“穷”，颈联作“引咎敢尤人下石？加恩何幸案移山”。“涯”改作“穷”，当因“穷”是动词，“无穷”与“不度”对属更为相称之故。“涯”则是名词，取以对“度”，稍有参差。但我觉得，不必如此五雀六燕、铢两悉称。“涯”字似有稍胜于“穷”字处，因为提到的是“秋水”，则“涯”字水旁，较之“穷”字与“水”具有更大的亲和力。《尚书·商书·微子》：“若涉大水，其无津涯。”《庄子·秋水》：“秋水时至，百川灌河，泾流之大，两涘渚崖（《经典释文》作‘涯’）之间，不辨牛马。”张衡《南都赋》：“贮水渟洿，亘望无涯。”孙楚《为石仲容与孙皓书》：“三江五湖，浩汗无涯。”皆是其证。至于“无穷境”虽有现成的组合，如孙绰《喻道论》“游步三界之表，姿化无穷之境”句，但与“秋水”配合，则似不如“无涯境”三字来得默契。且“涯”字“麻”韵，“穷”字“东”韵，在音节上前者也比后者来得响亮。未能质之先生，不知以为然否？

还得一提这首诗的创作背景：1958 年苏渊雷先生被陷，戴上“右派”帽子，自上海远谪哈尔滨。1962 年始“摘帽”，将此事告诉钱公，钱公为老朋友高兴，为赋此诗。(《槐聚诗存》系之于 1959 年，实误。诗中有“五年逋欠江南睡”句，自 1958 年至 1962 年正是五度春秋。又苏公《霜筋集》卷四所载皆 1962 年诗，中有记“摘帽”事者，后即附钱公此诗。卷五并有诗云：“秋水春风振采毫，文章妙手偶相遭。十年历尽崎岖路，赢得钱郎两韵高。”均可为证）但其时形势严酷，故颈联只能写“穷验能工诗笔健，狂知因醉酒杯闲”。以诗穷而后工、杯醉而始闲来劝慰故人。十七年后，钱公将改定旧稿寄给苏公，颈联即如《槐聚诗存》所定。“引咎”句，点明了有人落井下石；“加恩”句则点出了题中“事解”二字。不过“案移山”三字似不甚切，因为右派“摘帽”后仍是“摘帽右派”，是赦免而非洗冤。且苏公“摘帽”后亦并未如钱公所希望的那样“瓶钵而还”，而是滞留哈尔滨，历丙午之劫，至 1971 年被迫退休始回到家乡平阳。故拟改“幸”字为“吝”字，方合当时的实际。

改易一向是文坛佳话，杜甫、李白、白居易、欧阳修、王安石等大家无不在这方面留下可供后人借鉴的轶事；改易也是如今版权法所认可的作者权利之一。但事过境迁后的改易就未免有篡改历史的嫌疑，于作者自己固然是为了精益求精，而对企图“以诗证史”的史学家来说则无疑是设了一连串的陷阱，追改旧文，无异于涂改档案。至于笔者这类于文史不思偏废之人，则妄图邢尹同观、熊鱼兼得，既想领受文辞的高妙，又想洞悉历史的真实。于是既读其定本，又觅其初刊，东食西宿，拆东补西，同时钩稽群籍，兼听众人，如岳飞所言的“运用之妙，存乎一心”，则史可改而实不可改，诗不可征而实可征。读《槐聚诗存》，于此会心正复不少。

八

要读懂钱公之诗虽然费力，但只要深加涵泳，细作考证，大多数还是可以理解的。阅读中笔者有这样的体会：诗意之明不明系乎诗题之显不显。诗题若显，则诗虽雕镂而其意可明；题若不显，则诗纵平易而其意难解。比如，《槐聚诗存》中“古意”“有感”之类便不易知其所指；而《代拟无题七首》由于有杨绛先生的“缘起”，便能了解其大概。

但近来笔者发现，钱公有些制题显豁、措辞平易之诗，竟也为人所误解，这在年轻的钱学研究者中往往有之。如《伤张荫麟》“夙昔矜气隆，齐名心勿喜”，明明是钱公自述以前曾耻与张氏齐名，而《钱锺书与近代学人》的作者却看个颠倒，误解为张氏自负，对自己与钱公齐名不服气。年轻人不足为怪，然而误解者中竟会有钱公的老友、著名的学者，这就有些匪夷所思了。为恐他人尊为“的解”，不能不在此加以一辨。

为人误解之诗为先生写于 1959 年的《偶见二十六年前为绛所书诗册，电谢波流，似尘如梦，复书十章》，误解之人是替钱公《谈艺录》《管锥编》作责任编辑的周振甫先生，其文题为“钱锺书赠夫人杨绛诗”，载 1997 年 8 月 2 日《羊城晚报》。下面逐首注明鄙见与周说的不同，以就正于振甫先生。

廿载犹劳好护持，气粗语大旧吟诗。而今律细才偏退，可许情怀似昔时？

周文说："他跟夫人感情很好。夫人每天听天气预报，倘天气变冷，她就给钱先生准备衣裳，防他着凉，所以钱先生说：'廿载犹劳好护持。'"其实，只要和诗题对照，即可知"护持"之物乃指"气粗语大"的"旧吟"之诗，并不指作者自己；如指自己，则"犹劳"二字就大不妥了。只有"自观犹厌"的旧稿才可以用此二字表示"我不珍惜，你倒珍藏"之意。《新唐书·刘禹锡传》记白居易称刘诗"在处应有神物护持"，也指的是诗。"可许"句，周文释为："可以允许他的情怀似旧时吗？""许"诚然可训为"允许"，但在此语境却不行，这里当是"许可"之意，即"你还认为我对你的感情像从前一样吗"。

缬眼容光忆见初，蔷薇新瓣浸醍醐。不知醴洗儿时面，曾取红花和雪无？

第二句，周文解释道："认为她当用蔷薇新瓣浸在像酥油样的油脂里搽面的。"此说不妥。这句明明是形容夫人面色天然白里透红，根本与化妆品无关。末二句用北齐卢士深妻崔氏春日以桃花醴儿面时所作之诗："取红花，取白雪，与儿洗面作光悦。"意谓你肤色这么好，是不是小时候用红花和雪洗脸造成的呢？诗意明甚，本不劳词费，但为了求实起见，这里还是作一番小小的考证吧。第一，钱公根本不可能恭维女子善用化妆品，小说《猫》中借傅聚卿之口嘲笑化妆过的女人"全是假的"，《围城》第三章写唐晓芙"天生着一般女人要花钱费时，调脂和粉来仿造的好脸色"，均对女人的傅粉施朱作了调侃。《石语》中所记陈衍语："少年女子自有生香活色，不必涂泽。若浓施朱白，则必其本质有不堪示人者。"显然钱公是赞同的。第二，《记钱锺书与〈围城〉》中杨绛先生写钱公恶作剧，趁她睡着时，"就饱蘸浓墨，想给我画个花脸。可是他刚落笔我就醒了。他没想到我的脸皮比宣纸还吃墨，洗净墨痕，脸皮像纸一样快洗破了"，亦可想见肌肤之白。振老学人，未解风情，致作此煞风景之笺！又周文说，"醴音添"，大概是将"醴"误为"醍"了，"醴"明明读作"诲"。

弄翰然脂咏玉台，青编粉指更勤开。偏生怪我耽书癖，忘却身为女秀才！

周文说："咏玉台，指吟咏似《玉台新咏》的艳情诗。""然脂，指夜里照灯写，因白天去工作。"此说又误。从未听说杨先生喜欢吟咏似《玉台新咏》的艳情诗，须知钱公此处乃用徐陵《玉台新咏序》之典："于是然脂暝写，弄笔晨书。""玉台"二字乃牵率而及，非实指也。由于徐陵在序中假托其书是一个"丽人"编录的，所以"然脂"一语后来都指才女。如钱公在向冒效鲁先生提及其贺夫人时也曾说："然脂才妇长相守，粉竹金松共岁寒。"（《叔子五十览揆》）故"弄翰"句只是指夫人的文字生涯而已。

世情搬演栩如生，空际传神着墨轻。自笑争名文士习，厌闻清照与明诚！

周文说："'世情'，指世俗的情事搬演栩栩如生。世人着墨不多像空际传神，把钱先生比作赵明诚，把钱夫人比作李清照。这样比较，好像是争名，是文人的习气，自己笑这种习气，讨厌世情这样比较。"这段话简直不知所云。其实，一、二两句乃夸奖杨先生的剧本，三、四两句则表示自己曾经有点不服气。邹文海《忆钱锺书》云：“犹忆初次见面时，我说厦门大学的朋友盛称季康的剧本上演甚为成功。锺书君作色答：‘你们只会恭维季康的剧本，却不能知道钱锺书《围城》的好处。’”我们知道，赵明诚之才不如其妻李清照远甚，死后只留下一本《金石录》，钱公自然不喜欢人们拟于不伦。

荒唐满纸古为新，流俗从教幻认真。恼煞声名缘我损，无端说梦向痴人。

周文说：“钱先生认为世俗满纸荒唐，以古为新，流俗虚幻地认真。”事实不然。“荒唐满纸”自指《围城》而言，出自《红楼梦》第一回曹雪芹自题“满纸荒唐言”。周文又说：“世俗的人认为钱先生的小说《围城》中的方鸿渐就是钱先生自己。夫人认为这是痴人说梦，非常着恼，所以写文章来对说梦的痴人讲明。从此她的声名因我而有损。”按“痴人说梦”原义是“对痴人说梦”，语出《冷斋夜话》，后来引申为痴人自己说梦。钱公在这里用的是原义。《围城》出版后，很多女读者写信来打破砂锅，问他是不是书中的男主角，婚姻生活是否如意等。（见水晶《侍钱“抛书”杂记》）钱公在诗里隐含着的意思说白了就是：“真气人呀，人家把你说成孙柔嘉了，我这可真是向傻瓜说梦话，他们当真啦！”“恼煞”的是钱公，非夫人；“声名损”非关写文章，而是流俗指杨为孙。此诗写于1959年，《记钱锺书与〈围城〉》作于1985年，出版于1986年，故周文说夫人写文章以白其事乃将“后话”拉前了。

雪老霜新惯自支，岁寒粲粲见冰姿。暗香疏影无穷意，桃李漫山总不知。

周文说：“这是指‘文革’中对他夫人的打击说的。”只要拈出此诗写于“文革”七载前的1959年，其余也就不必多说了。

十首诗说错了六首，由此可见诗心理解之大不易，即使是与诗人有数十年交情，同样从事古典文学研究的老友也概莫能外。但亲友不解，不等于旁人不可解；今人不解，不等于后贤不能解。此扬雄之所以寄望于“后世子云”也。相信《槐聚诗存》中的那些难解之诗，能被钱公的异代知音所解，犹如李义山、王荆公、黄山谷、元遗山诸家的一些诗为钱公所解那样。

这篇急就的拙文只限于探索钱公的诗艺，而诗艺亦仅及于“技”而不及于“道”，不欲旁涉其他。至于先生通过“言志”与“缘情”透露出来的车辙之经、志行之洁、朋簪之好、情性之淳，以及其他逸闻轶事，虽若恍有所窥，终未敢发为文章，“以诗证史”，致为先生的在天之灵所窃笑。只能默而识之，存而不论，待与今贤时彦论及之文相互印证，则余愿足矣。

陶博吾先生诗词散论

熊盛元

彭泽陶翁博吾，书画驰名宇内。其诗亦戛戛独造，迥不犹人。风神遒绝，霜凝靖节之篱；骨骼清臞，戟指涪翁之垒。蕴幽愤于胸间，孤衷耿耿；纳沧桑于笔底，百感茫茫。其七岁入私塾，即以能诗而名传乡里；十五岁入六雅堂诗社，与老辈相唱酬，可谓少年老成。洎乎而立，又师从前清翰林曹拙巢习诗古文辞，功力大进，学养弥深。抗日军兴，流寓江右，执教中学，蒿目时艰，伤心国难，一发于诗。其最为脍炙人口之作，即写于流亡途中之乐府诗《弃儿行》：" 弃儿沙滩上，儿哭母更哭。哭声一何悲，舟行一何速。一村复一村，青山罩白云。遥遥道路远，儿哭母不闻。月光如水水如天，荒江寂寞秋风遍。儿饥儿冷无人知，儿死儿生何由见。儿生或有人悲悯，儿死勿怨母心忍。母命瘦如柴，母苦血已尽。故乡焚烧不能归，逃亡满地烽烟紧。弃儿常已矣，痛心何日止！轮回如有再来时，愿儿勿生干戈里。"此诗字字是血，句句溅泪，遥承少陵之风，具见仁者之心，刿心刳肺，荡气回肠，直面人生，允称诗史。除直抒怀抱外，陶翁又每托梅竹以砺高节，如《题梅竹双清图》诗云：

郁勃梅花瘦，萧疏竹影横。沧桑谁不老，千古只双清。

此诗骨力清遒，首二句对仗，分写梅竹，一"瘦"一"横"，遗貌取神，境界幽峭之极。尤觉高妙者，以"郁勃"状梅香之烈，以"萧疏"见竹影之稀，正与末句"千古只双清"呼应，沧桑劫外，万类凋伤，唯余此瘦梅劲竹，呈现生机。不仅衬出其幽怀高抱，实亦作者与其夫人共抗寇氛之绝妙写照也。姜白石诗云"梅花竹里无人见，一夜吹香过石桥"（《除夜自石湖归苕溪》），亦合写梅竹，可与陶翁此绝同参。

迨至倭氛既扫，孰料"内战"又起，陶翁忧愤无端，其诗更趋沉郁，如《题鹰石图》：

岁晚惟依怪石顽，自怜毛羽日摧残。年来历尽风霜苦，欲再凌空知已难。

此诗写于1946年除夕，以石上苍鹰自喻，心情凄苦，而笔力苍坚。"自怜毛羽日摧残"，足见所处环境之恶，所历磨难之多，但仍欲依石凌空，其倔强性格，见于言外。首句"岁晚"点明除夕，"怪石"是鹰所居处，又暗用苏东坡"子今我得岂无益，震霆凛霜我不迁。雕不加文磨不莹，子盍节概如我坚"（《咏怪石》）之典，以喻节概之坚。末句

“知已难”虽略显悲观，然与“欲再凌空”合观，知其猛志固未尝改也。清代陈其年《醉落魄·咏鹰》：“寒山几堵，风低削碎中原路。秋空一碧无今古。醉袒貂裘，略记寻呼处。男儿身手和谁赌，老来猛气还轩举。人间多少闲狐兔。月黑沙黄，此际偏思汝。”殆可作陶翁此诗注脚乎？而迦陵“男儿身手和谁赌”之句，又恰可与陶翁次年除夕所作《题英雄独立图》互参：

他乡除夕无陈设，借得邻家两个瓶。折取梅花伴翠柏，也教春色满寒庭。

前二句写家境之贫寒，“折取”句风骨凛然，末句则有雪莱“冬天来了，春天还会远么”（《西风颂》）之寄托，可见其信念之坚。

新中国成立以后，海晏河清，然运动频繁，风波时起。知识分子屡经改造，气节消磨殆尽。而陶老虽经劫难，仍葆贞心。其五古《题桃源图》云：“屋舍桃林内，山峦桃林外。桃开年年红，花红人长在。古有桃花源，渊明何曾见。奇文留千秋，用意诚非浅。今者歌太平，桃开万里春。但愿暴政绝，子孙不避秦。”此诗立意甚高，末二句尤寄望殷殷，既不同于王摩诘“当时只记入山深，青溪几度到云林。春来遍是桃花水，不辨仙源何处寻”（《桃源行》）之惘然若失，亦有异于谢叠山“寻得桃源好避秦，桃红又是一年春。花飞莫遣随流水，怕有渔郎来问津”（《庆全庵桃花》）之独自避秦，而是希求后代子孙无灾无难，诚如静安所说，“俨然有释迦、基督担荷人类罪恶之意”（《人间词话》）。又如其《书愤》诗：

往昔年年求速死，而今日日望长生。擦高两眼横高阁，看尽暴残恶毒人。

此诗当写于“文革”之时，首二句哀婉之至，昔欲求死，今则祈生，较义山“直遣麻姑与搔背，可能留命待桑田”（《海上》）与“此楼堪北望，轻命倚危栏”（《北楼》）同一沉痛，而语更决绝。钱默存先生 1974 年亦有“耐可避人行别径，不成轻命倚危栏”（《老至》），盖直接借用也。后二句则写“日日望长生”之原因，“擦高两眼”暗用伍子胥“抉眼”之典，《庄子·盗跖》：“比干剖心，子胥抉眼，忠之祸也。”郭象注：“子胥曰：‘吾死后，抉眼县（悬）于吴门东以观越之灭吴也。’”“看尽”云云，犹《昔京师人为严嵩语》所说“但将冷眼观螃蟹，看你横行到几时”。按：此绝用韵稍宽，且末句孤平，盖愤塞胸间，不假雕饰，元遗山所谓“此翁岂作诗，直写胸中天”（《继愚轩和党承旨雪诗》）是也。

陶翁七古，宕折排奡，余最赏其读吴昌硕《缶庐集》一首：“缶翁生性自孤兀，缶翁之气更郁勃。诗句长留天地间，旷逸纵横有奇骨。嗟余读书生苦晚，仰止之情空欸欸。遗集寄我千里来，开卷窗前春风满。人生何事日相逐，秋月春花易反复。但愿天地长清肃，白云四围三间屋，修竹丛中日日读。”此诗前四句一气直下，如天风浩荡，海浪奔腾，沛然莫之能御。“嗟余”以下四句，由入声韵忽转上声，变激烈为纡徐，恍如远浦舟回，幽岩云绕，别饶恬淡清闲之致。最后五句又转回入声之韵，“人生何事日相逐，秋月春花易反复”，叹人事之反复，花月之无常，有李后主“春花秋月何时了，往事知多少”（《虞美人》）之悲慨。“但愿”句从哀怨中跳出，祈盼天地清肃，世道清平。末二句则化用《儒林外史》“三间东倒西歪屋，一个南腔北调人”，而以“修竹”意象收束，更寓杜少陵“天寒翠袖”之想，令人回味无穷。就常规论，诗至“白云四围三间屋”即可完篇，再添“修竹丛中日日读”一句，奇句单行，拗折中见灵动，既得杜、韩之神髓，更具自家之风采。

陶翁所作之词不多，而极见个性。试看其《满江红·和毛泽东主席韵》：

豪杰英雄，有多少，自夸无敌。君不见，投鞭淝水，赋诗赤壁。得意螳螂漫过喜，忽来黄雀逃何及。笑人生、自古总如斯，秋风急。　　长城筑，销戈镝。阿房毁，坑降卒。想回环祸福，空留陈迹。胜败输赢原是梦，刀兵杀戮曾无极。只可怜、苦了小黎民，年年泣。

此词当是读郭沫若先生《满江红·沧海横流》，反其意而用之，郭词云：“沧海横流，方显出，英雄本色。人六亿，加强团结，坚持原则。天垮下来擎得起，世披靡矣扶之直。听雄鸡、一唱遍寰中，东方白。太阳出，冰山滴。真金在，岂销铄？有雄文四卷，为民立极。桀犬吠尧堪笑止，泥牛入海无消息。迎东风、革命展红旗，乾坤赤。”细加比较，郭词虽适应当时形势，而缺乏形象，近乎叫嚣，且立意平平；而陶翁此词，则思接古今，胸涵天地，以为所谓“英雄”，如修筑长城之秦皇、火烧阿房之项羽、横槊赋诗之曹瞒、投鞭断流之苻坚，只不过挡车之螳螂、捕蝉之黄雀而已。“胜败输赢原是梦，刀兵杀戮曾无极。只可怜、苦了小黎民，年年泣”，揭示历史真相，同情无辜小民，比张养浩《山坡羊·潼关怀古》“峰峦如聚，波涛如怒，山河表里潼关路。望西都，意踌躇。伤心秦汉经行处，宫阙万间都做了土。兴，百姓苦；亡，百姓苦”寓意更深，说理更透。又，起句“豪杰英雄，有多少，自夸无敌”，既是针对郭老“沧海横流，方显出，英雄本色”而言，又翻用毛泽东“要扫除、一切害人虫，全无敌”（《满江红·和郭沫若同志》）之意，可谓胆识过人。

清代朱庭珍《筱园诗话》将历代诗人分为四类，即大家、大名家、名家、小家。其论大家云：“大家如海，波浪接天，汪洋万状，鱼龙百变，风雨纷飞。又如昆仑之山，黄金布地，玉楼插空，洞天仙都，弹指即现。其中无美不备，无妙不臻，任拈一花一草，都非下界所有。盖才学识俱造至极，故能变化莫测，无所不有，孟子所谓‘大而化，圣而神’之境诣也。”而大名家则“如五岳五湖，虽不及大家之千门万户，变化从心，而天分学力，两到极高之诣，气象力量，能俯视一代，涵盖诸家，是已造大家之界，特稍逊其神化耳”。名家则“如长江、大河、匡庐、雁宕，各有独至之诣，其规格壁垒，迥不犹人，成坚不可拔之基，故自擅一家之美，特不能包罗万象，兼有众妙，故又次之”。至若小家，“则如一丘之壑之胜地，其山水风景，未始不佳，亦足怡情悦目，特气象规模，不过十里五里之局，非能有千百里之大观，及重岭叠嶂，千崖万壑，令人游不尽而探不穷也。然其结撰之奇，林泉之胜，尽可擅一方名胜，故亦能自立，成其家数也”。若夫“专学古人一家，肖其面目，而自己并无本色，以及杂仿前贤各家，孰学孰似，不能稍加变化者，虽有才笔，皆不得谓之成就，只可概为诗人而已，则又小家之不若矣”。以此为衡，陶翁之诗词，虽未必可当大家之目，然位于大名家之列，应无愧色。盖其不唯各体皆工，涵盖诸家，且一如陈寅恪先生，不趋时尚，不媚公卿，有“独立之思想，自由之精神”也。

《我友诗话》考探

——兼论王易的早期诗论

段晓华　赵宏祥[①]

王易是民国时期较为重要的学者与诗人，他一生的主要诗学活动，除了在胡先骕主导的《学衡》文苑中发表了较多的诗词，以及任教中央大学期间与黄侃、汪辟疆、胡小石、汪东、王瀣等人的唱和联句以外，其他几乎不为人所关注。再加上他一生转徙各地，任教数校，导致遗稿大多散佚，更给今日的研究带来了困难。笔者先前撰写《王易先生年谱》[②] 之时，在收集材料的过程中，曾注意到一篇名为《我友诗话》的文章。该诗话刊登于民国初年的杂志《小说丛报》上[③]，署王朝琮笔述，汪笠云评点。王朝琮即王易的谱名，笠云则为汪辟疆字。该诗话正文前有汪辟疆的题诗、王易的弁言，以及当时《小说丛报》主编徐枕亚的题诗。汪辟疆所题之诗，原无题，后来经过程千帆先生整理，已收录在1988 年出版的《汪辟疆文集》的《方湖诗钞》中，题目为"题晓湘诗话"[④]。但是，《我友诗话》一文多年来却被相关研究者所忽视，从未提及。这次笔者研读王易的《我友诗话》，希望能够从中提取一些值得关注和考探的文献材料，进而为更加深入地研究王易其人，以及厘清汪辟疆等诗人早年的诗学活动提供一些有价值的线索和思路。此外，通过细读诗话，也可以进一步明晰和丰富王易的早期诗论。

一、《我友诗话》的主要内容

《我友诗话》分别连载于《小说丛报》1914 年第 5、6 期，1915 年第 7、8 期，详细地记录了王易自 1905 年至 1911 年间的学诗历程及以诗为媒介的交友经过。在诗话前面的弁言中，王易是这样说明的：

余素不善交接，虽历年以来，奔驰南河北蓟间，而心契者仅数人耳。之数人者，与余交数年，未尝以形迹拘，故余亦可处之而无间。余好为韵语，诸人亦雅与余若。平居剪

---

① 作者简介：段晓华（1954—　），江西萍乡人，南昌大学人文学院教授，主要从事中国古代文学、中国古典文献学研究与教学；赵宏祥（1987—　），男，山西山阴人，中山大学中文系古代文学专业 2013 级博士生。

② 参考赵宏祥：《王易先生年谱》，北京：线装书局 2012 年版。

③ 王易：《我友诗话》，《小说丛报》1914 年第 5、6 期，1915 年第 7、8 期。

④ 汪辟疆：《汪辟疆文集》，上海：上海古籍出版社 1988 年版。

烛，共话诙谐，谈笑无不率真，人咸目为雅人，而余则以弃才自呼也。余历数校，得友如汪、袁、周、林、程、姚，诸子皆以文词为媒介者，虽性情各别，要皆轨于正道，不可以凡俗观。迩年居太学，日夕相聚，聚必然有言，言必有旨，因恐日久而或忘也，爰笔述其略，而名以《我友诗话》，拉杂俚鄙所不计也。辛亥冬月。

据引文所署时间，可以得知，诗话作于1911年冬。在诗话一万余字的篇幅中，王易详细地记录了自己求学期间的行踪及与以汪辟疆为代表的友朋之间的诗学交往。“因恐日久而或忘也”，王易“爰笔述其略”，根据六年间的一些经历见闻，写成了这部诗话。

因诗话是分段连载于《小说丛报》，经收集整理，兹将每段内容概述如下：

第一段（1914年第5期）：记1905年（乙巳）至1909年（己酉）春之事。1905年王易随父往河南开封，入高等学堂，结识袁霖庆，在与其交往中，始学为诗。后1906年（丙午）迁客籍学堂，又结识汪辟疆。至1909年（己酉），三人同入京师大学堂。

第二段（1914年第6期）：记1910年（庚戌）春季之事。时王易自作《效玉溪生无题》三十首，并结识同在京师大学堂求学的林庚白、程凤笙二人。因这部分主要讨论“艳体”诗，所以大多摭取诸人“艳体”，以为示例。

第三段（1915年第7期）：记1910年（庚戌）冬至1911年（辛亥）春季之事。1910年冬，王易将其1906年（丙午）以后的诗结集，邀汪辟疆、林庚白、程凤笙、袁霖庆、姚鹓雏为其题赠。同时，赴固始结婚。次年春，与上述诸人倡议诗课，相互评骘作品，拟共刊《太学题襟集》。

第四段（1915年第8期）：记1911年（辛亥）一年之事。年初之时，汪辟疆为诗有“清明之变”。辛亥革命爆发后，王易与“汪、袁、周，诸子连袂返汴”暂寓开封，期间王易与汪辟疆比邻而居，多有唱和，年末分别。

除了王易本人的记述外，诗话原文中还以括号标出了十一条汪辟疆的批语，并附有圈点。根据诗话结尾所述：

未几，汪子行期至矣，余弟皆有诗送之。惟是日余无兴，故亦无语，一鞭残照，人在天涯，文字因缘遂尔暂止，而是录亦辍矣。

可以得知，1911年末，王易与汪辟疆在开封分别。此后1912年冬，王易随父王益霖返回江西宜春，1913年初，王益霖去世。安葬其父后，王易挈家移居南昌，任教于多所中学。而汪辟疆于1911年末，因父汪际虞调至河南商丘，遂与王易相别，1913至上海，1915年因父丧回乡，1918年前后才往南昌心远中学任教。从这时期二人行迹来看，可以发现，从开封一别至南昌重聚，二人应从未见面或很少见面。那么，结合诗话的发表时间，不难推断，汪辟疆评点《我友诗话》的时间应当不晚于1911年末，也就是两人在开封比邻而居的那段时间。

此外，诗话中还随文收诗八十多首，主要作者为王易、汪辟疆、林庚白、程凤笙、周维华、姚鹓雏、袁霖庆等。这些诗在文中作为例证或者补充，从另一方面丰富了诗话的内容。例如其中王易名下有诗十八首，之前全部未经见载。汪辟疆名下有诗十六首，仅有三首收入《汪辟疆文集》之《方湖诗钞》中。2011年出版的《汪辟疆诗学论集》中虽设《方湖诗词补遗》，却依旧未将其收入。对于这部分诗作，今后还将以专文进行考探。虽然就作者而言，这些诗作仅属少作，创作或许还很不成熟，但从辑佚和考探生平的角度来看，是具有很大意义的。如能进一步分析这些诗作，那么必将得出新的结论，对时代交替之际的青年学人的诗歌创作倾向和诗中所传递的诗学情趣，也将得到更为深入的理解。

二、《我友诗话》的文献价值

《我友诗话》翔实地记载了王易、汪辟疆以及林庚白、胡先骕、姚鹓雏、程凤笙等人的一些行迹，这部分内容是探究他们早年经历及诗学交往的重要材料，有着较高的诗学史料价值，体现在以下三个方面：

其一，诗话是王易早年经历的唯一记录，记载了王易求学、生活详细经历以及其父王益霖任职河南的一些情况，具体为下列两点：

1. 王易早年求学的详细过程

在细探此诗话之前，学界对王易随父王益霖任职河南及早年求学的经历并不清晰。已有的说法基本是沿袭秉志《王益霖传略》[①] 及胡先骕《京师大学堂师友记》[②]，然而此二文对于王易父子在河南时期的记载不仅十分简略，更缺少具体时间等细节，仅是如秉志“王益霖……始檄署固始县，寻补封丘”及胡先骕“王晓湘（易）兄……少年随宦入汴入客籍学堂，与汪辟疆为同学，同考入大学预科”这样简略的描述。

而《我友诗话》则明确了每一事件的具体时间，真实而有力地还原了王易部分生平。如：

> 袁子名霖庆，字琅轩，又号练湖，江宁人。乙巳年，与余同肄业于豫省高等校……
>
> 丙午之冬，余迁入豫河旅校，因是得识汪子笠云……余自戊申五月后，心绪纷乱，无意词章，搁笔几及年余。是岁冬，毕业于旅校，明年春偕汪袁诸肄业太学，离家千里，不无怊怅。

由此可知，王易于1905年（乙巳）进入河南高等学堂就读，时其父王益霖正任教于该校。1906年（丙午）冬，又入豫河旅校，至1908年（戊申）冬毕业。1909年（己酉）春，始入太学（京师大学堂）。王易在诗话中所称的豫河旅校，就是河南客籍高等学堂。据河南一些早期教育史料显示[③]，河南高等学堂学生名额初定两百人，客籍学生占五分之一，多系外省任豫官员、候补官员子弟。1905年按当时学部规定，以这部分外省生源，另外成立了河南客籍高等学堂。[④]

---

① 秉志：《王益霖传略》，翟启慧、胡宗刚编：《秉志文存》（第三卷），北京：北京大学出版社2006年版。

② 胡先骕：《京师大学堂师友记》，黄萍荪主编：《四十年来之北京》第一、二辑合刊（1949），香港：大东图书公司1978年版。

③ 参考朱有瓛：《中国近代学制史料》（上册），上海：华东师范大学出版社1989年版，第625页。

④ 王易：《南州二王集・镂尘词》，江西省图书馆藏书，河南大豫石印局1912年版。

2. 王益霖任职河南固始及王易结婚时间

在秉志所作的传中，记载了王益霖曾任河南固始知县，又改任封丘知县。关于其父任职封丘的情况，王易于1912年所结《镂尘词》[①] 中已有相关记载，如《减字木兰花·封署古唐槐》《眉妩》[②] 等词，但是其赴任固始的时间却一直无从知晓。现据《我友诗话》记载：

庚戌冬，奉余家电，赴固毕婚，盖是时家君权篆固始……

可见，1910年（庚戌）王益霖始任固始知县，这与秉志为其所写传中1903年（癸卯）以进士赴河南“一志执教，逾七载方才补官”的记载基本吻合。又1912年《镂尘词》中，王易有词《五彩同心结·内子生日》，据此推知其结婚时间当不晚于该年，而《我友诗话》进一步确定了王易结婚的具体时间为1910年冬。

细致考探《我友诗话》，并与相关传记、诗词结合，形成紧密的证据链条，成为笔者研究王易其人行年的重要途径，为撰写《王易先生年谱》提供了可靠材料。

其二，诗话极为详细地补充了汪辟疆早年生平中不为人所知的一些经历，其自1905年至1911年的基本行迹如下：

丙午之冬，余迁入豫河旅校，因是得识汪子笠云。笠云名国垣，一字辟疆。彭泽人，性倜傥有卓荦不群之概。

八月武昌师起，侨居都门者，咸皇皇不自绥，出京者踵趾相接。太学亦暂辍课，同学多返里者，余亦随汪袁周诸子连袂返汴。于九月六日出发，初八抵汴寓，次日即重九也。

余居汴垣，寓驿馆街，汪子寓袁宅街。适汪子隔邻有空宅，乃邀余徙居，余从之。

值得注意的是，此前有记载称汪辟疆进入河南客籍高等学堂的时间是1903年[③]，但以《我友诗话》与《河南文史资料》（第一辑）所载《记河南高等学堂》一文相互比对，可知汪辟疆进入河南客籍学堂的时间应不早于1905年。又《汪辟疆文集》的《方湖诗钞》中曾录有《出都》一首：

一觉春明梦未干，仓皇幞被又桑干。回天肯信终无术，来日相看果大难。
煮薪豆萁空自泣，处堂燕雀又相安。前途去去知何似，歌哭行看办钓竿。

“春明”典出唐代长安春明门，后多泛指京都，用以呼应题目，“仓皇幞被”实写出行的境况，诗中“回天无术”“来日大难”“煮薪豆萁”“处堂燕雀”等词或可理解为勾勒时局。若联系《我友诗话》中避乱出都的记载，辛亥革命爆发后，在京的汪辟疆、王易

---

① 张邃青：《记河南高等学堂》，《河南文史资料》（第一辑），郑州：河南省文史资料研究委员会1985年版。

② 《眉妩》词前有序云：“居封三月，近将旋里。邑中古迹如淳于岗（南柯梦遗迹）、青陵台（韩凭化蝶遗迹）诸地，皆未一至，临去依依，遂成此解。”

③ 考现有资料，汪辟疆入河南客籍高等学堂，当不早于1905年，而非新版《汪辟疆说近代诗》序言中所称：“1903年考入河南客籍高等学堂。”序言见《汪辟疆说近代诗》，上海：上海古籍出版社2001年版。

等人出于担忧变乱，联袂仓皇出京，离京后学业未卜，也就不难得知汪辟疆为何有“前途去去知何似”的喟叹。可见，以《我友诗话》提供的时间、事件为基础，可以为进一步研究汪辟疆早年诗作，理解其创作本事及心态创造条件。

其三，《我友诗话》也是目前记载王易与汪辟疆、胡先骕、林庚白、姚鹓雏、程凤笙、周维华等人诗学交往的最为翔实的记录。其实，有关“京师大学堂诗人群”的交往酬唱活动在学术界已经引起一定重视，成为一个新的课题。[①] 该群体除了王易集中提到的诗人之外，还包括梁鸿志、黄秋岳、朱联沅、黄有书等人。此前，有关这些诗人相互投契、共同研习诗艺的记载，往往模糊而简略，甚至被这些诗人自己所忽视，如汪辟疆《小奢摩馆脞录》、林庚白《孑楼诗词话》和姚鹓雏《止观室诗话》都有涉及，却往往简略：

汪辟疆《京洛题襟集》：

余蹇踬风尘中，谬有以能文相推者，顾真能知者，亦殊无闻，在河南时，周子公阜、王子晓湘……相为解难，颇不寂寞，入都以后，姚鹓雏、林忏慧、胡雪抱、胡诗庐、程凤笙诸子，昕夕论文，一时投赠之作繁然。[②]

林庚白《孑楼诗词话》：

北大同学与余共负笈者，有姚鹓雏、胡步曾、黄有书、汪辟疆、王晓湘，皆工诗。[③]

姚鹓雏《止观室诗话》：

昔居京师，与桂林周公阜维华、闽县林浚南学衡、彭泽汪国垣笠云、黄仲通有书、程家桐凤笙谭艺最乐。时复言诗，每一韵成，相与持稿传观，爬梳利病，至夜深不休。[④]

在此之后，胡先骕写于1950年的《京师大学堂师友记》，虽然回忆翔实，却基本不涉及当时众人唱和酬答、切磋诗艺的过往。而《我友诗话》一方面是目前所见诸作之中，记述最为翔实者，弥补了学界对于这些诗人早年诗学活动认识的空白；另一方面，通过诗话所记录这些诗人早年的诗作与诗学倾向，可以进一步分析其各自诗学历程的演变和发展。

三、《我友诗话》中王易的早期诗论

诗话中，王易的诗论主要集中在对所谓“艳体”的分析之上，他在诗话第二段开篇写道：

---

① 参考杨萌芽：《京师大学堂诗人群与宋诗运动 》，《殷都学刊》2010 年第 4 期。

② 汪辟疆：《汪辟疆文集》，上海：上海古籍出版社 1988 年版。

③ 林庚白：《孑楼诗词话》，张寅彭主编：《民国诗话丛编》（第六册），上海：上海书店出版社 1998 年版。

④ 姚鹓雏：《止观室诗话》，《大同周报》，1913 年 1 月。

艳体本于《国风》，厥后《楚辞》承其源，以哀时嫉俗之志，托之香草美人，《十九首》复畅其流，言近旨远，开后世艳体之宗。有唐一代为艳体者，颇不乏人，八叉、昌谷如其尤者也，而玉溪之律，尤为唐代二百年之冠。盖玉溪学杜者也，学杜而不泥于杜，以香艳绵丽之词，寓悲愤讽刺之意，恢恢乎有风骚遗响焉。以视致元微之之流，其相去讵可以道里计耶。余素不作艳体，然有动于中，无由抒发，庚戌春乃倣玉溪体作《无题》三十首，用上下平全韵，阅一来复而成。以示相识，多莫解其意，余亦不欲人知，然恐人或以风月绮语见目，乃于小序中浑言之曰："美人香草，屈灵均寄恨无穷，铜柱扶桑，杜子美悲怀莫喻云云。"

此处，王易从诗史的角度，阐释了他对"艳体"的理解，随后更列举了他和林庚白等人所作"艳体"诗数首以为例证。诗话里所提及的这一类"艳体"诗，形式主要为七律，有的甚至联章数首，多以李商隐、韩偓为模范，字句工丽雅致，情绪往往低落惋恻。所追求的目标就是"以香艳绵丽之词，寓悲愤讽刺之意"，用字华丽而富于寄托，接近李商隐朦胧而多义的风格，故有"以示相识，多莫解其意"之云。在清末民初，这种类型的诗作非常流行。处在中西交融、新旧交替之际，大批文人士子目睹时艰，却进退无据，这些饱受旧式教育的文人，进入新的历史时期，自身角色一时难以转换，其所表达出来的情绪，一方面，对旧有制度的崩溃尚留有惋惜和悲愤；另一方面，虽对新时代、新文化怀有不甚理解之期待，但对自身价值与前途却难以把握，故感到迷茫焦虑。于是，朦胧多义的"艳体"诗便成为写心表意的最好载体，其绮丽绚烂之辞章，可以尽其才；其委屈深沉之寓意，可以写其怀；又往往夹杂风月韵事，用来包裹文人们的不安与空虚；如此种种，杂糅为一体，最大限度地满足了这一时期知识分子的表达需求。当然，情况并非那么单纯，其中，用义深郁、写军国大事者，有如陈宝琛写于1895年的《感春四首》；用义浅显、写个人遭际者，则如魏秀仁所作最早刊刻于1888年的小说《花月痕》中收录的大量诗词。

几乎与此同时，以樊增祥、易顺鼎为代表的晚唐诗派，异军突起，在这时期的诗坛上占领一席之地，学其诗风者，数量也比较可观。这一诗派的宗尚正如樊增祥自道："余三十以前，颇嗜温、李，下逮西昆，即《疑雨集》《香草笺》亦所不薄。"[①] 一些诗作辞采浮艳，至有"樊美人"之称。晚唐诗派这类"艳体"作品的流行，与陈宝琛、魏秀仁等人所创作的各类"艳体"诗，共同构成了当时诗坛的一道旖旎风景。

值得注意的是，《我友诗话》发表的载体，正是受到小说《花月痕》影响巨大的鸳鸯蝴蝶派的代表人物徐枕亚所主编的刊物《小说丛报》，其中所传递的文学倾向，可谓不言自明。事实上，翻检这时期的《小说丛报》，其中诗词占有很大篇幅，且相当数量都带有这种"艳体"的特征。这些诗词，虽然写得流畅华丽，但其内容多浮廓肤浅，反映出当时人们所作"艳体"的普遍水准。对此，诗话中王易除了提出诗的外在要"镗鈜嘹亮""凝练流丽"外，更重要的是，提出了要深于蕴藉，重视诗中的寄托。他指出：

艳体之宗国风，已如前说矣，然仅绮罗脂粉，言中无物，言外无意，则亦无足重轻。

① 樊增祥著，涂晓马、陈宇俊点校：《樊樊山诗集》，上海：上海古籍出版社2004年版。

譬之画洛神，清婉迴翔中仍不可不有凝重之气，肌丰肉研，自是美貌，然可无骨乎。世之学义山者伙，然每流于浅薄，而失其深厚，甚者竟以《香奁》视之。是犹婢学夫人，适形其丑耳。苏长公曰："天下几人学杜甫，谁得其皮与其骨？"吾于义山亦云。

世多以王次回《凝雨集》为《香奁》，此不善读《凝雨》者也，次回盖亦学义山而稍变其格调耳。集中如《个侬》诸作，未尝不似《香奁》，但细味其词，绝不仅男女悦慕而已。如"谗唇激浪稽千尺，妒眼成城绕一周"之句，必别有所指，盖次回诚笃人也。夫人之殁，悼之再四，重于内者，必不务于外也。袁简斋竟谓嗣次回者惟香亭。噫，香亭何人，而足与次回颉颃乎？使次回地下闻此言，亦必颔首微笑曰："王子知我。"

通过这段论述，可以进一步理解王易对于当时"艳体"诗所持态度。从诗话中提及的王易 1906 年（丙午）以来所结《虚明室诗录》所收的《丁未杂感》《感时》《闻复海军》《无题》《咏史》《游仙》来看，王易在作诗时，的确是有意效仿李商隐的风格，至于是否达到了其所推举的"清婉迴翔中仍不可不有凝重之气"，则从汪辟疆的评价中可以略窥一二：

今筱香所处之时，未知视古诗人何如，然每读《丁未杂感》《感时》《闻复海军》《无题》《咏史》《游仙》诸什，讽刺之余，幽而能出，是固所谓"开宝文章以涕泪胜"者，则筱香所处之时，又可知已。

除此之外，诗话中还记录了这一时期王易对唐宋诗之分所持的态度，这是其早期诗论中另一部分重要的内容。宗唐或宗宋是每一个初学为诗者在创作中都可能会遇到的问题，尤其是处在清末"同光体"、中晚唐诗派相继兴盛影响甚远的时期中。通过研读诗话文本可以得知王易在 1906 年至 1911 年间，从初学为诗到逐渐提高的过程中，整个诗学宗尚是学习唐人的。诗话中记载了王易与汪辟疆的一段讨论：

汪子论诗，每与余忤，余每好分唐宋派别，汪子则谓无分唐宋，以是为尚，常龃龉焉。平心论之，唐人有劣处，宋人亦有佳处，但以唐之李杜韩白，与宋之苏黄王陆较，则终觉彼善于此耳。盖唐贤之所以胜者，以其醇也。

从中可见王易所持观点：虽云唐宋各有优劣，但"唐贤之所以胜者，以其醇也"，偏爱唐诗是显而易见的。这时期他所作的"艳体"及其他作品，也往往取途唐人，追求"清妍绵丽"的风格，从另一方面佐证了他的诗学宗尚。值得注意的是，这里提到汪辟疆标举"无分唐宋"的观点，而通过细读诗话文本可以发现，这时期汪辟疆同样带有一定的宗唐的倾向。

首先，诗话第四段在记叙辛亥（1911）一年事中，明确记载汪辟疆为诗有"清明之变"，意谓在这年的清明节前后，因受到林庚白、姚鹓雏影响，汪辟疆为诗由宗唐转为尊崇宋人。诗话中记载：

汪子善效唐人，自清明而后大变，清明诗者，汪子尊宋之始也。先是姚子学宋，林子亦然，然汪虽慕之而未为也。迨清明诗出，林姚二子亟赏之，汪子遂力摹拟之，随作《过神门》《枕上》诸诗。次日林子有《清明后一日》之作，姚子有《暮春即事》之作，纷相唱和，风靡一时。汪子益自得，数日间积十余章，并举曩日效唐人者，率行删去，余为深惜之。

其次，在诗话中所载的汪辟疆十一条批语中，对于王易、林庚白、周维华、程凤笙的不同题材作品，全部从宗唐的角度进行评点，得出了“风骨在浣花玉溪之间”“颇有盛唐风味”“起二句声情激越，颇类王右丞《观猎》之作”“余当评公阜诗以五律为胜，细腻熨帖，真能得唐人之遗，侪辈中少与颉颃者也”等结论。这在多至十数字，少至数字的片语只言式的批语中，所占比重之大，足可以说明汪辟疆在当时评阅诗作所具有的眼光和心得。

受到汪辟疆的影响，诗话中也记载了王易由唐转宋的变化。诗话在记叙了汪辟疆“清明之变”后，紧接着有如下一段对话：

汪子谓余曰：“君诗素宗唐，今何忽欲与鲁直接邻耶？”曰：“吾与鲁直弟子接邻，安得不尔遂想与？”

行文至此，诗话接近尾声，而这时期王易的诗作所存又十分稀少，不足以展示王易诗由唐入宋的转变。将目光下探至 1916 年，王易在与胡先骕的一封信中写道：

往者予与汪笠云在太学时即斤斤辩论，各执一词，笠云嗤予所见未广，予则谓其见异思迁，实则尔时因未细味宋人诗，始有此失。足下谓唐人天籁，诚然，但唐人天籁却不可使我辈复道，故学唐最难不落蹊径，古人多写性灵，无性灵可不作诗，人之性灵又各不同，故少重复，若作诗者，效宋人之用意遣词，而去其刻露生涩，效唐人之谐畅纯穆，而去其轻率油滑，则无论唐宋，均属一致。[①]

可见，此时的王易在返回江西后，已经接受了宗宋为主，兼采唐诗的近代江西诗派的诗学观点。

作为在陈三立周围的近代江西诗派重要成员，同时兼为学人，王易的诗在审美倾向、用典遣词上，往往更具有鲜明的地域诗派特征，确是汪辟疆所谓“奥衍生涩”“清苍幽峭”，其诗风遂定格于“江西诗派护法神”这一形象[②]，而通过对《我友诗话》的研究，可以清晰地了解王易的学诗历程及宗尚转变，为深刻讨论地域与诗派提供了宝贵的个案和资料。

综而观之，王易的《我友诗话》侧重于记人、记事，把这些人物、事件、作品缀联成

---

① 胡宗刚：《胡先骕先生年谱长编》，南昌：江西教育出版社 2008 年版。

② 钱仲联：《近百年诗坛点将录》，《梦苕庵论集》，北京：中华书局 1993 年版。

章，不仅是自身经历的见证，而且为研究汪辟疆等京师大学堂诗人提供了宝贵的文献资料，也为王易、汪辟疆的诗学历程研究弥补了缺失的早期阶段，在客观上具备了一时、一地之诗史的功能。正如汪辟疆在《光宣诗坛点将录·序》中指出："前人视为游戏兴到之作者，倘亦觇世运、征文苑者所不能兴废欤？"①值得对其有所关注的研究者进一步发掘和讨论。

① 汪辟疆：《汪辟疆文集》，上海：上海古籍出版社1988年版。

黄咏雩《天蠁词》创作简论

彭敏哲[①]

黄咏雩，字肇沂，号芋园，1902 年生于广东省南海县盐步横江村。他是 20 世纪三四十年代商界之翘楚，又以诗词活跃于南粤文坛，与民国诗人黄祝渠、黄慈博、黄任恒并称“四黄”。黄咏雩著有《天蠁楼诗词文集》，其中有《天蠁词》四卷。“天蠁”古琴传为唐代成都斫琴名家雷氏所制，这张古琴琴体的龙池上有玉筋篆“天蠁”二字，传为唐代大诗人韦应物所有。黄咏雩以重金收得此张古琴，将自己的书斋以这古琴命名为“天蠁楼”，他自己的诗词集也命名为《天蠁楼诗》《天蠁词》。

一、黄咏雩生平及交游

黄咏雩的父亲黄显芝为广州知名粮商，曾出任广东全省商会联合会首届主席，被廖仲恺亲发国民政府嘉奖令，称为“爱国殷商”。从小受到良好教育的黄咏雩，身份比一般出身于书香门第的传统诗人更为特殊。纵观黄咏雩的一生，他集商人、诗人、教育家的身份于一身，“商业救国、教育兴邦”是其一生的理想。

黄咏雩年少时，孙中山在广东省领导国民革命，许多仁人志士相随左右，其中有一些与黄显芝相交甚笃，经常对黄咏雩耳提面命。受其家教的熏陶，黄咏雩从小继承了其父爱国忧民的思想。1921 年，他与何胜瑜结婚，婚后以店员身份成为其父对外交往的助手。1925 年，省港大罢工，黄咏雩陪同父亲前往见廖仲恺、苏兆徵，陈述维持广州粮食供应的意见。1928 年，黄咏雩任广州米糠发行同业公会主席，1929 年递升为广州总商会委员，成为广东商界翘楚。1930 年，黄咏雩召集米糠全行商店代表，起草组织章程，改组同业公会，当选为广州市米糠发行同业公会主席，并主持“广州总商会促进改组同业公会会议”。1931 年，黄咏雩当选为广州市商会第一届执行委员会兼调查科主任。同年，广东水灾，他出钱出力，对灾民施以援手。1932 年 1 月 28 日，日军进侵上海，十九路军英勇抗日，全国掀起抗日热潮，当年 1 月 31 日广东商界成立“广东救国筹款委员会”，黄咏雩被推举为常委兼主席，之后他积极筹款筹粮支援十九路军抗日，并亲赴上海劳军，可惜南京政府妥协，与日本签署了《淞沪停战协议》，并把十九路军调防，此次劳军未果。1933 年底，由

---

① 彭敏哲（1990— ），女，湖南株洲人，中山大学中文系古代文学博士研究生，研究方向为古代诗文与诗文批评。

于正直敢言，反对苛捐杂税，黄咏雩为民请命，不容于当时掌政者，被人诬告而身陷牢狱，直到 1934 年 10 月 3 日才出狱。1938 年，日本侵占华南，黄咏雩携家带子迁居香港，1938 年到 1942 年寓居香港。1942 年 1 月黄咏雩迁回广州，复出任横江小学校长。新中国成立以后，黄咏雩定居广州。1975 年 1 月，黄咏雩在家门口不慎摔伤后脑，送到医院抢救无效，当晚辞世。

黄咏雩弱冠受知于大儒简朝亮竹居先生，酷爱文学，尤其致力于诗词。其中有《天蠁词》四卷，卷一《横江集》，收录其 1929 年到 1944 年词作 68 首；卷二《芋园集》，收录其 1945 年到 1951 年词作 57 首；卷三《海日集》，补收了其 1935 年到 1966 年间的词作；卷四《怀古集》，收录了黄咏雩历年北游之作 27 首。黄咏雩曾多次北游，足迹遍布北京、上海、杭州、山东、湖南、湖北等地。

此外，黄咏雩还精于考古鉴赏，他曾游历北京，考辨石鼓文的来历；得天蠁琴，考证它的最初所有者。由于出身背景和生活经历独特，黄咏雩的游历交友也颇具特色，遍及文化名人、革命义士、商界巨贾和政界权贵。“词学宗师”夏承焘，词学家、书法家朱庸斋，著有《吹万楼诗》的李履庵，诗人吴亮佮、黄佛颐、王绍新、叶恭绰、吴道镕都曾与他诗词唱和。

二、《天蠁词》的题材内容

《天蠁词》反映出词人在国家动乱频繁之际、时代急剧变革之中的情感历程和人生体验，以辞章剖析自己，探讨生命的意义，寄托高洁的人格理想和崇高的道德追求。《天蠁词》收录词作 178 首，具体来说，可分为咏怀词、闺情词、咏物词、题赠酬唱词和怀古咏史词五类，其词作数目和所占比例见下表：

《天蠁词》收录词作分类

题材内容	作品数目	所占比例
咏怀词	62	34.8%
闺情词	17	9.6%
咏物词	29	16.3%
题赠酬唱词	26	14.6%
怀古咏史词	44	24.7%

（一）咏怀词

《天蠁词》中咏怀词有 62 首，占全集 34.8%，大抵分感怀时事和伤春悲秋两类。前者即事而发，注入爱国忧民的思想，是对时局政事的侧面反映。词人一生中所经历的几件大事都在词中有所反映，例如 1933 年黄咏雩遭陷害入狱，《翠楼吟·咏蝉》记录了当时的心情；1938 年广州沦陷，黄咏雩举家迁往香港，《菩萨蛮·香港寓楼》《念奴娇·九龙除夕》《凄凉犯》记载了全家寓居香港的情况；1942 年香港沦陷，四首《蝶恋花》表现了这段时期作者对侵略战争的痛恨和对受苦难民的同情；同年词人迁回南海县横江乡，在《琴调相思引》中有所反映；1945 年的《莺啼序》抒发了反法西斯战争胜利后作者的喜悦之情，同时讽刺了希特勒自杀一事；同年写作的《破阵乐》《大酺》则记录了抗日战争胜利后举国同庆的情景。

在咏怀的词作中，还有一些词没有明确指陈世事，而流露出伤春悲秋的情绪，这些词作往往表达更为含蓄，通篇写景抒情，却不知因何而起。如 1942 年所作《蝶恋花》（铲地轻寒春渐去）是一首伤春词，上阕“蔓草斜阳愁远路，莺花身世东风误”，嗟怨春风无情，斜阳含愁；下阕结句“遮眼屏山山外雾，江山却被残红污”，透露出作者伤感的本源，“江山被污”暗含对祖国山河破碎的伤心与惋惜。同样表达这种浓浓愁绪的还有一些悲秋词，如《临江仙》（不解太清常不净）、《蝶恋花・秋感》（缩首妖龙归藕孔）、《越江吟・秋感》（百年一晌真如电）、《临江仙・次瞿禅韵》、《惜分飞》（叶叶怨梧啼碧雨）等，这些词作把对漂泊的愁绪、世事的变迁、人生的感悟、未来的期望等融入词作之中，含蓄地表达了作者内心感受。

（二）闺情词

词史上以女子口吻写词的情况很常见，《天蠁词》中或生动活泼、或哀伤纤秾的闺情词，是黄咏雩拟女性而写，这类词作有 17 首。如 1933 年写就的《玉楼春》，上阕“绿云深拥鸳鸯住。流水不流香梦去。芙蓉红泪夜惊霜，莲子有心都已苦”所写的“鸳鸯”“流水”“芙蓉”“莲子”都是绣在睡枕上的物事，富有女性气息；下阕“无时无处无风雨，风雨未阑天又暮。玉楼贮梦隔重帘，辛苦寒虫谁与语”又用风雨欲来的天气映衬深闺愁绪，传达出孤苦愁闷的情感。这种拟深闺女子之口吻的词作还有很多，如《鹧鸪天》（雨窗愁丝总断魂）塑造了一位饱受相思之苦的闺中女子；《浣溪沙》（欲挽春风护彩云）抒发了怀春女子无处寄放的思情；《鹧鸪天》（但说相思总殢人）写缠绵深远的相思之情等。诸如此类的闺情词，一方面是对深闺女子思春怀人的再现，同时又包含了黄咏雩自身经历的真情实感，如《菩萨蛮》（弹云黛敛烟娥蹙）一词写于 1928 年作者寓居香港之际，是借女子口吻来抒发思乡之情的，“弹云黛敛烟娥蹙，沧波照影明寒玉”乃是以女子口吻起笔，“海气入楼寒，家山梦里看”却抒发了作者对于国土沦丧、飘零他乡的哀伤。

（三）咏物词

《天蠁词》中收有 29 首咏物诗，残荷、蜡梅、落叶、白菊、晋松、红棉、木棉、秋月、雁来红、红树、水仙、蝴蝶、牡丹、落花乃至屋檐下的风铃、出土的石鼓文、断壁残垣的佛寺都是题咏的对象。这些咏物词寄托遥深，往往别有怀抱。如《翠楼吟・甲戌咏蝉》是 1934 年在狱中所写，历来不少诗人都借咏蝉以咏志，“薄鬓花薰，清音柳曳，也应有人猜妒”正是词人对自己遭受诬陷际遇的书写，“谁语。响为风沉，我谓风多好，响因风度”化用骆宾王诗句表达洁身自好的人生态度，而“还相顾。莺鸠无力，抢榆枋树”则流露出对小人的蔑视。《齐天乐・咏藕》是词人对自己一生的概括，“西风吹散文鸳梦。凄凄夜凉如许。玉臂揞寒，冰丝缀泪，身世沉冥怜汝”咏物抒怀，以藕自喻，“湘娥昭质尚在。奈飘零翠袖，偷怨迟暮。心苦先枯，根深有节，禁得风波几度”用拟人的手法写藕，意在表达有志有节的风骨。值得一提的是，黄咏雩爱好文物鉴赏，所以《横江集》中有咏“周石鼓”的词作。

（四）题赠酬唱词

《天蠁词》中题赠酬唱词有26首。黄咏雩的交游广泛，在他定居广州期间，曾多次谦集，和众诗友唱和。题序中出现的谦集就有“北园谦集”“诵芬堂谦集”“甘泉山馆谦集”“玉蕊楼谦集”。陈哲在《天蠁词》跋中写道：“犹忆芋园子与其姨丈黄秩南，友人黄凹园、黄慈博唱和尤密，山林泉石间，綦履常接，时人景慕，有广州‘四黄’先生之称。”[①]可见当时酬唱之盛。此外，他还经常和友人聚会，同题赋诗。如1948年所作《霜花腴》就是和几位朋友一起咏雁来红，同年所作《瑶台第一层》则是中秋对月的题咏之作。这些和友人唱和的词作往往有题序，有时还限定了词韵。

黄咏雩还有一些酬赠之词，有的是寄远怀人，如1942年写就的《贺新郎》（横海鲸鲵门）是一首富有时代气息的悲秋之作，而作者在小序中写到，创作此词是为了寄怀杨铁老、夏承焘；有的是赋词赠友，比如1950年的《八声甘州》是词人在甘泉山馆与时任中央人民政府副主席的李济深重逢，“怪当时健者也曾闲，天涯又逢君”，表达了重逢的喜悦和对李的敬慕，“若个短衣匹马，争说李将军。遮莫南山上，猿臂逡巡”，把李济深和汉朝李广将军并比，赞誉他在“抗战”中立下的汗马功劳；有的是为朋友的画册题词，黄咏雩作《高山流水》题叶恭绰的《仿夏仲昭画竹图》，作《鹧鸪天》题邓奇桐《畅秋堂图》，作《瑞鹤仙》题《澹翁凹园图》；他也给好友的诗词集题，罗球著有《罗雨山词影》，黄咏雩于1966年为其题写《水龙吟》；而他的友人也有回赠，在《天蠁词》中，有黄佛颐、胡燕锷、张树棠、罗球、陈寂的题词。

（五）怀古咏史词

在黄咏雩传世的词作中，有大量怀古咏史的作品。《天蠁词》集中辑录了其历年北游词作《怀古集》，收录怀古词作27首。另有17首，散见于《横江集》《芋园集》《海日集》。词人的足迹曾遍布了古时的齐、楚、秦、燕、赵、魏、韩等地，每到一地，都有怀古之作。三首《浪淘沙》分别是齐中怀古、楚中怀古、燕中怀古；四首《临江仙》则是秦中怀古、韩魏怀古、大梁怀古、韩城怀古；两首《念奴娇》是骊山怀古和赤壁怀古；两首《永遇乐》是金陵怀古和京口怀古；还有西湖、武昌、鲁中、巴渝、颐和园昆明湖、清帝东陵等地的怀古之作，这些词作都是作者到达一处人文景观后即景就史写作而成。郑云鹗评“凡山、川、郡、国，夷险废兴之迹，宇宙事物动静变化之情，一一呈露，使人忧生念乱，眷怀身世，哀乐无端，不觉低回击节”[②]。怀古咏史词中的历史感不仅仅源自词人的思古之幽情，更是基于其对现实的执着，词的境界从而也显得格外宽阔。虽是对现实的感怀，却又高度概括了无情的历史法则，从而使这种历史感有着一种深沉的力量。

---

① 黄咏雩：《天蠁词》，北京：春秋出版社2012年版，第223页。
② 黄咏雩：《天蠁词怀古集》，北京：春秋出版社2012年版，第8页。

三、《天蠁词》的艺术特色

黄咏雩生活在战乱频仍、国祚危亡的近代中国，时代观念的冲击和丰富的个人经历使《天蠁词》呈现出独特的风貌，主要体现在以诗为词、取法风骚的创作方式，熔铸经史、寄托遥深的表现手法，“备婉约豪纵之长，骇浑厚幽折之致”① 的艺术风格三个方面上。

（一）以诗为词，取法风骚

词学批评家所谓“以诗为词”，通常有如下含义：词在最初是以绮筵公子、绣幌佳人的浅斟低唱为正始与正宗，体质纤巧、境界俗艳、声调婉媚。“以诗为词主要表现在为填词对诗歌句式句数及婉媚风格类型的趋同，在强调词体之独立和本色的同时，也主张通过诗人句法来体现词中的情感力度和壮阔风格，追求声调高逸的男音色彩。”②

以诗为词首先表现在词人借鉴和吸收诗的体性，改变词体单一的抒情咏怀的娱乐功能，而符合诗歌的“风雅”之义。黄咏雩早年师从简朝亮，简朝亮评其诗合乎诗义，而他的词也受到这一影响，陈哲云其“词旨亦同其宗尚”③。黄咏雩在写给黄凹园的《击剑词序》里说，“工于词者，当溯风雅之比兴，加以骚选之典则，变化以极兴会风神，情景交融，辞意俱炼，斯为上品”④。这种词学观念无疑是对“词为艳科”的有力驳斥。具体到他的创作实践中，他的咏怀词一则继承了《离骚》中强烈的忧时情怀和爱国思想，词境因此而由婉艳转为沉郁；二则运用雄深雅健的笔脉，托诸比兴的手法，抒发悲悯幽怨的情怀，而这种情怀往往并不直露，只是蕴含在哀伤清冷的意境之中。“温柔敦厚，以乘诗教；清空骚雅，以亢词宗”⑤，这是黄咏雩心中完美的词，而他自己也取法于风骚，形成“合乎诗义”的独特词风。如《凄凉犯》：

予避兵海上四年矣，辛巳十月廿四日，日本飞机侵袭九龙，投掷炸弹，予受伤。夜半，日兵阑入。炮火中，倚声记事。用白石体。

辞枝嘒蜇。苔衣槁、凄凉卧掩霜叶。足蛩绝岛，神游故国，雾山一发。饥鸮啄月。縠波起、银蟾影没。倒苍天、天沈海立。人在梦中活。　　无那沧江波，水击鹏风，血吹鲸渤。小楼伏枕，飒商飚、厌衾如铁。角惨镫昏，倍愁我、伤鳞呴沫。对哀蛩、有语欲说不敢说。

以诗为词还表现在寓诗法于词中。黄咏雩有深厚的文学功底，融通诗词二体，对前人诗作非常熟悉。如《翠楼吟·甲戌咏蝉》下阕“谁语。响为风沉，我谓风多好，响因风度”就是受到骆宾王《在狱咏蝉》的启发，化用前人诗句。而“正树碧无情，暗惊春去”则将李商隐《咏蝉》中“五更疏欲断，一树碧无情”改写，将前人诗句易字。

① 黄咏雩：《天蠁词怀古集》，北京：春秋出版社 2012 年版，第 8 页。
② 彭玉平：《唐宋语境中的“以诗为词”》，《复旦学报》2009 年第 5 期。
③ 黄咏雩：《天蠁词》，北京：春秋出版社 2012 年版，第 223 页。
④ 黄咏雩：《芋园文存》，北京：春秋出版社 2012 年版，第 89 页。
⑤ 黄咏雩：《芋园文存》，北京：春秋出版社 2012 年版，第 89 页。

以诗为词的另一特点体现在大量使用题序。《天饗词》中有大半的词作都有标题，其中还有许多词有题序，交代创作背景和创作动机。题序是对全词内容的补充说明，也起到深化主题的作用。比如《莺啼序》（莺啼乍惊幻枕），作者自序“某元首燕尔方叶，鹿台自焚。佳兵不祥，演此示戒”，这里的“某元首”其实就是指希特勒，“鹿台”则是隐喻希特勒的柏林指挥所。《破阵乐》和《大酺》两首词都是庆祝抗日战争取得胜利的，其中《破阵乐》题序“邻寇降伏，距跃歌舞，不可无词，因抚乐章斯调，以鸣欢臆”便是与词中“血沟激撸，硝烟泼墨，雷动风扫”互为补充的。

（二）熔铸经史，寄托遥深

黄咏雩博览古今典籍，其文史功底深厚。他对经史子集之言，儒、佛、道之理，传说神话及诸多名物典故，都信手拈来，巧妙构句。郑云鹗谓“言约而旨远，可作词史观”“枕经葄史，笔意俱化，寓风雅于比兴，摘骚辨之香艳”。[①] 集中反映这一特色的是他的《怀古集》，这本词集是作者历年北游词作的汇集，词人以高妙的史观驾驭全篇，以深厚的史识借古讽今，以“出经入史”的手法将词情和史情融为一体，把所到之处的历史积淀和历代兴亡的深沉思索融为对人生忧患、生命悲剧、宇宙意识、时代感伤的终极关怀。例如《永遇乐·金陵怀古》：

燕子高飞，是谁逐起，翻身翔舞。桃叶烟波，乌衣巷陌，过客闻腰鼓。野荒伎散，山空鹤怨，云锁紫金陵墓。任他人，横眠榻侧，翁仲也都无语。　　何尝天堑，限分南北，还又有人麾渡，紫盖黄旗，青丝白马，一样匆匆去。六朝如梦，百年回首，几见乱莺争属。春归未，江南草长，杏花细雨。

金陵曾是六朝古都，见证了几多兴亡更替，这一切也引发了词人的感怀。“燕子”“桃叶”“乌衣巷”“紫金陵墓”这些既是地名，也有其特定的历史含义，“任他人”是对赵匡胤语的化用，“青丝白马”又写到南梁侯景之乱。一首词中典故层出不穷、连绵深嵌，既有古人的遗迹，又有古人的事迹，然而“六朝如梦，百年回首”，都笼罩在“江南草长，杏花细雨”中，这种即景抒情、取事用典的方法在《天饗词》中俯首即见，词人通过熔铸经史叙写出时空的深沉，把古往今来的动荡不安放在凝固不变的历史时空中，显示出对人事兴衰、历史更替的宏观思考。

再看《浪淘沙·鲁中怀古》：

鲁难几时纾。吾尝归叹。龟山蔽鲁斧柯无。只恐季孙忧未了，不在颛臾。　　子欲九夷居。浮海乘桴。国人钟鼓响鶢鶋。凰鸟麒麟人不识，子意如何？

这首词巧妙地把各种和孔子有关的记载与传说联系在一起，“鲁难”出自《左传·闵公元年》齐大夫语“不去庆父，鲁难未已”；“吾尝”句则是改写《论语·公冶长》载孔

---

① 黄咏雩：《天饗词怀古集》，北京：春秋出版社 2012 年版，第 3 页。

子在陈时说的回归故乡鲁国的话；“龟山”句化用《龟山操》“予欲望鲁兮龟山蔽之，手无柯斧，奈龟山何”；“只恐”句化用《论语·季氏》“子曰：‘吾恐季孙之忧，不在颛臾，而在萧墙之内也’”；“九夷”则直接引用《论语·子罕》“子欲居九夷”，只是因为平仄关系调换了个别字的顺序；“浮海”句则取《论语·公冶长》孔子语“道不行，乘桴浮于海”之意；“国人”句概括《庄子》载鲁侯以鼓乐、美食招待海鸟鶢鶋的传说；“麒麟”用的是《春秋·哀公十四年》“西狩获麟。子曰，五道穷矣”的典故。整首词每句都从经史中化出，无一字无来处，有直接改写，也有间接化用，甚至直接采撷经史子集散文中的语汇入词，而又能做到严守音律节奏，全词名为“鲁中怀古”，实际上是对孔子的咏叹，篇末写人们不理解孔子，实则是词人哀叹自己不被理解的遭遇，表达渴求理解的心情。罗雨山评《怀古集》“有胸襟意志，又熟于掌故，熔铸经史，若自己出”[①]，陈哲评其“寝馈经史，含漱百家……骨重神清，思深体大……独开领域，寓意遥深”[②]，颇为中肯。

黄咏雩对史料、典故的运用得心应手，他善于用影射的方法来讽喻时事，把故实和时事巧妙地结合起来。如《莺啼序》（莺啼乍惊幻枕）是黄咏雩听到反法西斯战争胜利的消息时，怀着无比兴奋的心情写下的一首词，其中“雷轰地圻，浪撼山沈，听鼓声已死。奁帐畔、比肩镜影，脉脉无语，飒爽英姿，顿伤憔悴”影射了柏林被攻克，希特勒与他的情妇双双自杀的事件，“昆池劫烬，相看火里青莲，彩鸳一双飞起”则忆及当年八国联军侵占北平昆明池的场景，最后“念石火、豪华一例，靡靡歌残，宝玉衣寒，鹿台旋毁”是将希特勒的指挥中心和殷纣王的鹿台相比，意谓暴虐的统治终将自毙。

（三）备婉约豪纵之长，骇浑厚幽折之致

朱庸斋给《天蠁词》的跋中说黄词“每于瑰丽芳馨之间而尽幽窈沉郁之致”[③]，体现出黄词的两个特点：一是表现手法的瑰丽华赡，二是整体风格的幽折沉郁。黄咏雩在给黄凹园的《击剑词》写序时批评时人学习吴文英词“吾粤人近亦学其步趋，辄流于纤靡晦涩”[④]，而认为应当取各家所长，避免流于晦涩，“意格清雄，声调谐圽，亦犹竹坨迦陵之踵迹，苏、辛、姜、张，豪放而不率滑粗犷；婉约而不纤靡晦涩，宏音雅响，寄托遥深”[⑤]。在他的创作实践中也遵循这一理论，以姜夔、张炎的“清空骚雅”为宗，又吸收苏、辛的豪纵洒脱，他的词既有屈子凝重深沉的诗韵，又兼有婉约词派清丽深窈的词风，整体风格柔厚沉郁。

试看三首《临江仙》：

问讯小姑居那处，清溪盼断娇眉。江南惆怅落花时，荒唐云雨暮，零落海天涯。
见说倾城真绝代，姗姗来去何迟。当年一顾费矜持。佳人难再得，异地耐相思。

——《临江仙》

---

① 黄咏雩：《天蠁词怀古集》，北京：春秋出版社2012年版，第12页。
② 黄咏雩：《天蠁词》，北京：春秋出版社2012年版，第223页。
③ 黄咏雩：《天蠁词怀古集》，北京：春秋出版社2012年版，第2页。
④ 黄咏雩：《芋园文存》，北京：春秋出版社2012年版，第87页。
⑤ 黄咏雩：《芋园文存》，北京：春秋出版社2012年版，第87页。

不解太清常不净，顽阴仍缀高空。云罗哀雁晚忽忽。伤心天水碧，残照海桑红。历历悲欢成苦忆，芳韶销尽愁中。人天一梦付沙虫。星辰非昨夜，天地又秋风。

——《临江仙》

高啄檐牙三百里，歌台暖响融融。渭流脂粉半猩红。狐鸣谣乍起，鹑首梦方浓。不解蒙恬拼坐死，手提卅万强弓。髦头应指望夷宫。贪残仓鼠在，王霸野鸡空。

——《临江仙·秦中怀古》

三首词都是按照"临江仙"词牌来填，但各有特色。第一首《临江仙》轻快活泼，清丽婉转，融入民歌的意味，构造出清新俊爽的词境，颇得北宋初期中调之精致，吸收了柳永词的俗丽。而第二首《临江仙》则柔厚沉郁，情景交融，纾解胸臆，忧叹世事，兼有骚雅之韵味，取法小晏词。第三首是怀古词，寓辛辣讽刺于史典之中，笔力豪纵，气象盛大，与清丽小词风格迥异。朱庸斋评《天蠁词》"于赵宋诸家，取精用宏。大底体制法度，宗尚清真；骨骼神敛，肖乎白石；积健行气，来自稼轩；丽泽辞华，取于梅溪；而感物兴怀，则发乎自己"①。虽言其包揽百家，有过誉之嫌，但也厘清了《天蠁词》的渊源关系，体现出它的风格取向。

《天蠁词》所表露的都是词人日常生活中的真情实感，在面对长年战争带来的伤亡时，作者的笔调沉郁苍凉，例如：

贞观初回徼外军。洗兵辽海血都浑。紫泥颁诏营斋塔，白骨题缄入国门。　梵贝诵，法轮翻。大招不返鬼雄魂。几番帝释修罗战，又见兵尘到藕根。

——《鹧鸪天·悯忠寺》

悯忠寺为唐贞观年间李世民所建，乃为祭奠征战高丽的阵亡战士。词人明写大唐征战高丽血雨腥风的惨象，实则隐晦地反映民国时期战争频繁的状况。整体词风得老杜诗笔，浑厚悲凉，沉郁顿挫。以上只是黄咏雩在感怀国事和怀古咏史词中呈现的风格，在另一部分描写日常生活中的离愁别绪，以及作代言体的闺情词时，作者的笔锋又马上呈现出另一番韵味：

雨窗愁丝总断魂。春风无力散痴云。冥冥蜃气成楼阁，轧轧鸦声变晓昏。　双袖薄，百花薰。更抛红豆与何人。相思自有相思错，珍重奴奴窈窕声。

——《鹧鸪天》

代拟思妇而抒情是词史上典型的一个题材，虽则黄咏雩在作词时已经不再严守诗词的界限，但在"男子作闺音"这种传统题材上他并没有吝惜笔墨。也正因如此，他在许多伤

① 黄咏雩：《天蠁词怀古集》，北京：春秋出版社2012年版，第2页。

春悲秋的咏怀词作中，融入大量古雅柔美的意象，有的词无法严格界定是在咏自我之情怀还是在代拟女子抒情，但总体呈现出清丽柔婉、含蓄蕴藉的风格，在一唱三叹中表现出余音绕梁的闲愁别恨。这一类词的风格和婉约一派较为接近，情致深婉，语淡情深，呈现出一派阴柔之风貌。

总的来说，《天蠁词》深得诗骚之神韵，将爱国情怀诉诸现实咏叹之中，又将史实和词情融合得浑然天成，其凝重深沉中寄寓着婉约清丽，婉约清丽之中又蕴含着豪纵深长，郑云鹗评其词"备婉约豪纵之长，骇浑厚幽折之致"，可以说是比较准确的。

四、民国时期词体观念下《天蠁词》创作特点

随着文学革命的展开，民国词的创作与传统词相比呈现出迥异的风格特色，一方面，由于社会的剧烈变革引起创作者在生活和心理上双重的动荡不安，其词呈现出所写之事与战争离乱紧密结合、所咏之情不出国恨家愁、词境或萧瑟凄冷或义愤填膺的特点。另一方面新的文学革命打破了旧体诗词创作的传统章法，"以旧风格含新意境"的理论主张成为主流论调。民国词人黄咏雩在此大背景下，也在词的创作中呈现出带有时代烙印的特征。

首先体现在题材上的新变。《天蠁词》与作者现实生活紧密相连，而民国时期的生存状态和生活方式都与封建社会有较大的差异，《天蠁词》中记录了一些与传统词作相异的物象和生活图景。1941 年日本飞机袭击香港，词人作《凄凉犯》以记其事，序中出现了"日本飞机""投掷炸弹"等新意象。除此之外，最典型的一例是以考古成果入词。黄咏雩精于文物鉴赏，对考古考证情有独钟，在他的《芋园文存》中，有 6 篇考证文章。1929 年词人游北京，在太学前门获观石鼓文，他考证出石鼓文是秦犬丘世父所作，并作《石鼓文是秦犬丘世父所作考》，与此同时作《宝鼎现》，把考古的成果写进词中：

重轻遑问，禹鼎亡矣，何人能守？周石鼓，秦襄时制，当在十年岁癸酉。孰作者？犬丘秦世父，祠帝三牲卺。故篆曰吾自来虏，想见西戎归后。

沔沔汧水中何有。济舫舟，鱼草杨柳。惟丙日、车工马简，彤矢角弓骖左右。驭六辔，导阴阳原隰，持射驱其稚兽。既献享，师徒孔庶，卅里亟除中囿。应记地赐岐丰，铭十鼓，三原初拘。笑从来，椎拓纷纭，书矜史籀。更那省，嗣王谁某。数典忘宜白。看墨气，蟠郁蛟龙，沆瀣遥通岣嵝。

此词可谓是词史上第一首"考古词"，第一段提出问题，记周石鼓制作的时间、人物；中段全用石鼓文本字，串成表意明确、记叙条理、符合词格的词句，写犬丘世父的英姿和贡献，最后提醒人们要用历史回答他的问题，这样考证的结论便自然而出。虽然在语言上由于刻意使用石鼓文中的文字而显得佶屈聱牙，并且仅有一篇，但是这种首创性确实值得一提。

其次，《天蠁词》反映出"以诗统词，诗词一体"的词体观念，在创作上打破诗词界限，黄咏雩另有诗集传世，对比其诗，与其词所反映的内容和情感大体相类似，作者已经模糊了二者的界限，诗与词的区别仅仅在于写作体式和平仄韵律的规则不同，从而缩小了

题材、技法及风格上的鸿沟，这也是民国词创作的一个基本特点。

最后，《天蠁词》中存有多种风格不一的词作，作者有意吸收不同词家的优长，试图融汇多种艺术手法，构成豪放与婉约兼备的整体风貌。黄咏雩在创作过程中会自觉地对历史上自成一体的词人进行模仿，在题序中可见的有“稼轩体”（《水龙吟・题张纯初〈笔花草堂词〉》）、“芦川体”（《瑞鹧鸪・用芦川体为李履庵赋》）、“韩涧泉体”（《月中行・晚景拟韩涧泉体》）、“梅溪体”（《玲珑四犯・次夏瞿禅韵》《瑞鹤仙・丁丑题〈澹翁凹园图〉》）、“梦窗体”（《莺啼序》《珍珠帘・颙庵得宋陈简斋铜印属题，用梦窗体》）、“白石体”（《凄凉犯》《惜红衣・咏残荷》）、“片玉体”（《画锦堂・南国饯别林容仲》）、“玉田哭碧山调”（《琐窗寒》）、“蒲江体”（《庆宫春》）、“荆公体”（《千秋岁引》），所拟词体广纳百家之长，兼备不同风格，模仿的对象都是宋代词人，可见黄咏雩主要仿学宋词，通过吸收宋代优秀词人成熟的艺术经验和特定的艺术风格来进行词的创作。

在创作中有意识地对不同风格、不同体式进行尝试也是民国词创作的一个显著特点，词体创作绵延至民国已经积累了大量的艺术经验，也有了许多可供模仿和学习的优秀范例。民国词人在创作中也会根据所写题材的不同而采用与之相契的词风来抒情达意，故而在民国词体观念下的《天蠁词》的创作也就呈现出博采众长、风格多样的特点。

胡适的旧体诗观

张　宁[①]

1918 年 1 月，胡适、刘半农、沈尹默在《新青年》4 卷 1 号发表了一批新诗，拉开了新诗运动的帷幕。这是一场完全不同于历史上任何一次诗文运动的大变革。倡导者们所提倡的新诗无论在形式还是内容上都迥异于传统的旧体诗。从这个意义上说，新诗运动是对传统诗歌的大反叛。

胡适作为这场新诗运动的倡导者，他总是以旧体诗批判者的姿态出现在公共视野中，给人的印象似乎是只爱新诗，不喜旧诗，甚至对旧诗充满厌恶。而实际上，胡适对旧体诗的态度比较复杂。就连与胡适关系密切的友人，在谈及胡适对旧体诗的态度时，都产生了两种截然不同的观点。梁实秋称："近读《胡适文存》中有关论诗之作，我觉得胡先生的意见前后几十年间一以贯之，很少变化。这大概也就是胡先生的坚定不移的性格之一例证，一有所见，便终身以之。"[②] 梁氏认为胡适论诗的一些主张几十年间"一以贯之"。而唐德刚却认为胡适晚年与少年存在差别，他说："胡适对旧诗的看法，在我的体验中，他晚年和少年时期的分别是很大的。但是一经我追问他又不得不为他少年时期的言论作辩论，因而其言论就显出矛盾了。"[③]

以至于学界对此问题也争论不休。郑敏在《世纪末的回顾：汉语语言变革与中国新诗创作》中指出，"读破万卷书的胡适，学贯中西，却对自己的几千年的祖传文化精华如此弃之如粪土"。[④] 而王瑶先生则认为胡适"对中国古典诗歌传统是有所扬弃，也有所继承的"。[⑤] 这些论述无疑是具有启发性的，但或囿于一端，或失之笼统，未能尽窥其貌，无法展示胡适不同时期诗论的发展变化及其矛盾与困惑。有鉴于此，我们有必要对胡适的旧体诗观作全面梳理和审视。

---

① 张宁（1986—　），男，汉族，山东临沂人，中山大学中国语言文学系，中国古代文学专业博士，研究方向为民国旧体诗。

② 杨迅文主编，《梁实秋文集》编辑委员会编：《梁实秋文集》卷 1《文学批评》，厦门：鹭江出版社 2002 年版，第 720 页。

③ 唐德刚：《胡适杂忆》，桂林：广西师范大学出版社 2005 年版，第 95 页。

④ 郑敏：《世纪末的回顾：汉语语言变革与中国新诗创作》，《文学评论》1993 年第 3 期。

⑤ 王瑶：《中国现代文学史论集》，北京：北京大学出版社 1998 年版，第 325 页。

一、不同时期的旧体诗论

有关胡适生平的传记或研究专著对其人生阶段的划分由于所依据的标准不同，意见往往不一致，若仅就其对旧体诗的态度而言，分为四个时期似乎更为恰当。以下分别探讨他在求学时期、文学革命时期、新文化运动落潮之后及寓居美国以后的旧体诗论。

（一）求学时期

1907 年，胡适 17 岁，正就读于上海中国公学。李敖在《胡适评传》中将这一时期胡适为何能走上旧体诗写作的道路归结为两个偶然因素：其一，胡适在脚气病养病期间读到了吴汝纶选编的古文读本里头的不少古诗歌；其二，胡适以诗送别《竞业旬报》社的傅君剑返乡，对方以一首《留别适之即和赠别之作》相答，诗中有“天下英雄君与我，文章知己友兼师”的赞语，这让胡适受宠若惊，“更加重了他对诗歌的热爱，使他‘发愤读诗，想要做个诗人’”。[①] 也正是在这样的背景下，胡适开始了对旧体诗的思考。

他首先表达了对律诗的不满。他说：“做惯律诗之后，我才明白这种体裁是似难而实易的把戏；不必有内容，不必有情绪，不必有意思，只要会变戏法，会搬运典故，会调音节，会对对子，就可以诌成一首律诗。这种体裁最宜于做没有内容的应酬诗，无论是殿廷上应酬皇帝，或寄宿舍里送别朋友，把头摇几摇，想出了中间两联，凑上一头一尾，就是一首诗了；如果是限韵或和韵的诗，只需从韵脚上去着想，那就更容易了。……七言律诗，我觉得没有一首能满意的，所以我做了几首之后就不做了。”[②] 他把律诗看作“不必有内容，不必有情绪，不必有意思，只要会变戏法，会搬运典故，会调音节，会对对子”的把戏，认为其最适宜用作应酬诗。今查《胡适全集》，从 1907 至 1910 年胡适在上海期间，保留下来的旧体诗有 40 首。写于 1907 至 1908 年间的共 21 首，其中古体诗有 12 首，五、七言律诗 5 首，七言绝句 4 首。律诗明显少于古体诗。李敖认为此时“他开始恨律诗，开始倾向诗体解放，开始给日后的‘文学革命’种下了伏机”[③]。

另外，胡适自称从他的旧笔记《自胜生随笔》中所摘录的几条前人诗论，已能看出其“十六岁时论诗的旨趣了”：[④]

> 作诗必使老妪听解，固不可；然必使士大夫读而不能解，亦何故耶？
>
> ——录《麓堂诗话》

> 东坡云，“诗须有为而作”。元遗山云，“纵横正有凌云笔，俯仰随人亦可怜”。
>
> ——录《南濠诗话》[⑤]

---

① 李敖：《胡适评传》，上海：文汇出版社 2003 年版，第 141 页。

② 胡适：《四十自述》，北京：中国文联出版公司 1992 年版，第 70 页。

③ 李敖：《胡适评传》，上海：文汇出版社 2003 年版，第 142 页。

④ 胡适著，欧阳哲生编：《胡适文集（9）》，北京：北京大学出版社 1998 年版，第 71 页。

⑤ 胡适著，欧阳哲生编：《胡适文集（9）》，北京：北京大学出版社 1998 年版，第 71 页。

前者强调诗歌语言既不能过于直白，也不应偏于晦涩难解。言下之意，语言应当以达意为准。后一段话强调诗歌应当“有为而作”，创作应带有某种目的性和功利性，诗人不应一味模仿，失去个性。

1910 年 9 月，胡适来到美国，先后就读于康奈尔大学和哥伦比亚大学。在这期间，他更加自觉地对旧体诗进行了反思。

首先，他十分重视诗歌的“真”。1911 年 4 月 13 日，他在日记中写下了这样的文字：“汉儒解经之谬，未有如《诗》笺之甚者矣。盖诗之为物，本乎天性，发乎情之不容已。诗者，天趣也。汉儒寻章摘句，天趣尽湮，安可言诗。”① 胡适对汉儒穿凿附会《诗经》大为不满，他认为诗歌应出自人的天性本心，是情感不能自已时的产物，因而要有感而发，以保留“天趣”。在答友人任叔永的诗中称“叔永至性人，能作至性语。脊令风雨声，令我泪如雨”②。季彭为任叔永之弟，因忧愤时政投井而死，叔永将季彭生前寄给他的书信整理成《脊令风雨集》，并系诗纪念，有云“何堪更发旧书读，肠断脊令风雨声”。胡适的“脊令风雨声”是对应任叔永之语而发。何为“至性人”“至性语”？胡适没有直言，但给了提示，“至性人”“至性语”能够“令我泪如雨”。只有蕴含了作者本人真情的诗语才能感人肺腑。友人许怡荪 1911 年寄长诗《哭程君乐亭》给胡适，胡适评价云：“情真语挚，读之令人泪下。”③ 晚年胡适明确提出“诗贵有真”④。他说：“诗贵有真，而真必由于体验。若埋首牖下，盗袭前人语句以为高，乌有当耶。”⑤

其次，诗歌应当自然、达意。他颇为得意地评价《自杀篇》，云：“此诗全篇作极自然之语，自谓颇能达意。”⑥ 其后在总结自己诗歌的特点时称“吾诗清顺达意而已”⑦。这与传统诗歌中讲求“天然去雕饰”一说是一致的。但是胡适之诗语不再刻意追求“自然”，而以“达意”为目的。在这个前提下，白话、俗语任其驱策。《自杀篇》中胡适就使用了口语“我不识贤季，焉能和君诗？颇有伤心语，试为君陈之”，“我闻古人言，‘艰难惟一死’。我独不谓然，此欺人语耳”。⑧ 1916 年 1 月 29 日，胡适一首和任叔永的小诗云：“我无三子长，亦未敢自菲。行文颇大胆，苦思欲到底。十字以自嘲，倘可视知己。”他自己感慨说：“近来作诗颇同说话，自谓为进境。”⑨ 胡适将“作诗颇同说话”看作“进境”，表明这是其有意为之的结果。

最后，诗贵创新，不应蹈袭。胡适在总结自己的诗歌创作时云：“吾近来作诗，颇能不依人蹊径，亦不专学一家，命意故无从摹效。即字句形式亦不为古人成法所拘，盖胸襟魄力，较前阔大，颇能独立矣。”⑩ 此语并非虚言，前者所论以口语、俗语入诗已经显示

---

① 胡适著，曹伯言整理：《胡适日记全编》第 1 册，合肥：安徽教育出版社 2001 年版，第 84 页。
② 胡适著，曹伯言整理：《胡适日记全编》第 1 册，合肥：安徽教育出版社 2001 年版，第 331 页。
③ 胡适著，曹伯言整理：《胡适日记全编》第 1 册，合肥：安徽教育出版社 2001 年版，第 102 页。
④ 胡适著，曹伯言整理：《胡适日记全编》第 2 册，合肥：安徽教育出版社 2001 年版，第 48 页。
⑤ 胡适著，曹伯言整理：《胡适日记全编》第 2 册，合肥：安徽教育出版社 2001 年版，第 51 页。
⑥ 胡适著，曹伯言整理：《胡适日记全编》第 1 册，合肥：安徽教育出版社 2001 年版，第 332 页。
⑦ 胡适著，曹伯言整理：《胡适日记全编》第 2 册，合肥：安徽教育出版社 2001 年版，第 51 页。
⑧ 胡适著，曹伯言整理：《胡适日记全编》第 1 册，合肥：安徽教育出版社 2001 年版，第 331 ~ 332 页。
⑨ 胡适著，曹伯言整理：《胡适日记全编》第 2 册，合肥：安徽教育出版社 2001 年版，第 332 页。
⑩ 胡适著，曹伯言整理：《胡适日记全编》第 1 册，合肥：安徽教育出版社 2001 年版，第 332 页。

出他自觉的尝试。1915 年 4 月 26 日，胡适作《老树行》，认为“此诗用三句转韵体，虽非佳构，然末二语决非今日诗人所敢道也”[①]。诗末二语“既鸟语所不能媚，亦不为风易高致”，引起了同辈的传论，所谓“侪辈争传，以为不当以入诗”“今晨叔永言见芙蓉盛开而无人赏之，为口占曰：‘既非看花人能媚，亦不因无人不开’，亦效胡适之体也”。[②]友人杨杏佛、任叔永的模仿也许带有开玩笑的意味，但从他们称其为“效胡适之体”，可以看出这个诗句明显带有胡适本人的个性特征。其后论韩退之诗，以为“韩退之诗多劣者。然其佳者皆能自造语铸词，此亦其长处，不可没也”[③]。“自造语铸词”才能推陈出新，显示出诗人的个性特征。

（二）文学革命时期

钱基博称：“可以考见胡适文学革命思想之历程者，盖莫如《尝试集自序》。”[④] 胡适在这篇序言中总结了学写旧诗的经历，回顾了与友人梅光迪、任叔永论争的经过。他也因此产生了以白话作诗的念头，并作了这样的表态：“文章革命何疑？且准备搴旗作健儿。”[⑤]

1917 年 1 月 1 日，胡适于《新青年》2 卷 5 号发表《文学改良刍议》，胡不归称，“这才是公开向国内提倡白话文学的第一炮”[⑥]。他提出文学改良“须从八事入手”：“一曰，须言之有物。二曰，不摹仿古人。三曰，须讲求文法。四曰，不作无病之呻吟。五曰，务去滥调套语。六曰，不用典。七曰，不讲对仗。八曰，不避俗字俗语。”[⑦] 这些主张基本上是针对旧体诗而发。从其标题“改良”“刍议”可以看出胡适对旧体诗是抱有改良念头的。郑振铎称：“这诚是一个‘发难’的信号。可是也只是一种‘改良主义’的主张而已。”[⑧] 这些要求可以说是对他求学期间诗歌理论的集中系统总结，反映出他试图从形式与精神两方面对旧体诗进行改良的用意。

而随着新文学运动的深入，胡适对旧体诗进行了猛烈地抨击，主要表现在以下两个方面：

第一，语言层面。在《建设的文学革命论》中，他说：“简单说来，自从《三百篇》到于今，中国的文学凡是有一些价值有一些生命的，都是白话的，或是近于白话的。其余的都是没有生气的古董，都是博物院中的陈列品。”[⑨] 他有意夸大白话的作用，为的是抬高其地位，以此与盛行的“文言”相抗衡。又说：“那些用死文言的人，有了意思，却须把这意思翻成几千年前的典故；有了感情，却须把这感情译为几千年前的文言……因此我

---

① 胡适著，曹伯言整理：《胡适日记全编》第 2 册，合肥：安徽教育出版社 2001 年版，第 120 ~ 121 页。
② 胡适著，曹伯言整理：《胡适日记全编》第 2 册，合肥：安徽教育出版社 2001 年版，第 174 页。
③ 胡适著，曹伯言整理：《胡适日记全编》第 2 册，合肥：安徽教育出版社 2001 年版，第 527 页。
④ 钱基博：《现代中国文学史》，上海：上海书店出版社 2007 年版，第 375 页。
⑤ 胡适著，欧阳哲生编：《胡适文集（9）》，北京：北京大学出版社 1998 年版，第 75 页。
⑥ 胡不归等：《胡适传记三种》，合肥：安徽教育出版社 2002 年版，第 19 页。
⑦ 胡适著，欧阳哲生编：《胡适文集（2）》，北京：北京大学出版社 1998 年版，第 6 页。
⑧ 郑振铎选编：《中国新文学大系·文学论争集》，上海：上海文艺出版社 2003 年版，“导言”第 2 页。
⑨ 胡适著，欧阳哲生编：《胡适文集（2）》，北京：北京大学出版社 1998 年版，第 46 页。

说，‘死文言决不能产出活文学’。”[①] 在1918年10月的《答任叔永》的信中他说：“文言不易达意。”[②] 这些激烈的批判显示出胡适决绝的态度。

第二，诗体本身。他早在上述写给任叔永的信中说：“律诗更作不出好诗。”[③] 1919年10月10日胡适在《星期评论》上发表《谈新诗》称：“中国近年的新诗运动可算得是一种‘诗体的大解放’。因为有了这一层诗体的解放，所以丰富的材料，精密的观察，高深的理想，复杂的感情，方才能跑到诗里去。五七言八句的律诗决不能容丰富的材料，二十八字的绝句决不能写精密的观察，长短一定的七言五言决不能委婉达出高深的理想与复杂的感情。”[④] 五七言律诗由于受到平仄、对仗、押韵等规则的严格限制，与讲究有什么话就说什么话的新诗相比，表情达意是不够自由的。“直到近来的新诗发生，不但打破五言七言的诗体，并且推翻词调曲谱的种种束缚；不拘格律，不拘平仄，不拘长短；有什么题目，做什么诗；诗该怎样做，就怎样做。”[⑤] 抛开形式的束缚，“该怎样做，就怎样做”，反映出胡适想要创造一种适于表达新思想、新情感的自由诗体的强烈诉求，将内容的表达放在了首位，这是对旧体诗末流堆砌文字、摹古成风的反拨。正如一些研究者所论，“新诗最早的开拓者，着手创立白话诗的试验，一开始就朝着打破旧诗词最顽固的语言形式桎梏的方向冲击”[⑥]。

（三）新文化运动落潮之后

20世纪20年代中期以后，新文化运动渐趋落潮。许多新诗人又作起旧诗，胡适也不例外。今查《胡适全集》，《尝试后集》[⑦] 中有七律3首、五律6首、七绝21首、五绝1首。其中最早的一首是《题章士钊、胡适合影》，写于1925年2月；最晚的《冲绳岛上口占，赠钮惕生先生》写于1958年6月16日。

这些诗歌大部分属于朋友间酬唱赠答的游戏之作。1934年1月13日，周作人作《二十三年一月十三日偶作牛山体》。1月17日胡适依韵作七律《戏和周启明打油诗》，诗云：“先生在家象出家，虽然弗着啥袈裟。能从骨董寻人味，不惯拳头打死蛇。吃肉应防嚼朋友，打油莫待种芝麻。想来爱惜绍兴酒，邀客高斋吃苦茶。”以戏谑文字勾勒友人形象，胡适自称“写吾兄文雅”[⑧]。1月18日作五律《再和苦茶先生的打油诗》，则称“写一个流氓的俗气”[⑨]。3月5日又作《苦茶先生又寄打油诗来，再叠韵答之》，亦属游戏笔墨。再如七绝《贺元任、韵卿银婚纪念的小诗》，更是充满滑稽和诙谐意味。诗云：“甜甜蜜蜜二十年，人人都说好姻缘。新娘欠我香香礼，记得还时要利钱。”

1931年9月26日，胡适在《致周作人》的信中附有律诗《题唐景崧先生遗墨》，并

---

① 胡适著，欧阳哲生编：《胡适文集（2）》，北京：北京大学出版社1998年版，第46～47页。
② 胡适著，欧阳哲生编：《胡适文集（2）》，北京：北京大学出版社1998年版，第77页。
③ 胡适著，欧阳哲生编：《胡适文集（2）》，北京：北京大学出版社1998年版，第77页。
④ 胡适著，欧阳哲生编：《胡适文集（2）》，北京：北京大学出版社1998年版，第134页。
⑤ 胡适著，欧阳哲生编：《胡适文集（2）》，北京：北京大学出版社1998年版，第138页。
⑥ 张松如主编：《中国诗歌史论》，长春：吉林大学出版社1985年版，第307页。
⑦ 胡适1919年后写的旧体诗收录在《尝试后集》中。
⑧ 耿云志、欧阳哲生主编：《胡适书信集》，北京：北京大学出版社1996年版，第606页。
⑨ 耿云志、欧阳哲生主编：《胡适书信集》，北京：北京大学出版社1996年版，第606页。

在信末写道："胡适之做律诗，没落可想。"[①] 他这句带有自嘲意味的话，或许可以从两方面来理解：首先，他本人是主张写新诗的，此时却也写下了旧诗；其次，他向来鄙薄律诗，视其为文字游戏，现在却用来写庄重严肃的哀悼文字。在这里胡适对律诗的评价仍然不高。值得注意的是，胡适在 1929 至 1955 年的书信中，讨论或赠答诗歌的有 17 封，其中关于旧体诗的有 9 封，新诗的有 8 封。这 9 封信中，有赠友人的游戏笔墨，如写给周作人的 4 封信中，就包括了上面 3 首律诗；有写给妻子的抒情之作，如 1937 年写给冬秀的小诗"棕榈百扇静无声，海上中秋月最明。如此海天如此夜，鸡声催我起飞行"；亦有勉励友人的作品，如 1943 年赠陈树棠诗："海外欣闻有朴园，藏书万卷至今存。好为宗国留文献，岂但楹书贻子孙。"胡适在私人化的书信中以旧体诗赠友人和亲人，说明他看重旧体诗，并视其为表情达意的手段。这与其文学革命时期的公开批评旧体诗是有区别的。

这一时期，他对绝句更为偏爱。不仅在他的旧体诗创作中绝句占大部分，而且在一些文章中也流露出对绝句的重视。在《〈每天一首诗〉识语及后记》中，胡适于 1934 年 4 月 20 日写下了这样一番话："从今天起，每天写一首我能背诵的好诗，不论长短，不分时代先后，不问体裁。"[②] 同年的 5 月 24 日，他又写下："后来我决计专抄绝句了。"[③] 由不分体裁转变为专抄绝句，很能说明他对绝句的偏好。1947 年，他在写给俞平伯的信中说："文人从民歌那里得了绝句体裁，加上新的见解，加上比较深刻的观察，加上比较丰富的内容，所以诗人的绝句，往往有新的境界，有民间歌唱不容易达到或不能达到的境界，老杜的《漫兴》是最好的例子。"[④] 由此可知，他认为经过文人改造后的绝句能够写出新的境界，有更好的艺术效果。

1936 年 2 月 5 日，胡适在《谈谈"胡适之体"的诗》中指出诗歌"说话要明白清楚""用材料要有剪裁""意境要平实"。[⑤] 虽然这些见解主要是针对其"胡适之体"的新诗而言，但这与他求学期间旧诗创作的一贯主张是吻合的，这些原则可以看作胡适对新诗发展的要求，当然也是旧体诗应该坚守的底线。由此可见步入中年后胡适的论诗旨趣。

（四）寓居美国以后

1949 年以后，胡适长期寓居美国。这时期他对旧体诗的态度有别于早年。最值得注意的有两方面：一是认可律诗；二是坦言旧体诗的文学价值。

唐德刚说："胡先生不喜欢旧诗词，我们都无话可说，视为当然。不过笔者（唐德刚）倒为胡适的另一句评语说得大惊失色。胡氏特别喜欢郑孝胥的律诗。他说：'律诗难做啊！要做到像郑苏堪那样的律诗要下几十年的工夫啊。'"[⑥] 胡适在相当长的一段时期内，并不看重律诗。然而此时却甚为称许郑孝胥的律诗，这让与胡适交往密切的唐德刚"大惊失色"，足见他对律诗的态度前后反差之大。

---

① 耿云志、欧阳哲生主编：《胡适书信集》，北京：北京大学出版社 1996 年版，第 559 页。
② 胡适：《胡适全集》第 12 册，合肥：安徽教育出版社 2003 年版，第 237 页。
③ 胡适：《胡适全集》第 12 册，合肥：安徽教育出版社 2003 年版，第 237 页。
④ 耿云志、欧阳哲生主编：《胡适书信集》，北京：北京大学出版社 1996 年版，第 1120 页。
⑤ 胡适：《胡适全集》第 12 册，合肥：安徽教育出版社 2003 年版，第 343～344 页。
⑥ 唐德刚：《胡适杂忆》，桂林：广西师范大学出版社 2005 年版，第 94 页。

胡适亦坦言旧体诗的文学价值。“‘旧诗怎么不是文学？’胡先生说，‘李白、杜甫做的不都是旧诗’？”① 胡适即兴之时，曾用绝句来抒发故人重逢的喜悦和感慨。1960 年夏天，胡适与国民党元老钮永建同坐飞机去美国，途中在冲绳岛休息，二人交谈甚欢。胡适兴奋之余便口占一绝。诗云：“冲绳岛上话南菁，海浪天风不解听。乞与人间留记录，当年朋辈剩先生。”② 这很能说明他对旧体诗表情达意的看重。在流寓纽约期间，他常常重温旧诗词。唐德刚回忆说：“那时笔者便曾向胡先生抱怨新文学‘看得懂，背不出’。去国日久的华侨，故国之思愈深，愈欢喜背诵点诗词和古文……”③ “有时我把这些感触说给胡先生听，他也往往半晌不知所答。他那位老寓公，古文、诗、词，出口成诵。孤灯清茶，闲对古人，原来也是他老人家的乐趣啊。”④ 胡适这位“老寓公”居然也“孤灯清茶”地读古人的诗词。这或许是去国日久，“故国之思愈深”的缘故；或许也有在文化上寻找认同感和归宿感的意味，但从中亦可看出他对旧体诗词的认同和喜爱。

1958 年后，胡适去了台湾。吴奔星、李兴华所编《胡适诗话》中载有 1960 年 12 月 23 日胡适的一段话：

> 无论诗或文，第一要做通。所谓通，就是要通达。我的意思能够通达到你，你的意思能够通达到我，这才叫做通。我一向主张要做到明白清楚，你能做到明白清楚之后，你的意思才能通达到别人。第二叫力量。你能把你的意思通达到别人，别人受了你的感动，这才叫力量。诗文能够发生力量，就是到了最高的境界，这个叫做美。⑤

胡适就诗或文的一概之论实际上已经跳出了文学革命时期新旧文学或者新旧诗之间必须舍此而就彼的“优劣”之论。他所指出的这三条原则意味着他已经较为通达公允地对待诗或文。所以吴奔星评价说：“‘通达’‘力量’和‘美’表现了胡适的文艺思想，既是他评论文艺作品的艺术标准，也是他欣赏诗文的审美尺度。这种通俗易懂的美学观点值得肯定。”⑥

二、说与做的矛盾

胡适对旧体诗的态度经历了四个阶段，大致呈现出由求学阶段的反思纠弊—文学革命时期的批判趋新—新文学落潮后的平心而论—晚年寓居美国后归于通达公允的轨迹。在这一过程中，似乎一直贯穿着这样的矛盾：胡适一方面公开批判旧体诗，指摘其弊端；另一方面却又不划清新旧诗之间的界限，难以决然割舍，在私人化的阅读和书写中亲近旧体诗。这种矛盾该如何理解？

---

① 唐德刚：《胡适杂忆》，桂林：广西师范大学出版社 2005 年版，第 94 页。
② 胡适口述，唐德刚译注：《胡适口述自传》，桂林：广西师范大学出版社 2005 年版，第 32 页。
③ 唐德刚：《胡适杂忆》，桂林：广西师范大学出版社 2005 年版，第 92 页。
④ 唐德刚：《胡适杂忆》，桂林：广西师范大学出版社 2005 年版，第 93 页。
⑤ 胡适著，吴奔星、李兴华编：《胡适诗话》，成都：四川文艺出版社 1991 年版，第 635 页。
⑥ 胡适著，吴奔星、李兴华编：《胡适诗话》，成都：四川文艺出版社 1991 年版，第 635 页。

胡适公开批判旧体诗或许是出于以下三方面原因：

首先，创造新文学的需要。新文学的宣扬者，为了给新文学争取生存空间，所以在批判旧体诗之短时，顺势抹杀了其所长。周作人的话也许最能揭示那一代人的复杂心理。他说："我们生在这好而又坏的时代，得以自由的创作，却又因为传统的压力太重，以致有非连着小孩一起便不能把盆水倒掉的情形，所以我们向来的诗只在表示反抗而非建立，因反抗国家主义遂并减少乡土色彩，因反抗古文遂并少用文言的字句，这都如昨日的梦一般。"[①] 为了摆脱传统的压力，新文学运动的健将们明知盆子里面有"小孩"，但为把水倒掉，也就只能连"小孩"一起倒。

其次，文学进化论的影响。达尔文的进化论对"五四"新文化运动起着不可忽视的作用，进化论是新文学推翻旧文学的理论依据和强大支撑。胡适在《文学改良刍议》中说："文学者，随时代而变迁者。一时代有一时代之文学：周、秦有周、秦之文学，汉、魏有汉、魏之文学，唐、宋、元、明有唐、宋、元、明之文学。此非吾一人之私言，乃文明进化之公理也。"[②]既然一时代有一时代之文学，那今人就应当创作当今时代之文学。从逻辑上讲，旧体诗作为一种具有浓郁旧时代气息的文体自然就应在摒弃之列。正如有的研究者所云："胡适依据这种进化论提出文学的进化论，对中国文学的痼疾进行否定性的批判，不但高度重视文学的体式和语言工具的发展变迁，而且强调文学的内容和社会时代有密不可分的关系，必须随着社会时代的发展变化而不断变迁。"[③]

再次，从文化的角度来看，这也是批判旧文化的需要。在新文学倡导者眼中，旧体诗是旧文化的一部分，批判旧体诗也是为了批判旧文化。胡明在《胡适传论》中指出："他甚至将'律诗'与'八股、小脚、太监、姨太太、贞节牌坊、地狱的监牢、夹棍板子的法庭'相提并论，认作是应该一古脑儿扫荡干净的文化垃圾。"[④] 胡适对旧体诗的不满，显然掺杂了对传统文化中种种落后、愚昧因素的憎恨。或者说，他是有意将旧体诗与其所痛恨的种种落后、愚昧因素并举。美国学者格里德在《胡适与中国的文艺复兴》一书中有着更为深刻的论述："1911 年崩溃之后，古文言的遗存不仅确保了传统文化的存留，而且保证了传统社会态度的永久延续性。所以，这场文学革命的目标就远远超出了对一种文学风格的破坏。这场革命的反对者所保护的是一完整的社会价值体系。"[⑤] 胡适将文学的批评与文化的批判杂糅，甚至混为一谈，这是"醉翁之意不在酒"，其矛头指向的是文言传承的传统文化及其所维护的"统治者与被统治者之间的等级界限"[⑥]。所以对旧体诗的批判与憎恶，其实也就夹杂了对旧传统、旧文化以及等级制度的仇恨。这也正是他们不遗余力地批判旧体诗的原因所在。

但是，文学毕竟是人学，文学的研究对象主要还是人的思想情感这种无形之物。因此生物科学上的进化论并不能简单地照搬到文学发展上。胡适敏锐地觉察到，新诗取代旧体

---

① 周作人：《周作人早期散文选》，上海：上海文艺出版社 1984 年版，第 317 页。

② 胡适著，欧阳哲生编：《胡适文集（2）》，北京：北京大学出版社 1998 年版，第 7 页。

③ 庄森：《胡适的文学进化论》，《华南师范大学学报》2005 年第 5 期。

④ 胡明：《胡适传论》，北京：人民文学出版社 2010 年版，第 201 页。

⑤ ［美］格里德著，鲁奇译：《胡适与中国的文艺复兴》，南京：江苏人民出版社 1970 年版，第 85 页。

⑥ ［美］格里德著，鲁奇译：《胡适与中国的文艺复兴》，南京：江苏人民出版社 1970 年版，第 85 页。

诗并不是一蹴而就的过程。他虽然倡导“一时代有一时代之文学”，但是又说“新体是中国诗自然趋势所必至的，不过加上了一种有意的鼓吹，使他于短时期内猝然实现，故表面上有诗界革命的神气”①。他承认夸张地批评旧体诗是其有意为之，目的是使新诗“于短时期内猝然实现”。在《读沈尹默的旧诗词》中，他重申旧体诗写作的若干主张，甚至主张新诗应向旧体诗借鉴。他在《谈新诗》中主张新诗描写得越具体越好，并以古诗词为例进行说明，在大量列举后称：“旧诗如此，新诗也如此。”② 王瑶指出：“他在谈到‘诗需要用具体的做法，不可用抽象的说法’时，所举的例证全部都是传统的旧诗词，这几乎已经是一种自觉的借鉴了。”③ 胡适将旧诗与新诗并举，表明他并没有将二者看作不可共存的对立面，也暗示出旧体诗与新诗之间具有某种互补性，新诗需从旧体诗中汲取营养。陈子展说：“又胡适于《尝试集》以后的诗，散见于各种杂志，论其音节意境，受旧词的影响更深。”④ 就连他本人的创作都受到旧体诗词的影响，可见胡适并不真心排斥旧体诗。王瑶认为：“‘五四’时期的新作家、新诗人尽管在公开场合提倡新诗，自觉学习外国诗歌，表现出与传统诗词的决绝姿态，但他们自幼自然形成的古典诗词的深厚修养却不能不在他们的实际创作中发生影响；尽管这种影响有一个从‘潜在’到‘外在’、从‘不自觉’到‘自觉’的过程，但这种影响存在的本身就表现出了一种深刻的历史联系。”⑤

从渊源上看，胡适的诗学观念与传统诗论关系密切。胡明论述说：“胡适在讨论文学革命最关键的时刻，在他的留学日记里大量摘录袁枚的言论，如《答沈大宗伯论诗书》《答施兰簃第二书》《答程蕺园论诗书》《与洪稚存论诗书》《答祝芷塘太史》《答孙俌之》《再答李少鹤》（均见《胡适留学日记》卷一三）等。胡适曾情不自禁地指出：‘袁简斋之眼光见地有大过人处，宜其倾倒一世人士也。其论文学，尤有文学革命思想。’”⑥ 胡适在1916年7月12日的日记中摘录了以上各篇文字。在文末，他意犹未尽地写道：“袁随园有《牍外余言》一书，中多可诵之语，惜无暇，不能摘录之。”⑦ 可见他对袁枚文学观点之推崇。另外，在他的日记中还摘抄有白居易的《与元九论诗书》，称“上所录之文，乃文学史上极有关系之文字也”“可作实际派文学家宣告主义之檄文读也”。⑧ 从这些带有溢美之词的描述中，可以看出胡适对古人曾一度怀有敬畏之心。

在这两种力的作用下，胡适在“说”与“做”上就显出了矛盾。这体现为对旧体诗既恨又爱，爱之愈深，责之愈切。

在胡适的著作里，“很难找到他对‘律诗’说过一句好话”⑨，这是他在公共视野中的立场，私下里却说作律诗需要下几十年的功夫，言下之意是需经过一番工夫才能写出好

---

① 胡适著，欧阳哲生编：《胡适文集（2）》，北京：北京大学出版社1998年版，第138页。
② 胡适著，欧阳哲生编：《胡适文集（2）》，北京：北京大学出版社1998年版，第147页。
③ 王瑶：《中国现代文学史论集》，北京：北京大学出版社1998年版，第325页。
④ 陈子展撰，徐志啸导读：《中国近代文学之变迁：最近三十年中国文学史》，上海：上海古籍出版社2000年版，第320页。
⑤ 王瑶：《中国现代文学史论集》，北京：北京大学出版社1998年版，第325页。
⑥ 胡明：《胡适传论》，北京：人民文学出版社2010年版，第363页。
⑦ 胡适著，曹伯言整理：《胡适日记全编》第2册，合肥：安徽教育出版社2001年版，第423页。
⑧ 胡适著，曹伯言整理：《胡适日记全编》第2册，合肥：安徽教育出版社2001年版，第226页。
⑨ 胡适口述，唐德刚译注：《胡适口述自传》，桂林：广西师范大学出版社2005年版，第6页。

诗。由此可见，胡适在对待旧体诗上，采用了双重立场。两种立场交织在一起，这让人很难看清其真实想法，也就导致了研究者在讨论其真实态度时往往莫衷一是。

当然，胡适自有其不得已的苦衷。他是白话诗的倡导者，也是最早的实践者。早在1916年8月4日写给任叔永的信中他就明言："可惜须单身匹马而往，不能多得同志，结伴同行。然吾去志已决。公等假我数年之期，倘此新国尽是沙碛不毛之地，则我或终归老于'文言诗国'，亦未可知。"[①] 为开辟新诗国土，胡适在众人的猜疑和嘲讽中"单身匹马而往"，成败难以预料。在这样的处境中，他自然不适于公开赞扬旧体诗。

三、结　语

"五四"运动之后的许多年，唐弢仍愤愤不平地说："我们在'五四'精神哺育下成长起来的人，现在怎能又回过头去提倡写旧体诗?"[②] 这代表了相当一部分经过新文化洗礼的知识分子的决绝态度。尽管一部分新文学家不愿承认旧体诗的价值和地位，但在新文学流行的时代，却无法否认这样的事实。"旧诗在表达现代人（现代文人）的思绪、情感……方面，并非无能为力，甚至在某些方面，还占有一定的优势。"[③] 这就产生了一个问题：旧体诗作为一种优劣因素复生存在的文体，去掉其坏的部分，很可能把它好的地方也一起去掉了，这就使文化创新和文化传承陷入了一种困境。

胡适对旧体诗态度的前后变化及其诗论中所表现的矛盾性，暗示出他已经敏锐地意识到了在对待旧体诗这一文体上所遭遇的困境。因而他在看似激进地批判后，逐渐归于理性。他的诗论以及旧体诗创作也在一定程度上体现了其试图拯救旧体诗的努力。而他在公共视野之外与旧体诗的"亲密接触"，则说明他在经历了新旧诗长久的对抗后，最终走向了和解。

---

① 耿云志、欧阳哲生主编：《胡适书信集》，北京：北京大学出版社1996年版，第82页。

② 唐弢：《唐弢文集》第九卷，北京：社会科学文献出版社1995年版，第379～380页。

③ 钱理群：《论现代新诗与现代旧体诗的关系》，《诗探索》1999年第2期。

绚烂归平淡 奇崛出真诚

——读丘玉麟《回回记事诗》小札

曾楚楠

在广东省金山中学潮州校友会各位学长的努力下，丘玉麟老师的《潮州歌谣集》和《回回记事诗》已经翻印出版了。对于潮州文化艺术界来说，这无疑也是一件值得庆幸的大好事。

我与丘玉麟老师虽有师生之缘，苦无师生之分，因为在6年的中学生涯中，他从未为我所在的班级授过课。20世纪80年代初，先舅父陈锡龄先生知笔者喜欢古诗词，遂将其珍藏多年且侥幸逃过“文革”劫火的《回回记事诗》贻赠给我，由此我才得以稍释当年未能亲炙芳徽之憾。但说来惭愧，由于学养、阅历所限，而且正如蔡起贤先生在《丘玉麟的〈回回记事诗〉》中所说的：“因为每卷诗没有分题目，由此而使不了解本事者，索解便产生困难。”所以一直到今天，我对丘老师的许多诗作，依然是不甚了了。

但也许正是有了上述曾得书拜读的缘故，校友会的学长们一定要我为该书作序。顾余小子，乃何人耶，怎敢班门弄斧？而学长们之美意又不敢违背，于是只好硬着头皮，把自己的学习心得择要录出，但愿不会因此而招来佛头着粪之讥。

一

第一次看到书名，还以为是记叙与回族之事有关的诗篇，因为古代中亚有回回国。但翻开诗集一看，方知大谬不然。开篇第一首诗即云：

> 一回相见一回老，我老诗肠酒一觚。试想八年兵火后，于今初白一根须。

而第一百五十一首又谓：“闻鸡起记回回事，年炮南邻我憬然。媚灶祭诗半三百，漫劳为送灶君前。”显然，所谓“回回”者，应如唐代王建在《相和歌辞·乌夜啼》中所说的“一飞直欲飞上天，回回不离旧栖处”，是指一回回、一次次。而且在每一首诗的创作过程中，又总是“魂凄怆兮感哀，肠回回兮盘纡”（《楚辞·王褒〈九怀·昭世〉》），总要经历一番铭心镂骨、迂回曲折的情感波澜。

《回回记事诗》刊行于民国三十六年仲春，该集中第一百五十七首云：“十年回首事多非，腊鼓家家赋式微。”可见，该集所收录的，是1937—1947年所创作的诗篇。其中，有忆录八年离乱中亲历、亲见之事，有追忆青壮年时期游学京华等地的履痕，有对各地民俗风情之描述，也有不少怀念、题赠友人的作品。由于所有的诗作均未加题，又无片言只语之注释，故难以明确系年与索解。但如果不强求系年而将所有的诗作当成一个总体而予以品读的话，该集显然就是一部带有“诗史”性质的特殊年代的诗化实录，而抒写“抗战”期间颠沛流离情景之篇章，则是该集中感人至深的主旋律。

“北江风雪东江雨，最后凄凉入凤凰。弹指流亡八冬至，今年老健有家乡。”（第一百二十六首）在漂泊流徙的过程中，“走兵逢贼复逢兵，绝粮乞食寻常事”（第一百二十九首）。当其时，“人皆狼顾遑多恤，挈妇将雏泣道旁。惟妹乃怜无可告，盐车峻阪送齐昌”（第一百三十一首）。然而，就在如此艰辛的避难生涯中，“当官的”却依然纸醉金迷：“胡兵纡回入武江，乐昌歌舞尔荒唐。金鸡岭下钢刀出，死了夷齐负首阳。”（第一百三十首）“落魄兵年味恁辛，无衣无食无与邻。街头走避烂羊尉，下气便便白眼人。”（第一百三十二首）国难当头，流亡的百姓无衣无食，而一帮宵小无赖却趁机窃据各级要津，趾高气扬，对小民颐指气使，称霸一方。国事如此，作者又怎能不生发出“落魄兵年味恁辛”的感叹？而最辛酸的则莫过于骨肉的死别生离。

为了抗击日寇，丘老师送子从军，并动员家族中的男青年上前线。由于时局不利、烽火连天，前方的亲人竟音书渺杳、存殁难知。盼子心切的慈母们于惊虑疑忧之余，难免对当年的劝导者有所怨怼：

> 万里驰书弱妹情，开缄宛见泪盈盈。吾儿汝子都沦敌，痛悔从兄劝北征。
>
> ——第一百三十四首

> 老妻揾泪人初静，作达庸夫正解酲。宽说阵前半生死，生还有喜国殇荣。
>
> ——第一百三十五首

亲妹子敢在信中直陈怨言，善解人意的妻子却深知丈夫难以言状的隐痛，她不敢在人前附和抒怨，但其内心又何尝没有锥心彻骨的思儿之痛？她只能在更阑夜静之时暗自饮泣。而借酒以消悲忧的丈夫在酒醒之际，亦只能故作旷达地劝说妻子：“儿子在前线是生是死，不是还没有确切的音讯吗？你就把心宽一宽吧，如果他能生还，固然是大喜事，即使不幸为国捐躯，那也是父母莫大的光荣啊。”

不是豪言，胜似豪言。洗练至极的 28 个字，却蕴含如此浓烈的民族恨、骨肉情；凄婉的言辞，却凸显了在民族危难时刻，普通百姓同仇敌忾、深明大义的高尚情怀。如此诗章，置诸老杜《三吏》《三别》一类篇什之中，又遑多让？

二

> 我侄诗书我无教，犹能珍重叔痴憨。亡求甚解陪廷对，厚道家传有好男。
>
> ——第一百五十五首

从上引自述家风的诗句中，可知丘老师生长在一个有浓郁家学传统的氛围中。20 世纪初，他就读于燕京大学，亲受海内国学精英之培育，其学养之深厚，固非常人可比。比如此诗的第二句暗用《世说新语·赏誉》王湛之典。王湛初不为人知，虽兄弟宗族，亦以为痴。后其侄王济大敬之，乃有“臣叔不痴”之说，由是名显。故当丘老师作起古诗时，使事用典，有如囊中取物。而且他的用典往往是“化用”而不是单纯的“搬用”，因此，对于较少接触旧学的读者来说，要索解他的诗，确实存在不少困难。试看《回回记事诗》第二首：

偶见山头坠叶红，拾来和泪吊秋风。参差蜂蝶那相忆，肠断李郎七字工。

“李郎”是谁？“七字工”又是哪七字？原来，李郎指晚唐的李商隐，其《闺情》诗曰：“红露花房白蜜脾，黄蜂紫蝶两参差。春窗一觉风流梦，却是同袍不得知。”按：露珠下的花苞中多汁液，是酿蜜的材料（白蜜脾），故引来蜂蝶参差高下之追逐纷争。历来注释者多认为，该诗是李商隐“不满同僚或朋友一味营钻，托闺情以寄怨之作”。丘老师却将“黄蜂紫蝶两参差”化为“参差蜂蝶那相忆”，而且注入自己的意象：山头的红叶已随秋风飘落枝头，各忙各的“蜂蝶”们，可曾忆起从花木之含苞到落叶这漫长历程的桩桩往事？

如果这样的猜想尚无大谬的话，那么，丘老师把这首诗视为带有总序性质的作品并将其排在开篇第二位，似乎也就有了相对合理的诠释。只不过像这样的“索解”，确属不易，何况诗无达诂，索解后的结论是否契合作者的本意，尚在疑似之间。

再看诗集的第五十四首：

浮生勿勿抛心力，偏爱微云秦七郎。拍合铜琶苏玉局，一箫吹老小红姜。

要领会这首诗，必须先厘清楚其中的典故。勿勿，犹勉勉，指勤恳不懈。《礼记·曾子立事》云：“君子终身，守此勿勿也。”又同勿勿，状忧愁貌。又《礼记·曾子制言》云：“故君子无悒悒于贫，无勿勿于贱，无惮惮于不闻。”北宋的秦观排行第七，与黄山谷并称“秦七黄九”，他写的《鹊桥仙》上阕“纤云弄巧，飞星传恨，银汉迢迢暗度”，向为人所传诵。苏东坡因曾任提举玉局观，故后人称为“苏玉局”。《吹剑续录》载：东坡曾问歌者“吾词比柳词如何?”歌者答：“学士词须关西大汉，抱铜琵琶，执铁绰板，唱大江东去。”南宋大词人姜夔曾携范成大所赠之青衣（婢女）小红归吴兴，小红颇饶色艺，故姜夔有“小红低唱我吹箫”之诗句。

至此，我们总算可以演绎出这首诗的大意：我此生虽贫贱忧愁，却勤恳不懈，花费了不少心力于诗词领域，特别喜爱秦观“微（纤）云弄巧”一类好句。既想追步苏东坡那种“铜琶铁板”式的豪放气概，亦很赏识姜夔那种“小红低唱我吹箫”的缠绵委婉的情怀。显然，丘老师表明他对诗词领域中各种流派、风格，应当采取兼容并蓄、全面继承的态度的“夫子自道”。如果不仔细寻绎，我们将很难涉其内心世界之樊篱。

又比如诗集第二十一首：

开门七事谋诸妇，一事刘伶赚妇颦。卖赋千金谁子也，瓮头我是毕官人。

这是一首描述夫妻情意亲密无间、带有谐谑色彩的诗作。但要领略其中的意蕴，同样要先扫除几处阅读的障碍：

东晋的刘伶是出名的酒徒。《世说新语·任诞》说他出游时车中也要载酒，沿途痛饮。随身带把锹，吩咐从人，在哪里醉死，便就地埋葬。一次酒瘾大发，妻子劝他戒酒养生，他说你拿酒来，我祝祷后断酒。妻喜而置酒肉，刘伶跪而祷告曰："天生刘伶，以酒为名。一饮一石，五斗解酲。妇人之言，慎莫可听。"祝后便饮酒进肉，又入醉乡。这就是"刘伶赚妇颦（惹老婆不高兴）"的本事。

西汉司马相如《长门赋·序》说，汉武帝皇后阿娇失幸，曾"奉黄金百斤，为相如、文君取酒，因于解悲愁之辞。而相如为文以悟主上，陈皇后复得亲幸"。元代范梈《秋日集咏》乃有句云："题桥一字终何益，卖赋千金竟或无。""毕官人"指晋代与羊曼、谢鲲等八人终日聚饮，并称为"八达"之一的毕卓，他任吏部郎时，常因醉酒而荒废职事。有一次，隔壁的同僚新酿方熟，他趁天黑潜入酒窖开瓮偷饮，被管酒的逮住捆绑。天亮一看，原来是毕官人，赶紧松绑，毕卓随即拉着主人又到瓮边畅饮。他曾对人说："得酒满数百斛船，四时甘味置两头，右手持酒杯，左手持蟹螯，拍浮酒船中，便足了一生矣。"

丘老师生性嗜酒，在不断流徙的困难环境下，推想起来可能会因杯中物而与老妻偶有龃龉，因而写下这首兼有自嘲、自歉的绝句：多年以来，有关柴米油盐酱醋茶一类的生活琐事，我都依仗贤内助去调理，唯独有时跟刘伶一样"骗酒"喝的这种事会惹得老妻不高兴。说什么卖赋千金，那可是别人家的风光，我可没有那个本事，我只不过是个醉倒瓮头的当代的毕官人！

丘老师腹笥深广，因此在他的笔下，一件生活小事也能通过引经据典、巧妙组装而显得意味隽永、跌宕多姿。饶宗颐教授在该书出版序言中称丘老师之诗"神明变化，光怪莫测；新旧交响，酸咸从心；澄之不清，挹之无竭"。但是，由于时代的隔阂，传统文化之断层，今天的读者"欲知其中味"，已有诸多难处。何况，这种文化的"代沟"，很可能会随着时间的推移而逐步加深。所以，校友会诸学长倘能在再版这本诗集，并达到让文献重光的阶段性目标以后，再组织专题班子，尽快地完成这本诗集注释本的编印工作的话，那么于潮州文化之传承光大，其贡献与影响，将更加重大和深远。

三

丘老师是潮州民间文学、民俗学研究领域的先行者，对潮州歌谣情有独钟。旧学根基与新文学思潮交融，使《回回记事诗》呈现出多样的风格——既有典奥儒雅之华章，也有通俗平易之佳什。比如：

凌晨别有田家味，饷客浮花镬粥香。楚楚厨娘纤手奉，紫茄红苋拌酸姜。

——第五十二首

趁墟乌峒春蔬上，甜笋苦瓜佛有（手）姜。钓得鲤鱼红尺八，瓮头琥珀入门香。

——第六十一首

一派田园风光，更兼农家之乐，洋溢于诗行之中，而且朗朗上口，一似山歌民谣。

儿女食鱼室语喧，小头斑尾舌将吞。犹加白水寻回味，瓦钵泥炉兽炭馨。

——第一百九十八首

天伦之乐，溢于言表。经历离乱之后，能够合家团聚，其乐何如？故虽“小头斑尾”之鱼仔，也吃得津津有味，几乎连舌头都想吞下去。后两句还在看似不经意间，勾画出一幅潮州的饮食习俗图：潮谚谓“鱼有百滚之味”，可先后多次加水炖熬，而做这道菜的厨具则以“瓦钵泥炉”为首选，以其导热均匀，保持“微滚”的功能特佳。由于心境舒畅，汤味鲜美，因此连泥炉中冒出的炭火气味也倍觉温香（馨，潮音读伦，香也。唐代皮日休《金鸂鶒诗》云：“温馨飘出麝脐薰。”炭火带有些许麝香气，故丘诗曰“兽炭馨”）。虽然用了一个生僻字，但依然不失竹枝词的韵味，此即所谓的“新旧交响，酸咸从心”。

再看诗集的第八十六、八十七、八十八首：

一楼塘口秋荷彩，排日午风揖让香。人去坐多窗外眺，痴鬟笑立水中央。

荷池肩肩花面面，痴鬟丫手白苹波。一把累累掌心笑，挂绿通明大石螺。

明月入窗方丈白，红囝绿仔坐梯头。食螺另有莲香味，记取唐家姐妹楼。

以上三首，可看成是一组气脉、意象连贯的组诗。它借助特定的景物、人物、情节，生动地描绘出一幅从午后到入夜的“村娃消夏长卷”。有浅白而传神的语言，有前后呼应的故事，反复吟诵之间，我们会突然意识到，它有点像“潮州歌册”。是的，除了文字更典丽之外，其韵味一似歌册。我想，这不会是偶然巧合，而是长年累月致力于民间文学研究领域的丘老师，在诗词创作实践中着意融汇古今、糅合雅俗的可贵的尝试，正如蔡起贤先生所说的“他又因热爱歌谣，故有意无意间，往往用潮汕的方言俗语句法入诗”一样。

“不师中外古今人，自成文章表现真。绚烂可能入平淡，八年流落老精神。”（第一百首，“不师”者，乃韩文公之“师其意不师其辞”之谓也）丘老师旧学根基坚实，又身受“五四”精神之熏染，加上曲折而丰富的人生阅历，求真务实、锲而不舍的治学精神，故能出入于传统之间，以其绚丽归平淡、奇崛见真诚之风格，在近现代潮州诗坛上独树一帜。《回回记事诗》虽然仅存绝句二百二十二首，却是了解、领略丘诗风格的无比珍贵的文献。愿该书之翻印刊行，能为今日潮汕诗坛之繁荣发展，提供有益的借鉴和推动之助力。

文化失落的哀歌

——论吴宓《落花诗》

黄晓丹

一、清华园刮起落花诗风

1927 年 6 月 2 日，王国维由清华园乘车到颐和园，步行至排云殿西鱼藻轩前，流连徘徊，忽然自沉，卒年五十一岁。王国维逝世前日为学生谢国桢题扇两面，分别书写唐韩偓七言律诗二首和时人陈宝琛《落花诗》二首。王国维的死激起轩然大波，围绕其死因，论说纷纭，传闻四起。有“殉清室说”“罗振玉逼债说”“畏惧革命说”“自亡学术说”等。而这四首准“绝命诗”，自然被视为理解王国维心境的重要线索，尤其是陈宝琛的两首落花诗，吐属凄婉，感慨深沉，其中如“委蜕大难求净土，伤心最是近高楼”句，易与王国维的身世及其自沉行为联系起来。于是，在王国维逝世后，清华园刮起了一股落花诗风。

时与王国维同事清华研究院的梁启超，专门购得一檀香扇面，照录了陈宝琛的两首落花诗，赠与周传儒，并嘱曰：“以此兼纪念王师也。”① 言行之中表现出对这些诗作的关注。

而将王国维之死与落花诗紧密联系起来的应属吴宓。1928 年 6 月 2 日，王国维逝世一周年，吴宓作《落花诗》八首。其诗有小序和吴宓自注，内容如下：

古今人所为落花诗，盖皆感伤身世。其所怀抱之理想，爱好之事物，以时衰俗变，悉为潮流卷荡以去，不可复睹。乃假春残花落，致其依恋之情。近读王静安先生临殁书扇诗，由是兴感，遂以成咏，亦自道其志而已。

（一）

花落人间晚岁诗，如何少壮有悲思。江流世变心难转，衣染尘香素易缁。婉婉真情惜独抱，绵绵至道系微丝。早知生灭无常态，怨绿啼红枉费辞。

注：此首总起，言世变俗易。我所爱之理想事物，均被潮流淘汰以去。甘为时代之落伍者也。

① 周传儒：《史学大师梁启超与王国维》，《社会科学战线》1981 年第 1 期。

（二）

色相庄严上界来，千年灵气孕凡胎。含苞未向春前放，离瓣还从雨后开。根性岂无磐石固，蕊香不假浪蜂媒。辛勤自了吾生事，瞑目浊尘遍九垓。

注：此首言我之怀抱未足施展，然当强勉奋斗，不计成功之大小，至死而止。

（三）

无上蓬莱好寄身，云霞岁岁望长春。桑成忽值山河改，葵向难禁日月沦。铁骑横驰园作径，饥黎转死桂为薪。飘茵堕溷寻常事，痛惜灵光委逝尘。

注：此言我生之时，中国由衰乱而濒于亡。

（四）

曾到瑶池侍宴游，千年圣果付灵修。故家非是无长物，仙国从来多胜流。苦炼金丹经九转，偶凭夙慧照深幽。同仁普渡成虚话，瘏口何堪众楚咻。

注：此言我至美洲，学于白璧德师。比较中西文明，悟彻道德之原理。欲救国救世，而新说伪学流行，莫我听也。

（五）

枝头秾艳最天然，造物何心巧似颠。典则斧柯随手假，情思神理赋形妍。遥期万古芳菲在，莫并今朝粉黛鲜。绿叶成阴空结子，春归却悔让人先。

注：此言吾有志于文学创造及著述之业，恐终至奄忽而无成也。

（六）

一夜罡风变古今，千红万紫堕园林。每缘失意成知己，不计缠绵损道心。鹃血啼干人共笑，蚕丝缚定恨偏深。漫疑轻薄伤春意，白日韬光世已沉。

注：时衰俗变，不重学德，无复感情，故朋友中之贤者多不得志，而某女士之身世亦可伤也。

（七）

本根离去便天涯，随分飘零感岁华。历劫何人求净乐，寰中无地觅烟霞。生前已断鸳鸯梦，天上今停河汉槎。渺渺香魂安所止，拼将玉骨委黄沙。

注：宗教信仰已失，无复精神生活。全世皆然，不仅中国。

（八）

浪蝶游蜂自在狂，春光美汝为情忙。未容渎涊污真色，耻效风流斗艳妆。千曲琴心随逝水，三生孽债供回肠。歌成不为时人听，望里白云是帝乡。

注：新文化家新教育家主领百事，文明世运均操其手。①

---

① 吴宓著，吴学昭整理：《吴宓诗集》，北京：商务印书馆2004年版，第173～174页。

紧接着吴宓又作五律落花诗《六月二日作落花诗成复赋此律时为王静安先生投身昆明湖一周年之期也》：

心事落花寄，谁能识此情？非关思绮靡，终是意凄清。
叹凤嗟尼父，投湘吊屈平。滔滔流世运，凄断杜鹃声。①

吴宓创作这些落花诗，将之传示陈寅恪等王国维生前诸位友人，并称“兹以落花明王先生殉身之志，为宓《落花诗》所托兴”。不久，其师张尔田作《题门生落花诗后》：

应有高枝果落时，近前粉黛已纷披。早拼绛腊同寒烬，忍委红蚕与断丝。
常是开迟那易谢，便教空遣更难持。情知此恨人间别，怊怅吴郎锦缎辞。

诗末有注如下：

尊诗凄泪哀断，读之辄唤奈何。宗教信仰既失，人类之苦将无极。十年前曾与静安言之，相对慨然。静安云，中国人宗教思想素薄，幸赖有美术足以自慰。呜呼！今竟何如邪！②

吴宓《落花诗》八首发表于《学衡》第64期王国维纪念专号，置于陈寅恪《王观堂先生挽词并序》之后，此期还同时刊载刘盼遂《落花感王静庵先生师练日作》。

1929年6月10日，吴宓又将其《落花诗》八首发表于《大公报》③。尔后，徐际恒、张友栋、萧公权又先后唱和了吴宓的落花诗④，使清华园的这股落花诗风持续了数年之久。

二、吴宓作《落花诗》释“殉文化”说

吴宓称“兹以落花明王先生殉身之志，为宓《落花诗》所托兴”，而关于“王先生殉身之志”的讨论，当时学界的主要焦点集中于“殉清”和“殉文化”之辩。这些辩论极具历史象征意义，代表民国学人对晚清以来“近三千年未有之格局”的思考。吴宓的落花诗创作于王国维逝世后一周年，经过了一年的痛定思痛。吴宓以创作《落花诗》的形式申明了他对王国维死因的理解，而这种理解相对于一年前的看法是有所修正和改变的。

1927年6月2日王国维自沉当天，吴宓在《雨僧日记》中记道：

王先生此次舍身，其为殉清室无疑。大节孤忠，与梁公巨川同一旨趣。

---

① 吴宓著，吴学昭整理：《吴宓诗集》，北京：商务印书馆2004年版，第174页。

② 吴宓著，吴学昭整理：《吴宓诗集》，北京：商务印书馆2004年版，第174页。

③ 吴宓：《落花诗》八首，《大公报·文学副刊》1929年第74期。

④ 诗作均见于吴宓著，吴学昭整理：《吴宓诗集》，北京：商务印书馆2004年版，第175～177页。

在6月3日的日记中，吴宓又对前日不能详尽之语做了说明，记道：

先生忠事清室，宓之身世境遇不同。然宓固愿以维持中国文化道德礼教之精神为己任者，今敢誓于王先生之灵，他年苟不能实行所志而濒忍以没；或为中国文化道德礼教之敌所逼迫，义无苟全者，则必当效王先生之行事，从容就死。①

在6月4日的日记中，吴宓记载与黄节关于王国维之死因的一番讨论：

黄晦闻先生（节）来，宓迎入述王先生死事。黄先生大悲泣，泪涔涔下。谓以彼意度之，则王先生之死，必为不忍见中国从古传来之文化礼教道德精神，今将日全行澌灭，故而自戕其生。宓又详述遗嘱种种。黄先生谓，如是则王先生志在殉清，与彼之志稍异。然宓谓二先生所主张虽不同，而礼教道德之精神，固与忠节之行事，表里相维，结为一体，不可区分者也。特因各人之身世境遇及性情见解不同，故有轻此重彼者耳。善为采择而发扬之，是吾侪之责也。

在6月14日的日记中，吴宓又记道：

寅恪谓凡一国文化衰亡之时，高明之士，自视为此文化的寄托者，辄痛苦非常，每先以此身殉文化，如王静安先生，是其显著之例。

由以上几则材料可以清楚地看到，吴宓对王国维之死因并不否认“殉清”说，而同时又认同“殉文化”说，之所以持此观点，因为在他看来，此二者于王国维而言，是“表里相维，结为一体”的，这是王国维的特殊身份决定的，因为像黄节、陈寅恪和吴宓自己都不曾像王国维一样有仕清的经历，有那层与皇室亲密的关系，所以吴宓接下去又认为“善为采择而发扬之，是吾侪之责”，言下之意，“殉清”是王国维作为政治遗民的特殊属性，不必否认，而“殉文化”则是广大的“以维持中国文化道德礼教之精神为己任”的民国学人之价值认可，应该发扬光大。因为在他们看来，“文化神舟系一身”的王国维之自沉，便是中华文化之沉沦的象征，其警世之意义非常。由此，吴宓在后来的王国维纪念活动中，便将文化从政治中剥离出来，采择而发扬之，遂有了一年后的落花诗以作更深入的诠释。吴宓自称落花诗所托兴，乃明王先生殉身之志，而实际上，王国维殉身之志，已是经吴宓选汰过的，选择了那些与其自身价值相值相取的一面，所以王国维之死是吴宓眼中的“王国维之死”。这是吴宓的落花诗专注于文化失落主题表现的原因。因此，吴宓的落花诗，与其说是王国维殉身之志，不如说是吴宓己身之志向与遭遇的写照，所以吴宓自己也称：“近读王静安先生临殁书扇诗，由是兴感，遂以成咏，亦自道其志而已。”

---

① 吴宓著，吴学昭整理注释：《吴宓日记》（第3册），北京：生活·读书·新知三联书店1998年版，第345～346页。下文所引《吴宓日记》皆出此本。

三、文化失落的主题意蕴

华夏民族遭遇过多次异族入侵，每一次入侵都激起激烈的反抗，而越往后推移，越容易把民族主义气节凝缩到历史文化的认同和坚守上来。明儒顾炎武对“亡国”与“亡天下”的厘清，将捍卫民族精神道德文化传统临于保一家一姓的王朝之上，作为“匹夫之责”来倡导，其观点之产生，正是出于明末“斯文扫地”的道德文化困境。所谓“仁义充塞，而至于率兽食人，人将相食”“世衰道微，弃礼义捐廉耻”，皆为“亡天下”之注解。

这种对精神道德文化沦丧的痛心疾首，在明末清初遗民的落花诗中即有所反映。如王夫之《续落花诗》其二十五：

煽艳三风如此肬，濡轮曳尾胡为乎。三英秀岂留朝菌，十里山聊远蟪蛄。天已丧文悲凤凤，人皆集菀忍乌乌。浮湘特吊蓉裳客，鵩鸠先鸣鹏止隅。①

《补落花诗》其十：

来何所见去何闻，侬自珊珊岂为君。南北东西谁国土，青黄赤白旧斯文。静怜彩色惊朝日，远引闲情入晓云。掷与余芳遮世眼，逐香劳尔嗅氤氲。②

尹民兴《落花诗》：

唯我宁无忾在兹，昭英何所迫颠吹。重华已被灵根薄，云汉无光文种衰。考德自知芳且峻，衡才亦复娉而奇。背膺遑惜交离痛，索索天穷正可悲。③

在他们的落花诗中，“斯文”是与“国土”并举的概念，意谓沦丧的不只是神州的国土，更有神州的文化。正是出于对“灵光暗淡”“文种衰亡”的道德文化沦丧的忧患及挽救意识的觉醒，才使得像王夫之、尹民兴这些人在参加“反清复明”政治活动失败之后，皆转而投入文化活动，以道统担当、学统承续与历史文化整理为职责，由政治遗民转化成文化遗民。

对明末清初的遗民诗人而言，落花诗表达的对文化失落的悲痛，只是他们整组落花诗中的一部分，文化的失落与家国的沦陷、王室的颠覆是混为一体的，并没有单独地强调。直到民国时期，这个主题才被抽离出来，而专门赋予落花诗之文化失落的主题的，是吴宓的落花诗创作。

---

① 王夫之著：《船山遗书》，北京：北京出版社 1999 年版，第 4473 页。

② 王夫之著：《船山遗书》，北京：北京出版社 1999 年版，第 4477 页。

③ 廖无度选编，楚风补校注，王夫之著：《船山贵局》（下册），北京：北京出版社 1999 年版，武汉：湖北人民出版社 1998 年版，第 542 页。

在王国维逝世两周年纪念日上，吴宓又将所作落花诗发表于《大公报》上，并附《释落花诗》一文，进一步对其主旨及渊源作了交代：

予所为《落花诗》虽系旧体，然实表示现代人之心理，即本刊第七十四期所译登罗素评克鲁奇 J. W. Krutch 之书，所谓过渡时代之病候。而在曾受旧式（中西）文学教育而接承过去之价值之人为尤显著者是也。惟予诗除现代全世界知识阶级之痛苦外，兼表示此危乱贫弱文物凋残之中国之人所特具之感情。而立意遣词，多取安诺德 Matthew Arnold 之诗，融化入之，细观自知。①

吴宓所谓“过渡时代之病候”，梁启超在 1901 年《过渡时代论》早有所剖析：

语其大者，则人民既愤独夫民贼愚民专制之政，而未能组织新政体以代之，是政治上之过渡时代也；士子既鄙考据词章庸恶陋劣之学，而未能开辟新学界以代之，是学问上之过渡时代也；社会既厌三纲压抑虚文缛节之俗，而未能研究新道德以代之，是理想风俗上过渡时代也。语其小者，则例案已烧矣，而无新法典；科举议变矣，而无新教育；元凶处刑矣，而无新人才；北京残破矣，而无新都城。数月以来，凡百举措，无论属于自动力者，属于他动力者，殆无一而非过渡时代也。②

而吴宓作落花诗的 20 世纪二三十年代，社会变革和转型带来的混乱较前有过之而无不及，在道德标准、社会风气极其纷乱变异的时代，落花诗所抒发的正是这种对文物凋残、濒临消散的中国传统文化精神之花的哀悼，这种“破坏之局已完而建设难期，旧者已去而新者未立”的强烈落空感。

关于吴宓落花诗之渊源，吴宓自称其落花诗立意遣词多取自安诺德之诗。由此来看，吴宓也是将中国古代诗歌传统旧题加以国际化整合的先驱。他的学识背景使他处处将中国文化置于整个世界文化的比较维度中来思考，寻找异质同构人类文化之原理。

在吴宓所翻译的安诺德的诗歌中，有《挽歌》四首，最合吴宓落花诗之立意遣词。诗作由落花意象起兴而吊歌女之亡，吴宓谓托言吊某歌姬舞女，而实则写生人厌世之思。此组诗亦有徐志摩的新诗体翻译版本，诗名《诔词》。悼祭是落花诗传统的主题意蕴之一，由此可见，安诺德的《挽歌》与中国传统落花诗从外在体格到内在意蕴自有神合之处，故能引起吴宓的共鸣。

安诺德为 19 世纪英国诗人，吴宓比安诺德晚出生 70 余年。然而，吴宓投身文化事业的 20 世纪 20 年代初的中国社会与安诺德进行诗歌创作的 19 世纪中叶的英国社会，在本质上却极为相似，吴宓对此已经有真切的认识。在 1923 年发表的《论安诺德之诗》中，他开篇即道：

---

① 吴宓著：《吴宓诗话》，北京：商务印书馆 2005 年版，第 148 页。

② 梁启超著：《少年中国说》，北京：高等教育出版社 2010 年版，第 52 页。

……世变以来，宗教道德失其信仰，人心旁皇忧疑，无所依归，欲另求一新信仰，以为立身行事之标准，而卒不可得。如舟浮大海，遇风失舵，四顾茫茫，莫知所之，于是群情惶骇沮丧。而感锐思深之士，尤抑郁悲愤，莫能自遣。安诺德及克罗之诗，皆写此种已失旧信仰，另求新信仰而不得之苦。①

这段形象生动的文字，既描绘了社会转型期的文化特征，又揭示了“感锐思深”的知识分子在这种文化转型期的心理状态。紧接着，吴宓非常自然地将自己的处境与安诺德所处的时代联系起来：

吾侪生当其后，承十九政治、社会、学术、思想世纪之余波，世变愈烈。安诺德等之所苦，皆吾侪之所苦，而更有甚者焉。且中国近三十年来政治社会学术思想各方变迁之巨，实为史乘所罕见。故生于今日之中国，其危疑震骇迷离旁皇之情，尤当十倍于欧西之人。②

由上引两段文字，我们不难发现，安诺德的诗作在情感上之所以能引起吴宓的共鸣，就在于安诺德等之所苦，皆吴宓之所苦。吴宓身处“危乱贫弱、文物凋残”的中国社会，当他将目光投向西方，力图寻找救国之途时，则发现西方社会同样危机重重——16 世纪以来，培根始创的科学主义发展为视人为物、泯没人性、急功近利的功利主义；18 世纪卢梭提倡的泛情主义演变为放荡不羁的浪漫主义和不加选择的人道主义。这两种倾向的蔓延扩张使人类越来越失去自制能力和精神中心，只知追求物欲而无暇顾及内心道德修养。由此，这种旧信仰弊端重重而另求新信仰又不得的彷徨与无奈的心情，为吴宓创作落花诗时的心态。

吴宓深感陈宝琛等人所作落花诗未有自注，寄托深意时人尚且不知，后人更勿再论，所以他对自己的八首作品不只作了总序，而且每首都作了注释。其七自注言“宗教信仰已失，无复精神生活。全世皆然，不仅中国”，便是概括性点明文化精神失落的含义。而其六自注言“时衰俗变，不重学德，无复感情，故朋友中之贤者多不得志，而某女士之身世亦可伤也”，则是以具体事件作注解。其诗本是写吴宓好友毛彦文遭弃一事。毛彦文与其表哥情深意笃，私订终身，因此不顾家庭反对而逃婚，但最后其表哥却因近亲遗传之说拒绝毛彦文。吴宓借该女士的不幸遭遇举一反三，揭露社会道德之沦丧。其八注言“新文化家新教育家主领百事，文明世运均操其手”，则讽刺以胡适为首的新文化运动对传统文化的玷污行为。以上皆可一一作为吴宓落花诗之精神文化失落主题意蕴的具体注解。

① 吴宓著：《吴宓诗话》，北京：商务印书馆 2005 年版，第 77 页。
② 吴宓著：《吴宓诗话》，北京：商务印书馆 2005 年版，第 77 页。

四、余 论

也许无形的精神文化重建比有形的国土收复需要的时间和周期要长得多，因此文化失落作为民国落花诗的突出主题意蕴，在新中国成立后并没有被磨灭。1961 年秋，吴宓谒陈寅恪于广州，因陈寅恪诗注中盛称黄濬《大觉寺杏林诗》“绝艳似怜前度意，繁枝犹待后游人”之句，吴宓归渝后，在西南师范学院图书馆借得黄濬《聆风簃诗》全集读之，随后在《读书笔记》中写道：

至论三、四两句何以佳，宓以己意为解之如下：“绝艳”指少数特殊天才，多情多感，而性皆保守。怀古笃旧，故特对前度之客留情；“繁枝”则是多数普通庸俗之人，但知随时顺势，求生谋利，国家社会文化道德虽经千变万灭，彼皆毫无顾恋，准备在新时代新习俗中，祈求滔滔过往之千百游客观众之来折取施恩而已。亦即宓《落花诗》之本旨也。①

而身居广州的陈寅恪则在 1964 年作《反落花诗》谓：

岭南不见落英时，四序皆春转更悲。初意绿阴多子早，岂期朱熟荐英迟。
东皇西母羞相会，碧海青天悔可知。遥望长安花雾隔，百年谁覆烂柯棋。②

正题反作，实则仍然是题材内的创新。20 世纪 60 年代的文化氛围并没有让一代学人真正欣感春天的到来，在意识形态的高压控制和扫荡下，神州的“文种灵根”不但没有发扬光大，反而更受摧残。所以作为敏感而富于良知的学人，不得不写下“四序皆春转更悲”之句，对传统精神文化的失落留下了深深的喟叹。

---

① 吴宓著：《吴宓诗话》，北京：商务印书馆 2005 年版，第 294 ~ 295 页。
② 陈寅恪著：《陈寅恪 · 诗集》，北京：生活 · 读书 · 新知三联书店 2001 年版，第 155 页。

“清”：选堂诗词艺术魅力之审美解读[①]

赵松元　林　钰　陈洁雯[②]

韩文公《进学解》尝以“吐辞为经，举足为法，绝类离伦，优入圣域”称誉孟子和荀子两位儒学大师。集学术大师与艺术大师于一身的选堂饶宗颐先生，其人生境界、学术境界与艺术境界堪称当代“优入圣域”的超卓之士。笔者尝著文从自在、独立、充盈、坚毅的角度专论选堂饶公的生命精神[③]，但随着对饶公的人生、学术与文学创作了解的渐趋深入，感觉原来的观点还不够全面，对饶公的生命精神的把握，在坚毅独立、充盈自在外，还必须加上“清逸澄明”四字。饶公曾将其所有韵文作品编为《清晖集》[④]，“清晖”二字取自大谢《石壁精舍还湖中作》“昏旦变气候，山水含清晖，清晖能娱人，游子憺忘归”句，深为饶公赏爱[⑤]。就文艺而言，饶公诗书画兼通且皆臻于极致。观其画、品其书、吟其诗，我们都能有灵气氤氲、清气满纸之感。我们有理由认为，“清”体现着选堂饶公清空澄明的人生境界与审美理想，映现着他丰盈的文化心灵与其诗词书画的独特气韵。本文拟对选堂诗词之“清”进行审美阐释，以求教于大方之家。

一、饶公“清气”之养成原因

在中国文化语境中，“清”常用以形容富有超越性的纯洁高雅的精神品性。《说文解字》释“清”曰：“清，朖也。澄水之貌。”段玉裁注：“朖者，明也。澄而后明，故云澄水之貌。引申之凡洁曰清；凡人洁之亦曰清。”[⑥] 正因为“清”字蕴含的是澄明纯洁之美，是以中国古人常以“清”表述和赞誉一种超凡绝俗、远离世尘的气质。胡应麟《诗薮》外编卷四就以文学语言阐释了“清”的精神意蕴：“清者，超凡绝俗之谓。绝涧孤峰，长

① 本文为广东省教育厅人文社会科学研究重大项目“饶宗颐与20世纪中国诗学”阶段性成果之一。项目编号11TDXM75002。

② 赵松元，男，韩山师范学院文学与新闻传播学院院长、饶学研究所副所长，教授；林钰，女，韩山师范学院中文系汉语言文学专业2009级学生；陈洁雯，女，韩山师范学院中文系汉语言文学专业2009级学生。

③ 赵松元、肖细白：《论选堂的生命精神》，《汕头大学学报》（社会科学版）2006年第4期。《梨俱预流果——解读饶宗颐》转载，广州：广东高等教育出版社2006年版。

④ 饶宗颐：《清晖集》，深圳：海天出版社1999年版。

⑤ 饶宗颐：《清晖集·跋》，深圳：海天出版社1999年版，第510页。

⑥ （汉）许慎撰，（清）段玉裁注：《说文解字注》，上海：上海古籍出版社1981年版，第550页。

松怪石，竹篱茅舍，老鹤疏梅，一种清气，固自迥绝尘嚣。”① 中华民族是一个崇尚“清”的民族，有着绵延久远的“尚清”的精神文化传统。《孟子·离娄》载《孺子歌》：“沧浪之水清兮，可以濯我缨；沧浪之水浊兮，可以濯我足。”这一古老的民谣艺术地传达出春秋战国时期中国文化对“清”的崇尚。这一“尚清”传统应该始源于老庄清静无为的哲学思想，如“天得一以清”（《道德经·第三十九章》）、“清静为天下正”（《道德经·第四十五章》），把“清”提到由“道”产生的高度。而到了汉末魏晋时期，“清”开始进入美学范畴②，不仅发展为一种艺术创作和欣赏的追求原则，而且不自觉地成为一种重要的生活方式，对中国古代社会生活与文学艺术发生了广泛而深刻的影响。

“清水出芙蓉，天然去雕饰。”（李白《经乱离后天恩流夜郎忆旧游书怀赠江夏韦太守良宰》）中国古代诗人特别推崇清新自然之美，他们在优美的诗章里也充分表现了清雅脱俗的生活情趣，屈原“朝饮木兰之坠露兮，夕餐秋菊之落英”（《离骚》）何等清高芳洁；陶潜“采菊东篱下，悠然见南山”（《饮酒》其五），天人合一，何等清远；李白“安能摧眉折腰事权贵，使我不得开心颜”（《梦游天姥吟留别》），何等清傲；王冕则以“冰雪林中著此身，不与桃李混芳尘。忽然一夜清香发，散作乾坤万里春”（《白梅》）和“不要人夸颜色好，只留清气满乾坤”（《墨梅》）的诗句写出绝不媚俗的清刚之气……这些诗章无不体现着对“清”之风格品性与境界的自觉追求③。应该说，当代学者蒋寅将“清”视为中国诗学的核心范畴④，是很有眼力的。

我们认为，中国诗人的“尚清”意识，特别集中地表现在以李白与苏轼为代表的古代诗人对“清风明月”境界的追求上。这种境界是以李白和苏轼为代表的中国诗人为中国文化、为中华民族创造的一个对抗污浊、舒展精神的诗性空间，一种超越世俗、澄净美好的诗意境界。李白《襄阳歌》：“清风朗月不用一钱买，玉山自倒非人推。”诗人在“不用一钱买”的“清风朗月”之间自在地沉醉，以天地自然为伴，表达了对功名富贵的蔑视，显出一派清傲。苏轼《前赤壁赋》承太白诗心，写出一段千古妙文：“且夫天地之间，物各有主，苟非吾之所有，虽一毫而莫取。惟江上之清风，与山间之明月，耳得之而为声，目遇之而成色，取之无尽，用之不竭，是造物者之无尽藏也。”这可以说是对“清风明月”境界的经典描述。只有心灵清高雅洁、明净澄澈之人，才能真正达此“清”境，写此妙文！

有了这一番对中国“尚清”文化的简要考察，再结合饶公的人品、艺品、诗品，我们可以作出一个基本的判断：饶公清气之养成，首先就是对传统“尚清”文化的绍继和发扬。选堂教授诗文编校委员会说选堂“始自髫龄，已娴熟韵语，各体皆所致力，义法尤为精深。非警策无以振奇，非匠心何以定势。尝谓一切之学必以文学植基，否则难以致弘”⑤。选堂自幼即浸淫古典文学，其所得者，实际上不仅是“义法”，还有高雅清逸的精

---

① 胡应麟：《诗薮·外编：卷四》，上海：上海古籍出版社 1979 年版，第 185 页。

② 何庄：《论尚清审美心理的思想之源——道家》，《宝鸡文理学院学报》（社会科学版）2004 年第 6 期，第 10 页。

③ 赵松元、肖细白：《古典诗歌的艺术世界》，北京：中国文史出版社 2005 年版，第 119 页。

④ 蒋寅：《古典诗学的现代诠释》，北京：中华书局 2003 年版，第 35 页。

⑤ 选堂教授诗文编校委员会：《固庵文录后序》，饶宗颐：《固庵文录》，台北：新文丰出版公司 1989 年版，第 43 页。

神气韵。饶公出身于书香门第，家中天啸楼藏书近十万卷，这一得天独厚的读书条件加上父亲饶锷的家学影响奠定了饶公的学问基础。饶公说自己从小就“书读得很杂。道家的书、医书都看，也涉猎了不少佛书。我非常向往一个清净的世界”[①]。读书已化为气质。充满书香气息的家庭环境使饶公得以享受高度艺术化的生存状态，大量的读书丰富了饶公的精神世界，受古书典籍中“清高雅正”思想的长期熏陶，更奠定了饶公追求清高人格和卓然独立的精神气质的基础。十四岁时，他为自家莼园撰书的一副对联就飘逸出了清逸脱俗、古朴高雅的情趣：“山不在高，洞宜深，石宜怪；园须脱俗，树欲古，竹欲疏。”从中可看出饶公少年时便有了一种对清高脱俗的人生境界的向往。这种少年时期就已形成的对“清净”的向往，对饶公的性情、学术和文学艺术影响至巨。

饶公《选堂晚兴》诗曰：“隐几万卷书，亦足藏天下。”有中国传统“尚清”文化血脉的滋养，又有家学条件与特殊禀赋，再“广之以学”，饱读经典，刻苦钻研，在学游四方的阅历中亦增加了许多不凡的思想见识，饶公的学问越来越广博，越来越精深，儒、释、道与文、史、哲、艺皆融会贯通，是以饶公对人生、社会、历史、宇宙有了更为深刻的感悟。于是他心胸开阔、思想通达，情怀畅适洒落、磊然澄明，这种内在的生命境界和精神气度，是他“清气”养成的深厚底蕴。

概言之，饶公之为人治学与文艺创作正是秉承和弘扬了中国文化与中国文学的“尚清”传统，一个“清”字，堪称其人格境界与诗学世界中的“天心之月”，辉映万川。诗品出于人品，艺品出于人品，学品也出于人品。从饶公生命精神的角度，我们不但能够明白为什么饶宗颐的诗词书画中总洋溢着一股独一无二的清逸之气，为什么他在学术研究中总是能戛戛独造而进入崭新夐绝的境界；而且可以领悟到，正是博古通今的深厚学养的滋润，结合对生命意义和人生境界的深度探究，锤炼出了饶宗颐这种澄澈清纯的人格气韵。

二、清气飘逸：饶公诗词的审美特质

古人论诗极推崇清气。元代刘将孙《彭宏济诗序》云：“天地间清气，为六月风，为腊前雪，于植物为梅，于人为仙，于千载为文章，于文章为诗。冰霜非不高洁，然刻厉不足玩；花柳岂不明媚，而终近妇儿。兹清气者，若不必有，而必不可无。”他认为清气于诗是不可缺少的，诗中若无清气便不足观。此清气如花中之梅，人中之仙，绝无尘俗之气，其品格极高[②]。

《文心雕龙·体性》第二十七云：“若夫八体屡迁，功以学成，才力居中，肇自血气；气以实志，志以定言，吐纳英华，莫非情性。”[③] 性情乃人之秉性、气质和思想感情。在诗词创作中，才力自然重要，同时还必须是创作主体在一定的意志和情感触发下，方能将主观的个性风格转化为作品风格。诗词的风格气韵，从一定程度上讲是由诗人的性情决定的，故而诗中之“清气”，必定来自诗人心灵之“清气”。“清”作为饶公的一种心性修

---

① 胡晓明：《饶宗颐学记》，香港：香港教育图书公司1996年版。

② 傅璇琮、许逸民、王学泰、董乃斌、吴小林主编：《中国诗学大辞典》，杭州：浙江教育出版社1999年版，第26页。

③ 刘勰著，王运熙、周锋译注：《文心雕龙译注》，上海：上海古籍出版社2010年版，第23页。

养，就决定性地使其笔端飘逸着缕缕清气。

选堂饶公很讲究“养气”，他曾说道：“做学问与写字做画一样，都很讲究一个‘气’字。因为气不贯，就好像一个人没有生命。写字、做学问，实际上是把一个人的生命都摆在里面，有‘气’、有生命，才会源源不绝。而‘气贯’就能‘神定’，不受外界的干扰。”① 这种对“气”的重视，与其对“清”的偏爱，成为饶公一种独具特色的审美追求。他在《固庵词》小引中云：“语爱晴空，意出言表，怀新道迥，用慰征魂。”②“语爱晴空”四字，充分表露出选堂创作的艺术自觉。如“流云天际分仍合，如诵清空白石词”（《雨中路薏丝（路易士）湖三首之二》）、“胸中山水清，异途可同归”（《借园田居和陶五首其三》）、“何人解道清空意，漫剪孤云取次看”（《燃林房与水原琴窗论词》）等，都是以清空、清远之境表现其内心空灵虚静、澄明清朗的真我状态。正是因为饶公心中时时充盈着一脉清气，“其气充乎其中而溢乎其貌，动乎其言而见乎其文”，所以其卓立不凡的精神气度和品性，自然而然地化作一脉清气贯通于他的诗词作品中，形成以“清”为显著特点的气质。

我们可以从饶公十六岁时所作的《咏优昙花诗》中，看出他性情里那份天生的清逸之气：

异域有奇卉，植兹园池旁。夜来孤月明，吐蕊白如霜。香气生寒水，素影含虚光。如何一夕凋，殂谢亦可伤。岂伊冰玉姿，无意狎群芳。遂尔离尘垢，冥然返太苍。

太苍安可穷，天道邈无极。衰荣理则常，幻化终难测。千载未足修，转瞬讵为逼。达人解其会，保此恒安息。浊醪且自陶，聊以永兹夕。

这两首五古，字里行间脉脉流动着一缕缕清逸之气，让人读罢神清气爽，为之惊叹。应该说，这一脉清气，自此以后，便一直氤氲在饶公的诗词创作之中。一个最为直接的证明就体现在“清”字的高频率使用上。据笔者统计，在其《选堂诗词集》和《选堂诗词续集》中，“清”字出现了三百余次。如：

清川见停流，断壑窥圆月。

——《和〈岩上宿〉》

风物何清婉，畴不思玄度。

——《寄答吉川教授及京都诸君子》

其下临清流，独立得天全。

——《登磐石山同巨赞上人》

---

① 吴长生：《香港奇人——国学大师饶宗颐》，人民网，http：//www. people. com. cn/GB/shizheng/443725. html。

② 饶宗颐：《清晖集·固庵词小引》，深圳：海天出版社 1999 年版，第 307 页。

无端丘壑饶清兴，坐对湖云接草齐。

——《别路易士湖》

故人千里相望，玉树倚风清。

——《水调歌头》

心花开到落梅前，清梦深藏五百年。

——《睡起》

符号学理论认为，文学是通过语言符号来传达情感信息（即意义）的艺术形式。罗兰·巴特曾在《符号学美学》中说："文学的本质就是符号……它是我们用于加工世界，创造世界的一种代码，是一种符号。"① 符号就是征兆，是表达传播意义、信息的象征物，是在交际过程中能够传达思想感情的媒介。在文学作品的释义和欣赏过程中，当某些文字作为一种符号重复出现时，便会传达作家作品的审美情感。可见，在选堂饶公的诗学世界中，出现频率颇高的"清"字是具有特别的意义的。而实际上，这一脉"清气"，早已被饶公的同辈学人敏锐地捕捉到。钱仲联先生评其词曰："清空峭折，得白石之髓。"（《选堂诗词集·钱仲联序》）② 夏书枚先生言："险峭森秀，清旷超迈。"（《选堂诗词集·夏书枚序》）③钱、夏二位都是从"清"字着眼，强调了选堂饶公诗词的特质。

需要强调的是，饶公诗词所飘逸之"清气"，或为清旷，或为清雅，或为清奇，或为清净，或为清远，但都是气韵生动，浑然天成，有极高的艺术价值。饶公曾谈道："诗词对于培养人的精神，其作用是积极的。这也就是所谓'指出向上一路'……我极力追求向上一路，主张以积极态度，培养人的精神。"④ 不难发现，饶公向来主张的诗词"指出向上一路"与其"清旷超迈"的审美特质是相契合的。饶公诗词追求清高雅洁之美，如"心花开到落梅前，清梦深藏五百年。蝴蝶何曾迷远近，眼中历历是山川"（《睡起》）、"莫愁九日多风雨，记取壶冰一片心"（《九日杂诗》）、"筋力犹堪陟上层。虚堂一雨得秋清。天边千溆绵绵白，槛外群山历历青"（《鹧鸪天·和忼烈》）等，都可以看出饶公精神之清旷，趣味之清雅。再读其《偶作示诸生》其二：

更试为君唱，云山韶濩音。芳洲搴杜若，幽涧裕贻禽。万古不磨意，中流自在心，天风吹海雨，欲鼓伯牙琴。

此诗虽是选堂教诲学生之作，却是选堂生命境界的自在流露，它表征着选堂人格与传

---

① 罗兰·巴特：《符号学美学》，沈阳：辽宁人民出版社 1987 年版，第 36 页。

② 钱仲联：《近世名家诗词平亭：饶宗颐〈选堂诗词集〉序》，《苏州大学学报》1992 年第 2 期，第 3 页。

③ 夏书枚：《选堂诗词集·夏书枚序》，邓炜明：《论饶宗颐》，香港：三联书店（香港）有限公司 1995 年版，第 318 页。

④ 饶宗颐、施议对：《为二十一世纪开拓新词境，创造新词体——饶宗颐形上词访谈录》，《文学遗产》1999 年第 5 期，第 106～114 页。

统清逸文化之间深厚的血脉相连的关系。尤其是“万古不磨意，中流自在心”二句，短短的十个字，给我们带来的早已不仅仅是清净之境的诗意美的享受，诵读之际，更让我们感受到一种撼动人心的人格力量。那是一种特立于宇宙间永不磨灭的凛然浩大的清正之气，是一种任时间的洪流如何冲刷、任人世间如何沧桑变化都依然无法使之改变的清高人格。故而我们说，这两句诗正是饶公高迈独立而清逸澄明之人格精神的重要体现。我们也可以在他其他诗词作品中，感受到这种超凡脱俗的清气。如《念奴娇》：

万峰如睡，看人世污染，竟成何物。幸有灵犀堪照彻，静对图书满壁。石不能言，花非解语，惆怅东栏雪。江山呈秀，待论书海英杰。　细说画里阳秋，心源了悟，兴自清秋发。想象荒烟榛莽处，妙笔飞鸿明灭。骑省纵横，文通破墨，冥契通穷发。好山好水，胸中解脱寒月。

此词作于1992年，当时饶公书画作品在香港展出，饶公因作此词为题。书画与诗词一样，都是其心灵世界、人格境界之最本真的表现。故此词虽然是对其书画境界的形容，实乃饶公人格境界之生动写照。胡晓明指出：“这首词，高处落想，从宇宙人生的层域俯观这尘嚣寰宇而激生清朗高明的情怀，却没有一般诗人在此所产生二元世界的尖锐对峙。既无超世与俗世之间痛苦的心灵煎熬，又无虚热的光明渴求与对于罪恶与卑污的激烈诅咒。词中一转语，下得如此的自珍、自爱，这是他清平灵觉的生命情调活泼泼的呈现。这首词最可见饶氏性情之清深宁静，堪为饶氏艺术心灵的点睛之作。”① 这首词清空高旷，毫无尘俗气，与中国传统文化中的“清风明月”境界血脉相连，生动表现了饶公清逸高贵的卓越人格及其诗词创作的审美特质。

三、选堂“清气”之诗学表现

我们主要从文辞意象、意境创造两个视角来领略氤氲在选堂诗学世界中的浓郁“清气”。

（一）文辞意象之“清新雅逸”

从文辞意象的角度来看，饶公诗歌常有一种格高调远的韵味，有一种清新俊逸的美感。他特别善于运用蕴含“清”之特质的文辞意象，从而使其诗词时常流动着一脉清新雅逸之气。如《涵碧楼夜宿》：

方丈蓬莱在眼前，回波漾碧浩无边。东流白日西流月，扶我珠楼自在眠。

传统诗词中常以“方丈”“蓬莱”喻云烟缭绕、清逸出尘的仙境，此意象带有“清逸”之特质，首句“方丈蓬莱在眼前”即把我们带进了一个如蓬莱般缥渺出尘之境。“回

① 胡晓明：《饶宗颐学记》，香港：香港教育图书公司1996年版，第14页。

波漾碧浩无边”，眼前之景开阔而清朗；后两句“东流白日西流月，扶我珠楼自在眠”自然地承接了上句“回波漾碧”之浩逸之境，动词“流”“扶”别具心裁，把天然的“日”“月”与人间之“珠楼”串联起来，诸多质地清澄纯澈的文辞意象使诗词充盈着令人读之神清气爽的独特气韵。

饶公善于炼字炼句，虽炉锤而每有清新之趣、清奇之美。胡应麟说：“若格不清则凡，调不清则冗，思不清则俗。”（《诗薮》）可见，清的反面是凡庸、是冗杂、是浊俗。饶公就是善于通过炼字炼句来摆脱“俗浊平庸”，抵达清奇之美。如“吹起芦笙秋似梦，粘天浪拥月孤轮”（《Toba 湖绝句》），饶公主要通过“炼字”的艺术手法使之达到“奇”的效果。“粘”和“拥”用得极为贴切传神，“粘”可看出波浪之高涨奔腾，水浪“粘”天，而那轮高挂着的孤月，仿佛也是“粘”在天上的，连同“拥”字，整句诗为我们展示了一幅壮阔而清奇的盛景：一轮明亮而孤高的月，在连成一线的水和天的“拥抱”之中高高挂起，发出皎洁而清澈的光芒，使人望之心襟随之开阔，顿觉神清气爽。另如“剪雪为诗，揉春作酒，可了平生事”（《湘月》）的“剪”与“揉”，皆集奇特之想象与精妙的炼字艺术为一体；“苍天如盖地如棋”（《中峤杂咏》），集奇特想象和形象比喻于一体，奇妙高超，清远奇逸。

饶公之炼字炼句，可从两方面来看：其一，饶公在锤炼诗词语言时，常用“清”字来形容外在的景物和内在的心境。如：

冷风清畎想康衢，稻陇江南了不殊。

——《弗罗西诺内村庄》

渐看圆月露松隙，想见清光犹为君。

——《建志补罗（Kanchipurarm）怀玄奘法师》

牢落山川空爱宝，清风兰蕙为谁薰。

——《董彦堂远媵所著殷历谱报之以诗》（《旅窗晓望》）

清钟动、层涛孤峤，落雁遥舟。

——《凤凰台上忆吹箫》

蝉声长是多饶舌，还伴清泉细细流。

——《蝉居（Lou Cigalige）偶成三首》

正湖海瘴生，画阑烟悄，伴人清独。

——《大酺》

当年行幸地，金杯递清唱。

——《阿含伯勒宫》

看看瀑流无已时，惟有狂歌劝清酌。

——《华严泷放歌次青莲〈将进酒〉韵》

感深情，秋日借寒泉，宝瑟结清游。

——《八声甘州》

携壁月、清吟寒浪里。

——《花犯》

良夜接清娱，卮言曼衍出。

——《九日小集媚秋堂》

前文已述及，饶公诗词中直接出现的“清”字有三百余处。此处所引，仅仅是一小部分而已。但窥一斑而得全豹，我们从这十余“清”字句中，也大致可以领略到饶公词汇之丰富与艺术表现之高妙。诗人以“清畎”“清光”“清风”“清钟”“清泉”写景状物，以“清独”“清唱”“清酌”“清游”“清吟”“清娱”写人物的意兴、情态与艺术化生活行为，无不充满清雅的风调，诗意盎然，清气袭人。

其二，是不着“清”字而清气盎然者。饶公之炼句造境，在更多时候，并没有直接写到“清”字。如“须眉照水月共明，扰人最是秋虫声”（《Bhandarkar研究所客馆夜读梵经》）、“碧空自澄远，昭旷应所求”（《旅窗晓望》）、“吹起芦笙秋似梦，粘天浪拥月孤轮”（《Toba湖绝句》）、“不烦泉石惊知己，一听潺潺亦解颜”（《中峤杂咏》）、“且掬山下泉，聊以涤肺肝”（《曾酌霞招游粉岭未果》）、“流水潺潺送远音，虚云拥树改余音”（《夕归呈戴老》）、“丛竹送青还绕屋，金尊浮绿且开颜”（《秋兴和杜韵》）、“奔泉袅袅松林外，寺古无僧只客归”（《Thoronet寺》）、“谁复拈花空色相，只余幽鸟落寒声”（《晨过鹿野苑》）、“碧波过、江澜人稀，绕空鸿写幽愫”（《莺啼序》）等。诗句之中，虽无“清”字，但依然清气袭人，这与诗人对意象的选用有很大关系。明月、碧空、芦笙、泉石、山泉、流水、远音、虚云、青竹、松林、古寺、幽鸟、碧波等，这些意象本身就蕴蓄着清新之感。从视觉角度看，选堂喜用青、碧等明净的色调，或山泉、碧波、明月、丛竹等具有澄清特性的事物；在听觉角度上，他善于描绘“吹起芦笙秋似梦”“流水潺潺送远音”和“幽鸟落寒声”的清幽旷远之音。写景状物，无论绘色还是绘声无不传达出清新澄净、怡人心神的美感。这一类意象，与诗人自身清逸超脱的心境相契合，使其诗中总是飘逸着一股若有若无的清气。

选堂诗学世界中，意象之选用极其繁复，多姿多彩。单单从自然意象的角度来考察饶公，我们不难发现他大量使用了“云”、“雪”、“冰”、“水”（波、流、浪）、“风”、“松”、“月”等明显带有“清”之特质的自然意象，如“薄寒催暝月初出，槛外云飞不碍风”（《Le Trayas》四首其二）、“落叶满山人迹杳，涧泉和雪洗清愁”（《自Riffelalp舍车步入林丘》）、“驱车忽过万重山，心共孤云来去闲。耀眼冰川皆净土，置身太古异人间”

(《Zermatt 道中和李白》)、“日月去不息，浮云终日行。云水各异态，往往不知名……且看水穷处，又拥晚云生”（《和阮公（第三十首)》)、“垂纶千尺，问高处、钓得沧浪何物……浩渺长空，迷离去浪，万古风兼雪”(《念奴娇》）等。

在这里，我们着重阐述“雪”和“云”两个意象。

在选堂诗词中，“雪”之意象特别富有意味。选堂五古《雪意》诗云：

园林粲皓然，贞白明吾志。

自注：平生所慕为陶贞白一流。其言“人生数纪之内，识解不能周流，天壤区区，惟恣五欲，实可愧耻。自云博涉，患未能精，而苦恨无书”。余之凡鄙，其病正同，然西来读书，流览图卷，所好有同然也。

我们认为，这首诗及其附注，在饶宗颐先生人格境界的养成中，实有心灵史诗的价值——它在表现饶宗颐高迈人格的同时，也揭示了他一个重要的精神渊薮。简言之，诗人所会之“雪意”，是一种远离世俗、无今无古，周流宇宙的冰雪情怀——独立自由、清纯精粹的生命精神。一个非常有意思的诗学现象是，选堂《白山集》中，一连有 14 首诗写雪；而在 1970 年 9 月至 1971 年春，他在美国耶鲁大学研究院讲学时，曾放笔倚声，步清真韵 51 首，亦多为咏雪之作。毫无疑问，选堂如此爱雪，乃是其冰雪情怀的不自觉表现。诗是心灵的窗户，通过选堂的清奇之诗，我们正可触摸到选堂那种超迈出尘、绝去世俗的清贵雅洁的卓越品质。①

“云”也是饶公诗词中出现频率颇高的意象。皎然《溪云》曰：“舒卷意何穷，萦流复带空。有物不累物，无迹去随风。莫怪长相逐，飘然与我同。”而王维更有“行到水穷处，坐看云起时”这般流传千古、富有禅理的名句。可见，诗人们早已把云当成一种心灵闲适、不为外物所累而神清气容的心性外化的介质，即借“云”以体现自己睿智空灵的禅心，营造清灵透彻的诗境。选堂诗中之云，亦若从遥远的古代飘飞而来。南朝诗人陶贞白《诏问山中何所有赋诗以答》：“山中何所有，岭上多白云。只可自怡悦，不堪持寄君。”表达了自由自在地隐逸读书的高情，其间蕴含着远离尘俗、不求功用的价值取向。选堂澄明清净的文化心灵与其悠然相通，故选堂曾高吟出“何似山中云，朝夕任舒卷”（《白山集·晋嘉恶疾寄示游清迈素贴山寺，用康乐从斤竹涧韵，追忆曩游，再和一首》）的动人诗句。再如“荒城远驿烟岚际，下笔心随云起时”(《题画诗》)、“万态云烟日卷舒，重丹复碧树扶疏。凭高待共浮云约，路转悬桥必坦途”(《中峤杂咏》)、“流云天际分仍合，如诵清空白石词”（《雨中路薏丝（路易士）湖三首之二》)、“漫翦缕云移倩影，待呼落絮伴幽姿”(《浣溪沙》）等。饶公深谙佛理，“云”的意象最适合表现他那清逸澄澈、高远不凡的心灵特质，也正是这个具有悠远孤高而闲适自由特性的意象，让饶公的诗词透出一脉清逸空灵、高迈脱俗之气。由此可见，“云”的意象确乎选堂诗学世界中的一个不容忽视的重要意象。

① 赵松元、肖细白：《论选堂的生命精神》，《汕头大学学报》（社会科学版）2006 年第 4 期。《梨俱预流果——解读饶宗颐》转载，广州：广东高等教育出版社 2006 年版。

（二）意境创造之“清远高旷”

“意境”作为一个具有民族特色的诗学术语，其意旨与“境界”大体相同，指的是诗歌所呈现的主观情思和客观物象契合交融而生成的、具有真切的情感和深刻的哲理、能引发欣赏者丰富的审美联想和想象的、虚实相生的艺术世界。所谓赋家之心，包括宇宙。饶公的诗心，也是包括宇宙的。饶公也曾道：“我的词心，与整个宇宙是相通的。”① 正因为饶公有如此灵慧通达的诗（词）心在，故能把主观精神气度与客观景物相交融而创造出浑然一体的艺术境界，以“清气”营造“清境”，达到一种清醇高远、清空澄明的超越境界。

饶公赠送给温家宝的画作《荷花图》，荷花留白处是饶公的词作《一剪梅·花外神仙》：

荷叶田田水底天，看惯桑田，洗却尘缘。闲随秾艳共争妍，风也翛然，雨也恬然。雨过风生动水莲，笔下云烟，花外神仙。画中寻梦总无边，摊破云笺，题破涛笺。

饶公此词意为与温家宝共勉高洁如莲的品质。王国维《人间词话》言：“词以境界为最上，有境界，则自成高格，自有名句。”② 这首词“清气”流动，精神质地清明澄澈，融清逸、清奇、清雅于一体，创造了清新淡雅的清远意境，内敛着一份出尘的清高与脱俗。诗人化身为荷，在水底自成一个天地，“看惯桑田，洗却尘缘”二句，足以传达出饶公人格的淡定、独立、高迈与清高。饶公的人格精神是独立而清高的，但他并非不食人间烟火，饶公的人生态度正如他此词所展现的：高荷浓密，与群花共谱芬芳，在风雨之中怡淡安然，高怀依旧。“雨过风生动水莲，笔下云烟，花外神仙”，这句更是用清逸的笔调，不知不觉把我们带进一个至高至雅的“清空澄明”境界中，使我们感受到饶公心中的那股超然于物外的清气。

在《清晖集》中，饶公创造的“清境”几乎无所不在。随意读如下诗句“川树寂寥清晓，留影到黄昏，时伴鸦归”（《夜飞鹊·本意》）、“日灯禅炬堪回向，坐觉秋云起夕岚”（《印度洋机中作》）、“凉月渐生新雨后，清风半在茂林中”（《樟宜杨氏远薪别业旧为苏丹行宫》）、“且看水穷处，又拥晚云生”（《和阮公咏怀诗第三十首》）、“看夕阳西斜，林隙照人更绿”（《蕙兰芳引·影》）、“深院无人月坠空。丝丝递麝绣芙蓉。晓风柳岸伴惺忪”（《浣溪沙》）等，无不呈现出清远高旷的境界，弥漫着一种空灵幽淡的清气，使人体验到悠然忘世、复归自然的真趣。

处于宇宙自然中，选堂有时一语破旨，自然超尘，创造一种象征境界，体现其高蹈清越的精神追求。如《念奴娇》（万县舟中中秋不见月，江面尽黑，因赋。用张孝祥韵）：

---

① 饶宗颐、施议对：《为二十一世纪开拓新词境，创造新词体——饶宗颐形上词访谈录》，《文学遗产》1999 年第 5 期，第 106 ~ 114 页。

② 王国维：《人间词话》，北京：中国人民大学出版社 2011 年版，第 233 ~ 234 页。

峡云迢递，洗中秋，雨湿群山无色。光怪鬼门刚过了，倍信浮生如叶。勘破天人，同归芴漠，黑夜心澄澈。月华安在，妙境更谁共说？　只惜羁旅年年，高寒玉宇，冷浸千堆雪。雾锁长川猿散尽，渺渺修途空阔。万县非遥，重山已过，暂作舟中客。江流日夜，今宵休问何夕。

这首词写选堂中秋下三峡时，空中却不见月，“江面尽黑”“群山无色”。刘梦芙云：“凡夫至此，恐已无从落笔矣。”但饶公却写道：“勘破天人，同归芴漠，黑夜心澄澈。月华安在，妙境更谁共说？”面对茫茫黑夜，诗人自己却如履空灵之境。“在词人心中，身外环境之晦明与否，已无关紧要，惜此妙境无知者可言耳。”雨暗云昏，他泰然处之，“黑夜心澄澈”；羁旅年年，重山险阻，他悟到“人生纵使轻渺如一叶，而自由之精神与不息之江流永在”[①]。刘永济先生曾说：“作者以善觉、善感之才，遇可感、可觉之境，于是触物类情而发于不自觉者也。惟其如此，故往往能因小可以见大，即近可以明远。”[②] 所言极是。

饶公对“清”之意境的营造不是简单地情景的相生与交融，而是追寻内在心性与外在自然的和谐统一。饶公曾提到创造三种境界：诗人境界、学人境界及真人境界，其中真人境界即一种超越境界。极少有诗人达到真人境界，那是因为没能真正找到在宇宙间安顿自我的方法，故只能“困顿于人间”。饶公认为“一个人在世上，如何正确安顿好自己，这是十分要紧的”[③]，即必须在宇宙人生中“寻找自我”。饶公天生慧质，又有丰厚的家学渊源及“五洲历其四”的丰富人生阅历和情感体验，更为可贵的是他总能以诗心观照自然，在身心与自然融为一体中，在对宇宙人生的深刻感悟中获得一份超越性的清迈与洒脱。儒、释、道与文、史、哲、艺的融会贯通，使他从人世间超脱出来，更深层次地进入一种交融着诗性智慧的真人境界中，从而以“真正的诗意安居”在宇宙间“安顿”了自我。饶公情怀畅适洒落、磊然澄明，这种内在生命境界和精神气度，是他诗词气质的精神基础，他的诗句如“山围地角终难尽，水到天涯更自由”（《能取岬在穷海尽处，灯塔下远眺，重雾不散，莫辨远近》），在清逸之中有一种了无挂碍之感，这足见他已把性情中那份与生俱来的清灵之气修炼到了极致，从而达到了一种高层次的清醇高远、清空澄明境界。饶公的诗词不仅继承了中国传统诗词“清风明月”境界中的“心净”与“清静”，更融入了饶公卓然独立、自由充盈的人格精神，因此在“清”境中更有一份独特、出尘的逸怀浩气。

饶公诗境之清醇高远、清逸澄明，可以说创造了中国诗学中一种极其高远的境界，在一定意义上是对中国文化“清风明月”境界的丰富与拓展。试稍作比较：其“且看水穷处，又拥晚云生”（《和阮公咏怀诗·第三十首》）比王维“行到水穷处，坐看云起时”（《终南别业》）之心静随缘，更具有一种生生不息、高远不凡的精神气象；“了无哀乐缠胸次，野旷天寒不见人”（《中峤杂咏（其四）》）比孟浩然之“野旷天低树，江清月近人”（《宿建德江》）更具有一种清空旷逸、遗世独立之感；还有“天人合一宜亲证，晚蓆

---

① 刘梦芙：《论〈选堂乐府〉》，赵松元、刘梦芙、陈伟：《选堂诗词论稿》，合肥：黄山书社2009年版，第126页。

② 刘永济：《词论》，上海：上海古籍出版社1981年版，第66页。

③ 饶宗颐、施议对：《为二十一世纪开拓新词境，创造新词体——饶宗颐形上词访谈录》，《文学遗产》1999年第5期，第106～114页。

还堪作画眠”（《毛利语 te-kapo 为晚蓎之地》）、“天地眷长勤，生生阅尘世。但期两心通，俯仰去来际”（《富兰克福歌德旧居・用东坡迁居韵》）等。饶公拥有一颗与宇宙相通的诗心，故能达到此清远之境。要言之，中国古代诗人如陶渊明、孟浩然、王维、李白、苏轼，多是通过“清风明月”境界来安顿自己那颗在现实中失意或漂泊的心，在与自然亲近中找到精神依托，在“清境”之中有了几许心灵得到安顿后的“心静”之感。饶公在圆融之境中智慧地消融了出世与入世之分，因而所达到的那种清醇高远、清逸澄明的境界与古代诗人有着本质的区别。饶公诗云：“一上高丘百不同”，表现出登临绝顶的非凡兴象。而从创作的角度看，饶公精神气质中那卓然不凡的“清品”，使他在诗词境界的创造上也是“一上高丘”，具有无比丰厚的意蕴。

四、结　语

清逸澄明之丰盈的文化心灵是诗意之树的芳洲。选堂饶公“以最纯正之古典形式，表最真挚之今人感情，水乳交融，天衣无缝”①“用先人的气魄、情操来浸润和陶冶自己的品格，才成就其高瞻远瞩、清朗明觉的高尚情怀”②。不难看出，“清”作为一种审美取向，作为一种品格，几乎弥漫、渗透在选堂诗词作品中。作品中展现了他神朗气清、澄明清远的艺术境界，所表现的也正是其清澄高迈的生命境界。这种艺术境界与生命境界对于当下身处尘世的人们来说是富有启发意义的。如何面对物欲横流的社会世俗？如何抵御金钱物质的诱惑？如何挽救艺术界的浮躁？这都是当代有良知的人应该思考的问题。而选堂的高迈人格和清逸诗格，为我们提供了富有启迪意义的人生范式和审美范式。仅仅从这一视角，我们就能了解选堂诗词意义之丰沛。总之，选堂以其卓然不凡的精神气象，“指出向上一路”，创作出“清气”充沛的诗词华章，创造出清醇高远、清逸澄明的诗学境界，具有极高的审美价值。因而，选堂诗词作品可视为中国传统诗词乃至文化生命在当代的创造性延续，是中国文化艺术宝库中不可或缺的精神财富。

---

① 季羡林：《季羡林文集》（第 14 卷），南昌：江西教育出版社 1998 年版，第 469 页。

② 曾宪通：《“饶学”之根在潮州》，林伦伦：《饶宗颐研究》，广州：暨南大学出版社 2011 年版，第 7 页。

以“和”相生：选堂和韵写作研究[①]

殷学国[②]

和韵写作在传统文学观念中被视为小技，一者由于其仅是诗学入门途径，有试验的性质；二者由于和韵写作抑己从人，妨碍性情自由抒发，[③] 和韵之弊诚如上言。然一切技艺无不依赖规范而确立，一切人文教养皆自规训操练而次第开展。形式规则一方面会限制活动者的自由和天性，同时也是提高活动者技艺才能和情趣境界的必要条件。就和韵写作而言，所谓妨碍限制，实视作者才情丰欠、境界高低而别。[④] 和韵写作的具体情形与形式创新蕴含许多富有意味的话题。和韵之什昉于南北朝[⑤]，成熟于唐[⑥]，大兴于宋[⑦]。晚近文人诗词唱和活动尤其频繁，规模更显庞大，唱和对象扩展至日本、韩国等东亚文化圈。元白、元祐、和陶、和杜等古代和韵写作现象，已为古典文学研究者所关注。然对晚近文人和韵写作的考察则鲜有着鞭。饶宗颐先生创作了大量的和韵诗词，篇什之富、变化之多，尤为时人翘楚。饶宗颐先生的和韵写作在追和古人、酬答侪辈方面认同传统，而在和韵对

---

① 本文获得广东省教育厅人文社会科学研究重大项目“饶宗颐与二十世纪中国诗学研究”（11JDXM75002）基金资助。

② 殷学国，1973 年 2 月出生，安徽界首人，文学博士，韩山师范学院文学与新闻传播学院副教授，主要从事中国诗学研究。

③ 陈廷焯《白雨斋词话》卷八“五一”条云：“诗词和韵，不免强己就人。戕贼性情，莫此为甚。张玉田谓词不宜和韵，旨哉斯言。”（陈廷焯著，彭玉平导读本：《白雨斋词话》，上海：上海古籍出版社 2009 年版，第 250 页。）和韵诚有斯弊，然诗人性情的养成和抒发，有赖于诗“教”。和韵写作的内摹仿方式，远较笺注疏解，化人更加深入持久。

④ 王国维《人间词话》“三七”条：“东坡《水龙吟·咏杨花》，和韵而似原唱。章质夫词，原唱而似和韵。”

⑤ 唐代欧阳询主持编修《艺文类聚》即著录梁武帝《和太子忏悔诗》：“玉泉漏向尽，金门光未成，缭绕闻天乐，周流扬梵声，兰汤浴身垢，忏悔净心灵，萎草获再鲜，落华蒙重荣。”北魏杨衒之《洛阳伽蓝记》：“肃在江南之日，聘谢氏女为妻。及至京师，复尚公主。谢作五言诗以赠之。其诗曰：‘本为箔上蚕，今作机上丝。得路逐胜去，颇忆缠绵时。’公主代肃答谢云：‘针是贯线物，目中恒任丝。得帛缝新去，何能纳故时。’肃甚有愧谢之色，遂造正觉寺以憩之。”公主既以符代诗应答之意，又具次韵之体。

⑥ 戴叔伦《寄禅师华上人次韵三首》三叠己韵，王建《昭应李郎中见贻佳作次韵奉酬》系步韵他人之作。元白和韵之什数量多，形式上既有和题又有次韵。皮陆唱和次韵之作数量巨大，且诗作长度超迈前贤。详见赵乐：《元白唱和诗研究》，《北京大学学报》（哲学社会科学版）2009 年第 6 期，以及李福标：《论松陵唱和的准备及运作》，《中国韵文学刊》2004 年第 3 期。

⑦ 清代梅曾亮《〈柏枧山房诗集〉自序》：“叠韵之巧，盛于苏黄；和韵之风，流于元白。”苏轼于次韵形式有两大贡献：一是次韵之作艺术成就极高，和韵似原创；二是大量创作了自叠己韵之作和次韵前人之作。详见日本内山精也：《苏轼次韵词考——以诗词见所呈现的次韵之异同为中心》，《中国韵文学刊》2004 年第 4 期。

象的选择、和韵的具体形式以及写作意向等方面则有所创新且超越时人。对于饶氏和韵写作的研究，既能表出其丰富样态和具体形式，又能点醒传统文学新变之途径，意义不容忽视。

一、和韵对象

和韵有次韵、用韵与答问等形式之区别①。饶氏和诗，不管诗题或诗序标明的是“依韵”“用韵”或“次韵”，几乎全部步韵为之。故依形式而论，饶公和韵之作直可以次韵诗学目之②。饶公诗词和拟的主要对象大致分为两类：一为古代杰出诗人，二为身边及汉学界的师友弟子。其于古代诗人尤取“三元”之代表人物。饶公谓：“我是很信服沈乙庵先生的，他在诗学上的一大发明是所谓‘三元说’或‘三关说’，认为作诗要过三关。我对元嘉的谢灵运、对元和的韩愈和柳宗元、对元祐的苏东坡和黄庭坚的诗都很熟。我作诗也属于‘三元’系统，‘三元’的诗人我都有和作的，连昌黎的诗我也和。”③饶公和“三元”系统诗作，既存礼敬前贤之诚意，又抱窥察诗学门径、过关夺帜之考量。具体而言，饶公《佛国集》和苏东坡、《白山集》和谢灵运、《长洲集》和阮籍，《大千居士六十寿诗》则步韩愈《南山》诗韵，《题哥耶画斗牛图》诗则用韩孟《斗鸡联句》韵。“三元”标示诗家典范④，“三关”点明诗学层阶。拜“三元”，通“三关”，“指出向上一路”，实乃饶公自觉的诗学追求。⑤ 饶公次韵对象甚为广泛，几乎囊括古代名家，除以上数家外，尚有陶渊明、刘孝绰、李白、杜甫、司马逸客、孟郊、李德裕、杜牧、李商隐、陈与义、陆游、杨万里、朱熹、姜夔、丘处机、王绂、倪元璐、方以智、李鳝、王士禛及日本三浦

---

① 刘颁《中山诗话》：“唐诗赓和，有次韵，先后无易；有依韵，同在一韵；有用韵，用彼韵不必次。”阮阅《诗话总龟》前集卷六“评论门二”辑录刘颁《中山诗话》云：“唐人赓和诗有次韵，依其次用韵；有依韵，同在一韵中；有用韵，用彼之韵，亦必次之。”按：依阮书著录则次韵与用韵无别，乖违原书旨意。

② 不过，亦有一篇例外——饶氏和周南《养疴三亚》（《饶宗颐二十世纪学术文集》卷十四，北京：中国人民大学出版社2009年版）“文录、诗词”中周南赠诗有序无题。为便于指称，笔者采纳陈丁福《饶宗颐与周南》，《同舟共进》2010年第6期所著录诗题名称，见周南原诗：“镇日南天踏浪行，白沙碧水最关情；风波险处迎头过，卧后涛声一味清。”饶氏和作：“珠崖云日岁华新，在远从知更日亲；正合徜徉好风月，鸥波浩荡谁能驯?”依据《佩文韵府》，周诗用“下平八庚”韵，饶诗用“上平十一真”韵。周诗表达经历人生风险后亲近自然之感受，饶诗于知心慰问中含蓄传达对友人功成荣休之志的会意。周南既是饶宗颐先生的朋友，又曾是香港回归谈判代表团团长，中华人民共和国外交部副部长，新华社香港分社社长。鉴于周南身份的特殊，饶公与其诗词唱和，既要倾心相待以尽友道，又不可屈己从人，失去自我。饶氏报诗答意而不拘于原韵，一方面固然见出超越次韵形式之外的酬答古谊，另一方面也表现出饶公对自身精神人格的持重和对友道的珍重。由此诗的写作而言，饶公和韵绝非随意为之，其于和韵写作原则的把握和分寸拿捏有其自身清醒的考虑与认识，既不能失人，又不能失言；既要待友以忠信，又不能失度。和其意以尽友道，不步其韵则是自重的表现。君子交友和自处之道亦即饶先生和韵之道。

③ 饶宗颐：《略谈学问与艺术的关系》，饶宗颐述，胡晓明、李瑞明整理：《饶宗颐学述》，杭州：浙江人民出版社2000年版，第93～94页。

④ 虽然近代诗人陈衍与沈增植“三元”说内涵不一，陈氏强调开元、元和和元祐，而沈增植则持元嘉、元和与元祐观点，但以“三元”标示诗家典范则一。

⑤ 关于饶宗颐“向上一路”之诗学追求，详见殷学国：《饶宗颐“形上词”论分析》，《暨南学报》（哲学社会科学版）2012年第8期，第94～99页。

梅园[①]和松浦武四郎[②]。其中，和陶（和方以智《和陶饮酒》亦间接和陶）、和杜之作数以十计，次韵其余诸家诗作则偶一为之。于当代学人中，饶公次韵对象多为前辈名家如郑孝胥、陈寅恪、巴壶天、潘重规等。和作或追念逝者，或答贺健在者，于温情存问中，发挥出“诗可以群”的功能。虽然此类诗作所占分量较少，但于具体学术文化情境的描绘不无价值。同样具有学术价值的，是与杨联升、吉川善之、清水茂等汉学界同仁的和作，以诗会友，以友辅学，于酬答之际兼陈往复讨论之衷。与亲朋故旧的酬唱约占饶公全部和韵诗作的三分之一。由于饶公诗、书、画、琴诸艺兼善，友朋多方，且许多朋友亦多才多艺，如余少飘[③]、苏文擢、曾履川、谢晋嘉、徐文镜等人，但其中往还和唱较多者当数赵尊岳和李棪二先生，尤其是赵尊岳先生。仅《南海唱和集》中，二人和诗叠韵之什计 99 首，和作因难斗巧，才情兴趣得到充分展示，机智幽默与深情绵邈，迭见层出，成为香港、新加坡诗坛一大盛事。[④]

选堂次韵词的写作以 1972 年为界，分为前后两个阶段。前期次韵词作集中于《固庵词》（1968）、《榆城乐章》（1970）和《晞周集》（1971），后期词作见于《栟榈词》（1976）、《古村词》（1979）和《聊复集》（1991）。前期词集收录于 1978 年香港出版的《选堂诗词集》。1993 年台湾新文丰出版公司再版此书时，增收《栟榈词》。钱仲联为再版《选堂诗词集》撰写的序文指出，“先生于胜清三百年词坛，非绝不顾视，但未屑盘旋于其间”。就和韵写作而言，“非绝不顾视”可以理解为《栟榈词》中亦有次韵清代之词作，“未屑盘旋于其间”意指突破清代词境规模、开拓新境。钱先生所言系就选堂词作大概而言。若单从次韵词作一端来看，则前后两期次韵对象亦有所变化。选堂前期词作仅有两首和清代词作，所和之作分别为朱祖谋哀半塘翁的《木兰花慢》（马塍花事了）和历鹗《谒金门》（凭画槛）；其余多为宋词名家，如范仲淹、晏几道、周邦彦、张先、秦观、辛弃疾、张孝祥、陈亮、刘克庄、姜夔、吴文英、萧泰来、张炎、周密、王沂孙、黄孝迈、吴彦高等，尤以和清真与白石为多。后期词作虽然仍以次韵宋名家词居多，不过，和清代词作数量明显增多，所和清词名家有陈维崧、朱彝尊、龚自珍、王鹏运、朱祖谋等，次韵竹

---

① 三浦梅园（1723—1789），日本德川时代中期的哲学家、儒医。名晋，字安贞，号梅园，有文集传世。

② 松浦武四郎，日本江户时代幕府旗下官吏，四次探险虾夷，并将其更名为北海道，其《虾夷日志》是最早记录日本向北方扩张的重要文献。松浦氏诗：“东依西托十余年，弛担匆匆才稳眠。肃慎风涛流鬼雨，今宵残梦落何边。”饶公和作：“蛮雨溟烟不记年，奇书使我不成眠。雌雄两岳青如昔，何意能来渌水边。”

③ 《清晖集》及《饶宗颐二十世纪学术文集》卷十四皆作“少帆”，据黄伟豪《香港旧题文学史的建构方法刍议——以饶宗颐的交友圈为例》改之。另，文中涉及饶宗颐交往友人，参见黄氏文章，本文不再赘述。黄氏文中不及者，另作注解。

④ 饶宗颐《〈南海唱和集〉题识》：“武进赵翁叔雍……尝以《和东坡海南赠息轩道士韵》见示，余迭和之，翁奋其神勇，前后叠韵至五十二，具载《高梧轩诗集》（卷十二），余亦赓和至四十七叠。同时侪辈如李弥庵、曾履川累有和章，动盈筐帙，缟纻投报，极一时之盛。”见《饶宗颐二十世纪学术文集》卷十四，北京：中国人民大学出版社 2009 年版，第 368 页。

诧词尤多。另外，对于当代师长友朋，前后期次韵对象亦有所变化。前期对诸如乔大壮①、詹安泰②、钟应梅、夏叔美、罗忼烈、李棪、叶嘉莹、张充和的词作皆有和作，于罗忼烈尤多。后期和韵，除张充和与罗忼烈外，很少出现友朋之作，清词名家之作却占据了较大的分量。次韵对象的选择和变化，既体现了诗人创作和生活上的变化，又见出其诗学认识和理念。由前至后，饶公和韵写作一直是友朋之间文化交游的重要方式。另外，和韵写作背后诗学识见的色彩，愈到后期愈加鲜明。

饶公和韵写作，从作家的角度而言，主要集中于阮籍、陶潜、谢灵运、杜甫、韩愈、苏轼、周邦彦、姜夔、辛弃疾、吴文英、王沂孙、张炎、朱彝尊、朱祖谋等古典诗词名家；就作品而言，主要选择具有较高艺术价值和写作难度的名作。其中，就一般体类而言，有阮籍咏怀、谢灵运山水、陶潜饮酒、李商隐无题、东坡诗、清真词和白石词；具体作品包括陶潜《归田园居》、刘孝绰《侍宴集贤堂应令诗》、杜甫《秋兴八首》、韩愈《南山诗》、东坡《百步洪》和《司命宫杨道士息轩》、美成《兰陵王》（柳阴直）、稼轩《摸鱼儿》（更能消）、姜夔《凄凉犯》（绿杨巷陌秋风起）和吴文英《莺啼序》（残寒正欺病酒）。优秀作家和典范作品构成文学史书写的基本材料。饶公的次韵写作，纵有逞才使气、因难见巧的因素，但也不无借此表达对文学传统的理解认识以及对文学经典的礼敬等方面的考虑。通过次韵，饶公实现了与文学经典的对话及对文学经典的另类个性化书写。

二、和韵形态

和韵之什，在形式上有依韵、用韵、步韵之别。如果说依韵、用韵、步韵之别是以作品和韵形式而断，那么就和韵的实际情形而言，又有叠韵、复和等变化。选堂和作叠韵由再叠、三叠、五叠而至四十七叠，数量之多罕逢敌手。③ 叠韵之作，除少数当场完成外，

---

① 饶宗颐《榆城乐章》中《六幺令》“咽风啮叶”阕词序云：“充和幼子捕得小动物，充和为作茧衣，嘘呴者至，而彼虫尚寐无吪，若无意于人世者。嗟尔微物，其将自绝于温情乎。讽之以词，用《波外乐章》均。”《波外乐章》系民国词人乔大壮词稿。乔大壮（1892—1948），号波外居士，四川华阳人，擅长书法、篆刻及诗词，洁身自好，以节操自励，效屈原自沉于苏州枫桥。乔氏《六么令》：“语儿东畔，临水纱如雪。晚凉暗生宫沼，数语花前别。一线飘飘去影，错认来时节。钿梁珠镊。新眉绿换，最不胜梳卫娘发。初夏蚕眠未茧，到死丝方绝。经爨桐尾全焦，变徵弦重拨。风定红鳞又起，除是芳尊竭。西楼弦月。依前如梦，梦醒闲云絮千叠。”

② 詹安泰（1902—1967），字祝南，号无庵，广东饶平人，著名古典文学研究专家、词人。学界有“南詹北夏，一代词宗”之称。饶宗颐《清平乐》词序云：“偶见詹无庵曩作小词，惊采绝艳，次韵二首。”

③ 再叠之例，有《题高梧轩图》次东坡《次韵僧潜见赠》，《题姚宋》复用前韵；《青山禅寺鼓琴》次曾履川风字韵，《论画》再次曾履川风字韵。三叠之作，如《西湖》叠坡老昊字韵（《和秦太虚梅花》《再和潜师》皆押昊字韵），《登严濑钓台》再用前韵，《食东坡肉》三次前韵；《谢神田贻〈画禅室随笔讲义〉》用东坡赠南禅师韵（《乞数珠一首赠南禅湜老》），《论书赠西川宁兼柬青山杉雨》叠前韵，《庚申五月十七日，醍醐寺东方学会上讲殷易卦》三叠前韵。五叠之作，如《寄棪斋伦敦，兼讯殿爵，次和刘孝绰韵略效其体》《苏圃文擢过我有诗枉赠，叠前韵奉报》《饯岁和少帆文擢并呈孝若翁三叠前韵》《棪斋书云：伦敦郊居，门外积雪七尺，方霁复降，穷庐呕诗，吹律嘘暖。四叠前韵，题其新竹》《叔雍归自南溟，趋访不晤。相过又不值，赋此奉约。兼示尤光敏梁荣基二生。五叠前韵》《王贯之见余游尼亚加拉瀑布诗，以半痴诗禅观瀑十首相示，因用坡翁〈百步洪〉韵，庚作长句》《棪斋来书论白石词，举暗水溜碧句。忆秋日多伦多同游马蹄瀑，涓流巨浸，小大相较，顿兴齐物之思，因再步前韵却寄》《诗成后二日，与画师萧三同游梅窝银矿潭，竹树荒翳，涧水清浅。余笑语：梅窝无梅，须君写桃下种矣！归途口占，戏为此诗，三叠前韵》《鹿苑高处晚眺，四叠前韵》《青山访僧不遇，向夕泛舟返旧城，五叠前韵》《南海酬唱集》四十七叠赵尊岳《和东坡海南赠息轩道士韵》。按：东坡原作为《司命宫杨道士息轩》。

大部分属于事后追叠前韵，时间间隔有的长达数十年。例如“抗战”期间，饶公落难粤西，困处北流，尝次东坡《吾谪海南，子由雷州。被命即行，了不相知。至梧，乃闻其尚在藤也，旦夕当追及。作此诗示之》作《访东坡系舟处》；1963 年游曼谷四刹吉，归途作诗复次苏轼此作；14 年后，再游泰京，感泰国华人及诗坛前辈款款眷念之情，赋诗奉酬，再叠苏韵。计算起来，前后相隔竟达 34 年之久。[①] 追叠之作，作为个体生命体验的呈现，积淀着丰富的人生意味，作为个体生命历程的线索，将碎片化的人生贯通起来，予以秩序化，并赋予其历史意味。追叠的过程既是生命绵延的过程，又是对自我生命的追忆与认同的心灵活动，体现出主体自觉建构的努力。

选堂和韵之作，和复有和，姑谓之“复和”。选堂和韵之作，“复和”类型变化有四：

（1）和古人和古之作，如《后饮酒十首和方密之，用陶公韵》。陶渊明《饮酒》20 首，历来和者无数，已经成为一种文化现象。方以智《和陶饮酒》20 首，借和陶表达自己人生态度和政治立场；选堂和方氏《和陶饮酒》诗后十首，一方面表达对方氏气节的敬仰，另一方面表现出对五柳先生生活态度的认同。和作对象的选择并非轻易，选择和作对象即精神或艺术典范的挑选。

（2）和古人和友人之作，如《高阳台》（小别经年）。词序云：“高罗佩丁未清和来港，琴酒迟留，信宿东返。遽闻埋云，不胜悲恸，候蛩暗苇，秋声自碎，次玉田和草窗寄越中诸友韵，邀海隅琴友同赋。”选堂是次王沂孙《高阳台》（残雪庭阴）韵悼念荷兰汉学家高罗佩，而王氏则和其友人周密《高阳台·寄越中诸友》（小雨分江）韵。同属于此种类型的还有《水龙吟·挽壮幕翁谢稚柳兼题其莫高窟画卷》和《满江红·自题画集》。选堂《水龙吟》次东坡杨花韵，而东坡则次韵友人章质夫杨花词；《满江红》次稼轩《满江红·江行》，而稼轩则和友人杨济翁词作韵。

（3）和古而友人复和己作，如《蝶恋花》（流梦应教山海接）。选堂此作和朱彝尊《蝶恋花》（碧浪湖宽天水接），而张充和《蝶恋花》（冉冉归云如有接）则复次选堂词作韵。选堂《暹罗猜耶山访佛使比丘，游室利佛逝遗址，于荒榛中踟蹰终日，归来有诗》诗，因同行者有潮商谢晋嘉[②]，即次谢灵运《登永嘉绿嶂山诗》奉赠，而谢晋嘉即次韵唱和。

（4）和友人次韵时人之作，如《李弥庵荷上斋展观海藏楼七十生日谢客诗稿，及唐李郢自书长诗卷，敬和二首》。郑孝胥《谢七十赠诗诸君》：“俯仰漏将尽，踽踽犹夜行。夜行何时息，所期晦复明。友朋颇见哀，赋诗勉艰贞。用意虽渊默，动天如雷声。愿君莫

① 同属追叠类型的尚有以下和韵之词：《莺啼序》（危亭正擎恨影）与《莺啼序》（丹林斗香万里）（二作皆次梦窗韵，前者著录于《固庵词》，后者见于《榆城乐章》。《固庵词》结撰于 1968 年农历四月，《榆城乐章》结撰于 1970 年），《一萼红》（镇浓阴）与《一萼红》（绿成阴）（二作皆次白诗韵，前者收录于《古村词》，后者收录于《聊复集》，前者不晚于 1979 年 5 月，后者不早于 1980 年 5 月）。

② 谢晋嘉，广东潮州人，长期侨居海外经商，曾从张大千学画，擅长兰竹。张大千赞扬其墨竹得宋元遗韵，极为难得。

轻言，相望实与名。”[①] 李弥庵次郑孝胥诗韵，作诗二首。[②] 选堂即席赋诗二首，次弥庵诗韵奉和。

除叠韵、复和外，还有一种情形介于二者之间，姑且谓之“复和兼叠韵”。李棪《壬寅十一月十五日伦敦大雾，刘子殿爵叩门问疾奉谢，次韵刘孝绰〈侍宴集贤堂应令〉》，如诗题所言，次韵南朝梁文人刘孝绰《侍宴集贤堂应令诗》。棪斋以次韵诗寄示选堂，选堂即次来作韵，以《寄棪斋伦敦，兼讯殿爵，次和刘孝绰韵略效其体》奉答。嗣后，选堂再叠报苏文擢，三叠酬余少飒、苏文擢，四叠答棪斋，五叠呈赵尊岳。[③] 以上和韵情形，可谓复和而兼叠韵。选堂和韵之作，复和而兼叠韵的典型，当数《南海酬唱集》。据选堂《南海酬唱集》题识，赵尊岳以和东坡《海南赠息轩道士》（清代王文诰辑注苏诗，此诗题作“司命宫杨道士息轩”）诗作相示，选堂次韵答之；两人递相往复，旁及他题亦次苏韵赋之；赵叠韵至五十二，选堂亦叠韵至四十七，友人李弥庵、曾履川亦复迭唱，成诗坛胜观。[④] 赵尊岳《高梧轩诗集》（家印本）具载赵氏唱和之作，间及选堂和韵消息[⑤]，足资对勘，兹不赘述。

三、和韵意向

如果说依韵、用韵、步韵之别是以作品和韵形式而断，叠韵、复和及复和兼叠韵是就和韵的实际情形而论，那么从和作者写作意向而言，又有和答、拟题、效体之辨。概而言之，和答谓和韵且呼应原诗者，拟题谓戏仿前人成题而杼轴怀抱者，效体谓效原诗体式语词者。三者之间的细微分别于具体诗作的考察中更显分明。

（一）和答

和答有“和”与“答”之别。与原作同意谓和，与原作相异谓答。[⑥] 然律以选堂和韵之作，则“和”而不同、“答”而非异者亦不在少数。故“和”“答”之别，不可一概而论。东坡《送杨杰》与选堂《次东坡〈送杨杰〉原韵》，二诗序文中皆言及无为子不以一

---

① 郑孝胥：《海藏楼诗集》，上海：上海古籍出版社 2003 年版，第 372～373 页。

② 李弥庵诗题云：“叔雍星岛假归，为邀武仲履川固庵希颖莘农叔美文擢稚琴宴集敝庐荷上斋，观唐李郢自书诗稿卷子及海藏楼七十生日谢客诗遗墨。酒阑得句奉呈并示同座诸公，即次海藏翁原韵二首。”题中所提及人物，参见黄伟豪《香港旧题文学史的建构方法刍议——以饶宗颐的交友圈为例》一文，本文不再一一赘述。

③ 选堂叠韵诗题依次为《苏圃文擢过我有诗枉赠，叠前韵奉报》《饯岁和少帆文擢并呈孝若翁三叠前韵》《棪斋书云：伦敦郊居，门外积雪七尺，方霁复降，穷庐呕诗，吹律嘘暖。四叠前韵，题其新竹》和《叔雍归自南溟，趋访不晤。相过又不值，赋此奉约。兼示尤光敏梁荣基二生。五叠前韵》。题中人物，少帆当作少飒，“孝若翁”未详，其余见上注参考文献。

④ 参见饶宗颐：《南海唱和集》，《饶宗颐二十世纪学术文集》卷十四，北京：中国人民大学出版社 2009 年版，第 368 页。

⑤ 赵尊岳《高梧轩诗集》卷十：“余夙有睡痴，南来尤耽午枕用东坡海南赠息轩道士韵”（第 177 页），“饶宗颐和前和苏诗韵再赋答之二和”，“三和前韵寄饶宗颐及坐忘斋主人姚莘农”（第 187 页）；卷十一：“三十九和答宗颐寄二十章。”（第 209 页）见赵尊岳：《高梧轩诗集》，沈云龙主编：《近代中国史料丛刊续编》第二十一辑，台北：文海出版社 1966 年版。

⑥ 清代赵翼《瓯北诗话》卷四“白香山”条：“和诗中有与原唱同意者，则曰和；与原唱异意者，则曰答。”

身之逸易南面之王的典故[①]。不过，原诗以山水之游为世外之乐[②]，而和诗则谓寄情太古之神趣远胜山水游乐[③]；原诗“神游八极万缘虚”同庄子之逍遥，和诗“便从竖亥步太虚”状神仙大人；原诗“三韩王子西求法”言人，而和诗“我到天竺非求法”则非己。和诗在对原诗题旨和句意回应的基础上，答以己意，可谓“和”而不同。与上述和诗略异，选堂《续丽人行》次韵东坡同题诗作，以状缅北香艳村女。[④] 东坡《续丽人行》属于拟作，拟杜甫《丽人行》而未和韵，仅由“杜陵饥客眼长寒，蹇驴破帽随金鞍”“心醉归来茅屋底”透露少陵消息。东坡《续丽人行》“隔花临水时一见，只许腰肢背后看。心醉归来茅屋底，方信人间有西子”，叹画作之工致，令人信以为真；选堂和诗“人间未乏周昉笔，暂作欠伸背面看。始信东坡言无底，误把西湖拟西子”，呼应原诗句意，以眼前春色印证画中美人，且戏谓东坡西湖西子拟之不当，而缅北村女堪比西子。此类和诗与原诗相较，“和”而存异。东坡《子由新修汝州龙兴寺吴画壁》“吴生已与不传死，那复典刑留近岁”，谓吴画为典范；选堂《题锡兰狮山壁画，次韵东坡龙兴寺韵》“敦煌差许伯仲间，下视吴生真舆隶”，直以敦煌壁画称许锡兰壁画，视画圣为画工，于异代之次韵酬答中反其意而为之，针对原诗题意或成句翻案求新，此类和答可谓“和”而求异。如果说“和”而不同旨在向古典传统寻求灵源，“和”而存异旨在争鸣、出一头地，而“和”而求异则着眼于疏凿流派，开辟新径。从文学史的角度而言，次韵和答实蕴含通变之意味，是文学续旧求变、生生不已的途径之一。

（二）拟题

前人拟古之作多摹拟乐府古题。本文所谓拟题不局限于乐府古题，是指选堂和韵之作中依据前人名作成题而仿拟之类属。唐庚《唐子西语录》：“古乐府命题，皆有主意，后之人用乐府题者，直当代某人而措词。”[⑤] 谓后人乐府旧题失其本意，而流为代言。后人拟作或遵循本事而变其题旨，或遵循本意而变其题面。诗成变体，势有必然。姚华《论文后编》“目录”：“拟古之作，或拟其声，或拟其意，或声意并拟。”宽泛地讲，次韵、仿词即所谓拟声；遵循本题或代言即所谓拟意。选堂拟题，于拟意方面，或拟原诗题旨，或自抒怀抱，则又不尽同于前人拟古之作。[⑥]

选堂和大谢诗共计 37 首，其中《白山集》36 首，《佛国集》1 首。多数和谢诗次韵

---

① 《太平御览》卷七十九辑录《符子》：“黄帝谓其友无为子曰：‘我劳天下矣，疲于形役，请息驾于玄圃，子其代之。’无为子曰：‘焉能弃我之逸，而为君之劳哉！’乃攀龙而俱去。”

② 苏轼《送杨杰》序：“无为子尝奉使登太山绝顶，鸡一鸣，见日出。又尝以事过华山，重九日饮酒莲花峰上。今乃奉诏与高丽僧统游钱塘。皆以王事，而从方外之乐，善哉未曾有也，作是诗以送之。”

③ 饶宗颐《次东坡〈送杨杰〉原韵》序：“余初来南印，由孟买飞临麦德利斯，旋自新德里复经此赴锡兰。迨适缅甸，又由哥伦坡历此往加尔各答，凡三临此都。昔无为子以王事而从方外之乐。余何人斯，游于方内，而寄情无始，其为神趣，岂山水而已哉。”

④ 苏轼《续丽人行》序“李仲谋家有周昉画背面欠伸内人，极精，戏作此诗”，赋画中美人；饶宗颐《续丽人行》序“缅北村女，艳溢香融，梳髻插花，宛同汉俗，为赋续丽人行”，状异域风俗。

⑤ 参见魏庆之《诗人玉屑》卷十五。

⑥ 当然，律以文学史实际情形，古人拟古亦未必完全模拟乐府古题，例如，吴兢《乐府古题要解》云：“魏明帝辞云‘王者布大化’（魏睿《棹歌行》），备言平吴之勋。若陆士衡‘迟迟春欲暮’（陆机《棹歌行》），又如梁简文帝‘妾信在湘川’（萧纲《棹歌行》），但言乘舟鼓棹而已。”

而未拟题。拟题者仅《和〈岩上宿〉》《和〈咏冬〉》《和〈净土咏〉》《和〈石壁立招提〉》《和〈望石门〉》及《和〈江中孤屿〉》6首。[①] 6首和诗皆拟原诗本事呼应原诗题旨，如《和〈石壁立招提〉》拟《石壁立招提精舍诗》表达了浮生如梦、尽早从佛修行之意，《和〈江中孤屿〉》"莫信蒙庄语，养生始尽年"与《登江中孤屿诗》"始信安期术，得尽养生年"之养生长寿的主旨相同。

选堂《后饮酒诗十首和方密之，用陶公韵》《长洲集》和阮籍《咏怀》《秋兴和杜诗》及《借园田居和陶》，试图拟原诗风神意味，但和诗实际情形却未能如愿。陶公饮酒诗20首言一己淡泊的性情及旷达的人生态度，方以智《和陶饮酒》20首言己身之忧愤及强烈的文化生命之体验，选堂和方氏《和陶饮酒诗》后10首则移题说理论学，冲淡平和之意味异于方而近于陶。《长洲集》和阮82首，实乃当代诗学之奇观。[②] 阮氏咏怀忧患满篇，是个体关于宇宙人生命运穷通深切体验及沉思的诗学表达。选堂和阮拟其题面而鸣一己之兴怀[③]，虽诗中时时言及自身之忧劳，却又时时排遣之，合乎禅宗"念念流转，方生方灭"之说。和阮而有陶味，和杜反近义山。选堂《秋兴和杜韵》非敢媲美诗圣，然不无与前人（主要指钱谦益）及时人和杜之作一较短长之考虑，故竭力拟其题面及题旨。虽然和诗语词、体式近杜，但沉郁不足，而出之以凄婉，故而饶公叹息"反似义山，全失杜样，为之怅然"。《借园田居和陶》拟题而神似，且于诗题抒写之际，常为原诗诗句下一转语，如原诗谓"久在樊笼里，复得返自然"，而和诗则云"樊笼有天地，方寸且陶然"，出玄而入禅，胜义无穷。

选堂和韵，拟题而自抒怀抱者，当数《登慈恩寺塔次杜韵》《衡岳用退之谒衡山庙韵》及《南海神庙浴日亭次坡老韵》诸诗。同样登慈恩寺塔，杜公写景抒怀，选堂则用事论史；同样写衡岳，韩公突出精诚格神，选堂则充满瞻拜希贤之感；于浴日亭的次韵抒写，和诗较原诗更富深沉的历史感。总之，选堂拟题，无论是拟其本事还是自抒怀抱，写景状物疏于原作，而议论颖发则不让前贤。

（三）效体

选堂和诗严分拟、效。其《长洲集》题识曰："新历除夕旅长洲，……案上有《咏怀诗》，乃依韵和之，五日而毕。非敢效其体也，间用前人成句，意有所极，遂忘人我。"《长洲集》和阮，次韵拟题，由新历除夕旅居异国之境界冥想遥体嗣宗当时之忧思，纵然词句偶尔相似，亦非专门效体，有意为之。拟、效之间差别希微。"太白拟古而不似古，

---

① 据逯钦立辑校《先秦汉魏晋南北朝诗》，谢灵运原诗分别为《石门岩上宿诗》《咏冬诗》《石壁立招提精舍诗》和《登江中孤屿诗》，其余两首缺收。《望石门》著录信息饶公诗序中已经言明。《净土咏》诗《艺文类聚》卷七十六题作《无量寿佛颂》。张溥辑《汉魏六朝百三家集》之《谢灵运集》亦作《无量寿佛颂》。沈启原辑《谢康乐集》两收此作，于文类作品题作《无量寿佛颂》，于诗类作品题作《净土咏》。选堂所据应为此本。

② 拟阮氏《咏怀》，江淹、庾信开其端，至明而极。有明代薛蕙《西原集》效阮咏怀三十首，何鳌《沅陵诗集》十五首，周是修《刍荛集》五十三首，陈第《寄心集》十六首，王夫之庚戌稿和阮《咏怀》八十二首。近人郭阶《春晖杂稿》拟《咏怀》六十一首，段凌辰亦曾和阮。饶公和《咏怀》八十二首，五日而毕，傲视今古，实乃中国诗学之奇观。另：饶公和诗，本非效阮公之体，特次其韵，抒一己忧劳。

③ 饶宗颐《长洲集》题识："非敢效其体也，间用前人成句，意有所极，遂忘人我。夫百年之念，万里之思，岂数日间所能尽之耶？但以鸣我天籁而已。"

苏州效陶而不似陶”[①]，拟、效对举，所指实一。“太白拟古效汉诗十九首”[②]，拟、效并举，二者有别。拟古谓以古人为则，不仅效法古人之形式，且含有将古人精神加以揣摩内化为自身之心理的意味。效则谓模仿原作之体制形式。一般而言，拟，谓想见其为人，摹其神情声口，代其人抒怀；效，谓师法其文，摹仿其体制，逼肖其风格。拟的对象为原作（内在地指向原作者）之精神，效的对象为原作之形制。拟贵在神肖，和题尚在其次；效贵在得体，语词效仿仅其末端。选堂拟题之作，非唯师法其文，亦上求其人；效体之作，于形制效仿之外，尚属意原作神韵。

所谓得体，即合乎体要。体要乃某物之所以为某物之根本要义。效仿体要，即揣摩原作命题立意之本及场合、身份等具体情势而摹拟之。选堂次韵之作，善体原作要义，而非轻心为之。就次韵挽章而言，选堂挽戴密微先生用杜公《追酬故高蜀州人日见寄》韵，追忆已故戴密微用康乐《庐陵王墓下作》韵，悼董彦堂依彊村《木兰花慢》哀半塘翁韵，扫董彦堂墓则步义山《故驿迎吊故桂府常侍有感》韵，挽汤展云用东坡《吊李台卿》韵。次哀章而为哀词，因情作文复因文生情，情“文”冥契，古今同慨，符合挽章之作意。另一方面，悼前辈次挽尊者章，悼友朋则步挽侪好韵，符合写作对象之身份及交情。不唯挽章，其他次韵之作亦多如此，如题于右任草书出师表步东坡《六观堂老人草书诗》韵，得友书则用东坡《杭州故人信至齐安》韵。次韵效仿而符合体要，选堂和韵之作可谓得体。

细绎选堂和韵之作，于效体方面，除得体外，尚有语言修辞、章法结构与体裁格调之别。选堂《楚缯书歌》次韵东坡《石鼓》，属辞比事效原作诗语风貌。《石鼓》：“冬十二月岁辛丑，我初从政见鲁叟。”《楚缯书歌》：“涂月招摇位当丑，是孰维纲讯蒙叟。”二作词汇、句法何其相似。选堂《大千居士六十寿诗》效昌黎《南山》诗章法结构。《南山》先言缘起，次叙南山大概，三状其形势，四摹其形态，终束以问答。《大千居士六十寿诗》首先概括其格局，再述及其书画渊源，复言其游历，继之以敦煌因缘，最后以祝寿为结。选堂自谓：“不复步昌黎铺张排奡之旧辙，别以谨严结构出之。”尽管从修辞、句法的角度看，二作不类，然就章法结构而言，又极其相似。语词修辞与章法结构涉及诗作体貌。体貌方面的效仿，除上述二者外，还包括音律因素。此种因素拟于下文“椓斋体”一节论述。

体裁、格调关乎文学作品的形制、风神。二者所指不一，又相互关联。体裁谓文学作品具体类别及形式规制；格调谓某一体裁作品或某一作家所呈现出来的典范风格。就体裁而言，选堂次韵之作无不效仿原作形制，于次韵词表现尤为明显。就格调而言，选堂次韵之作均有意摹写传达原作之风神意韵。由原作之体制，可上窥选堂诗词体制或其诗学主张。选堂《佛国集》次东坡诗，效其才学；《白山集》步谢灵运诗，同其忧思。由和韵写作见出选堂才学思三者并重的诗学观念。选堂次韵词作“律按清真，神契白石”[③]。周邦彦为词中老杜。清代陈廷焯、近代王国维及当代学者罗忼烈皆赞清真词为词体之集大成

---

① （清）王寿昌：《小清华园诗谈》，郭绍虞编选：《清诗话续编（三）》，上海：上海古籍出版社 1983 年版，第 1910 页。

② （明）陆时雍：《唐诗镜》，吴文治主编：《明诗话全编（十）》，南京：凤凰出版社 1997 年版，第 10739 页。

③ 详见罗忼烈：《〈晞周集〉序》，饶宗颐：《饶宗颐二十世纪学术文集》卷十四，北京：中国人民大学出版社 2009 年版，第 477 页。

者，赏其律严格正，于绵密蕴藉中见沉郁顿挫。[1] 而白石词则清空淳雅、寄慨无迹。选堂《固庵词》《古村词》和白石词，师其骚情；《晞周集》效清真词，慕其淳雅。由次韵词的写作见出，选堂词学主张声情并茂，守律寄慨而不见雕琢痕迹。

效体之作首在得体，体貌效仿追求形似，体格仿效旨在神肖。选堂次韵写作，于得体肖似中亦不无变化，而这种变化则于守律中见出饶公性情。《Bhandarkar 研究所客馆夜读梵经》次东坡《独觉》韵，和作"夜读"情形对原作"午坐"心思；《冒雨游伽利佛洞，汪德迈背余涉水数重，笑谓同登彼岸，诗以纪之》次东坡《同正辅表兄游白水山》，友人对表兄；《建志布罗怀玄奘法师》次东坡《送戴蒙赴成都玉局观将老焉》，怀人对送别；《那伽跋陀那访汉塔废址》次东坡《游罗浮山一首示儿子过》，吊古对游仙；《别徐梵澄》次东坡《送沈逵赴广南》[2]，留别对送行。选堂次韵之机智由上可见一斑。除作意之异外，诗法亦有变化，如《印度大榕树歌》次东坡《竹枝歌》，原作缘楚人畴昔之意而拟题，和作直赋本题。另外，《题哥耶画斗牛图》步韩孟《斗鸡联句》韵，用斗鸡韵状斗牛图，诗人之幽默不经意而流露；以戒杀戮对劝效死，诗人之悲悯情怀得以呈现。

选堂和韵具体类别诚如上述。和、拟、效三者不仅是就和作意向而有所区分，同时也属于解释角度之异。具体分析所列举的作品，乃因其意向大端和分析方便而归入不同类别。其实，许多作品往往是和中有拟，效中有和，既拟题旨又效体制，而非此疆彼界，严分畛域。

四、棪斋体

选堂于次韵时人之作中，多处提及"棪斋"[3]。选堂交游人物中，除赵尊岳外，与选堂诗词唱和数量最多者，当数李棪。在与棪斋的唱和诗题中，选堂多次语涉效体，如：

读棪斋诗稿五色印本，即仿其体制题首

雪霁冰皃（Banff）诸峰改观，棪斋填玲珑四犯以寄湖山寥寂之感。余既继声，复效其体，续为长句

---

① 详见罗忼烈：《清真词与少陵诗》，罗忼烈：《罗忼烈杂著集》，上海：上海古籍出版社 2010 年版，第 212 ~ 230 页。

② 《清晖集》及新文丰版和人大版《饶宗颐二十世纪学术文集》皆题作"次东坡送沈达（達）赴岭南韵"。查文渊阁四库本《东坡全集》《施注苏诗》皆作"沈逵"，唯《苏诗补注》于"逵"字下注"一作'達'"。

③ 李棪，号棪斋，胜清礼部右侍郎李文田之孙，广东顺德人，曾任香港中文大学教授兼中文系主任。伦明等《辛亥以来藏书纪事诗》第一、三、五首《李棪》："读书种子故家风，年少英声郑小同。触眼壁书楼额在，故人绝笔合纱笼。"诗下传："侍郎孙名棪字劲庵，天资聪颖，治学有门径。故友黄晦闻，手书'壁书楼'三字以赠，在未殁前数日，盖绝笔也。侍郎身为显宦，而家多藏禁毁书，岂有所待耶？晦闻之意深矣。"诗后解说述及李棪身世、经历及著述。详见伦明等著：《辛亥以来藏书纪事诗》，北京：燕山出版社 2008 年版，第 117 页。选堂诗载棪斋本事者甚多，如《与棪斋北沟摩挲器物，紬读书画，不觉浃旬，庄尚严、那志良二君冒风雨饬人辇散氏盘相示，意尤可感，因纪以诗》《中元节檀香山蕙期期（Waikiki）城和棪斋有约不赴》《建安大自冰皃（Banff）挪伽山（Nargnag）山麓，挟纩乘缆凳，悬渡绝顶，下临无地，逾七千尺。棪斋为印第安少女造像，余亦得环山画稿数十》《美澜（Takakkaw Falls）涯畔，读棪斋次声步韵清真少年游》等。

寄棪斋伦敦，兼讯殿爵，次和刘孝绰韵略效其体

“仿其体制”即效其体裁，“复效其体”“略效其体”亦同此意。“其体”谓何?《群贤送别效棪斋体》明示所效者即“棪斋体”。古典诗论中以人名体者有苏李体、曹刘体、陶体、谢体、王杨卢骆体、少陵体、太白体、韩昌黎体、元白体等，或谓体裁，或谓格调，所指非一。[①]“棪斋体”谓何?试就棪斋原作推求之。

次韵刘孝绰《侍宴集贤堂应令》

壬寅十一月十五日伦敦大雾，刘子殿爵叩门问疾奉谢。

摸索晚相知，气味随蟠辟。近避千虑尘，远漱万里碧。
博闻埒所学，嗜痂犹宿昔。承家词赋手，束笔辞吟席。
君今为和羹，宴笑奏觞醳。我病缘伤腰，颇负三五夕。
追思破雾时，多谢带中石。

诗题后附注“齐梁陈古音入声韵锡类，广韵入声二十二昔韵”。据郭锡良《汉字古音手册》、李荣《切韵音系》、王力《汉语史稿》和潘悟云《汉语历史音韵学》，“辟”“碧”“昔”“席”“醳”“夕”“石”属广韵入声二十二昔韵;“辟”属古音入声锡部，而其余韵字则属古音入声铎部。查《切韵》唐写残卷影像，“碧”“席”“夕”“辟”属入声十七昔韵。显然李棪所谓“齐梁陈古音”既非上古音，也与《切韵》《广韵》不一致。选堂赋诗效体，由效体诗作可推测其选字用韵大致情形。

读棪斋诗稿五色印本，即仿其体制题首

千音随风发，寸心带泪滋。迷离耽客梦，歌吹契春词。
瑶华遗远人，芳馨方奈兹。攒念在交亲，切响忘渴饥。
色丝巧织缀，驰思难逐追。�枝端可可，章制何迟迟。
燕婉剥新蓬，暗暧裹游丝。已悲行役逼，曷辞叩问痴。
往来无歇绪，抵死以为期。

选堂附注“切韵平声之韵脂韵分用古音之部脂部”。“滋”“词”“兹”“丝”“痴”“期”属切韵平声之韵，“饥”“追”“迟”属切韵平声脂韵。[②]“滋”“兹”“词”“丝”“痴”“期”属上古音之部，“迟”属上古音脂部，“饥”“追”属上古音微部。音韵学中，分用意同独用。然选堂“之”“脂”合用，不存在独用现象。细绎诗作，前六句押之韵，

---

① 详见宋人魏庆之编纂《诗人玉屑》卷二“诗体上”，(宋)魏庆之:《诗人玉屑》，北京:中华书局2007年版，第31～32页。

② 古汉语音韵学者隶“迟”“追”于中古音平声六脂韵，隶“饥”于中古音八微韵。然据《切韵》残卷影像(巴黎国家图书馆藏敦煌残卷Pelliot Chinois 3696)，“迟”“追”“饥”同在《切韵》脂部。“迟”字下注“直利反”，“追”字下注“陟隹反”。

中六句押脂韵，后六句又押之韵，之韵与脂韵交错使用，合乎“切韵平声之韵脂韵”。唯“饥”“追”二字属上古音微部而非脂部，与“分用古音之部脂部”相左。其实，韵部设立之“分用”谓一韵部分别独立为两个或以上韵部，诗文写作用韵之“分用”谓同时使用几个相近的韵部即合用。“分用”一语，于创设与使用之际，意义迥异。准此分析，选堂此作选字用韵力求符合上古音与《切韵》两种音系要求。由选堂诗韵推知，棪斋五古诗韵遵循《切韵》，同时尽量兼及上古音。

以上特征，仅适于五古，而非“棪斋体”的全部蕴含。试看棪斋七律，如：

英二约赴仙台县大町丁香园吃胡麻饭梶子，以雾阻，小松郡未来，因成长句

声声嘹唳凝吟茄，独立斜阳待晚鸦。清荡群山无尽色，香留一架未残花。
枝悬愁结情终在，雾阻归期席愈遐。耋隐仙台思学稼，丘中端的长胡麻。①

诗后附注：“此诗选用初唐诗律，单句句尾以入上去三声交替。”就诗作押韵情形分析，上古音系中，“茄”“麻”属歌部，“鸦”“遐”“花”属鱼部，两部并非邻近，合韵通押的可能性极小；中古音系中，“鸦”“花”“遐”“麻”属广韵下平声九麻韵，“茄”属下平声八戈韵，不过麻韵独用，不与戈部合韵。由上可知，附注所谓“初唐诗律”既不属于上古音系，也与《切韵》《广韵》不尽吻合。显然，此处所谓“初唐诗律”与上文所言“齐梁陈古音”在音系方面具有一致性。至于单句尾字，“色”属入声字，“在”上声，“稼”去声，合乎“入上去”三声交替的体式。选堂效体七律单句尾字，亦三仄声交替使用，而不拘于入声在先。

选堂和韵有见于棪斋体用韵之特殊性，往往于效体诗作后言明选韵范围，如《群贤送别效棪斋体》题注“切韵平声之韵古音之部”、《次韵棪斋玉湖有忆》题注“切韵平声文韵古音真部”、《雪霁冰皃（Banff）诸峰改观，棪斋填玲珑四犯以寄湖山寥寂之感。余既继声，复效其体，续为长句》题注“切韵平声钟韵古音东部”、《和棪斋江户行》题注“切韵平声微韵古音脂部”。选堂尚有《次韵和棪斋读韩诗》二首虽未言明韵部，但据韵脚亦可推断出二诗均押切韵上声幽韵古音豪部。由上推知，选堂认定所谓“齐梁陈古音”“初唐诗律”隶属切韵音系。不过，根据上文棪斋体及效棪斋体诗作押韵情况分析，“齐梁陈古音”“初唐诗律”与《切韵》并不尽吻合。此种情况又如何解释？《切韵》研究者认为《切韵》所收书音并非单纯的一种方言读音，而是兼收包括吴音与洛阳音在内的南北方言读音。在一个方言中相互押韵的字，可能以另一种方言读起来就不押韵。为了解决这个问题，编纂者记录下不同方言汉字读音的分合情况，通过增加音类数目方式整理共时段的书音歧互现象。初唐诗人沿袭齐梁文风，辞藻音韵沿用南朝文学成式。“初唐诗律”即在南朝诗歌诗律的基础上损益而成，而南朝诗歌的书音基础即“齐梁陈古音”，也即吴音。由于中原士家南迁，洛诵侵染南音。从语音史的角度而言，洛阳音离上古音更近，而吴音更接近《切韵》。吴音既不同于上古音又不完全合于《切韵》。棪斋诗作及选堂效体，依据上古音出韵多而依据《切韵》出韵少，即源于吴音与后者的关系近于前者。

---

① 参见《飞天》1986 年第 9 期，第 77 页。

由上可知，选堂和诗所效椓斋体具体包含两种情形：一是古体诗，选择《切韵》书音，兼顾上古音字；二是近体诗，选用《切韵》吴音，单句尾字入上去三声交替。

五、结　语

现代学术研究过分倚重事实材料和身体感觉。具体到文学研究领域，则形成再现和表现的文学观。以上述文学观省察古典文学，言志缘情的古典诗体观和吟咏情性、发之自然的创作观，也就理所当然地成为古典文学研究的圭臬。以上研究理念在呈现古典文学部分真相的同时，也遮蔽了古典文学丰富样态的其他侧面。从上述研究理念出发，和韵现象仅能呈现出友朋间唱酬交往的事象和由文生情、因难见巧的才情，而和韵形式之下所隐含的文学理念则难以彰显。[①] 每一时代都有自己之大文学史，代表这个时代对往代文学的认识；每一位文人也都有其自身的小文学史，由其所认可与亲近的作家作品所构成。选堂和韵写作之名篇名家即其个体文学史的重要组成部分。通过和拟效仿，传达出对个体文学传统的学习、体认与新变的积极要求。诗可以群，文学具有交际性，和韵写作更是如此。和韵写作是文学伦理交际功能的诗化实践。[②] 爬梳整理诗人的诗词唱和并进而呈现一个时代的文学交游及创作实际情形，无疑对文学研究及文学史的书写，具有重大的意义。选堂诗词唱酬应和之对象，就人物身份而言，大多是文艺界、学术界成名人物；就地域而言，由香港辐射而及东亚、南亚、东北亚等汉文化圈，最后扩及欧洲、北美。不唯如黄伟豪所言是建构香港旧体文学史的基点，同时也是研究和建构 20 世纪中国诗学史的重要组成部分。选堂和韵写作多选名家名篇，诗人并未因原作之重大成就而焦虑不安，反倒于接受原作影响的前提下，创作出既得体又能见出自身才情个性的作品来。[③] 选堂和韵诗学之启示意义绝非“旧瓶新酒”论所能涵盖的。饶公和韵写作彰示中国诗学创生之内在传统。诗之创作固然有缘时合事等外在因素，但诗毕竟是在其自身传统中由其自身衍化而生，即诗是由诗所创生，尽管这种创生往往借助伟大的作家而得以实现。诗学传统的发生源于以和求创、以和相生、共美同在的文化理念。这种文化理念既是中国传统诗性智慧的结晶，也是中国诗学生生不息、绵延不绝的内驱力。

---

① 关于对和韵之什以及和韵诗学研究的具体评价，参见龚本栋：《关于唱和诗研究的几个问题》，《江海学刊》2006 年第 3 期。

② 详见周裕锴：《诗可以群：略谈元祐诗歌的交际性》，《社会科学研究》2001 年第 5 期，第 129 ~ 134 页。

③ 关于这方面的具体论述详见胡晓明为《选堂诗词论稿》所作的序文《风雪夜归人》。赵松元等著：《选堂诗词论稿》，合肥：黄山书社 2009 年版。

饶宗颐七绝管窥[①]

陈　伟

七绝易写而难工，向被诗家视为畏途，唐宋以来，工此体者代不过数人而已。诚如司空表圣所云："盖绝句之作，本于诣极，此外千变万状，不知所以神而自神也，岂容易哉！"[②] 刘梦芙先生亦谓："传统诗歌诸多体裁中，绝句最易学而极难工。因作古体与律诗，可借书卷，靠功力，长期积累，终有所得，虽中人之材，亦可成家；绝句则纯仗才情，非绝顶聪明，罕有优入圣域者。"[③] 盖此中甘苦，古今识者所论一也。

选堂饶宗颐先生于诗无体不工，而以五七古、七绝成就最为卓著。其中又以七绝既伙且佳，为饶公诗词中至为重要之一体。钱仲联先生序《选堂诗词集》，誉饶公之诗，度越众流，已在公度、南海、观堂、寒柳诸家之上，而于绝句一体尤推挹备至："至于小诗截句，神韵风力，上继半山、白石，下取近贤闽派之长，沧趣楼南海之游诸什，庶几近之，此又黄、康之所望尘莫蹑者已。"[④] 夏书枚亦谓："选堂绝句，本甚精妙，时人多以诗格在半山白石之间。"[⑤] 皆评价甚高。本文拟就笔者研读之一得，略为申述，管窥之见，识者政之。

一、内容：纪游题画，尤为擅长

饶公七绝共 591 首，占其全部 1 056 首诗作的 56% 。其内容分类详见下表：

饶公七绝诗作分类

分类	纪游	题画	题识	酬赠	咏物	感怀	其他
数量	353	81	70	33	20	17	17

---

① 本文为广东省教育厅人文社会科学研究重大项目"饶宗颐与二十世纪中国诗学研究"（编号：11JDXM75002）阶段性研究成果之一。

② （唐）司空图：《与李生论诗书》，见《廿四诗品》，长沙：岳麓书社 1997 年版，第 61 页。

③ 刘梦芙：《近现代诗词论丛》，北京：学苑出版社 2007 年版，第 256 页。

④ 饶宗颐：《〈选堂诗词集〉钱仲联〈序〉》，台北：新文丰出版公司 1993 年版，第 3 页。

⑤ 夏书枚：《选堂诗词集序》，见郭伟川：《饶宗颐的文学与艺术》，香港：香港天地图书有限公司 2002 年版，第 66 页。

其中纪游之作几占60%，且质量上乘，为饶公七绝之重镇。盖饶公飙轮所及，世界五洲已历其四，于中国大陆亦游历殆遍，曾取顾亭林语刻一印曰：“九州历其七，五岳登其四。”《选堂诗词集》中分《佛国集》《西海集》等二十二集，大多以所游之地名其集。“故究佛学而履天竺，遂纪佛国之鸿爪；旅瑞士游黑湖，‘山色湖光，奔迸笔底’，遂得卅绝；寓身巴黎，‘登高极目，不觉情深’，遂驱染烟墨，摇襞纸札，即成白山异域之风光；数历扶桑，三莅北美，遂有羁旅伤怀，独谣孤叹，不胜契阔死生、去国伤怀之情；至于《西海》，则挥大秦之奇境；《南征》则纪爪哇之鸿泥；《揽辔》则纪东瀛之山水，‘旅长川，发兴步阮韵’，五日而成八十二首，是为《长川》。此数集者皆写异域之殊俗，绝壤之风光，乃先生诗作之精华者也。”① 于中国大陆遨游则有《苞俊集》《江南春集》纪其胜。因下文所举之诗多为饶公纪游之作，故暂不细论。

数量在其次者则为题画、题识之作。题识涉及诗词、著作、古物等，多属“藏书纪事诗”一类，于学术足资考证，而诗艺则寡特色，故略而少论。其他题画、酬赠、咏物、感怀诸类将散见于下文。

二、理趣：融理入景，借典增趣

饶公为诗能“指出向上一路”，实受益于其深有得于“理趣”者。饶公有感于“中国诗歌说理的部分非常不发达”②，因而欲融理入诗来“指出向上一路”，此须先具“落想”。“落想”一词，王夫之曾提及：“论画者曰：‘咫尺有万里之势。’一‘势’字宜着眼。……五言绝句，以此为落想时第一义。唯盛唐人能得其妙。”③ 饶公引之论诗，并赋予其形而上之意义：“这是关于一个人的认识、修养及境界问题。并非每个人都做得到。其中，主要包含着对于宇宙人生的思考及感悟。”④ “例如天人问题，这是有关宇宙人生的问题，可说的事与理以及感受，非常之多，可从多个角度落想。”⑤

有了“落想”之后，接着便是如何说理。饶公先总结历代说理诗失败的教训后提出补救之法：

说理诗的失败是因为正面说理成为障碍。诗障有两种：一是理障；二是事障。玄言诗是理障；与大谢同时的颜延年诗则獭祭事类太多，属于事障。欲救此病，则可将理融入情、景之中；或写理于景（物色），或以物色拟理，或独言“物”而不讲理，将理消融在物色里面的几种手法。末一种手法也就是最高明的了。⑥

---

① 杨子怡：《江山助凄惋，代有才人出——漫谈饶宗颐教授旧体诗创作成就》，见《饶宗颐学术研讨会论文集》，广州：翰墨轩出版有限公司1997年版，第410页。

② 饶宗颐：《饶宗颐形上词访谈录》，见《潮州诗词》1998年第4期，第3页。

③ （清）王夫之：《姜斋诗话》卷二，北京：人民文学出版社2006年版，第162页。

④ 饶宗颐：《饶宗颐形上词访谈录》，见《潮州诗词》1998年第4期，第5页。

⑤ 饶宗颐：《饶宗颐形上词访谈录》，见《潮州诗词》1998年第4期，第18页。

⑥ 饶宗颐：《文辙》，台北；台湾学生书局1991年版，第913页。

“理障”“事障”本是佛家语，《圆觉经》曰：“一切众生由本贪欲，发挥无明，显出五性差别不等，依二种障而现深浅。云何二障？一者，理障，碍正知见；二者，事障，续诸生死。”饶公援释论诗，别赋新义，乃有“诗障”之说。

饶公还有“理趣”之说：“所以诗在说理时还得有趣味……纯理则质木，得趣则有韵致。……理上加趣，成为最节省的艺术手法。”① 明朝谢榛曰：“诗有四格：曰兴，曰趣，曰意，曰理。”② 饶公将“理”“趣”合而为“理趣”，便解决了创作形而上诗词的技术问题。兹举其数端，以观饶公之实践如何。

（一）写理于景

此法在饶公七绝中，通常以第一、二句铺垫，第三句一转，点出欲说之理，结句则用一景语来解释此欲说之理。因景语留给读者的想象空间更大，故诗之余韵也更为悠长。如：

> 升阶距跃真三百，怀远题诗到上头。谁管人间鱼烂局，白云脚下但悠悠。
>
> ——《登天路》

前两句铺垫登高之题，第三句由登高转而感叹人世惨变之苦难，末句以“白云悠悠”的景语来结。人间战伐不休，已成鱼烂之局，而高山之白云依旧悠悠。天道自有其运转规律，非人力所能左右也。徐晋如曰：“只有那些真正是从哲学的高度去理解这个社会的现代知识分子，才可能是这个时代的真正诗人。”③ 诚哉斯言，饶公可谓“真正诗人”也。

> 丛筱深林日欲残，渐霜枫叶不成丹。何人解道清空意，漫剪孤云取次看。
>
> ——《燃林房与水源琴窗论词》

水源琴窗为日本词学大家。前两句写水源氏燃林房的环境。第三句一转点出论词之理——“清空意”（饶公与水源氏俱酷嗜白石词），末句以“漫剪孤云”之景语来释“清空意”，不着一字，尽得风流。此虽化用张炎“词要清空，不要质实。……姜白石词如野云孤飞，去留无迹”④，然末句正无妨当作一幅图画看。

（二）以物色拟理

物色此指自然景物，“因景物具有各种各样的色彩，故曰物色”⑤。《文心雕龙·物色》曰：“物色之动，心亦摇焉。……是以诗人感物，联类不穷；流连万象之际，沉吟视听之

---

① 饶宗颐：《文辙》，台北：台湾学生书局 1991 年版，第 913 页。

② （明）谢榛：《四溟诗话》卷二，北京：人民文学出版社 2006 年版，第 45 页。

③ 徐晋如：《大学诗词写作教程》，桂林：广西师范大学出版社 2007 年版，第 14 页。

④ （宋）张炎：《词源》，转引自王运熙、顾易生主编：《中国文学批评史·宋金元卷》，上海：上海古籍出版社 1996 年版，第 678 页。

⑤ 王运熙、周锋撰：《文心雕龙译注》，上海：上海古籍出版社 1999 年版，第 414 页。

区。写气图貌，既随物以宛转；属采附声，亦与心而徘徊。”① 饶公提出“以物色拟理”，即通过自然景物来写理，而不直接说破。如：

悬渡从知理不诬，玲珑杰观出虚无。却于冥漠高寒处，悟到阴晴众壑殊。

——《翠屏山》

王摩诘《终南山》曰：“分野中峰变，阴晴众壑殊。”饶公只加“悟到”二字，借此来写万物各有其自性。饶公另有诗云：“物论由来齐不得，且从濠上数游鱼。”② 皆言应包容万物各自之“异”，不着我相、人相、众生相，便可避免世俗无谓的纷争。诗中此理全借景语“阴晴众壑殊”达之。

秋风海国久忘归，况拾遗芳冷翠微。黝洞深藏无量寿，娱人不必是清晖。

——《与清水茂同游秋芳洞杂咏》其六

八大有偈语曰：“识破乾坤暗里闻，光明永镇通三界。”饶公解曰：“闻以今语解释之，即在争论中取得和悦、和谐。天地间之奥妙处，即在暗里的‘闻’。如何悟得，以佛理言，从无明得到真如。”③ 可与此诗互参。“黝洞深藏无量寿，娱人不必是清晖”亦是“从无明得到真如”之理。饶公后过三峡，中秋夜不见月，有词曰：“勘破天人，同归芴漠，黑夜心澄澈。”（《念奴娇》）亦是此义。此诗借“黝洞”这一物色来写理，有类禅家之偈语。

（三）独言“物”而不讲理

即将理完全消融在物色之中，不令人觉得是在说理，而读之又感到理无所不在，此为说理之最高境界。如：

谁把青山尽变红，飞鸿正掠夕阳空。薄寒催暝月初出，槛外云飞不碍风。

——《Le Trayas 晚兴四首》其二

“槛外云飞不碍风”正是钱仲联所称“掉臂游行，得大自在”的境界。饶公诗词中多用“风”来写自在自足的境界，如形而上词名篇《玉烛新·神》：“红蕉尚伫，有浩荡光风相候。”

割海分成壑百滦，北滨带雨湿花红。我来自恨先秋到，只见芦蒿不见枫。

——《涛沸湖》

---

① 见刘勰《文心雕龙·物色》。

② 饶宗颐：《柏克莱秦简日书会议赋示李学勤》其二，见《潮州诗词》1998 年第 4 期。

③ 饶宗颐：《与刘述先论“暗里闻”书》，见《澄心论萃》，上海：上海文艺出版社 1996 年版，第 233 页。

后半句“只见芦蒿不见枫”云云，不细味根本不觉有何理可言。然则此诗实有关“时位”问题。“时”即时机；“位”即位置。此为《易经》两大哲学概念。人无论做何事，皆受“时位”左右。饶公此诗有类《易经》卦辞之“取象”，“先秋”关乎“时”，“到”（来到涛沸湖）关乎“位”，故而“只见芦蒿不见枫”此一结果，实为“先秋到”之“时位”所决定。笔者初读此诗但觉惆怅莫名，久之忽觉“芦蒿”如某人，“枫”又如某人，“我来”何以只见“芦蒿”而不见“枫”？味之乃悟有关乎“时位”。此乃饶公将理完全消融于物色之后，感人至深，发人至微之效果也。持之以质饶公，或当莞尔曰“小子始可言诗”乎？

（四）用典增加理趣

饶公曰：“胡适提倡白话文，主张不用典故。但是如果诗完全不使用典故，则不易生动——因典故可以增加趣味。中国人不爱正面讲理，凡见正面讲理的诗便觉讨厌，就是因为说理诗缺乏理趣的缘故。”① 且看饶公如何付诸实践：

绝顶编篱石作栏，诸峰回首正漫漫。我来不敢小天下，山外君看更有山。

——《Mont Tendre（柔山）山上六首》其五

孟子曰：“孔子登东山而小鲁，登泰山而小天下。”② 饶公反其意来写“山外有山”之理，使诗的内涵趣味大为增加。

孰言鸟兽不同群，城市山林故不分。待为先生演尔雅，鹦哥他日定能文。

——《中峤杂咏》

饶公 1976 年游法国，到朋友 Lévy 家中做客。其家“养猫六头，鸭七只，犬一，鹦鹉一，笼中小鸟，吱吱喳喳，饮食与共”③。饶公反用孔子云：“鸟兽不可与同群。”④ 调侃好友。又黄山谷有《演雅》一篇，《尔雅》为释字之书，故饶公开其玩笑云“鹦哥他日定能文”。此诗之典有反用、有正用，体现一种人与动物和谐相处、其乐融融的意境，出以戏谑之口吻，趣味十足。

三 体式：善于发端，浑然天成

古人之诗善于发端者首推曹植、谢朓：“陈思极工起调……如‘明月照高楼，流光正徘徊’，如‘高台多悲风，朝日照北林’，皆高唱也。后谢玄晖‘大江流日夜，客心悲未

---

① 饶宗颐：《文辙》，台北：台湾学生书局 1991 年版，第 914 页。
② （宋）朱熹：《孟子集注》，济南：齐鲁书社 1992 年版，第 195 页。
③ 饶宗颐：《饶宗颐形上词访谈录》，见《潮州诗词》1998 年第 4 期，第 386 页。
④ 见《论语·微子》。

央'，极苍苍莽莽之致。"① 饶公亦极精此道，工于起句。本来七绝之高下大都取决于三、四句的一转一结，一、二句一般只起铺垫作用，所谓倒吃甘蔗，渐入佳境，验诸唐宋名篇，大多如是。论者一般以为发端太好，则后难为继，故谢朓亦难免"善自发诗端，而末篇多踬，此意锐而才弱也"② 之讥，足见此道之难。饶公七绝却能反其道而行之，力破余地，往往首句即极精警，然后顺势带出后三句，一气贯底，浑然天成，如水之流地，行于所当行，止于不得不止，令读者常有尺幅千里的快感。

周振甫论诗之善于发端曾举四种，从饶公七绝中皆可找到佳例：

（一）境界阔大，即景生情

"像谢朓《暂使下都夜发新林至京邑赠西府同僚》：'大江流日夜，客心悲未央。'"③ 饶公有：

万缕秋光付野烟，不从野望始茫然。神京梦里劳西顾，念乱心如下濑船。

——《秋怀》

唾月推烟百里抛，征车独自念劳劳。天风吹发泠然善，容我孤篷钓六鳌。

——《自疏铃铎（Sorrento）遵地中海南岸策蹇晚行》

（二）刻画气氛，用作烘托

"如曹植《七哀》：'明月照高楼，流光正徘徊。'"④ 饶公有：

环湖无际尽拖蓝，雪影澄波月印潭。浓雾似诗诗似梦，眼中云物尽江南。

——《车中即事》其三

众岛星罗渺不群，飞鸾夕照亦成文。飘然自有归来处，漫逐层霄一段云。

——《机上望九十九岛，用朱子白鹤诗韵》

（三）大气包举，笼罩全篇

"如高适《送浑将军出塞》：'将军族贵兵且强，汉家已是浑邪王。'"⑤ 饶公有：

手擎苍海一杯吞，积草由来绿不蕃。怕就云根寻野烧，蛮烟合处九阳奔。

——《Toha 湖绝句》

---

① （清）沈德潜：《说诗晬语》卷上，北京：人民文学出版社 1998 年版，第 201 页。
② （梁）钟嵘：《诗品》，长沙：岳麓书社 1997 年版，第 102 页。
③ 周振甫：《诗词例话》，北京：中国青年出版社 1979 年版，第 168 页。
④ 周振甫：《诗词例话》，北京：中国青年出版社 1979 年版，第 169 页。
⑤ 周振甫：《诗词例话》，北京：中国青年出版社 1979 年版，第 169 页。

绝海飘然驾远涛，径山全室共游遨。吟成海上风云稳，弥信殿前恩宠高。

——《题五山僧所著书五首》其三

（四）发端突兀，出人意表

“一开头用精警的话来打动读者，力避平庸。如曹植《赠徐干》：‘惊风飘白日，忽然归西山。’”① 饶公有：

割愁有剑可裁诗，海畔尖山耸玉姿。坡老应惊秋未改，微波仿佛洞庭时。

——《题画杂诗》

漫斩春风露电驰，终南翠色媚幽姿。含香百鸟花齐放，珍重岷峨笔一枝。

——《题五山僧所著书五首》其二

（五）开门见山，破题而入

此外，饶公尚有一种破题而入的起句法，首句或点题，或状其最为突出的特色，移之他处不得。或可名为“开门见山，破题而入”。如：

草号珊瑚浪作琴，涛声地籁孰知音。五弦无复能挥者，目送飞鸿隐雾深。

——《藻琴湖》

山如奔鸟树如潮，海上羁魂不可招。麋鹿已随征战尽，江干庙祀有渔樵。

——《贺志岛》

诚斋曰：“五七字绝句最少，而最难工，虽作者亦难得四句全好者。”② 诚然，一首七绝欲成为佳作，最好是四句都好。正如饶公论诗所云：“陈思工发端，宣城蹶其终。所贵得天全，穆矣如清风。”（《和阮公咏怀诗·第四十二首》）以上所举饶公的七绝，已有多首四句皆佳，可谓浑然“天全”者，足见饶公成就之卓绝。

四、取法：健采半山，隽取白石

追溯诗史，七绝成就高者有三个时期：一曰盛唐，以太白、龙标为代表；二曰晚唐，以玉溪、樊川为代表；三曰两宋，以半山、白石为代表。三个时期各有特色，亦各有长短，如论盛唐、晚唐之别，则如王世贞所云：“七言绝句，盛唐主气，气完而意不尽工；

① 周振甫：《诗词例话》，北京：中国青年出版社1979年版，第169页。

② （宋）杨万里：《诚斋诗话》，见《历代诗话续编》，北京：中华书局2001年版，第141页。

中晚唐主意，意工而气不尽完。然各有至者，未可以时代优劣也。”[①] 论唐宋之别，则如缪钺所云：“宋诗造句之标准，在求生新，求深远，求曲折。盖唐人佳句，多浑然天成，而其流弊为凡熟、卑近、陈腐，所谓‘十首以上，语意稍同’，故宋人力矫之。……然过于求新，又易失于怪癖。”[②] 大抵饶公七绝，取法甚广，兼采唐宋，熔铸诸家之长而能自成面目。

上举饶公诸诗，不乏雄豪飘逸，浑然天成者，神似太白，颇有盛唐气象，兹不细论。另如《九日杂诗》二首：

> 中酒枯肠亦吐芒，高秋坐惜去堂堂。江山不负劳人意，又放颓阳到野塘。
>
> 峡里轻雷晚自哀，干戈忧患镇相催。人间未废登高例，且插茱萸归去来。

此作写于“抗战”时期，感慨世乱，格调则在晚唐之间。

饶公七绝，论者多谓其上继半山、白石，钱仲联、夏书枚诸老言之在前，兹再举其一隅。

（一）与半山之比较

王安石号半山，宋诗之代表人物，擅长七绝，尤其是晚年之作，炉火纯青，历来享有盛誉。黄庭坚曰：“荆公暮年做小诗，雅丽精绝，脱去流俗，每讽咏之，便觉沆瀣生齿间。”[③] 杨万里曰：“不是老夫朝不食，半山绝句当朝餐。”[④] 徐俯曰：“荆公绝句妙天下。”[⑤] 可见其受推崇之至。饶公于荆公颇多继承，夏书枚曰：“半山诗多议论，雅健处选堂诚得之。”[⑥] 杨子怡评饶公诗亦曰：“采半山之劲健。”[⑦] 此指其气格相近也。如同写“移柳”，荆公《移柳》诗云：

> 移柳当门何啻五，穿松作径适成三。临流遇兴还能赋，自比渊明或未惭。

饶公《白杨宾馆写所见景物率题》诗云：

> 异域无须论主宾，寥天著一荆蛮民。移来三两倪迂柳，荇藻湖边作好春。

二诗皆气格雅健，风神疏朗。

---

① （明）王世贞：《艺苑卮言》，见《历代诗话续编》，北京：中华书局 2001 年版，第 1007 页。

② 缪钺：《诗词散论》，上海：上海古籍出版社 1980 年版，第 43 页。

③ （宋）胡仔：《苕溪渔隐丛话》前集卷三十五，北京：中华书局《丛书集成》本 1985 年版。

④ （宋）杨万里：《读诗》，周汝昌选注：《杨万里诗选》，石家庄：河北教育出版社 1999 年版，第 206 页。

⑤ （宋）曾季狸：《艇斋诗话》，转引自张白山、高克勤：《王安石及其作品选》，上海：上海古籍出版社 1998 年版，第 123 页。

⑥ 夏书枚：《选堂诗词集序》，见郭伟川：《饶宗颐的文学与艺术》，香港：香港天地图书有限公司 2002 年版。

⑦ 夏书枚：《选堂诗词集序》，见郭伟川：《饶宗颐的文学与艺术》，香港：香港天地图书有限公司 2002 年版，第 409 页。

饶公亦有化用荆公诗意，即“规模其意，形容之，谓之夺胎”者。如《中峤杂咏·咏苹果树 Pommier》：

古柯异石乱交加，石自痴顽枝自斜。人外忽惊春数点，隔篱灿烂有苹花。

后半即化自荆公《咏石榴花》：“浓绿万枝红一点，动人春色不须多。”春为一极阔大之背景，数点苹花为极细小之物，将极细小之物置诸极阔大背景之下，却显出极为意想不到之效果。此类以小见大之法，殆从老杜“一片飞花减却春”学来。也即钱锺书所云：“把一件小事物作为一件大事物的坐标，一反通常以大者为主小者为宾的说法。”①

此外，荆公还有“体物入微”一面，少为人道。如《南浦》：

南浦东风二月时，物华撩我有新诗。含风鸭绿粼粼起，弄日鹅黄袅袅垂。

后半曾被赵翼批得一无是处：“‘鸭绿’作水波，尚有‘汉水鸭头绿’之句可引；‘鹅黄’则新酒亦可说，岂能专喻新柳耶？况柳已袅袅垂，则色已浓绿，岂尚鹅黄耶？”② 此真村学究之见，诗所最重者意也，岂能字字讲究出处？“鹅黄”固非专指新柳，但可借指新柳，又有谁曰不可？且柳自鹅黄至于浓绿，只要有风，皆能“袅袅垂”也，焉得专指浓绿之柳哉！还是缪钺更有见地：“‘鸭绿’代水，‘鹅黄’代柳，而‘鸭’‘鹅’皆鸟名，‘绿’‘黄’皆颜色，‘粼粼’‘袅袅’均形况叠字，而‘鳞’字从‘鱼’，‘袅’字从‘鸟’，备极工切。”③ 此一路数实是承自老杜，顾随曰：“看老杜诗第一须注意其感觉。如其‘繁枝容易纷纷落，嫩蕊商量细细开’。（《江畔寻花七绝句》其六）观‘嫩蕊’句，其感觉真纤细，用‘商量’二字，真有意思，真细。在别人的诗里纵然有，必落小气，老杜则虽细亦大方：此盖与人格有关。”④ 正如徐复观所言：“决定作品价值的最基本准绳是作者发现的能力。作者要具备卓异的发现能力，便必需有卓越的精神；要有卓越的精神，便必需有卓越的人格修养。”⑤ 能用此类体物入微之词而不落纤弱之格者，老杜、荆公皆称能手。当然，饶公也不逊色，如：

直港横汊后复前，水乡小憩自翛然。不随趁客鸥争粒，却爱催诗雨拍肩。

——《水城初泛用杨诚斋韵》

衍派隔山出愈奇，平沙折苇雁来时。笔端芍药偏含雨，肘外寒蝉独挂枝。

——《题画诗》其十六，题少昂惬心之作

---

① 钱锺书：《宋诗选注》，北京：人民文学出版社 1982 年版，第 95 页。

② （清）赵翼：《瓯北诗话》，北京：人民文学出版社 1981 年版，第 167 页。

③ 杨子怡：《江山助凄惋，代有才人出——漫谈饶宗颐教授旧体诗创作成就》，见《饶宗颐学术研讨会论文集》，广州：翰墨轩出版有限公司 1997 年版，第 41 页。

④ 顾随：《顾随诗文丛论》，天津：天津人民出版社 1995 年版，第 21 页。

⑤ 徐复观：《中国人文精神之阐扬》，北京：中国广播电视出版社 1996 年版，第 444 页。

“鸥争粒”“雨拍肩”“芍药偏含雨”“寒蝉独挂枝”皆极纤细，然入诗但觉潇洒大方，“此盖与人格有关”。

饶公之雅健可谓一以贯之，半山则时有沉哀，非能完全超脱旷达者。如同写“梦”，荆公《梦》诗云：

黄粱欲熟且流连，漫道春归莫怅然。蝴蝶岂能知梦事，蘧蘧飞堕晚花前。

饶公《睡起》诗云：

心花开到落梅前，清梦深藏五百年。蝴蝶何曾迷远近，眼中历历是山川。

起二句饶诗极为精警；王诗用黄粱之熟典，略逊一筹。后半皆用庄生梦蝶之典，但王诗反用庄子之意，盖“荆公专好与人立异，其性然也”①。诗中实含沉哀，大有无可奈何、欲说还休之感。饶诗则正用，末句以一阔大之景语作结，全诗气象超凡脱俗，颇具形而上之意味。诗有此差异，盖与二人阅历追求有关：“王安石晚年所作绝句的特色，历代的文学批评家都用‘闲澹’加以概括。……诗人在所谓‘闲澹’之中却隐寓着深沉的悲哀。……我们从王安石晚年所作的诗歌来看，他不是一个与政治完全绝缘的人……他是在变法失败后，被迫傲啸山林的。进取与消极思想交织在一起，形成了他暮年小诗的独特风格。”② 饶公毕生与政治绝缘，他曾说：“我觉得政治非常复杂，也不一定太干净。我比较怪。我年轻时喜欢念《后汉书》，对《独行传》那部分人我很仰慕，希望能有独立的人格。这是个人的禀赋。”③ 此种性情之差异，亦可在各人诗中发见之。

（二）与白石之比较

姜夔，号白石道人，南宋名词家兼诗人。“白石之诗，气格清奇，得力江西，意境隽澹，本于襟抱，韵致深美，发乎才情。受江西诗派影响者，其末流之弊为枯涩生硬，而白石之诗，独饶风韵。盖白石为词人，其诗亦有词意，绝句一体，尤所擅长。”④ 饶公酷嗜白石，曾撰有《姜白石词管窥》，拈出“风骨”二字评白石词；其《人间词话评议》力辩白石词“隔”之为美，以驳王国维，多所发见，可征饶公于白石诗词寝馈功深。而饶公自为七绝，亦颇受白石影响。其好友李棪斋序其诗曰：“是知空床结梦，（司见）梁武桃李之年；翠叶吹凉，想白石风裳之句。”⑤ 杨子怡亦谓饶公：“取白石之雅秀。”⑥ 兹举数例，以见一斑。

---

① （清）赵翼：《瓯北诗话》，北京：人民文学出版社 1981 年版，第 166 页。

② （清）赵翼：《瓯北诗话》，北京：人民文学出版社 1981 年版，第 96 ~ 99 页。

③ 胡晓明：《饶宗颐学记》，香港：香港教育图书公司 1996 年版，第 10 ~ 11 页。

④ 缪钺：《诗词散论》，上海：上海古籍出版社 1980 年版，第 84 页。

⑤ 李棪斋：《选堂近诗小引》，见郑炜明：《论饶宗颐》，香港：三联书店（香港）有限公司 1995 年版，第 314 页。

⑥ 杨子怡：《江山助凄惋，代有才人出——漫谈饶宗颐教授旧体诗创作成就》，见《饶宗颐学术研讨会论文集》，广州：翰墨轩出版有限公司 1997 年版，第 409 页。

白石《偶题》：

阿八宫中酒未醒，天风吹发夜泠泠。归来只怕扶桑暖，赤脚横骑太乙鲸。

饶公《自疏铃铎（Sorrento）遵地中海南岸策蹇晚行》：

唾月推烟百里抛，征车独自念劳劳。天风吹发泠然善，容我孤篷钓六鳌。

二诗皆雄豪横逸，气格在伯仲之间。饶公首句“唾月推烟百里抛”化自李商隐《无愁果有愁曲》：“推烟唾月抛千里。”第三句“天风吹发泠然善”则直接化自白石句：“天风吹发夜泠泠。”第四句之“钓鳌”亦可见白石“骑鲸”之影子。而饶公写来，自成一格，浑然天成，亦是一绝。

饶公虽多有继承白石之处，然面目自成。如：

白石《除夜自石湖归苕溪》其七：

笠泽茫茫雁影微，玉峰重叠护云衣。长桥寂寞春寒夜，只有诗人一舸归。

饶公《白堤夜步》：

波光寒色此何辰，弦月无端却避人。天遣寻诗三两辈，白堤占尽一湖春。

二诗后半所写的题材颇为接近。只是白石诗中不无“寂寞”之感，饶公则颇为达观，盖二人心境不同耳。又如：

白石《临安旅邸答苏虞叟》：

垂杨风雨小楼寒，宋玉秋词不忍看。万里青山无处隐，可怜投老客长安。

饶公《学苑林杂题》其二：

出门但见青青草，解语漫寻灼灼花。唯有胡姬能劝客，一枝投老且为家。

饶公诗中的“胡姬”自注曰“星洲名花”，后半显有调侃之意，饶公童心不泯，烂漫可爱，非同白石诗之伤感。此其格调之异也。

再如饶公《杂题》：

椰云摇梦落重柯，芳草如茵海不波。白鸟声中孤叶坠，绿杨风起意如何。

第三句之“孤叶”乃着笔于极细小之物，此种笔法白石常有之，如“自觉此心无一事，小鱼跳出绿萍中”（姜夔《湖上寓居杂咏》）。“小鱼”亦为一极细小之物。末句“绿杨风起”盖用白石成词：“堤畔画船堤上马，绿杨风里两悠悠。”（姜夔《湖上寓居杂咏》）而同样写鸟声，白石《陪张平甫游禹庙》则云：

镜里山林绿到天，春风只在禹祠前。一声何处提壶鸟，猛省红尘二十年。

白石由鸟声而结以“猛省红尘二十年”，点破谜面，直露无遗。饶公则结以“绿杨风起”之景语，而问曰“意如何”，便觉羚羊挂角，无迹可寻。此其诗艺之异也。

饶公曾评白石七绝曰：

其实白石不特以诗为词，亦复以词为诗。温飞卿《杨柳枝》八首，白石绝句，即力追此境。他的《除夜自石湖归苕溪》十首，诚斋称为“有裁云缝雾之妙思，敲金戛玉之奇声”，无他谬巧，只是以刘梦得、温庭筠的作词法，运用入于七绝，便成为振奇之制。①

以词为诗，成就白石七绝隽秀的独特风格。但词体之诗用偏辄易流于纤弱。宋代吴可便颇有微词：“晚唐诗失之太巧，只务外华，而气弱格卑，流为词体耳。”② 饶公友人夏书枚也看出此一问题：“余谓白石一代词人，至小诗虽顾盼生姿，终嫌气弱。选堂峭拔处，白石似不能及。”③ 诚为笃论。钱锺书曰：“诗之情韵气脉须厚实，如刀之有背也，而思理语意必须锐易，如刀之有锋也。锋不利，则不能入物；背不厚，则其入物也不深。”④ 情韵、思理兼擅而能御之以气者，饶公其庶几乎。

以上谈及饶公七绝之取法问题。饶公谓：“余谓诗之为物，各有偏嗜，而学焉亦各得其性之所近。”⑤ 饶公颇嗜半山、白石，故略为申述，然饶公于历代诗词皆有深研，取法颇广，固非二家所能限其藩篱。钱仲联曾谓饶公绝句：“下取近贤闽派之长，沧趣楼南海之游诸什，庶几近之。”⑥“沧趣楼”即弢庵陈宝琛，弢庵南海诸什，虽亦摹写异邦风物，所过息力、槟榔屿、吉隆坡、缅甸、爪哇等地，饶公亦皆曾亲历之。然弢庵七绝好议论，议论又少出彩，较之饶公的俊逸玄远，诗味乃反逊之。

五、创新：宏开新境，自立规模

“为文章者，有所法而后能，有所变而后大。”⑦ 饶公业精六学，才备九能，盖有“照

---

① 饶宗颐：《文辙》，台北：台湾学生书局1991年版，第643页。
② （宋）吴可：《藏海诗话》，见《历代诗话续编》，北京：中华书局2001年版，第331页。
③ 夏书枚：《选堂诗词集序》，见郭伟川：《饶宗颐的文学与艺术》，香港：香港天地图书有限公司2002年版。
④ 钱锺书：《谈艺录》，北京：中华书局1999年版，第134页。
⑤ 饶宗颐：《饶宗颐二十世纪学术文集》（第17册卷十二），北京：中国人民大学出版社2009年版，第98页。
⑥ 钱仲联：《选堂诗词集·序》，台北：新文丰出版公司1993年版，第3页。
⑦ 钱锺书：《谈艺录》，北京：中华书局1999年版，第100页。

天腾渊之才，溯古涵今之思，磅礴八极之志，甄综百代之怀，非窘若囚拘者所可语也”①。饶公曾评山谷《答洪驹父书》曰：

此即欲人最后摆脱绳墨，自立规模，由有意为诗，至于无意为诗。由依傍门户以至含茹古今，包涵元气。诗至此已进另一崭新夐绝之境。诗人者，孰肯寄人篱下而终以某家自限乎？又孰肯弊弊焉不能纵吾意之所如，以戛戛独造以证契自然高妙之境乎？

可见饶公抱负之伟，堂庑之大。故饶公终能兼采百家，独辟新境。

历来作手，多有难免老笔颓唐之讥者，袁枚曾曰：“诗者，人之精神也；人老则精神衰葸，往往多颓唐浮泛之词。香山、放翁尚且不免，而况后人乎？故余有句云：‘莺老莫调舌，人老莫作诗。’”② 而饶公善葆元胎，已臻真人之境，晚岁之作，愈加炉火纯青，诚如钱仲联所评：“文章成就，斧凿痕尽，而大巧出焉。如是则游戏通神，复奚施而不可。”是以饶公诗能“奇外出奇。千江一月，掉臂游行，得大自在。求之并世胜流，斯诚绝尘莫蹑者已”③。前举诸诗，遍及饶公青、中、晚年之作，多有经典之篇。兹再举其晚岁佳什二首：

荡上青溪踏紫泥，随阳去雁任东西。奇峰处处如刀剪，割出春云与嶂齐。

——《龙西镇和锲翁》

参差林影异桃溪，残雪数州没众堤。天外无山非玉垒，云中有谷即天脐。

——《冰川》其二

二诗后半皆为神来之笔，气象阔大。王船山云：“神理流于两间，天地供其一目。”④ 马一浮谓：“诗人胸襟，必与天地合其德，乃见其大。”⑤ 饶公足可当之。而想象之雄奇，并世殆难寻其匹也。

另有一种所谓“斧凿痕尽”者，如：

大荒棋布岛三千，拍岸遥波断复连。波外有山堪插鬓，残云疑接混茫前。

——《Toha 湖绝句》

依旧崇丘集茂林，江干还欲盍朋簪。登楼四面谁堪语，惟有青山共此心。

——《兰亭三首柬青山翁》其三

① （清）文廷式：《云起轩词自序》，见钱仲联选编：《清八大名家词集》，长沙：岳麓书社 1996 年版，第 802 页。

② （清）袁枚：《随园诗话》卷十四，杭州：浙江古籍出版社 2000 年版，第 309 页。

③ 饶宗颐：《〈选堂诗词集〉钱仲联〈序〉》，台北：新文丰出版公司 1993 年版，第 235 页。

④ （清）王夫之：《古诗评选》，北京：文化艺术出版社 1997 年版，第 217 页。

⑤ 丁敬涵编注：《马一浮诗话》，上海：学林出版社 1999 年版，第 53 页。

沿湖百里尽苍松，始觉郭熙写未工。宿雨乍晴秋日暗，万山都在薄寒中。

——《屈斜路》

黄庭坚曰："简易而大巧出焉。平淡而山高水深，似欲不可企及，文章成就，更无斧凿痕，乃为佳作耳。"① 谢榛云："诗有不立意造句，以兴为主，漫然成篇，此诗之人化也。"② 又曰："自然妙者为上，精工者次之，此着力不着力之分。"③ 饶公斯数作盖即此类欤。第一首尚有警句"波外有山堪插鬓"可寻。第二首饶公自注："羲之友契许迈，以恒山近人，四面藩之，登楼与语，以此为乐。"末句之"青山"一指实际之青山，一指青山杉雨（日本书法大师），且暗用许迈典，可谓一语三关，极为浑成。第三首则篇不能句摘，句不能字寻，诵之但觉其佳，而不能言其所以佳。此非白石所云"非奇非怪，剥落文采，知其妙而不知其所以妙，曰自然高妙"④ 者乎？

六、结　语

综上所述，选堂七绝骨健气雄，格高辞妙；融理趣于片言，得画意于寸楮；兼采百家，独树一帜；上可继半山、白石，下足为当代诗坛辟一新洲。其人其诗，并足千古。

戊子清明前一日草于岭东弥纶室。癸巳端午前十日修订于隔江草庐。

---

① （宋）黄庭坚：《与王观复书》，见郭绍虞主编：《中国历代文论选》第 2 册，上海：上海古籍出版社 2001 年版，第 324 页。

② （明）谢榛：《四溟诗话》卷二，北京：人民文学出版社 2006 年版，第 28 页。

③ （明）谢榛：《四溟诗话》卷二，北京：人民文学出版社 2006 年版，第 127 页。

④ （宋）姜夔：《白石道人诗说》，见夏承焘校辑：《白石诗词集》，北京：人民文学出版社 1998 年版，第 66 页。

第二部分

当代诗词生态研究

从绿杨出发

——迎接中华诗词的崭新时代

蔡世平[①]

一、绿杨低语

绿杨，一个带着春天气息与春天想象的名字，一处有话想说、有话好说的典雅院落。

2012年4月，这个全称叫作“绿杨宾舍”的古典院落被租借过来，作了中华诗词研究院的办公场所。

现在，这个散发着数百年历史气味的京西老四合院子，又将弥漫中华诗词研究院的青春气息。因为2011年9月7日成立的中华诗词研究院搬进来还不到一年，她的工作人员平均年龄也就三十多一点。兴奋、好奇和对未来的憧憬，成为诗词院年轻人精神生活的一部分。

现在，我感觉院子里的古槐与老柏都长了精神。冬天了，古柏疏枝健朗，老槐细叶青翠。还有流畅的灰瓦屋顶，以及同样流畅的灰瓦屋顶上的白云；还有隐约有声的虫鸣，以及精力旺盛、不停地在枝头、梁栋间飞腾、叫唤的麻雀和喜鹊，感觉里，都活活泼泼开来。它们高兴啊。它们知道自己将牵动诗人们的视线和情思，将会被诗人们一次又一次地写进诗句里。它们还知道自己将和主人一起诗意地栖居，这多么美好。

这个时候，会有很多话想说。我知道绿杨是不可口若悬河、高声话语的。一个王朝的更替兴衰，几百年沧桑历史，多少人物和事件沉浸在这儿。他们真的像风一样吹走了吗？不会的，他们有他们的存在方式。我总觉得此刻他们就躲在绿杨的某一个暗角，好奇地打量这个来自南方大湖边，有些水土不适、略带几分腼腆的陌生人。他们要看你如何说话和动作，看你怎样描摹绿杨的秋颜和春色，然后去接通中华文脉的一支涓涓细流。我相信他们此刻正投来惊喜、信任，并且期待的目光。

绿杨没有古院的陈旧与逼仄。她大气、沉稳、开阔。阳光大面积铺展开来，天空一片澄蓝。绿杨总是给人信心和力量。总会有意无意中，去追随一个少年的身影，感知他的气息，找寻他的足迹。看他如何从这里起步，走向乡村，走向城市，走向时代的高地，扛起一个国家和民族的重托。

此刻，我得把心沉静下来，放低声调，说一些平常日子里关于诗的思索和畅想。也许

---

① 蔡世平，国务院参事室、中央文史研究馆中华诗词研究院副院长，中国作协会员、一级作家，《中华诗词》编委。

是积习使然，也许是使命和职责使然，总会想一些关于中华诗词的话题。在一个众声喧哗的时代，需要一些人静静地沉思，然后舒缓地道出一个生命的心灵秘密。

二、从绿杨看香山

站在绿杨二楼阳台，抬头可见香山。看不到香山的泥土和岩石，也看不到香山的树木、花草以及野兔和獾子。但是，尤其在晴朗的日子，可以清晰地看到一条大山的山脊横亘于宇宙时空之中。它首尾不见，于天地之间起伏腾跃，威哉伟哉，神哉秘哉，引人遐思。

也许这就是远视的效果。放远里看，便能看出大物来。

大物是什么呢？我说的大物当然不是地理意义上的香山，那是地理学家和房地产开发商心里的事情。我说的大物是指人类文明的始终形态，是指中国诗歌的宏阔背景。

今天，中国诗歌的宏阔背景，往大里说是人类文明的累积成果，往小里说是中国几千年的诗歌传统，以及当代西方的诗歌样式。

今天的中国诗歌，就是这远眺中的香山，虽轮廓清晰，天际线分明，但仍然首尾不见，难以一窥全豹。

这就对了。大音希声，大物无形。唯其这样，我们才能抓住一些根本的东西，并领略其中的大境。这正是我们今天需要具备的中华诗词大视域、大视野。

一种大文化的形成，必然是人类意识的整体呈现，它充盈天地之间，作万代千秋之景。不明白这一点，就不能把握中华诗词的过去、现在和未来。

是的，需要时时提醒自己，站在绿杨二楼阳台看香山。欲穷千里目，更上一层楼。这样才不致使自己变成笼中之鸟、井底之蛙。

我知道王之涣的诗句被人千万次地引用，成为至理名言，成为登高望远、拓开胸次的精神武器。是的，更上层楼，方能克服短视的毛病，方能宏观地把握一些大问题。

三、血脉健旺的中华诗词

中华诗词是中华文脉的重要一支。

中华诗词与中华辞赋、中华散文、中华书法、中华绘画、中华雕塑、中华戏剧、中华小说等一起，形成源远流长的中华文化河流，铸成中华文化精神，滋养了华夏民族。而中华诗词又是历史最久远、普及最广泛、影响最深入的一种文化形态。在最具影响力的中国文人谱系里，诗人、词人无疑也是人们知道得最多、最熟悉与最亲切的。屈原、李白、杜甫、陶渊明、苏东坡、李清照……只要稍具中华文化基本知识的人，随口就能说出七八个来。这些诗人词人无疑是中国文学的骄傲，也是人类文明的伟大遗产。

不能不看到中华诗词血脉健旺。从产生的那一天起，中华诗词就表现出对温暖黄土的适应性和强劲的社会生命力。人们用诗歌歌唱劳动、歌唱爱情、歌唱友谊、歌唱春天。诗歌成为文明社会的重要标识，成为滋润心灵的甘泉和露水，成为温暖人心的太阳和月亮。

中华诗词从汉语言文字中产生，不仅受到汉民族的喜爱，同时还受到少数民族的喜爱。我们不仅从早期北朝民歌《木兰辞》《敕勒歌》中看到北方少数民族创作的汉语言诗歌的生动画卷，也从萨都喇、纳兰性德等诗人、词人的诗篇中读到他们的别样情怀。无疑，中华诗词既是民族融合、国家统一的精神养料，更是民族融合、国家统一的文化象征。几千年来，无论是封建王朝频繁更替，抑或少数民族入主中原；还是“五四”运动新旧文化的激烈碰撞，白话文对文言文的全面覆盖；还是文化大革命暴风骤雨式地荡涤旧文化；还是20世纪80年代伊始，全面改革开放，西方文化大量涌入……所有这一切，都没有窒息中华诗词的生命活力，摇动中华诗词的生命根基。中华诗词永远活在汉语言文字里。中华诗词的根须深深扎进中华文化的厚土。中华诗词的基因植入华夏民族的滚烫血液。中华诗词的美丽身影，总在人们的心头摇曳。中华诗词总是以她唯美的形式追求和引人向上的精神传统，以她活泼灵动而又无所不能的神奇力量，参与人们的社会生活，抚慰人们的情感，推动中华历史的文明进程。

中华诗词血脉健旺，不仅过去是这样，今天仍然是这样。我们不会忘记，1976年天安门广场群众自发的诗歌运动，主要还是以人们喜爱的传统诗词形式，爱憎分明地传达出思想解放的时代先声，并由此预示中华诗词又一个美好春天的到来。20世纪末叶无疑是中华诗词的“复苏期”。“文革”结束，民族从阵痛中清醒，人民生活走上正轨，国家的开放、改革的深入、经济的繁荣，中华诗词逢春化雨，露出欣慰的笑容。全国各地诗词社团迅速涌现，诗人创作热情持续高涨，诗词作品大量产生，诗词活动丰富多彩，形成了中华诗词蓬勃发展的崭新局面，成为当代中国一道壮丽的文化景观。

如果说20世纪最后二十年是中华诗词的复苏期，那么进入21世纪，则伴随中华民族复兴，也分明看到中华诗词复兴在望。21世纪的前十年，中华诗词承接20世纪末叶的发展势头，继续向前推进。不仅诗人和作品数量逐年增加，诗词刊物逐年增多，作品质量逐年提高，诗人的年龄结构也发生了较大变化。由20世纪80年代以中、老年人为主，到今天老、中、青结合，年轻人比例增大。更有不少自由体新诗人转笔写作旧体诗词，如贺敬之、刘章、刘克胤等。小说家、散文家钟情旧体诗词，如王蒙、肖复兴、高洪波、熊召政等。用手机、微博写作诗词、交流思想、抒发感情成为一种新的时尚。中华诗词诗人和诗词作品获得更广泛的社会认同。当代旧体诗词已经得到文学理论界的关注，一些学者的文学史著作开始收入当代诗词作品。旧体诗词和自由体新诗比翼双飞、共生共荣的友好繁荣格局初步形成。

四、原野一片生机

今天的中华诗词原野一片生机，已经显示出崭新的时代活力。这种活力即中华诗词的当代价值。我们欣喜地看到，今天的诗人所表现出来的民族自豪感和民族自信心，已经形成一股巨大的精神力量，对国家现代化建设和社会文明进程产生积极而深刻的影响。

今天的诗人亲身经历了改革开放、经济发展、国家富强、民族振兴的时代巨变。他们既是建设者，又是创作者，更是见证人。他们知道昨天的中国、昨天的社会、昨天的生活是什么样子。他们知道应当怎样去建设我们的国家，强盛我们的民族，美丽我们的家园。他们知道今天的发展来之不易，值得大书特书。于是，诗人以饱满的家国情怀、激越的精神情感、热切的创作欲望创作诗词，表达心中的喜悦，反映时代的变化，张扬伟大的民族精神。不能不看到，鼓舞人心、催人奋进的主旋律作品是今天中华诗词的主流。

今天的时代给诗词创作提供了丰厚条件和精神养料。新的生活、新的观念、新的语言、新的文字，给旧体诗词以极大鼓舞。民富国强，证明了中华民族的勤劳、智慧和创造精神，也证明了汉语言文字自立于世界文化之林，是世界最先进的语言文字之一。一百多年前，汉文化落后、汉字落后的认识得以彻底扭转。人们欣喜地看到，汉字在今天国家的现代化建设中放射出耀眼的时代光辉。运用汉语言文字不仅能够创作世界一流的文学作品，同时也能作为和世界交流、对话的便捷、有效的工具，传达中华民族的精神理念与友好愿望，吸收世界先进的科学技术和文明成果，建设一个现代化强国。在全面开放、飞速发展的今天，诗词创作极大地丰富了汉语言文字的表现力。同时，中华诗词对民族文化的保护与传承也起到了不可估量的作用，增强了民族文化自信和民族凝聚力。我以为，民族文化的归属感与认同感比什么都重要，民族内心的强大比什么都重要。中华诗词在提纯民族心智、回归精神家园、和谐社会生活方面所产生的积极作用同样是不可低估的。

五、困境考验歌者

但是我们今天不能不清醒地看到，中华诗词同时面临时代的巨大考验与挑战。诗人的写作迷茫和心灵碰撞是现实存在的，也是不容回避的。

梳理中华诗词的时代考验与挑战十分必要，可以使我们更清楚地了解诗词写作的当代背景以及如何应对这种考验与挑战，创作属于这个时代的中华诗词。

第一个时代考验与挑战，来自由文言文到白话文的文体语言转变。尽管这个转变已经发生在几十年前，但是我们今天仍然需要正视它。考察这个转变的由来，得回溯到1840年。这一年，第一次鸦片战争爆发。才过去二十年，1860年第二次鸦片战争爆发，八国联军入侵北京。三十多年后的1894年，甲午海战，北洋水师葬身黄海。中华民族感到的不仅仅是耻辱，而是亡国灭种的危险，愁云惨雾笼罩神州大地，民族的心头铅一样沉重。有识之士慨然奋起，无不寻求民族救国图存的药方。修铁路、挖矿藏、织纱布、造枪炮、建军舰……“师夷长技以制夷”。然而欲速则不达。当时的中国病入膏肓，这些应急措施很难从根本上快速解决问题。面对被封建思想奴役了几千年的民族，更是难以产生实质性的强国作用。在实业救国、军事救国都不怎么奏效的情况下，人们把目光转向了文化，通过“换血”来强健民族的精神和体魄。当时的文学之士普遍认为是封建文化腐朽了国民的灵魂，致使国人精神萎靡不振，国家积贫积弱。这当然找到了问题的根本。因为文化是铸造灵魂的事业，只有国民精神的强大，才能保证民族的强大，国家的强大。遂有康梁变法，文学改良。梁启超提出“小说救国”论，说“欲新一国之民，不可不先新一国之小说”。时代是渐进的，他们向前走了一步。只是改良后的文学仍然保留了文言文写作方式，诗词形式也没有发生变化。

革命是那个风雨飘摇岁月的时代主题。先知先觉们发现文学改良不痛不痒，咬文嚼字、之乎者也的文言文，不能反映新思想，容纳新内容，起不到唤醒民众、重铸民族灵魂的作用。于是“五四”新文化运动应运而生，进行语言文字的革命，把白话文完全引入文学中来，彻底颠覆旧的文字体制。胡适写作了《尝试集》，以极端的方式，宣告自由体新诗的产生。所谓极端，就是消解诗质，把诗写得不像诗。那时，革命就是一切。国家和民族的存亡是最重要的，诗歌好不好人们并不太在乎。顺应时代潮流，胡适成功了，白话文成功了。自由体新诗取代旧体诗词，成为时代文学的主流。从那以后，正统的现当代文学史书写就再也看不到旧体诗词的美丽身影了。自此，中华诗词被完全边缘化。

现在，我们可以轻松地指责“五四”先贤把话说绝对了。说文言文一无是处，说“旧诗必亡”“平仄的消失，极迟是五十年内的事情”。（柳亚子1944年《旧诗革命宣言》）但是，如果看不到那个时代国家羸弱、列强瓜分的严酷现实，人民救国图强的迫切愿望，就不可能理解“五四”先贤的艰苦努力，就不可能理解“五四”精神。事实上，今天民族复兴的伟大实践仍然是在实现一百多年前民族先贤的一个大梦。“五四”唤醒民族麻木，重铸民族灵魂，“五四”的价值是永存的。

当然，另一方面，我们也要看到，“五四”至今，白话文使用了差不多一百年。人们已经习惯了白话文，白话文生态也已形成。以文言文为基本特征的旧体诗词如何适应今天的时代用语，这需要我们客观、理性地作出回应。

第二个时代考验与挑战，来自大规模生产方式和生活方式的转变。这一转变发生在20世纪末叶。历经白话文取代文言文后的半个多世纪，1978年，以中国共产党十一届三中全会为标志，结束了长达十年的“文革”，开创了中国建设的新时期。国家以经济建设为中心，全面改革开放，国民经济飞速发展。这一发展非同小可，基本结束了手提肩扛的农耕生活，实现了由农业文明到城市文明、工业文明的时代巨变。中国社会由几千年的农耕社会一跃跨进工业化、现代化、信息化社会。与此同时，人们的生产方式和生活方式也相应发生巨大变化。人们睁开惺忪的睡眼，发现世界几乎一夜之间就变了，变得面目全非，甚至一时难以适应。过去的传统生产和手工劳作，今天大多已走进历史博物馆，完全褪去往日的风采，可怜兮兮地成为漫长时代的考古印记。今天，人们的吃、穿、住、行不完全依赖身体操作和土地耕种。“锄禾日当午，汗滴禾下土”“晨兴理荒秽，带月荷锄归”的经典农耕形象，也只能定格在历史中了。城镇化的推进，使今天不少农民仍不明白，为何种田人越来越少，粮食反而越来越多。几千年中华诗词主要以农耕文明为题材内容和以农耕文明为依托的材料配方，似乎难以适应今天的新时代，更是不能自由地、很好地表达今天这个时代了。诗人常常感到困惑和焦虑，“这旧体诗词咋个写嘛”。对此，我们也要作出积极回应。

第三个时代考验与挑战，来自信息交流由缓慢到快速的转变。中国的工业化社会还没有全面完成，信息时代又接踵而至。机械工业时代迅速转变为电子时代、数字时代，实现了科学技术的第三次革命，以至第四次革命。这一转变的结果是全球经济一体化，地球变成了一个村庄。美国总统奥巴马昨晚夜宴时的红萝卜，今天早上就可能被当作时髦食品，出现在中国边远小山村农妇的餐桌上。电脑改变了世界。地域与地域之间缩小到几乎没有信息距离，“秒杀”是这个时代的常用词语。与此同时，社会差异也大大缩小了。世界的神秘性迅速消退。电信拉近了人们的距离。古诗“天涯若比邻”就是今天人们的真实生活。因距离产生的“美感”被大大减弱。人们似乎都生活在一间彼此熟悉的屋子里，时空被切割得支离破碎，成为可以伸手即捉、抬眼即见、稍想即知的小物件。满世界的人都急着往前赶路，总以为前面会有新的发现。可“前面”的结果无不令人沮丧，于是又急匆匆往前赶去。

生活的快节奏把日月几乎压缩成了一个铁饼子，稀粥因此而坚硬，人们需要换一副好牙齿和一副好肠胃才能够去消化它。现在的问题是，这副好牙齿和好肠胃还没有准备好，进化还没有完成。人们因不适应而产生的焦躁情绪普遍存在。在20世纪80年代即已出现的“端起碗来吃肉，放下筷子骂娘”的社会现象，在今天仍然存在。人们实在想不明白为什么会这样。对此，上帝也感到无奈，只能眼睁睁地看着地球上的人们整日里东奔西跑，忙个不停。他不知道这个世界究竟发生了什么。中华诗词细嚼慢咽的品味功能因之大大减弱。诗性的生活远没有从前那样来得轻松容易。

第四个时代考验与挑战，来自诗词理论由中式文艺理论一统天下到东西方文艺理论共治天下的转变。考察中华诗词的历史，无疑就是诗词作品和文艺理论共同生发、相互促进的历史。无论是先秦时期的“诗言志”、孔子的“思无邪”、孟子的“与民同乐”、庄子的“大音希声，大象无形”，还是汉魏时期陆机的《文赋》、刘勰的《文心雕龙》、钟嵘的《诗品》，抑或唐宋及明清时期欧阳修的《六一诗话》、严羽的《沧浪诗话》、张惠言的《蕙风词话》、王国维的《人间词话》等等，这些中式文艺理论无疑都是丰富和独具特色的。它们从诗词中来，到诗词中去，指导诗词创作实践，产生了优秀的诗词作品和优秀的诗人、词人。今天的人们似乎有理由骄傲，我们持有这么一份祖宗留下的丰厚的家业，够我们享用一辈子，还需要别的什么理论来指指点点么！

然而世界上的事情就偏偏不是由你想的，总有人要为你一难，有时甚至会把你逼到墙角，叫你忍气吞声，还手乏力。20世纪80年代国门大开，西方文化长驱直入，一下子撞进当代文学创作领地。受西方文学理论影响，朦胧诗闪亮登场，中国诗歌一时眼花缭乱。紧接着，在小说界，先锋文学异军突起，蔚为大观。在美术界，行为艺术奇招迭出，令人惊悚……中国几千年以来苦心经营、建构的文学艺术秩序，几乎一夜之间被打破。丹纳的《艺术哲学》、弗洛伊德的精神分析法，以及文学理论中名目繁多的各种“主义”，如“形式主义”“结构主义”“解构主义”“后现代形态”等等，不一而足，令相当规模的当代文学作家趋之若鹜，以为找到了阿里巴巴的开门宝鉴，写作从此可以如鱼得水，畅游天下。

西方文学观念和文学理论对中国当代文学艺术的冲击是强烈的。人们开始怀疑，特别是诗词以外的当代文艺家们怀疑，你们这种完全运用中式文艺理论写作的已经老掉牙的旧体诗词还会是当代文学吗？这种写作还有价值吗？旧体诗词还有前途吗？这种诘问，是中华诗词被很多当代作家瞧不起的一个原因，也是当代文艺作品不能和旧体诗词融为一体的一个原因，更是文学青年不愿涉足旧体诗词的一个原因。主流文学话语的强势，令曾经边缘的旧体诗词总觉得比人家矮一截。当年何等风光的中华诗词，今天到底是怎么啦？对此，我们也要作出回应。

时代考验诗词，困境考验歌者。中华诗词如何面对时代的考验与挑战，是今天诗人、词人需要正视和思考的一个课题。看不到或者不愿意看到时代的巨大变化，仍然习惯用农耕文明的思维方式来思考旧体诗词、写作旧体诗词，在今天肯定会遇到很多问题，路不会那么好走。

六、清诗是一面镜子

当绿杨的草地褪去最后一滴青翠，当槐树、枣树、杨树、紫薇的叶子完全脱落，当松树细如青丝的针叶、柏树浓如醉墨的片叶在寒风中低垂，我注意到了绿杨数株健硕的白玉兰生机勃发。她的肥大如如来佛手掌的叶子已经落尽，但每一根枝条的顶端都冒出齐刷刷的骨朵，粉白粉白的，腹大头尖，睁着锐利的眼睛，精神抖擞地指向蓝天，预示着又一个春天即将来临。这使我乐观地看到并坚定地相信中华诗词一定能够适应新的时代变化，经受住考验，迎得这场挑战，创造出无愧于这个时代的优秀诗篇。

重要的是保持清醒头脑。在今天，我们不仅要看到传统文化的巨大力量对中华诗词繁荣发展的积极作用，也要看到习惯势力对中华诗词写作的负面影响。因习惯产生的懒性在旧体诗词界是存在的，以维护诗词传统为理由，进而维护这种懒性，同样是存在的。艺术当随时代。事实上，用农耕文明的写作方式写作今天的旧体诗词，不可能很好地表现当代生活，也难以大面积地产生好的当代作品。当代诗词作品，还是要用当代思维、当代观念、当代手法、当代笔墨去写，这是一定的。由于汉语言文字对中华诗词要求的唯一性，平仄四声、音韵格律对中华诗词要求的唯一性，保持了中华诗词形式上的超稳定性。人们因此存在一种思维定式，即中华诗词语言特征是不可更改和更替的，中华诗词平仄格律和声韵也是不可更改的，那么艺术表现手法也是不可轻易变更的。在诗词写作上改变这种思维定式何其难哉。我们发现，今天有的诗人对传统的坚守甚至到了极端，不容一字一词一句的些微变动。他们常常以诗词写作的正统自居，动不动搬出《平水韵》《词林正韵》等武器，说人家这也格律不合，那也平仄不对。我以为，维护传统写作的纯洁性是必要的，也没有错，但是不能走极端、绝对化。绝对化的结果只能妨碍诗词写作的时代发挥。

今天的诗人一定要看到时代大势的不可逆转。我们还能回到文言文时代去吗？还能回到农耕文明时代去吗？还能回到鸿雁传书、帆影载客的人驮肩扛的时代去吗？显然都不可能。那么中华诗词唯一的选择，就是顺应时代潮流，适应今天的发展变化，坚持“求正容变”的创作原则，刷新中华诗词的时代局面。

清诗是一面镜子，可以观照我们的诗词写作。我以为，晚明至清代乃至民国，可算得上中华诗词历史的成果巩固期。如果没有清诗、清词的中兴，我们今天的中华诗词不可能葆有如此的热情。清朝近三百年时间，在中华诗词的整理、创作和理论上都有长足的发展。这一时期，不论作品量、诗人量还是理论量都是前朝所不及的。清朝统治了中国，但汉文化统治了清朝，这真是一个有趣的文化现象。在这一统治与被统治过程中，中华诗词功莫大焉。我们常常拿乾隆一生创作三万多首诗然而今天没人能记住一首说事。但如果换一个角度看，作为皇帝，对中华诗词的推动，对汉文化的推崇与巩固，其号召力、影响力，不言自明。

也许，今天学界对清诗的研究和整理还不够全面，我们对清诗的认识还欠深入。目前，从已有的研究成果看，清朝的中华诗词虽然也出现了如纳兰性德、龚自珍等一大批优秀词人、诗人，但我个人认为，整体上不能与唐宋比肩。清诗无论在题材内容还是表现手法上都没有大的创新和提高。是清人不如唐宋人聪明智慧吗？显然不是。那么是什么造成清诗不如唐宋呢？探其根由，我以为，一个原因是，清诗继承了晚明的诗歌传统，心情压抑，诗歌的气场不足。明朝遗民进入清朝经历了改朝换代的巨大心灵创痛，尤其不满清朝统治，清朝又搞文字狱，谁不害怕脑袋搬家呵。因此诗歌创作，不能放纵其性灵，小房子里使棒，碍上碍下，情绪总被什么东西压着，能量释放不出来。第二个原因是，封建时代依旧，汤换药没换，明而清，只不过皇帝由崇祯换成皇太极，即没有大时代的诗歌创作条件。第三个原因是，农耕文明长期的精耕细作，诗歌成长的土壤已经缺少丰厚的养料，还是“三亩地一头牛，老婆孩子热炕头”，整体的生存环境没有变。这怎么可能产生大诗歌、大诗人啊！要知道，诗和人一样也是喜新厌旧的。

今天的诗人要从清诗中得到启示。要知道，从一定意义上说，不是个人在写作诗歌，而是时代在写作诗歌。因此，要悟透这个时代。悟透了，方能眼界开阔，心灵激荡。悟透了，方能有大想法，有大作为。

现在，时代把机遇送给了我们这一代人。我们应当感到幸运。历史证明，任何事情都是挑战与机遇并存。大挑战带来大机遇。我认为今天的时代恰恰给中华诗词提供了千载难逢的发展机遇，抓住这个机遇，主动面对考验与挑战，就能打开全新的创作思维和全新的观察视域，创作的诗歌也一定是全新的，有力量、有劲道的。中华诗词就有可能继唐宋以后创造又一个历史高度。对此，我们深信不疑，也充满期待。

七、向语言进发

诗词创作，乃至任何文学创作，说到底都是语言。一个文学语言没有过关的人，写得再多，也不可能成为一个真正意义上的作家。因此，对文学而言，可以说语言就是前提，语言就是一切。前面已经提到，“五四”新文化运动的标志性成果，就是文言文对白话文的全面覆盖，白话文已经成为时代的主流话语与主流文字。客观地看待白话文，会发现白话文在旧体诗词写作中一点都不隔阂。白话文写作可以释放汉语言文字的巨大潜能，使今天诗词出现全新的语言面貌。

如果回溯中华诗词的创作历程，我们同样会惊讶地发现，即便在文言文时代，可以说，中华诗词一直以来就是当时的“白话文”写作。不要说明白如话的白居易的诗歌，就是李白、王之涣、柳永、辛弃疾等大诗人、大词人无一不是用白话文写作。《诗经》就更不用说了。有一个鲜明的事实是，今天我们读古文有时读不懂，但一读诗词就立马好懂了。在今天看来的许多文言文其实就是当时的大白话。今天生活中的许多俗语，其实都是雅语。我母亲没读过一天书，她经常说的一句话是“手之舞之”。我们那个地方都这么说的。有一个时期我总认为这话太土、太俗了，以致从不会从我口里说出来。有一天，我突然悟到这句话其实就是“手之舞之，足之蹈之”的简写版，是春秋时期我们楚地人说的家常话。后来，它变成一句成语、一句优雅的书面语言，又不知使用了多少年，可如今还在我们楚地的乡村里“土俗”着、优雅着。何为雅、何为俗，谁又说得清呢。其实，文与白，雅与俗没有什么不同，使用得当，俗可为雅；使用不当，雅也成俗。可是我们今天的诗人、词人却有一个认识上的误区，以为只要是旧体诗词，就得文绉绉的，甚至故意找一些生僻字放在里面，以证其纯正性、高雅性。这样做，反而产生审美隔离，拒绝并疏远了今天的读者。

不能简单地、浅层地理解语言就是思维的表达工具。其实，语言蕴藏了生命的全部信息。语言是人的另一种生存形式。语言的这种存在方式可能比人本身更立体、更丰富，也更具魅力。我们看到，人的短暂一生，其身体可以迅速消失，但他的语言方式、文字方式、行为方式，可以长久地留存下来，使隔代甚至隔数十代的后人读着他或关于他的文字，便能感知他的生命形态。这个“他”仍然活在我们的周围。屈原的行吟态、陶潜的田园态、嵇康的狂狷态、陈子昂的孤独态、李白的醉酒态、辛弃疾的英雄态、李清照的高贵态、贾宝玉的痴情态……透过文字一眼就能看出来。

诗词语言尤忌原地兜圈子。在以中国为轴心的大一统的农耕文明时代，诗词语言伸向各个角落，探索了种种表达可能，也抵达了种种可能高度。在旧的语言形态里，我们今天其实难有太大的作为。几千年的写作，无数人的探索，以至我们左冲右突，但还是难以走出前人构筑的文字藩篱。一味地坚持旧式思维写作，常会出现这样的情况：你好不容易找到一个新词，正在惊喜之时，说不定就会在另一本古籍里找到它的踪迹；好不容易找到一条新路，再往前走时，会发现自己又回到了原处。

但是，我们今天如果完全运用当代的语言习惯写作，就能摆脱前人的羁绊，也很难与前人撞车。因此，要以喜悦的、积极的态度迎接新的语言挑战。摆脱旧的语言思维和语言体制，大胆地使用今天的语言写作。这样写出来的诗词作品，相信会更加被人们接受。要克服旧体诗词对文言文的心理依赖。不要以为把“我”写成“余”或“吾”就雅了。不要以为旧体诗词就要写得“旧”，而且越旧越好。应该这样说，现在我们要做的事情，是如何把“旧”写“新”，把“新”写“活”。

八、贴近生命写作

有什么样的生产方式和生活方式，就会有什么样的文学表达方式。今天虽然还有不少地方的人纯粹以体力劳动求得生存，但是机械化、电器化，甚至是信息化、数字化形成的批量生产、大面积耕种，已经成为时代的主流生产方式。手工制品差不多成为稀有品，需要有专门的政策扶持才能存活下来。这些都从根本上改变了人们的生存方式。现在，在楼房里、工区间、城市中生活，已经成为一种时代趋势。“鸡声茅店月，人迹板桥霜”是难以见到的。中华诗词写作由农耕文明的“得心应手”至今天的捉襟见肘、处境尴尬、词不达意。诗歌栖息的土壤，似乎变得越来越贫瘠，越来越陌生。

人可以改变生产条件，但是从根本上说，人无法改变自然，无法改变风雷雨雪，无法改变日月星辰。花还是照样开，树还是照样长，水还是照样流，鸟还是照样啼，虫还是照样鸣。大自然仍然超越人而存在着。把眼睛放大看，放远看，我们的星球，其实没有太大变化。我们要改变的，其实只是观察世界的那一双眼睛和感知世界的那一颗心灵。生意盎然的大自然，谁都拿不走她。发现自然、贴近自然、回归自然，从自然中汲取爱的源泉和生命的力量，任何时候都是诗词创作所必需的。古时是这样，今时还是这样。

生活因“人”产生意义。什么样的生活都是“人”的生活，而不是物的生活。没有人，物是不存在的，或者说是没有意义的。不管生存方式如何变化，不管你是坐毛驴车还是坐马车，坐高铁还是坐飞机，但有一样没有改变，那就是还是人在坐。不管是吃老母鸡，还是吃肯德基，总归是人在吃鸡（基）。人，始终是诗词写作的主体。把人写活了，也就把诗写活了。不妨试试如何在诗词写作中加大自然之“物”，减弱人造之“物”。诗遇水土、遇风月，就能活起来。人心就是诗心，诗心就是自然之心。人的喜怒哀乐是一定要表现在生活里的。把人的喜怒哀乐写好了，就把诗写得抑扬顿挫、生机勃勃了。因此，贴近生命写作，而不是盯着物写作，就能写出活态的诗。

九、让文字沉下来

诗词艺术说穿了是“沉”的艺术、“慢”的艺术。任何文学艺术都可能是沉的、慢的。吵吵嚷嚷出不了好作品。艺术和技术的本质区别在于，技术是以更快的手段获取更多的物质报酬，而艺术却是以最精心、最完美的手段获取精神的满足。好的艺术在供人阅读时，总能让人慢下来，再慢下来，以至于一篇作品可以千遍万遍地读，可以一代又一代地读。“床前明月光”是这样，“两个黄鹂鸣翠柳”也是这样。历史从来不计较作品生产时的慢。“两句三年得，一吟双泪流”成为美谈，告诉人们如何慢工出细活。《红楼梦》构思十年，批阅三载，终成千古杰作。这些都是慢的典范。在今天倡导诗词写作的慢可能尤为必要。生活是快的，但心灵却不能承受太快。因此，总要有慢东西来平衡快生活。那么艺术，唯有艺术才能使人们的心沉静下来。

热中冷思考，可能是诗词写作中让心沉下来的一个方法。经济可以由市场导引，但艺术不可以。由市场导引的艺术最终是热闹一时的东西，是浮在表皮的东西。现在的社会到处在造热，媒体推波助澜，使人眼花缭乱。但是作为一个艺术家，作为一个诗人，面对一个接一个的热浪，可就要有诗人的清醒与冷静了。诗人应是一个思想者。诗人对世界和社会万象应当看得更透彻一些，思考得更深入一些，让读者在你的作品里面不仅得到愉悦，同时还得到启示。

把大事写小，也可能是一个沉下来的好办法。中华诗词有一个特点，就是文字不多，架子很大，格局很大。天地万物，历史未来，可以随意拿来放入一首诗词中。这是诗词写作的易，也是诗词写作的难。放得好，小中见大，平中见奇；安排得不好，匠心不能独运，往往大而空虚，大而无当。所以得考虑如何把大事写小。《诗经》为何百读不厌，就是在一花一叶中作文章、出诗意。“比”“兴”就是这么产生的。但到后来，诗词的这个传统被概念化现成语取代了。诗词的“理”再也不由一花一叶去说了，而是由诗人直接说了出来。“杨柳依依”就直接成了“我很爱你”。今天的许多诗词看不到小事物、小细节的滋养。人常说“细微处见精神”，其实“细微处才见诗意”。

让诗词走进现场，书写日常生活，是今天诗词创作特别需要强调的。不要以为写日常生活、居家小事就降低了诗人的身段，其实日常生活才是真正的人的生活。细微处就在日常生活里。米缸里有神在，花叶中有如来。当代小说家、散文家都能写好现场、写好日常生活，中华诗词完全可以借鉴其经验，把诗写得饱满和亲切。从日常生活中发现诗意，可以医治今天诗词写作中常见的虚空病。写日常生活就会写到物、写到事，这样心就会沉下来，艺术也会沉下来。

科学技术是想把“人”变成可以操控的“物”，而文学艺术是极力维护本来面目的“人”。这是社会发展的一对矛盾。这对矛盾现在还没有解决好，人类因此而茫然。但艺术因此而大显身手，及至绚丽多姿。从这个意义上说，中华诗词永远年轻。中华诗词有无限的表达时空，这也是今天中华诗词的人类学背景，诗人于此不可不察。

十、胸怀向世界敞开

地域不同、民族文化传统不同，导致民族思维方式不同。事实上，东西方在思考问题时是有很大差异的，形成的文学理论也不一样。如果仅从形式上说，东西方文艺理论也没有太大的不同，只不过是说法不同、表达的方式不一样罢了。就说西方的抽象艺术，我们的书法艺术，就几根线条，要多抽象有多抽象。就说西方的印象派绘画，我们中国的文人画还不印象吗？就说意识流，我们的诗词创作完全就是意识的自由流动，天上地下，随意发挥，无所不能，无所不可。

中国的艺术从一开始就强调了诗词创作中的“悟”性思维，强调人的主观能动性。因此产生的文艺理论是感悟式的、生发式的、片断式的；而西方文艺理论从头到脚，讲究来龙去脉，比较科学严谨，看上去体系比较完备，但是我认为差异还不在这里。

东西方文艺理论的不同，主要在文艺理论的研究对象以什么为出发点和落脚点。中国古代的文艺理论以儒家教化为核心，强调的是“诗言志”，是儒家精神，这也是中华诗词的一个优秀传统。而西方文艺理论产生于文艺复兴时期，以人为研究对象，形成的文艺理论落脚点在人，这不仅影响了西方文学艺术，也影响了整个西方现代文明。

应当承认，20 世纪八九十年代朦胧诗人和先锋文学作家按照西方文学理论创作，并且拿出了完全不同于中国文学式样的作品时，撬动了中国文学的板块。它的正面影响是存在的，那就是中国当代文学也要吸收西方文学理论，来丰富今天的写作。这在小说、散文、诗歌、戏剧、美术等艺术门类中，已经被证明是可行的。事实上，东西方文学理论各有所长、各有所短，相互补充、取长补短才是正确的。

作为已经存在了两千多年的中华诗词，面对今天的开放时代，一定要有开放精神，要向世界敞开自己的胸怀、检验自己的胆识，要有“气吞万里如虎”的英雄气概，要敢于在大风大浪中磨砺诗词的肌骨，强健诗词的体魄。基于这种认识，中华诗词完全可以从西方文学理论中吸收营养，来丰富今天的创作。东西方理论的互补，一定会刷新中华诗词创作的局面。我在《南园词话》中说过，今天的诗词居住在一个豪华的房间里，风来八方是因为窗开四面。一扇开向传统，一扇开向未来；一扇开向东方，一扇开向西方。生活在今天的诗人、词人，真是有幸了，方便之门为“我”敞开，只要展翅，就能飞翔。

十一、从绿杨出发

我喜欢绿杨。喜欢绿杨的典雅气质，也喜欢绿杨的民间情绪。

绿杨围墙外，就是一个由原来的乡村社会组成的今天城市生活区。小胡同东西南北，纵横交织；小门店五花八门，千姿百态；小生活温饱无忧，有滋有味；小梦想出神入化，流光溢彩，结构出一个热气腾腾的世俗民间。无休止的房屋拆建，改造装修；无休止的砖砂废料，运进运出。终日里人声犬吠、尘土飞扬。外来的民工和一时找不到工作的北漂族，最喜欢于此落脚，在这里，他们能享受人的基本生存快乐，并得到起码的做人尊严。是的，这就是完整的北京，完整的社会，完整的今天。

今天，是一个快速行走的时代。乡村走向城镇，贫寒走向富有，单一走向多元，舒缓走向激越，宁静走向喧哗，卑微走向高贵，无序走向有序，国家走向富强，民族走向复兴。

今天，我们从绿杨出发。我们是一个年轻的团队，我们肩负时代的使命，我们体现民族的意志，诗词是我们的理想。我们唱着早晨的歌，意气风发，走向火热的诗歌现场，走向生机勃发的诗歌原野。这时候，我们会常常想起牧歌产生的时代。想起人类的童年，童年时的中华诗词。

人类从愚昧走向文明，诗歌起了怎样重要的作用啊！“歌”用“诗”固定下来，然后成为“诗歌”，是人类文明史上具有里程碑意义的事情。最初的人们大概是用声音和肢体传递情感的吧。声音的大小强弱，手足的伸展收缩，表达人们的喜怒哀乐。文字的出现将声音固化，形成表情达意的“诗歌”。于是诗歌这一文字形式成为人们的最爱。从昨天到今天，诗歌延伸了人们的记忆和想象，诗歌燃烧了生命的岁月与激情，诗歌再现了民族的光彩与光荣。

当我们回过头去，深情凝望的时候，会发现，《诗经》是中华诗词永远的教科书。《诗经》从泥土中生长出来就散发出土地的芳香和绿叶的气味。从源头流出来的是诗歌的乳汁，纯净、浓稠。是的，今天我们需要经常回过头去，长久地注视《诗经》，注视黄河流域曾经的那一群快乐并且忧伤的歌者，她们是诗歌的母亲。

今天，我们从绿杨出发。我们向母亲致敬。我们步履坚定，走向诗歌的明天。

学诗述记

龚鹏程

一、学诗记事

笔者是1973年考入淡江文理学院的，在诗方面，除了王苏老师的“诗经”、傅锡壬老师的“楚辞”、傅试中老师的“词曲选”等课之外，还另有些其他的经验。

一般大陆朋友想到台湾，或许会以为那乃是海外荒陬，文教声华逊于大陆。其实不然，台湾诗社传统甚盛，李渔叔先生《鱼千里斋随笔》卷下《略谈诗钟》说：“自来台湾，每见人竟日为诗，深以为奇。”即指其事，风气盖犹胜于当时大陆诸省。而诗社中多作诗钟，尤与大陆各地不同，故李先生说：“亦曾至所谓击钵吟会作壁上观。大抵当场出题、限时交卷，与会吟客皆瞑目摇首，咿唔有声，其所作以诗钟为最多。”击钵与诗钟都创于闽而盛于台湾，李氏所记，正表现了一位大陆来台诗人对此现象之惊异。

李先生来台后很快就融入台湾诗歌传统，参加台北“寄社”后亦颇作诗钟。《随笔》中有专文述论，后更扩大写了《三台诗传》一书。曾见其与王符五先生一函说：“顷奉惠书及钟联，深为欣佩。各联才思功力并胜，唯次第错误。特飞函奉达，即乞改正。于十八日午后专人送政院机要室方子丹先生收。此次佳卷如林，得吾兄入社，定当夺锦。”又详叙作法曰：“每唱曰联，钟眼为百、生第二唱，花、曰第六唱。弟有‘则百符允男子梦，此生当现宰宦身’‘空翠扑帘分日色，乱红飘砌减花光’二联，质之吾兄，以为如何？又，百生二唱须注意，不能以三百五百八百等字对一生半生，因上联两数字，下联一个数字，谓之三脚，犯规，乞留神。各卷俱将印好，先送阅，约于十八后可发出。”可见先生曾在朋辈间推广此道，邀集社课，而南来骚客于此尚不熟悉也！

李先生是教我诗选课的张梦机先生之业师，王符老则是张之淦（眉叔）师命我去拜谒的前辈。承他不弃，给了我许多资料，告诉了我许多掌故，连周弃子先生的诗稿也是他抄给我的。弃公离世之后，利用这个抄本才编出了弃公的诗集，因此我一直视之为师长，甚为感念。他家世与陈苍虬有旧。曾作《帅南以所藏苍虬年丈牵牛花诗稿墨迹属题，摭拾旧事，遂成七绝句，百感苍凉，不自审其支蔓也》等诗文略述其事。我大学四年级时研究晚清诗家，故常专程去请教于他。

李渔叔先生我却无缘亲炙，其行谊及诗文仅由梦机师处知之。梦机师笃守诗教，连字也学渔叔先生的瘦金体。我大二时，诗选一课本由刘太希先生讲授。先生时已自星洲香江倦游归来，刊其《竹林精舍诗》，殆欲隐居林下，优游卒岁，故辞去教职，由梦机师代之。师以高步瀛《唐宋诗举要》为教材，所授诗法，大体可见于其《近体诗发凡》。嗣后则以韩愈诗为主，讲授古诗声调。督诗甚苦，勤于批改，往往能一字见精神，如我有诗咏寒夜“旧塔箫声霜气老，蛛崖雾色月轮高”，师改为“旧塔箫沉”“巉崖雾尽”，这才像诗了。

这时，我在六朝诗方面还另有功课。原因是申庆璧老师替我申请到院长张建邦先生之继母张居瀛玖女士的奖学金。这个奖金十分特殊，须提交一份研究论文。这在那时，可谓创举。我拟的题目是谢朓研究。申老师不研究诗，他只是创造机会来帮我，故具体该如何进行写作，我得征询别的老师之意见。当时申师在院长秘书处办公，与白惇仁老师同掌校务文书，因此我便转而去问白老师。

白师乃香山后人，时正著《诗经音乐文学研究》，有函示我：“腊鼓催归，传来仁里之邮。竹笺寄语，知有登瀛之作。以英髦之隽才，为永明之诗论，独步淡江，可为预卜。余维诗中排偶，肇于灵运；近体格律，启自玄晖。倘或敷陈篇幅，则可上溯魏晋之源流，下逮唐宋之变化。或欲执其精要，则当注重其格律与意境，比较其衍声与用韵。冠以谢氏家学之渊源，继之以玄晖之身世环境与思想生活，结之以系年与评骘。承远函以相问，聊草简以为酬。”

我依其指示，拟妥纲目后再请教于他，并询奖金如何申领，他函示：“吾棣著作体例虽绍章汪，假以时日，当能超越。奖助经数度催询会计部门，云已列开传票，唯迄未见通知。一瞬过年，此一般会计部门之通态，滋可喟也。年后吾棣回校，可到系中一问。若无消息，可来我处，相陪到主管处室洽领并面谢张院长也。”这类函札，不但可见他对我的教诲，他们那一代人对学生爱惜如子弟、敬重如朋友家人的态度，也跃然于纸上。“温柔敦厚，诗之教”，这不就是了吗？措辞之雅、书迹之美，犹其余事也！

在此之前，我还选修过万心权老师的杜诗课。课用《杜诗镜铨》为教本，但时时需参考仇兆鳌《详注》。例如考试时他会问“《客至》《宾至》两诗之意境有何不同？试就杨伦所论说明之”“《新安吏》《石壕吏》与《潼关吏》，构想及写法不同，试就所见说明之”“仇兆鳌曾引叙胡夏客指出‘三吏’‘三别’中所表现之特点为何？试就原意简述之”或“‘新婚别中，君字七见’，试就仇沧柱所言说明之”此类题，既需综摄古人注杜之见解，又需自具心得，颇能开拓初学者之心目。一些老杜遣词用字之精妙处，他也不忘提醒我们注意，因此他也会问：点水蜻蜓“款款”飞、县小“更”无丁、士卒何“草草”、园庐“但”蒿藜，这些字词各该如何解？此外，他还要我们思考一类较大的题目，例如“世称杜甫为诗圣、诗史，各何所依据，试分别说明之”。我那时才大一，对此当然还不能掌握，但此一问却形成了我的问题意识，后来我写了许多文章讨论杜甫为何是诗史，教授评级论著亦是《诗史、本色与妙悟》。

读唐宋诗、杜诗、韩愈诗并研究谢朓，使得我的校园生涯与诗愈来愈缠绵难解。而这还不算什么，令我更为投入的，是李商隐诗。

李商隐，是我的神秘友人。我从小就认得他，但不相熟。大三那年，张眉叔先生来淡江教书，原开历代文选，那年忽愿教李义山诗。闻风而至者，在开讲当天，真是挤破了屋子。不料张老师的长沙话乡音极重，几乎完全无法会意，讲诗又先辨析唐朝的政局官职。同学等既乏此等素养，又苦于乡音无法领受。天气酷热，张老师挥汗如雨，对满座学生亦大不习惯。结果一堂课下来，学生全走光了，只剩下十余位稍知滋味者，继续与先生在空旷的教室里共同品赏义山诗。

老师旧学深厚，讲诗尤为透辟，因为他自己就是位杰出的诗人，诗心相映，又熟于史乘，随口指点，或取唐宋诸家诗相印诠，殆如空里花开，曼妙非常。同学欢喜赞叹，而莫能穷究其底蕴。

老师用冯浩注本，然随处諟正，多所补充。我自己用中庸出版社所编、彭醇士先生题端的《分类李义山诗集》，两相对照，并旁搜程注、纪批、张谱等相参证，更觉醰醰有味。一本诗集，被我读得韦编三绝，眉批夹注皆满。

李商隐，只是个历史人物，其诗未必真属生平自供，故诗中的幻影，未可遽尔视为真形写真。但这不妨。他对我而言，是真实的，仿佛我有一极熟之友人，即名李商隐。我不但曾见他一生经历行事，更曾与他把臂轰饮、深宵剧谈，于其心曲隐衷，完全能够了解。而且这种了解，不是像我们了解身边密友般的了解，那是客观的，是对我们身外一人之了解；我对李商隐的了解却是一种内在于己的了解。在成长中，我对世界的认识、对生命的感知、对历史的觉察不断加深，我对李商隐的了解就不断改变、不断深刻。甚至可以说，我是透过李商隐的诗（我所了解的李商隐诗）来陈述我对世界与人生的看法。那些诗，似乎也可以说就是我作的。

后来到大四时，汪中先生在师大开讲李商隐诗，我每周也由淡水镇下山赶火车到台北去听。报考研究所，师大所考专书项目中原本没有李诗这一门，我拜托李爽秋老师设法，师大也就果真替我增列了。我能考上，就靠李商隐诗这科多拿了许多分数。我与李商隐情分之深，可以概见。

某年，公共电视准备制作一个介绍文学的节目，邀师大一些先生们商议，决定每人写一篇诗人传记，以供编写剧本。我当时虽还很少写有关李商隐的论文，但大家都觉得本篇非我莫属，我也如此认为，所以就答应了。稿成后读了一遍，感慨万千，难以为怀。遂将这篇传记权充抒情散文，收入我自己的散文集中。

据我的理解，李商隐一生徘徊于仕与隐、政治与爱情之间，既找不到归宿，想冲破又办不到。所以他的诗最感人处，就是显示了一个人在生命流转中承受煎熬、纠缠往复的历程。他对人生非常眷惜，所以说："竹坞无尘水槛清，相思迢递隔重城。秋阴不散霜飞晚，留得枯荷听雨声。"（《宿骆氏亭》）纵使荷花枯了，还不肯殳除，就是想留来听雨。有这样心情的人，才能品味人生。但是，他的人生满是悲伤。这也许是因他的遭遇较为不幸，也可能根本就是其性格使然；因为对人生太过有情，以致触处感伤，如《暮秋游曲江》诗所云："荷叶生时春恨生，荷叶枯时秋恨成。深知身在情长在，怅望江头江水声。"这种人，在捡拾落花之际，会觉得"重吟细把真无奈，已落犹开未放愁"（《即日》）。而这其实也就是他在把看人生时的态度。有情，却也无奈。

这是中国诗人第一次如此表达对人生的深情与无奈。而且，是幽细地、寂寞地、清冷地、惆怅地品味这种深情与无奈。他那种对人生"重吟细把"往复沉吟品味的态度，也带出一种怀旧忆往的气氛。重吟细把，而又发现人生"真无奈"，更会予人感伤，如《嫦娥》诗所云："云母屏风烛影深，长河渐落晓星沉。嫦娥应悔偷灵药，碧海青天夜夜心。"在沉静、寂寞之中，重吟细把，华年往事，触绪纷来。回首检点人生是是非非，碧海青天，可能含有许多伤痛、悔黯，以及怅惘。这种苦思华年的心情与气氛，使得他格外迷人。他的诗，往往令人觉得朦胧，大概也就是因这种人生迷离、暧昧，又飘忽、无奈之感正浮漾于其间吧！

我一边上张老师的课，苦苦思索李商隐的心境，一边就把自己作的诗送请老师指正。他并不径为我改订，而是批抹删削了一通后还给我，说："就所标识未臻妥洽处，更推敲之。古人诗云：新诗改罢自长吟，子归而求之，有余师焉。自行改定后，仍盼送阅！"

事实上，当时我的诗太差了，根本不是改动几个字词就能起死回生的。所以老师批语每云"太率""率""屡失粘""不对称""此等语最忌""古体不可如此纤仄"等等。待我细加砻冶之后，他才又替我调整字词、改换思路、指点方法。

例如他说："昔李越缦谓湘绮但粗解腔拍而已。文人相轻，虽往往而然，然腔拍实古体极重要者，体段、节奏、音调、辞采，胥于此寻之。熟读古人名作，为不二法门，舍此更无他途。意古、气古、辞古，先求不落唐以下韵调。摹古能运掉自如以后，再放，初桄不能不窄也。划杠处，皆失古意者。选体诗甚重要，无论将来是否取径于此。凡学诗者，皆不能不于此下一段工夫，老杜云：'精熟文选理'须细考。"腔拍，其实就是种语感。五古跟五绝、五律之不同，就在这种语感，否则都是五言句，何以别之？我当时虽做着谢宣城诗研究，但对六朝诗之语感掌握其实仍不准确，故老师云云。

老师又说："古体今体，句法不同，决不能杂律句。换韵、转韵，需多熟读昔贤名作，细心参会，不宜遽尔学步。空灵飘渺，一结邈然，是五古高境，然偶失分寸，便即颠蹶，自来作者不敢轻试。改笔接缀数语，恒蹊熟水，自落凡近，但能与起笔及中幅呼应，机局亦可圆紧，亦非悉是蛇足凫胫之类。飞行绝迹，非一蹴可及，初学不能不熟于常法也。目前须注重之点：一是体段，二是字面（含句法），三是声调。"

七古，老师说："七古最难作，每每气力不到。此作宜删减。改甚费，且亦不必于君有益，望自行约缩，总以用心直写实写为是。曾记某杂志载曾虚白先生游天目山一文，亦历述登陟险壁之事，写来惊心动魄，令人有真实感，谱之为韵文，亦自是一奇。如杂凑横堆，便成疥橐驼矣。"这是指我一首游皇帝殿的七古，他认为啰唆且堆凑，故告诫我"不可拟于不伦""不可趁韵强押""不可堆字堆典""不可多借比""此等必须直写实写，乃能长笔力"以及"千万不可堆垛"。又说："山水诗，已是熟题，欲求出色，大难。古人中，谢灵运、韩、苏、李、杜、杨万里，略及陆，此数家路数法门需熟参。"

他讲的是七古需有对景白描的手段，才能写真情、叙实境，不陈陈相因。至于腔调，他倒是觉得我还孺子可教："音节谐畅，仅数处微哑。此极可贵，有人作诗数十年，七古尚不能入调，所以为才难，勉之！"其实，这不是我有什么才，因梦机师教韩愈诗时已详述了清朝王渔洋、赵执信、翁方纲诸家的古诗声调谱，故我晓得注意及此罢了。但老师爱护我之情，溢于言表。

律诗，老师说："律诗贵廉悍。廉谓寡取，悍谓深入，决不贪多，不可杂凑。""不要雕字，不要爱浮响。多读，读整篇，现在不要读散句。可以高调，不可空调。诗，制题须雅洁，今人多不讲求，每每俗冗取厌。""诗不宜太着题，亦不能完全不着题。原作除第二句外，皆自说自话，与寄友人无关。初学扣题需紧，宁失之于拘滞，最要守法度。转折用虚字，不宜多置句首，位置须多变化，初学能少用转折字：由气、由意以求其转换更易见功。赵吴兴谓诗要做实。少用虚字，似做实之一道。七八气索，青年不宜如此。七律宜有高调。高调自难，勉求其无衰薾蹇窘之态，则宜时时有此用心也。高调非以客气为浮响之谓，其说可参《石遗室诗话》。此书究心宋诗者宜一读，尤以上半部为佳。元遗山云诗要字字作，寸步松懈不得。此最精要语，须深会。”

这里讲制题、讲高调都是很重要的，廉悍一语尤为秘钥。转折语，则是诗中用“稍从”“只教”“特地”“坐知”等语来转意的，老师虽是宋诗一路，但对此却不以为然，故引赵孟頫语以纠之。赵语在明代被谢榛等七子派奉为圭臬，视为唐宋之分；师转用之，却足以药学宋诗者之病。

但实字也须讲究，老师说：“偶寻纤仄之境亦自不妨，但不可耽溺受病耳。中四句用实字须错综，位置齐同，便成滞相。表颜色字亦不宜太多。”

章法方面，则师云：“第六句跌宕作承启关键，此虽旧法，不可不熟，特用之需灵活，不可落窠臼。”又说：“时、地、事、人均不可歧互。唯纯粹抒情或借为象喻者可打破文法或逻辑之规律。此作为叙事，决不容彼此冲突。”“凡属象喻，宜求若显若隐，使人似有意脉可寻，过隔过晦，则将渺不知其所指矣。此唯深参玉溪涪翁两家为能深入自得，吾子勉之！”

绝句，老师同样强调制题要简洁，说：“坡诗长题与题序，非有严别，殆不尽可从。杜诗题序，亦不必效，语甚蹇涩也。有清诸名家，制题俱简古有法，渔洋尤雅饬。”

又说：“定庵绝句，别具一种趣味，但不可轻学。”“字要炼，但必须力避诡异。出人意表而自在意中，乃为佳耳。炼字又不如炼意，意思贵曲折深邃，但字面不可使人费解。今体诗不宜用冷字、僻典。随园有句云：偷将冷字骗商人，意虽伧俚亦为可戒也。”

如何胎息古人？老师说：“龚定庵诗‘瓶花妥帖炉函定，觅我童心廿六年’，甚可味也。盖亦胎息‘青灯有味忆儿时’句也。”建议我某些诗境可由回忆童年入想。例如，春夜遥闻溪声，可由唐诗“今夜偏知春气暖，虫声新透绿窗纱”涉想。形容山中柏气，可参考东坡诗：“旃檀婆娑海外芬，西山老脐柏所熏。香螺晓靥来相伴，能结缥缈风中云。”煮茶，可用八指头陀诗意“自买灵芽带月烹”等等。又说：“自觉不稳，即可不用，作诗不可强求使事。”

一题数诗的作法：“一题数诗须特别注意各诗之联系关系，即须数诗为一通体。讲求章法，决不可杂乱无序。且诸作意蕴不明，更宜先求醒豁。”

其指点诗法，大体如此。更多的，则是从心态、意量上希望我能有所提升。

他最讨厌我为赋新词强说愁，亦不喜欢我作苦语或要小聪明，经常痛责我：“此等诗，极小样，又须工力，可偶作，亦训练之一法。”“此种句法皆嫌轻脱，初学最坏手。”“昔鲁直与侄书云：士生于世，可以百为，唯不可俗，俗便不可医也。语固伤激，诗词书画，究心于此者，实须先辨雅俗。如何为雅，我亦说不出，似总须从精神、意度、风致、识鉴等处求之。既关天赋，亦关学力，近人雅得太俗，令人殊不可耐。”“余最厌此等。青年吐属，如何可以有此？青年少年强充情种，中年以后叹老嗟卑，皆是俗物，君万不可如此。”“总要超出一层想，乃不黏滞、乃不庸下。”“此等诗竟可不作。台地作诗者，每云赠某、贺某、和某，一流薛蟠体七字唱，甚可厌，必宜戒之，不容臭腐一染笔端也。”

又说：“少年作，不可萧索。”“顾视清高气深稳，字向纸上皆轩昂。上指涵蕴、下指气象，青少年诗文必有取于此两语，庶免诞漫纤俗之病。”“后幅疲薾，青年人决不可如此。唯多读博览，可以药思钝气弱之病。”“前半笔致颇近东坡，但初学不宜取径于此，易滑易野也。余晚来颇喜苏诗，谓其能自在，此意终未敢以语人。东坡和子由渑池怀旧时，成坏住空，极饶慨喟，能会其意否？”他后来开讲东坡诗，亦即在救我之病，教我如何自在。

友人简锦松赴研究所考试后，对考题很不满，作诗讽刺之，我也有和作。师见之颇不以为然，训示曰：“明清之季，举子下第，往往丑诋主司眯目，论者颇谓伤品，吾棣必不其然。此作如必欲存，题序宜可从删也。”又说：“君既获隽矣，试以此际之心情与作此诗时之心情两两相较，盖将莞尔失笑也，即以此意决诗之存与不存。”意思当然就是教我对人我得失要看得开。

后又有一函，以诸葛亮为教，说：“诸作结语均大衰飒，甚非所望于仁仲者也，亟改亟改！从诸葛公淡泊宁静中想象其光明俊伟气象，勉之！”这些都是期我以远大之言，诗文养心之旨，恺切言之。

老师鞭策虽严，却也不吝表示对我的矜惜，他在我的诗稿上批抹题识，丹黄满纸，写完后也常自述心境，如：“平安夜被酒，信笔涂窜，但觉满纸发光怪，不知竟作何等语也，可笑！义山诗云：不因醉本兰亭在，却忘当年旧永和。诵之怃然。”“华山畿推论之作，极征博综之功，引为深慰深幸；风怀、照影两作极有风致，难能可贵者也。余作亦非不炼，特须益求凝重。”

我那时曾写论六朝乐府故事《华山畿》的文章，刊于《鹅湖月刊》，他看了很高兴；某些诗，偶然作好了，他也很开心。曾有一函给我说：“奉书膹文，快读极慰；转示诸友，亦同为欣幸。群言足为余壮也。李白母氏，取证尚不足以驳刘。论诗之音响，极有识解。旁引词眼之说，余谈宋元诗，偶参取之，私以为未可执以论唐贤也。晤时当更深讨。附近诗一叶，聊博一粲。”刘指刘维崇先生，他有一系列诗家评传，我都不喜欢，曾撰文痛批过他写的李白、李商隐、苏轼三本。老师见了，觉得部分考证，如李白母亲的姓氏，论据未必充分。论诗之音响，指《论哑响》一文。老师亦认为我的说解未尽充分。但他看我如此锐于进学，倒还是深感欣慰的。看信，便知他渐渐把我当成个可以谈学问的小朋友了，还不时替我在友人面前说项。

某次他就把我推荐给江絜先生。他与江先生本系旧交，我曾得他抄示《秋闱次絜老》诗云：“高阁披襟冷袖衫，茗瓯轻约水精寒，文章新样桃华点，取次先生带笑看。”絜老原作：“如水初阳浴短袖，槐街向晓犯轻寒，秋闱兀坐成摊卷，容我疏棂瀹茗看。”

眉叔师来台后，曾主编民族晚报“南雅”诗栏，絜老则主编大华晚报“瀛海同声”诗栏。不知是不是那次聚会时提到我，后来絜老即在报上刊了我的诗并附识语，颇为奖饰。还另给眉叔师一长信，详评我一首五古，说我能用杜法。

絜老是安徽合肥人，词得朱古微真传，尤胜于诗。其《瀛边片羽词》久着盛誉，然词人老去，瀛边残照，不免有传衣付钵之想。曾于“夜巴黎”酒家设茶座，每周四夜间聚青年讲说词法，以破岑寂。其《霜叶飞》下片云：“离绪易触欢场，看人笑语，旧游如梦空到。晚花真赏在忘言，素影盟幽抱。俨一夕，风光判了，簧笆新靡鲜卑调。念岁寒，谁同醉，鬓角霜朘，漫嫌香少。”似乎怀抱未尽释然。因梦机师也每周去参加他的词会，故他托梦机师带我去他峨嵋街住处，希望我能从他填词。

我受宠若惊，回去请教眉叔师。眉叔师也觉得我的笔性可以作词。但他认为词比诗更深于哀乐，不痴于情就写不好。可是他不愿我痴于情、溺于哀乐，他所期望于我者，是诸葛亮，是管乐。文人余事，不能不懂，却不宜生死以之。他自己年轻时作词曾呕血，当然更不乐意我步其后尘。我那时体弱多病，他每天正担心我早夭呢。每作诗有衰飒语，都遭他痛骂，怎能让我再去学词？我也因此遂未去拜在絜老门下，只是心中感念而已。

眉叔师也曾介绍我去拜谒成惕轩先生。惕老字康庐，号楚望，有《楚望楼诗》《藏山阁骈文》等行世，尤以骈文为世所重，与眉叔师取径宋四六不同，乃由清代上溯六朝者。性极温良，好士爱才，如饥似渴。我至今保留着他一个信封，上面写着"龚鹏程同学，贰仟元，成惕轩"。那是我考上博士班后去拜望，他说本应替我谋职以糊口，但老耄恐不得力，封此以为赞助的。老辈对待后生，诚悃周至，竟有如此者！他过世十一年后，我还见到他一首遗诗，是读到我乙丑秋思组诗而作，谓我"龚生学炫奇"，勉我"定庵宗社绍，工部范畴驰，砥砺文山节，恢张鹿洞规"。示我南针、期我远大，正与眉叔师同。

1986 年，我参加甲等特考时，惕老与陈盘庵、高仲华先生任复试委员，点我为魁元。盘庵先生，我曾应一杂志社之托去采访他，得其文稿甚多，特别是还给了我两张照片。他以经史考证名家，为中研院院士，但师承陈寅恪，于诗颇见功力，亦曾编其故乡广东五华之诗钞，而史语所中可与言诗者寡，或许竟因此对我这个素昧平生的毛头小伙子另着青眼，还替我批点过诗稿。高先生的词学，则我不幸未能领会。

现在想来，真觉幸运。我曾读过吴忠超先生回忆他在科大的文章，里面说 20 世纪 60 年代的科大是大陆最纯粹的学术殿堂，但他并未遇着良师："回想起来，如果我有幸遇到像我自己这样的老师该多幸运！"我的情况恰好相反。台湾诗歌传统本来就盛，又遭逢时会，一大批杰出的诗家蹈海来台，联镳竞辔，遂成大观。而且爱士重教，蔚为风气，所以像我这样的人才有幸获得如斯教益。他们对我的爱护与教导，我自己教了三十多年书，却怎么样也学不到那种程度。我诗没作好，那是我的问题，才气不足、努力不够，老师们可是用尽一切气力来帮我了。回顾那时的人文盛况，真是如在梦中。

二、诗学述要

（一）由传统到现代

眉叔师尝命我读《石遗室诗话》。我点读数过，并及《近代诗钞》《宋诗精华录》等，对晚清同光一脉深感兴趣。师又觉得我该学海藏诗，谓："余少日曾力追散原，终不能近。学陈须从汉魏盛唐入也。君于乡先辈自深蕲向，特恐为时过早，徒寻貌似，或致结辖不可解，此宜慎也。海藏诗曾一观否？"师尝欲注散原集，作有年谱稿，故对散原诗是极熟的。但他觉得我学散原并不对路，便介绍我学郑海藏。他于海藏集也有批注，又收存黄晦闻、罗瘿公、梁节庵、曾蛰庵等诗集甚多，各有批识。我循其指点，涉猎渐深，又从王符武先生处获观不少诗文集，得了许多教益，当然眼界大开，在大二写《谢宣城诗研究》、大三写《古学微论》之后，便动手写《近代诗家与诗派》，成稿数十万言。

写此题，我还颇得益于李猷先生。李先生字嘉有，常熟人，杨云史、金松岑弟子，曾谒陈石遗、章太炎，其《红并楼诗》即石遗署端。少日亦与钱仲联先生交好。来台后，在淡江兼课，作《红并楼诗话》介绍清末以来诗家，又任“中华”诗学研究所副所长，主持风雅，贡献极大。因他还能治石作字，故影响力不仅在诗文方面。

我从他借观过张广雅、黄秋岳、梁众异诸家集，并时往请教。他对我亦极为爱护。后来我把博士学位论文送请指正，他惠函说：“多时不晤，每念清仪。昨至校，又承惠大著《江西诗社宗派研究》一书。连日度岁，俗冗尚未精读。唯先经展阅，觉全书取材广博、论断精审，文字又极优美。尤其第二卷所涉范畴，如哲学历史社会诸端，皆能精贯，不让专门。其他篇中引证释道书画各节，亦复淹博精通。拙钝如弟，唯有惊服。旧刘申叔章太炎王静安诸公，卅岁左右即已著作等身，今兄之成就，可与后先辉映矣。偶思古语，辄书一联奉贻，用博一粲，得间当图良晤。”联语是篆书：“元龙自非余子可及，孝章要有九牧大名。”

我抄这一段，旨不在借言自夸，而是想说明他老人家的风范。须知函札大灌米汤，乃旧式文人之习气。研究钱锺书先生的人都知道锺书君致人函件时多贡谀言，自己写在著作或日记中的就满是苛峭讽谑之语。

李先生跟钱先生不一样，从不面谀而背诮。他对我的称许，之所以逾量，乃是他们这一代人看到有希望的青年时便喜不自胜。因而他不但在信上赞美，还费劲写了一副对联送来。过了几天，他更把我那本书拿去给他敬重的更老一辈的胡一贯先生看。胡先生也真的读了，且认真写了一封评论给他。他得信后更高兴，还复印了一纸给我。这就表示他是真心欢喜，以为文化后继有人了。他对我的指导，处处可见此一心情，是以所知所藏从不秘惜，且唯恐我不去借、不去问。

受教于诸先生而写的这本《近代诗家与诗派》，其实是我学诗的副产品。本是为了向晚清名家学怎么写诗，不料射鸠得雁，穿穴文史，所获实多。而且当时学院中几乎无人做这类研究，故我亦可算是开拓者之一。

为何当时学院中竟无人做此类研究呢？这就涉及我所处的时代位置了。台湾那时的教育，是受“五四”新文化运动影响的现代化教学体制。中国文化，只在中文系里传承，其他各科系均以西方现代学术为依归。中文系里固然不少人仍然深于旧学，如上所述；可是整个中文系却也是在朝现代化方向走的。20 世纪 60 年代后期开始仿效西方现代教育制度设立博士、硕士教育，学生更要由传统笺释注疏、考证札记，慢慢练习着写论文。这个过程缓慢但坚定，因此，老先生们固然仍在作诗、写古文、笺释批注古书，新学人如梦机师及其稍长那一辈便是旧式文人到现代学者间的过渡了。当时那些博硕士学位论文，也多是笺释注解、学案考证与现代论文的过渡，像梦机师的《近体诗发凡》便是略参论文框架的诗话。真正论文写作的现代化转型，需待我这一辈人才完成，而我尤其在此间扮演过关键的角色。不过那是后话，我在大学时期所写的书，也一样仍用着古文和清末的体例，语言与论析方法都仍是《国故论衡》《石遗室诗话》式的。

本来用此体例亦可以大谈晚清诗，但恰好作诗跟论诗又已分裂了。古人研究诗是为了写诗，今人却是为研究而研究。当时大学里老先生还作诗，如果学生也学作，师弟相承，大抵就延续着同光以来的风气。可是现代化大学里论诗、研究诗之方法与观点，却是传袭着“五四”新文化运动的。“中国文学史”“文学概论”一类建立学生基本视域之课程，讲的就都是“五四”那一套。胡适、鲁迅、王国维、刘大杰诸先生的典范（paradigm）影响着我们做研究的信仰、工具、技术与训练。

依胡适、刘大杰之见，今人根本不应作旧诗，而旧诗的黄金时代又是盛唐，入宋已日薄崦嵫，元明清更无论矣。因此作诗的人虽仍在传述着光宣遗事，点将作谱，做研究、写论文的人则只注目唐诗宋词。有关清诗清词、民国初年诗史之论述，皆极罕见。偶尔有之，如汪雨盦先生《清词金筌》之类，仍然体近诗话。

我那本书，自然也属于过渡时期之物。议论回翔于陈石遗、汪方湖、钱仲联之间，文体徘徊于诗话与论文两端。所以后来自悔少作，仅摘一部分刊行。印过几次，以刘梦芙先生替我订正，收入2008年版黄山书社《当代诗词丛话》者最善。

写完这部稿子后，我就入了研究所，时年二十。人生进入另一个阶段，做学问亦然。

师大当然也自有诗歌传统，李渔叔先生虽逝，林景伊、李日刚、潘重规等黄侃弟子，讲求小学之余亦仍以诗为倡，稍晚一点的就是汪雨盦先生、陈新雄先生等，再来则是梦机师、颜昆阳、陈文华、文幸福等，学生社团则为南庐吟社。

我在淡江时曾组淡江诗社，因梦机师主持大专青年诗人联吟大会之故，大学时便与南庐师友多有交往，与简锦松、周益忠尤熟，诗简往来，唱和无间。因此我进了师大，毫无陌生感。

但尔后并没有参与他们的吟事，诸师友邀结为停云诗社，也没找我。汪老师是我博士学位论文的指导教授，但事实上我亦不曾向他请教过作诗的事。曾在大学阶段费了那么大气力去从事的作诗这桩事，到研究所竟没再继续下去，实在也是颇奇怪的。

这或许是环境变异，致令心情发生变化，但也可能如我上文所分析，我本身就处在一个现代化转型的过渡期。进入研究所，恰好就是由传统型文人朝现代学者转化，故作诗之情日疏而论诗之什渐火。

（二）传统的现代解读

那时我之师友，主要就不是诗人而是论者了。我开始读西方文论，开始学着使用概念、建构理论，并探究中国诗歌的诠释方法。对于过去熟读且摹效的诗与诗人，重新用客观之眼予以审视评骘之。观名伶之唱做，已不是为着学他那样登台去唱，而是要写戏评、做戏考。

当年比较文学风潮是在淡江和台大同时兴起的。《淡江评论》与台大外文系主编的《中外文学》同样重要。但淡江主要做国际交流，《淡江评论》也是英文本，英文系又与中文系交涉不多，故我并未染受其影响。《中外文学》则虽亦由台大外文系主编，其中国文学部分却与中文系有较紧密的关系，对台湾学界内部生态自然也较具影响，尤其是颜元叔先生提倡新批评，用西方理论，如弗洛伊德的心理学来解释中国文学，震动一时。台大中文系虽也有叶嘉莹先生起而反对，然整体方向上是与之共构以形成比较文学趋势的。

台大中文系风气本来就与师大迥异。师大自许为章黄学派，台大则要继承北大，双方文字、声韵、训诂及经学研究，处处不同，文学亦然。台大虽亦有戴君仁、郑骞、叶嘉莹诸先生精于诗词，包括台先生后来都只作诗、作字、作画而不再从事新文学创作，但整体气氛不同。其诗词教育并不强调写作，论诗词也较具现代意识，所以即使是叶先生，论诗说词亦往往参取西方理论。治诗词曲功力最深的郑骞先生，读其《景午丛编》，你也会感觉那是个现代学者而非旧式文人。郑先生、台先生在形象上都是最传统的，御长衫、作旧诗，交往的亦多是溥心畬、张大千、庄尚严一辈老派文家。但古貌不古心，与穿西装的周弃子终究不是一路人。他们的学生辈自然离传统文人就更远，或勾合欧美日本汉学研究，或与比较文学会盟。中间主力是叶庆炳、林文月、柯庆明。

我在大学时一起玩的师大友人，如蔡英俊、李正治、简锦松、曹淑娟，后来都进了台大研究所。除锦松外，大抵都致力于会通中西以说中国特色。我之逐渐转变，当然颇与他们有关。

但改变需有过程，不可能遽尔变转。这个过渡，就是我参与的一系列古典诗词赏析活动。

先是台大吴宏一先生主编了一套古典诗词赏析读本，市场反应甚佳，伟文书局遂找梦机师也编一套。接着颜昆阳又替故乡出版社编，销行不恶，竟一口气出了十二种。后来我与李瑞腾也帮联亚出版社编了一套八本，仍请梦机师领衔。我自己为惠施出版社又编了一套四本，陈信元办蓬莱出版社时我也参写了一本，由 1978 年做到 1984 年。其中我自己写了《初夏秋冬：中国古典诗歌中的季节》《千古诗心：苏东坡》《重楼飞雪：词赏析》《采采流水：小品文赏析》四本。或以文类，或就作者，或依主题，分别向社会一般读者，也就是业已与传统隔绝的现代人介绍中国文学之美。

介绍现代人已不熟悉的古典文学，当然要详说相关古典知识。可是我们看看这类赏析的选目就知道：介绍实仅限于诗歌或以诗为主，古文、骈文等文章传统甚少涉及。这就可见现代人与传统之隔膜，且与“五四”运动打倒“桐城谬种”“选学妖孽”有关。我们的赏析并未扭转此一偏颇，反而顺成之，以诗为中国文学之代表，并常以诗来看中国文学之特性。

像联亚那套《中国文学精笔》即仅有诗经、乐府、古诗、绝句、律诗、词典、明清民歌八本；故乡那套，名称就叫《古诗今唱》；惠施那套则叫《千古诗心》。这个视域，也影响到我与英俊他们在 20 世纪 80 年代对中国“抒情传统”的讨论。

那时论述中国文学的人，眼中只有诗，且是抒情式的诗。遂因此说中国文学之特色便是抒情，且构成了一个抒情的传统，这不是循环自证、自说自话吗？可惜那时我们对此却无自觉，陷于“五四”文学典范而不自知。在文章方面仅表彰晚明小品，亦属同样的情况。

具体的说解，实亦兼涉中西。如在《春夏秋冬》中就征引了佛莱（Frey）的原型批评（archetypal approach）、爱普兰斯（Abrams）的《镜与灯》、肯宁罕穆（Cuningham）论组诗，《重楼飞雪》也征引贝德叶夫（Berdyaer）论超升之爱和凡尘之爱的区分，等等。

对此，昆阳在故乡版《古诗今唱》的总序中讲得很清楚：他先是批评某些用西方文学批评理论来诠析古典诗的人。谓其不熟悉中国文学传统，故多理论之滥用与误用。接着他说明我们的做法，是适与之反，要对传统真有所知，且是“经验的亲知”，也就是必须浸润其中若干时日，能入乎其内，然后再“运用现代新的批评与方法去对古典诗进行批评。把封存在中国文化仓库里的文化遗产经过你正确的引导，重新能为现代人接受，又不失真貌的样态，展现给这一代人”。

既须对传统有所知，又须运用现代批评方法，故我们的说解除了介绍传统诗歌之外，还应采用现代表述方式和方法。而所谓现代方法，正与西方理论密不可分。

对于这些理论，我不像读大学时期，有老师一字一句地教我，为我释疑解惑，只能自修，一刀一枪地在“观念丛林”里硬闯。我外文又不好，仅凭有限、片段、零碎的译文去拼组，以意通之，其辛苦难以言表；最后又如何得意忘言，实在也是言语道断，讲不清楚的。

幸而理论的理解，本来就不只是文字的理解。就算是中文，每个字都认识，未必便能理解该理论。对理论的理解，须有理论头脑。犹如六祖慧能，一字不识，却可自信地说：“字即不识，义则请问！”原因就在于义理之知仰赖思辨力及对义理的融贯性解释。某些译者，外文娴熟，但于所译述之理路思致未能掌握，便常译错。此类失误，在我读来却也不难识鉴。故难的不是这个，而是如何恰如其分地运用西方各种不同的理论来解释中国文学。

西方理论，讲起来好像是与中国文论相对的一个整体，其实内部南辕北辙，十分复杂，正与中国文论一样。摸不清其脉络，不深知其底蕴，又无其社会文化语境知识，孤立而表面地采用，就往往自相矛盾，甚至张冠李戴。我们毕竟不是外国人，对西方文化社会没有昆阳说的“经验的亲知”，又缺乏语境式的了解。因而此病极难避免，跟我们嘲笑外文系教授解说中国文学常会犯错相仿。所谓误用、滥用者，即指此而言。这就须十分小心、十分克制，慢慢真正进入西方文化肌理中去，确有理解而后为之。

我之运用西方理论，早期颇为生涩，亦不免失误，但失误不多的原因既是深入，也是谨慎。如前述《春夏秋冬》中虽用佛莱说，但我非常清楚其理论与中国人讲的“物色之动，心亦摇焉”（《文心雕龙·物色篇》）实是不同的：“佛莱的理论，基本上是为说明原始神话类型而设，他所区分的田园牧歌结婚等，并不适用于中国。”故我只是借由它来说明四季循环周期的象征意义而已。其他类此。我从不愿像王国维那样，套着叔本华或某某理论来解《红楼梦》，自说自话，与《红楼梦》其实无关（因中国人或《红楼梦》作者必不会如叔本华那样设想也）。

一般人都对王国维那样套用西方理论以出新解大为赞赏，视为文学研究现代化之大道。我们的现代化方式却不同，重点不是用西方理论，而是要讲明中国之真精神、真面貌。西方理论只是辅助工具，若此类工具不适用，我们就会用中国原有的理论去把它讲清楚，或者干脆自己构造一套理论去设法讲明它。

前者，使我们必须在钻研西方文论之同时，也重新去理解中国自己的文论。如果传统文论被现代人视为零散不成系统，或不具有西方那样的理论意义，则我们便有义务重建它，使它足以与西方理论对观，也足以作为解析中国文学的理论工具。后者，就是要让我们自己朝有能力建构理论的方向努力。

硕士班阶段，进行诗词赏析活动，可以说是第一步，结合中西文论以解说古典文学，令其可为现代人所接受。接着就要做重建中国文论和自铸伟词的工作了。

（三）重建中国文学理论

我重建中国文论的工作，可与朱光潜《诗论》中论显与隐一文相比较。朱先生曾批评传统的术语，如严羽的“兴趣”、渔洋的“神韵”，乃至王国维的“境界”都含糊笼统，甚至由现代美学来看，还颇有错误。像王国维说“物物皆着我之色彩”的有我之境，其实是移情作用。移情，是死物的生命化，所以可由物我两忘而至物我合一，故它才应该是无我之境，王先生搞错了。

这种批评，正是现代人之恶习。一是动辄以批改小学生作业的方式，居高临下，说古人这里对、那里错，什么地方没讲清楚；二是藐视中国人的论述、思维与观念，认为模糊笼统、不明确、没系统；三是以西方理论为标准来看中国物事，合则称许，不合则讥讪之；四是偏偏对中国物事又不了解，随意比附西方，然后说中国人讲错了，把自己扎的稻草人暴打一顿。

我在《诗史、本色与妙悟》一书的导论中举了这个例子，并说明李普斯（Lipps）所讲的移情，乃建立在西方知识论基础上的，指感官对外在现象的直接知觉。而中国人讲物我合一，却刚好是要否定感官之知，故两者根本不同。同时李普斯认为审美享受虽有事物对象，但其原因是自我的内部活动（inner activities），包括了渴求、欢乐、意愿、活力、忧郁、失望、沮丧、勤奋、骄傲等心理情绪，而这些情绪又恰好是中国人论物我两忘时所要超越或消除的，因此两者心灵状态迥异。王国维之所以会说“采菊东篱下，悠然见南山”“寒波澹澹起，白鸟悠悠下”是无我之境，正是据中国哲学传统而说。这个“我”，就是有情绪、欲求、执见之我。庄子说“吾丧我”，便是要忘我、无我。朱光潜不明白中国哲学这一贯的讲法，误以“采菊东篱下”云云为有我之境，认为其境界逊于经过移情作用者；又把物我两忘、物我同一比附为移情，岂非大错乱乎？

我们论中国文学，首应摆脱朱先生这类错乱，回到中国脉络中来理解，明白西方理论到底讲什么，中国人又究竟怎么想，各得其所、恰如其分地说明之。但我们也不能仍用境界、兴趣、神韵等语，写着古人那种诗话札记。这些术语与观念，须经我辈重建而不是复述。

怎么重建呢？我参考成中英先生（即惕轩师之公子）之说，认为想理解古人，首先，当然要有理解的能力与方法，不是单靠幻漫无端的灵感、拟测或凭空的想象，而应通过对理性的知识训练来达成，这叫方法性的理解（methodological understanding）。其次，则是对于我们所要理解的文学观念的语言层面，要有清晰的掌握；对表达其观念与概念的文学批评用语，做一番语言性的理解（linguistic understanding）。再次，则须优游含咀，对于中国文学批评中最基本、最原始的价值本体思想及形上原理，产生价值的体会与认识。而这种体会与认识又可分为意义和价值两方面，一方面我们要深入了解其意义，另一方面又要体会其价值，进而在意志上对其作肯定与承诺，以达成本体性的理解（ontological understanding）。

这三部分，自然是互为联结的。有方法性的理解，才能建构概念、分析结构、批评理论、了解意义，以及掌握其语言含义和本体思想。有语言性的理解，才能扣紧意义的脉络，摸清该用语所代表的观念及语辞与语辞之间的关联，不致泛滥枝蔓，随意流荡自己的方法性理解。有本体性的理解，才能体察其用语和观念所以出现并建立的原因，平情默会、深考于言意之表，而不敢凌躐古人，以己为度、以今为度。

通过这样的诠释方法，来重建中国文学批评，既不是回到古代，为历史主义复辟；也不是横蛮武断地古为今用，以今之学科型范来强使古人削足适履。既不是复述传统，也不攀扯西方；不是贯穿传统与现代，更不是以现代观点来整容或批判传统。只是运用我们已拥有的一切理性的知识训练，去探索中国文学批评、解说其观念、阐明其系统，达成知识诠释学（epistemological hermeneutics）的理解；寻绎中国文学批评语言的发展与演变，以洞察文学批评的观念内涵，达成语言诠释学（linguistic hermeneutics）的理解；体会及认识中国文学批评的意义和价值，明白中国文学批评究竟是什么、何以是这样，并了解它是这样的价值，达成本体诠释学（onto-hermeneutics）的理解。

《诗史、本色与妙悟》一书就是运用这种方法，针对这三个术语做的具体重建示例，写作于1983年至1986年。

1985年我还与颜昆阳、李正治、蔡英俊在《文讯月刊》辟一专栏，逐期疏解，准备集成《中国古典文学批评术语辞典》，详论了正宗、文笔、正变、性灵、句法、家、句眼、活法、夺胎换骨、本色、境界、自然、气韵、气格、气象、体势、体格、意在笔先、文质、通变等三四十个术语。后来又邀了黄景进、廖栋梁、郑毓瑜等，拟合作一套《中国文学批评术语丛刊》，不幸大伙事忙，久而无成，仅景进撰成《意境》，我撰成《才》，2003年由学生书局出版。

不过成绩或许也不能如此看，英俊1987年写了《知音说探源》，又替幼狮公司主译《西洋观念史大辞典》；昆阳1988年做魏晋南北朝文质观、1992年做知音观之研究，性质亦均类此。或者说这个工作代表了我们这伙人的理想，所以往往环绕着它在从事尔后的研究。

这样的工作，受当时台湾比较文学发展之启发与影响甚大。但取向及归宿并不相同，争论自然不小。如1983年我在第七届比较文学会议上发表《史诗与诗史》时，因反对朱光潜说中国之所以史诗不发达，是因哲学思想平易、宗教情操浅薄之故，犹如荒瘠的土壤上开不出繁茂的花来，得罪了朱老的学生齐邦媛教授，她四处去骂我；我也写了《学术就是这样吗?》反唇相讥。那时，我提刀踌躇，接战四方，往往如此。

如今我当然很后悔昔年盛气好战的毛病，但对这个方向仍觉得没错。与我不同路者，最终九流归海，恐怕仍将走回这个路上来。2000年四川大学曹顺庆来佛光大学客座，读到我重建中国文学理论的意见，便认为是他所提中国现代文评患了“失语症”的先声，亦即中国人已不能也不会再用中国语言来表述中国文学了，学术话语只能借由西方理论、观念和术语构成之。我的旧说确实如他所言，已表达了对现代文评失语的焦虑，故我重建之方法与成果，或许仍值得现今关心这个话题的大陆朋友参考。

（四）我的文学理论建构

重建中国文学理论除与西方理论对观之外，上面讲过，我还拟自铸伟词，创建属于我们这一代人的理论。

这类工作，可以1982年写的《论学诗如参禅》和1985年出版的《文学散步》为代表。

《论学诗如参禅》是对宋代这一说法的理论解释。中国诗人喜说“禅是诗家切玉刀”，诗禅合一，久成口实，训至以禅喻诗，辄如羚羊挂角，令人难以迹求。到底此现象该如何理解？学诗如参禅云云，就文学理论来说，其理论内涵又到底是什么？论者纷纷，徒为摸象，要到我才讲清楚了。

原因是这个问题除了要懂得文学之外，亦须懂禅学，否则就会和论中西文化一样，陷于比附，多模糊影响之谈。而光懂禅也还不行，须有我上文说的对整个社会文化语境的理解。有此理解，便知宋人论诗，以禅为喻，只是其中一种，还常以求仙炼丹为喻或以成圣成贤为喻。我的诗学研究，较胜于前修时贤，原因之一，就在于具有总体社会文化观，并精熟三教义理。我后来曾刊《文化文学与美学》（1983 年，时报公司），提倡“具有历史文化意识的文学研究，和一种连贯文学与美学的文化史学”，即基于此。

但此处要说的不是这个，而是另一种后设思考：对于宋代以禅、以仙、以圣喻诗的现象，除了就历史予以解释它何以如此，其说又究竟为何之外，尚需用一理论予以处理。用以解释其所以喻仙、喻禅、喻圣之分际与效能。这个理论，不是喻仙、喻禅、喻圣本身，而是后设一理论以观解之。

当时我参考了佛教《解深密经》的三自性说，以遍计执性、依地起性、圆成实性，去解释诗人如何由执着妄情、执着文字，到知一切物情皆依他而起，俱非实相，再转识成智，成就圆成实性。生命一层一层并进，最后妄情去而真心显，遂无意于文，故云：“觅句真成小技，知音定须绝弦。”（《山谷·次韵向和卿诗》）

这个解释框架是我依佛家义理构造的。虽有所因，但借以说诗，尤其是解释宋人论“悟入”“活法”“风行水上自成文”“以物观物”“吟诵情性”这类在诗人本身身心性命上做工夫的诗与诗论，应该还颇贴切。这个解释理论自身也有独立的价值。因为它可以表明中国诗家走生命境界一路者的思致与层次，也可用以说明我自己对于诗人应如何安顿自家生命的主张。

一般人看我如此说，或以为也就是一说而已，没啥稀奇。但事实上过去沈增植先生也借用过三自性说来论诗，其致金香严书云：“山水即是色、老庄即是意；色即是境、意即是智；色即是事、意即是理；笔则空假中三谛之中，亦即遍计、依他、圆成三性之圆成实也。”这封信论诗学三关，是近代一大公案，被许多人奉为圭臬。可是前云理事不二，后云三谛，已不免混淆义理，以笔为圆成实性更不成话。沈氏学问浩博，佛学素养尤为世重，但以佛理论诗却乖谬若此，可见这并不是容易的事。

对文学做更多主张的，是《文学散步》。此书题目仿效宗白华《美学散步》，而其实就是一册写得较浅易的文学理论书。凡十九章，分论作品、文学、文学作品、欣赏、如何欣赏文学作品、文学的形式、文学的形式与意义、文学意识的认知、文学的功能、文学与社会、文学与真实、文学与道德、文学与历史、文学的历史、文学与哲学，附论文学史、文学的评价问题等。次年出版的业强版《文学与美学》中“文学的美学思考”“小说创作的美学基础”等文其实也可并入这个系列，属于我自己的文学理论建构。

它们不是对文学作品或中国文学史的解释，而是由中国文学出发，理论性地谈文学及其相关问题。

此书因推倒一世豪杰，痛批此前坊间各种文学概论书籍，引起不小风波，许多先生对我衔之入骨。但随后获得了“教育部”教材改进甲等奖，亦有不少学校采为教材，销行至今。2006 年，另出了大陆版，也有学校用作教材。可见一时的学界权势未必可畏，学术还是要靠著作说话的。

此书亦是我与大陆学界交往之媒。当时社会科学院文学所黎湘萍兄读到此书，向所方推荐邀我与王梦鸥、姚一苇先生参与1988年在福州召开的文学理论研讨会。两先生年高，惮于跋涉，我乃单刀赴会，舌战群雄。

用这略见对抗性的词语来形容当时的情境，其实一点也不过分。因那时两岸刚开始交流探亲，学界互动尚未开启，双方暌隔近四十年，学术传统业已大异。此时虽有交流之友好意愿，但彼此未测浅深，正要开始掂量斤两呢！

此行开启了我的大陆学术之旅，同时也开始了整个台湾学界与大陆的交流。因为我随之便策动了一系列交流活动，1991年我进入大陆委员会后，“两岸交流，文教先行”，又是我推动的政策。

湘萍后来为《文学散步》大陆版写了一长跋说：

……我发现，在张道藩、李辰冬、王集丛等人符合官方主流意识形态的三民主义文学论述之外，还存在另外一条由学院的知识分子开辟出来的文论和美学路线。从二十世纪五六十年代的王梦鸥、夏济安、姚一苇、刘文潭，到七八十年代的刘若愚、高友工、颜元叔、叶维廉、柯庆明，最后聚焦于1985年刚刚出版《文学散步》的龚鹏程。他们具体方法和观念容或不同，但似乎都强调文学的“语言美学”特征，逐步地取代“文以载道”的教化传统，而试图建立一个具有现代意义、更能解释文学本性、特征、功能和文学发展史的以生命美学为基础的中国式文论。

……

《文学散步》与其说是龚鹏程试图解决文学理论问题的少作之一，毋宁说是表达其生命情调与美学的一种方式，也是他搅乱台湾中文系一潭春水的“戏作”。这部书问世时，因了其中两个特色而引起重视和争议。第一，它是台湾中文系年轻学人中最有意识地运用中外美学方法来讨论“文学内在”的“知识论规律”与“方法学基础”问题的，这对向来重视传统经学的台湾中文系不啻是一大跃进。在他之前，当然也早已出现过很有影响力的文论著作，例如王梦鸥的《文学概论》（1964）、《文艺美学》（1971），姚一苇的《艺术的奥秘》（1967），柯庆明的《文学美综论》（1983）。他们也涉及中西美学，却因侧重知识论本身的建构，而缺乏对这种文学知识论所赖以建立的基础的批判性的反省。因此，这些著作试图给人以科学的、逻辑的系统知识表象，却似乎缺乏方法论的自觉。第二，它是最具有生命意识的文论。在这一点上，龚先生的文论，有意识地吸纳了中国哲学（特别是新儒学）中强调生命、心性的思想，由此而上接中国传统的精神史，使他的文论虽然看似具有非本质主义的特性，实际上却奠定在生命美学的基础上。而在表层上，则是回归文学本身最基本的语言层面进行分析。

……对以传统经学为根基的中文系而言，其年轻学人打破长久以来在文学理论和美学探讨与思考上的沉默，在外文系占据主导位置的文学理论方面初试啼声，而且一出手，就毫不留情地批判此前台湾坊间《文学概论》之陈词滥调，沉溺于假问题里却不能自省自拔，狠批其要么盲人摸象、要么指鹿为马，文不对题，陈陈相因，且指名道姓，毫不隐讳，虽有同室操戈之嫌，却的确轻车熟路，击中要害，为中文系在文学理论领域的真正发声。

若要补充，则诸位还可注意此书论文学是由读者开始的，前七章谈欣赏文学与如何欣赏文学之问题，文学的功能、文学有什么用以及文学与社会之关系等。这个不同于过去本质性地论文学，一上来就介绍文学的定义、文学是什么的思路，也不从作家创作角度论文学。这一方面是延续着我过去做的文学赏析工作，帮读者厘清思路，明白如何进入文学殿堂。另一方面也显示了我根本反对本质地去论述文学。先秦以礼为文，六朝以有韵为文，或以偶俪为文，韩柳以降又或以散语为文，每个时代对文学的看法都不一样，所以文学无法定义，只能关注历代人为文学定义的活动，并观察由此产生了什么作用。后来我写《中国文学史》（2009 年，里仁书局）其实也即由此具体去说一个个文字文本如何转变为文学文本的过程，讨论不同时代人的文学观。

此外，由于各地各时代人人对文学之看法并不相同，而他们对文学认识之最大公约数仅是“语文的艺术”，故论文学还应注意这语文艺术本身的问题。语文乃人造符号，由人所生，而又自具结构，它表达人生与社会，却又不即人生和社会。这不即又不离、不一又不二之性质是最迷人的。

迷人，有吸引人和迷惑人两义，对于文学之爱恋和争议也多生发于此。本书特别对此有所申论，当时我颇受卡西勒和日本早川之影响，后来更汲引符号学，于 1992 年且推出《文化符号学》一书，赓予深化，1996 年还创立中国符号学会，可说均是此书之延伸。湘萍将我归入整个台湾“语言美学”的脉络中去看，原因也即在此。

（五）文学诠释方法论

而这一部分，与传统上研析诗人句法的意义并不相同，且以我对李商隐的研究来做说明。

前已说了，大学时期我对李商隐的研究，主要是王国维序张尔田《玉溪生年谱会笺》时说的：“细按行年，曲探心迹。”欲深入理解李商隐这个人，既符合传统上说读书须“尚友古人”的路数，亦符合诗本身即属于诗人“诗言志”的性质。可是古人逝矣，怎么能与之为友、相与倾谈呢？这当然就只能借由他留下来的作品，并配合史传资料，以求知人论世了。历来诠释李诗，如吴乔、屈复、程梦星、冯浩、张尔田等，基本也就是这个办法。我自然亦不例外。

不过，他们知人论世的“世”太窄了，大抵只在朝局政事上肆其想象。因此论义山，仅能就牛李党争，甘露事变，晚唐国势，义山与令狐楚、王茂元家族关系这些方面去讲，说《无题》《锦瑟》其实不是写爱情，而是写他与令狐绹、李德裕之事等。

民国以后，颇翻旧案，谓冯浩、张尔田为迂阔。但不是像钱锺书那样径予抹杀，斥为穿凿，就是如苏雪林，把焦点转回爱情上来，但说诸诗可能系与宫人或女冠恋爱之作，故迷离恍惝，不可明言。后来高阳先生索隐，作小说《凤尾香罗》，云此等诗其实乃义山与小姨子相恋之作，取径殆亦类此。

我既不完全否定知人论世之法，又不喜别做索隐，因此我的曲探心迹，就不扣在事上说，而是就心理挖掘，致力去说明在那个政治环境中的李商隐可能有什么心理状态，因而写了那些诗。又，政治与他爱情生活的关系是什么？在政治上他采什么立场？在政治与爱情之间，他又如何抉择？

当时张淑香先生论义山诗已近于此路，但她将义山心境界定为“情境的追寻”。我则认为义山最大的问题不在追寻而在抉择，杨朱泣路、刻骨伤春，皆由于此，因而陆续写了《李商隐与佛教》《李商隐与道教》《李商隐的人生抉择》《政治与爱情之间：李商隐的人格与评价》等文。人生抉择的问题，是过去人读义山诗时所未及注意的，我受西方存在主义启发，故能深论及此。他与佛教的关系，更非别人所能措手，也是我较独到之处。

另一较特殊处，在于我把历史现实中的李商隐跟诗中的李商隐分开，这就与上文谈及的“语文自具结构”问题有关了。古人论作者，往往未区分历史现实中的作者和诗中的作者，因此常以文字为供证，来还原历史现实的作者，以为两者是相等的；又利用史传数据，来建构诗人生平履历，以为就足以知人论世，说明其诗。不知此均属徒劳。颜昆阳曾撰《李商隐诗笺释方法论》反省过此类问题，我则另由语文自具结构这一面说。

这一面其实很容易理解：画布上的苹果焉能等同于真苹果？无论其写实与否，苹果都仅存在于画布上，故真正的李商隐不可知，可知的仅是诗中的李商隐。

如此把历史现实中的李商隐和诗中李商隐分开，除了用以反思古代笺释诗歌之方法，说明编年谱、考行止、历史主义式的研究颇有其局限外，还要提醒读者：李商隐本身就有一种与抒情言志未必有关，只属于语言构造的写法。例如《百果嘲樱桃》《樱桃答》是假设樱桃与诸果之对答；《代魏官私赠》《代元城吴令暗为答》《追代卢家人嘲堂内》《代应》等是代拟古人问答；《赋得鸡》《离亭赋得折杨柳》《赋得月照冰池》是拈题作诗，并非真得了鸡、真见到月照冰池。与假拟借代一样，都不是自抒己情、自述己事，只是代人啼笑，宛若戏剧而已，有意地利用语文幻构出一个情境来。这些作品，若一径朝李商隐身世之感去揣测，或考索他比兴讽刺了谁，可能都是不恰当的，应注意文学本身的虚构性。

另外，像无题诗，乃李商隐的创体。历来“诗家总爱西昆好，独恨无人作郑笺”，大家打破脑子地去猜谜。可是，解《无题》最好的方法，或许不是去猜谜，不是去寻找它与外在世界的指涉关系，而是只就它为一诗之文字艺术，视如唐人之宫怨、闺情，欣赏它对女子心境的刻画即可。一如欣赏音乐，但视聆雅奏，不问寄兴。（另详《无题诗论究》《论李商隐的樱桃诗：假拟代言，戏谑诗体与抒情传统间的纠葛》）。

假拟代言，以文为戏，作者与自己的情志松开了，幻构一若真之境，当然是较极端的情况，不是所有作品都如此。尤其中国文学“诗言志”的传统又如此强大，大部分作者还是会试图在作品中表达他自己的。

不过，文学本身却不是透明的语言，它充满了歧义，故其表达很容易把读者带上歧途。读者面对如此充满歧义的文字时，其能力、心境、时空环境也同时影响着他的理解，故亦诠释各异。因此，诗中的李商隐并不止一位，仁者见仁、智者见智。新旧《唐书》里的李商隐，是个“背恩负义，放利偷合”的浪夫小子；宋初西昆体作家喜欢的李商隐，是辞藻华丽，善于獭祭的人；王安石眼中，李商隐却成了最善于继承杜甫的作家，具有“永忆江湖归白发，欲回天地如扁舟”的胸怀；到了钱牧斋，则说他那些美人香草均具政治寄托。真是“作者未必然，而读者何必不然”（谭献语），诠释出的面貌各式各样。

正因为如此，我们读诗，就还要注意诠释史，了解作品诠释的诸般可能。我除了检讨冯注、张谱之外，还辑过《清人论李义山诗话汇录》，作过《东涧写校李商隐诗集校记》，这些，看起来只是文献整理，其实不然，乃诠释学性质的，希望能整体增进我们对诗中李商隐的了解，有诗述之曰：

墨痕触眼正春分。东涧遗篇迹尚存。
若有佳人歌子夜。于今微雨诵西昆。
梦成一境来都是。事往如流去莫论。
回首不知谁寄语。乐游园畔酒初温。

治诗成学，大要如是。百曲千折，黾勉而进，略一回顾，便不免感慨系之。其余的，将来再慢慢谈吧！

当代诗词复兴进程中的传统派[①]

刘梦芙[②]

一、引 言

论题中的“当代”，指1978年中共中央十一届三中全会后至今三十多年的改革开放时期。这一时期，饱经劫难的传统诗词逐渐复苏，并迅速发展，形成规模宏大的诗词写作群体。诗词属于国学的一个重要组成部分（在《四库全书》分类中，《诗经》属于经部，《楚辞》与历代诗词属于集部），因而诗词复兴实为1990年后国学运动之先声，包括诗词在内的国学将在中华民族文化复兴的进程中发挥越来越显著的作用。

诗人与作家创作多年，其作品形成鲜明的个人风格。而宗旨相同、风格类似的诗人、作家则形成流派，如文学史上著名的山水诗派、西昆诗派、江西诗派、江湖诗派、公安诗派、竟陵诗派、神韵派、格调派、性灵派、浙西词派、常州词派、桐城古文派等。文学流派往往能集中反映某一历史时期的创作成就，对后世产生深远的影响。文学流派中的多位作家虽然有大体相同的创作宗旨，作品风格有相近之处，但仍然有其个人独特的精神面貌，自成一家。划分流派，只是着眼于大处，观其明显之特点，在流派之间有所区别、便于了解而已，不能代替对作家个案作深入精细的分析。

20世纪80年代初，得改革开放风气之先的广东成立广州诗社，编辑发行《诗词》半月报；花城出版社印行李汝伦主编的《当代诗词》。至1987年6月中华诗词学会成立的前后几年间，全国除西藏自治区外，各省市、自治区都成立了诗词组织。据《中华诗词》《中华诗词年鉴》等有关资料统计，大陆经常参加诗词活动的人在百万以上，公开或内部发行的刊物近千种。而20世纪90年代间互联网兴起并迅速普及，到21世纪初覆盖全国

---

① 本文原名《诗坛终仗栋梁才——近二十多年来中青年诗词创作述评》，为2007年8月笔者参加香港中文大学举办的“‘五四’以来中国旧体文学”国际学术研讨会论文。发表于《当代诗词》2008年第1期，收入与赵松元、陈伟合著：《选堂诗词论稿》，合肥：黄山书社2009年版。兹在原文基础上作较大的增补与删节，文题亦随之改换。

② 刘梦芙，1951年生，安徽岳西人。现为安徽省社会科学院文学所研究员、安徽大学文学院兼职教授、首都师范大学中国诗歌研究中心兼职研究员、安徽师范大学中国诗学研究中心兼职研究员、安徽省政府文史研究馆馆员。著有《啸云楼诗词》《二钱诗学之研究》《二十世纪名家词述评》《近现代诗词论丛》《近百年名家旧体诗词及其流变研究》（国家社会科学基金项目）、《啸云楼诗学论丛》等，编有《二十世纪中华词选》《中国现代词选》，主编“二十世纪诗词文献汇编·文论”“二十世纪诗词名家别集丛书”“当代诗词家别集丛书”“安徽近百年诗词名家丛书”共六十余种。

都市乃至经济发达的乡村，为诗词提供了交流传播的广阔空间，大大小小的诗词社区与网站纷纷建立，其间又有诸多的个人博客以及微博，网络诗人飙腾云涌。诗词每天都在产生海量作品，发表于各种报刊与互联网，作者人数与作品数量远越此前历代作家作品之总和，这是不争的事实。至于诗词作家作品的具体数字，迄今尚无广泛的调查、确切的统计；作为研究者未能尽知当代诗人词家、遍读所有作品，因此有关诗词流派的区分，只能据已得的资料加以论述，未免失之片面，有待学术界同仁作全面深入的研究。

1949 年中华人民共和国成立后至十年“文革”期间，由于众所周知的政治原因，诗词创作备受高压。“文革”前报纸尚能发表国家领导人及少数高级知识分子的诗词，“文革”中唯有毛泽东诗词一花独放，绝大多数诗人词家或辍笔弗为，或秘密写作，有了作品无从发表。“拨乱反正”后老一辈诗人词家重挥彩笔，创作新章，其旧稿或结集出版，或见诸报刊。大体而言，老辈诗词家多为高级知识分子，属于人文社会科学学术界与文化、出版部门的专家学者，具有深厚的国学修养与丰富的人生阅历，其诗词创作在新中国成立之前即已成名，“文革”后健在者继续发挥“为霞尚满天”的余热。部分作家在“文革”中备遭苦难，以诗词为血泪之呻，只是不能公开发表而已。从风格流派的宏观着眼，大多数老辈诗词家继承古典诗词的风雅正宗，在传统的基础上有所创新，诸如缪钺、钱仲联、苏渊雷、钱锺书、程千帆、孔凡章、周退密、徐定戡、寇梦碧、陈机峰、刘逸生等以及海外归国的叶嘉莹堪为代表。而聂绀弩则以其“杂文体”诗自成一格，受其影响者诸如荒芜、杨宪益、黄苗子、邵燕祥、李汝伦等作品风格与上述老辈明显不同，构成有特定时代色彩、较为新异的流派。这两种流派创作成就高低得失之评判，非本文论析之重点。至于主导全国各地诗词组织、数量庞大的离退休老干部群体，其中大多数人处于习作阶段，作品未有成熟的风格，无流派可言，不论是继承还是创新，皆缺乏可观的成绩。数量不等于质量，任何风格流派，都要经过时间的检验，大浪淘沙之后，留下来的只能是真善美合一的精品。

“文革”后幸存的老辈诗词名家，多已年逾古稀，晚年作诗聊以自娱并用于社交应酬，作品不过格律娴熟、语言雅驯而已，缺乏充沛的激情和抨击时弊的锐气。新陈代谢是自然规律，至 20 世纪末，老辈名家凋零殆尽，为数不多、悄然崛起的中青年，实为 20 世纪八九十年代至今诗词创作的精英，其作品代表了三十余年来旧体诗坛的最高成就。所谓“中青年”，指出生于 20 世纪 40 年代至 80 年代的作者，其中四五十年代出生的人现已进入六七十岁的晚年。这一创作群体，上承《诗经》《离骚》以来历代诗词的人文精神与雅正作风，反映时事不流于表象，艺术创新有坚实的根基，其宗旨大体相同，风格则多姿多彩，思想观念与创作实际迥异于主张“改革”、一味求“新”者，因此总称为“传统派”。而诗词继承传统，在近代以前本来不成问题，明清诗人或宗唐或学宋，唐宋诗就是传统；但在 20 世纪崇尚西学、不断“革命”的狂风巨浪中，包括诗词在内的传统文化遭到猛烈的冲击，“传统”一词，成为“复古守旧”甚至“落后反动”的象征。近三十年来，当代诗词界高唱“改革”，坚持传统、恪守正宗的作者只是少数，本文作重点论述。

二、《海岳风华集》中传统派的诗词创作

由毛谷风、熊盛元合编，浙江文艺出版社于 1996 年以线装本印行、1998 年再出平装

修订本的《海岳风华集》，基本展示了20世纪八九十年代中国大陆及海外中青年诗词创作的成果。此前也公开出版或内部印行过一些专收中青年诗词的选本，如《中国当代青年诗词选》（花城出版社）、《中华青年诗词点评》（中州古籍出版社）、《后浪新声》（广州后浪诗社编，油印本）等，或抉择不严，收录过滥；或范围太窄，佳作寥寥。《海岳风华集》在老辈名家指导下，选稿较精，中等水平以下的作品概不揽入；虽然若干高手因不知其人而未曾约稿，不免有遗珠之憾，但当时海内外诗坛有知名度的中青年作手大体网罗。中央文史研究馆孔凡章先生作序云："内容既不脱离时代，无背潮流；而格律声韵，又多循唐宋之矩矱。"上海诗词家周退密先生序言："入选作者，地不限南北，人不一其业，唯作品之精且美者是选，内容与技巧并重，庶几无憾。而含章摛藻，吐葩呈秀，唐规宋矩，锵金戛玉，浸浸乎盛世之元音，河岳之精英，比诸前贤，未见逊色，其或过之，为之欢喜赞叹。"陕西师范大学教授霍松林先生亦序云："展卷诵读，隽句佳章，流光溢彩，无不兼取古人之长而自运机杼，时出新意，固可传世而行远也。"予以高度评价后，霍先生指出诗词创作的门径、法度与发展的方向，并对当前诗坛状况提出一针见血的批评：

一曰应先作古体，渐及近体，古近各体兼擅，始能表现各种情境。二曰能入能出，先入历代名家堂奥，含英咀华，尽取其法度、韵调及遣词、锤字、宅句、安章与夫言情、写景、叙事之经验技巧，为我所用，然后出其樊篱，于反映新时代、抒发新感情之创作实践中求变求新。三曰提高文化素养，深入现实生活，识解高、感受深，既有助于"入"以领会名作意境，更有利于"出"以描状新人新事。谷风、盛元、梦芙诸君深韪余言，而讥为保守者亦大有人在。当前诗词热方兴未艾，令人欢欣鼓舞。然不谙格律、不辨平仄，而昌言"革新"者有之矣；穷心力于律绝、斗小技于咏物，而不知传统诗歌中尚有各体古风可供纵横驰骋以反映时代风云者有之矣；未博古通今，不关心国计民瘼，略能饤饾成篇而沾沾以诗家自炫者有之矣，上述浅见，岂无的放矢也哉！今读《海岳风华集》，诗词俱美，古近兼工，皆能入能出而有益于匡时淑世之作也。①

霍先生是著名学者兼诗词家，曾任"李杜杯""鹿鸣杯""回归颂""世纪颂"等历届全国诗词大赛评委会主任，眼光高远，识力敏锐，且胸襟宽厚，关爱中青年，有师长风范。序言有高屋建瓴之势，论评颇为精切，对诗坛后起之秀是很大的激励，这与全国性诗词组织中某些妒忌、排挤中青年的主事者，恰成鲜明的对照。同时符逸公、王林书、丁芒诸老辈也纷纷发表文章，赞誉《海岳风华集》的成就；该集作者之一黄坤尧在香港《大公报》连续撰文，点评佳作。

此集线装本收录作者33人（女性6人），作品631首；修订本入选作者增至52人（女性11人），作品增至1 191首。选录标准"不问其风格流派、师承家数，唯高致真情、正声雅调是求"。编者认为："环顾当今海内外诗坛，雄视一代、管领风骚之盟主，迄未一睹。老成凋谢，名家渐稀，鸿篇杰构，更似凤毛麟角，而平庸之作充斥吟坛，此则不可无忧也。……考当代诗坛平庸之作泛滥，根源乃在于当今诗人多数未能承继数千年优秀传

① 霍松林：《海岳风华集·序》，杭州：浙江文艺出版社1998年版，第4页。

统，未能深入当代社会生活，率尔操觚，以吟风弄月、应酬唱和为能事。值此世纪之交，社会变革，风起云涌，中青年诗人自应谛听民众呼声，肩负时代重任，砥砺意志，开拓胸襟，骋自由之思想、树独立之精神，上继风骚，中承李杜，借鉴前贤成果，关注社会人生，相尊互重，切磋琢磨，熔铸百家，自出机杼，起衰振弊，弘扬诗学，则诗词事业之繁荣兴盛，或可翘首以待也。”①

上引论断，大体表明《海岳风华集》中多数作者的创作宗旨，简而言之，即切实继承三千年来古典诗歌优秀传统，关怀社会民生，树立诗人品格，诗词作风以雅正为归，追求真善美的统一，力戒平庸。兹录《海岳风华集》修订本作者名单如下：

《海岳风华集》修订本作者名单

作者名	作者简介	作者名	作者简介
周正光（1940）	广东开平人，移居美国	梁鉴江（1940）	广东番禺人，居广州
周锡韄（1940）	广州人，居香港	沈秋雄（1941）	台湾人
张梦机（1941）	祖籍湖南永绥，居台湾	陈永正（1941）	广东茂名人，居广州
施议对（1941）	福建泉州人，居澳门	王翼奇（1941）	生于厦门，居杭州
于钟珩（1942）	生于甘肃天水，居乌鲁木齐	勒中煜（1943—1996）	江苏江浦人
曹长河（1943）	祖籍河北霸州，居天津	滕伟明（1943）	成都人
刘斯奋（1944）	广东中山人，居广州	林岫（1945）	浙江绍兴人，居北京
方春阳（1945）	浙江萧山人，居杭州	毛谷风（1945）	生于杭州，现居深圳
蔡淑萍（1946）	女，四川营川人，居成都	李国明（1946）	广东鹤山人，居香港
严寿澂（1946）	上海人，现居新加坡	苏和生（1946）	祖籍广东，居马来西亚
王邦建（1947）	湖南醴陵人，居郴州	星汉（1947）	山东东阿人，居乌鲁木齐
赵连珠（1947）	天津人	杨启宇（1948）	四川自贡人，居成都
王玉祥（1948）	河北乐亭人，居承德	王蛰堪（1949）	原籍河北霸州，居天津
王亚平（1949）	四川盐亭人，居云南蒙自	熊盛元（1949）	江西丰城人，居南昌
舒传宁（1949）	江西靖安人	马斗全（1949）	山西临猗人，居太原
熊东遨（1949）	湖南宁乡人，居广州	阮莲芬（1950）	女，江西兴国人，居兰州
钟振振（1950）	祖籍湖南湘阴，居南京	黄坤尧（1950）	原籍广东中山，居香港
刘冀川（1950）	女，原籍四川，居海南	苏些雩（1951）	女，广东东莞人，居广州
刘梦芙（1951）	安徽岳西人，现居合肥	于文政（1952）	祖籍南京，居沈阳
孙洁（1952）	女，河南开封人	胡迎建（1953）	江西星子人，居南昌
段晓华（1954）	女，祖籍江西萍乡，居南昌	徐长鸿（1954）	辽宁北镇人
景蜀慧（1956）	女，原籍山东章丘，居广州	周燕婷（1962）	女，祖籍广东顺德，居广州

① 毛谷风、熊盛元：《海岳风华集修订本编后记》，杭州：浙江文艺出版社1998年版，第239～240页。

（续上表）

作者名	作者简介	作者名	作者简介
徐先龙（1965）	安徽望江人，居兰州	萧雨涵（1966）	祖籍四川武隆，居兰州
魏新河（1967）	河北河间人，居西安	郑雪峰（1967）	辽宁兴城人
靳欣（1972）	女，北京人	张树刚（1974）	辽宁鞍山人
咸江南（1975）	女，辽宁沈阳人，居北京	王震宇（1975）	辽宁锦西人

注：线装本中作者卢为峰，1964 年生，福州人。修订本中未收。

共 52 人。其中 1940—1949 年出生者 31 人，1950—1956 年出生者 12 人，1962—1967 年出生者 5 人，1972—1975 年出生者 4 人，可见 20 世纪四五十年代出生者占绝大多数。作者出生地与祖籍遍布二十多个省、市、自治区，居处自大陆至港、澳、台以及海外，多在直辖市与省城等大都市。在职业方面，任大学教授、副教授者 13 人，研究员、副研究员 4 人，出版社编审或报刊主编、副主编 6 人，编辑 6 人，中学、中专教师 7 人，省、市文联主席各 1 人，主任医师 1 人，工程师 1 人，民盟市委宣传部部长 1 人，博物馆馆员 1 人，金融部门主管 1 人，在镇党委、镇政府工作者 2 人，空军飞行员 2 人，海关工作人员 1 人，银行职员 1 人，新闻记者 1 人，电器修造厂工人 1 人，作者小传未说明职业者 1 人。20 世纪四五十年代出生者绝大部分都有中高级职称（六十岁以上者已退休），其中多人兼为学者、书法家、画家、小说作家、医学家，除诗词以外，已出版多种学术著作与书画集。由此可见，这是一个文化素养很高、以知识分子为主力的创作群体。

据线装本和修订本作者小传中介绍，多数人在青少年时代习作诗词，皆有师承：

周正光：曾从南国诗人佟绍弼先生学诗，又随岭南词人朱庸斋先生学词。

张梦机：从李渔叔教授习诗十年。

陈永正：少从朱庸斋学词，并获陈寂、佟绍弼、莫仲予、刘逸生诸前辈指教。

施议对：考取研究生，从夏承焘先生治宋词，又从吴世昌先生治词学。

勒中煜：先后从林散之、唐鼎元先生学诗。

曹长河：从外舅寇梦碧学词，又从孔凡章先生习诗。

刘斯奋：在父亲刘逸生先生指导下从事诗词创作，并获诗词名家陈寂、冼玉清、阮退之、佟绍弼诸前辈诲正。

方春阳：曾师事夏承焘、陆维钊两先生，研习诗词。

李国明：随朱庸斋先生习诗词及古文辞。

苏和生：从周庆芳先生学诗。

杨启宇：受业于黄稚荃先生。

王玉祥：十六岁学诗，曾受夏承焘先生等前辈名家教泽。

王蛰堪：早年从寇梦碧先生习为诗古文辞。

熊盛元：师从吕小薇先生学诗古文辞。

舒传宁：从卢位榇、刘绪焱、洪子修先生学诗词。

钟振振：师从唐圭璋教授，治词学。

黄坤尧：从桐城汪中教授学诗，从花县高永嘉先生读词。

苏些雩：师从朱庸斋先生学词。

于文政：启蒙于沈阳汤梓顺先生。

景蜀慧：师从缪钺教授。

周燕婷：师从张采庵先生学词。

卢为峰：诗词曾亲炙陈兼与先生指教，颇获骚坛前辈徐行恭、刘蘅、萧劳、黄君坦、陈九思、缪钺、何之硕、孔凡章、周退密、徐定戡诸公奖掖。

徐先龙：师事北京孔凡章先生、天津王蛰堪先生。

魏新河：师从北京孔凡章、天津王蛰堪先生。

张树刚：十九岁师从津门王蛰堪先生。

戚江南：师承北京孔凡章先生。

王震宇：初中时代即从乡前辈张乃厚、李醒华诸老游，入京后问诗学于孔凡章先生。

笔者童年至青年时代从父亲刘凤梧先生学诗，中年师事孔凡章先生，同时问学于缪钺、施蛰存、钱仲联诸公，与宛敏灏、胡国瑞、周振甫、周退密、马祖熙、张珍怀、陈机峰、饶宗颐、罗忼烈、徐定戡、霍松林、富寿荪、彭靖、喻蘅、徐续、刘世南、叶嘉莹、常国武、李汝伦等前辈名家均有书信交往或面聆教诲，多蒙启迪。

《海岳风华集》作者 52 人，明确表示师承某先生并受某些前辈诸教诲者占半数以上，还有多人虽未明言，但实际上早年学诗同样受前辈影响。

诗词、古文、书画以及各种学问、工艺、技术（如医学、戏曲、器乐、武术、气功、杂技等）在民间主要靠师徒传承，而不是都靠国家政府办学校教学，这本来就是我国几千年来形成的传统。在科举时代入仕须读经史诗文，除国子监及府、县所办官学外，更多的是由遍布民间的书院、私塾培育子弟。废除科举后，清末乃至“五四”新文化运动后的民国，南北各高等学府如清华大学、北京大学、辅仁大学、燕京大学、河南大学、南京中央大学、武汉大学、中山大学、暨南大学、浙江大学、之江大学、安徽大学、无锡国专等依然开设诗词写作课，名教授诸如陈洵、陈匪石、刘毓盘、吴梅、汪东、汪辟疆、胡小石、刘永济、顾随、赵万里、王易、林思进、庞俊、邵瑞彭、蔡桢、夏承焘、王蘧常、储皖峰、徐英、龙榆生、缪钺、詹安泰、李冰若、易孺、钱仲联等，多为一代诗词创作名家，合而观之，阵营颇为壮盛。民间高校中培养的学生，诸如任中敏、陆维钊、胡士莹、徐震堮、唐圭璋、王季思、宛敏灏、万云骏、沈祖棻、程千帆、任铭善、潘希真、盛静霞以及年辈较晚的霍松林、叶嘉莹等，皆成为新中国成立后古典文学界的知名学者兼作手。家父凤梧先生，20 世纪 20 年代末至 30 年代初就读于安徽大学，师从湖南陈慎登先生习诗，并在李大防、周岸登先生指导下填词，曾下数年苦功，遗稿犹存。而到 1949 年后，教育体制全盘改革，大学中文系培养本科生、研究生只重理论，诗词写作课被废除，更毋论传统的经学，以致当今中青年学者研究古典诗词，只能写现代模式的论文、论著，不知吟诵、不通格律、不会创作。缺乏切实写作体验的理论往往是雾里观花、隔靴搔痒，甚至多用西方文学、美学观念的框架来硬套中国诗词，郢书燕说，削足适履，流弊极深，几成“殖民化心态”。学术界这一崇理论、轻创作的局面，迄今未尝改变。

在学校抛弃诗教、政治批判弥漫全社会的环境中，护持传统诗词的老辈只能以私相授受的方式，栽培幼苗，悉心辅导，尽力延续诗词垂垂欲绝的一脉。上列名单中有两类情况：一是高校名师招收研究生，在训练学术的同时也指导诗词习作，如夏承焘、缪钺、钱仲联先生，有些校外爱好诗词的青年来求教时，也施以教诲。另一类是各行各业退休后散居于城乡的老人，也多是名家，凡有青年求学，如是可造之才，即收为门下弟子。如广州朱庸斋先生，带出的学生很多，有吕君忾、周正光、陈永正、李国明、梁雪芸、苏些雩等。寇梦碧先生的弟子有曹长河、王蛰堪等。成都孔凡章先生晚年居北京，尤其重视培养中青年，并广交诗友，笔者与曹长河、魏新河、咸江南、王震宇皆从孔先生习诗。陈永正与孔先生有十多年交谊，此外如林岫、毛谷风、蔡淑萍、赵连珠、杨启宇、王蛰堪、熊盛元、黄坤尧、于文政、段晓华、徐长鸿、周燕婷、徐先龙、郑雪峰、张树刚等或亲谒孔门，或致书请益，关系在师友之间，构成一个声应气求、覆盖面甚广的诗词网络。诗词蕴含着深厚的人文情怀、博大的人生境界，自古以来人品与诗品紧密相关，诗品的高低取决于人品，诗教有陶冶灵魂、变化气质的功用，不仅仅是教会一门技艺，因此老一辈诗词家崇高的道德与卓立的风骨，在潜移默化中对青年后学产生深刻而持久的影响。这种教育效果，在现代学校的工具式教育中极难达到；未曾专拜名师、诚心求学的人，也难有这种亲切的体验。而学有所成的中年一代，也同样去发现青年弟子，如魏新河、徐先龙、张树刚皆师承王蛰堪，可见薪火承传之不断。

在前辈名家的殷殷教诲下，后辈学诗词门径正大而根基深固，读写结合，循序渐进，资质聪颖者水平能迅速提高，而且锻炼了鉴别作品优劣的识力，不为当今伪诗、伪论所惑。许多未尝拜师、以自学为主的中青年，也多是先读历代名家作品，选择个性偏嗜的某家或数家为宗主，学其法度，再逐渐形成自己的风格。而同辈之间的交游酬唱、切磋琢磨，相互促进，所谓“诗可以群”，也是增强学诗兴趣和提高创作水准的有效方式（20 世纪 90 年代初王蛰堪倡立鸿雪社，请缪钺、孔凡章、周退密、陈机峰等名师批点社课。中青年踊跃参加者 30 余人，后因故中辍）。综观当今卓有成就的诗人，无不有其水源木本，绝无能在浮沙之上建崇楼杰阁者。青年作品有摹拟古人、面目过似者，这是入门阶段的必然现象，随着年龄的增长、阅历与功力的加深，自能入而后出，开拓新境；身为当代人，诗写当代事，题材与情境也自然与古人不同，不刻意求新而能自成其新。许多老辈名家大量运用历史典故与传统语汇，反映的却是现代的社会现实，貌古而神新，典故只是一种婉曲含蓄的譬喻，属于比兴寄托，缺乏相关的学养和史识，就不能理解。有些人攻击作诗词坚持传统者“泥古复古”，既未曾深入考察作品之实际，更不知诗中优秀的人文精神与高雅艺术千古不磨，永远需要继承，浅妄之见，不足一驳。

出生于 20 世纪 40 至 50 年代的诗人，大多有艰难曲折的人生经历。其父辈多是知识分子、民主人士，或是被划为地主、资本家之类的“剥削阶级”，在频繁的政治运动中属于被批判、被改造的对象，其子女亦受株连，时时遭到大众的歧视乃至凌辱。居于城市者曾当过上山下乡的“知青”，到边远地区接受贫下中农的“再教育”；原在农村而非“根正苗红”者更处于炼狱底层，对阶级斗争的冷酷与社会的阴暗，有刻骨铭心的感受。从老辈学习诗词，只能在隐蔽的状况下进行，手稿需谨慎收藏，以避文字狱之祸。诗词，是四顾迷茫、孤独痛苦中释放心灵重压并寄托志向抱负的一种方式，也是真切反映风云变幻时代的历史之镜。诗可存史，诗史互证，从《诗经》、屈原、李白、杜甫、陆游、辛弃疾、文天祥、顾炎武、王夫之、陈子龙到清末黄遵宪、丘逢甲、陈三立、康有为、王鹏运、朱祖谋以迄现代名家，诗词中贯穿着一条鲜明的主线，显示着为国家民族之衰亡而悲歌恸哭的忧患情怀。在沧桑易代之际，诗人留下了血泪交融、控诉与批判假、恶、丑的记录，分外珍贵。“拨乱反正”后进入改革开放年代，以经济建设为中心，一片繁华的表象下潜伏着道德崩溃、人欲横流的危机，时时爆发尖锐的冲突。中年诗人们思想已趋成熟，创作也随之进入高潮，作品中不乏对历史的沉思、对现实的揭示，同样承接着历代仁人志士的忧患意识与批判精神，而有其特定的时代气息。比较而言，20 世纪六七十年代出生的青年诗人缺乏上述经历，作品多以才华取胜，意境每有创新，但内涵不及中年人诗词的深沉厚重。以上只是大体而言，每位诗人各自的情况有所不同，甚至差异很大，青年诗人中出类拔萃者未必不及中年诗人，或有超越，要作详尽的比较分析，非本文所及。

就艺术崇尚与创作风格而言，20 世纪四五十年代出生的诗词家作品取径多异，缤纷多彩。有长于诗者，如周正光、周锡䪖、沈秋雄、张梦机、王翼奇、杨启宇等；有工于词者，如曹长河、蔡淑萍、王蛰堪、苏些雩等；有诗词兼擅者，如陈永正、严寿澂、熊盛元、段晓华、景蜀慧等。师承前辈名家的作者多能恪守正宗，格律谨严，语言典雅。词人如王蛰堪，传乃师寇梦碧先生之法乳，多作慢词涩调，宗法南宋，融白石、梦窗、玉田、碧山诸家之长，婉丽幽咽。门下弟子魏新河、张树刚、谷海鹰、邵林等为词皆有法度，精雕细琢，一丝不苟。与王蛰堪多年酬唱的熊盛元、段晓华，功力悉敌，词风相互影响，俨然形成流派（本文所言“传统派”是一个大范围的指涉，传统派中可依据学古之不同分出许多流派）。诗人或宗唐，或宗宋，或上法汉魏两晋之高古，或下取晚清之瑰异，或专作近体或古近体兼工，长篇短什，各具风采。无明显师承、以自学为主的诗人一般不拘门户，多熔铸口语新词，或用韵较宽，或律法欠细，但仍有相当可观的成就。诗词家中陈永正为著名学者、书法家，著书数十种，主编《全粤诗》，《王国维诗词笺注》为煌煌力作，诗与词之创作皆臻大家境界。严寿澂任教于新加坡高校，亦学养深博，研究儒学与诗学，撰述多种，其诗其词皆造诣极精。张梦机为台湾师范大学国文研究所博士，任教于文化大学、淡江大学、东吴大学，讲授诗学（2010 年病逝），为诗历玉溪、山谷、后山以入老杜之堂奥，古近体诗皆非凡响。这几位作家承接清代至民国间诗人、词人与学人二而一之的传统，才学兼富，学以济才，才堪役学，成就甚为突出。杭州王翼奇任古籍编审多年，为诗沉郁庄雅中杂以诙谐幽默，融入新词口语殊见慧心巧思，不愧为第一流作手。青年中也有成就较为出众者，如魏新河先学姜白石转学陈其年，因在空军服役，作飞行词境界宏阔，别开生面，一家独擅；郑雪峰为诗出入唐宋，风格雄骜而兼清峭；女词人周燕婷郁伊善感，小令缠绵凄美，不让昔贤。总之，20 世纪四五十年代出生的四十多位作家，在《海岳风华集》中几占人数的 4/5，几位年长者到 20 世纪末已步入老年。以严格的尺度来衡量，其中才情与学养兼优、综合实力甚强的诗人词家有十多位，与民国年间成名的老辈大家相比，功力或有一定差距，但在“文革”后的 20 世纪八九十年代，已居一流水平。历届全国诗词大赛一、二等奖获得者，多是中年诗人，也证明了其充足的实力。这一群体中自然有造诣浅深、境界高下的差别，但即使是程度稍低的作者，也远远高于不学无术、制造赝品的庸众。因此，这一群体是当今中国传统诗坛的中流砥柱，肩负着承前启后、继往开来的历史使命，在百万大军中为数极少却蕴含着持久的能量，对好学的青年尤有影响。

因编者当时视野所限，《海岳风华集》漏收了不少高水平的作手，据笔者所知，还有吕君忾、刘永翔、梁雪芸、邓小军、简锦松、庞坚、汪茂荣等。以神州瀛海之大，藏龙卧虎，何地无才，这就有待于全面搜集20世纪诗词时再为弥补了。

三、持社之成立与诗词观念

《海岳风华集》中作者群通过几十年的创作实践，在当代诗词界逐渐树立声望。其中多人担任全国及地方诗词学会的副会长、常务理事、刊物主编或编委，在创作诗词的同时，组织学术研讨会与笔会，编辑出版书刊，开展多种形式的活动。2010年11月，《海岳风华集》中部分作者于四川集会，登峨眉金顶，成立持社。《成立启》云：

> 《尚书·舜典》云："诗言志，歌永言，声依永，律和声。"在心为志，发言为诗，乃人之情感意志诉诸语言艺术，为韵律之文。诗之声训为"持"，语见《礼记·内则》及《仪礼》，乃维持、承负之意。刘彦和《文心雕龙·明诗》云："诗者，持也，持人情性。三百之蔽，义归无邪，持之为训，有符焉尔。"孔颖达《诗谱序正义》："名为诗者，《内则》说负子之礼云'诗负之'，注云'诗之言承也'。《春秋说题辞》云：'在事为诗，未发为谋，恬淡为心，思虑为志。诗之为言，志也。'《诗纬·含神雾》云：'诗者，持也。'然则诗有三训，承也，志也，持也。作者秉君政之善恶，述己志而作诗，为诗所以持人性，使不失队（坠），故一名而三训也。"
>
> 吾侪值兹大雅衰微之世，惄焉心忧，取诗持人情性之义，由王翼奇、杨启宇、熊盛元、刘梦芙、段晓华、龚鹏程6人发起创立持社。正其谊不谋其利，明其道不计其功，斯乃匹夫之责。议定本社简章于下：
>
> 一、凡志在复兴诗道，为人诚信，行事笃实，诗词创作与学术研究有相当造诣者，得为社友。
>
> 二、社友自愿结合，同德同心，戒虚声，绝伪学，切磋诗艺，持之以恒。
>
> 三、创办社刊，继承弘扬传统人文精神与高雅艺术，登载民国以至当世纯正之诗词作品与理论文章，不参与任何涉及个人之争论。
>
> 四、自筹经费，每年定期聚会。条件成熟时，举办高层学术会议。
>
> ……
>
> 曾子云："士不可以不弘毅，任重而道远。"诗起百年之衰，功在千秋之后，同道者盍兴乎来！①

持社协商推举杨启宇为社长，段晓华为副社长；熊盛元为社刊主编，刘梦芙为副主

---

① 持社编委会编：《爽籁》第一辑，成都：巴蜀书社2012年版。

编；聘请陈永正为顾问。首批社员 20 人：王翼奇、滕伟明、王邦建、蔡淑萍、杨启宇、王玉祥、熊盛元、王蛰堪、刘梦芙、段晓华、景蜀慧、魏新河（以上皆为《海岳风华集》中作者）、陈仁德、王燕、龚鹏程、吴金水、汪茂荣、张青云、潘乐乐和陈伟。至 2013 年，四川韩继泽、洪君默，江苏徐战前先后加入持社，共 23 人。

持社发起人之一龚鹏程，祖籍江西吉安，1956 年生于台北，台湾师范大学国文研究所博士毕业。曾任淡江大学文学院院长，台湾南华大学、佛光大学创校校长，台湾学生书局总编等职。2004 年来大陆，历任北京师范大学、清华大学、南京师范大学教授，现任北京大学特聘教授、文化资源研究中心主任，为海内外华人世界知名学者，治学博涉中国文学、史学、哲学、宗教以及武术、书法诸艺，已出版著作 80 余种。近年在大陆广泛组织开展国学活动，多有建树。余事为诗，瑰奇清逸，有《云起楼诗》行世。汪茂荣生于 1962 年，安徽桐城人，任中学高级教师，博学工诗，著有《懋躬丛稿》，曾编校“二十世纪诗词名家别集丛书”“安徽近百年诗词名家丛书”多种。张青云生于 1973 年，原籍重庆云阳，移居上海，著有《弘毅山房诗钞》，为青年诗词峰会获奖者。汪张两家之诗，才情灵妙而学殖颇深，皆纳入“当代诗词家别集丛书”出版。潘乐乐亦生于 1973 年，居安徽巢湖，为网络著名诗人。陈伟生于 1982 年，广东潮州人，任教于韩山师范学院，诗才艳发，研究广东近代诗与饶宗颐诗学，颇有著述。张、潘、陈为青年后起之秀，创作诗词蒸蒸日上，为诗社增添了活力。另如王燕、陈仁德、韩继泽出生于 20 世纪 50 年代，吴金水、洪君默、徐战前生于 20 世纪 60 年代，为诗皆富有功力。这十多位《海岳风华集》之外的诗人，无不尊重传统，加盟持社，皆由于志同道合。

持社是一个规模很小的诗词团体，社友各自有其职业，分居四方，在有经费来源时，每年聚会一次，游览山川名胜，制题创作。成立以来，先后在四川峨眉山、九寨沟，安徽天柱山，苏皖边界之高淳、泾县、宣城、当涂举办诗会。社刊名为“爽籁”，《发刊辞》云：“持社同人，俱耽吟咏，而性情各异，嗜好不同。所作诗词，或主唐音，或宗宋格，或以情韵见长，或以理致偏胜。方其溯岷江，登金顶，临流酾酒，倚石舒眸，爽籁发而风生，清歌凝而云遏，诵殷仲文‘爽籁警幽律，哀壑叩虚牝’之句，皆相视一笑，莫逆于心。遂相与而议曰：昔李善引郭象之说，注此二句云：‘夫箫管参差，宫商异律，故有长短高下万殊之声。’吾侪所发音声，与夫社外同仁所作歌诗，亦类乎是。众皆称善，乃从而歌曰：‘同人于野兮，发为声诗。行远自迩兮，登高自卑。为天地立心兮，命蹇何辞？先号咷而后笑兮，贞观可期。叩虚牝之爽籁兮，情性自持。’”[①] 首期社刊由巴蜀书社出版，栏目有“峨眉舒啸”，内容为持社成立诗词；“同人于野”，选录社友作品；“嘤其鸣矣”，广泛采选社外诗词；“示我周行”，精选前辈已故名家遗稿；“终朝采绿”，发表诗词专论及诗话、词话、序跋、札记之类。如前文所述，《海岳风华集》中作者及持社社员皆属“传统派”，在尊重护持古典诗词优秀传统的大前提下，不妨碍艺术风格的多姿多彩。历代名家星光灿烂，作品汗牛充栋，当今作者据其兴趣，重点学习几家兼以博览，加以变化，锲而不舍，入而后出，即可形成新旧交融、同中有异的个人风格。持社社友各自的诗风词风多有不同，社外诗词更是千姿百态，选录作品，需有海纳百川的胸襟气度，体现中

① 持社编委会编：《爽籁》第一辑，成都：巴蜀书社 2012 年版。

国传统文化和而不同的理念。而选取诗词，自有其标准，具体而言，要求作品格律严谨，格调雅正，摒弃虚伪庸俗，过于追求新异乃至离奇怪诞者，亦所不取。社刊以创作为主，辅以研究，文论要求言之有物，切实成理，对创作有所助益。《爽籁》已出版第二辑，栏目设置一如首辑，第三辑正在编选。

持社社友之间有多年的交谊，讨论诗词如何继承与发展，有以下诸方面共识，为之阐述：

（一）继承人文精神，树立诗人品格

传统诗词为国学之英华，蕴含着中华民族千古不灭的人文精神，诸如自强不息、厚德载物、成仁取义、守正祛邪、先忧后乐、天下为公、热爱自然、天人合一等思想理念，有超越时空的价值。自先秦以来，国学以孔子为代表的儒家思想体系为核心内容，《诗》《书》《礼》《易》《乐》《春秋》（古称“六艺”之学）是中国文化最本源的经典，人文精神融贯其中，交光互摄，历代知识精英研习经典，溥施教化，对广大民众有深刻持久的影响。现代儒学大师马一浮认为，“六经”统摄中国一切学术，诗歌同样体现“六经”的基本精神。从《诗经》诞生的周代到晚清、民国，优秀的诗人无不深通经义，以成为文质彬彬的君子自励，以忧国忧民为己任。孔子云：“不学诗，无以言。”“小子何莫学夫诗？诗，可以兴，可以观，可以群，可以怨。迩之事父，远之事君；多识于鸟兽草木之名。”又云：“温柔敦厚，诗教也。”“兴于诗，立于礼，成于乐。”学诗培养人的仁爱忠义之心和温文尔雅的气质，要成为品德高尚、才学俱全的君子，应当从学诗开始，循序渐进，并力行于生活实践。“六经”中的人文精神，是诗歌的灵魂，也是做人的根本。

人品先于诗品，并决定诗品。成就卓越的诗人、词家，除才华、学养、生活阅历等必备条件外，更重要的是具备仁者之心，由此才能产生忧国忧民的意识、悲天悯人的情怀以及独立不迁的风骨气节。屈原、陶渊明、李白、杜甫、苏轼、陆游、辛弃疾、顾炎武、王夫之以及近代黄遵宪、丘逢甲等大家，为后人树立了崇高的典范，杜甫更是人所共尊的诗圣。然才学虽佳而人品卑劣者，如严嵩、阮大铖，其诗难以传世。传统教育作诗先要做人，道德践履于人伦日用之中，知行合一，成就君子人格。论定诗人的历史地位，必须考察其生平事迹与人品，而非只看其诗。儒家诗教之目的，正在于陶冶情操，变化气质，导人上臻礼乐文明、至善至美的境界。在当今普遍崇拜权力与金钱的社会，弘扬传统诗教的意义，尤为重大。当代诗人理应善承传统，在创作诗词的同时砥砺品行，立身正直，关爱苍生，自觉地抵制邪恶，承担社会责任，而不是随波逐流，做粉饰承平的工具。诗词的价值超越一时的功利，孔子“岁寒然后知松柏之后凋也”；孟子“我善养吾浩然之气”“富贵不能淫，贫贱不能移，威武不能屈，此之谓大丈夫”；屈原《离骚》“纷吾既有此内美兮，又重之以修能”、《橘颂》“深固难徙，廓其无求兮；苏世独立，横而不流兮”；老杜“千秋万岁名，寂寞身后事”；宋儒张载“为天地立心，为生民立命，为往圣继绝学，为万世开太平”，先贤的名言矩诲堪铭座右。无抱负、无德行者，纵使才华横溢，作品山积，也经不住历史的检验，成不了伟大的诗人。

（二）精研诗艺，取法前贤，以雅正为归

诗词在艺术方面，体式丰繁、格律严谨，语言凝练、音韵和谐，表现方法与修辞技巧

极为灵变，形成千姿百态的风格流派。学诗词者首先必须熟读历代名家名作，充分了解相关的历史文化知识，积累丰富的词汇与典故，在刻苦练习的过程中掌握各种诗词体式与格律，言志抒情、写景状物方可得心应手，逐渐登堂入室。继承的遗产越多，创新的力量就越大，历代名家无不是在博采精华的基础上创立风格、开拓境界的。学诗不能仅仅读名家作品，还需博览古今中外文化经典，具备哲学、史学、文学之通识；旁及书法、绘画、音乐诸艺，提高美学修养。古典诗词富有声韵上的音乐美、章句上的结构美和意象中的图画美，诗人、词人往往兼为书画家、音乐家，艺术方面相辅相成，足资启迪。杜甫为诗艺集大成之楷范，“读书破万卷，下笔如有神”“别裁伪体亲风雅，转益多师是汝师”，对后世诗人影响深广。韩愈、李商隐、杜牧、王安石、苏轼、陆游、辛弃疾皆富于学养，清代及民国间诗词名家多为学者，诗人之诗与学人之诗、词人之词与学人之词二而一之，钱谦益、顾炎武、王夫之、吴伟业、朱彝尊、王士禛、袁枚、赵翼、龚自珍、郑珍、沈曾植、陈三立、黄遵宪、王鹏运、文廷式、朱祖谋、康有为、梁启超、王国维以至马一浮、柳诒徵、陈寅恪、钱仲联、饶宗颐等无不博学，可知读书之重要。

格调雅正、词采高华是传统诗词突出的特色，与书卷知识、人格修养浑融一体。诗词原本是历代知识人士创造的精英文化，代表了中华民族在文学方面的最高成就，在世界上赢得“诗国”的美誉。通观历史，人类文明的趋势是不停地向高层次发展的，民众在物质生活富裕之后需要高级文化的精神滋养，这就有赖于知识精英的创造。一个国家、一个民族倘若缺乏知识精英，不可能有文明进步，更不可能自强自立于世界民族之林。当今中华民族走向复兴，参与全球文化软实力的竞争，包括诗词在内的文学理当向高层次提升，而不是降低原有的品格，使之“大众化、通俗化”，与民歌、大鼓书、快板之类几无区别。精英文化与大众文化原非矛盾对立的关系（与精英文化对立的只有流氓文化、痞子文化），知识精英负有引导大众不断提高文化水平的责任。普及固然是提高的基础，但不能要求知识人士一味迁就水平较低的大众，也不可能全民都成为优秀的诗人。在当今拜金风盛、道德迷失的状况下，更需要诗人、词家保持纯洁高贵的精神品格，弘扬大雅正声，为民族复兴作出贡献。

诗词艺术风格之典雅绝非弊病，而是几千年传统文化浑融于诗词中的自然结果，在精练的语言、短小的篇幅中包含着丰富的意蕴，隐藏着博大深远的历史智慧。诗人用典往往借古喻今，以史为鉴，古典双关“今典”，学诗词者多读书，勤于考索，自能领悟。诗词以文言为主，但未排斥口语新词，古今名家中不乏用典极少、明白易懂的作品；当代诗词可以吸收现代语汇，但要加以选择锤炼，使之与传统语汇保持和谐，并非所有粗俗的语言都可入诗。真正意义上的“通俗”不同于庸俗、粗鄙，这种写作风格不用典或极少用典，但同样讲求情趣的高尚、修辞的精美，同样需要深湛的学养与功力。满纸堆塞口号、趋时应景的“老干体”，是毫无诗味的庸俗，不能与诗家清新明畅之作相提并论。而且在历代名家诗词中，“通俗”只是作品风格的一种，不能涵括其总体风格。一味主张通俗，无视诗词的基本特征和艺术规律，实为漠视继承、抹杀传统，属于数典忘祖式的民族文化虚无主义。

四、评价诗词，以真、善、美高度统一为标准

“新”之一词，在20世纪的中国成为一种弥漫于社会各界的凸显意识和一种价值评判标准，从“五四”新文化运动到“文革”的破旧立新以及“文革”后的改革开放，具体内容虽大有差异，但崇新倡新的趋向，贯穿于整个现当代史。迄今仍以创新为口号，举凡政治、经济、科技、文艺、学术，无不言新。“维新”“革新”“创新”等词语，往往与“笃古”“复古”“守旧”对立，前者指代进步、革命、积极向上，后者则为顽固落后乃至反动腐朽；《海岳风华集》中重视继承传统的作者曾遭到“复古守旧”的指责。极少有人思考新是否等于真、等于善、等于美，何者为真正之新，创新当遵何道，盲目求新，割断传统，使中国文化蒙受巨大的损失。古代同样言新，如“周虽旧邦，其命维新”“苟日新，日日新”“诗无新变，不能代雄”，不否认新的价值，知道创新是事物发展的活力。但古人以整体综合的思维方式观察世界，明察古今新旧之间实有割不断的联系，只有在旧有的基础上创新，或以“复古”为开新——返回远古的起点、文化的源头重新出发，以革除后世造成的流弊，如此方能保持文明连续性的发展。（陈子昂、李白主张诗歌“复古”，韩愈、柳宗元倡导古文，西方文艺复兴回归古希腊文明，皆为显例）所谓太阳之下无新鲜事，许多事物乍看为新，本质仍旧，其实是排列组合的形态有所变化而已，不深入考察，每为所惑。纵观中国文化几千年发展的过程，是旧中出新，新中有旧，新旧交融，而人文精神的核心理念一以贯之，与西方近代以来新旧对立的二元分裂思维明显不同，作为传统文学精粹的诗词，不离中国文化，只是在继承的根基上变化为新的规律。在诗体发展方面，从古体诗、近体诗到词、曲，从四言、五言、七言到参差不齐的长短句，格律有宽有严，篇幅或长或短，新体诞生，旧体长存，百花齐放，斗艳争奇，“五四”之前从未出现过诗体新生就排斥、打倒旧体的现象。

文学不同于科学技术的创新必以革旧为前提，因为文学源于人的心性。“文学是人类心灵的创造物，人类社会发展日新月异，但人性却甚少变化，一两千年前的文学，今人依然为之感动，便是因文学有超越时代的功用之故。因此，不能以表示时间发生先后的‘新’和‘旧’来判断文学价值的高下。学衡派代表人物吴芳吉便曾说过：‘文学唯有是与不是，而无所谓新与不新。’以新、旧作为衡量文学是非的唯一标准，这是完全无视文学自身规律的一种粗暴的行为。”① 人的心性有善有恶，古今扬善抑恶的道德标准如仁义、诚信、公正、清廉等未尝有变，抒发心志、表现人类良知的诗词必然不以新旧为价值评判的标准。“新”往往不等于“美”，也不等于“真”与“善”，文学仅有“新”是远远不够的，有些新东西可能是丑恶的、虚假的，需要通过时间与实践的严格考验，才能确认是否有价值。衡量文学的标准是真、善、美之合一，以善为核心，“新”仅备参考之用，非基本价值。诗中抒发的情感和反映的现实要真，蕴含的品德操守要善，艺术形式（体裁、

---

① 徐晋如：《国诗刍议》，《缀石轩论诗杂著》，海口：海南出版社2011年版，第94页。梁启超云：“我们不能说新的完全是好的，旧的完全是坏的。亦不能说古的完全都是，今的完全都不是。古今新旧，不足以定善恶是非的标准。因为一切学说，都可以分为两类：一类含有时代性，一类不含时代性，即《礼记》所谓‘有可与民变革者，有不可与民变革者’。”梁启超：《儒家哲学》，北京：北京大学出版社2010年版，第16页。

语言）求美，唯有真、善、美统一的诗篇，才是不朽的。仅有真，可能只是表现原始的本能欲望（如齐梁宫体诗写色情，现代新诗“下半身写作”表现性欲，不可谓不真）；仅有善，则流于道德说教，不能成为感人的艺术（如宋明理学家之诗）；仅有美，则内涵空虚，徒见形式，流为雕虫小技，故真、善、美三者相辅相成，缺一不可，其总体归趋在于至善（“大学之道，在明明德，在亲民，在止于至善”，真与美皆求至善）。真、善的根本性质即诗人、作家的人文精神，与精美的艺术形式水乳交融，浑然一体。缺乏真正人文精神的作品，即使在语言、在体式上花样翻新，具备所谓的“现代性”，终究会被时间所淘汰。《诗经》《楚辞》及唐宋诗词中的精品，如江山日月，万古长新；“文革”中新生事物何其多也，无一不成腐臭。旧体诗词之所以在现代打而不倒，正是因为它继承了古典诗歌中千秋不灭的人文精神和汉文字组合的优美艺术体式，其中的佳作是真、善、美的结晶。诚如当今学者朱德发所言：“美、好、真或真、善、美的价值观可以突破现代与传统、新与旧、洋与土、中与外、古与今等不同样态文学的界限，将它们置于一个共时代的评判台上，以美、好、真或真、善、美为价值标准进行评判，所作出的价值结论或美学判断才有可能少一些偏见多一些公正，少一些武断多一些公平。”①

早在一百多年前的19世纪末，黄遵宪、康有为、夏曾由、谭嗣同、蒋智由等就开始写作以表现新事物、新意境、新理想为主要特征的“新派诗”，梁启超称其为“诗界革命”。到“五四”前后期间，胡适《尝试集》中有多首通俗易懂的白话词。“学衡派”主将吴宓及其挚友吴芳吉同样试图在旧体诗中开拓新境，大量使用新词，吴宓用中国古体诗翻译欧美诗歌，吴芳吉创造了诗、词、曲混合而成的“白屋体”。在当代，出现了以聂绀弩、荒芜为代表的“杂文诗派”和启功的“打油词”、丁芒的“自由曲”，近年互联网上更有李子以新诗的语言作词和嘘堂的“实验体”诗，对旧体诗词的“革命”或曰“改良”已整整持续了一个世纪。然而时光淘洗之后，姑且不论在世者，已作古的诗人如黄遵宪、康有为、梁启超、吴宓、吴芳吉等，甚至新文化派陈独秀、鲁迅以及一度写新诗的沈尹默、俞平伯等，诗集中的精品仍然是风格典雅、意境深永之作，“新派诗”则浅薄无味。以写新诗《红烛》《死水》扬名的闻一多，更是“唐贤勘破三千纸，勒马回缰作旧诗”。至于完全脱离传统文化根基，走“全盘西化”之路的所谓“创新”，绝非正道。近百年来破除格律、追求绝对自由的欧化新诗，已提供了经验教训。当今诗人唯有切实继承古代以及近现代诗词的思想与艺术之精华，结合时代以言志抒情，使作品具有鲜明的民族作风与气派，方是康庄之路。

总之，传统派对古代以及近百年诗词多有探索，对当代诗词如何继承与发展，有比较深入的思考。评价诗词，并非师心自用，历代名家名作已为后世树立标准，传统派只是予以归纳说明而已。“五四”新文化运动与“文革”严厉批判传统文化，诗词屡遭厄运，这

---

① 朱德发：《齐鲁文化与现代中国文学关系的沉思》，《文学评论》2005年第1期。民国间巴蜀天才学者刘咸炘云：“情意有三求，曰真、善、美。学者，学为人也，以善为主，真、美次之。真以善为的，美以善为准。离善而言真，无益也。离善而言美，且有损焉。……人生之事不过求善，科学、艺术无非为人生，不然，则虽尽大宇宙之物相，穷人巧之能事，亦复何价值。治物以养身，凡一切求真，皆求善之具（即手段）。艺术以陶情，凡一切求美，皆求善之具也。真偏于实，美偏于虚，善则介乎其间。……舍善言美，则色盲目，声聋耳，害不可言。”刘咸炘著，黄曙辉编校：《刘咸炘学术论集·哲学编》上册，桂林：广西师范大学出版社2010年版，第16～17页。

种历史造成的负面影响仍未完全消除，视儒学为“封建幽灵”、诗词为“已陈刍狗”者大有人在。最明显的例子，是改革开放以来出版的多种现当代文学史中没有诗词的位置，研究新文学的学者公然反对现当代诗词进入文学史，以所谓的“现代性”，实为西方观念作为诗词不能入史的判决标准①。即使是诗词爱好者，对先贤也普遍缺乏敬畏之心，妄自尊大，盲目创新，不识本源，凭空构造。当今已是一个观念多元、众声喧哗的时代，形形色色的现代、后现代主义思潮冲击传统、解构德行；诗词界同样鱼龙混杂，泥沙俱下，在繁荣的表象下隐藏着深刻的危机。如果不能在理论上正本清源，确立核心价值，诗词将永远处于散漫无归、自生自灭的境地。面对现实，人数颇少的传统派作者坚守一方心灵净土，力图为诗词维持一脉元气，如《持社成立启》所言“正其谊不谋其利，明其道不计其功，斯乃匹夫之责”。至于传统派的创作实践与理论研究在当代诗词史之成效究竟如何，当然需要经过时间的检验，后世自有公正的评价。

五、余 论

以上重点论介20世纪四五十年代诗词作者的创作与理论观念，而到21世纪初，20世纪六七十年代出生的青年诗人群随之崛起。青年多受过高等教育，熟谙电脑，思维活跃，借助互联网发表诗词，空间广阔，流传迅速。作者多用网名，作品随作随发，袒露真情，表现个性，一时颇有影响。著名作手如军持（秦鸿）、莼客（钱之江）、胡马（徐晋如）、伯昏子（眭谦）、矫庵（程滨）、碰壁斋主（卢青山）、胡僧、燕垒生、嘘堂（段晓松）、李子（曾少立）、添雪斋（女，又名西丝）、具沤生、愓斋等，各种诗词选本如《有所诗》《春冰集》《甘棠初集》《网络诗词选》，或自费编印，或正式出版；并成立留社、甘棠诗社等诗词组织。部分青年作者在观念上与老一辈相似，尊重传统，取法先贤，对“声韵改革”“大众化、通俗化”之类的改革有尖锐的批评；也有若干作者刻意追求新异，但大多恪守格律，风格雅正。青年是诗词创作的生力军，作品虽未必完全成熟，尚在发展变化之中，但毕竟是诗词复兴希望之所在。诗词高贵的人文精神与典雅精美的艺术形式永存于历史典籍，不可毁灭，必然有人继承，作品中因时代不同而不断容纳新鲜血液，但基本特征与创作规律不会改变。历史长河有割不断的联系，古今新旧之间要消除激烈抗争的二元对立，无数惨痛的史实已证明文化大革命之荒谬。人类也只有坚持对真、善、美的追求，才不至于沦为权势与金钱的奴隶，率兽食人。在21世纪初期，传统派作者进入晚年，但仍是中坚力量，影响所及，必然有更多的青年加入创作队伍，格调高雅、意境瑰美的诗词，理当在文学史上占有重要的一席。然而这一预测是建立在政治开明、国家进步、民族文化素质与生活水平不断提高的基础之上的，倘若一味斥古，或盲目崇洋，诗词必将窒息衰亡。文学既有其独立的品格、高贵的价值，又与国家民族的命运紧密相连，“士不可以不弘毅，任重而道远”“天下兴亡，匹夫有责”，古圣先贤之训未尝过时，真正的诗人对此

① 王泽龙：《关于现代旧体诗词的入史问题》，《文学评论》2007年第5期。笔者撰《二十世纪诗词理当写入文学史》予以反驳，载《诗词界》2008年第1期、《学术界》2009年第2期。收入与赵松元、陈伟合著：《选堂诗词论稿》，合肥：黄山书社2009年版。

应该有清醒的认识，有宏伟的抱负，迈出坚定的步伐走向未来。

1926年，前辈诗词名家钱仲联先生时为十九岁的青年，在《学衡》期刊发表《近代诗评》一文，判别流派，扼要评点百家之诗，并对当时诗坛的种种弊端提出批评，于传统诗歌之继承与开拓有很高的期望。引录于下，以结本文：

夫正始之义，匪可浅言；风雅所趋，奚云小道。尝综其源流，寻其窔奥，窃以为华严之喻，难云妙悟；蜂鹤之禁，亦属外篇。斫梓染丝，学在始化。宏诵载籍，以充其气；审别俳伪，以正其趋。气充始厚，趋正斯雅，然后调飞沉之韵，极情采之变。九幽觑怪，千仞刷翮，用能流响中韶，造端成化，千状万态，炉冶在我。是故宵鱼秋磬之奏，丰黛盛鬋之容，辊霆驱海之势，湍寒石瘦之致，或擅专门，自成孤诣，以论大家，终讥单步。况今梯航四达，心灵棣通，海市飞腾，鱼龙漫衍，旁行蟹篆，扬抗千年；雷艇风轮，呼吸万里。世有作者，脱落声气，牢笼物象，发皇坠绪，振起宗风，揖让弥莎之庭，出入李杜之囿，不亦盛哉！①

钱先生文中指出诗歌创作首先要正其趋向，厚植根基；在继承传统的基础上才能变化生新，形成千姿百态的个人风格。大家不为一格所拘，结合所处时代开放心灵，汲取外来文化的营养，新旧交融，开拓广阔壮美的境界。“逝者祖唐述宋，沿余制于古贤；后者电举飙张，导先声于来哲”，可见前辈名家目光之高远，识见之通达。传统派绝非食古不化，而是守其当守，在民族复兴的进程中“发皇坠绪，振起宗风”，创造无愧于前贤的作品，重新焕发灿烂的光辉。实现这一目标，需要几代人坚持不懈的努力。

2013年9月中浣，成稿于淝滨寓居

---

① 《近代诗评》，《学衡》第52期。收入《梦苕庵诗文集》，合肥：黄山书社2008年版，第514～515页。

新旧诗之我见

杨启宇

诗有新旧之分，始于“五四”新文化运动。当时胡适之、陈独秀辈以“文学革命”为旗号，提倡白话文、自由诗，主张废除文言文、旧体诗。经过近百年的历史检验，从文化角度审视，这一运动从理论到实践都是错误的，给中华文化带来的后果是负面的，尤其在诗歌领域，更是灾难性的。盖文学的演进不同于王朝的更替，是继承发展而非革故鼎新，甚至也不同于科技之日新月异、后来居上。文学作品的价值评判也与新旧无关，《离骚》《史记》、李杜诗篇、莎士比亚戏剧、巴尔扎克小说，虽为旧作却历万古而不减其光芒；今人随口之咏，虽为新创而转眼澌灭。故古今中外成功的文学运动皆有两大特点：一是继往圣之绝学；二是开后世之繁荣。远如唐宋古文运动，韩、柳、欧、苏皆倡复古而后创新；近如西欧文艺复兴运动，远绍希腊而启近世文明。而新文化运动诸公却以与传统做最彻底决裂的方式登上历史舞台，其主张之偏激，令人瞠目。这自有其特定的历史背景。

从鸦片战争开始，尤其是甲午战败后，中华民族面临亡国灭种之危机。在列强的坚船利炮面前，以往的中华帝国不堪一击。只有改革政治体制、学习西方科学技术才能救亡图存，这成了当时志士仁人的共识。危亡的忧虑、对旧制的绝望、加上戊戌变法的失败、辛亥革命之蜕变引起的愤懑情绪，在接触了西方文明的青年知识分子中产生激烈的批判者是顺理成章的事。但他们在对现实和传统进行激烈批判时，却忽略或根本没有意识到文学与政治、经济、科技本质上不同的特征，采取了一锅端的简单粗暴做法，用推翻、打倒这样反文化的方式来推行文化运动，其结果只能是失败。

唐宋以降，我国书面文字历来是文言和白话双轨并行。尽管文言文占统治地位，但至少在小说写作上，白话文却占主导。如宋元明话本纯粹是采用当时的市井白话；除《三国演义》采用文言夹白的语言叙述外，其他长篇名著如《水浒传》《西游记》《红楼梦》《儒林外史》等都是采用当时白话文描写。因此，“新文化”诸公提倡白话文、废除文言文在小说、散文领域的影响主要体现在以数典忘祖的蔑古意识对待本民族优秀的文化传统，将传统文化与腐朽落后的封建体制等同起来，必须打倒消灭而后快。尽管以创新为号召，以现代意识相标榜，以与世界接轨为目标，但割断了与源远流长、博大精深的本民族文化传统的血脉联系，使得这么多年来中国人创作的文学作品对世界文学几乎不产生什么影响。无本之木，枝叶难茂；无源之水，流派易竭，这难道不值得我们反思么？对照印度，尽管曾沦为英国殖民地，但印度知识界在对本民族落后的封建土王体制批判反思的同时，对本民族的传统文化从未丧失信心。泰戈尔即使使用英文进行诗文创作，骨子里仍透露的是印度古文明的气息，为印度文学争得了世界的尊重。这难道不值得我们借鉴么?

至于传统诗歌，也就是一般人所谓的旧体诗，无论是相对自由的古风歌行，还是格律严谨的近体（包括词），都是以浅近文言文为语言载体的。这自然成为“新文化”诸公必欲彻底打倒的对象。除开封建落后的劣根外，还被加上束缚思想、妨碍自由表达情感的罪状。取而代之的，便是用白话文的不受任何约束的自由体。这里“新文化”诸公除了混淆政治与文化本质上的差异外，还犯了两个常识性的错误：一是绝对自由的文体是不存在的，就是写检讨、借据也得遵循一定的范式，不受任何约束的文字只能是自说自话的呓语；二是对思想和感情的束缚与文体和格律无关，真正束缚自由思想和真实情感的是专制教条和自身心灵的困乏。而要打破这种束缚的有效方法恰恰是向古今中外的优秀人文传统学习。

把旧体诗词格律看作束缚和负担的论点，经过长期的灌输宣传，积非成是，即使在传统诗词爱好者中也有一定市场。这可以说是当今对传统诗词认识的第一大误区。首先我们应该弄清楚的是，旧体诗词格律不是哪一位封建统治者为了束缚诗人的思想情感而钦定的戒律，也不是哪一位大诗人为了矜才使气、炫耀本领而发明出来的清规。它是从先秦到六朝一千多年时间内历代诗人对单音节汉语、以方块字为基石的汉诗内在音乐节奏的探索中总结出来的规律性的东西。单音节汉语，最宜吟咏的基本句式是五、七言；为音调铿锵，句末押韵母发音相近的字为韵；为节奏抑扬，两、三字一组平仄交错。方块字因其义形可以构成对仗……韵律、平仄律、对仗律就是这样产生的。

要想废除诗词格律的人，就算有一种魔法，不但能将人们头脑中对诗词格律的记忆消除，而且能将所有典籍中关于诗词格律的记载也全部抹去；但只要中国人还讲单音节的汉语，还写方块字，要不了一千年，又会出现同样的诗词格律。一部文学史不就是这么走过来的么？除非你能废除汉语、汉字！唐朝诗人们一接触到六朝总结出来的格律，马上就给了中国文学史一个大惊喜，创造出了前无古人的辉煌。我们要感谢唐诗，也要感谢诗词格律，因为它给唐代诗人提供了新的诗歌文本范式。

这里附带谈一谈诗词创作的另外两大误区。一是口语入诗的问题。持此论者，打着通俗化的旗号，认为只要坚持口语入诗，便可人人能懂、人人会做。诚然，口语（包括外来语）不是不可入诗，但由于诗歌的语言特征是精练，完全口语化是不可能的。论者津津乐道的“床前明月光”等口语化名句，只要查查这样的作品在全唐诗中所占的比例之少就知道，实属妙手偶得，非刻意追求所能为。事实上口语入诗是增大诗词创作（这里是指真正艺术性的诗词创作，非“大跃进”民歌之类的莲花落顺口溜）的难度。这好比限定只用萝卜、白菜，即使是厨艺高手也难做出一桌适口的菜肴；而任取猪、牛、鸡、鱼，则中等厨师也可烹调出丰盛的筵席。

另一大误区则是与口语入诗紧密相连的所谓的诗词大众化问题。持此论者打着为多数人服务的旗号，提倡诗词应为大众能懂、大众能做的。然而文学作品之价值评判并非由其受众之多寡决定，一味强调以大众喜恶为标准，必然导致庸俗轻薄之风泛滥。诗词作为民族文化之精粹，本质上属于精英文化。无论鉴赏或创作，首先须对文学有特殊的敏感，同时对相应的文学语言艺术应有基本的训练，古今中外，概莫能外。敏感关乎天性，训练大有难度，非人人所能，亦非人人所愿。正如大众从来没有要求人人能跳芭蕾、弹钢琴一样，大众从来没有要求人人能懂诗、做诗。打大众招牌者，其实未经大众授权代言。即便是大众真的授权，我们要问：大众能选总统，但大众能选李杜么？

以史为鉴，中国文学史上有两种发人深省的现象。一是历代大师都是只有创作而无创体。例如屈原是学习和采用楚地祭祀祷辞和民歌的体裁而创作出《离骚》《九歌》《九章》等名篇；李杜是学习和采用汉魏乐府、六朝近体的形式而创作出各自的经典。二是一种文学体裁的兴起，旧有文学体裁并不随之消亡。例如词产生于唐时民间唱曲，五代两宋文人学士加以提炼改造，创作出辉煌的词章。但即使在宋词创作最繁盛的年代，诗歌还是以古风歌行近体为主流。设想当年宋词的创作者们如果是高叫打倒唐诗登上历史舞台，那么他们留给我们的只会是千古笑柄而非一代辉煌。这两类现象，雄辩地说明了文学艺术的演进只能是以继承创新为特征的，各种文学体裁应该是互衬共荣的。

新文化运动诸公背离文学艺术本身的客观规律，倡言打倒旧体诗，挥剑自宫，割断了与自己文化母体的血脉联系。但又无法凭空自创新体，便用分行的欧化散文来代替，并以自由体、散文诗相标榜。殊不知诗、文的分家是文学发展的必然，中国在先秦就已实现了这一进步，遥遥领先于世界。苏东坡的《赤壁赋》是最有诗意的文章，但只能编入《古文观止》而不是《全宋诗》，道理就在于此。混淆诗、文的区别，恰恰是文学发展上的一种反动，倡言革新但因其理论和实践上的谬误而走向反动，不能不说是一种悲哀。注意这里讲新诗不是汉诗文本范式，与讲小说不是汉诗文本范式一样，是一种分类判断，而不是涉及作品好坏的价值判断。分行的欧化散文，写得再好，最多也只能成为精警的格言或抒情的美文，却不可能成为单音节汉语、方块字的汉诗新文本范式，自然也创作不出传世的经典，而产生不出传世经典的文体在文学史上是永远没有地位的。哪怕你，铜墙铁壁；哪怕你，皇亲国戚，历史在这一点上是公正无私的。

那么一个自然的问题是：既不能提供汉诗文本又没有产生经典作品的新诗何以会风行开来呢？由于前面已提到民族危亡的忧虑及对旧制的绝望之历史背景，加上青年人喜好标新立异的天性，在新文化运动诸公的大力鼓吹下，新诗首先在青年学子中传播开来是很自然的。当时科举已废而主持新式学堂的骨干多为新派人物，各类文学团体和刊物也多为新派掌握，这些都为新诗的风行提供了坚实的基础。尽管曾有海归派的梅光迪、吴宓、胡先骕等创办《学衡》以昌明国粹、融化新知为旗号与之抗衡。但学衡派诸公尽皆纯粹之文人，不谙挟众争论之术，以正面提倡切实整理为宗旨，是无法与擅于煽动造势、放言高论的新文化运动诸公竞争的。当时之旧体诗坛，作手云集，同光体、湖湘派、唐宋派、诗界革命派、南社……极一时之盛。然而旧诗营垒的代表人物，恪守贵和尚中、不与人辩的士大夫传统，没有一个人出来与之一较短长。大概是感到冷落，钱玄同化名王敬轩出场著文痛诋新文化运动；再由刘半农上阵予以驳斥，导演一出双簧戏以凑热闹。因此新诗的兴起，并没有经历真正意义上的理论辩难和挑战。随着时间的推移，旧诗营垒的代表人物纷纷逝世。失去了学校阵地，尽管家传师授自学的方式仍不乏后继，但阵营和声势都有所缩减。而随着新式学校和文学刊物的发展，新诗阵营和影响日益扩大，骎骎乎有凌驾于旧诗之上的势头。即便如此，当时的文坛仍以旧体诗为正宗。而新诗的优势是非文学因素造成的，不具备汉诗文本资格以及很难创作出传世经典是它永远解不开的死结。

新中国成立，按行政体制建立的第一次文代会以及后来的文联之主持领导者都是新文学派中人，自然对旧诗进行了彻底的排斥。由此开始，旧诗被完全逐出了体制内的文坛。大中小学教材上尽管也选有少量古人的传统诗词作品，但那是作为文学遗产展示的。凡现当代诗歌，清一色都是新诗。报纸、刊物、电台等宣传媒体，清一色登载播放的也都是新诗。就连外国的诗人和诗歌团体（包括研习中华传统诗词的诗人和团体）与中国诗坛的交流，也由新诗包办。在政治权力的支持下，新诗独霸统一了诗坛。然而政治权力无论具有怎样的强势和权威，却无法把每首新诗都打造成精品。如果真能这样，文学史上就只该有帝王之作了！此时的新诗尽管风光无限，但不具备汉诗文本资格和很难创作出传世经典的死结仍然没有解开。

更有甚者，在改革开放前的极“左”路线时代，被纳入行政体制内的文坛是按文艺是为政治服务的工具之模式进行运作的。本来完美社会只存在于理想之中，任何现实社会都有其弊端和缺陷。以忧患意识和悲悯情怀为特征的诗人对社会弊端和缺陷有着超乎常人的敏感。对社会弊端和缺陷的批判成了诗人的天职，因此文学从本质上讲是批判而非歌颂的。即使在文景之治的封建盛世，贾谊抒发的却是叹息和痛哭。专制时代，开明的统治者也会容忍诗人的批判，更不用说民主体制下言论自由乃天赋之人权了。但在当时极“左”路线行政体制内的文坛上，部分新诗放弃了内心的自省和对现实的关怀，异化为权力的驯服工具。面对“反右”“大饥荒”“文革”等民族大灾难，新诗的集体失语和缺席证明了这种异化之彻底。

改革开放后，新诗界仍有不少人时至今日谈到传统诗词还扬言：“我不同意（旧诗）写入中国现代文学史，不同意给它们与现代白话文学同等的地位。这里有一种文化压迫的意味，这种压迫是中国新文学为自己的发展不能不采用的文化战略。”不思以创作出能经受历史考验的经典作品来求发展，而以压迫他种文体为生存的战略，专制打手的蛮横背面，透露出对新体诗彻底丧失信心后的极度空虚。当然新诗界也有不少人对异化为政治工具进行了反思，但他们继承和发展了新文化运动前辈们对民族传统文化的蔑视和对西方文化的膜拜，乞灵于现代派、后现代派思潮。从朦胧派、抽象派、意识流……甚至是梨花体，令人眼花缭乱地解构了过去铁板一块的新诗。另外还有一些新诗诗人也认识到新诗文本意义上的缺陷，提出创造新体格律诗的口号，并进行了各种尝试。但这里有一个逻辑前提上的谬误，中国诗歌的格律是单音节汉语、方块汉字内在音乐节奏的体现，只能发现不能创造。诗体可创，古人创之久矣！总之，改革开放三十年来，新诗一统的金身已破，而致命的死结仍未解开。

再看被判为“谬种”打入阴山之后的当代传统诗词，按一般人的看法，旧体诗词兴盛于封建时代，创作主体为士大夫阶层，随着这二者的消亡，加上现行体制的彻底排斥，其灭绝应该是顺理成章的事。就连一辈子靠旧诗吃饭的柳亚子也公开表示，最多五十年，就没有人做旧诗了。然而1976年“天安门事件”声讨极“左”路线的大量诗文中，占多数的却是旧体诗词。尽管“天安门诗词”不是一次文学运动，其总体水平仅限于标语口号层次，却展示了在新诗一统天下外，旧体诗词仍以民间形式客观存在。改革开放以来，各地诗词组织纷起，诗词刊物涌现，旧体诗词作者数以百万计。网络兴起后，在互联网上创作旧体诗词的作者（以青少年为主）之数量，远远超过新诗作者之数量。这恐怕不能用封建遗老遗少的骸骨留恋来解释吧？

那么旧体诗词何以会具有不死鸟般的神力呢？这是因为单音节汉语、方块字内在音乐节奏的格律，历代前贤创作出的传世经典作品，源远流长、博大精深的中华传统人文背景这三者有机构成了中华诗词的遗传基因。对传统文化敏感之人，受前贤经典作品的吸引，对格律文本的认同，加上传统人文精神的感召，哪怕并无师承，也会以自学的方式自觉加入旧体诗词传承者的队伍中来。所谓异代相知、会心千载，指的便是这种跨越时空的心灵感召。

由于旧体诗词被排斥在现当代文坛外，旧诗的传承者们少了世俗的功利，免除了充当工具的义务，更能以纯粹的文学追求抒情言志，表达自我，反映现实。相对新诗在民族灾难面前的集体失语和缺席，旧体诗词作者却自觉地以多方位艺术性的创作给出了对历史负责的答卷。仅此一点，真伪高下立判！诚然，当代旧体诗词创作中并非不存在危机和缺陷，例如标语口号“老干体”及无病呻吟假古董便是突出的两大弊端。但这些缺陷和危机并非旧体诗词本身固有，恰恰是违背了中华诗词优良传统而衍生出来的。通过对传统更好的学习继承，这些都将会得到逐步的克服和解决。

由于长期被排斥封锁，丰富多彩的现当代旧体诗词作品很难公开与广大读者见面。笔者曾参与从事一项文化工程——收集整理现当代的旧体诗词作品并编选出版。现已编定1940年后出生的诗词作者作品第一辑十册共11 766首，由巴蜀书社出版发行。另征集到1940年前出生的诗词作者1 200余人的大量作品，拟陆续整理出版。这一系列作品，以传统形式，抒当代情怀，辞章或未逮于古人，境界则不逊于前修，众籁齐鸣，汇成波澜壮阔、大声镗鞑的交响乐章，雄辩地证明了旧体诗词不废江河万古流的生命力。

透过百年喧嚣，历史尘埃落定，我们惊喜地看到人间自有真诗在。笔者虽不是一个乐观主义者，却坚信，只要汉语、汉字不灭绝，旧体诗词绝不会消亡。中华文化复兴之日，必是传统发扬光大之时！最后以旧作《端午感怀》二首作为本文之结束语：

江河万古总滔滔，代有才人续雅骚。一自欧风来异域，竟将呓语作新潮。横行后蟹输前蟹，群殴无招胜有招。此日灵均应避席，让他瓦缶领时髦。　　百年人物递登台，各领风骚逞霸才。谁信激扬新白话，终归浮躁旧尘埃。几番雷电摧乔木，如此江山付劫灰。四顾苍茫歌当哭，悠悠天地独徘徊。

论诗坛生态的构成、破坏与重建

汪茂荣

在中国古典文学中，诗歌应是最早出现的一种文学体裁。如从《诗经》时代算起，它起码已有三千年的发展史。在这三千年的发展史中，曾涌现出大量的诗人，产生了无数的优秀作品，称中国为诗之国应是实至名归，举世皆无间言的。正如自然界的动植物生存必须有相应的生态系统一样，中国古典诗歌取得如此繁荣的局面，也是与自身所拥有的一个健康的生态系统息息相关的。有了这个生态系统，古典诗歌便有了维系其生命所必要的土壤、空气、营养，得以正常地发育滋长。近代以降，随着这个生态系统的渐次瓦解，古典诗歌的生存环境也日益恶化，最终成为无源之水、无本之木而趋向枯萎。时至今日，要使古典诗歌重现往日的繁荣，除各种枝节性的努力外，最根本的当是重建诗坛生态。通过重建诗坛生态，为古典诗歌的继承发展、焕发生机，提供一个健全有效的良性机制。以下即从两个层面，对这一诗坛生态的构成、破坏及重建，作一系统的探讨和分析。

一、诗坛雅俗互动机制的构成、破坏及重建

中国古典诗歌从广义上来说，应包括雅、俗两大系。属于雅文学的，如楚辞、五七言古近体诗；属于俗文学的，如词（主要指早期的）、曲、谣谚等。诗史上这相异的雅、俗两系不独“并育而不相害”“并行而不相悖”，且彼此取长补短、同荣互惠，构成了一个既自足又开放，具有良好自我调节能力的生态系统。对于这一点，近代人是颇有些清醒认识的：

> 中国文艺发展史告诉我们，历次文学创作的高潮都和民间文学有深刻的渊源关系。楚辞同国风，建安文学同两汉乐府，唐代诗歌同六朝歌谣，元代杂剧同五代以来的词曲，明清小说同两宋以来的说唱，都存在这种关系。
>
> ——郭沫若、周扬《红旗歌谣·编者的话》

这段话讲清了民间文学即俗文学对雅文学的影响，但受时代因素的制约，于雅文学对俗文学的影响却回避不提。这是偏颇的。事实上，两者之间是互动的关系。一方面，俗文学可以源源不断地给雅文学提供最基本的养料，语言、素材、体制、审美取向皆是如此。正如前面所引用的，楚辞、建安文学、唐代诗歌等雅文学，均是在吸收俗文学养料的基础

上产生的。不立足于俗文学这块土壤，雅文学就会失去必要的养料，与时代脱节，与读者分离，而日渐僵化、教条，失去鲜活的生命力。在一个民族文学的生态中，俗文学代表的是这个民族文学的广度，有了这个广度作依托，雅文学才能继长增高，日臻完善成熟。韩退之所说的“根之茂者其实遂，膏之沃者其光晔”，讲的就是这个道理。另一方面，俗文学在体制上毕竟是原始的、粗糙的，在审美意味上也是贫薄的、伧俗的。它必须以雅文学作参照，下一番去粗取精的提炼功夫，其内在的精华才能得到集中表现而大放异彩。没有雅文学作标准，缺少必要的雅化功夫，俗文学就会堕落为庸俗，甚至是低俗。而有了这一层雅化功夫，俗文学就会提升为通俗、雅俗共赏。通俗、雅俗共赏才是俗文学正常、健康的形态。文学史上《诗经》中的《国风》、《楚辞》中的《九歌》，都是由民间文学经过雅化，而变成雅俗共赏的通俗文学的典范的。扩大范围来说，《水浒传》《三国演义》《西游记》如未经施耐庵、罗贯中、吴承恩这些文人的雅化，而仍只以宋元以来说唱形式流传，那它还算名著吗？还能赢得那么多读者吗？《刘三姐》中的民歌如未经音乐家雷振邦的加工，而只以原生态的形式演唱，那它还能拥有那么多的听众吗？很显然，其读者和听众的比例会大大减少的。在一个民族的文学生态中，雅文学代表的是这个民族文学所达到的高度和深度，具有贵族性和精英性。一个民族文学的最高规范是由雅文学来界定的，最深醇的品位是由雅文学来提升的，最大的权威是通过雅文学来确立的。只有在雅文学中，才能诞生这个民族最伟大的作家和最经典的作品。由这些可见，雅俗之间各有所长，互为前提，形成了一个既互动又各得其所的良性文学生态系统。这个良性的文学生态系统在中国古代文学史上是长期存在着的。虽然中国古代社会盛行中央集权制度，但专制主义在文化上的表现却相对温和，大多数情况下只是在价值取向上大而化之地“定于一尊”，而很少落实到政策层面，对官方视野之外的文化形态采取铁腕手段予以打击、加以取缔。事实上，它是允许一个多元文化生态系统存在的。这个多元文化系统的存在，确保了中国古典诗歌乃至整个中国古典文学的健康发展。只是到了近代，这一切才开始发生变化。

最先对这个文学生态系统进行打击的，是“五四”时期的文学革命运动。既曰革命，则所革的对象当然是此前占文坛主流地位的雅文学，尤其是其中的诗、文二类。为此，胡适在《文学改良刍议》中提出了“八不主义”，陈独秀在《文学革命论》中“大书特书吾革命军三大主义”，钱玄同干脆喊出了“桐城谬种，选学妖孽”的口号。出于一种非学术性的考虑，在无坚实学理的基础上，给雅文学贴上标签、罗织罪状，锋芒所及，雅文学生存的合理性被抽空，雅文学构成的基本元素被解构，雅文学与俗文学并存的多元性被取消。这种理论一旦付诸实践，则直接破坏了雅俗文学良性互动的文坛生态，不是将俗文学雅化，而是将雅文学俗化了，并最终导致俗文学的一体独大和雅文学的边缘化。

继之给这个文坛生态致命一击的是毛氏的《在延安文艺座谈会上的讲话》。在这篇影响历史的讲话里，毛氏空前强调了文学的工具性，视文学为革命事业的齿轮和螺丝钉。因此文学要服从于政治，而“这政治是阶级的政治，群众的政治”。为了这个目的，“文艺工作者”就要解决“立场问题，态度问题，工作对象问题，工作问题和学习问题”。也就是说，在立场上要站在人民大众一边，在态度上要以歌颂人民大众为主，在工作对象上要服务于工农兵及干部，在工作问题上要做到“大众化”，在学习问题上要学习马克思列宁主义和社会主义。凡与此五种价值异趋的，统以各种理由加以排斥甚至是否定。显而易见，他要肯定的是工具性很强且已大大缩小了范围的俗文学，而遭到否定的只能是超越庸俗功利主义，具有很高审美价值的雅文学。在这里，毛氏采取简单的非此即彼的二元对抗法，将雅文学和俗文学完全置于一种对立地位，且不惜上升到政治的高度。这在动机上是狭隘的，在方法上是机械的，在情感上是民粹的，在态度上是粗暴的。其直接的结果，就是从内容到形式全面瓦解了雅文学。尤其是鼎革以后，这种带有极强政治功利主义的文艺思想迅速上升为主流意识形态，在体制力量的推动下，更是所向披靡，无孔不入。经此致命一击，健全的文坛生态被彻底破坏了。

在健全的文坛生态被破坏后，继起呈现的又是怎样的一种新景象呢？我们不妨将范围缩小到诗词界，再进行一番较为细密的考察。

首先是雅文学阵营发生了极大的分化。极少一部分立志不随流俗转的诗词家仍自占地步，按雅的标准进行写作。这些人从通都大市到穷乡僻壤都有，代表人物如中山大学的陈寅恪、中国社会科学院的钱锺书、上海文史馆的潘伯鹰、安徽文史馆的刘凤梧。从这些人的诗集里，是找不出一首趋时之作的。也正是这些人，在庸俗的功利主义甚嚣尘上、审美普遍被政治势力绑架的时代，顽强地保存着诗词创作的高品位，默默传承着雅文学的一脉薪火。而这种固守也使他们付出了“负俗”的代价，在相当长一段时间里，他们作为卓有成就的诗词家的身份无法广为世人所知，尽管他们自己视这种代价的付出为蔑如也。在吴学昭著的《听杨绛谈往事》中，杨绛曾谈到20世纪70年代钱锺书等人在其所住的陋室里从事《毛泽东诗词》英译工作的一段往事：

> 这项工作是1969年开始的，中断多年后于1974年11月又继续作。由于钱锺书“足不出户”，翻译小组的知名人士叶君健、袁水拍，不得不屈尊天天来陋室工作。叶君健与锺书脚对脚对坐，袁水拍挤坐一侧。周珏良代表乔冠华也来过几次。江青对袁水拍、叶君健说：“钱锺书不懂诗，你们让赵朴初去点拨点拨。”于是赵朴初奉命而来陋室，对“不懂诗”的钱锺书“点拨”，无椅可坐，只能挤坐锺书椅旁的凳上。钱锺书不声不响，听任他“点拨”。

此事杨绛在所著的《我们仨》中也提过，可见印象之深刻和滑稽。钱锺书岂“不懂诗”？又岂是赵朴初所能“点拨点拨”得了的？尽管如此，却很能由这个事例见出彼时雅文学的命运。在那样的文坛语境中，像钱锺书这样的诗词界精英人物及典雅作品已不受重视，而逐渐被淡忘乃至消失在历史记忆的深处了，文坛重视的是赵朴初式的应时作品。不然，江青再无知，也不至于说钱锺书“不懂诗”；赵朴初即便“奉命”，也断不肯去“点拨点拨”钱锺书的。这是形势比人强，钱锺书虽不肯放弃自己的固守，也只好韬光养晦，“不声不响”地“听任他‘点拨’”了。

更大一部分诗词精英则放低身段，适时向“俗化”转型，不失虔诚地迅速融入新的诗词语境，并很快学会了用流行的语汇歌颂新的事物，张扬一种虚幻的幸福感。在这些大量粗制滥造的作品中，诗词的审美功能让位于诗词的宣传功能，诗词的政治性取代了诗词的人文性。缺少审美价值和人文精神，那还算得上堪称是雅文学精粹的诗词艺术吗？我们看在民国时期即已闻名于世的诗词家，如沈尹默、唐玉虬、冒孝鲁等人在鼎革前后的诗作，以水准论，可谓一落千丈，不啻出自两手。这里再以陈叔通为例。陈身历三朝，是公认的社会名流，有家学，中过进士，点过翰林，于国学有精深的造诣。本来是能写一手典雅的诗词的，而鼎革以后，却诗风丕变。如下面的两首：

太平天国有传薪，推倒王朝建在民。革命开端功未竟，辉煌历史纪元新。

不忘前事有今朝，纪念从隆意义饶。时代岂能无限制，破资立社导新潮。

诗为纪念辛亥革命50周年而作。原共4首，发表在1961年10月5日的《人民日报》上，这里选出的是其中的两首。从如此粗直的诗中，我们岂能看出陈的学养？这与“老干体”又有什么区别？曾有诗词行家对陈所作此类寡乎其味的大白话诗不以为然，拿给郭沫若看，哪知郭非常欣赏，认为变得好。（此项内容为余十多年前在某刊物所见，刊名及刊期待查）这表明陈叔通式的创作转型，已得到主流诗词家的认可甚至是鼓励。为此他们亦乐此不疲，尽管这是在将自己由诗词精英一步一步地变为诗词庸人。

雅文学阵营的分化在取径上虽有自我边缘化和主动转型两种，但后果是一样的。这就是诗坛精英阶层的整体“陆沉”，旧的诗坛权威及旧的标高也随之在公众视野里消失。而就在这“推陈”的过程中，适应时代的需要，诗坛新的权威借助超艺术的力量，也随之制造出来了。

绝对的权威当然是毛氏。毛氏于诗重三李，但似更欣赏“乱世之奸雄”的曹操。他为数不多的作品，由于众所周知的原因，在鼎革后的诗坛上大放异彩。尤其是经过体制内挂头牌的诗论家郭沫若极富夸饰的阐释、推崇，更是成了无与伦比的典范：

（毛泽东同志）是最伟大的一位现实主义者，但我也敢于说，毛泽东同志同时又是最伟大的一位浪漫主义者。他是伟大的革命家，同时又是伟大的作家、诗人。……他近年来正式发表了十九首诗词，更使中国的文学宝库增加了无比的财富。我自己是特别喜欢诗词的人，而且是有点目空一切的，但是毛泽东同志所发表了的诗词却使我五体投地。

——郭沫若《浪漫主义与现实主义》

主席并无心成为诗家或词家，但他的诗词却成了诗词的顶峰。

——《“红旗跃过汀江”》

毛氏之外，在当时有限的媒体上，经常谈诗、论诗、发表诗作的还有陈毅、郭沫若、赵朴初等。在一般人的心目中，这几位诗人代表了诗词创作的最高水平，是新一代诗词界的权威。那么这些权威的真实水平又如何呢？毛氏的少数诗确有奇情、有壮采，诗中也有“我”在，具有如鲁迅所评的“山大王”气概。但整体来说诗功并不深，技术亦多有懈可击之处，一些未公开发表的诗更是大失水准。联系他晚年的所作所为及给这个民族所带来的灾难，其中一些曾使人不寒而栗的诗，还能给人以美的享受吗？这样的诗只能聊备一格，是算不上权威之作的。即使在那种政治高压之下，一些诗坛精英对此种作品仍有清醒的认识，且不乏“腹诽”之作。近日拜读蕉窗老人刘凤梧先生的《蕉雨轩诗钞》，其1968年所作《杂感》三首中有这样一首：

晚清词坛数彊村，壮采奇情继大樽。我学倚声循制谱，人亡度曲剩啼痕。
瓣香堪挹红绒句，卮酒难招白石魂。此调不弹逾廿载，是谁布鼓过雷门？

此诗为老人论词之作。如果笔者推测得不错的话，诗的尾联似是针对毛氏诗词而言。经历过那个时代的人都知道，1968年正是文化大革命的高峰时期，广播里播送的都是毛氏那些充满火药味的诗词。其时困居山村的老人正卧病在床，盈耳都是这样的声音，不能不使在诗词方面有极深造诣的老人产生“布鼓过雷门”之感。这固反映了老人的自负，也可见毛氏之作是入不了真正诗词精英的法眼的。毛氏之外，陈毅将军文采风流，然亦只有诗情，诗学、诗功均浅，有些作品连格律也未过关，可以略而不论。郭氏有才学，懂诗，但于诗词创作只算是半路出家，功力并不深，兼之自觉地充当“党的喇叭”，一路跟风追逐，出手太易，由此而“逢场作戏”大批量生产标语口号式的作品，诚如他所自嘲的“诗多好的少”，只制造了无数的诗坛笑料，价值云乎哉！赵公出身名门，有家学渊源，本人亦极有学养，可惜为时势而迷于抉择，在诗词创作上放弃了向上一路，而选择了向下一路。他生前虽诗名极著，但所作充其量只是比较高级的宣传品而已，从长远来看，艺术价值并不大，就这一点来说，他与郭氏并没有什么本质的不同。

这些通过非艺术因素制造出来的诗词精英如按传统的标准来要求，是不足以代表雅文学，更算不上是真正权威的。从本质上来说，其所代表的仍属俗文学的范畴。但在旧的诗词精英群体分化“陆沉”后，这些准精英、准权威便抢占了原属雅文学领地的诗坛生态的制高点，并同真正的民间俗文学重新发生了关系。在诗坛新的生态系统中，并没有像旧的诗坛生态那样，形成雅俗之间的良性互动，各得其所，两全其美；而是以俗对俗，直言之是以高级的俗对低级的俗，恶性互动，终至两败俱伤。在这种恶性互动中，处于制高点一端的准精英人物，无意且亦无能力对另一端的俗文学起雅化、提升作用，相反却为俗文学的进一步俗化呐喊助威，不至庸俗、恶俗不止。如：

1958年3月，“大跃进”的前夕，中共中央在成都开会酝酿讨论。会上，谈到诗歌的创作，毛泽东表示，“中国诗的出路第一是民歌，搞几个试点，每人写三五张纸，写写民歌，劳动人民不能写的，找人代写，限期十天搜集，下次开会，各省至少要搞一百多首民歌”。

——王振松《农民诗人王老九与郭沫若赛诗》，《名人传记》2013年上半月第5期

为了响应这个号召，中宣部副部长周扬也写文章给予理论支持，并作“采风大军总动员”，向全国各地发出搜集民歌的通知，“新民歌运动”随即兴起。郭沫若、周扬又合编《红旗歌谣》推其波而助其澜。在这种情况下，王老九式的农民诗人迅速走红，以致出现了“乡乡要出一个王老九，县县要出一个郭沫若”的提法，这种态势一直持续到“文

革”，一些农民诗人甚至登上了大学的讲台，如安徽肥东县的农民女诗人殷光兰即登上了安徽大学的讲台。那么这些“新民歌”究竟有什么样的特色呢？我们且来欣赏其中的两首名作：

梦中想起毛主席，半夜三更太阳起。做活想起毛主席，周身上下增力气。
走路想起毛主席，手推小车不知累。吃饭想起毛主席，蒸馍拌汤添香味。

——王老九《想起毛主席》

敢想敢说又敢干，好比三颗原子弹。炸开千年迷信锁，粉碎万年自卑感。

——《红旗歌谣·三颗原子弹》

本来，民间文学是一座富矿，具有很多朴素、优美的正面元素。而这些正面元素，是要有雅文学的眼光，才能发现、鉴别、引导而进入审美领域的。可惜此时诗坛生态顶端缺少的正是这样一种雅文学的眼光，兼之别有所图，从民间文学中被刻意发掘出来的多是负面的，如上所引的那些谄媚与噍杀兼而有之的乱世之音。这种乱世之音反过来又被曲解为“人民性”“斗争性”“通俗性”而为所谓的诗坛精英所肯定并吸收，因此在他们的诗词作品中也频频出现了诸如“不须放屁”“万岁高呼三脱帽”“‘三项为纲’批透，复辟罪行怒讨”等粗俗不堪的诗句。这种上下之间的恶性互动绑架了诗坛的审美，形成一种群众性文化暴力，并在“文革”时期被推向极致。而它留给当代诗坛的一个颇为尴尬的遗产，则是“老干体”这个庞大的存在。

“老干体”，按传统的诗坛架构来说，既不属于真正的雅文学，也不属于真正的俗文学。它横亘在雅俗之间，虽略具二者的皮毛却又两头都够不着。向上，它够不上雅文学的标准，也不愿走下学上达一路；向下，它没有俗文学的质朴和生气。对自己的生存，它深感迷茫，缺乏理想，只在诗坛平庸地混日子。如果还有出路的话，那它认定的最好出路就是在改革的名目下，将平水韵解构掉，将格律解构掉，将纯粹典雅的文言解构掉，直到把诗词这种雅文学的基本要素统统解构掉。如果真走到这一步，那还能算是代表雅文学最高成就的诗词艺术吗？很显然，按“老干体”这种不断降低标准的思路，诗词艺术在当代的发展之路是走不通的。

在较为细密地考察了诗坛雅俗良性互动机制的构成及解体的历程后，正面的意见实际上也已包含在其中了，即要确保当代诗词的健康发展，就必须重新激活诗坛雅俗良性互动机制。

其一，要重新摆正雅俗之间的关系。走向上一路，让雅引领俗；而不能走向下一路，让俗引领雅。这是一个认识论和方法论问题，不坚持这个正确的认识论和方法论，诗坛良性的生态是建立不起来的。尤其是在这个俗普遍侵蚀雅、整个民族文化水平空前跌落的时代，此点更为重要。

其二，要重新认定艺术的标准。艺术的标准通常是由权威来代表的，所以要承认权威，要尊重权威，要确立权威的权威地位。也许有人以为当今是一个张扬个性、不惧权威的时代，再没必要这样提权威问题。其说虽辩，而实是一种误解。个性有自然个性与艺术个性之分。自然个性是权界意义上的，权界意义上的个性是不承认有权威的，它允许每个人都性其所性，进行自由的发展；绝不扬此抑彼、以权威的名义去侵犯另一个个性的发展。艺术个性则是审美的，审美意义上的个性是承认有权威的；权威就是一种比较特出的艺术个性，尊重权威就是尊重高品位的艺术个性。如果对这种高品位的艺术个性都没有眼光来欣赏和尊重，又怎能自觉地形成自己的艺术个性？即便是挑战权威，也要以尊重权威为前提，挑战与尊重并不是矛盾的。那种对一切都满不在乎，动辄就要解构的痞子文人式的做派，不是尊重个性，而是在张扬另一种意义上的奴性。郁达夫在《怀鲁迅》一文中曾说过两句发人深省的话："没有伟大人物出现的民族，是世界上最可怜的生物之群；有了伟大的人物，而不知拥护、爱戴、崇仰的国家，是没有希望的奴隶之邦。"这两句话同样也适合诗词界。尤其是在传统诗词存亡绝续的非常时期，就更是如此。而真正的权威一旦得到了承认和尊重，那些伪权威才相形见绌、失去生存的空间，诗坛真正的标高才能确立，对俗文学的提升和引领才会有可靠的尺度，诗坛雅俗良性互动机制的激活也才能得到有效的保证。

其三，要重视俗文学的基层性。要源源不断地从俗文学的基层中吸收正面的资源和获取负面的参照，正面资源有技术上的，但目前主要还是素材上的。俗文学（此处主要是指层次尚低的诗词创作）面广、人多、作品量大，有着素材上的优势，诗坛精英可以从中汲取有益的养料。否则，一味端坐书斋，专作"瞎唐体"，是要与时代脱离的。负面的参照是指时刻关注俗文学走向，及时把握各种问题的症结所在，这样才能有的放矢地将对俗文学的引领、微调、雅化落到实处。由前者，可以使雅文学做到雅而不空；由后者，可以使俗文学俗而不恶，保持大俗大雅的品质。雅俗之间只有保持这样的互动，才能将良性的诗坛生态彻底激活。

二、培育诗人的人文机制的构成、破坏与重建

在传统的诗坛生态中，诗人的成长不是一种孤立的纯个体行为，而是有一整套人文机制在起着有效的培育作用。这套人文机制通常由家学、师承、交游三个板块组成。就每个个体而言，尽管并不绝对兼备，作用程度也会有所差异，但大致还是能概括古今一切诗人的成长历程的。

家学对于一个诗人的成长来说具有原初的意义。它一般是通过生物意义上的基因遗传和人文意义上的基因遗传作用于每个诗人个体。生物学意义上的基因遗传赋予诗人以特殊的天分、独特的气质，这些都是先天的，此处可略而不论。人文意义的基因遗传往往表现为带有家族特征的精神资源的积累、教育范式的建构、学术路数的确立以及审美风格的认同。诗人若从小就沉浸在这种家族文化环境里，便会受到深刻的影响，并逐渐内化为一种宛若天成的人文禀赋。家学所打上的这种最初的精神底色和所提供的丰厚凭借，是成就一个风格卓异诗人的重要条件。明清以降许多文学世家的形成、作家的层出不穷，皆与此相关。如桐城方氏、姚氏，湘乡曾氏，南通范氏，义宁陈氏，德清俞氏，无锡钱氏，均诗文传家数代乃至数十代，其独特的文化气质虽尘封于历史的深处，而望气仍可识宝。

家学之外，师承同样重要。传统社会中诗文艺术的学习，是最讲路数、重师承的。清

代姚鼐颇为重视的一句话："有所法而后能，有所变而后大。"要"有所法"就得有老师引导，所谓"师也者，犹行路之有导也"（陆佃《潜书·讲学》），讲的就是这个意思。学生通过师承不但可以接受知识，掌握技巧，学会"辨章学术，考镜源流"，直至"一超直入如来地"；更重要的是还可登堂入室，耳濡目染，真切地感受到老师的"身教"。身教是道德的、情感的，也是审美的。在寻常日用之中，能潜移默化地提升学生的人文素养尤其是人品。对于一个诗人来说，人品是非常重要的。有人品才有诗品，有诗品才有丰富的人文内涵，有丰富的人文内涵，诗作才能真正进入审美的视野。很显然，这与那些技术含量低、人文内涵贫乏的无所师承的野体，是不能同日而语的。

中国历来重交道。朋友为五伦之一，以文会友是拓展一个诗人成长空间不可或缺的环节。孔子曾说：

> 小子何莫学夫诗？诗，可以兴，可以观，可以群，可以怨。迩之事父，远之事君，多识于鸟兽草木之名。
>
> ——《论语·阳货》

所谓"群"，孔安国注曰"群居相切磋"。切磋什么？切磋诗艺，研味诗心，交流心得，以匡不逮也。这种广交直谅多闻之友而"群居切磋"的学习方式，构成中国文学史上一个优秀的人文传统，影响中国文学发展至巨。钱锺书亦曾说：

> 从六朝到清代这个长时期里，诗歌愈来愈变成社交的必需品，贺喜吊丧，迎来送往，都用得着，所谓"牵率应酬"。
>
> ——《宋诗选注·王安石》

此说既有符合事实的一面，也有偏颇的一面。事实上这些社交之作并不都是"牵率应酬""为文造情"的，更多的应是"嘤其鸣兮，求其友声"的为情造文之作。正是这些交往唱酬活动，造就了大量的诗坛佳话，成就了无数的诗人，留下了众多的名作。如李杜之间、韩孟之间、元白之间、苏黄之间的酬唱，即是如此。杜甫怀念李白诸作堪称千古绝唱；韩孟之间既彼此欣赏，又和而不同，终形成了夐绝千古的诗风。我们从韩愈所写的《醉留东野》中，即可见出这对诗坛石友相与之间是何等投分：

> 昔年因读李白杜甫诗，长恨二人不相从。吾与东野生并世，如何复蹑二子踪！东野不得官，白首跨龙钟。韩子稍奸黠，自惭青蒿倚长松。低头拜东野，愿得终始如駏蛩。东野不回头，有如寸筳撞巨钟。吾愿身为云，东野变为龙，四方上下逐东野，虽有离别无由逢。

而白居易、元稹、李绅之间的酬唱，则推动了新乐府运动的蓬勃展开；苏黄之间的酬唱更是促进了宋诗风的形成，成为与唐诗风并峙的宋诗风代表人物。即便是钱锺书本人又岂能例外？在《槐聚诗存》序中他也承认："本寡交游，而牵率酬应，仍所不免。"尽管说要“概从削弃”，但仍保留了几占全集一半的赠答酬唱之作，由此可见其必有不可“削弃”的价值。人是有社会性的，同声相应、同气相求，是人性的基本需要。诗人只有广交益友，见贤思齐，才能拓展视野，增进学力；也只有通过朋友间来而必往的赠送酬答、切磋琢磨，方能激发内在的潜能。没有了交道，诗人还能殚见洽闻吗？没有了朋友的唱酬之乐，诗人还有那么多的激情吗？“概从削弃”这些酬答之作，一部中国诗史还有原来的分量吗？答案显然是否定的。

近日拜读黄山书社新出版的《蕉雨轩诗钞》，极有感触。该书作者蕉窗老人刘凤梧先生为当代著名诗词家刘梦芙先生之父，书即梦芙先生亲自编校。梦芙先生编纂此书颇见匠心。正编除编入蕉窗老人自著《蕉雨轩诗钞》《绿波词稿》《蕉雨轩联语》《蕉窗文剩》外，还随相关作品录有诸多师友的评语，而殿以编者自撰《刘公凤梧年谱简编》。副编有附录一《刘公显笙年谱》、附录二《遗珠集》、附录三《锄云吟草》，除家谱资料外，主要选录了刘氏各位先德、后人及著者诗友、学生久经劫难所保存下来的一些零篇散什。从这些入编极富的资料中，可以抽绎出家学、师承、交游三方面的内容，并全面复原造就蕉窗老人这位卓有成就的诗词家的人文机制。下面即以《蕉雨轩诗钞》为主要蓝本来作一个案分析，看看传统的这套人文机制在造就诗词家方面，究竟起到了怎样的作用，以为当代诗词的发展提供有益的借鉴。

（一）家学

刘氏虽僻处大别山深处，但耕读传家，代有名贤，文风极盛，诗学尤称家学。附录选录诗作者即有刘氏七世祖刘文柯，蕉窗老人曾叔祖刘袖简，祖父刘思振，叔祖刘思翥，父亲刘家晋，叔父辈的刘辛甫、刘焯甫、刘九思，堂兄弟辈的刘国骅、刘国宇，子侄辈的刘梦龙、刘和鑫，哲嗣刘梦芙另有专集《啸云楼诗词》行世。所录诗作皆见才思，足征诗学作为刘氏家学，渊源有自，人才辈出。其中蕉窗老人以上父祖辈诸作，尤见隽才逸韵、卓尔不凡，置之并时各大家、名家集中，亦毫不见逊色。

诗学作为刘氏家学，在培养诗才的方法上，其卓异之处主要有三：

其一，诗学启蒙早。诗学启蒙早反映的是刘氏家族在这个科类方面的精神资源积累丰富，有一整套世代相传、行之有效的传授机制；兼之父祖辈都精通诗学，拥有可靠的家庭师资，并有把诗学当作家族文化血脉自觉传授给下一代以发扬光大的使命感，这些主客观因素的综合便生成了带有文化意味的门风。在这种门风的濡染下，诗人的各种潜质在孩提时代便得到了有效的开发，并展露出灵光焕发的聪明才智，这是生活在此种门风以外的儿童所远不能比拟的。且看蕉窗老人的自述：

> 余七岁时，从堂伯父家崇先生入塾读书，至晚归家，夜间灯下，先祖授以五言唐诗一首，琅琅上口，以当歌唱，晓起辄能背诵。阅三载，全部《唐诗三百首》均能记熟。十二岁时，外出就傅，从堂叔祖济川先生读五经，兼习试帖诗，学作五言律，渐识四声五音。偶有拟作，辄携归就正于先祖。
>
> ——《蕉雨轩诗钞·自序》

由于家学优越，故启蒙早，起点高，诗风成熟得也快。老人早年所作我们已无从见到。《蕉雨轩诗钞》所收最早的诗系作于1923年的《悲秋》七律八章，其中第一首为：

半生蹉跌误驹光，每届深秋倍感伤。蛮触无端开战局，菊花底事庆重阳。
江流呜咽鱼龙泣，山色苍黄猿鹤藏。闲坐大观亭上望，万方多难又沧桑。

写此诗时作者年三十二岁，方在安徽省立第一师范读书，而诗已成熟如此，直可征见天分之高与家学之力。

由于老人的固守，这种家庭启蒙在极困难的情况下，仍延续到老人的下一代。较之乃翁，梦芙先生诗学启蒙更早，这也有他的自述为证：

余出生甫三龄，先君即授以唐人绝句，辄能记诵。……“文革”祸起，家中典籍悉遭焚掠，仅先君诗稿事先藏匿，幸免于难。余辍学回乡，与农夫牧竖为伍，风霜劳作，饱历艰辛，而每以无书可读为恨。时先君长年卧病，戚友中祝世元、汪瑞芳两先生能诗，每来探访，必有唱酬，午夜清谈，霏微玉屑，余窃听之，遂动学诗之兴。偶于壁罅中觅得劫余之《诗韵集成》半部，开笔试为近体，先君与长兄教以平仄粘对，作十余首后居然熟稔。盖幼时诵诗伙颐，感性敏锐，辨识四声，略无滞碍也。自此为诗一发而不可收，两三年间成七律近五百首，题材则无非四时风物、田园山水之类，内涵单薄，辞气稚弱。所作录呈先君，谓尚有灵气，孺子可教，遂于诗之章法、属对、选韵、炼字，时时训示，一丝不苟，盈篇涂改，墨迹淋漓，余是以稍知诗之门径。

——《啸云楼诗词自序》

《啸云楼诗词》开卷所收《春暮》二首，其中第一首为：

山林春暖鹁鸠啼，东野烟笼草色齐。松影绿遮荒径外，桃花红到小桥西。
欣迎幽谷新莺至，怕听长堤战马嘶。如此韶光兵未靖，凝眸天际望云霓。

诗作于1968年，其时作者才十七岁，是一位初中尚未卒业即因“文革”原因辍学在家的少年。学历虽不高，而学力却富，此诗，岂是同时大学一般文史教员所能写得出来的，更不要说同年辈那些连平仄尚不知为何物的中文系大学生了。家学之为用大矣哉！

夷考诗史，古今诗人的成熟大多有一个过程，即使是天才的诗人也不例外。而有家学的哺育，则可将这一过程大大提前和缩短。袁枚所感叹的“书到今生读已迟”，正可由家学来弥补。蕉窗老人乔梓学诗的经历及其成效，不正证明了家学的重要，并显示出它的优越之处吗？

其二，专宗唐诗。这可说是刘氏诗学的不二法门。从七世祖刘文柯到蕉窗老人乔梓尽皆如此，可说无一例外。于宋诗人只重陆游，这大约因陆氏如前人所说的，是宋诗人中最近唐诗人的缘故。对明清以降各家，也严立壁垒，近唐者间或学之，近宋者则浏览而已。累世相嬗，积累愈厚，风格愈彰。故刘氏历代诗人虽各有特点，而气宇的轩昂、音节的高亮、风韵的超迈，则是共同的，可说一看便知，原则上是不会同他家相混淆的。蕉窗老人之所以能成为现代诗坛“唐风”的代表人物之一，究其原因，这种“专宗唐诗”的家学渊源当是第一性的。

其三，研精七律。蕉窗老人以上刘氏各位先德皆精七律，流传下来的诗作也以七律居多。蕉窗老人虽诸体皆能，而尤擅此体，量大质高，几占全集的大半。其中联章组诗最多，叠友人灯韵诗有至六十五首者，以梅为题的更是在百首以上。所作虽多，而真力弥漫，一气贯注，无一懈笔。数量之大，质量之高，在明清诸大家中也是少见的。七律一体对于老人来说直如宜僚弄丸，已入化境，随意挥洒皆成佳构，诚神乎其技矣。老人曾自道个中甘苦曰：

近体诗最难作，更难工。立意要新，措词要雅，押韵要响，谐声要和，用典要切，布局要严，首尾要相顾，中联要空灵，选题要特致，造句要精炼，此其所以为难也。古人云“看来容易却艰辛”，又云“一句诗成百炼锤”，此真富有经验之语，特书之以为初学之诰。

——《蕉雨轩诗钞》卷之六自注

这既可看作老人写作近体的个人心得，也可看作刘氏家学历世相传的独得之秘。对照刘氏各位先德，尤其是蕉窗老人的七律，是完全达到了这些标准的。袭其丰厚，梦芙先生亦独得真传，早年开笔即从七律入手，两三年间竟作有五百首之多，《啸云楼诗词》所收诗虽古近体皆工，而自以七律最精。近时所作已渐臻化境，“寒”韵诗有叠至三十首者，不重复，不趁韵，不做作，移步换形，别开生面，全然不费力气。与乃翁七律相比，蕉窗老人凝练，允称老劲；梦芙先生气足，尤具张力，此二者之大较也；而整体来说则精神不殊，宗风尽同，韵味均厚。即此可见家学烙印的深刻，及成全诗人所独具的“良法美意”的一面。

（二）师承

家学系统毕竟是相对封闭的，要想大成还得进入更广阔的天地，接受更多的名师指导。不然株守一处，眼光、胸怀、气度、见识、笔力都将会受到限制，而难臻大成。北宋苏辙在《上枢密韩太尉书》中，曾说过这样一段颇有意味的话：

辙生十有九年矣，其居家所与游者，不过其邻里乡党之人，所见不过数百里之间，无高山大野可登览以自广。百氏之书虽无所不读，然皆古人之陈迹，不足以激发其志气。恐遂汩没，故决然舍去，求天下奇闻壮观，以知天地之广大。过秦、汉之故都，恣观终南、嵩、华之高，北顾黄河之奔流，慨然想见古之豪杰；至京师，仰观天子宫阙之壮，与仓廪、府库、城池、苑囿之富且大也，而后知天下之巨丽；见翰林欧阳公，听其议论之宏辩，观其容貌之秀伟，与其门人贤士大夫游，而后知天下之文章聚乎此也。

所谓听欧阳公“议论之宏辩”者，即谓亲炙名师的重要。蕉窗老人身丁新旧教育转型之际，私塾读竣，虽年龄偏大，仍不甘伏处乡里“汩没”一生，复入读新式区立高级小学，继之升入安徽省立第一师范，直至考入安徽大学，卒业中国文学系。在这相当完整的求学历程中，老人得到了多位名师的教诲，其中在一师时期有精于诗学的胡渊如、高亚宾两位先生；在安大时期有精于经学的姚仲实先生、精于词学的李范之先生、精于诗古文辞的潘季野先生、精于选学的刘叔雅先生、精于古诗的陈慎登先生、精于诗史的陆侃如先生、精于词史的周岸登先生、精于新诗和西洋文学的朱子沅先生。其时虽已采用新式学校教育体制，但新式教育的工具性尚不明显，传统教育中的人文传统仍较完整地保留着。学生尊敬师长，师长亦视学生为子弟。讲堂之外，学生复可登堂入室，请业问难；于传道授业解惑之余，仍多情感交流，凡此均潜移默化地影响着学生的人品、文品、诗品的确立。教学方法上，诸师皆为各个门类的行家里手，述而兼作，故指导学生尤为得力。往往片言只语，即可金针度人。我们不妨节录《蕉雨轩诗钞》《绿波词》随作品所附的诸师评语，以见个中一斑：

指示门径的：

（陈师评）细读诸作，绮艳清新，兼而有之，他日方驾温李，可必矣。若更进而求之盛唐汉魏，尤致力于古体，波澜纵横，龙虎跳卧，则其自熹者，必又有出乎今日之上者。

（李师评）有沉雄之气，宜多读老杜义山两家律诗，则自无率句矣。

（李师评）似宜专学一家，苦思冥索，必得其不传之三昧矣。

表彰特点的：

（潘师评）佳句联翩，目不给赏，予取其近唐人不阑入宋调者。

（李师评）清新俊逸，兼而有之。

（陈师评）以大笔写小品，极为高格。

（李师评）足征性情之厚。

（李师评）吴梅村此体最工，以作者之才，可以直追古人。

（李师评）作者长于七律，而“桥”“寒”二韵，尤有丰神。

指出不足的：

（李师评）中四句叠字四见，虽古人亦间有之，究不可学。

寄予厚望的：

（李师评）锲而不舍，他日可望名家。

（李师评）作者诗词均斐然可观，如再下一番苦功，他日必放子出一头地。

（李师评）统观诸作，有辞采，有情韵，有寄托，再于涩字上用功，可望卓然大成矣。

所评各条均要言不烦，直入诗词三昧。对于一个青年学生来说，这是何等受益，又是何等激发其志气！其诗品的高洁、气息的渊雅，尤其是晚作所饱含的忧患悲悯意识，似都与这种富于儒家人文关怀精神的陶冶有关。老人于此亦感念极深，曾一再作诗怀念老师，终身都铭记这成就自己的“英年负笈记曾游，风雨挑灯话不休”（《怀潘季野先生》）的美好时光。

（三）交游

相比较近代那些交游遍天下的大诗人而言，老人交友并不算多，但都极重要。可说优秀作品的产生，相当一部分都与友人间的切磋感发有关。如早年设帐课徒，“得识英邑安君用中、徐君家飏，二君皆工于诗，时相唱和，颇获进益”（《蕉雨轩诗钞自序》）；中年“和宿松王松霞女士步张船山梅花八咏，咸为全皖诗人所推许”（《蕉雨轩诗钞自序》）、“安徽大学教授徐英（澄宇）先生，评此诗为近三十年之逸品，非新进诗人所能辨”（《蕉雨轩诗钞自序》）；晚年困居山村，贫病交加，乐与数朝夕者，唯戚友祝世元、同友汪瑞芳、房侄孝哉等三数人而已，而大量饱含血泪之作，即产生于彼此往来感发唱酬之中。由此亦可见老人的厚于性情与富于兴会。李范之先生曾评其诗为诗人之诗，确为深中肯綮的不易之论。相比较学人之诗、哲人之诗、画家之诗而言，诗人之诗是最本色也最难作的。其他三种诗在一般情况下，均可凭借学问，甚至是扯话头敷衍成篇，诗人之诗则全凭性情。老人的性情之厚使他笃于交谊，而笃于交谊又激发了原有的性情，给他的交游诗平添几分情感的力量，故读来每每感人至深，交游可说是成就老人之诗为诗人之诗的一个重要因素。

由蕉窗老人的个案分析，可见家学、师承、交游这一整套人文机制，关系造就诗人至巨。可惜的是，这套机制自“五四”以后就颇受冲击；鼎革以后则全面解体，广陵散绝矣！

如此结局当然是有原因的。宗法制的崩坏、婚姻制度的改革、教育体制的转换、学术风气的转移、职业的分途与工具化，这些直接导致了家族自然遗传基因和人文遗传基因的裂变、流失，家学就此瓦解。师承虽然还有，甚至是大面积的，但那是以由表及里皆迥异于人文传统的师承方式存在着的。鼎革以后教育受别国的影响，全部政治化、功利化、工具化。学校变成了工厂，讲堂变成了车间，教师变成了传授知识的工具，又按一刀切、标准化的模式来批量制造工具，一切都是机械的、先定的。师生陷入一种彼此异化、二元对立的怪圈，没有情感交流，缺乏人文关怀，人文教育的机制被颠覆了。具体到古典文学来说，情况更糟。在厚今薄古的名义下，这个昔日处于主流地位的学术实体被整体边缘化。在有限的传承空间中，从传承载体到传承方法，政治性、批判性均被摆到了首要的位置。大学中文系教材突出了这一点，如朱东润主编的《中国历代文学作品选》，有人即讥讽该书专选不好的作品。课外普及读物也突出了这一点，如马茂元的《唐诗选》、钱锺书的《宋诗选注》均是。钱锺书所说“由于种种缘由，我以为可选的诗往往不能选进去，而我以为不必选的诗倒选进去了”（见《模糊的铜镜》），即道出了个中的无奈；马选后来再版时抽换了相当一部分篇目，似也是出于这个原因。除此而外，古典文学教学法更是突出了这一点。传统的述而兼作的教法被抛弃了，传授主体本身也随之发生了结构性的病变，新一代的教师、学者大都不会作诗填词，缺乏必要的创作体验。充斥讲坛的是大而空的教条，很少有能落实到作品本身的，不愿也没有能力将批评、鉴赏建立在创作体验的基础上。在这种八股式的教法之下，学生的学力与学历并不完全成正比，有时甚至是相反的。

因为长期机械的教条灌输，会使一个人的思想结壳，并可怕地销蚀掉其灵敏的感悟力和鲜活的鉴赏力。凡此种种，皆解构了传统师承体系的合理构架，掏空了传统师承体系的灵魂。在这种情况下，师承虽存犹亡。

以文会友式交游的消失，则与家学的解体、师承的变异密切相关。后二者的基础地位为以文会友构筑了平台，提示了内在的必要性。失去了这些，以文会友作为群体性的社会活动，也就失去了不可或缺的人文条件，其消失是必然的。即使有残存，也是零星的、纯个体的，且受制于一定的政治环境。曾几何时，以文字与人是要冒一定风险的，如蕉窗老人与戚友唱酬，即因宵人告密险罹文字之祸，这在极“左”政治肆虐的时代，绝不是个例。故知识分子人人自危，个个噤若寒蝉，残存的一点风雅交游活动最终还是难脱被扼杀的命运而光沉响绝。

在考察了传统的培育诗人的人文机制的构成和瓦解的内容后，正如上节所说的，正面的经验和负面的教训实际都已包含在其中了。笔者想以此作为参照，就重构这个机制，来提出自己的一些粗浅想法：

（1）关于家学。在传统社会结构已发生重大变化的情况下，重建昔日的家学已无可能，但亦可参照旧的经验，适当变通。一般情况下，儿童所受的教育都是从家庭开始的。从学习的阶段性特点来说，儿童阶段的特点是记诵能力强，理解能力弱。古人就利用儿童这个特点，专门让儿童背诵，从“三百千”到“四书五经”，皆是如此，且只背不讲。近百年来，新式教育家总是批评这种方式是戕害儿童的天性。其实不然，古人这样做是有道理的。有经书阅读经验的人都知道，经书是很难读的。如果一个人到成年时才开始阅读经书，大量的奇字奥句所带来的生疏感本身就降低了阅读的兴趣和效度；即使理解了，也因旋记旋忘，很难切己体察，变成自己的东西。若早年记熟了，成年再来阅读，即可沉潜往复、从容把玩，无扞格难入之苦，而收事半功倍之效。且经书均属民族文化的元典，中国文化皆从这些元典开出，熟记这些元典能使人终身受益。我们现在受某些教条主义教育理论的影响，只让儿童阅读些通俗性的读物，记诵一些简单的儿歌。从短期来说，好像能激发儿童的兴趣；但从长远来看，这些毫无文化含量和品位的东西记得再多又有何益？现在很多学生书读到高中阶段，语文水平还不过关，正是由于缺少早年的记诵功夫和对经典的必要涵泳，腹中无物，审美能力、鉴别能力都比较差，对商业性的庸俗文风缺乏免疫力，写文章一下笔即油腔滑调，通篇浮词，令人不堪卒读。有人惊呼“误尽苍生的语文教育”，这绝非危言耸听。鉴于此，有必要迷途知返，部分恢复传统教育中儿童记诵经典的做法。果能如此，还得从每个家庭做起。具体来说，可由家长选择一些比较权威的教材，督促儿童从学前到入学后的课余时间里，每日安排背诵一些古典文学方面的优秀作品，且程度可逐渐加深。有条件的家庭，对有天分的孩子，可以教一些声律方面的知识，尝试作一些简单的五七言近体诗，为进一步深造奠定基础。家学的重构是一件很复杂的事，绝不可一蹴而就，这只是最基本的一步，也是必不可少的一步，如何重构，还可以在实践中进一步探索。

（2）关于师承。中小学语文教材要进一步改革，淡化意识形态色彩，增加古典文学篇目的比例。写作课要有文言文、诗词写作训练，并逐渐纳入高考。而作为先决条件，亦须将中学语文老师的文言文及诗词写作能力，纳入业务考核范围。大学阶段，中文系可将文言文、诗词写作列为必修课，并围绕写作课开出必读书目，鼓励学生多读元典。在目前的社会背景和文化背景下，古典文学的传承要取得明显的效果只能借助这些体制性保障。有体制保障才能普及，普及之下，少数有天分者才能脱颖而出。对于这些少数有天分者，完全可以采用传统的教育方法，将其推荐给名师，许其登堂入室，作为专门人才重点加以培养。

(3) 关于交游。既可以转换成现代的形式，利用媒体、网络，互相唱酬赠答，进行交流；也可以通过结社等传统的方式以文会友。在文化环境宽松的情况下，只要能提高创作水平，各种交游形式都可尝试。这方面的空间，比传统社会要宽广得多，是完全有条件让卓有才华者在这更广阔的空间里，得到更加全面的磨炼，以促成新一代诗人群体的全面兴起的。

三、结　语

诗词文化是一种精英文化，其发育滋长离不开特定的文化生态。在遭受近百年的重创之后，如何重新恢复它的生机，这是一个必须解决的现实课题。尤其是在中国走向世界的今天，复兴诗词艺术这个代表中国文化高度的雅文学样式就显得更为重要，我们总不能听任诗词艺术日趋衰微，而独举某氏的戏剧小品或某氏的武侠小说来代表中国文化的高度。有鉴于此，本文试从两个层面对诗坛生态的构成、破坏进行了探究，并在总结这两方面经验教训的基础上，提出了重构诗坛生态、重新恢复诗坛生机的一些构想。得当与否，欢迎海内外学人加以指正。

对当前诗词状况的思考

陈仁德

一、诗词现状的不同层面

诗词在忍受了漫长的压抑和歧视后，从 20 世纪 80 年代开始重新焕发出顽强的生命力，以其特有的魅力重登了中国的文化舞台，经过 30 年的发展，到现在已经出现欣欣向荣的景象，即使是那些曾经对诗词十分鄙薄的人，都无法否认诗词正在走向复兴的事实，要想忽视诗词的存在，几乎已经没有可能。放眼今日之中国，何处无诗词团体，何时无诗词吟诵之声，庞大的诗词作者群体，已经成为最大的文学群体，由于网络的出现，诗词的领地大大拓宽，无数的文学论坛上都辟有诗词专栏，聚集着不可胜数的诗词爱好者。作为中国国粹的诗词终于在自己国土上重新有了应有的位置，可以名正言顺地和白话诗平分秋色，白话诗一统天下的历史已经一去不复返。我们参与并见证了诗词从低迷到复苏的历史过程，而且还在继续推进这个过程，幸甚至哉。

对当前诗词界的总体评价，可以用这样的话来表述，即创作队伍之庞大、诗词团队之众多、诗词刊物之宏富、作品数量之惊人，超过任何历史时期，仅仅从这些方面来看，应该说诗词已经出现了空前的繁荣。但是，这只是事物的一个方面，如果我们全面地看问题，就会发现，空前繁荣的背后，其实是另外一番景象：在庞大的创作队伍中，能写出较好作品的人只是少数；在众多的诗词团队中，有较高品位的、有所建树的团队只是少数；在林林总总的诗词刊物中，有较高质量的刊物只是少数；在数不胜数的诗词作品中，能够传世的作品只是少数。

这是从普及和提高两个层面作出的不同的判断。仅就普及而言，无疑已经取得了巨大的成绩；而就提高而言，尚乏善可陈。

诗词的普及，比之从前的打入冷宫，肯定是一大进步，是一大喜事，大量的爱好者执着于诗词，为社会平添了许多文化气氛。无疑，多一个爱诗的人，社会就会减少一个庸俗的人，不论怎么说，诗词大都是高雅的，附庸风雅，总比附庸下流好。子曰：“不学诗，无以言。”可见诗对于一个人的品位有多重要，在这个意义上说，诗词的普及真是功德无量。

但是，仅仅普及是不够的，因为诗词作为一种艺术，是要讲究艺术质量的，任何时代的艺术都不是以数量而是以质量取胜的。一首高质量的诗（词）和一大堆低质量的诗词作品之间，几乎没有可比性。大呼隆似地一哄而上，转眼就会被历史浪潮冲刷得干干净净，只有那些精品才能沉淀下来，成为传之后世的文化遗产。

由是观之，诗词质量的提高是比诗词普及更为重要的一个问题。换句话说，我们今天要面对的，已经不再是普及，而是如何在普及的基础上努力提高。我们一方面为诗词在广度上的普及而欣喜；另一方面，却又不得不为诗词在高度上的欠缺而担忧。

二、诗词作者的不同层面

前面说到，如今诗词创作队伍之庞大超过任何历史时期，然而，在庞大的创作队伍中，能写出较好作品的作者只是少数，这是由作者的不同层面决定的。

我们现在来研究一下诗词作者的不同层面。

诗词作者出于各自的不同目的，呈现出不同的层面，但是主要有两个层面，一种是把诗词当成人生的乐趣，诗词成为他们生活的一部分；另一种不仅把诗词当成乐趣，更把诗词当成人生的追求，诗词成为他们生命的一部分。

对于前者，诗词使他们生活得高雅而充实；而对于后者，除了高雅充实外，还生活得很累，因为他们在不断探索和思考，不断深入和提高，付出的代价更大。

需要说明的是，介于两者之间的人也为数不少，而且在两者之间随时可能角色互换，但是从前者转为后者的，即从简单的乐趣转为追求的似乎更多。

把诗词当成人生乐趣，显示出一个人的文化品位和价值取向。把诗词当成人生追求，则更多地显示了一个人的文化担当，其深刻内涵是，他要努力担当起诗词文化传承的历史使命。

现在笔者想提请诗友们审视一下自己，你是属于哪一个层面？

如果你属于前者，那么，因为爱好诗词，你的生活充满了诗意，因为你和无数诗友的参与，才汇成了当今的“诗潮汹涌”，你在诗词复兴的历史进程中献出了自己的一分力量。现在你面前还有两种选择，一是保持这种乐趣，二是在此基础上再进一步，把诗词写得更好些，向着更高的质量标准努力。

如果你是后者，那就请你继续担当下去，不要撂挑子，一个民族总得有人挺身而出，把祖宗的优秀文化传承下去。在这个物欲横流的时代，诗词并无功利可言，你在选择将诗词作为终生追求时，就已经选择了清贫和寂寞，就注定了你要为之付出代价，甚至作出某种牺牲。但是，正因为有了诗词的熏陶，你的心灵永远是美丽的，精神永远是富有的，可能在不经意间你就把自己的名字留在天地之间。你还有一个使命，就是要尽可能地用诗词的魅力去影响身边的人，特别是广大的诗词爱好者，让更多的人来弘扬诗词文化。

三、学养欠缺是不争的事实

低质诗词的大量产生固然有多方面的原因，但首先是诗词作者的学养欠缺。

杜甫有云：“读书破万卷，下笔如有神。”要读破万卷书才会下笔如有神，仅从字面来讲，“破”字有二解，一是超过，二是破损，二解都发人深省，我宁愿理解为后者。要把万卷书都读破，绝非草草翻阅一下就行，一个“破”字道出了杜甫为读书所下的功夫之深。

我们不妨对现在的诗词作者做一个分析。

现在的诗词作者，大致是以老年人为主体，中年人次之，青年又次之。我这里所说的老年人是指七十岁左右或者更年长的人，中年人是指五六十岁的人，二十到四十来岁的人一概归入青年之列。这样划分并不科学，只是为了叙述方便而已。

作为诗词作者主体的老年人虽然见多识广，阅历丰富，但是我们仔细分析一下就会发现，他们的青年时代，正是诗词被打压的时代，以现在七八十岁的人为例，20 世纪 50 年代初他们才十多岁，那时要想学习诗词已经没有什么机会了，即使在更早的时候他们已经掌握了一些知识，经过长期的荒废，大都已经所剩无几。更有部分老人年轻时即献身共产主义，根本就没时间学诗词，只是离退休后才在老年大学知道了一些简单的诗词常识。

中年诗词作者比起老年作者学力更浅，他们生在“读书无用”的时代，年轻时正遇上“文革”浩劫“停课闹革命”，其中很多人亲手参与了焚书，然后去当农民或者工人。那是一个空前绝后的可怕的文化断层，几乎所有传统经典都成了“大毒草”，除了“毛选”，他们很少有机会读其他的书，整个青春岁月被完全荒废，文化底子很差。

青年诗词作者赶上了改革开放的时代，但是由于竞争的加剧和欲望的膨胀，以及市场经济对文化的冲击，人心已经变得非常浮躁，人们都忙着追名逐利，很难静下心来认真读书。如果说他们读过一些书的话，不外乎为了应付考试或者为了娱乐，很难说是为了做学问。

由于全社会的国学修养都不能和民国以前的任何时代相比，低质诗词的大量产生就毫不奇怪了。

当然，这里要特别说明，这种分析只是就总体而言，如果从个体的差异上看，则仍然有部分佼佼者在任何情况下都始终如一地执着于诗词文化，通过各种方式坚持学习，具有较高的学养，这就是我前面说到的把诗词当成人生追求的那一种人，老年人、中年人、青年皆然。

四、写作草率难免质量低劣

写作过于草率，也是低质诗词大量产生的原因。

我们经常见到一些朋友动辄十首八首的组诗，一点风吹草动都要写一大堆作品出来。2008 年北京奥运会，就有人为每一个奖牌得主赋诗一首，据说更有甚者，能够一晚上写几十首古风。汶川大地震发生后，一位诗友一口气写了七绝、七律、五律、渔家傲、浪淘沙、沁园春等多首作品。这些朋友才思敏捷、诗如泉涌，较之古代的“七步成诗”和“温八叉”有过之而无不及，让人惊叹不已。但是，遗憾的是，这种一挥而就的作品，由于写作过于草率，大多质量低劣，不堪卒读。

诗词贵在锤炼，古人留下的“两句三年得，一吟双泪流”“吟安一个字，捻断数茎须”，虽然有些夸张，却道出了锤炼的重要性。出口成章的高手确实有，但是曹植的七步诗并非他的杰作，温飞卿“八叉手而韵成”的作品也并非精品。真正的好作品，一定是认真锤炼出来的。

所谓锤炼，具体讲就是修改。一首诗词作品在脱稿前，应该经过反复的修改，这种修改不一定需要纸笔，就在脑子里反复修改也行。我同意一种说法，好作品不是写出来的，而是改出来的。试想，写了一万多首诗的乾隆皇帝，如果把时间用来修改一百首诗，可能就全部是精品，没准就留在诗史上了。乾隆皇帝的文化修养并不差，今天有几个人能超过乾隆皇帝的文化修养？所以，我们的写作是不是应该更严谨一些、更注重修改呢？

五、题材狭窄限制了诗意表达

我们经常说，大千世界无奇不有，我们生活在一个日新月异的时代，这个世界每天都在发生着变化，每天都向我们呈现出千姿百态、五光十色的风貌。作为诗人，我们需要关注的东西太多了，值得咏叹的东西太多了，可惜恰恰相反，我们通常看到的诗词作品却局限于狭窄的题材，大多数作品是应景之作。其特点有二：

一是习惯于政治表态，比如“坚决拥护”“坚决支持”“热烈欢呼”“热烈庆祝”之类。有的作者似乎除了这些就没有别的东西可写，脑子里已经形成了固定的思维模式，怎么也跳不出来。如果把他们的作品编一个集子，从头到尾都是这种主旋律，立场是坚定了，可是题材也太狭窄了，除了作者自己，还有谁愿意看。这样的作者只有一个也还好，如果整整一个时代的作者群都这样，那岂不是太乏味了？

二是缺少个性和艺术感染力。政治色彩太浓，必然强调统一的共性而忽视个性，而诗词作为一种艺术，最需要的恰恰是个性而不是共性。过于强调政治化，则必然削弱艺术的力量，因为用艺术语言进行政治表态毕竟是一件难事。在此情况下勉强写出的诗词作品，难免流于空洞，缺少诗词应有的美感，所有的作品都是一种声音、一个调子，像从一个模子印出来的。

既然我们的生活是如此多姿多彩，既然我们的社会是如此变幻无穷，我们为什么不可以将诗词的题材拓宽一些呢？我们可不可以写血浓于水的亲情，可不可以写缠绵悱恻的爱情，可不可以写惊心动魄的人生经历，可不可以写俯仰慨叹的思古幽情，可不可以写疾恶如仇的抨击，可不可以写对国事民瘼的深情关注，可不可以写人情冷暖、世态炎凉，可不可以写对生命的感悟，可不可以写酒后的狂欢，可不可以写梦醒后的凄凉呢？我们可以写的东西实在是太多太多了，那么我们为什么要把自己的题材限制得如此的狭窄呢？

六、缺少批评导致恶性循环

如前所述，诗词圈里的好作品本来就不多，在此情况下，如果能营造一种良好的学术批评氛围，无疑有助于诗词水平的提高，因为善意中肯的批评永远都是具有积极意义的，所谓“以人为镜可以知得失”也。但是现在我们看到的却往往是相反的情况：一个人的作品并不怎么样，却得到众口一词的夸奖。我所知道的一位年轻朋友的诗集上，居然有不少国家级艺术名家的题词赞扬，而其人的诗词远未登堂入室。此类捧场，虽然不乏积极意义上的鼓励和奖掖，但只要言过其实，就会失之毫厘，谬以千里。官场里的阿谀奉承之风，最好还是不要带到诗词净土里来。

如果某个作者朋友在创作上已经有了非常明显的毛病，他自己并不知道，而知道的人又不告诉他，他完全得不到批评，这样，他就可能盲目地走下去，成为恶性循环，一辈子都难成“正果”。

一些具有较好潜质的青年作者，正处于求知如渴的时期，他们需要很好的引导，由于阅历不够，他们还缺少必要的判断力，这时前辈给他们的指点应该严格一点，让他们有较好的起点，除了给予热情鼓励扶持外，更需要随时指出他们的不足。如果让他们自我感觉太良好，满足于现状，就无法进入更高的境界。人都是有虚荣心的，虚荣心如果不过分，就是人的尊严；如果过分了，就会走向反面。对诗词而言，还是需要多一点批评。

批评分为批评和被批评两方面，批评者要坦诚中肯，要认真慎重；被批评者要虚怀若谷，要从善如流，两者相互作用，必将推动诗词创作水平的大大提高。探讨、批评蔚成风气之时，就是诗词水平提高之时。

七、结　语

综上所述，可以列出一个公式：学养欠缺 + 写作草率 + 题材狭窄 + 缺少批评 = 低质诗词。为了解决低质问题，当然只能从这个公式本身着手。

一是多读书。除了读书，没有其他办法可以充实我们的学养。现在不再是焚书时代，到处都能买到书，但是对书应该有所选择，那些花里胡哨的书，东一个“戏说”，西一个“大话”，千万不要看，看书还是要看那些经过历史检验的经典之作。此类书非常多，选看部分足矣。

二是多修改。诗词创作千万不要图数量，宁要精品一首，不要废品千首。一首作品一气写出后，要至少用十倍的时间修改，直到自己反复看都看不出毛病了，才可以脱稿。如果连自己应有的水平都没达到，一定不要急着给人看，因为你还能写得更好。给人看的一定是自己的满意之作，这是对别人的尊重，也是对自己的尊重。另外，作品请别人修改固然是谦虚的表现，但是，别人的修改不能提高你的水平，要想进步，还是得自己修改。你在修改过程中一定能有所感悟，从而得到一种难以言喻的愉悦，而别人帮你修改是不会有这种感受的。

三是拓宽思路。不要老想着一个路子，那样会越写路越窄，越写越走不出来。我们生活在一个多元的时代，生活像万花筒般美妙，我手写我口，不知有多少东西可以“拿来”，我们不是经常讲时代精神现代化吗？那就放手去写吧。

四是营建探讨批评的气氛。大家不是以文会友吗，就一起来“华山论剑”吧，如切如磋，如琢如磨，把毛病都找出来，让诗词健康发展，让大家共同提高，让诗坛更加兴旺，岂非幸事？

现代诗词：写自己的生活和情感

蔡淑萍

有些文学理论家至今认为诗词格律太严，束缚思想，不能反映现代生活，或认为格律诗词受众太少，是一种必然走向没落的文学样式。一种文学样式是否走向没落乃至最终消亡，自有其艺术规律，我们不在这里讨论。本文拟就现代诗词能否反映现代生活及如何反映现代生活谈点想法。

诗词格律严与不严，感受因人而异，即便真的“太严”，也不至于束缚思想。现代中国人的思想确实要受些束缚，但那与诗词格律无关，也不仅仅局限于诗词作者群。任何一种文学样式都以反映生活为旨归。现代人写现代诗词当然要反映现代生活，那是一件很自然的事。现代生活包罗万象，但一个生活在现代社会中的诗词作者，只要他如实地写了自己的所经所历、所闻所见、所感所思，无论其语言风格如何、艺术水平高低，就其内容而言，反映的应该是也只能是现代人，至少是“这一个”现代人的生活。即使他受到自己在社会中所处地位及才、学、识的局限，反映现代生活的面不够宽，程度不够深，境界不够高，也只能说他反映现代生活不成功，而不能否认他反映的是现代生活。

现代诗词写作怎样才算是反映了现代生活呢？有一种观点是要求反映“时代精神”，传达“大众心声”。确实，每个时代都有自己独特的精神气质，某一时代的诗词当然应该反映该时代的精神气质，但该时代的“精神气质”是什么，仅由该时代的主流话语来标榜是不够的，最终需由后人来概括；一个诗词作者的作品是否反映了该时代的精神气质，仅由该诗人自己来宣称也是不够的，最终也还需由后人来裁定。比如“盛唐气象”就是后人说的，而不是盛唐人自己说的；“绣口一吐就半个盛唐”，也是后人说的，而不是李白自己说的。一个诗人的作品反映出来的应该是也只能是诗人自己个人的“精神气质”，这种个人的精神气质是否与所谓的时代精神气质合拍，或者说有幸成为时代精神气质的组成部分，裁判权只能交给别人，交给后人。

至于传达大众心声，我以为，言志抒情，本就是中华诗词的优秀传统，对诗词作品来说，言志抒情比反映生活更重要，因为反映生活也是为了言志抒情。言志，当然只能是言己之志；抒情，当然只能是抒己之情。动辄宣布自己是代表大众在言志抒情，不仅事实上做不到，也给人“太狂妄”之感。其实，一个有社会责任感的、诚实的诗人，他的感动、感悟、情绪一定有与读者相通之处，如果他又具备一定的艺术表现能力，那么在他所言的己之志、所抒的己之情中，就会包含、体现大众，至少是大众中一部分人的心声。杜甫

“烽火连三月，家书抵万金”的感慨，李白“大道如青天，我独不得出”的牢骚，辛弃疾“把吴钩看了，栏杆拍遍，无人会，登临意”的苦恼，都能引起当时乃至后世读者的强烈共鸣，传诵千年而不衰，说明这些作品在抒发诗人自己心声的同时传达了大众心声，即便在他们生活的那个时代还没有“大众心声”这个词语。再譬如李煜词中“剪不断，理还乱，是离愁”“问君能有几多愁，恰似一江春水向东流”，至今也还为读者所喜爱。虽然今人没有他作为亡国之君的那种生活体验，但他把“愁”写得可见、可感、可触，引发了读者的联想，甚至觉得他写出了自己心中的某种愁绪，从而传达了自己的心声。

历代诸多诗人通过书写自己的生活和情感，让后世读者在欣赏诗的美的同时，了解该诗人自己和他生活过的那个时代、那个社会。假设允许我也可以有一个小小的奢望，那就是在身后的某一天，有一两首作品侥幸被某位后来者看到，我希望他能从那寥寥数语中，对我个人经历过什么、思考过什么，对我生活过的这个时代、这个社会发生过什么，有一星半点的了解。

在学习诗词写作过程中，哪些“自己的现实生活”是我较多反映，又真实地表达了自己的某种思想感情的呢？

（1）我不讳言自己的遭际。“一个人的生存状态是诸多人际关系的总和”，而不是孤立的现象。真实地写下“一个人的遭遇”，或可留下时代和社会的某种痕迹。我就经历的事件和所处的环境真实地抒写自己的情感，并相信这样的情感符合人的本性，能够得到读者的理解和同情。

1964 年，我离开重庆回到川北那个生活日益贫困、阶级斗争日益残酷的小山村；1968 年远赴新疆，欲觅一份养家糊口的工作而不得；1985 年再由新疆回到重庆，已是 21 年之后。光阴虚掷，青春不再，半生辗转，岂忍回思！“惆怅关山月。又依然、大江东去，浊波千叠。廿载风华如水逝，负了青春热血！回首处、荒原飞雪。欲逐归鸿寻旧梦，奈风吹旧梦如秋叶！恨此意，与谁说？”（《金缕曲·自疆返渝答友人》）适宜表现激越凄郁之情的金缕曲词调，并不能完全表达我的激愤之情。对已然耽误的年华、曾经美好的梦幻，我怀念、留恋，纵然现实令人无奈，我仍愿意坚持，愿意期待：“菰蒲荇藻横窗牖，昨夜山洪骤。凭栏莫悔此番来，待得雪时还访蜡梅开。”（《虞美人·游南温泉适逢大水之后》）即使我并不能确定这坚持、期待的结果是什么，雪中的蜡梅是否会如期绽放。

（2）我写自己最牵挂的人，最放不下的地方。自有记忆以来，我在家乡只生活过短短的 4 年（1964—1968），“三年大饥荒”阴影犹在，文化大革命风暴又来，正是家乡最困难的时期之一，给我留下的印象也就极为深刻。由于对家乡和父老乡亲的惦记，农村、农民是我“永恒的主题”。我的情绪随家乡形势的变化而变化，乡亲们的喜怒哀乐决定我的喜怒哀乐，种种感慨我都尽量写入自己的诗词中。

1984 年，家乡状况已有改观，乡亲们初得温饱，有旧邻来疆投奔，拟找工作，这大概是闭塞山乡最早的“农民工”，我写道：

听客频夸政策新，山村不似向年贫。布衣新剪焕精神。添喜添惊添怅惘，忆山忆水忆亲人。三更归梦故园魂。

——《浣溪沙·旧邻自故乡来》

1987 年春节，回故乡小住数日，眼见耳闻，颇多新气象，与我 1968 年离乡时之惨淡境况，相去何啻天壤，我不惜略带夸张地记述乡亲们的新生活，表达自己的由衷喜悦：

春日即事

溪桥那畔有人家。径横斜，菜花遮。新竹柔桑，绰约绕篱笆。三点两株桃李树，红与白，满枝丫。　　少妇园中正种瓜。小娇娃，坐爬沙。篱外人声，笑问："崽他爹？""上月买来新'解放'，'疯'不够，肯还家？"

——《江城子·故乡行》（四首录一）

可惜的是，随着国家经济建设的发展，农村的发展并没有得到及时的、足够的重视而严重滞后，以致有人给时任朱镕基总理写信，直言"农村真穷、农民真苦、农业真危险"，"三农问题"成为一个关注度极高的新名词，农民负担重成为全社会关注的话题。我不懂经济，不懂农业，不知道国家在经济腾飞进程中怎样给农业定位，我只是从对"吾乡吾民"的感情出发，用诗词表达我的思考和忧虑：

高楼起处新街阔，店肆琳琅列。一声汽笛听如歌，今岁火车初打县城过。　　欣然欲问乡亲富？停箸无言久。已因谷贱费操持，堪叹负担日重胜年时。

——《虞美人·听乡人言故乡事》

2001 年秋，当我再次回乡探亲，青壮年男女皆已外出打工，家家耕种者多为老人，又遇淫雨逾月颇误农时，小学校全部放了农忙假，地里有孩子们劳作的身影，若与 1987 年比较，说是"萧条"并不过分，我岂能不感慨万千：

问何事、真关情处？记得家山，惠风初度。眼里新苗，耳边言笑，共谁语？笔端词赋。祈父老、从今富。一十五年间，便梦里、乡情千缕。　　延伫。叹归来半日，不是旧时心绪。艰难稼穑，怎忍尽、七旬翁妪！过学校、哪有书声，但萧瑟、窗前风雨。愧懵懂年来，看惯升平歌舞！

——《长亭怨慢·回乡吟》（二首录一）

新疆是我的第二故乡，从二十二岁到三十九岁，我在戈壁滩上生活了十七年。她慷慨地接纳离乡背井去投奔她的游子，令我感恩；她雄奇广袤的雪山大漠，让我的性情变得粗犷的同时，心胸也逐渐开阔；我对她的怀念是深切而无止境的：

小秦王·忆往事（五首）

西出阳关十七年，何期万里一朝还！雪山大漠多情思，见惯苍茫心自宽。

春风几度到天涯，荒地新开学种瓜。狼食狐偷经夜守，苇棚篝火月如纱。

漠漠彤云蔽日光，唯闻牧犬偶汪汪。羊儿扒雪觅衰草，我拾枯枝烤冻馕。

赦书一纸到穷边，三尺讲台执教鞭。室陋如斯干打垒，春风化雨正潺潺。

一旦南归洗客尘，蜀中三月草如茵。回眸犹念关山道，塞上何时柳色新？

（3）关怀弱者是我最想说的话。极“左”路线几十年，造成了许多大问题，改革开放使中国走出了一条活路，也带来了新的甚至是严重的问题。我不敢自诩有忧患意识、民胞物与的情怀，但我愿意如实地记下我见到的一点一滴，表达我对“问题承受者”的同情，对“解决问题者”的期待。

1959年上游水泥厂创建之初，余随父母借住农家。其家有子，名刘永，与余年相若，难耐饥饿，或偷食青苗，被生产队众人吊打，余亲见一次，凄厉求饶之声数十年不能忘却。戊寅冬与重庆诗友万氏重访故地，房东家已不存，询及邻人，曰：死者死矣，存者流散。再问刘永，曰：彼不改恶习，被众人撵下嘉陵江溺死矣！余愕然久之：此其人世乎？此其人世乎！

卌载重来心倍酸，败茅瑟瑟掩颓垣，忍听邻妇说当年。底事群氓人作兽，无端江水碧成殷。深悲巨愤泪汍澜。

——《浣溪沙·悼少年刘永》

某邻家女，职高毕业，向无工作，辛巳春节后九日，又招工应试不取，竟自缢而亡，年二十余，遗一子，二三岁。

欢声盈街衢。正迎春节下，人竞欢愉。忽报东邻玉陨，女兮何愚！魂魄渺，黄泉途。忍弃他、哀夫孤雏。料惨怛回眸，应伤白发，肠断泪都枯。　　知生计，长拮据。但辛勤料理，淡饭粗蔬。可耐青春抛掷，梦总成虚。如蚁死，徒唏嘘。看满城、豪车华居。愿惊使君心，春阳一缕分得无？

——《寿楼春·哀邻女》

（4）社会上每天都有事情发生，有的大，有的小；有的离我近，有的离我远；有的我有所了解，有的我不了解；有的叩击我的心扉令我感慨万千，有的不一定给我留下印象……我从个人的角度，对确有所知确有所感的“事件”发表自己的感想：

晨昏独坐对荧屏，无限伤心总莫名。援救真倾全国力，死伤多是少年英。
地心奥秘何由解？筑室坚牢竟未能！人类家园唯有此，反思方足慰亡灵。

——《有所思》（5.12地震组诗录一）

海外有人终盖棺，此间言语异于前。是非翻覆官家易，疑信依违百姓难。
热血未凉已成史，乱云既散即如烟。羞夸了了五千载，身历般般已惘然。

——《闻宋美龄女士以一百零六岁高龄在美逝世》

擅写格律体新诗的重庆诗友万龙生说：“我的竖琴三条弦，爱情友情大自然。”我欣赏这句话。爱情、友情、大自然，我也有写到。但仅就内容而言，我更看重的还是以上几方面的作品，觉得它们与反映时代、反映生活联系得更紧密一些。

反映生活、言志抒情，要求诗词作者具备诗外、诗内两方面的功夫。

陆游对他的儿子说："汝果欲学诗，工夫在诗外。"我理解，强调诗外功夫，是因为诗人观察生活的角度、评价事物的眼光，是需要学识和历练的，就是常说的"襟抱"，简单地说，就是有懂常识的智慧，有忠实生活、说真话的勇气。强调诗内功夫，是因为诗人只有具备了一定的艺术表达能力，才能把自己的思想和情感诗意地表现出来，从而感染读者。

1996年，全国第9届中华诗词研讨会在重庆举行，我将《萍影词》面呈西南师范大学谭优学老教授求教。第二天，谭老将我叫到他面前，慢条斯理地说道："你写的这些，诗又不像诗，"停顿一下，"曲又不像曲，"再停顿一下，正在我不知所措的时候，谭老笑了，用手点着那本薄薄的小书，说："硬是还像词。"原来幽默的谭老是要表扬我。从此我知道，写诗词就是要"写诗像诗，写词像词"。

"写诗像诗，写词像词"，就是诗内功夫。诗内功夫主要体现在诗词语言的积累和运用上。诗语、词语，肯定不同于口语、散文语、新诗语。叶嘉莹先生说，诗词语言是"另一个语言体系"，它具有一种特殊韵味。比如许多古代诗词大家，千百年下来仍巍巍然矗立在当代诗词作者的面前，成为不可逾越的高峰，除了因为他们作品的思想性确能抓住当代人的思想外，另一重要原因是，他们把诗语、词语的美发挥到了极致。而我自己写作时最大的困惑，就是心中常有十分的感动，笔下却写不出一分。"塞臆空多千滴泪，难挥一点到吟笺。"（《步韵和人》）不是情绪消沉，而是说用诗词这种艺术形式来表情达意时，常常感受到的那种力不从心的困窘。

有人说，小说是虚构的，散文是写实的，我认为诗词也应该是写实的。这里说的"写实"，是指如果诗中写到某个事件、某个场景，一定言必有据；抒发某种情感时，必是自己发自内心的真实想法，而不是首先考量这种想法是否"政治正确"，是否符合主流思想的流行言说。虽然艺术创作可以"源于生活，高于生活"，但凡是善的、美的，首先必须是真的；如果没有"生活真实"，那"艺术真实"也站不住。

2001年春在京中，写过一首《忆故人》，中有"春已堪怜，遍城中柳花飞洒。来寻昨日牡丹红，片片飘零也"句。此词在《中华诗词》2005年第3期发表后，得读者来信说："柳絮飘飞在前，牡丹花开在后，不可能同时出现，首二句所写有误。"这首词虽写于几年前，按我的写作习惯，当时既这样写，必是亲眼所见，但读者信中引经据典，也是言之凿凿，一时颇感疑惑。是时恰仍在京中，于是注意观察，果然，北海公园老柳犹自飘绵，景山公园牡丹已有凋谢者。原来，柳絮飘飞虽在前，其时长；牡丹开花虽在后（随着栽培技术的改良，已有根据观赏需求使之提前开花者），花期短，若遇风雨，更有先凋者，故二者确有重叠之时，可见我写的没有错。

当然，"写实"绝非仅仅是为了避免作品内容出现"硬伤"。在新疆放羊时曾有这样的一件事，戈壁草稀稀疏疏长出两三寸的某一日，刚把羊群赶到草场，羊群突然发疯似地往前狂奔，我拦不住、赶不上，狼狈不堪。后有老牧工对我讲，这叫"跑青"，不仅会踏坏草场，苦挨一个严冬后的那些最羸弱的羊只还可能在剧烈的奔跑中倒毙，一定要看住头羊、压住阵脚，等它们低头吃草时就不会乱跑了。回渝之后，一次诗友相聚，闲谈中讲起这段旧事，重庆工商大学的蒲健夫教授瞪大了近视镜片后的眼睛，不解地问："饿了一冬的羊见了草不吃，它们跑什么呀?"我想了想，答："'草色遥看近却无'，它们以为好草在前面。"诗友们击节大笑。"草色遥看近却无"，是大实话、大白话，绝对"写实"，不仅人人眼中有，羊眼中也有，却人人笔下无，写绝了早春特色。写实写到这个份儿上，其高超的艺术性，教后人还有何话可说啊!

社会是一个人一个人的组合，时代是一天一天的累积，现代诗词和其他文学样式一样，完全可以很好地反映现代生活。诗词作者只有立足于自己在社会坐标上的那个点，言己之志，抒己之情，才有可能避免流于空泛。当许许多多的诗词作者如实写下自己的生活和情感时，或许就能留下真实的现代社会图景。

以上是我对现代诗词反映现代生活的一点粗浅的理解，不揣冒昧写出来，向各位专家、教授们请教。

《当代诗坛点将录》述评

黄坤尧[①]

一、年代的诗坛形势

当代诗坛名家辈出，作品亦多，时间跨度较长，分布地域也十分广泛。即以1949年为界，到现在也超过了一个甲子。而且当代诗歌的领域早已跨出了国境，遍及全世界，吟咏不绝。尤其是20世纪五六十年代以至70年代期间，除了个人喜好及私下传授之外，大陆基本上并不提倡书写传统诗词，教学上只有古典作品的欣赏，却完全没有写作的陶冶和训练，风雅道绝，诗教沦亡。70年代末期"拨乱反正"，灵光再现，加上若干老辈悉心地栽植、浇灌和培育，诗词的生机始得逐渐恢复过来，21世纪后配合互联网的传播，更为活跃了。可是港台地区却跟大陆的情况相反，诗词写作相承不绝，就像新儒学一样，经过一代精英的努力推广，甚至更广泛地流转和移植到海外去了。随着战乱的阴霾逐渐消散之后，20世纪50年代最严峻迫切的课题自然就是文化重建的工作了。

1955年香港出版《现代诗钞初集》二卷，1956年则出版了《现代诗选》第一册，不约而同都选用了"现代"的概念，而且选的都是旧诗而非新诗，可见香港传统诗歌曾经一度自称为现代诗，比较特别。"五四"运动以后，新诗，也就是白话诗，逐渐取得现代文学上正统的地位，而传统诗词则逐渐淡出，以至于被遗忘，甚至被人宣布死亡。但香港诗人仍然锲而不舍地为旧体诗词争取"现代"的身份，珍惜传统文化，发扬华夏之声。《现代诗钞初集》凡例第一条说："现代诗向无总集，唯民初陈石遗曾选近代诗，所录不及今人。欧公谓物聚于所好，本社同仁久有此心，力所不逮，谨向海内外诗家征求，勉存文献。"[②] 可见现代诗是指由民国初年至20世纪50年代的今人诗歌。而《现代诗选·征诗小启》亦云："民国以来，耆宿犹多，典型不少。灵光尚在，硕果仍存。……或有隐耀韬光，阨穷闾巷；销声匿迹，肥遁山林，佳什未付之枣梨，姓名未着于社会，而自鸣天籁，不乏好音。固宜珊网肆张，玄珠是索。此《现代诗选》之编印所由发起也。"古卓仑更在《现

① 作者简介：黄坤尧，香港中文大学文学系教授。

② 李景康（1890—1960）编纂：《现代诗钞初集》（香港，1955年），卷一选52家，卷二选56家，合共108家。《征诗启事》发起人录陈融（1876—1955）、商衍鎏（1874—1963）、劳纬孟（1874—1958）、黄伟伯（1872—1955）、叶伯绝（1867？—　）、李景康、熊润桐（1903—1974）、吴启钟（1896—1967）、许菊初（1901—1976）、刘太希（1899—1989）、梁简能（1907—1991）、韦汪瀚（1897—1972）、潘小磐（1914—2001）、苏文擢（1921—1997）、韩穗轩（1902—1992）十五家。

代诗选·序》中说："干戈扰攘，文化沦胥，作者自作，亡者自亡，欲求保存于不坠，留之以饷后人者，亦岌岌乎不可得。流亡海外之士，愍然忧之，而有刊印《现代诗选》之举。"[①]同年又有易君左《现代诗选》[②]，以港台诗人为主，选一百人。可见现代也是指民国说的借以保存一代文献，堂堂正正，历史自有评价，而非刻意与新诗争取"现代"的身份。可是当时台湾的新诗亦称现代诗，1953 年 2 月纪弦（1913— ）发行《现代诗》季刊，提倡"新现代主义"，主张"横的移植"；1956 年 1 月 20 日更在台北成立现代派诗社。香港与台北的现代诗运动几乎是同步进行的，可是两者的体制新旧不同，派系不同，又没有发生任何论战，只能说是偶合，所谓"现代"，自然就具有革新与复兴的意义了。而 1958 年元旦，由牟宗三（1909—1995）、徐复观（1904—1982）、唐君毅（1909—1978）、张君劢（1887—1969）共同署名的《为中国文化敬告世界人士宣言》，同时在《民主评论》和《再生》两家杂志上发表。积极推动现代新儒学的发展，重建中华文化，重视人性的自觉和德行伦理的陶冶，使中国文化与世界文明接轨，而传统诗学自然与儒学更紧密地融为一体了。

20 世纪 60 年代以后，东西冷战，而世局相对稳定。当时出版的诗刊除了立足本土之外，更面向世界。1959 年彭国栋（1902—1988）及甄陶（1902—1982）等在台北成立亚洲诗坛，出版诗刊。于右任（1879—1964）在《亚洲诗坛成立大会讲词》云："今天的亚洲诗坛，是中、日、韩、越四国的诗人集成的一个文学团体，尤其是在万方多难的今天，发起这一个号召，其意义，其影响，必能在人类诗史上占最重要的一页！必能为诗坛与人类创造光明锦璨的远景。"[③] 1963 年，甄陶主编《亚洲诗坛》在香港复刊，至 1980 年止，共刊 22 期。1965 年《亚洲诗坛乙巳征诗特刊》，参赛者有中、日、韩、越、泰、印度、新马、菲、港澳、美洲十个地区的诗人。1964 年，郭亦园编《网珠集》，"例言"云："搜集者为香港诗坛，则从耳目所接，自近及远，以为之次第。故以港澳为起点，次台澎，次菲律宾，次越南，次泰国，次北婆，次星马，次英美墨加诸地，但计里程之远近，不以后先为抑扬。"[④] 1969 年，何敬群《网珠续集·序》亦云："此观于近二十年来，海内外诗风之盛，自港台南洋各属，遍至南北美各国，凡有华侨聚居之地，即莫不传讴吟之声，亦莫不风动当地，成为中华文艺之代表。"[⑤]二书网罗作者亦多，两集合并，总计 379 家，除了港澳台之外，还远及南洋及欧美各地华埠，颇有古诗人采风之意，在抒发时代的悲情之外，回望故国河山，自然也兼带重建文明的积极意义了。1966 年，陈掌谔编《寰球词苑》

---

① 《现代诗选》第一集（香港，1956 年 6 月）录 154 家作品。古卓仑（1888—1964）序，黄相华（1902—2002）跋。

② 易君左（1899—1972）:《现代诗选》，载《华侨诗话》，香港：复兴仁记印刷厂 1956 年版，第 167 ~ 237 页。

③ 参甄陶主编:《亚洲诗坛》港版第一集，香港：香港诗坛 1963 年版，扉页。

④ 郭亦园（1902—1979）编:《网珠集》，香港：香港诗坛 1964 年版。收录港澳 122 家、台 29 家、菲 26 家、越 4 家、泰 38 家、北婆 2 家、新马 17 家、英美墨加 14 家，共得 252 家。何敬群（1903—1994）序及"例言"，郭亦园编后记。

⑤ 郭亦园编:《网珠续集》，香港：香港诗坛 1969 年版，第 2 页。收录港澳 126 家、台湾 28 家、菲 23 家、越 8 家、泰 12 家、新马 12 家、北婆 4 家、印尼 3 家、海外 12 家、遗稿 10 家，共得 238 家。蜷厂（张叔平，1898—1970）、何敬群序。删除重复，两集合并得港澳 181 家、台湾 46 家、菲律宾 39 家、越南 11 家、泰国 45 家、新马 24 家、北婆 5 家、印尼 3 家、英美墨加及海外 20 家、近贤遗稿 10 家，共达 384 家，准确计实 379 家。

在菲律宾马尼拉创刊，菲、港、台、新、马、泰、日及美国、加拿大的词人，闻风响应，互相酬唱。[①] 1969 年《中华诗学》杂志在台北创刊，广纳四方作者，迄今已历四十余载，刊行不辍。这些都反映了诗歌在火红炽热的 60 年代，振起高风远韵，遍及全球。[②]

二、评《当代诗坛点将录》

冯永军（1976—　）《当代诗坛点将录》综论当代诗坛形势，依照传统演义的方式，排分座次，议论高下。诗歌评论必然会带有个人的审美色彩，而作品的高下往往亦跟个人的品位相关，无论怎样排位，其实大家都是各有所见的，未必一致。对于冯永军的点将及排位，以诗论诗，相对公允，知人论世，间见会心，基本上是可以认同的。但还是有些意见不能不说。

关于诗坛点将之作，已经出现过几份名单了。例如舒位（1765—1816）《乾嘉诗坛点将录》、汪国垣（1887—1966）《光宣诗坛点将录》、钱仲联（1908—2003）《近百年诗坛点将录》等，[③]钱仲联尚有《顺康雍诗坛点将录》《道咸诗坛点将录》《南社吟坛点将录》等，[④] 构成完整的诗人系列，检视一代诗坛的精英，表现评点者的审美风尚，自是诗坛佳话。其后适然楼主《香港诗坛点将录》（1954—1974）、佚名《民国诗坛点将录》，[⑤] 前者把握香港诗坛的脉搏，尤其是在 20 世纪 60 年代前后的 20 年间，人才辈出，风格多样，其实也是大陆诗坛的移植，挹彼注此，才能造就香港诗坛特有的繁华盛世；后者稍嫌简略，但也罗列了民国诗坛上很多重要的人物。至于刘梦芙（1951—　）《“五四”以来词坛点将录》，[⑥] 权衡词坛的人物，适与钱仲联的百年词坛接轨，亦具特色。而冯永军综论 20 世纪后半期的诗坛形势，显然亦有意跟钱仲联的名单接轨，表现传承的关系。不过，冯永军所衔接的只是大陆诗坛，而且还是以上海为中心的诗坛，可是碰上了万马齐喑的时代，受到了残酷的打压，门庭冷落，相对于粤港、台湾以及海外的精英，未能放眼世界，过于狭隘。结尾引铁棒栾廷玉燕赵间人赞云：“前不见古人，后不见来者。花飞春逝，有泪盈把。”[⑦] 所以本书所展现的，只能追怀一个没落的世代，未免黯然失色了。

---

① 陈掌谔（1897—1981）编：《寰球词苑》第一集（1966）、第二集（1978）、第三集（1979）；黄紫翼编第四集（1982）、第五集（1984），均在马尼拉出版。高越天编第六集（1986），收录 66 家，则改在台北印行。

② 1990 年王诚（1914—1998）在曼谷成立的全球汉诗诗友联盟，其后易名为全球汉诗总会，1992 年张济川（1926—2002）膺任会长，联络海内外诗人，推动诗坛的持续发展，召开多次大会，则属后话。

③ 参许树棣编：《三百年来诗坛人物评点小传汇录》，郑州：中州古籍出版社 1986 年版。

④ 参钱仲联著：《当代学者自选文库：钱仲联卷》，合肥：安徽教育出版社 1999 年版。又钱仲联《光宣词坛点将录》，载《词学》第三辑，上海：华东师范大学出版社 1985 年版，第 226 ~ 248 页。1982 年 7 月 14 日，钱仲联致函朱庸斋（1920—1983）云：“前年曾为《光宣词坛点将录》，施蛰存索去，云将于《词学》第三期发表。唯施老已命弟大加更换，非庐山真面矣。将来定稿，仍当酌用旧本。”参李文约（1950—　）编著：《朱庸斋先生年谱》，香港：素茂文化出版有限公司 2012 年版，第 345 页。

⑤ 适然楼主：《香港诗坛点将录》，《名流月刊》1980 年第 26 期转载，署名老兵，第 10 ~ 12 页。佚名《民国诗坛点将录》，参林光灏（1901—　）：《东篱野语》，台北：汎美图书有限公司 1976 年版，第 62 ~ 64 页。

⑥ 参刘梦芙（1951—　）：《“五四”以来词坛点将录》，《20 世纪名家词述评》，合肥：安徽文艺出版社 2006 年版，第 326 ~ 374 页。

⑦ 按：冯永军籍河北省衡水市深州人士，燕赵间人疑是作者的别号。参冯永军著：《当代诗坛点将录》，上海：华东师范大学出版社 2011 年版，第 109 页。

《水浒传》有一百零八条好汉，依座次分，其中天罡三十六星居上列，地煞七十二星居下位。每人都有一个诨号，表现不同的形象、性格、特长和成就等，好坏互见，通俗易懂，自是老百姓最形象的语言，生动传神。其中固有很多英雄豪侠，气干牛斗，但也有宵小鼠辈，游走江湖，不过最后都能成就大业，鸡犬升天。现在用来比拟诗坛人物，有时附会过多，也会令人摸不着头脑。例如诸星一般都用美称，但也有天伤、天杀、天暴、天哭、地妖、地丑、地囚、地劣之类的恶名，《水浒传》说故事，可以表现江湖人物的众生相以及高低不同的层次。过去用来刻画诗坛人物，入选的基本上都是有成就的杰出人物，多用正面评价，各有专长。可是冯永军采用褒贬互见的态度，对号入座，除了招揽名流入座之外，甚至连表现欠佳带有恶评的诗人也可以占一席位，结果留下了二十六个空位，而且还是不太好的称号，难以安排适当的诗人入座，悬而未决，颇有遗憾。

关于诗人的座次排列，托塔天王晁盖早卒，却位居一百零八将之首，自有领导天罡、地煞的作用，点将录之作一般以“诗坛旧头领一员”称之，都是深受大家推崇的人物。冯永军以陈衍（1856—1937）当之，声称“《石遗室诗话续编》选入钱仲联、钱默存、冯振心、陈柱尊、夏瞿禅、朱大可、徐澄宇、曾履川、邵潭秋、黄公渚诗”之作，[①] 影响一代的诗风，可备一说。

冯永军排于前列的十二位诗人，计有陈衍、钱仲联、陈寅恪（1890—1969）、钱锺书（1910—1998）、王蘧常（1900—1989）、陈声聪（1897—1987）、溥儒（1896—1963）、潘伯鹰（1882—1966）、庞俊（1895—1964）、李渔叔（1905—1972）、陈隆恪（1888—1956）、成惕轩（1911—1989）等，看来都是老辈诗人，各当一面，皆负诗名。其中溥儒、李渔叔、成惕轩三位去了台湾，亦为诗坛巨擘，足以领袖一代，实至名归。这是冯永军的个人选择，见仁见智，暂可不论。不过如果检视全局，参考海外诗坛，重新排定座次，可能就有不一样的面貌了。

其他诗坛名家，配合《水浒传》的人物或诨号，不伦不类，或高或低，很难门当户对，仅足以备位而已，无伤大雅。例如饶宗颐（1917—　）封为天寿星混江龙李俊，而张梦机（1941—2010）则为天罪星短命二郎阮小五，同属一代大诗人，以寿命论高下，但张梦机所领的“短命”头衔就不大好听了。其他有些形象相符的，例如陈禅心（1912—　）称为地魔星云里金刚宋万，素有“飞将军”之号，用来形容空军诗人，也很贴切。秦伯未（1901—1970）是地灵星神医安道全，早年尝入南社。冯永军论云：“陈兼与《兼于阁诗话》有‘诗医’一条论之。专集余则未见，以诗话所引论之，七古师法昌黎，七绝亦瓣香唐人，偶参宋贤，颇有雅趣。”[②] 虽比喻切当，唯所见资料不多，评论亦嫌空泛。二家对于一般读者来说比较陌生，只能说是作者的个人品位。其实中医能诗者极多，香港劳天庇（1917—1995）《在山堂诗》（1971）、《在山堂诗续》（1981）即可入座，惜作者未及见矣。

冯永军不喜欢毛泽东（1893—1976）的诗，凡与毛泽东来往的诗人都严加贬斥。柳亚子（1887—1958）尝与毛泽东唱和，被评为地妖星摸着天杜迁，冯永军论云：“1949 年

---

① 冯永军著：《当代诗坛点将录》，上海：华东师范大学出版社 2011 年版，第 5 页。

② 冯永军著：《当代诗坛点将录》，上海：华东师范大学出版社 2011 年版，第 101 页。

后，旧体诗诸诗人多声名寂寂，而柳亚子之名，附于毛诗之后，流传海内外，幸欤，不幸欤？毛润之以主席之尊，可拟于古之天子，则柳亚子可谓‘摸着天’矣。”[①] 连述毛泽东、柳亚子二人，亦见生动传神。

又郭沫若（1892—1978）获评为地恶星没面目焦挺，论云：“鼎革以后，其人不免曲学阿世之讥，所作旧诗，多为颂圣之声，全无诗艺可言。……自有应制之作，未尝睹如许恶诗也。此老后期所作诗，或谓之曰‘标语体’或‘口号体’，全无旧诗之面目，亦何面目见前贤、师友于地下。”[②] 庞坚诗云：“及观叙鼎堂，真堪作棒喝。争为从风靡，何人怜慧黠。”[③] 兼论郭沫若的诗艺和人格，俱属下流，这是学界公认的事实，作者大可不选，现在连劣诗都能入选，或寓警恶惩奸之意，否则也很难安排其他诗人坐这个“没面目”的席位了。[④]

至于冒广生（1873—1959）则获封为教头王进，论云：“冒鹤亭身历数朝，所谓‘四朝闻见心成史’，颇遭物议。1957 年蒙毛泽东召见，礼遇颇佳。后鹤亭尝撰文作颂圣宗朱之言，友人乃有陈龙川晚年一第之叹。鹤亭与毛临别有一语曰‘共产党是狮子，不可自己生虱子’，今日思之，令人感慨良多。”[⑤] 其实冒广生在民国诗坛的排位是可以提高的，作者又称：“汪辟疆《光宣诗坛点将录》点之为病大虫，钱仲联《近百年诗坛点将录》点之为小旋风，其于近代诗坛位置，约略可见。”冒广生连续三朝都能入选诗人之林，可是见过毛泽东之后，即被贬低了，知人论世，或可不必。作者论诗，有时趋于泛政治化，且多次评论 1949 年之后诸家诗多不堪入目，难道是有意借负面信息带出诗教的意义吗？

此外，以下各家诗艺评价不高，可能是盛名所累，还要稍费斟酌了。

地然（默）星混世魔王樊端（瑞）——程千帆（1913—2000）。冯永军论云：“《闲堂诗存》大抵格律不严，诗功不深，闲堂所长，固不在此。”[⑥]

地刑星菜园子张青——张中行（1909—2006）。冯永军论云：“张中行不以诗名，其负时誉者则散文而已。”“《诗词续写丛话》后，自作诗词附焉，亦多淡而无味之作，略如其散文。”[⑦] 评价之低，竟能入选，亦耐人寻味了。

地囚星旱地忽律朱贵——王力（1900—1986）。按：王力著有《古代汉语》《汉语诗

---

① 冯永军著：《当代诗坛点将录》，上海：华东师范大学出版社 2011 年版，第 71 页。

② 冯永军著：《当代诗坛点将录》，上海：华东师范大学出版社 2011 年版，第 74 页。

③ 庞坚：《题咏馨楼主〈当代诗坛点将录〉》，冯永军著：《当代诗坛点将录》，上海：华东师范大学出版社 2011 年版，第 8 页。

④ 李遇春（1972— ）认为郭沫若早期的诗作较佳，论云：“就诗学形态来说，无论是‘诗人之诗’中个人的性情或挥洒，还是‘士人之诗’中忧患意识和民族精神的抒发，抑或‘学人之诗’中学者情怀和学术意识的流露，各有优胜且相互渗透，形成了郭沫若旧体诗词繁富丰赡、多元合一的艺术特色。但新中国成立以后，随着时代的变迁和政治语境的转换，郭沫若的旧体诗词创作发生了‘多元归一’的艺术转变。外在环境的变化促成了郭沫若的身份嬗变，……除了进一步强化他的政治身份以外，并不能从根本上改变他的诗人和学者身份隐性丧失的现实。”持论比较公允。参李遇春著：《中国当代旧体诗词论稿》，武汉：华中师范大学出版社 2010 年版，第 62 页。

⑤ 冯永军著：《当代诗坛点将录》，上海：华东师范大学出版社 2011 年版，第 108 页。

⑥ 冯永军著：《当代诗坛点将录》，上海：华东师范大学出版社 2011 年版，第 64 页。又《光宣诗坛点将录》《近百年诗坛点将录》均作“地默星混世魔王樊瑞”，星号与人名俱异，许树棣编：《三百年来诗坛人物评点小传汇录》，郑州：中州古籍出版社 1986 年版，第 136、161 页。

⑦ 冯永军著：《当代诗坛点将录》，上海：华东师范大学出版社 2011 年版，第 84 页。

律学》《诗词格律》等，冯永军论云："虽无甚过人之处，但可医世人不学之病。王力亦能作旧体诗，有《龙虫并雕斋诗集》行世，舍题《恶之花》等数首之外，可读者甚少。"①

地轴（辅）星轰天雷凌振——冯振（1897—1983）。冯振乃咏春拳传人，与陈柱（1890—1944）同为石遗门下弟子，著有《自然室诗稿与诗词杂话》（1989）。冯永军论云："《自然室诗集》者，前半绝佳，1949年后诗皆率意之作全不经心，与早年所作如出两手，颂圣宗朱之作，俯拾皆是，既不可读，亦不可谓之诗也。冯氏著有《诗词杂话》，虽篇幅无多，然多有可听者。其《七言律髓》《七言绝句作法举隅》最负盛名，然以鄙见论之则过于机械，虽利初学，然不免兔园册子之讥。"②

地理星九尾龟陶宗旺——周振甫（1911—2000）。所著《诗词例话》享有盛名。冯永军论云："自为诗不甚多见，亦知诗而能诗者也，所作《寄叶圣陶先生乐山》《呈夏丏尊先生》《题钱锺书先生〈管锥编〉》诸作，亦颇可诵。陶宗旺于山寨中冲锋陷阵、斩将夺魁虽非当行本色，然掌管梁山泊一应城垣之修建，亦绝不可少也。"周振甫诗不多见，冯永军所引诸诗悉载《五四以来诗词选》。③

地健星险道神郁保四——高阳（许晏骈，1922—1992）。高阳以历史小说入畅销作家之林，博学多才，有"野翰林"之称，褒贬由之。著有《高阳说诗》。冯永军论云："高阳喜为诗，与入台名诗家周弃子谊在师友之间，颇多唱和，然所作时而晦涩，时而过于好异，大都不佳。"④ 按：高阳存诗三十一题，五十一首；词七阕，以应酬之作为主。⑤ 就诗论诗，台湾诗坛名家尚多，似亦不宜仅因跟周弃子唱和而随意拔高也。⑥

以上程千帆、张中行、王力、冯振、周振甫、高阳六家各有成就，在当世名气亦大，唯诗词作品不多，评价亦不高，多列于末席，却占用了很多宝贵的席次。又冯永军所选诗人全属老辈，其中最年轻者仅得陈永正（1941—　）（天剑星立地太岁阮小二）、张梦机（天罪星短命二郎阮小五）、刘梦芙（1951—　）（天败星活阎罗阮小七）三位，分别位列68、69、70的名次⑦。所谓年轻，其实都已过六十岁了，后继无人，殊为可惜。陈、张、刘三家在当代诗坛的地位固无异议，且可居于前列地位，具有领导气派。其实同时期大陆、台湾、港澳以至海外的年轻诗人尚多，冯永军未能慧眼提拔新人，这跟过去舒位、汪国垣、钱仲联、适然楼主的点将录相较，明显缺乏后进，所选诗人亦嫌过于老化，失去承担的勇气，相去何止天壤，目中无人，而诗坛亦奄奄一息了。冯永军未能准确描写当代诗坛的万千气象，甚至更沦为一曲挽歌，弥漫着感旧伤离的气氛，至为可惜。

---

① 冯永军著：《当代诗坛点将录》，上海：华东师范大学出版社2011年版，第85页。

② 冯永军著：《当代诗坛点将录》，上海：华东师范大学出版社2011年版，第102页。又《光宣诗坛点将录》《近百年诗坛点将录》均作"地辅星"，许树棣编：《三百年来诗坛人物评点小传汇录》，郑州：中州古籍出版社1986年版，第146、172页。

③ 冯永军著：《当代诗坛点将录》，上海：华东师范大学出版社2011年版，第105页。按：华钟彦（1906—1988）主编：《五四以来诗词选》，开封：河南大学出版社1987年版，选周振甫诗四首，第312页。

④ 冯永军著：《当代诗坛点将录》，上海：华东师范大学出版社2011年版，第106页。

⑤ 参江澄格（1934—　）编：《高阳的诗词联》，台北：学海出版社2006年版。

⑥ 冯永军评周弃子诗亦多缺失，论云："弃子诗尤有一大可议处，集中应酬之作过多，寿诗、挽诗、贺诗，俯拾皆是，代人捉刀之作，亦复时有。又有草率成篇，全不用心者。然其诗功甚深，固毋庸置疑。"

⑦ 冯永军著：《当代诗坛点将录》，上海：华东师范大学出版社2011年版，第78~79页。

三、《当代诗坛点将录》的缺位及海外诗坛的席次

冯永军《当代诗坛点将录》缺位的诗人甚多，有26位，绝大部分都是地煞中不雅的称号，这是过去几份点将录名单中所没有出现过的现象。《自序》云："鼎革以还，风雅沦丧，旧体诗人才凋零，复有所谓旧体诗者，不过略为押韵而已，甚或韵亦不能押者，故欲点足一百零八人似非易事，而范烟桥（1894—1967）之《点将录》，亦止三十八人，乃循此先例，宁抱遗珠之憾，差免滥竽之讥。"[①] 下笔谨慎，不敢妄评，仅为一时逃避的借口而已。其实放眼世界，则当代诗运之转移，已在海外而不在大陆。港台和海外的诗人甚多，各有造诣，跟内地比较，可能不遑多让，甚至更为超拔。如果作者完全不选海外诗人，而专论大陆诗坛，固可作如是观，该书却也选入了若干港台及海外名家，计有台湾溥儒、李渔叔、成惕轩、刘太希（1898—1989）[②]、罗尚（1923—2007）、周弃子（学藩，1912—1984）、陈定山（蘧，1897—1989）、张梦机、高阳九家，香港有曾克端（1900—1975）、傅子余（静庵，1914—1997）、饶宗颐、翁一鹤（1911—1993）四家，海外则列赵尊岳（1898—1965）、叶嘉莹（1924—　）、潘受（1911—1999）三家，合共只得十六家，有些不免有所缺失，可见未能完全掌握当代诗坛的复杂形势，仅略为点缀，未免妄议雌黄了。因此建议该书作者除了补缺二十六人外，还可以排除若干诗艺水平较低的人选，甚至勇于选拔接班新人，如果多阅数据，重新排序，局面可能焕然一新。刘衍文认为尚可补入周炼霞（1909—2000）、曾琦（1892—1951）、易君左三家。[③] 现在笔者也列出若干值得注意的名单，各有诗词专集传世，或知名于时，谨供参考。

（1）大陆诗坛。叶恭绰（1881—1968）、章士钊（1881—1973）、刘永济（1887—1966）、詹安泰（1902—1967）、黄文宽（1910—1989）、霍松林（1921—　）、熊鉴（1923—　）、匡一点（1924—2002）、李汝伦（1930—2010）、李广超（1943—　）、毛谷风（1945—　）、星汉（1947—　）、曹旭（1947—　）、熊盛元（1949—　）、熊东遨（1949—　）、周裕锴（1954—　）、段晓华（1954—　）、景蜀慧（1956—　）、周燕婷（1962—　）、钟东（1964—　）、万伟成（1964—　）、李舜华（1971—　）、檀作文（1973—　）、徐晋如（1976—　）。

（2）台湾诗坛。陈含光（延韡，1879—1957）、于右任、贾煜如（景德，1880—1960）、钱逸尘（倬，1881—1961）、张默君（昭汉，1884—1965）、罗卓英（1896—1961）、易君左、梁寒操（1899—1975）、江洁生(1903—1983)、胡庆育（1905—1970）、郑骞（1906—1991）、林尹（1910—1983）、李猷（1914—1996）、廖从云（1915—2005）、马鹤凌（1920—2005）、汪中（1926—2010）、林恭祖（1927—　）、陈新雄（1935—2012）、沈秋雄（1941—　）、陈

---

① 冯永军著：《当代诗坛点将录》，上海：华东师范大学出版社2011年版，第1~2页。

② 冯永军评刘太希诗云："然其诗亦有可议之处，屡向易实甫《琴志楼诗集》中作贼，取其全篇，或略加点窜十数字，或稍加增删，而以为己作，不止偷意偷势而已也。……然则刘氏所窃者，匪止易实甫一家而已。"冯永军著：《当代诗坛点将录》，上海：华东师范大学出版社2011年版，第28页。

③ 刘衍文（1920—　）：《当代诗坛点将录·序》，冯永军著：《当代诗坛点将录》，上海：华东师范大学出版社2011年版，第4页。按：曾琦殁于1951年，在当代诗坛年资尚浅，或不必选入。

庆煌（1949—　）、简锦松（1954—　）。

（3）香港诗坛。廖恩焘（1864—1954）、黄伟伯（棣华，1872—1955）、陈融（1876—1955）、伍宪子（1881—1959）、刘子平（1883—1970）、刘景堂（伯端，1887—1963）、李景康（1890—1960）、吴肇钟（1896—1967）、伍俶（叔傥，1897—1966）、韦汪瀚（兰生，1897—1972）、郑水心（1900—1975）、郭亦园（1902—1979）、甄陶（伯俊，1902—1982）、陈荆鸿（1902—1993）、黄相华（1902—2002）、熊润桐（1903—1974）、余祖明（少飒，1903—1990）、何敬群（鉴琮，1903—1994）、王韶生（1904—1998）、涂公遂（1905—1991）、郑春霆（1906—1990）、王淑陶（1906—1991）、梁简能（1907—1991）、陈蝶衣（涤夷，1907—2007）、刘德爵（1909—1990）、张纫诗（1912—1972）、陈襄陵（1913—1989）、潘小盘（1914—2001）、陈湛铨（1916—1986）、吴天任（1916—1992）、劳天庇、罗忼烈（1918—2009）、曾敏之（1918—　）、何叔惠（1919—　）、苏文擢（1921—1997）、潘新安（1923—　）、劳思光（1927—2012）、陈一豫（1927—　）、刘绍进（1931—1997）、李鸿烈（1936—　）、邝健行(1937—　)、何文汇（1946—　）、莫云汉（1954—　）、刘卫林（1958—　）。

（4）澳门诗坛。黎心斋（廷桀，1901—1988）、梁披云（雪予，1907—2010）、佟立章（1923—2007）、程祥徽（1934—　）、谭任杰（1935—　）、施议对（1940—　）、冯刚毅（1947—　）。

（5）海外诗坛。黄松鹤（1908—1988）、周策纵（1916—2007）、赵大钝（1918—　）、汤定华（1918—　）、张济川（1926—2002）、徐持庆（1940—）、梁雪芸（1948—　）、张英杰（1951—　）。

当代诗坛人才辈出，近二三十年尤为热闹，相对来说，大陆诗坛发展蓬勃，方兴未艾，海外则老成凋谢，有点零落了。以上只是重点选录，亦以前辈及诗人长者为主，不同的作者审美观点不同，操选政者自可全盘考虑去取，也不必理会这份名单。至于后辈诗人的争议较多，观人于微，就看作者的眼光了。

附录：冯永军《当代诗坛点将录》座次排序及重要著述

[1] 托塔天王晁盖　陈衍（1856—1937）。《石遗室诗集》《石遗室诗话》[①]。梁山泊总兵部都头领二员。

[2] 天魁星呼保义宋江　钱仲联（1908—2003）。《梦苕庵诗》《梦苕庵诗话》。

[3] 天罡星玉麒麟卢俊义　陈寅恪（1890—1969）。《寒柳堂诗》。掌管机密军师二员。

[4] 天机星智多星吴用　钱锺书（1910—1998）。《槐聚诗存》《谈艺录》。

[5] 天闲星入云龙公孙胜　王蘧常（瑗仲，1900—1989）。《江南二仲诗》《抗兵集》《国耻诗话》《明两庐诗》。同参赞军务头领一员。

[6] 地魁星神机军师朱武　陈声聪（1897—1987）。《兼于阁诗》《兼于阁诗话》

---

① 按该书所列天罡36人、地煞72人、其他4人，共112人。缺者26人。诗词书目一般参照原著列出，其中个人所见专集酌加〔　〕号表示。

《荷堂诗话》《闽词谈屑》《兼于阁杂着》。掌管钱粮头领二员。

[7] 天贵星小旋风柴进　　溥儒（1896—1963）。《凝碧余音》《寒玉堂诗集》。

[8] 天富星扑天雕李应　　潘伯鹰（1882—1966）。《南冠集》《玄隐庐诗》，主编《饮河集》。马军五虎将五员。

[9] 天勇星大刀关胜　　庞俊（1895—1964）。《养晴室遗集》。

[10] 天雄星豹子头林冲　　李渔叔（1905—1972）。《花延年室诗》，〔《三台诗传》〕。

[11] 天猛星霹雳火秦明　　陈隆恪（1888—1956）。《同照阁诗》。

[12] 天威星双鞭呼延灼　　成惕轩（1911—1989）。《楚望楼诗》《楚望楼骈文》。

[13] 天立星双枪将董平　　冒孝鲁（1909—1988）。《叔子诗稿》。马军八虎（大骠）骑兼先锋使八员。

[14] 天英星小李广花荣　　刘太希（1898—1989）。《竹林精舍诗》，〔《无象盦诗》〕。

[15] 天佑星金枪手徐宁　　徐英（1902—1980）。《天风阁诗》《诗法通微》，〔《澄宇诗稿》〕。

[16] 天暗星青面兽杨志　　曾克端（1900—1975）。《涵负楼诗》《颂橘庐诗存》，编选《福州曾氏十二世诗略》。

[17] 天空星急先锋索超　　赵尊岳（1898—1965）。《高梧轩诗集》《珍重阁词》《明词汇刻》，〔《和小山词》〕。

[18] 天捷星没羽箭张清　　罗尚（1923—2007）。《沧海明珠集》《戎庵诗存》《戎庵二十一世纪诗存》。

[19] 天满星美髯公朱仝　　朱奇（1898—1978）。

[20] 天微星九纹龙史进　　苏渊雷（1908—1995）。《钵水斋诗词集》。

[21] 天究星没遮拦穆弘　　邵祖平（1898—1969）。《培风楼诗》《无尽藏斋诗话》。马军小彪将兼远探出哨头领一十六员。

[22] 地煞星镇三山黄信　　施蛰存（1905—2003）。《北山楼诗》。

[23] 地勇星病尉迟孙立　　吕贞白（1907—1984）。《吕伯子诗存》《吕伯子词存》。

[24] 地杰星丑郡马宣赞　　吴宓（1894—1978）。〔《吴宓诗集》《吴宓诗话》〕。

[25] 地雄星井木犴郝思文　　刘逸生（1917—2001）。《蜗缘居诗词钞》。

[26] 地威星百胜将韩滔　　姚鹓雏（1892—1954）。少与林庚白（1896—1941）合刊《太学二子集》。

[27] 地英星天目将彭玘（圮）　　夏承焘（1900—1986）。《天风阁诗集》，〔《夏承焘词集》《天风阁词集》〕。

[28] 地奇星圣水将（军）单廷珪　　孔凡章（1914—1999）。〔《回舟集》《回舟续集》《回舟三集》《回舟四集》《回舟后集》〕。

[29] 地猛星神火将军魏定国　　徐续（1921—2012）。〔《对庐诗词集》〕，《象棋报》《广州棋坛六十年史》。

[30] 地活（辟）星摩云金翅欧鹏　　缺

[31] 地阖星火眼狻猊邓飞　　缺

[32] 地强星锦毛虎燕顺　　张建白（采庵，1904—1991）。《春树人家诗》。

［33］地明星铁笛仙马麟　周弃子（学藩，1912—1984）。〔《周弃子先生集》〕。

［34］地周星跳涧虎陈达　陈贻焮（1924—2000）。《梅棣庵诗词》。

［35］地隐星白花蛇杨春　陈中凡（1888—1982）。《清晖馆诗钞》。

［36］地暗星锦豹子杨林　陈方恪（1891—1966）。〔《屯云馆诗稿》《陈方恪诗词集》〕。

［37］地空星小霸王周通　周作人（1885—1967）。《知堂杂诗抄》《儿童杂事诗》，〔《周作人诗词解析》（杨志琨编著）〕。步军头领一十员。

［38］天孤星花和尚鲁智深　聂绀弩（1903—1986）。〔《散宜生诗》《聂绀弩旧体诗全编》〕。

［39］天伤星行者武松　缺

［40］天异星赤发鬼刘唐　王彦行。《淡庼诗录》。

［41］天退星插翅虎雷横　莫尚质（1915—　）。〔《留花庵诗稿》《留花庵词》〕。

［42］天杀星黑旋风李逵　唐玉虬（1894—1988）。《国声集》《入蜀集》。

［43］天巧星浪子燕青　龙榆生（1902—1966）。〔《忍寒词选》《龙榆生先生遗稿》〕。

［44］天牢星病关索杨雄　沈轶刘（1898—1993）。《繁霜榭诗》，〔《繁霜榭词札》〕。

［45］天慧星拚命三郎石秀　徐震堮（1901—1986）。《梦松风阁诗》。

［46］天暴星两头蛇解珍　佟绍弼（1911—1969）。〔《猎斋诗草》〕。

［47］天哭星双尾蝎解宝　傅子余（1914—1997）。〔《静庵诗词》《抱一堂诗集》《桐花馆词》《抱一堂集》〕。步军将校一十七员。

［48］地然（默）星混世魔王樊端（瑞）　程千帆（1913—2000）。《闲堂诗存》。

［49］地明（暴）星丧门神鲍旭　缺

［50］地飞星八臂那（哪）咤项充　吴白匋（1906—1992）。《凤褐庵诗剩稿》《热云韵语》，〔《吴白匋诗词集》〕。

［51］地走星飞天大圣李衮　陆维钊（1899—1980）。《庄徽室诗》。

［52］地幽星病大虫薛永　缺

［53］地伏星金眼彪施恩　陈泽锽（1903—　）。《琴趣楼诗》。

［54］地镇星小遮拦穆春　缺

［55］地僻星打虎将李忠　缺

［56］地异星白面郎君郑天寿　陈定山（蘧，1897—1989）。《萧斋诗存》五卷、《续刊》五卷、《十年诗卷定山词合刊》。

［57］地魔星云里金刚宋万　陈禅心（1912—　）。《抗倭集》，〔《陈禅心诗词书法文集》〕。

［58］地妖星摸着天杜迁　柳亚子（1887—1958）。〔《磨剑室诗集》《柳亚子集》〕。

［59］地角（短）星出林（云）龙邹渊　缺

［60］地短（角）星独角龙邹润（闰）　缺

［61］地捷星花项虎龚旺　寇梦碧（1917—1990）。《六合小阁杂诗》，〔《夕秀词》〕。

［62］地速星中箭虎丁得孙　朱庸斋（1920—1983）。〔《分春馆词》《分春馆词话》《朱庸斋书法集》〕。

［63］地恶星没面目焦挺　郭沫若（1892—1978）。〔《沫若诗词选》《郭沫若旧体诗

词系年注释》（王继权、姚国华、徐培均）〕。

［64］地丑星石将军石勇　　缺。四寨水军头领八员。

［65］天寿星混江龙李俊　　饶宗颐（1917—　）。〔《选堂诗词集》〕。

［66］天平（竞）星船火儿张横　　陈海瀛（1882—1973）。《希徽室诗》。

［67］天损星浪里白跳（条）张顺　　黄孝纾（公渚，1900—1964）。〔《匑庵诗》《匑庵词乙稿》《匑庵文稿》《劳山集》〕。

［68］天剑星立地太岁阮小二　　陈永正（1941—　）。〔《沚斋诗词钞》《沚斋词》《沚斋丛稿》〕。

［69］天罪星短命二郎阮小五　　张梦机（1941—2010）。〔《师橘堂诗》《西乡诗稿》《碧潭烟雨》《药楼诗稿》《鲲天吟稿》《鲲天外集》《梦机诗选》〕，《梦机六十以后诗》《药楼近诗》等。

［70］天败星活阎罗阮小七　　刘梦芙（1951—　）。〔《啸云楼诗》《冷翠轩词》《啸云楼诗词》〕。

［71］地进星出洞蛟童威　　缺

［72］地退星翻江蜃童猛　　缺。四店打听声息，邀接来宾头领八员

［73］东山酒店 地数星小尉迟孙新　　缺

［74］地阴星母大虫顾大嫂　　陈翠娜（小翠，1902—1968）。《翠楼吟草》。

［75］西山酒店　地刑星菜园子张青　　张中行（1909—2006）。《诗词续写丛话》。

［76］地壮星母夜叉孙二娘　　叶嘉莹（1924—　）。〔《迦陵存稿》《迦陵诗词稿》〕。

［77］南山酒店 地囚星旱地忽律朱贵　　王力（1900—1986）。《古代汉语》《诗词格律》《龙虫并雕斋诗集》。

［78］地全星鬼脸儿杜兴　　缺

［79］北山酒店 地奴星催命判官李立　　缺

［80］地劣星活（霍）闪婆王定六　　缺。总探声息头领一员

［81］天速星神行太保戴宗　　潘受（1911—1999）。《海外庐诗》（1970，1985），〔《潘受诗集》〕。军中走报机密步军头领四员。

［82］地乐星铁叫子乐和　　张伯驹（1898—1982）。《续洪宪纪事诗补注》《红毹纪梦诗注》，〔《张伯驹词集》〕。

［83］地贼星鼓上蚤时迁　　缺

［84］地狗星金毛犬段景住　　缺

［85］地耗（贼）星白日鼠白胜　　缺。守护中军马军骁将二员。

［86］地佐星小温侯吕方　　沈切。

［87］地佑星赛仁贵郭盛　　彭鹤濂（1914—1996）。《棕槐室诗》，〔《棕槐室诗续集》《棕槐室诗话》〕。守护中军步军骁将二员。

［88］地猖星毛头星孔明　　顾随（1897—1960）。《苦水诗存》《驼庵诗话》。

［89］地狂星独火星孔亮　　吴世昌（1908—1986）。〔《罗音室诗词存稿》〕，《词林新话》。专管行刑刽子二员。

［90］地平星铁臂膊蔡福　　缺

[91] 地损星一枝花蔡庆　缺。专管三军内采（探）事马军头领二员。

[92] 地微星矮脚虎王英　缺

[93] 地慧星一丈青扈三娘　沈祖棻（1909—1977）。《涉江诗》《涉江词》，〔《沈祖棻诗词集》〕。专管监造诸事头领一十六员行文走檄调兵遣将一员。

[94] 地文星圣手书生萧让　沈尹默（1883—1971）。《秋明诗》《秋明室杂诗》，〔《沈尹默诗词集》〕。定功赏罚军政司一员。

[95] 地正星铁面孔目裴宣　翁一鹤（1911—1993）。《长春咏》《秣陵吟》《赤马谣》《畅然堂诗词钞》《香海百咏》，〔《香海百咏续编》《香海三百咏》〕。考算钱粮支出纳入一员。

[96] 地会星神算子蒋敬　胡先骕（1894—1968）。《忏庵诗集》。监造大小战船一员。

[97] 地满星玉幡竿孟康　蒋礼鸿（1916—1995）。〔《怀任斋诗词》〕。专造一应兵符印信一员。

[98] 地巧星玉臂匠金大坚　胡光炜（1888—1962）。《愿夏庐诗》。专造一应旌旗袍袄一员。

[99] 地遂星通臂猿侯健　周汝昌（1918—2012）。专供医兽一应马匹一员。

[100] 地兽星紫髯伯皇甫端　缺。专治诸疾内外科医士一员。

[101] 地灵星神医安道全　秦伯未（1901—1970）。〔《秦伯未诗》〕。监督打造一应军器铁甲（件）一员。

[102] 地孤星金钱豹子汤隆　缺。专造一应大小号炮一员。

[103] 地轴（辅）星轰天雷凌振　冯振（1897—1983）。〔《自然室诗稿》《自然室诗续集》《自然室诗稿与诗词杂话》〕，《诗词杂话》《七言律髓》《七言绝句作法举隅》。起造修葺房舍一员。

[104] 地察星青眼虎李云　谢稚柳（1910—1997）。《壮暮堂诗钞》。屠宰牛马猪羊牲口一员。

[105] 地稽（羁）星操刀鬼曹正　江辛眉（1922—1986）。《阮堂诗词选》。排设筵宴（席）一员。

[106] 地俊星铁扇子宋清　缺。监造供应一切酒醋一员。

[107] 地藏星笑面虎朱富　缺。监筑梁山泊一应城垣一员。

[108] 地理星九尾龟陶宗旺　周振甫（1911—2000）。《诗词例话》。专一把捧帅字旗一员。

[109] 地健星险道神郁保四　高阳（许晏骈，1922—1992）。《高阳说诗》，〔《高阳的诗词联》〕。额外头领附录。

[110] 教头王进　冒广生（1873—1959）。〔《小三吾亭诗文集》〕。

[111] 黄面佛（黄文煜）　马一浮（1883—1967）。〔《蠲戏斋诗前集》、《避寇集》、《蠲戏斋诗编年集》、《芳杜词剩》、《马一浮集》、《马一浮诗话》（丁敬涵编注）〕，《杜诗癖》。

[112] 铁棒栾廷玉　燕赵间人。冯永军（1976—　），俟考。

古今诗坛“老干体”之漫论

杨子怡[①]

当今诗坛诗社林立，诗作如海，最风靡诗坛的恐怕非“老干体”莫属了。“老干体”人们又戏称为“政协体”或“人大体”。这恐怕有两层含义：一是指其作者大都是在政协和人大等单位在岗或退休的各级政府官员，二是指这些诗歌大都如老干曾在官场上的讲话一样观念陈腐、套话连篇、毫无生气。但仔细考察，我们发现，其实“老干体”并不只限于这些政协、人大的在岗或离退休官员，也包括各行政、企事业单位的管理人员及普通的工作人员。染指其中的，既有文化水平较低的人，也有部分学者甚或著名学者；既有大陆的，也有海外华语区的；既有老年人，也有年轻人。这是一个不可小觑的现象。“老干体”的始作俑者首推大学者郭沫若先生。如其《满江红·庆祝九大开幕》词和《春雷》就堪称当今“老干体”始祖。其词云：“雄伟庄严，像沧海波涛汹涌。太阳出，光芒四射，欢呼雷动。万寿无疆声浪滚，三年文革凯歌纵。开幕词句句如洪钟，千钧重。大工贼，黄粱梦；帝修反，休放纵！听谆谆教导，天衣无缝。改地换天争胜利，除熊驱虎英雄颂。庆神州一片东方红，献忠勇！”[②]应景趋时，口号满篇，了无诗味。著名诗人聂绀弩的一些迎合时俗的诗，檀作文在其《聂绀弩体及其背后的诗学理论问题》一文中讥为“另一种形式的‘老干体’”[③]。其实，这种“老干体”溯源可更远，古代就有大量的这种官场习气极重的作品。比如，中国诗歌的黄金时代唐代，尽管其诗艺达到极致，但类似这种“老干体”的台阁体诗歌数量也十分可观，其作者也不限于那些宫体诗人，一些享誉诗史的大家如王维、贾至、岑参、杜甫也不时地染指其中，应景随时，此唱彼和，歌颂盛世，互慕才华。像贾至的《早朝大明宫呈两省僚友》、王维的《和贾至舍人早朝大明宫之作》、杜甫的《奉和贾至舍人早朝大明宫》、岑参的《和贾舍人早朝》，当是唐代典型的“老干体”。可见，古今诗坛都有“老干体”存在，并且人数和作品都不少。这是一个重要的文学现象。因此，学术界不可漠视它。古今“老干体”有些什么共同的特点？它们的区别在哪里？产生这些“老干体”的原因是什么？他们在诗坛上的影响如何？这些都是饶有兴趣的话题，也是具有学术意义的话题。

---

① 作者简介：杨子怡（1955—　），男，湖南新邵人，惠州学院中文系教授，研究方向为古代文学及文化诗学。

② 知一堂主：《浅评赵老湿的一首马屁诗·附录》，见 http：//www.yhcqw.com/bbs/dispbbs.asp？boardID =13&ID =39100。

③ 赵松元主编：《诗词学》（第一辑），广州：暨南大学出版社 2010 年版。

一、古今诗坛中“老干体”的异同

（一）以唐诗为参照，古今“老干体”的共同特征

1. 内容的歌德化

歌颂功德、鼓吹升平几乎是古今“老干体”的共同特色。众所周知，美刺是中国诗歌的传统。美刺的目的是“谲谏”，《周礼·地官》有“司谏”之官，郑玄注曰：“谏犹正也，以道正人行。”《周礼》还有“保氏”之官，专门“掌谏王恶”，可见汉人很重视“谏”，《诗经》因有美有刺，所以被人们视为“谏书”。《汉书·楚元王传》载刘向上疏，引《小雅·角弓》的“刺幽王好谗佞”，以谏楚元王用人失当，《角弓》是一首刺诗，因此这是典型的以刺诗为谏的例子。美诗也能为谏，该传还载刘向引美诗《小雅·斯干》为谏：“周德既衰而奢侈，宣王贤而中兴，更为俭宫室，小寝庙，诗人美之，《斯干》之诗是也。”[①]《斯干》是歌颂周宣王节俭的，故以之讽谏楚元王的奢侈，这是典型的以美为谏。不过，汉以前，重点是以刺为谏。而唐人的一些台阁体诗、应制诗及宫体诗，完全是以“美”为重心，“美”也不是为了谏，而是一种发自内心的近谀之颂，完全有违汉以前的美刺传统。如唐太宗时岑文本和太宗的《奉和正日临朝》诗云：“时雍表昌运，日正叶灵符。德兼三代礼，功包四海图。踰沙纷在列，执玉俨相趋。……天文光七政，皇恩被九区。万陪瘗玉礼，屯笔岱山隅。”[②]颂皇恩，歌盛典，应景敷衍，谀辞满篇。完全远离《诗经》以来以美为谏的目标。这种内容的歌德化在今人的“老干体”中也十分突出。如署名为杨义春的《喜迎十八大》诗就是典型的歌德化诗：“猎猎红旗四海扬，神州大地放光芒。卅年改革民殷富，几代同心国运昌。百虑为民谋福祉，千思治国为兴邦。前程似锦宏图展，华夏腾飞谱锦章。”[③] 靠堆垛概念化的词语来歌颂党的英明伟大，未能摘取生活的切片，撷取生活的浪花，以小搏大，换一个度来写。像这类歌德化的诗，试问哪里还有诗意。

2. 写作的程式化

由于应酬性成分加强，应景趋时需要迅速创作，为了适应这一特点，“老干体”逐渐形成一套程式化结构。这在唐初的宫体诗中表现尤著。宫体诗创作除了应制、咏物等需要自身特定的传统惯例外，其他程式基本上可以概括为首先点题、中间罗列铺排、最后表示感受或看法三部分。如上官仪《安德山池宴集》诗：

上路抵平津，后堂罗荐陈。缔交开狎赏，丽席展芳辰。
密树风烟积，回塘荷芰新。雨霁虹桥晚，花落凤台春。
翠钗低舞席，文杏散歌尘。方惜流觞满，夕鸟已城闉。[④]

---

① 转自萧华荣：《中国诗学思想史》，上海：华东师范大学出版社 1996 年版。
② 曹寅：《全唐诗》（上），上海：上海古籍出版社 1986 年版。
③ 吴洪激：《东坡赤壁诗词》，2012 年第 5 期。
④ 曹寅：《全唐诗》（上），上海：上海古籍出版社 1986 年版。

首联点明赴宴，中间极尽丽藻铺排之能事写宴集之情形，末联处微微透出宴终人散时的惜别之情。此外像李百药的《奉和初春出游应令》、褚亮的《奉和咏日午》等诗都是采用这种写法，套路完全一致，概莫能外。当今“老干体”套路之“异曲同工”令人惊诧莫名。如署名黄耀武的《十八大寄怀》诗，首联点题叙十八大召开：“百年风雨导航程，接力传承十八轮。”中间罗列铺排“各界推贤尊代表，中枢换届汇精英。统筹发展宏图壮，科学安排举措新”。末联表达希望：“实现稳中求进步，富民强国更强兵。”①这类程式化的诗，罗列铺排是其惯用的创作手法。

3. 情感的空洞化

凡治诗者，都知道诗是情感的艺术，无情则无诗，诚如唐代孟棨《本事诗序》所言：“诗者，情动于中而形于言。故怨思悲愁，常多感慨；抒怀佳作，讽刺雅言。虽著于群书，盈厨溢阁，其间触事兴咏，尤所钟情。”②情感源于“天”，即情感自然而生，不需外寻，故司空图《诗品·实境》说：“情性所至，妙不自寻。遇之自天，泠然希音。”③ 古今优秀诗作都是深于性情之作，都是情感自然奔泻之作。“老干体”之所以受到人们之责难，其一个共同的弊病在于缺乏真情。如上所析唐初的宫体诗典型的特征是情感的空洞化。所以许总先生评析宫体诗后指出：“从这类作品看，诗中既无丝毫社会意识，又无内心真情实感，实质上是按照既定语言与程式在宫廷应酬场合迅速制作出来的一件工艺性作品。”④这种情感空洞的作品在当今“老干体”中甚为流行，即使大家也不乏其人。比如郭沫若先生写于1974年2月7日的《春雷》就是如此。该诗云：

春雷动地布昭苏，沧海群龙竞吐珠。肯定秦皇功百代，判宣孔二有余辜。
十批大错明如火，柳论高瞻灿若朱。愿与工农齐步伐，涤除污浊绘新图。⑤

该诗是郭先生和毛泽东的。毛泽东曾发动“批林批孔”运动，对郭沫若的《十批判书》不满，写下《读〈封建论〉，呈郭老》诗批评说：“劝君少骂秦始皇，焚坑事件要商量。祖龙魂死业犹在，孔学名高实秕糠。百代多行秦政治，十批不是好文章。熟读唐人封建论，莫从子厚返文王。”⑥ 一生都对毛泽东视若神明的郭沫若于是诚惶诚恐地一连写出两首《春雷》表态，这是其中一首。通读全诗，不难发现，除了反复认错、表明态度外，实在看不出诗中还有真情。如果说在那个特殊的时代，郭沫若写出有违他水平的诗还可理解的话，在当今改革开放的时代仍大量存在类似的标语口号式的诗实在是令人匪夷所思了。

4. 风格的官气化

内容的歌德化及情感的空洞化必然带来这类诗歌的官气化。因此装腔作势、陈词滥

---

① 吴洪激：《东坡赤壁诗词》，2012年第5期。
② 贾文昭、程自信：《中国古代文化论类编（上）》，福建：海峡文艺出版社1990年版。
③ 贾文昭、程自信：《中国古代文化论类编（上）》，福建：海峡文艺出版社1990年版。
④ 许总：《唐诗史》（上编），南京：江苏教育出版社1994年版。
⑤ 知一堂主：《浅评赵老湿的一首马屁诗·附录》，见 http：//www. yhcqw. com/bbs/dispbbs. asp？boardID =13&ID =39100。
⑥ 毛泽东：《读〈封建论〉呈郭老》，http：//blog. renren. com/share/237887820/4633492087。

调、套话连篇是这一类诗的总体特点。揆之唐之“老干体”，人们最常用的是“凤池”“冕旒”“九重”“皇州”“皇猷”之类的语句。如“九天阊阖开宫殿，万国衣冠拜冕旒”（王维《和贾舍至舍人早朝大明宫》）、“五夜漏声催晓箭，九重春色醉仙桃”（杜甫《奉和贾至舍人早朝大明宫》）、“鸡鸣紫陌曙光寒，莺啭皇州春色阑”（岑参《和贾舍人早朝》）、“皇猷被寰宇，端扆属元辰”（杨师道《奉和正日临朝应诏》）等，词颂皇恩浩荡，用语典丽堂皇，气势居高临下，但用语陈滥，了无新意，官气十足。揆之当今“老干体”，此种陈词、套话亦颇盛行，只是少了唐代的典雅丽藻而已。如“深谋远虑心凝聚，发展坚持科学观”（栾兴阶《醉梅花·六十春秋业绩煌》）、“重整山河归锦绣，复兴民族铸瑶台”（郑纯超《纪念于右任诞辰130周年》）、“四项议题优惠广，三通路径便捷辽”（夏大中《贺两会南京成功会谈》）、“开放大潮声朗朗，风荷雨柳荡晨烟”（杨天山《到韶山》）①等，堆砌陈词，套话连篇，官气十足，诗意荡然无存。

5. *形式的应制化*

应制、唱和几乎是古今“老干体”的共同特点。唐代的应制诗分为两类：一是帝臣之间的唱和，十分热闹。比如唐太宗有《正日临朝》诗，写宫中朝典的富丽堂皇，侍臣奉和甚多，杨师道就有《奉和正日临朝应诏》诗云：“皇猷被寰宇，端扆属元辰。九重丽天邑，千门临上春。”② 对太宗功业做了空泛的赞颂。又如太宗有《过旧宅》诗二首，表露了成功后的豪兴，一同当年汉高祖还故乡作《大风歌》时的情景，大臣许敬宗和上官仪都有《奉和过旧宅应制》，许诗“飞云临紫极，出震表青光。自尔家寰海，今兹返帝乡”③，以及上官诗“偃伯歌玄化，扈跸颂王游。遗簪谬昭奖，珥笔荷恩休”④，都对浩浩皇恩、森森帝威进行了赞颂。二是大臣间的宴游唱和盛行。比如杨师道封安德郡公时，在安德山池宴集群臣，李百药、褚遂良、杨续、刘洎、岑文本、许敬宗、上官仪等人都写有同题《安德山池宴集》，诗中用“粉壁”“朱楼”“高殿”“雕窗”“虹梁”等词涂饰浮光艳色，点缀升平。此外，如上所提及的王维、岑参、杜甫所和贾舍的《早朝大明宫呈两省僚友》都是大臣间的互相唱和。王维、杜甫等人是大家，这些诗自然不足以代表他们的水平，只能聊备一格。不过，这也足以反映出唐代“老干体”的势力之不可低觑。当今“老干体”的应制除了友人之间的唱和外，还以一种新的面孔表现出来，诸如形形色色的节日诗、婚庆诗、寿宴诗，庆典诗、会议诗等因都带有应景趋时的特色，都可以看作新应制诗，至少可以说是古代应制诗在当今社会的另一类形式的复活。不过，不同于古时宴集、宫召时被动应制，当今“老干体”是不被强求的主动应制。这类应制诗大多千人一面，千部一腔，了无个性，正如诗人滕伟明先生在其《走出诗词创作的误区》一文中所批评的：“这类诗纯属表态，基本上都是废话、套话，除了作者名字不同之外，很难看出有什么差别，甚至十年后的话都一样，可以任意挪动，恐怕不好说是诗。”⑤ 证之以下诗，并不厚诬：“群英汇聚气吞虹，喜见神州舞巨龙。巧绘宏图云浪涌，高扬赤帜国威隆。虎添双翼开新宇，鹏

---

① 刘上民主编：《当代文人》，2010年第10期。

② 曹寅：《全唐诗》（上），上海：上海古籍出版社1986年版。

③ 曹寅：《全唐诗》（上），上海：上海古籍出版社1986年版。

④ 曹寅：《全唐诗》（上），上海：上海古籍出版社1986年版。

⑤ 古求能主编《当代诗词》，2012年第1期。

展重霄驻劲风。万马奔腾齐奋进，千秋伟业耀苍穹。”（王少轩《贺党的十八大胜利召开》）[①] 这是作者发自内心的主动应制。诸如“群英”“巨龙”“赤帜”“万马”之类的词陈俗之至，歌功颂德，套话连篇，放到任何会议、喜庆中都可套用，若十年二十年后还可套用，则个性丧失殆尽。

（二）以唐诗为参照，古今“老干体”表现的不同特点

1. 唐代富丽堂皇，今人浅白庸俗

唐人“老干体”以上官仪为例，往往在绮错的词彩与婉媚的诗风中表现出典雅雍容、富丽堂皇，表现出作者对高雅精致的审美趣味与艺术的追求，如其《早春桂林殿应诏》：“步辇出披香，清歌临太液。晓树流莺满，春堤芳草积。风光翻露文，雪华上空碧。花蝶来未已，山光暖将夕。”[②] 首联写应诏闻歌点题；中间两联以“流莺”“芳草”“风光”“雪华”铺排所见景色；末联写游宴结束时日暮将归之情。虽是标准的程式化结构，但用词绮丽婉媚，典雅精致，雍容华贵。而当今“老干体”往往浅白庸俗，毫无典雅之风。如邹洪旦的《农村吟》：“稻花香味闻，五谷满仓门。物富迎商贾，人和恋友宾。路边京九线，货畅地球村。科技兴农业，小康全力奔。”[③] 浅白庸俗之至，除了标语口号式话语的堆砌外，实在看不出诗味来。

2. 唐代严守格律，今人格律松弛

唐代“老干体”无论是对偶还是押韵，都谨守格律。像贾至《早朝大明宫呈两省僚友》诗：“银烛熏天紫陌长，禁城春色晓苍苍。千条弱柳垂青琐，百啭流莺绕建章。剑佩声随玉墀步，衣冠身惹御炉香。共沐恩波凤池上，朝朝染翰侍君王。”[④] 平仄谐和，对偶整饬，格律谨严，风格富丽。而当今“老干体”诗不讲对仗，不问平仄，甚至常常出韵。像下面这些诗句格律十分松弛：“建国带来千载喜，南巡抛去万年忧”“生产翻番，有田有屋，生活和谐幸福焉”“政通人和逢盛世，振兴中华献余热”“开放大潮声朗朗，风荷雨柳荡晨烟”等等。[⑤] 文字之粗糙且不论，完全置平仄于不顾。除了句子齐整外，完全不合格律诗的规范。

3. 唐代艺术修养深，今人艺术修养浅

唐代“老干体”诗人诸如杨师道、李百药、褚遂良、杨续、刘洎、岑文本、许敬宗、上官仪等大都深谙六经，博闻坟典，文化水平极高，艺术修养极深。如褚遂良就博通文史，精于书法，遂由魏征推荐，受宠于太宗。又如太宗朝后期重要诗人上官仪，《旧唐书》卷八十《上官仪传》就称他自幼“游情释典，尤精三论，兼涉猎经史，善属文”，故而深得太宗眷顾，太宗每作诗文，皆遣其视稿，加以修饰，并“多令继和，凡有宴集，仪尝预焉”。正因他们文化水平高且精于诗艺，因而在诗中驾驭经史，出入坟典，穿插掌故，剪

---

① 吴洪激：《东坡赤壁诗词》，2012 年第 5 期。

② 曹寅：《全唐诗》（上），上海：上海古籍出版社 1986 年版。

③ 刘上民主编：《当代文人》，2010 年第 10 期。

④ 曹寅：《全唐诗》（上），上海：上海古籍出版社 1986 年版。

⑤ 刘上民主编：《当代文人》，2010 年第 10 期。

裁辞藻得心应手。他们的诗虽应景应制，题材狭窄，但表现出的文化内涵却十分丰富。与此相反，当今“老干体”诗尽管内容甚丰富，题材也广泛，也紧贴时代，但诗歌文化内涵贫脊，诗歌感染力差，其个中原因是诗人的文化根基浅，艺术修养差。文化根基浅，故而内容空泛；艺术修养差，故而直白浅露，漠视格律，且不顾起承转合、腾挪提顿之技法。

4. 唐代含蓄，今人浅露

讲究比兴含蓄一直是诗歌的传统。《毛诗序》云：“上以风化下，下以风刺上，主文而谲谏，言之者无罪，闻之者足以戒，故曰风。”① 《郑笺》释此条曰：“风化、风刺，皆谓譬喻不斥言也。主文，主与乐之宫商相应也。谲谏，歌咏依违，不直谏也。”②文，即文辞、文采。故朱熹径直释为“主于文辞而托之以谏”③ 一句话，诗无论美还是刺，讲求“谲谏”，即不直谏，讲求委婉含蓄。其实，不只刺诗如此，所有诗歌都必须含蓄，含蓄才有咀嚼之味。唐之“老干体”尽管多应制之作，但做到了典雅含蓄。如杜甫《奉和贾至舍人早朝大明宫》尽管是应制诗，诗也无非是写早朝的情景，赞颂贾至的才华，但写得却很含蓄，特别是末联“欲知世掌丝纶美，池上于今有凤毛”两句颇耐人寻味。“丝纶美”指贾家父子贾曾、贾至历任两朝中书舍人。据《新唐书·卷一百一十九·贾至传》载：“帝曰：‘昔先天诰命、乃父为之辞、今兹命册、又尔为之、两朝盛典、出卿家父子手、可谓继美矣。’至顿首、呜咽流涕。历中书舍人。”诗引此典意在赞贾至子承父业，做得和父一样好，实在是一段佳话。“凤毛”用南朝谢超宗、谢凤父子事。父子二人都有才华。《南史·谢超宗传》记载谢超宗：“好学有文辞，盛得名誉。选补新安王子鸾国常侍。王母殷淑仪卒，超宗作诔奏之，帝大嗟赏，谓谢庄曰：‘超宗殊有凤毛，灵运复出。’”④ 意即谢超宗继承了父亲谢凤的才华。杜引此典十分贴切，赞颂贾至继父之才华，文章写得好。这种含蓄的写法与当今“老干体”的浅露相比不可同日而语。试举当今一首赞人的“老干体”为例：“梅君编写七巨著，业绩辉煌人史书。德艺双馨人赞颂，君才八斗是吾师。”（陈超民《赞梅逸民先生》）⑤ 同样是称赞对方才艺，高下立判。杜诗典雅含蓄，耐人咀嚼；陈诗套话连篇，空洞乏味。

二、当今老干体盛行之原因、流弊、影响及采取对策之思考

当今“老干体”作者之众、作品之多、内容之浅，文字之俗，是古代“老干体”无法与之颉颃的。“老干体”在当今社会得以如此迅猛发展，其原因何在？它的流弊、影响是什么？应采取什么对策引导之？这些都值得学界深思。

（一）当今“老干体”兴盛的原因

“老干体”盛行，原因自然是十分复杂的，但笔者认为主要有如下原因：

---

① 转自萧华荣：《中国诗学思想史》，上海：华东师范大学出版社 1996 年版。

② 转自萧华荣：《中国诗学思想史》，上海：华东师范大学出版社 1996 年版。

③ 转自萧华荣：《中国诗学思想史》，上海：华东师范大学出版社 1996 年版。

④ 许嘉璐：《二十四史全译》，上海：汉语大辞典出版社 2004 年版。

⑤ 李文广：《诗海》（第十一卷），香港：环球出版社 2011 年版。

1. 时代和社会原因

无论是唐之“老干体”还是当今“老干体”，它昭示出一个现象，它产生于盛世，与时代和社会密切相关。唐代，尤其是贞观年间到开元年间，是典型的盛世。社会安定，经济繁荣，歌盛世、感皇恩自然成为部分诗歌的内容，当时的“上官体”能风靡几十年就可以理解了。这种正处在上升时期的社会还影响到诗人的精神面貌，虽然诗为应制，但在歌颂皇恩中常流露出一种自豪和大气，如虞世南的“上将三略远，元戎九命尊。缅怀古人节，思酬明主恩”（《出塞》）① 以及王维的“九天阊阖开宫殿，万国衣冠拜冕旒”（《和贾至舍人早朝大明宫之作》）②。当今“老干体”的盛行亦与此相同，与时代和社会密切相关。改革开放三十多年来，经济取得了巨大成功，国力逐渐强盛，“老干体”的盛行因而有了土壤。人们打着“反映时代气息”的旗号，遇事必吟，逢喜必歌，有节必咏。比如神九上天，人们歌之；国庆佳节，人们歌之；党代会召开，人们歌之；名人诞辰，人们歌之；某某大桥通车，人们歌之；某某市评为文明城市，人们歌之……这类诗看似贴近现实，其实远离了诗歌之本质，诗不再是心灵和性情的自然感发，而成为新闻时政之报道，说教连篇，空洞无物。人们的这种自觉地应景趋时其实是古代诗坛应制的还魂和蜕变，是配合时代的主动应制。如梁继红《党庆九十周年感怀》诗：“咏唱迎华诞，诗成意未穷。千言凝一语，党在我心中。”③ 尽管格律还算严谨，用语还算精练，但终觉陈词满目，套话连篇，近乎标语口号，是典型的无盟主倡言的自觉应制诗。这类诗之产生还与整个中国唯经济利益至上、文化（文学）遭遇前所未有之尴尬的大环境有关，也与特殊的政治氛围有关。在经济至上及所谓“正确的舆论引导人”的文化背景下，文人迷失了方向，丧失了自我，忘记了责任，忽视了诗歌刺世的本质。因此，诗歌中批判精神的缺失也成为必然。

2. 交通的便利促进了“老干体”旅游诗的发展

旅游诗包括山水诗与怀古诗、咏物诗。游山玩水，吟风弄月，古已有之。当今诗坛，这类题材的诗占了“老干体”2/3 的篇目。它的盛行自然与经济的繁荣及交通的便利有关。和平安定的环境、充裕的经济支撑以及便利的交通使诗人们的漫游成为可能。人们有游必记，有景必歌，有史必叹，有物必咏，作品之多蔚为大观。但正如节日、喜庆诗的泛滥一样，这类诗亦过于泛滥与平庸。或是拆解前人意境重新组装，或是开中药铺似的胪列意象，或是置于任何场合都可的空泛之议，或是毫无真情与实感的套话描写。如网上有一首咏梁山的诗：“忠义堂起聚义塌，谋求招安牺牲大。北战南征折兵将，死后魂归蓼儿洼。”④ 陈腐的描述，空泛的议论，套话的堆垛，了无诗意。其实作者完全可换一种写法，找到自己情感的寄托点。比如诗人邓世广的《梁山寨》就克服了“老干体”空泛的毛病：“替天行道几人同，俱付沧桑一笑中。我到梁山非入伙，一樽聊祭故英雄。”⑤ 作者将自己的看法及性情寄于叙述之中，写得幽默俏皮，诗意灵动。这是旅游诗中难得的好诗，非套

① 曹寅：《全唐诗》（上），上海：上海古籍出版社 1986 年版。
② 曹寅：《全唐诗》（上），上海：上海古籍出版社 1986 年版。
③ 古求能：《当代诗词》，2011 年第 2 期。
④ 王拯：《咏梁山一百单八将》，http：//www. rongshuxia. com/book/5027233. html。
⑤ 古求能：《当代诗词》，2011 年第 2 期。

话连篇的“老干体”可比。

3. 理论上的偏颇导致“老干体”创作上的误区

“老干体”中最大的弊病是陈言套语过多，应景趋时过多，思想陈腐，创作平庸，而这些很大程度是由于理论上的偏颇促成的。人们往往从偏颇的理论中为平庸找借口。其偏颇表现如下：

（1）混淆了通俗与庸俗的区隔。

殊知通俗并不等于庸俗，通俗并不等于让人一读就懂，诗毕竟是一种高雅的艺术，必须是有一定文化层次的人才能欣赏的，那种为迎合没有文化层次的人写的诗就不叫通俗，那叫应俗、趋俗，过分趋俗势必落为庸俗。道理其实很简单，诗是讲究意境的，而意境是需要细心揣摩和寻绎的。如果人人一读就懂，那还要批评家、鉴赏家干吗！人人能懂也就意味全民能写，那还要诗人干吗！诗不可能全民皆懂、全民皆能写，正如飞机、大炮不可能全民皆能造，它毕竟是有某项专业特长的人干的事。正如老诗人童明伦先生在批评有人高喊“诗词大众化”时所说：“任何一门科学技术，任何一种文学体裁，任何一类艺术形式，都不可能做到人尽皆知，全民皆懂。相对论、剩余价值论、形象思维论、声韵学、训诂学、交响乐、京剧甚至白话诗，都无法‘化’到那样一种程度。”[①] 因此，“大众化”“通俗化”不过是那些平庸作品的遮羞布和护身符而已。再通俗的诗也是作者对语言与意境进行提炼过的，没提炼过的诗不叫通俗而叫庸俗。对比下面两首诗就明了什么是通俗与庸俗了。一首是诗人臧克家的《老黄牛》：“块块荒田水和泥，深耕细作走东西。老牛亦解韶光贵，不待扬鞭自奋蹄。”[②] 语句虽通俗，但意境经过了作家提炼，诗人寓志于物，借牛自况，议论精警，读来饶有兴味，自是好诗。一首是“老干体”的《咏牡丹》：“国泰民安看牡丹，青春润泽现金男。短裙紧裤新时代，乡镇风光靓几番。”[③] “国泰民安”，陈言迭出；“短裙紧裤”，俗之又俗，浪费空间，诗人之情思亦未提炼，平庸之至。同是咏物，高下判然。

（2）模糊了写实与应景的区别。

“老干体”作者还有一层护身符，那就是打着“写实”的旗号。诚然，“老干体”题材确是十分丰富，诚如笔者前面所言，逢节必写，逢庆必志，出现了不少诸如喜庆、节日、诞辰、成就一类的诗。看似热闹，实则平庸；看似有内容，实则空泛无物。因为作者每事都要评论，基本是表态诗，作者不过是把套话、废话、评论换装成韵语罢了，可人们则美其名曰写现实重大题材。其实这里也存在一个重要的理论误区，那就是模糊了写实与应景的区别。以上所说的实在称不上是写实诗，不过是应景趋时诗。诚然，写实确是中国古典诗歌的传统，但是所谓写实诗乃作者有感于事，一时触发了其创作冲动而写下的作品，即《汉书·艺文志》所云“感于哀乐，缘事而发”。并非本无真情、遇喜则贺，本无感愤、遇事则志的毫无选择与提炼的新应制之作。可见真正的写实是作者“情动于中”并有所选择的作品，这样的作品才能传之久远，经得起时间的考验。比如安史之乱虽离我们

---

① 童明伦：《论中华诗词之用韵》，载向喜英：《无欲斋吟稿》，2001。

② 臧克家：《老黄牛》，http：//www. cnki. com. cn/Article/CJFDTotal－ZHJY200412017. htm。

③ 李文广：《诗海》（第十四卷），北京：人民出版社 2012 年版。

久远，但杜甫的“三吏”“三别”等一系列反映战乱的作品之所以到现在还能感动人心，就在于那是作者用心写且有所提炼和选择的作品，换句话说，那是渗透了诗人生命体验的作品，并非“老干体”诗人事无巨细、有躬必录的应景似的作品。诗之本质是表现人的心灵，诗中的客观现实只有渗透了诗人的生命感悟与体验才能感人。前几年有位名叫王兆山的“老干体”诗人据说曾以一首《江城子·废墟下的自述》名噪一时，感动了不少网民。全词如下：

天灾难避死何诉，主席唤，总理呼，党疼国爱，声声入废墟。十三亿人共一哭，纵做鬼，也幸福。

银鹰战车救雏犊，左军叔，右警姑，民族大爱，亲历死也足。只盼坟前有屏幕，看奥运，同欢呼。①

地震离我们没几年，说实在的，笔者现在读这首诗却感动不起来。因为诗中太多的套语与官腔，制作也太粗劣，连平仄等词律也不顾，像这样的诗词怎么能传之久远呢？也许当初在举国悲戚之时感动了不少人是真的，但随着事过境迁，它还能像杜诗一样感人么？实在不敢恭维。总之，没有真情感悟与体验的写实，只能堕入应景趋时的恶趣味中。

4. 长期的官员生涯，养成了讲套话习惯

“老干体”写作群体的主体是从企事业岗位上退下的“老干”，他们曾长期处在官场，官场文化的应景趋时、套话连篇的风气势必潜移默化地影响了他们的思维，加上大多文化修养并不高，因而在诗词创作中把套话官腔带入诗中也在情理之中。因此讲套话、打官腔成为其诗词的最突出的特色。他们创作时也许有真情和渴望，有欲止不能的冲动，但问题是套话过多自然也就泯去了真情，至少是冲淡和稀释了真情，因而成为套话诗、报告诗。比如在香港回归时，出现了不少回归题材的诗，不可否认其中也有好诗，但更多的是套话连篇的诗。如李经历的一首《回归颂》：“妄占香江久蓄谋，走私鸦片入神州。销烟烈火惊熊豹，媚外阴风引鹫鸠。共处和平天下愿，孤行霸道世人仇。实施两制黎民福，一统中华展伟猷。”② 也许作者写作时有真情与冲动，但对过多痛史的铺陈显得提炼不够，过多陈言套话的使用使得真情被掩。如何找到自己的情感宣泄载体，找到最佳宣泄点这一类问题作者没处理好。而一位名叫陈振东写的同类题材的诗解决了这问题：

当年炮火震渔村，爆竹今朝万户闻。同是硝烟长不散，两番心事最撩人。③

尽管诗歌语言很通俗，但诗意浓厚，意境深婉，耐人咀嚼。因为作者把“硝烟”作为自己情感的载体与宣泄点，无须太多的罗列与铺排，通过今昔硝烟的对比，写出诗人“撩

---

① 新化石：《王兆山〈江城子·废墟下的自述〉批判》，见 http://article.hongxiu.com/a/2008-6-15/2717870.shtml。

② 新化石：《王兆山〈江城子·废墟下的自述〉批判》，见 http://article.hongxiu.com/a/2008-6-15/2717870.shtml。

③ 古求能主编：《当代诗词》，2012 年第 1 期。

人”的情感体验：同是硝烟，昔时的“硝烟”“撩”出了过去那段屈辱的历史，一语道尽上面李诗所铺陈的所有内容；而今日的“硝烟”“撩”出了回归的喜悦之心，屈辱的历史终于结束了，诗人欣喜之情自在“撩”字之中，无须套话道出。可见，去掉套话，回归含蓄是当今“老干体”值得思考的问题。

5. 当今网络的发达促进了“老干体”的流行

当今网络的发达促进了包括“老干体”在内的大量网络诗词的出现和传播，网络的好处在于打破了权威的垄断，带来了平等；打破了诗坛的圈子，带来了互动；打破了诗坛的封闭性，带来了个性。但是网络也给诗带来了负面影响，那就是随意性，人们可以无须权威的许可随意贴上自己的作品。这种随意性自然也造成诗坛庸俗作品的泛滥。“老干体”在这种网络语境中发展壮大甚至气势如虹，也就不足为奇了。“老干体”之所以能借网络发力，是因其趋俗媚俗的创作宗旨正好迎合了一些文化层次较低的网民的欣赏趣味，因此，网络无疑是“老干体”诗词的幕后推手。

（二）当今“老干体”的流敝及影响

诚然，老干部为诗歌复兴所做的贡献不可否定，他们热情高、干劲足，退闲之后，倡社结盟，为筹措经费，到处奔走呼号，为诗集的出版、为新人的扶植功不可没。但是，“老干体”作为一种诗体在诗坛的负面影响也不可低估。

1. 造成虚假的繁荣

当今诗坛十分热闹，就诗社社团而言，各省、市、县都成立了诗社，成员少则几十人，多则数百人；就人数而言，全国作家上百万，涉及各行各业的人员，一次诗赛稿件据说可达十万之众；就刊物而言，出现了各种各样的诗词刊物、个人诗词集、集体诗词选集、各种诗词网站以及朋友之间的手机诗。人数之众、作品之盛、刊物之多、诗社之滥可说是史无前例。但据此就说诗歌繁荣，那就大错特错了。据笔者对一些地方诗社的考察研究，其成员 2/3 以上是“老干体”诗人，真正懂诗、写得像诗的少之又少，真正称得上诗人的更是凤毛麟角了，至于年轻人则更少，往往出现断层现象。如果抽掉“老干体”，诗坛虽然不算沉寂，但显然是另一种景象。因此，由“老干体”填充的繁荣是一种虚假的繁荣。

2. 违背了诗歌抒情写志、比兴寄托等传统

如前所述，“老干体”的主要毛病是直白浅露，情感苍白，套话连篇，陈言满目，应景趋时，空洞说教，这些违背了诗歌抒情写志、比兴寄托的传统。殊知情志是诗歌的灵魂，诚如邵雍《伊川击壤集序》所言：“怀其时则谓之志，感其物则谓之情，发其志则谓之言，扬其情则谓之声，言成章则谓之诗。”① 诗是怀时感物发志扬情之作，是诗人“自写其悲愉，旁抒其美刺而已”②。而写志抒情不宜直露，宜用比兴寄托，所谓“感激悲伤，

① 贾文昭、程自信：《中国古代文化论类编》（上），福建：海峡文艺出版社 1990 年版。
② 贾文昭、程自信：《中国古代文化论类编》（上），福建：海峡文艺出版社 1990 年版。

忧时悯己，托情寓物，使人读之至于太息流涕”①。通过比兴可以曲折达意，通过寄托可以委婉传情，曲折则含蓄，委婉则境深。总之，无论是忧时还是悯己，都须曲折达情，才能发挥诗歌使人“太息流涕”的审美效应。“老干体”诗恰恰有悖于此。如台湾诗人林炳堂先生写的《寄望新政》诗：“政党轮流喜万分，还期治国立殊勋。招贤组阁廉施政，心血频输夙夜勤。”② 诗人有感于台湾“选举”，政党轮替，属于“旁抒美刺”类，但比兴全无，流于叫嚣，立意浅露，无法感人。“老干体”这种倾向不加以纠正，诗就会沦为时政的附庸，成为时政的传声筒。

3. “老干体”影响了诗歌发展的雅正方向

唐初以宫体诗人为核心的“老干体”应制唱和，艳语满目，富丽华赡，后来发展成为“绮错婉媚”的“上官体”，时人竞相仿效，风靡一时。这种诗自然阻滞和影响了唐诗的发展方向。因此首先是初唐四杰起来扛旗反对，王勃就曾指出其流弊是“文场变体，争构纤微，竞为雕刻。糅之金玉龙凤，乱之朱紫青黄；影带以徇其功，假对以称其美；骨气都尽，刚健不闻”。③ 因此，他们通过自己的创作，把诗从应景趋时的宫廷、台阁中解放出来，以“骨气”和“兴寄”为旗号，高扬时代精神，使诗复归雅正。后又经过陈子昂的努力，终于彻底廓清了宫体之余弊，为盛唐之音的建立扫除了障碍。唐诗的发展也值得我们今人借鉴。当今“老干体”内容的歌功颂德、题材的应景趋时、语言的直露浅白、风格的叫嚣粗疏、目的的媚俗趋俗、手法的单调呆板等，都严重地偏离了雅正的方向，阻碍了诗的健康发展。何谓雅正？即典雅醇正，它一直是中国诗歌的传统，是中国诗歌的主流。那种过分强调以大众喜恶为标准的所谓大众化，必然导致诗歌的庸俗轻薄；那种追求人人能懂的所谓通俗化，必然导致诗歌的叫嚣粗疏。诗歌虽然不能写成需带着字典、词典才能读下去的作品，但也不能写成一览无余、毫无回味的口号。只有顺口溜、标语口号才无须注家与鉴赏家。取媚大众，必然导致诗走向死胡同。杨启宇在其《新旧诗之我见》中不无调侃地说：“我们不禁要问，大众能选总统，但大众能选李杜么?”④ 一语破的，真为灼见。因此，不能为了媚俗而改变诗词发展的雅正方向。

三、引导“老干体”对策之思考

“老干体”是当今诗坛客观存在的现象，我们无须横加指责，而是必须正视并因势利导，提升其创作水平，使其回归雅正的方向。笔者以为可从三个方面下功夫：

（一）提高老干群体作者的文化素养

殊知文化与诗同源，文化与诗谁也离不开谁，文化养育了诗歌，诗歌铭刻着文化⑤，特别是古典诗词承载了丰富的文化信息，正如英国学者哈特在其所译中国诗歌集中所言：

---

① 贾文昭、程自信：《中国古代文化论类编》（上），福建：海峡文艺出版社 1990 年版。
② 知一堂主：《浅评赵老湿的一首马屁诗·附录》，见 http：//www. yhcqw. com/bbs/dispbbs. asp？boardID =13&ID =39100。
③ 杨炯：《王子安集序》，转自马积高、黄钧：《中国古代文学史》（中），长沙：湖南文艺出版社 1992 年版。
④ 赵松元主编：《诗词学》（第一辑），广州：暨南大学出版社 2010 年版。
⑤ 杨子怡：《论文化生产场域中文化与诗歌的关系》，《天府新论》，2012 年第 2 期。

“他们的诗是用最柔软的笔写在最薄的纸上的，但是作为汉民族的生活和文化的记录，这些诗篇却比雕刻在石头或青铜的碑上更要永垂不朽。”① 一部中国诗史就是一部中国文化史。因此，没有深厚的文化修养与学养就不能欣赏诗；同样，没有深厚的文化修养与学养也写不出诗。比如文天祥的《正气歌》，从齐太史、晋董狐、张良椎、苏武节、严颜头、嵇康血写到张巡齿、杲卿舌、管宁操、诸葛节、祖逖楫、秀实笏，涉及的历史人物十分丰富，简直就是一部浩然正气史，没有深厚的历史文化素养是决然写不出来的。可见，写诗之难不在格律，而在于文化修养与学问之提升。文化修养高、学养深，自然可以避免诗歌的平庸浅白，从而增加其可读性。

（二）提高审美与艺术修养

诗是个性很强的艺术，它不靠媚俗去迎合读者，而是靠个性去感动读者。要写出个性化的作品，需要作者有较高的审美修养与艺术修养。“老干体”诗歌了无个性问题也就出在这里。要提高这方面的修养，笔者认为要从下面几个方面入手。

首先应懂得和讲求格律。格律是前人适应汉语的特点在创作中总结出来的规律，无论如何革新，是不可轻废的。一首不讲格律的诗，怎么能期望它给予读者一种审美愉悦呢！如陈文玲《七律·农民工之梦》：“时光韵律写人生，流水琴弦领溪丛。渴望凝结心底色，追求积聚梦中藤。艄公号子渔歌韵，游子笛声过客情。逝去年华催广厦，何时为吾御寒风。”② 且不论其文字是如何粗糙，居然连格律也不通，不讲平仄，一诗用三韵（上平东，下平庚、蒸），哪里还有诗的美感可言？

其次，使用修辞，提高写作技巧。古典诗词讲究曲折含蓄，因此，比兴象征、夸张衬托的修辞，提顿腾挪、起承转合的篇法，虚实相生、寓情于景的技法，警策诙谐、字斟句酌的推敲是必不可少的，这是克服“老干体”平庸之作的重要途径。

再次，用典使事，回归典雅。众所周知，用典使事是增加诗词表现力使其淳雅的最传统手法，这里必须澄清认识上的误区，不要把因使事带来的一定程度的“隔”等同于“晦涩深奥”。“隔”是距离，距离也是一种美。故一定的“隔”比完全“不隔”美，正如帘内美人比站在我们面前的美人更令人好奇与着迷。叶潮先生把这种“隔”叫作“文化龃龉”③。当然，要读懂这种“隔”或曰消除这种因文化水平之差异而带来的“龃龉”，就需接受者与作者有同样高的“文化解码”水平。正如夏中义先生所说：“当读者不具备足以观赏作品的特定形式这份素养时，必然地，他也就消化不了这作品，于是作品也就不能变成他的审美对象；相应地，面对此作品，他也就失去了审美主体资格。显然，此‘隔’之责任不在作者，而在读者。”④ 因此，用典使事造成读者读不懂的“隔”是读者的事，作者完全没有曲意迎合读者之必要，不要一味考虑读者是否能接受而改变自己的创作个性与习惯。

---

① 丰华瞻：《中西诗歌比较》，北京：生活·读书·新知·三联书店 1987 年版。
② 陈文玲：《颍川诗草》，北京：中国文联出版社 2011 年版。
③ 见叶潮：《文化视野中的诗歌》，成都：巴蜀书社 1997 年版。
④ 夏中义：《世纪的苦难》，上海：上海文艺出版社 1995 年版。

（三）加强舆论与理论的导引

如上所述，当前“老干体”一些写法和特征除了与作者文化水平、学识修养等有关外，还与他们认识的偏颇及理论的混乱有关。因此，有必要加强舆论的宣传，在理论上正本清源，占据理论的制高点，让作者们清楚什么是诗歌的本质，什么是诗歌的传统，诗歌为什么要回归雅正，什么是口语化大众化，如何对待“老干体”等等这些不可回避的问题。只有在理论上澄清了一些认识上的误区，诗歌才能端正其发展方向。

培养自己的接受者

——向当代旧体诗词作者进言

曾大兴

在正式讨论当代旧体诗词的接受问题之前，我想对有关概念做一个说明：一是古典诗词与旧体诗词，二是“老干体”。

本文所讲的古典诗词，是指古人写的诗词，也就是一百年以前（新文化运动以前）的人写的诗词；旧体诗词，是指当代人写的诗词，也就是一百年以来（新文化运动以来）的人写的诗词。

本文所讲的“老干体”，大约有四个特征：一是形式上不合格律，二是内容上歌功颂德，三是语言上概念化或标语口号化，四是意境上言尽意尽，缺乏韵味。“老干体”并非只有老干部才写，许多中、青年也写，因此不能把“老干体”全都归到老干部的名下。

强调这两点，是为了避免误会。说明了这两点，我们就可以进入正题了。

一、当代旧体诗词最缺乏的是接受者

当代旧体诗词究竟有没有生命力，究竟有没有发展前景？应该说，不是作者说了算，也不是批评家说了算，而是读者说了算。俄罗斯19世纪的著名文学批评家别林斯基指出：“文学不能够没有公众而存在，正犹如公众不能够没有文学而存在：这个事实是无可争论的……作家是生产者，公众是消费者；作家是演员，公众是对演员报以同情和欢呼的观众。文学是他们的珍宝、财富，他们评断这些作品，给这些作品规定价格，不让可怜的庸才妄自抬高身价，也不让真正有才华的人遽尔湮没无闻……在有公众的地方，就会有明确地表达出来的舆论，就会有一种直接的批评。这种批评能够分清精华和糟粕，褒奖真正的美质、惩罚可怜的庸才或者穷凶极恶的江湖术士。对于文学来说，公众是最高的审判，最高的法庭。”① 别林斯基的这段话是非常正确的。别林斯基的文学批评属于社会学的批评，近二十年来，社会学的批评受到冷落，文学界已经很少有人提到别林斯基这个人了，但是，别林斯基的许多观点并没有过时，例如他的这段话，就被后来流行的接受美学所印证。接受美学认为，一个成功的文学作品，是由作者和读者所共同完成的。一个作品如果没有读者的接受，就等于没有发表。或者说，作者发表的只是一个“文本”，由“文本”

---

① 别林斯基：《1840年的文学》，《别林斯基选集》，上海：上海译文出版社1979年版，第408～409页。

成为“作品”，中间还有一个不可缺少的环节，那便是读者的接受。作者发表文本—读者接受文本—作者和读者共同完成作品的创造。作者、读者、作品三者构成一个有机的系统，缺一不可。事实上，每一种文艺样式都有自己的接受者。戏曲有戏曲的接受者，芭蕾舞有芭蕾舞的接受者，国画有国画的接受者，流行歌曲有流行歌曲的接受者，诗词有诗词的接受者。有接受表明有需要，有需要才会有创作。古今中外的全部艺术史，无不雄辩地证明了这一真理。

今天的旧体诗词所最缺乏的，不是作者，不是文本，而是接受者，尤其是年轻的接受者。

谁也不能否认，古典诗词是很有生命力的。用白话写作的自由体的新诗已经问世一百年了，新诗人的新诗集出版了上万种，被写入各种《现代文学史》和《当代文学史》的新诗人有上百个，可是极少有脍炙人口的新诗流播在人间。写新诗写了几十年的诗人，临到老了又写起了旧诗。小孩子刚刚牙牙学语，爷爷奶奶、外公外婆、父亲母亲等就开始用古典诗词来给他（她）启蒙，甚至还没出生，母亲就开始用古典诗词来给他（她）进行胎教了。这些现象表明，新诗的写作试验了一百年，至今尚未成功。虽然现在国内的主流文学刊物与主流文学奖项，仍然给新诗以重要的地位而不肯给旧体诗词一席之地，但是广大读者并不看好新诗，这是一个不争的事实。

新诗的试验固然不成功，但是一百年来的旧体诗词的写作是否就成功了呢？很难说。我们只知道有人用古典诗词来给孩子启蒙，没听说有人用当代人写的旧体诗词来给孩子启蒙。一百年来，固然极少有脍炙人口的新诗流播在人间，但同样也极少有脍炙人口的当代人写的旧体诗词流播在人间。有人讲，写新诗的人比读新诗的人多，其实写当代旧体诗词的人也比读当代旧体诗词的人多。新诗的主要问题，表现在缺乏自己的接受者；当代旧体诗词的主要问题，同样表现在缺乏自己的接受者。也就是说，广大读者既不能接受新诗，也不能接受当代旧体诗词。由于新诗与当代旧体诗词都不能接受，所以就一如既往地热爱古典诗词。

现在写新诗的人与写旧体诗词的人很难坐在一起，一旦坐在一起就难免互相看不起，甚至互相攻击。其实写新诗的不要看不起写旧体诗词的，写旧体诗词的也不要看不起写新诗的。在缺乏读者、缺乏接受者这个问题上，大家都差不多，都难免有几分落寞。大家应该静下心来好好研究一下接受问题，好好想想对策。

二、当代旧体诗词缺乏接受者的主要原因

当代旧体诗词缺乏接受者的原因，应该说是比较复杂的。有读者自身的原因，也有当代旧体诗词自身的原因，但后者是主要的。大体表现在以下三个方面：

一是缺乏个性。个性是文学的生命。没有个性，千人一面、千部一腔的东西，不能算是文学。据介绍，“现在全国各省、市、自治区都成立了诗词学会，不少市、县也成立了诗词学会，许多机关、学校、企事业单位、部队也成立了各种诗社，各类诗词学会会员、

诗友以数百万计，公开和内部发行的诗词刊物有数百种，每年刊登的诗词新作也以十万计”①。综观当今中国，诗会（诗社）不谓不多，诗人阵容不谓不大，诗作数量不谓不壮观。但是，作品却非常缺乏个性。友朋唱和、流连山水、歌功颂德之类的作品占了多数。绝大多数都给人以似曾相识之感。题材、思想、情感、形象、语言、结构、手法、风格等，都是前人写过、用过、表现过的。既重复前人，也重复自己。陈陈相因，人云亦云，己云亦云。接受者很难从当代旧体诗词中看到新的、有个性的东西，因此也就只好视而不见了。

二是缺乏时代感。一个时代有一个时代的生活，一个时代有一个时代的思想和情感。生活、思想、情感有继承性，但是也有变异性。不然的话，何以大家会称我们今天的这个时代是一个新时代？小说家余华讲，一个中国人近四十年所经历的事情，比一个欧洲人近四百年所经历的事情还要多。新旧时代的变迁、新旧体制的交替、新旧观念的交锋，新人、新事、新问题层出不穷，这些都可以成为旧体诗词创作的题材，都可以用旧体诗词的形式来表达，所谓“无意不可入，无事不可言”。可是旧体诗词的写作在这方面做得很不够，远远不如小说、散文、电视、电影、戏剧等，当然也不如新诗。例如：老干部、老职工退休了，有没有惆怅、失落感？有没有对往昔生活的留念与回忆？有没有对当下生活的不适与抗拒？官僚主义、贪污腐败、假公济私等等在各个地区、各个系统甚至各个单位都严重存在，作者们对此有没有不满？有没有愤怒？个人在住房、就医、养老、身体、情感方面是否存在一些问题？儿女辈在就业方面、孙子辈在读书方面，是否也存在一些问题？另外还有环境污染问题、贫富不均问题等等，应该说，都可以成为诗词写作的内容。很可惜，在当代旧体诗词中，这些内容都很少见。由于缺乏时代感，未能反映人们所普遍关心的社会问题和人生问题，所以就难以有知音，难以有共鸣，难以有接受者。

三是缺乏音乐感。诗词的音乐感表现在两个方面，一个是外部的音乐感，一个是内部的音乐感。所谓外部的音乐感，是指古代的诗词，例如《诗经》中的“国风”、《楚辞》中的“九歌”、汉乐府、南北朝乐府、唐诗绝句、唐宋词、元散曲等等，因为可以配乐歌唱而产生的音乐感；所谓内部的音乐感，则是指古典诗词因押韵、平仄协调、词句对仗、章节回环、可吟可诵而产生的音乐感。宋元以后，诗词已经不能歌唱了，外部的音乐感丧失了，但内部的音乐感依然存在。20世纪初期的新文化运动以后，用白话写作的自由体新诗出现了，这种新诗由于不讲平仄、不讲押韵、不讲对仗，它们的内部音乐感是不存在的，但是由那些训练有素的人写作的旧体诗词，其内部音乐感还是存在的。这也是旧体诗词的一个优势。但是，改革开放以来，“老干体”大量出现，占了当代旧体诗词的大半江山，而“老干体”的第一个特征，就是不合格律，因此就把旧体诗词原有的内部音乐感破坏掉了。

古典诗词中的相当一部分，原是可歌的，原是借了音乐的翅膀才飞翔的。还有一部分虽然不可歌，但是可诵，它们是借了诗词本身的音乐感而传播的。现在的旧体诗词既不可歌，又有一半以上的文本即“老干体”不可诵，既不可歌又不可诵，因此旧体诗词严重缺

---

① 马凯：《在“诗词中国”传统诗词创作大赛启动仪式上的致辞》，中华诗词研究院编：《中国诗词年鉴(2012)》，北京：中华书局2012年版，第25~26页。

乏音乐感。音乐感的严重缺乏，也导致了接受者的严重缺乏。

三、如何培养自己的接受者

旧体诗词要图生存、图发展，要想在中国的当代文学史上占有一席之地，必须注意培养自己的接受者。

第一，旧体诗词的写作者要有“培养自己的接受者”这个意识。旧体诗词的写作通常有两个目的：一个是自娱自乐，一个是娱己娱人。如果是前者，有没有别的接受者并不重要，只要自己能接受就行了。如果是后者，那就得有自己的接受者。许多人把自己的旧体诗词拿去发表，发表之后既没有人说好，也没有人说不好，无声无息。这个问题就值得注意。因为既然要把作品拿去发表，那就不属于自娱自乐一类的写作，而属于娱己娱人一类的写作。既然为了娱人，那就得有自己的接受者。没有自己的接受者，娱人的目的就难以实现。那还不如自娱自乐呢。

第二，要对当代读者的需求有所了解。喜欢阅读的中国人本来就很少①，文学的读者更少。在这样一种情况下，旧体诗词还要和小说、散文、新诗一起去争取读者，这个难度就可想而知了。小说、散文、新诗为了争取读者，是做了很多功课的，这里无暇一一列举，但旧体诗词的作者对此应该有所了解。当然，我们不主张旧体诗词的作者为了争取读者就像某些文体的某些作者那样，去媚俗，甚至不惜堕入恶俗。事实上，旧体诗词的接受者一般都是文化水平较高、人生境界较高、审美能力较强的读者，媚俗、恶俗的东西对他们是无效的。

旧体诗词是用文言写作的作品，它们之所以还有存在的价值，从阅读心理的角度来看，是因为它们适应了人们的“慢读”心理。而用白话写作的小说、散文等，之所以一百年来大行其道，是因为它们适应了人们的“快读”心理。这种情形很像今天的纸质读物与电子读物。电子读物适应了人们的“快读”心理，所以它在市场上就占了一定的优势，并不是因为它的质量就一定比纸质读物要好。所以明智之士相信，电子读物可以挤占纸质读物的市场，但是不可能取代纸质读物。因为人们的阅读方式实际上有两种，一种是“快读”，一种是“慢读”，或者“精读”。就像人们进餐一样，有“快餐”和“慢餐”之分。由于时间的关系，早上、中午可以吃快餐，晚上就不一定了，节假日就不一定了。人们的阅读也是如此。除了“快读”的需要，事实上还有“慢读”或“精读”的需要。什么样的读物更适合“慢读”或“精读”呢？就中国人来讲，当然是文言作品。因为文言作品的文化底蕴更丰厚，语言更精练、更雅洁，总体来讲更耐人咀嚼。而白话作品由于浅显和直白，一眼就可以看个清楚明白，哪里还需要什么咀嚼呢？所以白话是不可能真正取代文言的。例如在中国台湾、香港、澳门以及其他华语国家和地区，白话就没有取代文言。即便是在中国大陆，在许多新文学作家写作中，白话也没有完全取代文言。例如鲁迅、郭沫若、郁达夫、茅盾、叶圣陶、俞平伯、钱锺书、臧克家诸人，都是可以用白话和文言两种方式写作的。有人奇怪，说这些新文学的大家为什么也要用文言来写作？其实就是因为他

---

① 参见［印］孟莎美：《令人忧虑：不阅读的中国人》，《西宁晚报》，2013 年 9 月 18 日。

们知道，读者有两种阅读需要。而他们之所以知道这个道理，首先是因为他们本人有两种阅读需要。正因为文言的旧体诗词可以适应人们的这种“慢读”的需要，所以它还具有一定的存在价值。但是，如果旧体诗词不注意创新，不能为读者提供有个性的、有时代感的、有节奏感的优质作品，不注意培养自己的接受者，它也有可能完全被人们所抛弃。因为抛弃旧体诗词并不等于抛弃“慢读”这种阅读需要，中国古代的文言作品有的是，古典诗词有的是，都可以满足人们的“慢读”需要。人们既然追求一种“慢读”的精神享受，又何必为了照顾当代旧体诗词而降格以求呢？人们似乎没有这个义务。

第三，作品本身要有个性。诗词作品要有个性，这是有一定难度的。因为这两种文体通行已久。王国维讲：“文体通行既久，染指遂多，自成习套。豪杰之士，亦难于其中自出新意。”怎么办呢？在他看来，最好的办法就是“遁而作他体，以自解脱”[①]。可是当代旧体诗词的作者们，或者是不谙“他体”（即新文体），或者是对“他体”没有兴趣。这当然也没关系。不是说新文体就一定能出好作品，旧文体就一定出不了好作品。稍微有一点文学史常识的人都知道，每一个时代都有新、旧两类文体。例如在汉代，四言诗是旧文体，五言诗是新文体；在唐代，古诗是旧文体，律诗是新文体；在宋代，诗是旧文体，词是新文体；在元代，诗、词是旧文体，曲是新文体；在明、清两代，诗、词、曲是旧文体，章回小说是新文体。每一个时代，新、旧两类文体并行不悖，各行其道。旧的并不等于落后，新的并不等于先进。新的固然可以尝试，可以提倡，但旧的绝对不可以被边缘化，更不可以被打倒。旧文体被边缘化，甚至一度被打倒，新文体稳居文坛霸主的地位，是20世纪初期新文化运动以来的事，至今还不到一百年的时间。但是事实证明，新文体中有成功者，例如小说；也有失败者，例如新诗。正因为新诗不成功，所以旧体诗词还有它的存在价值，还有它的发展空间。这也是为什么还有几十万人从事旧体诗词写作的原因。问题是，旧体诗词要创新，要有一定的个性，不能陈陈相因，不能人云亦云，不能写来写去都是老一套，不能因此令人生厌。追求个性，也就是追求独创性，这是一个根本性的问题。这个问题如果得不到解决，或者部分地解决，旧体诗词在当代的存在就值得怀疑，而它所谓的发展空间、发展前景，也就成了一句空话。

第四，作品要有时代感。一个时代有一个时代的特点，一个时代的文学也应该有自己的特点。所谓时代感，就是旧体诗词在思想、情感、意象、语言、风格等方面，要有自己的时代特点。王国维讲：“凡一代有一代之文学：楚之骚，汉之赋，六代之骈语，唐之诗，宋之词，元之曲，皆所谓一代之文学，而后世莫能继焉者也。”[②] 这话有一定的道理，所以风行了几十年。近年来有人不同意这种说法，指出楚骚之后还有骚，汉赋之后还有赋，唐诗之后还有诗，宋词之后还有词，元曲之后还有曲。这话也有它一定的道理。问题是，楚骚之后的骚，汉赋之后的赋，唐诗之后的诗，宋词之后的词等，得有自己的时代感。例如宋诗，因为有自己的时代感，所以才被称为宋诗。不少人认为，宋诗并不逊于唐诗，甚至在某些方面比唐诗还要好，所以直到今天，还有“宗唐”与“宗宋”之说。宋诗之后，较有自己的时代感的，当是清诗了。当然，元诗、明诗也有自己的时代感，只是声誉不太

---

① 王国维：《人间词话》，王幼安校订：《蕙风词话·人间词话》，北京：人民文学出版社1960年版，第218页。

② 王国维：《宋元戏曲史》，天津：百花文艺出版社2002年版，第1页。

高而已。当代的旧体诗词，如果想在当代文学史上占有一席之地，一定要有时代感。现在我们看到的许多旧体诗词，尤其是那些“学院派”的诗词，应该说，功底还是很深厚的，风格也很典雅，典雅到什么程度呢？典雅到如果你不看他的名字，一下子还真难判断是魏晋人或唐宋人的第几代克隆产品。所谓言天象，则不外“微雨”“断云”，“疏星”“淡月”；言地理，则不外“远峰”“曲岸”，“烟渚”“渔汀”；言鸟兽，则不外“海燕”“流莺”，“凉蝉”“新雁”；言草木，则不外“残红”“飞絮”，“芳草”“垂杨”；言居室，则不外“藻井”“画梁”，“绮疏”“雕槛”；言器物，则不外“银缸”“金鸭”，“凤屏”“玉钟”；言衣饰，则不外“彩袖”“罗衣”，“瑶簪”“翠钿”；言情绪，则不外“闲愁”“芳思”，“俊赏”“幽怀”。[①] 作者们往往以此自高，以为可以追攀古人，殊不知读者并不看好。因为这样的作品缺乏时代气息，与现实生活相隔太远，不能引起读者的亲切感。

第五，作品要有节奏感。古典诗词原是与音乐相伴而生的，所谓“诗乐一体”。自从诗乐分离之后，诗词不再可歌，但是它的内部节奏感并没有消失。古典诗词的内部节奏感，是建立在汉语的单音、四声基础之上的，这是它的一个根本特点。诗词如果缺少了节奏感，那么它的独特性就不复存在了。因此，写旧体诗词的人，还是要按照格律来写，还是要讲求押韵，讲求平仄四声，讲求对仗的。如果连这些最基本的东西都不讲了，那还写什么旧体诗词呢？干脆写新诗得了。道理很简单：每一个行当都有自己的游戏规则，写诗填词也是如此。

四、结　语

总之，当代旧体诗词作者必须正视读者的审美需求，关注他们的审美需求，以自己具有个性、时代感和节奏感的优质作品来满足他们的审美需求。当代旧体诗词作者不可高高在上，不可孤芳自赏。如果当代旧体诗词作者不顾读者的审美需求，读者也有权利不理睬你的作品。历史的经验告诉我们：作者和读者之间，应该建立一种良好的互动关系。只有这样，当代旧体诗词才会有一个光明的发展前景。

---

① 参见缪钺：《论词》，《缪钺全集》第3卷，石家庄：河北教育出版社2004年版，第6页。

略论粤语诗词吟诵

谢伟国

一

我国乃古之“诗国”，从《诗经》《楚辞》诞生至今，诗词便是国人精神文化中不可缺失的重要财富，诗词教育亦为所有启蒙教育之始。然而，诗教从蒙童、私塾、家学、官学、书院等开始，都离不开吟诵，可以讲，只要有诗词教育，就有诗词吟诵，诗词文学的本体与吟诵的表现形式是不可分割的同一气脉。

既然吟诵古已有之，那就自然会因为历史的更替进程，地理、人文的变异，地方语言的演变等原因，而派生出不同的吟诵方式与声律变化。因为，从某种意义上讲，吟诵是一种靠口传身授的文学表现形式，必然因地、因人、因语音而异。就岭南地区而言，粤地自秦汉以来，由中原的所谓雅语与百越（岭南属百越之地）底层俗语结合而产生粤语。后又历经任嚣、杨孚、陈子昂、谢灵运、张九龄、韩愈、苏轼等历史上入粤文人和本土文人的诗教及传播，粤地诗词吟诵之风与中原文化的承继结合，逐渐形成了具有岭南特色的粤吟风格与方式。明代屈大均、近代李新魁等人的著述中，对粤语吟诵的历史渊源已有十分明确的记述，此不再赘言。

“粤俗好歌，凡有吉庆，必唱歌以为欢乐。……其歌也，辞不必全雅，平仄不必全叶，以俚语土音衬贴之。唱一句或延半刻，曼节长声，自回自复，不肯一往而尽。辞必极其艳，情必极其至。使人喜悦悲酸不能已已。……其歌之长调者，如唐人《连昌宫词》《琵琶行》等，至数百千言。以三弦合之，每空中弦以起止。盖太簇调也。名曰‘摸鱼歌’。或妇女岁时聚会，则使瞽师唱之，如元人弹词曰某记某记者，皆小说也。其事或有或无，大抵孝义贞烈之事为多。竟日始毕一记。可劝可戒，令人感泣沾襟。”[①]再如屈大均所云：“而孝惠时，南海人张买侍游苑池，鼓棹为越讴，时切讽谏。”[②]仅以竹枝词为例，唐代皇甫松曾写有六首竹枝词，其中“槟榔花发鹧鸪肥，雄飞烟瘴雌亦飞”及“木棉花尽荔枝垂，千花万花待郎归”两首，不仅是岭南地区记载最早的竹枝词，还反映出岭南人擅借风物唱颂，借以教化社会的一种淳厚的民风。及后，又有南宋杨万里的《峡山寺（即今清远

---

① 屈大均：《诗语·粤歌》，《广东新语》卷十二，广州：广东人民出版社 1991 年版。

② 屈大均：《广东新语》卷十二，广州：广东人民出版社 1991 年版。

飞来寺）竹枝词》、明代宋征璧的《潮州竹枝词》、清代王士祯的《广州竹枝词》、彭羡门的《岭南竹枝词》、李文藻的《广州竹枝词》、杏岑果尔敏的《广州土俗竹枝词》等，歌咏岭南、广府地区的地方风俗、男女爱情、风景名胜、生活习俗等，都各具特色。明末以降，岭南竹枝词的编著者刻意地在“竹枝词”前冠上了地方名，例如“珠江竹枝词”“南海竹枝词”“番禺竹枝词”“羊城竹枝词”等。继而又发展到专咏一地、一事、一物的竹枝词，王士祯称其为“竹枝泛咏风土”，从中可见岭南地区士民歌咏之风和生活习惯。

二

以上由诗教论及吟诵，故而涉及岭南竹枝词的一些情况。因为竹枝词本身来自民间，是普罗大众生活劳作之余，传递情愫的“能歌之诗”。除了书院、私塾中以吟哦、诵读进行诗教，历代诗词家亦从地方民歌中整理创作出各种竹枝词，所以竹枝词的流行程度、兴盛普及与否，亦从某一侧面反映出诗词吟诵之风在当地的影响力及教化的作用程度。

吟诵是古代私塾和官学中流传下来的一种传统教学方法。其内容主要是诗词歌赋等韵文。从表现形式来看，吟诵似是一体的，但其实“吟”在语音形式或技巧上的要求会比“诵”要高。因为传统的吟诵在形式上基本要求平长仄短，平声延缓，仄声短促，韵脚拖腔。而“吟”除了在平仄方面有严格要求外，在吟的过程中对节奏快慢、连拍、停顿、拖腔以及颤音（抖音）等，都会与其吟诵者对作品主题的理解、处理及其方言、乡音有着密切的关系，往往各自会作出灵活的处理。

诚然，中国幅员广大，各地对诗文辞赋的诵读方法各有特色，诵读本身又靠传授人言传身授，所以至今没有，亦较难有一套统一的教材为范本。曾有少量以古谱整理成的古词谱今曲的作品，多为吟唱之作，它只适合“这一首”，并不能盖全或普及推广。

近年来，在田野调查和对一些诗词家尤其是一些保持吟诵教学方法的诗词专家的访谈中，了解到目前粤地吟诵可分为三大类。其中，当以传统式为粤吟之标准加以倡导。

第一类为传统式。他们十分注重诗词词意组合的完整性，在作品的节点节律上有较强的音乐性，并且根据个人的学养不同，吸收了一定的地方民谣、戏曲声韵，借其腔调融入吟咏的句中，丰富了吟诵的表现力。

第二类为表演式。以广播腔、朗诵腔、话剧腔替代吟诵，此类多以话剧、戏曲、播音演员为群体，他们往往对平仄不太讲究，或者是以现代汉语（普通话）发音表现平仄，有更强烈的表演性，更多地渗入个人的表演技巧。

第三类为原生态式。这类群体往往对传统诗词有所爱好，但对其中的格律、平仄并未深入掌握理解，所以就像天籁式的信口而哦，不分平仄、节律，只重个人情感宣泄。

还有就是，近年，有一派来自北面的年轻吟诵者出现，他们更多地注重表演，在吟诵的基础上，带着更多的演唱成分，有个别地方更是以唱代吟，也是值得关注与商榷的。

吟诵其实是介于读、诵、唱三者之间的一门口传文学艺术。唱跟吟都有一定的曲调和韵律，但唱以曲定声、定拍，吟以词的字音、平仄、音节为基础，并不受曲谱所限。所以，在吟诵中需有一定的表演成分，但其内在特有的诗词文句气质由内而外，具有含蓄而外拓之美，不以外在表现为主，更注重诗词内容与格律形式的和美结合。

传统式的粤语吟诵是以粤音为主，粤方言一直保留入声，具体分作四调九声，即（阴）平、上、去、入四声，（阳）平、上、去、入四声，和中入声。陈永正先生根据清代《分韵撮要》一书按现代汉语系统重新编写的辨声口诀①，对于掌握平仄声调有很大帮助。如：

（1）不需调入声的韵母。

韵母	（阴）平上去	（阳）平上去
a	鸦哑亚	牙雅讶
o	科火货	俄我饿
i	衣依意	疑以义
e	机己记	梨李利
ei	威委畏	唯伟谓

（2）可调入声的韵母。

韵母	（阴）平上去入	（阳）平上去入
ei	因隐印一	寅引胤日
ing	英影应益	名茗命觅
ong	东董冻笃	龙垄弄鹿

（3）对于一般人不大熟悉的入声三音（阴中阳），笔者近年亦整理出一些口诀：

阴	中	阳（有声有字）	阴	中	阳（有声有字）
粥	捉	逐	O	约	药
必	鳖	别	益	O	亦
北	百	白	激	O	极
测	拆	贼	给	O	及
仄	窄	择	O	乙	月
急	鸽	[目及]	O	恶	岳
握	鈪	额	O	作	凿
唧	脊	席	O	结	杰

粤音的九声法，不但有利于诗词创作与欣赏，更是我们在推介粤语吟诵中所遵循的基本音调，这也是我国方言中保留得较完整的优秀文化遗产。

三

粤语吟诵是一种言传身授的口传艺术。其中“问字攞腔”是粤吟最本质的语言艺术特色。所谓“问字攞腔”，就是以汉语文字中特有的粤方言音为腔调，取法则以平仄为调，以韵脚为腔，取其抑扬顿挫之音美，吟其声，诵其意，抒其情。

既然是“问字攞腔”，字与腔的掌握，有两点是值得注意的：

① 陈永正：《岭南诗歌研究》，广州：中山大学出版社2008年版。

一是字要正，亦即咬字、吐字的音要准确。通常我们按平、上、去、入四声法调音规律吟诵，掌握发音的基本技巧，在此，古人有一口诀可供借鉴：明代释真空《玉钥匙歌诀》“讶四声”曰：“平声平道莫低昂，上声高呼猛烈强，去声分明哀远道，入声短促急收藏。”① 这是要求我们能准确地发出每个字的读音，在诵读的基础上赋予一定的技巧和情感，亦可自然地产生听觉美的。粤吟保持粤音的九声法，既合乎诗词、韵文的古典雅韵，又往往擅于在岭南水乡的歌谣体，如木鱼、龙舟、南音、粤讴等曲调中汲取养分，使之更具广府文化的色彩。因广府地区江河水道广为分布，粤之民谣曲韵更多有水流之旋律美。粤吟在历代读书人的发展中自然融汇，吸纳其声腔韵律，使之吟诵切入乡梓之情，更有群众基础，就如近代之粤乐，流传广远，深得普罗大众喜闻乐见。例如，苏东坡《水调歌头》：

明月几时有，把酒问青天。不知天上宫阙，今夕是何年。我欲乘风归去，又恐琼楼玉宇，高处不胜寒。起舞弄清影，何似在人间。　　转朱阁，低绮户，照无眠。不应有恨，何事长向别时圆？人有悲欢离合，月有阴晴圆缺，此事古难全。但愿人长久，千里共婵娟。

文中加着重点的字，所发音调应为粤方言中保留了一定“古”音的音韵，而非现代语音。如“月”字读 jyut6 音为正音，“胜”字发 sing（平）音而非 sing3（仄）音，“琼”字发 king4 音，但在吟诵时注意发挥过渡音的作用，即粤方言中字头、字心、字尾吟哦过程发出的特有的音乐美。

二是腔要圆，亦即字正腔圆。近于传统戏曲演唱之法，但亦有所区别。传统戏曲中以唱来拖腔，以腔来表情达意。吟诵中的腔通常要求落在韵脚中，有表情达意的意韵，但并不完全等同。因为戏曲演员是根据词曲作者的节拍来运腔，吟诵艺术反之，是以一定的节奏拖腔来表现韵脚、音律的变化，不需要完全符合如四分二拍、四分四拍乃至长拍等的要求，只需要在表情达意上达到一定的感情色彩渲染便可点到即止。否则就会陷入过多采用拖腔或花腔的旋律处理，使吟诵流于花俏浮滑，失去了吟诵应有的古典、敦厚、儒雅之美。

三是吟诵是因人而异的。吟诵者的语言能力、方言习惯，甚至语音、声带特质、呼吸气息运用等都不同程度地直接影响到吟诵的效果。吟诵者声带浑厚则低回漫诵；吟诵者若气息、呼吸不够均匀，则多于断续；吟诵者乡音未改则乡土味浓；其参差程度不一而足。但不论各人对吟诵的水准掌握如何，平长仄短、韵脚拖腔，“问字攞腔”这些规律是应该遵循的。

如何做到“字正腔圆”呢？这不仅是粤吟，也是任何一种方言体的吟诵应统一遵守的规律。

首先，按古人所论“平、上、去、入”四声技巧之法：①平声/平道莫低昂，发舒平之声（清而安）；②上声/高呼猛烈强，发昂扬之声（励而举）；③去声/分明哀远道，发激越之声（远而渐）；④入声/短促急收藏，发短直之声（近而促）。

其次，要十分注意找出平声音节的节奏点，从而引声而吟，循韵而诵。以唐代张继《枫桥夜泊》为例：

① 台北国家图书馆善本书室藏，明弘治十一年（1498）刊本卷八，第47页。

月落○乌啼○霜○满天○
江枫○渔火○对○愁眠○
姑苏○城外○寒○山寺○
夜半○钟声○到○客船○

此处第一句以“霜”字作节点，带出“满天”二字，“天”虽为平声，但不宜拖腔过长，因第二句也是平声押。第二句的节点是落在“江枫”的“枫”字上，“渔火”便作一拍，“对”字紧促带出“愁眠”二字，“眠”略拖短腔。第三句粘对又以“姑苏”的“苏”字为节点，而“寒”与“山”字连拍，与上一句形成变化，在“寺”字中加以衬音，以示即将结句之意。第四句则将节点放在“钟声”的“声”字上，“客船”二字之间作一小停顿（并偷一口气），让“船”字结尾拖腔更显饱满。但在实践中，有时节奏点未必都落在平声的音节上，如上述“客船”二字，为了达到更好的艺术效果，便在“客”字处作出入音节点的处理，让“船”字的结尾更有悬念与力度。类似这样的处理方法，是因人而异的，目的在于看效果。

应注意的是，在诗词中，平平二字连字很多，此间节点多放在第二字中处理，上一平声字可放短。我们通常在平声字中找出吟诵的节奏点引而吟之，是为了音律之跌宕有节，产生听觉美。另外，在吟诵中还要掌握“攞字”之技巧，以便一句中节拍舒缓和谐，产生抑扬之美。在此不展开论述。

四

粤吟不仅在诗教方面有其存在价值，在其他方面亦有一定的文学价值：

（1）珍贵的民间语言文学价值。粤语及其方言在中国汉语言文化中占有 10% 的重要比例，加上粤吟有一千多年的历史，是岭南地区流传最广、影响最深的口头语言艺术。

（2）社会学、语言学、文化学的研究价值。粤语吟诵至今保留粤语的九声发声方法。它蕴含着哲学、宗教、艺术、语言、风俗等各领域的研究现象，并将对所涵盖的全世界粤语流行区域产生深远的影响。

（3）诗教与美育的价值。粤吟是诗词教育、美育中重要的手段，历史上传承下来的优秀传统的吟诵方式有待发掘、整理、研究和发扬，对培育后代英才有着积极作用。

（4）对优秀文化有传承价值。粤吟除对传统诗词艺术是一种继承外，对建立和谐的人类文明社会将产生潜移默化的社会影响。

粤吟同其他口头文学和非物质文化遗产一样，近三十多年来，由于受现代化和城市化的冲击，人们的价值取向发生了极大的转变。欣赏、传承传统文化的普遍性有所缺失。老一辈研究、创作诗词者和新一代诗词创作者队伍近年来虽然有所复兴，但是懂得粤吟并能口传身授的艺人则日渐消亡，年轻一代即使学习写诗也未必愿意继承，更何况在现代教学中一律按普通话教学。所以，粤吟正面临断代的危险，亟须抢救和采取相应的保护措施，以传承这一优秀的文化传统。

第三部分

诗教与大学诗教

律诗创作比赛与综合能力的表现

黄坤尧

“全港学界律诗创作比赛”于1989/1990年度启动，迄今已举办了二十二届。通过比赛，学生首先要认识律诗的基本格律，掌握正音正读，能够准确区分平仄，进而把握句子高低抑扬的节奏和旋律，且运用自如，写出明白晓畅的句子，提升语文能力。其次学生要明白律诗的篇章结构，将七律作品分为四联，然后按照起承转合的方式，写成一篇首尾呼应、意念完整的文字。再次，学生更要掌握叶韵、排比的方式，使作品符合诗的形式，这里涉及很多字词组合、搭配、选择及优化的设计，才能写出音韵铿锵、对仗工整的诗句。最后，就是要考虑每一首诗所蕴含的主旨，而感情的拿捏更要恰到好处，建构意象，发挥想象空间，甚至写出韵味，表现创意。好的作品一定会令人感动，唤起读者的共鸣，学生心中往往充满青春的跃动，表现赤子之诚，联系当前的社会话题，判别是非、善恶和爱恨，其实这也是一种思维的训练，将课本上所学到的知识与生活中的感受完整地结合起来，追求完美的呈现。因此，律诗只是一种学习媒介，除了让人感受格律及意象的奥妙之外，其中还包含了广阔的通识世界，其乐无穷。从律诗出发，进而我们可以写好一段话、一篇文章。换句话说，律诗，其实也就是一种语文训练、思想训练的基本模式，可以通过习得的手段去达成目标工程，最后还要看学生综合能力的表现，里面并没有什么秘密可言。

通过律诗比赛，很多学生由中学组出发，一直到大学毕业为止，几乎年年获奖，表现出连贯性，进步尤为明显。例如林梓凤由中四起连获第四至第七届的冠军（1993—1996）、大专组第九届亚军（1998）。黄令时读中一时即以《过车公庙》一诗获第六届亚军（1995），其后连夺中学组第八、九、十一届冠军（1997、1998和2000）、大学组第十七届冠军（2006），前后共有九届获奖，成绩最为显赫。黄荣杰获第十七至第十九届中学组冠军（2006—2008）、第二十届亚军（2009），连同大学组共六届。可见他们对律诗的执着，锲而不舍，都让人留下深刻的印象。

总计二十二届的成绩，两组合计，获奖者共165人。如果将成绩依冠军5分，亚军4分，季军3分，优异奖2分，特别奖1分计算，则黄令时得40分、林梓凤24分、黄荣杰22分、黄启深18分、徐玮16分、苏颖添16分、陈冠璋15分、李卓伟14分、周佩波14分、文启斯13分、唐诗嫣11分、黄照11分、陈芷珊10分、郑嘉敏10分、严伟10分、邱浚峰10分、陈炜舜（陈巍）10分、朱宇涛10分，这18人名列前茅，成绩最佳。他们除了语文科稳居榜首之外，其他学科的成绩一样优异，有的还取得了硕士、博士学位，甚至已在大专院校任教。

“全港学界律诗创作比赛”大学及大专组获得冠军者有李静云、柯举义、陈芷珊(1992，1993)、陈自伟、李润满、杨家爵、翁晋冀、萧志勇、杨杰玲、程中山、陈冠璋、马艳兰、冼宪漳、徐玮、郑嘉敏、黄令时、林妙贞、吴历恒、唐诗嫣、严伟（2010，2011)，共20人，只有两人连夺两届冠军，其他绝大多数都只获一届冠军，难以蝉联，可见竞争的激烈。今选讲8首。

又见芳洲万物新，高呼江海属诗人。波翻初日成奇色，地隔中原讶早春。
浩荡天风吹客袂，嵚崎侠骨谢车尘。寻常一舸时来往，定有盟鸥向我亲。

——李静云《春日渡海》(香港树仁学院，1990年度第一届)

李静云诗唤起了久违的渡海的雅兴。首联写春天临现，大自然呈现一片生机，万物欣欣向荣，诗人的感情尤为欢快雀跃。次联摹写海景及南方早春的降临。颈联天风浩荡，振衣欲飞，胸怀磊落，谢绝了一切俗世的应酬，就是一心向往春天。末联盖仿黄庭坚《登快阁》“万里归船弄长笛，此心长与白鸥盟”诗意，化用《列子·黄帝篇》的沤鸟典故，显示没有任何心机，就在这平常渡海的日子中，连海鸥都主动飞来亲近了。全诗字句清新，结构严密，风格俊朗，豪气干云。在第一届中获奖，实可为学界律诗创作比赛奠定了良好的基调。

古狂难逐世推移，人外观天听所之。梦好还凭圆月照，衣单休怕朔风吹。
万山秋色看来日，一树商声起故枝。朗朗乾坤容我住，夜阑无那且裁诗。

——陈芷珊《观天》(香港中文大学，1993年度第四届)

陈芷珊人外观天之作异想天开，以“古狂”自喻，我行我素，不合时宜，希望能超脱人世，起句突兀，怀抱尤为不凡。次联以圆月照应好梦，虽然衣裳单薄，也毫不畏惧北风的凛冽了，显出对自我的强烈信心及抗逆能力。第三联设想来日的万山秋色，在树林中泛起一片的秋声，惹人思绪，怀想无穷。末联乾坤朗朗，夜阑写诗，守住个人的小天地，似有无限心事，欲言又止。作者心中有很多郁结，与世不谐，用诗来抒发生活中不如意的感受，唤醒自我，不要随俗浮沉。

我游此世似虚舟，只任春风拥我流。天命猖狂非滥哲，心安温饱亦封侯。
肯看腐鼠成滋味，剩欲飞鸿驾九州。眼里几人真免俗，笑啼聊复一生休。

——翁晋冀《生日》(香港大学，1997年度第八届)

翁晋冀的《生日》诗首联以“虚舟”象征生命顺势而行，无所牵绊。次联回顾过去，不断在天命猖狂与心安温饱之间做思想上的抉择。第三联化用李商隐《安定城楼》“不知腐鼠成滋味，猜意鹓雏竟未休”的诗意，盖用《庄子·秋水篇》故事，鹓雏高飞，不会对腐鼠感兴趣，暗示庄子无意跟惠子争夺梁国的相位，而作者亦有鸿驾九州岛之意，不会留恋当前的安稳生活。末联自嘲未能“免俗”，希望就在哭笑声中度此一生。该诗借题发挥，借生日为喻，坐而论道，结语潇洒。

独上高楼与月邻，清辉万里属诗人。凭栏纵目星垂野，舞袖成风雪满身。
渐觉秋云随意远，不堪更漏听愁频。挥觞且尽今宵醉，皓影徘徊洗俗尘。
——徐玮《月夜》（香港中文大学，2004 年度第十五届）

徐玮《月夜》诗第二句跟李静云“高呼江海属诗人”的构句相似，总有包笼宇宙之意，殆属巧合。第四句想象出神，用舞姿“雪满身”来形容月色，尤为优美。第三联颇有飘逸感觉，无奈烦恼随身，总是挥之不去。末联期待今夜尽欢，而月夜的皓影亦让人洗尽俗尘。此诗字句平易，飘飘欲仙，轻逸自然，同时又带有一些“不俗”的感觉，富有想象力。

名园莫负好花期，天挺芙蓉绝世姿。久坐深怀君子节，低吟长记古人诗。
欲开新境题芳草，始觉清香胜旧时。海峤尚留风雅地，薄扶林道认旌旗。
——郑嘉敏《港大校园赏荷花》（香港大学，2005 年度第十六届）

郑嘉敏诗首联入题观赏港大校园的荷花。次联写荷花的品性，周敦颐《爱莲说》尝以“花之君子者也”来形容荷花，而古人诗中亦多采莲作品。第三联“欲开新境题芳草，始觉清香胜旧时”二句，芳草新姿，清香扑面，流连胜境，令人陶醉。末联写出作者对母校的深情，在薄扶林道上弘扬风雅，力振诗声。

水柔山软异乡情，入耳夷歌带媚声。客路已逾三万里，春风归距半年程。
无多废址哀罗马，浅醉重楼在法京。回首香江还寄语，我今破褐访欧盟。
——黄令时《欧行偶赋》（香港中文大学，2006 年度第十七届）

黄令时才子多情，首联在异乡中享受一刻的温柔，令人意荡魂销。次联纪实，作者游学芬兰，乃记录路途之遥远及将来归港的时间。第三联写游历罗马及巴黎所见所感。末联“破褐”喻粗衣大布，作者以一个穷学生的身份畅游欧洲，行云流水，得大自在。

露下银河夜气清，碧空更赏玉钩明。举头遥望乾坤阔，拍掌低吟云水横。
幽兴今来逢彩笔，豪情早已荡天声。飞鹅峻岭留人醉，隔海奇峰识太平。
——林妙贞《夜登飞鹅山顶》（香港树仁大学，2007 年度第十八届）

林妙贞诗寅夜登山，明月银河，天朗气清。次联“乾坤”“云水”，豪气磅礴，大笔淋漓，使香江山水增色。第三联的“彩笔”“天声”表现愉悦及欢快之情，兴致亦高。末联作者在醉人的夜色中遥望太平山，隔海相看，神情爽朗。

春寒料峭薄芳菲，旧迹市衢车马围。残石曾招文酒盛，遗畦老去浪涛微。

圣山埋没台空筑，帝子犹存意未稀。多少厓门英烈绪，莺花啼着复谁归。
——严伟《春谒宋王台》（香港中文大学，2011 年度第二十二届）

严伟的作品比较老成，首联写宋王台的旧迹淹没在围城之中，次联“遗甿”即遗民，过去的文酒盛会都早已风流云逝了。末四句不着边际，捉摸不住，而这恰好就是宋王台的宿命。此诗笼罩在一片感旧伤离的气氛之中，让人感动。

以上诸诗题材广泛，情韵深刻，意象纷呈，朗朗上口，往往都能令人留下深刻的印象。而且各有所想，表现个性，在一片悲欢离合之中，也充分展现了当代大学生的精神气象、怀抱博大，以及他们的感情天地。诗，就给他们提供了广袤的驰骋空间，同时更是一种综合能力的呈现，让每首作品表达得恰到好处。

“全港学界律诗创作比赛”预科、中学及香港专业教育学院组获得冠军者有黄天佑、文启斯、张为群、林梓凤（1993，1994，1995，1996）、黄令时（1997，1998，2000）、李敬邦、周佩波、万梓豪、苏颖添、郑嘉敏、余龙杰、黄荣杰（2006，2007，2008）、黄照、邱浚峰（2010，2011），共 14 人，其中林梓凤、黄令时、黄荣杰、邱浚峰 4 人已经囊括了十二届的冠军，可称霸主，其他 10 人各得一届。今亦选录 8 首。

满天飞雪懒添薪，只为灵台别有春。既得诗书传大义，岂容豺虎虐黎民。
弯弓誓把金乌射，衔木欲将沧海填。莫谓蜉蝣难撼树，楚虽三户足亡秦。
——文启斯《书怀》（圣芳济各书院，1991 年度第二届）

文启斯《书怀》明显是读史论政之作。首联冬日读书，严寒中并不觉冷，原来是心中别有会意。次联明辨是非，谴责暴君虐政。三联立志对抗邪恶，拯斯民于水火之中，壮志凌云，表现博大。末联众志一心，亦有战胜暴政的希望。此诗读书明理，取径甚高，条理畅达、对仗工整，稍嫌平铺直叙，表现有些拘谨。

幽女万里一身孤，静看千星坠剑炉。霜积月轮迷旷漠，风凌鹏背泣穷途。
恒娥药炼青烟冷，姑射龙回夜气纡。寒影徘徊徒对叹，相忘尔我在江湖。
——林梓凤《极光》（圣公会曾肇添中学，1995 年度第六届）

林梓凤《极光》颇有置身北极的感觉，用字及色泽都很精美。首联气势磅礴，极光的出现伴随着千星飞坠，场面尤为震撼。次联描写旷漠穷途凄清悲壮的大地。三联的青烟夜气则摹写光束的形象和神韵。末联写作者与极光结为一体，相忘于江湖之中。此诗纯以设想运笔，声光点缀，虚实照应，十分精彩。

闻说君家有弟兄，胡涂懒惰早知名。如何近日闻人语，雅号千年振族声。
封豕长蛇须有体，传真幻假竟无形。去来踪迹人间世，伯有相呼岂不经。
——黄令时《赠千年虫》（浸信会吕明才中学，2000 年度第十一届）

黄令时《赠千年虫》乃亦真亦幻之作，千禧年的千年虫问题曾让大家虚惊了一场，担心会引致信息世界的混乱，幸而时间证明，一切都安然无恙地渡过了。前两联指千年虫的兄弟族群糊涂懒惰，早已潜伏于计算机之中，可是近日又开始活跃了。第三联“封豕长蛇”比喻毒蛇猛兽、牛鬼蛇神，虽有形象可寻，但有时也难分真假。末联游戏人间，伯有传说是郑国大夫，含冤受屈而死，后来化为厉鬼作祟，郑人相互惊扰，人心浮动。作者认为千年虫只是“不经”的传闻，可是大家就信以为真了，有些靠吓。全诗颇为风趣，题材更别开生面，显出创意。

拘牵平仄压芳华，实义传神仗采葩。先入字辞从比兴，继观文句走疵瑕。
起承转合依常序，协押对黏量误差。苦览精研犹不足，功成妙笔在涂鸦。
——万梓豪《涂鸦》（香港中国妇女会冯尧敬纪念中学，2002 年度第十三届）

万梓豪的《涂鸦》讲述写诗经验。写诗先要掌握语文运用的知识，包括平仄、实义、字辞、文句、起承转合及协韵黏对六项重点。前六句都是并列的基本功，各有造境，末联合笔见意，作者于是揭出写作的奥秘，原来苦读精读都是要不得的，只有涂鸦之作才能表现文采，就是自由书写，从心所欲，允称妙笔，当然这也得靠才气来支撑。这首诗有些主观，有些观点不见得就是合理，但作者自信如此，其实也是难得一见的妙笔。最后深得评委的认同，选为冠军。

天风海雨接吟眸，且向高楼觅好秋。吐气何妨诗浩荡，隐居耻与世沉浮。
灯前顾影真多感，酒畔驱愁未肯休。忍说当途无善策，苍生辗转可知不。
——郑嘉敏《楼居感事》（玛利曼中学，2004 年度第十五届）

郑嘉敏《楼居感事》写出香港居住难的现实。首联高楼并峙，天风海雨，引发出很多诗兴。次联高楼令人吐气扬眉，提升诗境，不必与俗浮沉。第三联忧时感事，怀想千端。末联批评政府当局，希望能切实解决住屋问题。末句“不”字现代粤音读入声，但依《诗韵》音甫鸠切。此句只能依古音读“否”的阴平声，才能叶韵。这是古今之间的语音隔阂，可能有些无奈。但就诗韵来说，作者用“不”字是完全正确的，且能掌握古音的基本知识，获奖也很合理。

当时来者号王侯，槛外如今入晚秋。得失百年归史论，波澜几许动云愁。
情多莫问移津令，道阻何闻泊岸舟。嗟我回天安有计，临风漠漠看飞鸥。
——黄荣杰《皇后码头》（伊利沙伯中学，2008 年度第十九届）

黄荣杰的《皇后码头》反对拆卸地标及历史记忆，可是回天乏力，有些无奈。首二联指英国委派来港的总督多由皇后码头登岸，可是早已没入历史的硝烟之中，一切是非得失都随风而逝。第三联“情多”指市民的集体记忆，舍不得迁移码头；而“道阻”则是为了配合城市建设，码头变得挡路了，可见官方与市民的价值判断并不一致，各有各的是非。末联是小市民的感慨，无法改变现实，只能默默地看着海鸥的回翔。以景语作结，含蓄中带有伤感。

本色由来不上妆，身卑气魄亦非常。几层腊雪泥中卧，万里江山腹内藏。
日月砺磨堪寂寞，天涯风啸莫嚣张。平生最羡青松志，一雨春声争向阳。
——黄照《种子》（皇仁书院，2009 年第二十届）

黄照《种子》关注生活中的卑微事物，题材亦别开生面。首联写种子的形象，并不显眼。次联以小见大，胸怀广阔，可以在深埋的泥土中开拓出万里江山。第三联表现磨砺和谦卑的精神，其实也是做人处世的基本态度。末联振起，种子像青松般昂扬抖擞，在一雨春声中脱颖而出，向生命奋进。此诗颇有自喻成分，表现作者的情志和抱负。

寻诗剧似诗寻我，回首阑珊落落身。叶下秋虫成雅病，此中鱼蠹作畸人。
虽无鼯技能苏世，愿有清怀可写春。忍废然灯搔首坐，奇辞本是大千尘。
——邱浚峰《寻诗》（恒生商学书院，2011 年度第二十二届）

邱浚峰《寻诗》也表现了游戏人间的态度。首联与其说是诗人寻诗，不如说是诗来寻诗人，诗与诗人相互配合，表现落寞的生命情怀。次联“雅病”“畸人”就是爱诗成癖，难舍难离。第三联表现诗的功效，可以写出生命的春天。末联表现诗中的“奇辞”源于大千生活，有心人自然可以在冥冥中相遇，不必过于刻意追寻。此诗专写寻诗的经验，作者有感于心，表现心得，虽然还有些神秘面纱，却是高度的写实之作。此诗可以遥应万梓豪的《涂鸦》之作，讲究自然遇合，不必刻意。

中学生的想象力比较丰富，例如林梓凤《极光》、黄令时《赠千年虫》、万梓豪《涂鸦》、黄照《种子》、邱浚峰《寻诗》五首都能超以象外，独得风流。其他如文启斯《书怀》借读史批判暴政，义正词严。郑嘉敏《楼居感事》“忍说当途无善策，苍生辗转可知不”，直抒所见，批评执政者，不留情面。黄荣杰《皇后码头》“情多莫问移津令，道阻何闻泊岸舟”，回天乏力，深致哀感，回应时事，亦能一针见血。可见中学生关心社会现状，很少重复前人的吟咏题材，表现创意，亦见出色。跟大学生的冠军作品比较，可能并不逊色，甚至更具魅力。可见香港学生的语文水平、创意表现、批判精神，以及综合能力，其实还是在不断提升的，令人惊喜。全港学界律诗创作为大家提供了一个广阔的舞台，让大家合演一出好戏。律诗比赛中其他的佳作尚多，尚请方家鉴定。

韶华盈目

——中山大学第八届“蒹葭杯”诗词邀请赛获奖作品评点

张海鸥

中山大学“蒹葭杯”诗词赛已历八届。每年一次，由“岭南诗词研习社”操办，老师们指导并评审。前七届参赛者限为中山大学在籍学生，包括本科生、研究生。本届赛事得到教务处立项支持，又蒙台山玉石协会资助，因而扩大为五校邀请赛。被邀请方是即将先后承办“中华大学生诗词大赛”的五所大学。

五所大学都有研究生和本科生参赛，但人数较少。据秘书报告，参赛诗稿 40 首、词稿 23 首。分别是：中山大学 32 首、复旦大学 4 首、华中科技大学 4 首、南京师范大学 6 首、韩山师范学院 17 首。笔者感到奇怪，在中山大学中文系开诗词写作课，每个年级大部分同学都修过课，为何这么少人参赛呢？直到评选时看到作品，我才有所醒悟，原来主要是“高手”较量（相对于在校学生而言）。令我略感欣慰的是，作品水平不错，可以说所有通过格律审查的作品都具备获奖资格。因此，词组省下的奖项便用于诗组。

诗组冠军李晓倩是大一学生，能写出“寥落沉鳞出浅湾，犹噙冷暖入尘寰”这样清丽的秀句，诗才难得。玉石多产于山中，而台山海玉出自海边。晓倩诗句句得咏玉之体，又能突出其出自海边的特点，且将玉石的品质与人类的生命感受融会贯通，写得优雅流畅。尾联“素颜若解酬知己，一夜忧思过万山”，清高邈远，情味深至，颇得唐诗结尾疏宕之妙。

亚军张加和今年硕士毕业，多次在诗词赛事中获奖。学生们说他“凡参赛必拿奖”。其诗劲道十足，颇显功力。通信评选名列前茅，终评屈居亚军，或与书卷气过重有关，老师们皆有意回避“资书为诗”的导向。公示期间，果然有诗友提出“晦涩”的质疑。诗词界早有“学院派”之说，老师身在其中，指导学生，其实是想先倡唐音，后论宋调的。另一位亚军郭鹏飞是中山大学诗词社当值社长，今年本科毕业，将继续读研。其诗颇堪嘉许，首联“天命如斯究可哀，城头凭吊独徘徊”，古雅劲直，很有沧桑感，且自然流畅。唯尾联直说，欠升华远引。

季军陈春薇是韩山师范学院大四学生。韩山师范学院中文系在赵松元主任领导下，多年来重视诗教，将格律诗词写作列为必修课，这在全国中文系是罕见的。该校将承办 2014 年中华大学生诗词大赛。此番邀请赛，韩山师范学院学生荣获 32 个奖项中的 10 项，包括词冠军、诗词季军各一，足见诗教之成效。春薇诗精致秀美，首联“独修清魄成今古，小琢沧桑掌上来”，既大气又精巧。全诗颇见琢磨之功，唯“幻了浮生留此梦”句稍弱。另两位季军咏南明史之作也颇得咏史之体，底气十足。李腾焜首尾两联可嘉。毛进睿诗雄浑渊雅，惜首联略弱。

获得优异奖的作品也多可称道，如韩山师范学院林晓萍咏玉诗用云谷老人故事，前四句“诗盟有约寻云谷，一曲长歌下紫台。碧海尘黄天亦老，琼田梦晓蝶难猜”优雅大气。惜颈联略觉合掌，尾联用《离骚》典不够贴切。中山大学郑晴心咏玉诗立意好，结构浑成，前四句很好，但颈联“白日烟生虹彩饮，黄昏霞落月华杯”对仗欠工，用语也略觉生涩。韩山师范学院舒欣咏玉诗前四句巧妙：“经年守得冰心在，落落天涯自绝埃。婉转流光从月借，玲珑艳色让春裁。”后四句用典稍隔。中山大学余煜珣今年读大三，曾荣膺2012年中华大学生诗词大赛词组冠军。今年《咏南明史》“青丝一落千行泪，碧血唯开数点梅”，出句用清初“薙髮令”事，对句典出清代诗人张尔莨为史可法撰联“数点梅花亡国泪”。用事用典颇具匠心。中山大学刘梓楠曾荣膺2012年中华大学生诗词大赛诗组冠军。今年咏玉诗中间两联用典恰当，咏物精致：“瀛客有缘开龀腹，卞生无计破龙颜。文兼五色方圆具，质抵千金刻镂艰。”韩山师范学院杨文钰咏玉有佳句：“石琢千年何惧火，浪淘万世也成材”“试炼岂须三日满，琼光先自照人来”。韩山师范学院陈振烨咏玉尾联好：“飒飒罡风秋水外，一生襟抱洗磨开。”南京师范大学戎恺凯咏玉首尾两联好：“一片琼瑶海上来，仙姿清韵那琴开”“琅玕秀骨分明在，便作零玑亦绝埃”。复旦大学刘晓旭咏玉尾联有风怀：“表里清光味如许，为君吟罢一衔杯。”韩山师范学院郭佳丽咏玉尾联雅致：“倩君听取玲玲韵，莫吝风流青眼开。”韩山师范学院丁秀洁咏玉后四句好：“温情合向沉香取，艳质堪从绣户偎。洗尽沧桑还旧梦，倩谁携上凤凰台。”中山大学唐雨咏史首尾两联气韵好：“龙鼎终移汉室颓，兴亡岂仗数中裁”“伤心几点山河泪，尽逐春波醉万回”。但结尾“醉万回”三字略俗，也太实了。中山大学刘洋咏玉尾联雅致：“希夷入枕千秋醉，只待今朝照瑾来。”中山大学陈文庆咏玉诗工稳明快有巧思：“彩云碎霰落台山，化玉犹怜散石湾”“谁遣晚潮偷宝色？金波一片到天关”。但“千年守寂无人问，一日开光有客还”一联略嫌平俗。

词赛限作《解佩令》，词牌选得不错。折桂者是韩山师范学院林晓萍，她在诗组获了优异奖。她的词巧用南宋末年巫屾云故事，将台山海玉的生命蕴含与人物的际遇悲欢融洽无间。一方面，作者让笔下的沧桑海玉像时间老人一样见证着人类的悲欢离合，梦幻春秋；另一方面，作者又将玉写成空谷佳人，秦楼仙女，演绎出一种独特的“天涯幽独”。而那几簇清高优雅的愁绪，既合乎玉质，又关乎人情，馥郁而又飘逸。

亚军李晓倩几成双料冠军。她的词灵动飘逸，流畅优雅。将玉之品性与人之情怀揉在一起，着意从玉的存在过程和人类对玉的审美过程中揭示美玉的形成及其象征意蕴，点染出既属于海玉又属于人类的一种高贵的幽独。“月盈觞、韶华盈目。借得黄昏，向浪底、回眸相嘱。海无痕、梦中起伏。”多美丽的海玉境界！“梦中起伏”是上阕点睛之笔。下阕侧重写人情对玉质的永恒眷恋，“相思如玉”是妙笔。全词不拘泥于玉之形态，唯重情思神韵。或许这也正是其屈居亚军的主要原因。双料亚军张加和依然显示其老练的劲道：“赭魄银魂，剖许多、陆离光怪。认浑身、石头介介。秦娘色彩。卢家珠玳。费雕刓、偏无心爱……把玲珑、问他所在。”新颖脱俗，趣味浓郁，生动别致，很善于引导读者不知不觉地进入赏玉的情境。

季军刘梓楠此番也获双奖。其咏玉词上片写形，下片传神写意："纵使倾城，不必待、安排金屋。但闲心、倚身石竹。"境界清高。另一位季军李志强是华中科技大学计算机科学与技术学院信息安全专业的学生。该校占骁勇老师开设诗词写作课程，常常率领一批爱好诗词的学生歌行喻家山，风雅黄鹤楼。该校亦将承办 2014 年中华大学生诗词大赛。这次李志强的《解佩令·咏南明史》，是一次不错的亮相："弦歌缓逐。清尊余馥。却无端、琵琶声促。梦断魂销，复再寻、扬州遗躅。对青灯、遣愁一斛。"舒畅雅洁，颇见功夫。韩山师范学院陈春薇是双料季军，她的诗和词都写台山海玉，一样的精致秀美，词境别有一番优雅韵致，上片尤佳："沧波久浴，冰壶小掬。约芳踪、流光南国。未琢春心，正抱璞、兰边凝绿。更盈盈、暖烟静逐。"下片或许过于飘逸了。

优异奖各有千秋。余煜珦咏南明史之作流畅而有深意，用事巧妙贴切，表达清晰雅致，"城烹醢醢。弓弹露薤""胡风何奈。清风何奈"等句颇见功夫。唯"薤露"是个专名，本不宜为就声韵而颠倒为"露薤"，但苏轼诗开此例，也就算了。此外，"迁改""叹慨""凋败"几处词语也略嫌重复。复旦大学刘晓旭诗词皆获奖。词效姜尧章《疏影》以美人喻梅之法，乃以美人喻玉。窃以为堪称佳作，够资格选入三甲。上片"烟涛一目。瑶台幽独……照影应怜，会几番、水沉波沐。"突出海玉特点，句句得体。歇拍"算从来、美人似玉"承前启后，是全词点睛之笔，深合中华文化"比德如玉"之传统。下片先用博喻之法，连用三典，紧扣"美人似玉"之意。再直写海玉特质："碧海冰心，看表里、清光相逐。"结尾又转以美人喻玉："为君颜、泪盈簌簌。"转折跌宕，虚实相生，如此风情万种之佳作，真为诗坛争光。中山大学毛进睿曾获全国诗词赛事第一名之大奖，此番咏玉之词亦见功力。"坚心未改。冰怀未改"句有风骨。但其立意修辞有时过分追求渊雅，装饰过多，难免影响阅读。另一方面，又有俗句如"郎君休怪"，有生涩句如"耕烟潜彩"。韩山师范学院蔡佳珍的咏玉词有"倚天成、娲皇遗爱""品韵从容，踏月来、报君青睐"等好句。也有俗语如"灵通生泰""德馨永在"，生语如"璞颜英彩"，隔语如"梅兰神态"等。

总体看来，这次邀请赛获奖作品比以往水平有所提高，令人欣慰。

附：中山大学第八届"蒹葭杯"诗词邀请赛获奖作品

【诗组】

冠军 李晓倩 中山大学 2012 级中文系

咏台山海玉

寥落沉鳞出浅湾，犹噙冷暖入尘寰。黄昏迎月怜沧海，清润生烟绕碧鬟。
霜骨长怀天地外，冰心遥忆水云间。素颜若解酬知己，一夜忧思过万山。

亚军 张加和 中山大学中国古典文献学硕士研究生二年级

咏史阁部

在眼云霓拨未开。自持香蕙冠崔嵬。一春南国埋玄衮。满地横流泛宝罍。
岭上梅魂如可赎，空中斗柄不能回。后来岂曰无多士，犹听诗人赋《大哀》。

亚军　郭鹏飞　中山大学中文系 2009 级

咏南明史·登端州丽谯楼

天命如斯究可哀，城头凭吊独徘徊。君臣流徙思华屋，虫鹤潜悲入夜台。
但惜江山归鞑子，忍将忠义问奴才。谁怜赵宋亡于粤，又见朱明辙迹来。

季军　陈春薇　韩山师范学院中文系 2009 级 1011 班

咏台山海玉

独修清魄成今古，小琢沧桑掌上来。碧色邀兰三径润，晴光得月一春裁。
藏波岂逐萍风转，出椟能催剑气开。幻了浮生留此梦，日边抱璞暖烟回。

季军　李腾焜　中山大学地理科学与规划学院 2011 级水文班

咏南明史

前朝事已费相猜，板荡风流换几回。万里遗民当铁甲，廿年权党负琼台。
南图谁为惜余勇，北望今犹动故哀。此日天涯春又尽，灵旗空使话池灰。

季军　毛进睿　中山大学人文学院中文系 2010 级研究生

咏南明史

涣花楼主人遗著也。丙午劫起，钱公为红竖攘跌身故。

回溯甲申徒泪潸。鲁连东蹈事尤艰。云寒水莽维扬路，旗卷风高定海关。
玉简数颁能惜死，翠华摇落不知还。哀蝉落叶孝陵外，王气巍然是此山。

优异奖（14 名）

林晓萍　韩山师范学院中文系卓师班

咏台山海玉

昔宋时诗客白玉蟾至台山仙岩访云谷老人。云谷老人，台山先贤也，力耕兰畹，为后世所颂，遂咏玉而兼记之。

诗盟有约寻云谷，一曲长歌下紫台。碧海尘黄天亦老，琼田梦晓蝶难猜。
冰绡独倚烟波去，素璞闲邀霁月来。怕扰仙岩兰九畹，芦潭许我芰荷栽。

郑晴心　中山大学中文系 2011 级乙班

咏台山海玉

牛斗遥知龙汤处，仙胎已蕴百轮回。一朝真气惊雷起，万点灵光带雨来。
白日烟生虹彩饮，黄昏霞落月华杯。争寻总为能温养，谁识初心本玮瑰。

舒欣　韩山师范学院中文系汉语言文学专业 2009 级

咏台山海玉

经年守得冰心在，落落天涯自绝埃。婉转流光从月借，玲珑艳色让春裁。
蓝田烟老凭谁暖，瑶海秋深任世猜。造化于今终不负，楚人泪断始成材。

余煜珣　中山大学中文系 2010 级乙班

咏南明史

流逐江南尽惹埃，断肠烟柳旧时栽。青丝一落千行泪，碧血唯开数点梅。
可笑国中成异域，犹闻日下斗雄魁。莫言明月亏还满，自陨冰心不复回。

陆颖瑶　复旦大学中国语言文学系 2011 级

七律·咏南明史

铁骑通侯破玉关，龙兴旧里冕旒还。竹西才动干戈影，江左已征罗绮班。
棋局烂柯嘲白发，星槎浮海损朱颜。家山未待黄绢救，春恨三生碧血殷。

刘梓楠　中山大学中国语言文学系本科 2010 级乙班

咏台山海玉

海隅天角蕴斑斓，自古幽居云雾间。瀛客有缘开鲍腹，卞生无计破龙颜。
文兼五色方圆具，质抵千金刻镂艰。盛世于今多善贾，岂同石砾掩荆山。

杨文钰　韩山师范学院中文系卓师班

咏台山海玉

珠玑巷内胡妃祸，犹记新宁寇梦摧。石琢千年何惧火，浪淘万世也成材。
峄山润泽鲛珠愧，云谷流华皓月颓。试炼岂须三日满，琼光先自照人来。

陈振烨　韩山师范学院数学系 2010 级 1113 班

咏台山海玉

托身崖角春魂在，蓬海初收劫后埃。梦入情天倾绝色，心依孤鹤守瑶台。
琼花自孕承云出，黑浪相摧拯月回。飒飒罡风秋水外，一生襟抱洗磨开。

戎恺凯　南京师范大学中文系

台山海玉

一片琼瑶海上来，仙姿清韵那琴开。通灵琪魄凝金珺，乘月冰心倚碧台。
风雅还羞神女貌，松贞但见景郎才。琅玕秀骨分明在，便作零巩亦绝埃。

刘晓旭　复旦大学中文系古代文学 2011 级硕士研究生

咏台山海玉

飞沙琢刻沧波浣，钟毓千年粤壁来。柔润膏脂本明皓，灵通冰雪自琼瑰。
藏诸幽室陈风韵，寄与佳人鉴德才。表里清光味如许，为君吟罢一衔杯。

郭佳丽　韩山师范学院中文系 2009 级 10017 班

咏台山海玉

千载消磨径自哀，久谙寂寞待谁来。冬梅岂意遗灵魄，秋水无心赠素胚。
色蕴古今珠逊洁，光韬深浅雪同皑。倩君听取玲玲韵，莫吝风流青眼开。

丁秀洁　韩山师范学院中文系汉语言文学专业 2010 级

咏台山海玉

十年留得柔光在，一寸心期不忌猜。误掩尘沙非我相，复经山海岂轮回？
温情合向沉香取，艳质堪从绣户偎。洗尽沧桑还旧梦，倩谁携上凤凰台。

唐雨　中山大学中文系汉语言文学专业 2010 级乙班

咏南明史

龙鼎终移汉室颓，兴亡岂仗数中裁？江南急鼓方惊梦，塞外狼烟已误杯。
紫气独成漂杵血，国殇忧见黍藜灰。伤心几点山河泪，尽逐春波醉万回。

刘洋　中山大学中国语言文学系2011级

七律·咏台山玉

古玉悬光冷站台，冰绡雾縠泪先栽。南芜细梦声清越，北客仙霾影自哀。
峭壁衔风生翠草，寒楼淡墨惹尘埃。希夷入枕千秋醉，只待今朝照瑾来。

陈文庆　中山大学理工学院2012级微电子学与固体电子学硕士研究生

咏台山海玉

彩云碎霰落台山，化玉犹怜散石湾。明月清辉潜夙梦，夕阳润彩入娇颜。
千年守寂无人问，一日开光有客还。谁谴晚潮偷宝色？金波一片到天关。

【词组】

冠军　林晓萍　韩山师范学院中文系卓师班

解佩令·咏台山海玉

晴川分绿。汀兰寄馥。枕秋澜、天涯幽独。种梦蓝田，蘸暖烟、清华盈轴。怕重闻、岫云夜哭。　悲欢一斛。沧桑一斛。更嫣然、佳人空谷。不似秦楼，待月来、犹吹霜竹。对梅寒、剪愁几簇。

亚军　李晓倩　中山大学中文系2012级

解佩令·台山海玉

天光馥郁。云烟幽独。月盈觞、韶华盈目。借得黄昏，向浪底、回眸相嘱。海无痕、梦中起伏。　春颜犹夙。冰心犹夙。旧风怀、翻成新曲。静夜如歌，却只念、相思如玉。意初凉、雨声断续。

亚军　张加和　中山大学中国古典文献学硕士研究生二年级

解佩令·台山海玉

沈星碧海，虬龙故态。探幽姿、千寻难采。赭魄银魂，剖许多、陆离光怪。认浑身、石头介介。　秦娘色彩。卢家珠玳。费雕刓、偏无心爱。自跂天涯，对一春、烟云重碍。把玲珑、问他所在。

季军　刘梓楠　中山大学中国语言文学系本科2010级乙班

解佩令·咏台山玉

遗踪荆麓。潜姿渭曲。伴瑶芝、云边高瞩。五色玲珑，更万态、千言何足。算知音、凤台弄玉。　　箫声易续。秋光难续。记谁人、残身哀哭。纵使倾城，不必待、安排金屋。但闲心、倚身石竹。

季军　李志强　华中科技大学计算机科学与技术学院信息安全1001班

解佩令·咏南明史

霞栖岚宿。烟梳雨沐。卷流云、惊风摇竹。月碎更阑，最是怜、虚窗幽独。记当时、后庭旧曲。　　弦歌缓逐。清尊余馥。却无端、琵琶声促。梦断魂销，复再寻、扬州遗躅。对青灯、遣愁一斛。

季军　陈春薇　韩山师范学院中文系2009级1011班

解佩令·咏台山海玉

沧波久浴，冰壶小掬。约芳踪、流光南国。未琢春心，正抱璞、兰边凝绿。更盈盈、暖烟静逐。　　荷裁初服，鸾衔旧椟。想幽人、空山清独。暮楫归来，认海桑、寒鹃轻嘱。又无言、几番倚竹。

优异奖（4名）

余煜珣　中山大学中文系2010级乙班

解佩令·咏南明

城京醯醢。弓弹露薤。更流离、朱颜迁改。月冷秦淮，有几家、苟全欢爱。许桃花、扇中叹慨。　　胡风何奈。清风何奈。但由人、功成凋败。半壁江南，作一点、明星如昧。看兴亡、总归瀚海。

刘晓旭　复旦大学中文系古代文学2011级硕士研究生

解佩令·咏台山海玉

尧章《疏影》以美人喻梅，余效之，以美人喻玉，分付君子。

烟涛一目。瑶台幽独。倚东风、飘零谁续。照影应怜，会几番、水沉波沐。算从来、美人似玉。　　江皋骊淑。乘龙仙曲。步凌波、惊鸿倾国。碧海冰心，看表里、清光相逐。为君颜、泪盈簌簌。

毛进睿　中山大学人文学院中文系2010级硕士研究生

解佩令·咏台山海玉

莲波晏海。金乌集廨。濯琴溪、锵鸣舒籁。偶过圩桥，便解与、粟璜鱼袋。莫回头、向人巧睐。　　坚心未改。冰怀未改。纵相怜、郎君休怪。月下蘅皋，共此时、耕烟潜彩。结桐花、凤池久待。

蔡佳珍　韩山师范学院中文系 2011 级 1011 班

解佩令

温姿承海。灵通生泰。倚天成、娲皇遗爱。巷陌初逢，奈不解、璞颜英彩。数风流，德馨永在。　　追寻几载。传芳几载。适闲间、梅兰神态。品韵从容，踏月来、报君青睐。梦飞花、磬音入霭。

诗教浅说

——在南京师范大学文学院的讲演稿

徐战前①

中华诗词源远流长，“诗教”的提出，至少有两千五百年了。具体地看，诗的教育功能可以从三个方面考察，分别是教化功能、美育功能和心灵教育功能，分别叙述如下。

一、诗的教化功能

“孔子曰：入其国，其教可知也。其为人也，温柔敦厚，诗教也。”（《礼记·经解》）“温”是指和颜悦色，“柔”是说性情柔和，“敦厚”是说存心忠厚，即使是批评别人甚至批评国政也是善意的、与人为善的批评。用诗教来影响民风国俗，这就是诗歌的教化功能。至于怎样进行这种教化，《论语·阳货》有一则具体例子：“子之武城，闻弦歌之声，夫子莞尔而笑曰，割鸡焉用牛刀。子游对曰：‘昔者偃也闻诸夫子曰，君子学道则爱人，小人学道则易使也。’子曰：‘二、三子，偃之言是也，前言戏之耳。’”子游姓言名偃，是孔子的学生，吴（今常熟）人，当时任鲁国武城邑邑宰。后来回到常熟，人称南方夫子。他当了武城邑宰，武城便有人弹琴唱歌，出现弦歌之声。从他们师生的谈话中，可以看出弦歌之声与学道之间的联系。史记《孔子世家》载“诗……三百五篇，孔子皆弦歌之”。原来弦歌的内容是孔门六经之一的《诗经》，可见诗教是通过“寓教于乐”的方式，将《诗经》普及民间来影响民风国俗，这就是诗的教化功能。

中国上古的文化，不像西方文化把宗教放在那么重要位置上。中国上古文化注重诗的文学境界，它有宗教的情感，也具有哲学的情操。上古的诗，就包括了现在所讲的整个文艺在内，所以孔子告诉学生们，修养方面，要多注重一下文学的修养。我们翻开历史，中国古代的文臣武将，每人都有基本的文学修养。从正史上看，关羽就是研究《春秋》学的专家；岳飞等人学问都是非常好的，他们都有一定的文学修养。“偃武修文，四方来朝。”“有唐三百年，用文治天下。”要了解中国的政治、中国人的人生，就得了解中国的文学。中华民族是一个对文学有特殊癖好的族群，对“文”异乎寻常地尊崇，历史上不乏“一封信吓退敌国”（李白）、“一封信气死了敌人”（诸葛亮）、“一篇文章吓退鳄鱼”（韩愈

① 徐战前：字立三，山西五台人，新华社江苏分社副社长；中国电信《掌上国学堂》总编辑；南京理工大学、河海大学、苏州大学、江苏师范大学兼职教授。

的《祭鳄鱼文》）等神奇传说。

而“文”的核心，正是诗。所以在古代，官员、隐士、贵族、僧人、侠客，各种人群中都不乏诗人。但哪个文人若是写小说或编戏曲，不仅难登大雅之堂，甚至不敢留下真实姓名——所以四大名著的真实作者，至今仍争议不断。现在小说俨然变成文学正宗，可在一百年前，它还是被贬为“小道”的文体，那时真正令人骄傲的是“诗”。胡适当年发动白话文革命，最大的阻力也是诗，所以他说，如果把诗的堡垒攻克下来，白话文学的革命就彻底胜利了。林语堂说“中国诗在中国代替了宗教的任务”，也是很有见地的。

中国一直以来缺乏恒定的、终极意义上的宗教传统，许多人的心灵都处于“无所信、也无从信”的状态。以父母给孩子取名为例，在西方，笃信基督教的家庭，经常把孩子的名字取为摩西、约翰、彼得、以诺等，和圣徒同名；但在中国，即便是最虔诚的信佛家庭，笔者也没有见过哪个父母为自己的孩子取名为本尘、了空、空相之类的名字，这样的名字被视为不祥之兆。而像张恨水、冰心等富有诗意的“好名字”，参考的标准正是诗歌——日常生活层面中，真正影响、塑造中国人性格的，主要还是诗。

西方人常常把人生的终极看作神圣的、救赎的，而中国人常常把人生的最高境界看作诗意的、审美的、艺术的。诗意的人生甚至比遁入空门的人生高级——即便是和尚，中国人也更尊崇那些会作诗的和尚。西方人从小让孩子背诵《圣经》，中国人则让孩子背诵唐诗；美国人遇见“9·11”，第一件事想到的是去教堂向神祷告倾诉，而中国人遭遇汶川大地震，首先想到的是写诗，举行诗歌朗诵会，诗歌起到了抚慰人心、安妥灵魂的宗教作用。诗歌能唤醒一个人内心柔软的部分，甚至能让人热泪盈眶。诗歌的意义一旦深入人心，就会影响一个人的人生轨迹。对那些还未被过度污染的心灵进行诗歌教育，这是一种使命。因为诗的感性容易领悟，也因为诗的优美能够产生向往。诗是一种语言的结晶，也深藏着许多精致的心灵，“诗教”绝非一句空话，而是有其传统，也有其现实意义的。

二、诗教的美育作用

说起诗歌，就想起唐代。唐代是我国诗歌创作最盛的时代。《全唐诗》收录的作者达2 200多人，诗作48 000余首，其兴旺发达的景象几乎是空前绝后的。唐代诗歌之所以能如此发达，跟国家的提倡，是有很大关系的。史载，唐高宗永隆二年（681）起，规定凡考进士，要先“试杂文二篇，通文律者然后试策”。唐代的杂文指诗、赋，这就是说，如果诗、赋不过关，就失去了参加其他考试的资格，可见写诗作赋是何等重要了。诗赋取士的办法，其后多次有人反对，但始终没能改变得了。《新唐书·选举志》有这样一段记载：“文宗时，郑覃以经术位宰相，深嫉进士浮薄，屡请罢之，文宗曰：‘敦厚浮薄，色色有之，进士科取人二百年矣，不可遽废。’”这则记载说明，以诗赋取士，基本上是唐代选拔干部的国家政策。

这项政策的得失如何？《新唐书》有一段评论曰：“大抵众科之目，进士尤为贵。其得人亦最为盛焉。方其取以辞章，类若浮文而少实，及其临事设施，奋其事业……隐然为国名臣者不可胜数，遂使时君笃意，以谓莫此之尚。”写这一段评论的人，看来并不完全赞同以诗赋取士的做法，故而对于“时君笃意”也略有微词。但还是把“进士科得人最盛”，以及这些进士出身的人，由于“临事设施，奋其事业”而“隐然为国名臣”的可观事实记了下来。为什么进士出身的名臣会多得不可胜数？《新唐书》没有加以解释，似乎这只是一种偶然性。其实，通文律者多出名臣，不仅唐代，宋代也是如此。晏殊、范仲淹、欧阳修、王安石、苏轼、陆游、辛弃疾、叶梦得、范成大、文天祥等，哪个不通文律？元代帝王，只识弯弓；明清两代八股进士，八股文大体上相当于唐代的明经，浮薄是反掉了，但名臣也就寥寥了。当然，那是考试，诗还是要写的。但那时只要懂得平仄对仗，四平八稳地颂一通圣德就能够通过了。这样看来，通文律与多名臣之间的联系，也就不能看作偶然了。为什么这之间有必然联系呢？原来通文律者必然深受诗教，而深受诗教的结果，往往使人“临事设施”能“奋其事业”，乃至成为名臣，说来好像牵强，其实是很有些道理的。

提倡“诗教”，其实就是提倡一种美育。蔡元培主张打通科学和人文的界限，主张美育和智育并重。他说：“常常看见专治科学，不兼涉美术的人难免有萧瑟无聊的状态。”这是说诗歌的美育作用可以改变人的性格和社会风气。经术是封建时代的政治家学，文律则属于文艺学。政治家动辄斥文艺为浮薄，这是旧时代常有的偏见。宋代范镇说：“仁宗四十年太平，于柳永词中见之。”但柳永却见斥于仁宗。《儒林外史》写秀才要求试词曲，主考官斥之为杂学。今天虽然并不鄙薄文艺，但认为诗人、文艺家在临事之时，比一般人更能奋其事业，这种观点还是难以被人接受的。然而历史上却确实存在过这种现象，这是很值得研究的。毋庸赘言，通文律者自比一般人更多地接受过诗教，而诗教在我国又是有着优良传统的。诗三百，有着很多忧国忧民的篇章，歌颂功业，歌颂劳动，歌颂正义，指斥奸邪，歌唱人民追求幸福的恋爱生活，诅咒剥削者的残暴统治，同情劳动人民的疾苦。这些严肃的内容，都是通过一定的“文律”表现出来的。其后如楚辞、汉魏乐府、六朝山水田园诗等，从来都是颂忠臣、斥奸佞、弃鄙俗、励清廉的。对于那个时代的知识分子“临事之时”如何“奋其事业”，树立了多方面的榜样，有着明确的是非观念。人们为了通文律，从儿时起，就反复接触这些传统的诗歌作品，背诵、理解、分析、欣赏，所谓沉浸浓郁，含英咀华，在受其声律的同时，精神上自然也就接受了美育的熏陶。写诗作赋是一种创作，创作就不能只靠抄抄背背，而要靠实才，所以在“明经多抄义条，进士唯诵旧策”的情况下，决定以“诗赋取士”，当时确实是一场真正的改革。当然诗赋要求声律，讲求声律的目的，无非是让诗歌文赋读起来朗朗上口，像绕口令那样难读的文句是必须避免的。在自调方面，则要求入辘轳交往，富于变化，以避免给听众以“单调”的刺激，所谓“飞沉”“浮声”“切响”“平仄”等，都是对汉字的调类进行的划分，划分越精密，交替就越准确，就越能构成对称的回环往复的音乐美。从这方面讲，沈约等人是有贡献的。当然，沈约所注重解决的，只是形式方面的问题，因此他受到后人不少批判，然而形式的美，却能够让人们在不知不觉之中，接受蕴藏于这个美好形式之中的内容。而对于诗歌来说，形式尤其重要，诗不讲究形式，就不能称其为诗，许多把散文分行写成的诗之所以失败，一个重要原因就是形式方面的失败。当然，讲求形式美的目的，最终仍然是为了使读者能够积极主动而又比较顺利地接受它的内容，这样看来，诗教之所以成功，就在于它的思想与艺术形式的统一。尊其思想为“无邪”，斥其艺术为浮薄，这恰恰是对于诗歌美育作用的诋毁与取笑。一些经学家之所以把艺术作品的《诗经》解释成迂腐的道德说教，就是因为他们不理解艺术感染的威力。所谓诗教，实际是一种艺术的熏陶、精神的感染、美学的享受，是作用于人们情感深处的一种潜移默化的过程。从西方心理学家弗洛伊德的观点看，就是通过潜意识的渠道来铸塑人们的心灵，给人们的潜意识以深刻的感染，这正是诗美育的特征。

一般地说，理论教育固然能够帮助人们确立某种世界观，建立某种思想体系。但这种教育主要作用于意识，而意识教育有时会与人们的情感相矛盾而形成所谓情与理的冲突。这是什么原因呢？原来人们的情感主要受潜意识的制约，潜意识当然也是后天形成的，但这种后天作用由于长时间的耳濡目染与先天的生理活动紧密地连成一体，外在的刺激已经储存为生理活动的一种固定的信号，这种信号与生理活动之间的联系，已经几乎无须通过大脑的控制。人们在没有来得及思索时对于外界作出的种种反应，以及在不假思索时所得到的种种见解，实际上都来自于潜意识。而一旦人们大脑发出的信号冲动与这种潜意识相互冲突，就会造成人们思想上的极大矛盾与痛苦。一般情况下，这种矛盾可以由一方战胜另一方而解决，如果互不上下，长时间的反复冲突，就可能两败俱伤而导致精神官能失常。潜意识的渠道，可以说是艺术所特有的教育渠道，因为艺术之所以作用于人，绝不能强迫进行，是因为它是通过欣赏的途径而被其对象所接受的，而欣赏总是积极主动地进行的，在欣赏活动中，欣赏者因获得美的享受而调动起积极的情感活动。看戏淌眼泪，听相声捧腹大笑，这是人们常见的表现。至于欣赏诗歌，人们可以“不知手之舞之，足之蹈之”，可以“一唱三叹”，还可以“击节咏歌，唾壶尽缺”，这些都是欣赏时情感激动的表现。而人们就在这种情感激动的过程中，把诗歌的是非观念和情感倾向，深深地印入潜意识之中。诗是语言的艺术，当然要诉诸人们的理智；诗又是艺术的语言，又必然要诉诸人们的情感。一些通文律者从儿时开始就要读很多合文律的诗篇，他们一边欣赏文律的形式美，一边接受这些诗篇的思想观点、是非判断与美学评价，这就是所谓诗教。而这种诗教作用于其对象的，绝不是与其情感相冲突的生硬说教，而是深深地植根于其潜意识之中，与其情感乃至生理活动紧密相连的精神活动——美育。美育的影响，积累于潜意识的最终结果，就成了受教育者本性的一个组成部分，表现为人的性格和气质。试问，这样铸塑出来的人物，一旦“临事而能奋其事业，为国名臣”，又有什么值得奇怪呢？

把经教与诗教对立起来，把政治教育与艺术熏陶对立起来，正是对于美育无知的表现。今天如果我们把政治说教和艺术感染的作用加以比较的话，高下自在人心。

能够进行美育的艺术不仅仅是诗歌，但诗歌艺术有着不同于其他艺术的特点，它大都短小精悍，能以很精练的语言，给人以深刻的印象，由于它的音乐美和比较整齐的形式，还可以反复咏歌或者作配乐的、不配乐的朗诵。由于它能同时从视觉与听觉上被人所感知，而和谐的声韵又容易被人记忆与传诵，所以优美的诗歌总是在具有一定思想意义的同时，给人以美的熏陶、情的满足和心的净化。萧衍说：“三日不读谢玄晖诗，便觉口臭。”这说明古人认识到诗歌净化精神的美育作用。无论是古诗今诗，只要是精神境界和艺术趣味较高尚的，就应该多加传播，刊物、电台、电视、电影都应该有诗歌艺术的一席之地，高考中应当允许考生用诗篇答卷，意境优美、格调高尚者给予高分。报考中文及有关艺术系专业应加试诗歌。诗人们除应该有自己的组织之外，还应该经常组织诗歌创作评奖活动。这样才能促使诗歌艺术的繁荣，诗歌创作队伍也才能后继有人，诗歌的欣赏活动也才能更加普及，而诗教的古老传统，也就会绵延不断。

三、诗教是心灵教育

中国的诗歌有一个特点，那就是很强调诗歌背后的人情和人心，只有实现诗人的人生心得与人生旨趣、物与人的合一，才堪称高境界。《红楼梦》第四十八回记有一事：香菱姑娘想学作诗，向林黛玉请教时说："我只爱陆放翁的诗'重帘不卷留香久，古砚微凹聚墨多'。"林黛玉听了，就告诫她："断不可学。"后来又向香菱推荐了王维、李白、杜甫的诗。林黛玉不要香菱学放翁诗，是指那些闲逸小巧的诗句，而放翁另有大量忧国忧民、沉雄悲壮之作，不可不读。王李杜三家诗，也重大气磅礴之作，而非一些闲逸的小诗。林黛玉提倡的实为大雅正声的传统诗学，而非只写闲情逸致的雕虫小技。唯有雅正的诗教，才能使人心灵向上，抱负高远，胸襟宏阔。这种对诗词的看法，是很精到的。

中国传统文化中，人心比身体更重要。什么是心？心即思想、志向，即一种生活的态度和理念。庄子说："哀莫大于心死，而身死亦次之。"如果你的心完全沉溺在物欲之中，对其他一切都不感兴趣，那实在是人生中一件悲哀的事。诗有一种"感发的生命"，它由作者传达给读者，而且可以不断生长，生生不息地流传下去。这种感发生命，可以使你的心活泼起来，永不衰老。这就是诗的好处。中华民族几千年来历经苦难，饱经沧桑，但中华文化，特别是诗歌文化所承载的自强不息、超然物外、先忧后乐、进退有度等生活态度，使得多少仁人志士忧患而又有尊严地生存着。从屈原到陶渊明，从李白、杜甫到苏轼、辛弃疾，他们是用生命来恣肆地书写着汪洋诗情，或"长太息以掩涕兮，哀民生之多艰"的问难苍天，或"采菊东篱下，悠然见南山"的性情追求，或"前不见古人，后不见来者"的宇宙胸怀，或"安能摧眉折腰事权贵，使我不得开心颜"的傲岸狷介，或"穷年忧黎元，叹息肠内热"的悲天悯世，以及"一蓑烟雨任平生"的人生达观。这些诗句生发于情感，净化于审美，升华于哲理。用叶嘉莹女士的话说，学习古典诗词最大的好处就是使你的心灵不死。

我们读王维的诗就能感觉到诗歌背后是有人存在的。"人闲桂花落，夜静春山空。月出惊山鸟，时鸣春涧中。"突出的是人的闲和空，因为闲，桂花落下来的细小声音，都能清晰地听见；因为心里空，才觉得"山空"。月亮出来完全是视觉上的场景变化，也能把鸟惊起，而整个山涧只有鸟的声音，以有声写无声，以视觉的静写听觉的静，显露的是内心的静。王维自己就说："晚年唯好静，万事不关心。"又如"雨中山果落，灯下草虫鸣"，若是心思杂乱，内心不安静的人，如何能听到山果落下、草虫鸣叫的声音？外面的静，衬出的还是内心的静。

柳宗元《江雪》："千山鸟飞绝，万径人踪灭。孤舟蓑笠翁，独钓寒江雪。"一个举目皆白、了无人烟的世界里却有一个孤独的钓翁，一动不动地在那里"钓雪"。广袤空无的环境和钓翁的存在，构成了鲜明的对比，同样写的是一种内心的宁静。有些人把钓翁解读为孤独的、寒冷的，诗里也确实出现了"孤"和"独"的字眼，但细读这首诗你会发现，钓翁其实一点都不孤独，也不寒冷，因为他是在凝视内心，观照自我，与心为友，他在无垠的白和无中，体会到的是一种内心的存在。

我们读“春眠不觉晓，处处闻啼鸟。夜来风雨声，花落知多少”，美好的春景中诗人想到的是被风雨摧折的花朵，一种美好的诞生背后，也有另一种美好在寂灭。读“床前明月光”，是月光还是霜的疑问突然消失了，诗人低头思念起了故乡，这样的心灵转折多么微妙、细腻。进入诗歌世界，尤其是古诗世界，我们会遇到很多这样为语言所雕刻出来的精致、高远的心灵，一旦被学生所理解、欣赏，意义是深远的。因为一种心灵教育的完成，必然要以心灵为摹本，也要以心灵与心灵的呼应为路径，达到对人的自我世界的塑造这一目的。

以审美、情感和心灵教育为核心的“诗教”，一旦推广，并获得学生的响应，会影响一整代人的素养。笔者相信，他们的感知系统、审美品位、情感世界和心灵世界，都会因诗而改变。诗能为僵硬的世界留下柔情，也能为苍白的心注入暖意。以诗为教，总比以实利主义思想为教要好。教育是一项扎根培元的事业，根底首在立人。倡导诗教，不仅是在提升日常教育生活的品质，也是在谋求整体教育实践精神的生长、生成；甚至从更深远的意义而言，乃在于谋求国民人格精神旨趣的提升与超越。

诗教是国学之始

徐晋如

1994 年，台中师范大学语教系王财贵教授在台湾发起青少年读经运动，十多年来风靡全国各地。影响所及，达于东南亚、北美、欧洲的华人圈子。依托王财贵教授的课程体系，各地以儒家经典为主科成立私塾，凭着“小朋友，跟我读”这六字真诀，吸引数以百万计的家长把孩子送入其中，接受新时代的读经教育。

读经运动的背后，是波澜壮阔的国学复兴思潮。20 世纪 90 年代以来，长期与传统割裂所带来的人心溺陷、灵魂无主、道德崩溃、环境恶化等问题被越来越多的有识之士诟病，穷极思变，很多人把目光投向传统，希望从国学当中寻找到人生的意义、灵魂的终极，以及人与自然、与他人、与社会和谐相处的诸种原则，于是国学热、读经热应运而生。

国学原称“中学”，是与 19 世纪末传入中国的“西学”相对立的概念。但 19 世纪末传入中国的西学，并不是欧洲的真精神、真思想，而仅仅是欧洲启蒙运动以后的思想。

启蒙运动的基本思想是物质越能为人所驱使，个人得到越大程度的自由，人类全体便越能获得更大的快乐、更多的幸福。启蒙运动有两大主将，一是英国人培根，一是瑞士人卢梭。培根的名言是“科学就是力量”，他认为人类可以凭借科学获得无穷进步，靠科学去征服自然，无限扩充物质生产，只要自然界的一切都能为人类所用，物质生产极大丰富，人类便可获得幸福。这种思想放纵人类对功利的追求，怂恿人类为追求物质利益而放弃道德底线，凡事皆问“有用”还是“无用”，“有利”还是“无利”，人人变成算计他人的商贾。培根自己就是一个纳贿贪财的小人，并最终因此而身败名裂。而卢梭则认为“人生而自由，却无往不在枷锁之中”。所以人类情感必须复于自然，冲破文化道德的枷锁，才可以得到快乐。卢梭勾引女佣，有私生子五人，皆送入育婴堂，不自抚养，他其实很清楚，当时送入育婴堂的孩子，唯一的结局就是死亡。信膺卢梭者相信人类一切欲望皆是正当的，不再相信宗教的原罪论，终酿成法国大革命大乱八十年、流血数百万的悲剧。

继培根、卢梭而起者，则有英国人赫胥黎。他的《天演论》一书，倡言“物竞天择，适者生存”，信奉此道者，人人想进入优等人群，让他人降为劣等人群，只问优劣胜败，不问是非，宇宙无神，人类无灵，社会成为竞争杀伐的修罗场，倒退到丛林时代。后来 20 世纪两次世界大战，都可以从启蒙运动中找到思想渊源。

启蒙运动又是一场彻底否定精英，张揭平民权利的思想运动。启蒙主义者试图使所有人相信，世上根本不存在美德与智识上超出社会一般人士的精英阶层，每个个体的思想，具有同等的价值，于是竭力鼓吹所有人都有自主权，让大家不要盲从上帝、不要盲从精英；但不再盲从上帝、精英的结果是让每一个人盲目地相信自己。自启蒙运动之后，反智仇富的民粹思想就一直是现代社会挥之不去的梦魇，整个社会呈现出正声不作、大雅沦亡的乱象。按照西班牙思想家奥尔特加·加塞特的定义，精英是在各方面对自己提出更高要求的人，而大众则是在各方面对自己放任自流的人。大众在文化选择上，天生就是避难趋易的。从前，他们相信文化皆由精英创造，并懂得尊重、敬畏高雅文化；但启蒙运动以后，大众则普遍认为只有被自己认可的才是文化，高雅文化被粗暴地以“看不懂”“过时”“没有用”的理由简单否定，整个社会文化生活江河日下，庸俗、低俗、媚俗的“三俗”文化盛行。在从前，文化的价值体现在它可以引导人心向上，具有超越时代、穿透历史的意义；而在启蒙运动以后，文化竟然也成了商品，成为产业，大众毫不犹豫地选择了浅俗的、平庸的东西。而当“三俗”文化开始成为主流的时候，又反过来使得人人更加安于平庸，拒绝高尚，拒绝高雅，整个社会没有了美德和知识的楷模，人心惰逸，人欲横流，与此同时，道德良知、美序良俗这些人类数千年间才得以建立起来的文明，都遭到前所未有的挑战。

中国在近代被西方的坚船利炮打开大门，鸦片战争以后朝廷的策略是“师夷长技以制夷”，在工业器物的层面学习西方；而中日甲午战争失败后，更进一步要求师法西方的制度文化。尽管当时有张之洞这样的有识之士，提倡“中学为体，西学为用”，告诫国人在学习西方物质文明的同时，不能丢弃传统的精神文明，但大众都有骛新奇而尚实用的天性，从戊戌变法到“五四”新文化运动，西方物质文明成为朝野上下孜孜以求的唯一目标，“全盘西化”成为大多数国人的潜意识。对传统的无知与隔阂，对科学和工具理性的迷信，对现代生活的盲目崇拜，使得大多数人不再把知书识礼、温文尔雅当成美好的品性，冲破一切网罗，破坏一切、砸烂一切的“痞子英雄”形象取代了“温良恭俭让”的君子风范，成为新的人格标杆。大多数人不肯读书，从未学会独立思考，却毫无顾忌地把中国近代以来的落后、中国近百年以来所遭受的苦难完全归咎于传统，认为中国传统文化是培育奴隶的温床，维护专制的精神桎梏。这种彻底否定传统、对现代性五体投地膜拜的思潮，使得中国人不但没有学习、继承传统当中的合理因素，更是对西方文化当中传统的、人文的一面缺乏真切的体认，从而使得整个社会的发展愈加急功近利，只顾眼前利益，没有长远打算，甚至为了利益可以牺牲道义，以致道德缺失，底线沦丧，人心冷漠，各私其私。

西方学术、西方文化起源于古希腊与古希伯来，这就是所谓的“两希传统”，至今西方社会的方方面面仍深沾其溉。西方虽经启蒙运动的冲击，但由于“两希”传统屹然挺立，基督教之根仍在，大多数人自童蒙受教，均须大量阅读古希腊以降的人文经典，又因普遍信仰上帝，知道敬天爱人的道理，在经两次世界大战的苦难之后，对启蒙运动进行反思，这都使得西方的人文传统仍对其普通国民起着潜移默化的作用。而中国人的民族性本就趋向实用，不如古希腊民族之重理性、尚思辨、务玄思，古希伯来民族之坚忍卓绝，敬事神祇，故相对其他民族，中华民族更需要心灵生活，更需要人文精神。往圣先贤早就看到了这一点，孔子讲“学者为己”之义，讲君子小人之辨（如君子喻于义，小人喻于利），《大学》讲“诚意正心”，《左传》称“太上立德，其次立功，其次立言”，孟子讲舍生取义、杀身成仁的道理，都是针对偏于现实的国民性的谕诫，为中国人的精神筑起藩篱，使得国人徒重实用的秉性不致放流无垠，而忽视了对生命价值的追寻。北宋大思想家程颐在生命垂危之时，弟子对他说："老师，现在是生死关头，您平日打坐练气的功夫，这个时候要用一用了吧?"程颐却回答道："说到有用，便不是学问。"遂含笑而逝。我们知道，人莫不乐生恶死，在生命垂危的关头，很多人大抵愿意付出一切，以多活片刻，程颐却用其了悟生死的人生实践警告世人，切不可事事讲有用还是没用，须知道生命价值永远应该在有用价值之上，生命的崇高自觉和与天地一体的喜悦感才是中国文化当中最光亮的部分。

新文化运动把孔子推翻在地，否定君子小人的分别，直接导致中国人没有了精神的堤防，从前被认为是"霸道""小人之行"的只讲实用、只追求现实利益的恶行，就像洪水一样到处泛滥，无所敬畏而至于无恶不作。只重现实的国民性与启蒙运动以来只讲"有用无用"的工具理性一拍即合，发展到极致就是宣扬"高贵者最愚蠢，卑贱者最聪明"，只讲利害，不讲道义，遂造成"文革"中不尊文化、迫害知识分子的历史惨剧，并至今遗毒无穷。

启蒙运动产生于欧洲，但中华民族受害最深。晚清、民国的很多学者，误认为启蒙运动导致西方科技发达，国力强盛，不知西方科技发达的根本原因亦在其对传统文化的传承。原来，西方自古希腊以降，重理性重逻辑，崇尚客观知识，科学家不求实用、为单纯的好奇心与求知欲去探究客观真理，这才发展出近代科学，才有了后来的工业革命、信息革命。就科学领域而言，中国从来不缺急功近利的思维，缺的恰恰就是单纯的对科学探索本身的热爱。唯有认清何者是自家所长，何者是自家所短，然后因革损益，才是文化发展的健康之道。中国古人讲"阐旧邦以新命"，要旨在"阐"而非"革"。可是，从戊戌变法启其钥，到新文化运动彻底打开潘多拉盒子，中国的启蒙派泼洗澡水把澡盆里的"孩子"一起倒掉，对传统文化一概抹杀，打翻在地还不算，更要踩上几脚。这种急功近利到无所不用其极的言论和行为，就是"文革"中"破四旧""砸烂牛鬼蛇神"的前奏。时至今日，启蒙派又以儒学不合所谓的"普世价值""民主潮流"为由，改头换面地继续着他们前辈的工作。

孔子说："观乎天文，以察时变，观乎人文，以化成天下。"文化之化，是教化、化成的意思。中国古代社会，就像是一所大学校，"自天子以至于庶人，一是皆以修身为本"(《大学》)，故国学的核心，就是人的教育，让人生命成长、性情完善的教育。这种教育的目的不是培养工匠商人、各行各业的"行家里手"，而是要培养顶天立地的大人君子，在人格上足为世之楷模，在行为上堪作世之表率。"国学热"的背后，是国人对小人社会的厌倦绝望，是对君子人格的向往追慕。

君子人格的最高标准是"仁"。"仁"不仅指仁爱，更是人的全部美德的统称。如何通向并最终达到"仁"呢? 孔子的学生有若认为，"孝悌"二字，是"仁"的根本。孔子则指出，追求"仁"应当摒除功利之心，不要想着成为某方面的专家（君子不器），倡导"为己"之学。所谓"为己"之学，就是指读书、学习不为逢迎他人（无论是权贵还是大众），不为求取衣食，而是为了自身品格的完善。孔子的学生樊迟向孔子问稼圃之术，孔子答"吾不如老农""吾不如老圃"，又在其他学生面前批评樊迟是个小人，这是因为樊迟不在品格完善上下功夫，没有超越尘俗的追求，反而只想追求实用技能，混吃糊口，只想满足人的动物性本能，当然被孔子所鄙视。大科学家爱因斯坦也曾充满鄙夷地说：

当我还是一个相当早熟的少年的时候，我就已经深切地意识到，大多数人终生无休止地追逐的那些希望和努力是毫无价值的。而且，我不久就发现了这种追逐的残酷，这在当年较之今天是更加精心地用伪善和漂亮的字句掩饰着的。每个人只是因为有个胃，就注定要参与这种追逐。而且，由于参与这种追逐，他的胃是有可能得到满足的；但是，一个有思想、有感情的人却不能由此而得到满足。①

有思想、有感情的人总是希望超越人的动物性本能，获得精神层面乃至灵魂层面的满足。中国古人认为，读书求学问的目的是“求道”，是“安身立命”，这和爱因斯坦的观点是完全一致的。故君子就是能安身立命的人，也就是无论社会环境怎样变化，始终能心存信仰、坚持原则、保存尊严、洁身自好的人。唯有这样的人，才能实践“为己”之学，才能通向品格的完善。

君子人格应当是合度的、中庸的，表现在性情上，则应当是温柔敦厚的。孔子说：“文胜质则史，质胜文则野。”“文”是后天文化的熏染，“质”是人的天性，如果过分强调人权天赋，一切欲望皆是正当的，走到极端，就是人等同禽兽，礼义廉耻，荡然无存；如果文化过了头，妨害人的天性的正常发展，那也会使人失去活泼的天机。儒家教育思想认为，真正的教育要能“长善救失”（《礼记·学记》），即助长人性中善的一面，纠正人性中恶的一面，最终达到心之全德——“仁”的境界。所以，真正的教育一定是人格教育。

孔子经过长期的教育实践，归纳出人格教育的三大步骤：“兴于诗，立于礼，成于乐。”通过诗的感兴作用，激发人的性情，培育人的仁孝之心；通过礼的节制，使人的性情归于中正平和，气质变得温文尔雅；最后，则通过音乐熏染，使人的一举一动，皆合于天地的自然规律，至此教育获得彻底的完成。孔子认为诗教是教育的开始，曾说“不学诗，无以言”，又说：“小子何莫学夫诗？诗，可以兴，可以观，可以群，可以怨。迩之事父，远之事君；多识于鸟兽草木之名。”又说：“温柔敦厚，诗教也。”学诗既可以提升语文能力，提升词汇量，还可以抒发情感、了解民风、结交朋友、宣泄不平。人生在世，有欢愉，有忧伤，有生老病死之苦，有时代遭际之厄，不免产生各种各样的情绪，这些情绪如郁结胸中，对人的心理健康十分不利，性情培育，无从谈起。但诗可以助人宣泄情感，稳定情绪，诗教可以养成仁孝忠爱之心，让人变得温柔敦厚，成为谦谦君子。而最重要的是，诗是心声，是人的情感的自然抒发，天下没有比诗更私人、更为己的学问，诗人的人格是最纯净的，最不讲功利的，诗人写诗首先是为了宣泄情感，绝不会在写诗之前，想着把这首诗晋献给谁、能卖多少钱的问题。凡经诗教入门的人，总是更容易坚持为己之学，总是更容易产生坚定的文化信仰。所以，想要养成君子人格，必须从诗教开始，必须从学诗开始。从孔子时代直到 20 世纪三四十年代的两千多年，中国的读书人莫不由诗入手，循序渐进，学习、掌握和实践国学。

我国向称诗国，源远流长的古典诗词更无愧国诗的称号，古代的贤臣高士，几乎没有

① 许良英、范岱年编译：《爱因斯坦文集》，北京：商务印书馆 1976 年版，第 1 页。

不写诗的。一部中国诗史，就是中国古代那些品格最优秀的士大夫的心灵史，体现出真、善、美的光辉。

诗在所有文体当中最不可能作伪。诗产生于情感的自然宣泄，最符合“修辞立其诚”的要求，它是真情实感的化身，“真”是诗的第一特质。中国人的真，不像西方一样表现为“吾爱吾师，吾更爱真理”，而是体现在人伦日用之中。中国诗人多存忠臣孝子之心，忠不是愚忠，而是忠于自己的内心，不违背自己的良知，也就是真实不妄、表里如一。故读古人诗，就是和忠臣孝子、真人悫士交朋友，日习熏染，自能奋发向上；学作诗，便是让自己性情真醇，坦坦荡荡。陈独秀曾撰联：“行无愧怍心常坦，身处艰危气若虹。”唯有坦荡荡的君子、才能养成亘于天地的浩然正气。

国诗的音律节奏，合于天籁，便于口吻，一唱三叹，韵味悠长，是最美的文体。国诗的文辞更要求典雅隽永，而文辞吐属上的雅，正是抵御痞子精神、流氓气息的最佳防线。一个习惯了高雅的人，是很难忍受堕落的。美国思想大师欧文·白璧德认为，温文尔雅是人的最高美德，这和中国古人讲谦谦君子、温润如玉是一个道理。晋代文学家陆机说“诗缘情而绮靡”，唐代诗人白居易对诗的定义是“根情，苗言，华声，实义”，强调“绮靡”（美丽哀怨）的风格，重视语言、声韵之美，体现出的都是高雅的审美情趣。高雅的审美情趣源于高贵的心灵，而对高雅的追求又会强化心灵的高贵。

苏轼说：“古今诗人众矣，而杜子美为首，岂非以其流落饥寒，终身不用，而一饭未尝忘君也欤?”（见《王定国诗集序》）在中国古代，君主是国家政权的象征，忠君即忠于国家。闻一多先生说：“诗人的最主要的天赋是爱，爱他的祖国，爱他的人民。”这当然都是纯粹的儒家思想，也是国诗的主流，但同时，道家尤其是庄子追求自由、逍遥自适的精神，也沁入诗人的骨髓。《诗经》的美刺，屈原的悱恻，汉魏古诗的生命精神，陶渊明的自由意识，李白的奔放，杜甫的沉郁，苏轼的旷达，辛弃疾的沉郁，元好问的哀怨，直到近代黄遵宪、丘逢甲的时代强音，国诗的精神底色，就是热爱国家、热爱人民、热爱人类、热爱生命。国诗由真发端，达于粹美之境，而以止于至善作为其旨归。读诗、学诗，会让人不满于做一个只关心一己之得失的“小我”，而成就宇宙人生的“大我”，让自己更有历史感，更懂得人生的价值所在。

必须指出的是，现在的中小学语文教材，尽管也选了不少的国诗，然而都侧重记诵、分析，与古人的学诗不是同一个概念。《大学》有云：“如切如磋者，道学也，如琢如磨者，自修也。”“道”与“自”，都是经由的意思，“道学”是经由听讲、阅读等方式接受知识，“自修”是经由实践、体悟的方式消化知识，中国文化是注重实践和体悟的文化，没有实践、体悟的工夫，是不可能真正理解中国文化当中精微细致的东西的。钱穆先生曾讲过，有一次他在山上遇到一位卖茶的老板，那人让他从最便宜的茶喝起，一直喝到最贵的，并一路讲解各种茶的泡法与特色，他这才算对茶文化有了实际的体悟。中国的一切学问都离不开实践与体悟，所以，古人所谓的学诗，主要是要学习国诗的吟诵、写作，而这恰恰是现代教育体系最欠缺的一环。诗教并不是要把所有人都教成诗人，学诗也不是为了让自己成为诗人。诗人是天赋的，非学而能，但每一个热爱传统、崇尚国学的人，都可以通过学诗，让自己成为“写诗的人”，亲近高贵，崇尚高雅，这就已经脱离凡庸，走在修德进业的道路上了。

关于大学诗教的几点思考

李　睿[①]

近年来，我国的大学诗教取得了不少成效，诗词创作水平得到提高。有的学校出现了一些诗社、词社，并将作品编撰结集。全国大学生诗词创作大赛也在大学校园产生了一定影响。这些都是古典诗词创作复苏的信号。大学校园是诗词创作的主要园地，大学生和研究生是振兴诗学的生力军。我们教师应该和学生一起，把握时机，将大学诗教再向前推进一步。在此，我谈谈三个方面的体会，敬祈方家批评指正。

一、读与写结合，培养学生的诗心

大学阶段是学生心智成熟的时期。他们在这个平台上展望人生，不仅要脚踏实地，还应高瞻远瞩，规划未来，确立人生努力的方向。对中文系的同学而言，应该特别关注中国古代文化，认真学习流传几千年的经典作品。大学阶段学习古典诗词主要通过核心课程“中国文学史”与“历代文学作品选”，此外，有的学校还开设了诗词方面的选修课。研究生在诗词方面的选修课就更多了，安徽大学开设了“词曲研究”“杜甫研究”等。古典诗词包含着对人生世相的深切洞察，对宇宙万象的慧心感悟，流淌着执着与深情，回旋着思致与理趣。因此在教学中，教师应教会学生怎样读诗，努力培养学生的诗心。培养诗心，就是培养对诗词的兴趣与感情，掌握鉴赏诗词的基本方法，提高对诗词的感悟力，成为诗人的知音。

例如在讲汉魏诗歌时，笔者着重讲解曹丕的《燕歌行》。这是一首十分朴素的诗，但笔者认为其中不仅包含着诗歌欣赏的秘密，也包含着诗歌写作的秘密。为什么这么说呢？从章法结构上看，这首诗层次分明、结构谨严。先写秋天大自然的物候变化，渲染萧瑟悲凉的氛围。然后自然地过渡到女主人公的怀人幽怨之情。先是思念的直接倾诉，然后是动作神态描写，最后景物描写与心理描写相结合，将天上人间打并一处，淋漓尽致地表达了欲罢不能的思念。三句一断的句式拉长了情感，具有咏叹意味，意味深长；句句押韵、一韵到底又造成比较促迫的节奏；句式与押韵的配合形成优美和谐的格律。另外，这首诗多处化用了《诗经》《楚辞》《古诗十九首》中的句子，通过这样的化用，主人公的情感与

---

① 李睿，安徽大学文学院副教授。

前代人的情感相通，作者之心与古人之心相通，即唐君毅先生所说的“心与心交光互映”；一首诗包孕古今，这就是好诗的涵盖力。最后，这首诗体现了敏锐细腻的感受与自然真挚的感情，这是值得注意的。诗的一开始写出了秋天的物候特征。物候显示了大自然的各种变化，而敏感的诗人感受最强烈。“独有宦游人，偏惊物候新。”“朝来入庭树，孤客最先闻。”因此，此诗中秋天的物候特征，既是忧愁的思妇之所感，也是诗人的敏锐感受。与此相呼应的，是自然真挚的情感。全诗朴实无华，委婉动人，情感如涓涓细流，流入人心深处。此即诗心所在。诗歌讲完之后，我提醒同学们，了解这些，对创作也有启发意义。要想写出好诗，不可弃章法结构于不顾，即使是带有朦胧色彩的诗，也有一个内在的情感脉络可以寻绎。好诗有深广的文化积淀，不是炫耀文字技巧、逞词弄才，也不是自顾自地说话，将读者的感受置之不理。当然，最重要的是，要有一颗诗心，有真挚崇高的感情、敏锐细腻的感受。通过这样的讲解，学生对于什么样的诗才是好诗、怎样写出好诗，就有了比较感性、具体的认识。

讲解诗词，就是带着学生细读诗词，教会他们深入文本，把握精髓，揭橥诗心。在讲解中加入创作的元素，将读与写结合起来，效果会更好。这样在潜移默化之中，培养了学生诗词创作的兴趣。

二、练与评结合，不断总结诗词创作的经验

刘勰《文心雕龙》说“操千曲而后晓声，观千剑而后识器”，欧阳修也强调作诗要“三多”：看多，做多，商量多。这对今天仍有很大启发。在讲授“中国文学史”时，笔者布置两次诗词创作的作业。选修课“唐宋词欣赏”，则布置四次作业，期末考核是当堂写一首诗或词。一般是古体诗、律诗、小令、慢词各写一次，锻炼写作各类诗词的能力。其中两次规定所写的内容，两次是自由创作。作业可以是 Word 文档，也可以做成 PPT。我在修改时，按照水平的高低分为 A、B、C 三个档次，某方面特别突出的，可放在 A 类。

作业的评点在上课时由师生一起进行。先请 A 类的同学上台，介绍创作缘起，交流创作体会，“金针度人”。有一次笔者让学生写一篇咏物词，有一首《浪淘沙·菊花》写得很好：“落木促秋频，雁报嘉宾，东篱旧友面容新。聚叶泼成千点墨，攒瓣披金。缓步入花阴，莫敢为邻，清霜冷露夜寒侵。傲世幽情无伴诉，谁解秋心？”整首词清新流畅，意新语工，可圈可点。这位作者声情并茂地朗诵了这首词，并谈了构思、写作的过程，获得一致好评，她的创作热情得到很大鼓舞，其他同学也受益良多。

好的作品，经过修改会更好，甚至 A 类诗词也不例外。有位同学写了一首《减字木兰花·咏秋风》：“催花辞树，尽堕山间黄叶路。遣燕别枝，飞去匆匆归却迟。天涯泪眼，雁阵一行终恨短。又怨风长，不解菊英两处香。”这首词运思精巧，语言警策；但后两句略嫌晦涩，理解困难，因此笔者建议改为“吹到菊香，两处相思梦里长”，与前两句的抒情衔接自然，不离秋风，又点醒情思。由此可知，好的诗词应有篇有句、意境浑成；如果句子本身很好，但脱离了全篇的意境，也会白璧微瑕。

笔者有时也在课堂上与学生一起讨论自己的诗词。笔者有一首小诗《秋晨》：“昨夜新凉侵枕簟，雨声淅淅似蛩吟。秋光如拭娟娟净，逗出天香一树金。”初秋的一个晚上，

笔者睡到半夜醒了，忽然感到竹席有些凉；这时听窗外有一阵细微的响声，以为是最近晚上常有的蛐蛐的低吟。但声音渐渐大了，淅淅沥沥的，才知道原来是下雨了。第二天早晨拉开窗帘一看，雨停了，秋高气爽，云淡风轻，一树金黄的桂花，香气怡人。这是日常生活中的诗意感受，如实表现，没费什么力气，情思自然流淌。但写到末句时，笔者反复推敲起首的动词，开出、漾出、流出、涌出、染出、唤出……“唤出”有拟人色彩，也比较自然，但仍不十分满意；这时突然想到了“逗出”，马上就觉得非它莫属了。桂花很小，初开的时候一粒粒在绿叶中间隐现，直到一树金黄，“逗”为“引逗”之意，也有“赶”“趁”的意思，它很好地表现出了香气四溢的桂花之神韵，也较为形象地烘托出秋光与桂花之间默契的关系。可见“逗”字为全篇诗眼。刘熙载如是看待诗眼：“余谓眼乃神光所聚，故有通体之眼，有数句之眼，前前后后无不待眼光照映。”这就是诗眼的功用。笔者由此告诉同学们，一首好诗的诞生，要有对生活的细致观察、悉心体会，用一双慧眼发现日常生活的诗意。同时，还要耐心打磨、反复推敲，“诗成觉有神”“极炼似不炼”，说的就是经过辛苦锤炼达到浑然天成的境界。

有时笔者也将改诗的经历与学生交流。有次笔者写了一首《赠友》：“参商廿载情如旧，黄叶秋深去岁逢。春色明年应倍好，牡丹共赏莫匆匆。”写作缘起是这样，一位同窗好友打电话给笔者，毕业快二十年了，我们只见过两次面，于是相约第二年去她们那里的凤凰山看牡丹。首句原来写的是“人生展转稀相见”，但后来一想，大家平时要工作，还要忙家务，谁能时常相见？何以见得是写我们之间这份特定的感情呢？何况“稀相见”写出了相见之少，但见不出离别之久。于是笔者改成“参商廿载情如旧”，化用动若参商的成语说明很少相见，语言上也较古雅。“廿载”以具体的数字表明离别之久。“情如旧”，与前四字形成句内的对比，是说尽管遥遥相隔，但此情依旧。这样就突出了笔者与这位好友之间的聚散往来，诗意显得切实而丰厚。通过这个例子，笔者向学生说明，“浮泛”是诗词常见的毛病，即刘坡公所谓“可彼可此”：“如咏梅之诗，可移而咏菊；咏山水之诗，可移而咏风月之类。”不仅是咏物写景，写人写事写情都要避免浮泛之弊。写人必此人，写事必此事，写情必此情，摒去浮泛之弊，诗词的语言才妥帖精准，富于表现力。此外，诗词篇幅短小，要惜墨如金。每到一句，甚而一句之中，层次必须有所推进，境界必须有所拓展，这样才有“五步一楼，十步一阁”的跌宕多姿之妙。否则句意反复，拖泥带水，失于精练。古人评杜甫《登高》“万里悲秋常作客，百年多病独登台”，十四字中含八层意思，可见其言简意赅的语言功力。笔者《赠友》诗中“参商廿载情如旧”的跌宕转折较“人生展转稀相见”为优，原因正在此。

通过评点作品、分享创作甘苦，我们总结了不少创作经验。同学们的水平逐渐提高，他们深切地体会到，诗词创作是一个艰苦的过程，没有终南捷径，只有多读、多练、多改、多商量，才能有所进步。

三、创作与研究结合，推动诗词学的发展

随着本科生、研究生的扩招，高校古代文学专业博士点的增设，古代文学研究的队伍越来越庞大。与研究相比，创作则显得滞后，这有多方面的原因，人们理所当然地要选择

与时代最接近、最便于抒情达意的文体，但这并不意味着古诗词创作“过时”了。中国是诗歌的国度，古诗词的创作代不乏人，至今仍是文学修养较高者抒情达意的方式，仍有一定的阅读圈子。如何拓展古诗词的表现空间，适应时代的要求，汲取其他文体的长处，同时保有古诗词本身的特点、韵味，是摆在我们面前十分重要的课题。高校是弘扬诗教的重要阵地，我们不仅要培养研究人才，还要培养研究与创作兼擅的多面手。

我们应鼓励紧密联系创作的研究。目前古代文学研究固然兴盛，但也呈现出严重脱离创作实际的弊端。从历史学、社会学、心理学等角度对文学进行外围研究的很多，但立足文学本体、对文学审美特性的研究十分欠缺。这在一定程度上是研究者没有创作经验、诗词的美感体验不足所致。我们知道，古代优秀的评论家大都擅长创作，因此他们的文论才具有实践性与生命感，才能真正指导创作。诗词是一种古典的艺术，创作实践使得我们深入古典诗词的语境、情境中，获得切身的体验。浸濡已久，便不再有隔膜。因此，我们应鼓励学生多做一些结合创作的研究。有一篇硕士论文是《忆江南词调研究》，对《忆江南》词调的发展历程与词调特点进行梳理，由于作者填过不少《忆江南》，对词调的格律特点掌握得很好，因此写起来游刃有余。相反，另外一位同学做李白诗的格律研究，由于他没有创作体会，对诗词格律一无所知，做起论文来就捉襟见肘了。

另外，给当下诗词创作提供理论指导，引导诗词创作健康发展，也是大学诗教的任务。当下的诗词创作队伍比较庞杂，“老干体”“赞歌体”等伪诗词并不罕见，这就呼唤科班出身、有高度诗词修养的作家队伍。大学理应成为培养这样人才的摇篮。大学生和研究生应成为古诗词创作的中坚力量，大学诗词教育应重点培养一批有志于诗词创作研究的人才，他们不仅具备学术研究的能力，还有一定的创作实绩，能够担当起继往开来、振兴诗教的使命。安徽大学文学院中文系的一位研究生不仅擅长诗歌创作，还总结自己的诗歌创作经验，撰写诗学论文。他的《学诗六记》提炼出写诗的六点体会：一曰不即不离，二曰惜墨如金，三曰气韵畅达，四曰妙用意象，五曰注重诗之结构美与音韵美，六曰诗胆诗识。他结合自己写诗、改诗的经历，论析透辟，有很强的可读性。《“通透”论》一文指出诗词创作应做到“四通”“六透”。“四通”是通人物、通时空、通幽冥、通血脉。“六透”是力透纸背、骨透句中、气透行间、识透笔端、情透字里、味透言外。文章继承并发展了古代文论中的一些观点，结合经典诗词与当代创作作了较详尽的阐述，新意迭出，令人信服。如果不是有扎实的专业背景和较深的诗词创作功力，就不可能写出这样的文章。总之，古诗词的创作者不应墨守成规、故步自封，而应精研古代作品与文论，关注当下诗词生态，总结经验，反思存在的问题，以切实的研究为创作开出良方、指明方向，推进诗词学的发展。

“江山代有才人出”，复兴诗词创作任重道远，大学诗教对弘扬诗学起着关键性的作用。在广大师生的共同努力下，诗词创作的园地一定会迎来万紫千红的春天。

开展诗书教育，培养大学生人文素养

——以韩山师范学院教学改革实践为例

赵松元[①] 黄景忠[②]

传统意义上的“诗书”，是指诗歌与文化书籍，而本文所说的“诗书”，是指诗歌与书法。在高等学校尤其是师范院校中，以诗书教育为核心，创新人才培养模式，这不仅有益于深化专业学科建设，而且对于大学生人文素质的培养和中华优秀文化的传承有着极其重要的意义。

一、当代社会生态问题与诗书教育的必要性

（一）当代社会生态问题

自20世纪70年代起始的改革开放取得了伟大成就，当代中国走上了通往现代化小康社会的快车道。然而不容忽视的是，当代社会生态出现了严重问题。这主要表现在如下几个方面：

1. 当代文化生态问题：精神文化危机

当今时代，腐败问题、环境问题、医疗问题、食品问题等诸多问题令人不得不关注，除此之外，还有潜隐在社会心理深处的问题——精神危机，这令人忧心忡忡。从某种意义上来讲，这种精神危机突出地表现在诗性的消退乃至坍塌上。一方面，交通、电信、网络高速发展，在给当代社会生活带来极大便利的同时，其实用性、工具性、技术性不断蚕食着人之性灵中的柔软、温馨和浪漫，对人类的诗意情怀造成严重伤害，当代人的情感越来越粗糙，想象力、审美能力越来越匮乏；麻木、淡漠成为一种群体性特征。另一方面，在市场经济大潮中，拜金主义与功利主义泛滥，物欲横流，在利欲诱惑、铜臭熏染下，人心越来越浮躁，越来越世俗化甚至粗痞化。

这种精神危机严重侵蚀了当代教育。从幼儿园到小学、中学、大学，从教育行政官员到学校领导者，从教师到家长，在中国的教育界，无不充斥着功利主义和实用主义。在某种程度上，教育已沦为单纯地培养职业技能的工具。在市场机制的作用下，急功近利的短视行为带来的后果随处可见，注重物质利益的世俗化倾向越来越严重。更令人无比焦虑的

---

① 赵松元，韩山师范学院文学与新闻传播学院院长，中国古代文学教授。

② 黄景忠，韩山师范学院教务处处长，中文系中国现当代文学教授。

是，这种实用主义、物质主义、功利主义思想已经在相当程度上侵蚀了当代大学生的思想和灵魂，很多大学生身上表现出“精神残疾”的特征：价值观、道德观混乱，缺乏社会良知，没有责任心，没有高远理想，感情冷漠，审美品位低下。①

因此，如何挽救世道人心，如何培养青年学生的人文素养，成为当今时代社会的一个不得不思考的问题。

2. 当代教育生态问题：人文教育危机

由于历史的原因，新中国成立以后，国家的发展以经济建设为中心，因而在教育体系中一直忽略人文素质教育；改革开放以后，“学好数理化，走遍天下都不怕”成为全社会的信条，对科学技术的极大重视和对物质利益的急切追求，使理工科专业教育备受青睐，人文教育继续遭到冷落。杨叔子院士曾于1998年4月15日国家教委召开的一次教学研讨会上指出：长期以来，我国高等教育存在的一个严重弊病就是轻视人文素质教育。这一问题，不仅存在于大学的理工类专业中，在很多人文社会科学专业中也有。随着当代文化生态问题的加剧，这种轻视人文教育的倾向越来越严重。

3. 当代汉语生态问题：汉字书写危机

在当今这个科学技术快速发展的时代，图像已经成为人们学习、生活和娱乐的重要组成部分，不仅文学经典的阅读不断弱化，而且汉字书写也出现了严重危机，当代人尤其是青少年的书写能力不断下降。长期以来，不管是基础教育还是高等教育，书法教育体系一直没能够有效建立起来，以致中小学和大学的书法教育师资都极为匮乏。

此外，我们还要看到，精神文化危机与人文教育危机、汉字书写危机这三大问题的出现，都与优秀文化传统的断裂有着密切的关系。

这要追溯到五四新文化运动。在新文化运动的潮流下，“打倒孔家店”成为当时的一种文化时尚，以孔孟儒学为代表的中国传统文化遭到了极大的冲击。从1949年到1976年，这是中国传统文化遭受最严酷摧残的时期。频繁的政治运动对传统文化展开了接二连三的清扫。尤其是十年“文革”，大破“四旧”“横扫一切牛鬼蛇神”，造成了文化大浩劫。在这样的历史处境中，数千年绵延不绝的传统文化苟延残喘，甚至严重“断裂”。由是出现了“礼崩乐坏”——我们这个“礼仪之邦”的礼仪文化“体无完肤”；由古圣贤人建构的高贵精神轰然倒塌，道德滑坡，理想失落，社会问题遂层出不穷；当代中国人缺失了古典文化的底蕴，浅薄、浮躁成为一种“时代病”。如果长此以往，则不仅对教育，而且将对国计民生带来越来越严重的影响。

（二）诗书教育的重要意义

基于以上问题，如何深化教育教学改革，创新人才培养模式，成为教育领域之最为重要、最为迫切的时代主题。2006年9月13日，中共中央办公厅、国务院办公厅发布了《国家“十一五”时期文化发展规划纲要》，明确提出：

① 参见肖细白、赵松元：《诗性塌陷与当代诗词的文化处境》，《中国文学研究》2010年第2期。

重视中华优秀传统文化教育和传统经典、技艺的传承。在有条件的小学开设书法、绘画、传统工艺等课程，在中学语文课程中适当增加传统经典范文、诗词的比重，中小学各学科课程都要结合学科特点融入中华优秀传统文化内容。高等学校要创造条件，面向全体大学生开设中国语文课；加强传统文化教学与研究基地建设，推动相关学科发展。在社会教育中，广泛开展吟诵古典诗词、传习传统技艺等优秀传统文化普及活动，努力提高全民族的人文素养，树立良好社会风气。

为贯彻《国家中长期教育改革和发展规划纲要（2010—2020年）》，适应新时期全面实施素质教育的要求，继承与弘扬中华民族优秀文化，教育部颁布了《教育部关于中小学开展书法教育的意见》（教基二〔2011〕4号），并组织专家研究制定了《中小学书法教育指导纲要》。

因此，我们认为，把诗教与书教相结合，通过加强诗书教育来培养和提升学生的人文素质，帮助青年养护诗性，健全心理，建构美好的人格，这是切实优化人才培养模式的一条重要路径。

诗书教育的意义，其一是通过对文学经典与书法经典作品的学习，使学生具有良好的诗歌和书法素养，培养他们良好的写作能力、汉字书写能力、审美鉴赏能力；其二则是传承与弘扬优秀人文传统，培养学生的健全人格、高雅情趣和美好心灵。

就诗教而言，美人之光，可以养目；诗人之诗，可以养心。孔子说："温柔敦厚，诗教也。"诗，是出水的芙蓉，是冰雪中绽放的梅花，是夜空的明月，是清晨的朝阳。诗歌最能温润人心，荡涤心灵。诗教，是直入性灵的美育。诗歌的教育功能，在于潜移默化，在于为学习者提供一个精神家园，在于让学生学会审美并爱上美。学生通过诵诗、品诗、作诗，可以在诗的美好意境中陶冶自我，可以培养高贵、高雅的人格气韵，可以培养芳馨、丰润的文化心灵，可以培养诗意栖居的精神品质。因此，自20世纪90年代末杨叔子院士力倡"让诗词大步走进大学校园"以来，以大学诗教为核心的教育教学改革实践悄然出现在全国各地的很多高等院校，并逐渐形成一道道亮丽的风景线。

就书教而言，书法是中国优秀传统文化艺术的瑰宝。鲁迅说汉字有三美：音美以感耳，形美以感目，意美以感心。自仓颉造字始，汉字就以其绵远深厚的文化功能抒写着华夏历史和炎黄精神。以汉字作为表现形式的书法艺术，则堪称中国艺术的最高代表，中国文化的核心之核心。书法可以表现人的人格、思想和感情。早在周朝时，"书"就是国士必修的"六艺"之一。在中国古代，书教一直是传统文化通识教育不可或缺的一环。书教不仅可以使学生把字写得规范、端正、整洁，而且可以使学生深入领略汉字的特性和优美。毛笔书写连接着中华民族悠久的历史、独特的文化，用毛笔临写古代书法碑帖，能有效培养学生的艺术审美修养和民族精神，中国历代的文人学士都从书法学习中受益，并涌现出一大批灿若明星的书法家和流光溢彩的书法艺术珍品，从而形成了华夏文化的一道亮丽的风景线。在此背景下，教育部正式发文要求将书法教育引入中小学课堂，每周都抽出一节语文课教学生习书练字。然而中小学校书法教师奇缺，语文教师群体中擅长书法的人更是凤毛麟角。在这种情况下，作为培养人才的工作母机，师范院校开展书法教育就显得特别富有现实意义。

正是基于以上认识，韩山师范学院中文系形成了教育教学改革的基本理念：要能够传承优秀的传统文化，吸取深厚的诗书传统和丰富的文化资源，以全面提高大学生人文素质，培养出能读、会写、擅书的具有高贵精神与高雅趣味的优质人才。我们希望，从中文系走出来的学生不仅有良好的文学素养和书法素养，而且都有尊严、有担当、有诗意。如果这样，他们就不仅有传承和弘扬优秀传统文化的能力，而且有足够的智慧和勇气去面对现实社会的一切，并成为疗治社会问题、挽救世道人心的重要力量。

二、韩山师范学院诗书教育的创新与实践

韩山师范学院素称“千年学府，百年师范”，自1903年由韩山书院改制为“惠潮嘉师范学堂”迄今，师范教育已有110周年的历史，是一所历史悠久、积淀深厚的师范学院。在这所薪火相传、弦歌不辍的百年老校，开展诗书教育有着得天独厚的条件。词学大师詹安泰于1926年至1938年在韩山师范学院任教；汉学大师饶宗颐是集学者、诗人、书法家于一身的韩山师范学院前辈，于20世纪30年代后期在韩山师范学院代课；20世纪30年代毕业于韩山师范学院的校友陈其铨先生是台湾著名书法家，被称为“台湾的启功”……一大批精擅诗书的杰出校友为韩山师范学院的诗书教育创造了优良的人文传统。自20世纪90年代初开办本科教育以来，中文系的知名学者、诗人罗英风教授，知名学者、书法家黄挺教授，知名书法家邢凤梧老师以及擅长诗词写作与评论的陈新伟、杨子怡、黄景忠、赵松元、孔令彬、李彬、周录祥、殷学国、陈培浩、陈伟、廖明灿、栾建立等教师，把诗书教育的传统进一步发扬光大，加上学院一直高度重视学生的人文素质教育和师范大学生的教学技能训练，在强调诗歌经典文化教育的同时，借助于校内外的书法艺术资源，开展教育教学改革，因而韩山师范学院形成了浓郁的诗风和书风，这为诗书教育的开展创造了良好的条件。

总的来说，韩山师范学院诗书教育的创新与实践，主要表现在如下方面：

（一）方案与措施

1. 改革课程体系，修订人才培养方案

韩山师范学院在修订各专业人才培养方案时，设置了诗书教育的有关课程。

首先，就诗教来说，中文系自20世纪90年代以来，几次修订人才培养方案，分别开设了“诗词格律”“诗词鉴赏概论”“大学诗词写作”“现代诗歌鉴赏与写作”等课程，并将“大学诗词写作”设置为专业必修课。“诗词鉴赏概论”和“现代诗歌鉴赏与写作”侧重于丰富学生的诗词文化知识，培养学生的审美鉴赏能力，滋养学生的文化情怀；“大学诗词写作”则要求学生学习平仄、黏对、押韵、词谱、词律等相关知识，培养学生诗词写作的基本能力。

中文系特别重视将诗歌教育辐射全校。在全校公选课中，中文系开设了“诗词格律”“唐诗宋词欣赏”“现代诗歌鉴赏与写作”等课程，并引进“中华诗词之美”——由著名诗词学专家叶嘉莹讲授的网络课程，目的在于使非中文专业的学生领略中国诗歌的美妙，注重用诗歌欣赏和诗歌写作训练来陶冶和丰富大学生的文化心灵。

在书法教育方面，中文系在所有师范类专业中设置“硬笔书法”和“三笔字训练”课程。其中，“三笔字训练”安排在第一至第三学年：第一学年是钢笔字训练，第二学年是毛笔字训练，第三学年是粉笔字训练，每年一个学分，学生须考核合格才能获得教师资格证。“硬笔书法”课聘请校内外书法家传授书法技艺。中文系在省级特色专业建设点——汉语言文学专业，开设书法课程，全面推行书法教育，设置2个学期72学时的书法课程，并聘请3批书法名家。2013年，中文系又正式开设了汉语言文学专业书法教育方向的本科专业。

这些课程和专业的开设，一是强调培养鉴赏力，让学生通过欣赏经典作品来提高审美趣味，让心灵得到净化，精神得到陶冶；二是强调培养创作力，帮助学生增进技艺，让学生在创作实践中去领会诗“道”和书“道”，这是教育的初衷。

2. 创办机构与刊物，为学生的学习和创作提供平台

在诗歌方面，早在1993年，韩山师范学院师生合办的文学社团——韩山诗社成立，并创办《韩山诗报》，该报于2003年11月改为诗刊《后来》，每年出版一期，截至2012年已出版9期。为了加强对校园诗歌创作的指导与研究，2009年3月，学院设立韩山师范学院诗歌创研中心，挂靠中文系，同时，还将潮州市的诗歌民刊《九月诗刊》收编为诗歌创研中心刊物。《九月诗刊》原为不定期刊物，现改为季刊，到2012年10月为止已出版24期，在广东诗界颇有影响，被知名诗人黄礼孩誉为“广东第二诗歌民刊”。2010年，诗歌创研中心创办《诗词学》，刊发师生及校外诗词界的优秀诗词作品，每年一期，广邀国内诗词名家参与办刊，虽创办较晚，但因起点极高而备受瞩目。此外，诗歌创研中心为学院爱好诗词写作的学生创办“馀社”，由学生编辑出版传统文学小报《馀音》，专门刊载学生的文言文习作和诗词习作。这样，学院就拥有专门刊发学生作品的《后来》、辐射全省乃至全国的《九月诗刊》（新诗）和《诗词学》（旧体诗词），不仅为学生的创作提供园地，也搭建了校园与诗界联系的良好平台。

在书法方面，韩山师范学院不仅成立了学生团体书法学社，2003年，学院还设立了以杰出校友、台湾著名书法教育家陈其铨先生的名字命名的“陈其铨书道馆”，书道馆陈列先生墨迹，同时开展书法培训活动及交流活动，成为学院人文素质教育的重要基地。书道馆编印《书道》专刊，刊登师生的习作及研究文章，截至2012年已刊印12期。

3. 依托研究基地和团体，开展诗书教育和创作活动

学院依托诗歌创研中心、韩山诗社、馀社、陈其铨书道馆开展诗书教育和创作活动。在诗歌方面，经常举办诗歌讲座、诗歌节、诗歌沙龙、读诗会、校园诗歌创作大赛等活动。学院每年有计划地邀请8～10位知名诗人或学者举办讲座。自2008年以来，学院已先后邀请陈永正、杨启宇、刘梦芙、张海鸥、彭玉平、陈建森、姜耕玉、曾楚楠、王邦建、胡迎建、徐晋如、黄礼孩、世宾、郑小琼等20多位诗人、学者莅校讲学，极大地激发了学生的创作热情。读诗会由诗歌创研中心举办，约每季度一次，面向校内外的诗歌爱好者开放，已先后举办了“张枣读诗会”“海子诗歌诵读会”“阅读于坚”“汉语诗歌的叙事性与抒情性”等多次读诗活动，读诗会已成为在校内外较有影响的品牌诗歌活动。校园诗歌创作大赛由韩山诗社举办，每年一次，至2012年已举办十八届。2012年6月，学院

启动了两年一届的诗歌节活动，首届诗歌节期间举办了面向全国诗人的“中海油杯”诗歌大赛。

诗歌创研中心还组织校内专家对校园诗人的诗作进行分析、评论，先后在《中西诗歌》《韩山师范学院学报》《九月诗刊》《诗词学》发表对韩园诗歌创作及已形成创作个性的校园诗人的评论文章10多篇。

在书法方面，陈其铨先生的夫人张月华教授与陈其铨先生的一批得意门生，以及台湾书法界名家詹坤艋、李弘正、陈美浓、尹港生、翁坤山、施永华、邱明星等每年利用寒暑假到我院来开办书法辅修班，义务为学生传授书艺、弘扬书道。该辅修班以陈其铨书道馆为平台，在师范生“三笔字”技能训练的基础上，把优秀学生选拔至“陈其铨书道馆书法辅修班”学习。在教材使用上，采用以我院杰出校友、著名书法教育家陈其铨先生编印的教材为蓝本，结合我院师范生教育的特点修订的内部教材。教学程序系统、严谨，效果明显。在教学设计上，这个班的课程分三个阶段进行，初级班学习楷书，中级班学习行书和隶书，高级班学习篆书和草书，突出了学习的系统性和渐进性，2004年至2012年成功举办了18期，有6 000多名学生通过筛选加入书法班，通过严格考核，获得结业证书和相应学分。

另外，学院还不定期举办书法名家讲座，曾邀请中国书法协会外联部主任蔡祥林先生、北京大学陈玉龙教授、文物出版社社长苏士澍等知名书法家莅临我校讲学。

书法班的成功开办，为学员们学习和培养师范生技能，传承中华民族优秀文化传统提供了重要途径，更成为海内外书法界名家弘扬“奉献、友爱、互助、进步”志愿精神的载体和促进海峡两岸书法艺术交流与发展的平台。陈其铨书道馆每年组织学员定期举办义送春联和书法擂台赛活动。2007年，陈其铨书道馆书法辅修班在广东高校校园文化品牌项目展评活动中，被评为“广东省十大校园文化”优秀项目。

另外，诗歌创研中心与陈其铨书道馆和台湾中华弘道书学会合作，不定期举办诗书联展——由诗歌创研中心师生创作诗词作品，台湾弘道书学会书法家以此为素材进行书法创作。如2009年7月11日，学院与台湾中华弘道书学会联合举办的“诗书联展”在学院图书馆三楼展厅举行。所有诗词作品均由中文系师生创作，再由台湾中华弘道书学会名誉理事长张月华、理事长陈辅弼，以及詹坤艋、李弘正、陈美浓、尹港生等教授书写，诗书合璧，相得益彰。展览结束后，学院将诗书作品编印成册，产生了良好影响。

（二）实施效果

韩山师范学院近年来开展的诗书教育取得了一系列成果：

1. 研究与创作并重

在理论研究取得重大成果的同时，涌现出一大批有质量的创作作品。

首先，教师们认真总结实践经验，并结合高等教育的发展趋势，发表了相关论文，主要有：黄景忠《诗书教育与大学生人文素质的培养》（《教育评论》2012年第5期），黄景忠、赵松元等《校园诗歌、地方诗群创研结合与新诗教育笔谈》（《韩山师范学院学报》2011年第1期），陈培浩《当代大学的诗歌教育的缺失和探索》（《韩山师范学院学报》2011年第1期）等。

其次，学生创作成果丰硕：2007年至2012年，有15位韩园诗人公开出版诗集，一大批诗人在省级以上刊物发表他们的诗作。2007年至2008年，《中国音乐报》连续整版开辟专栏，刊发由我院师生写作诗歌、作曲家陈安宁教授及韩山师范学院音乐系学生谱曲的“韩山师范学院原创诗歌音乐作品”，产生了广泛的影响。

在此基础上，在学院的支持下，我们编辑出版了一批校园诗人的诗歌作品，主要有：黄景忠主编的《韩山诗歌十五年》（中国戏剧出版社2008年版）；赵松元主编的《最是山花烂漫时》（花城出版社2008年版）；黄景忠、赵松元等编辑的“韩山诗歌文丛”第一、二辑，每辑10部，分别于2009年、2010年由中国戏剧出版社出版。

2. 培养了一大批令人瞩目的校园诗人

近年来，一批从我院毕业的校园诗人已经成为广东诗坛较为活跃的诗歌创作者和研究者，如黄昏、李让畅、谢玄、郑景森、周运华、辛倩儿、陈培浩、程增寿、黄春龙、陈剑州、郑泽森、姚则强、陈崇正、郑子龙、纪仲龙、许泽平、杜伟民、陈泽韩、吴纯等，他们被批评界称为“韩山诗群”，《中西诗歌》《诗歌月刊》曾设专版刊登韩山诗群的诗作与评论。

有一批诗人在省级以上的重要文学创作比赛中获奖。2012届的诗歌创研中心学生吴纯，以其作品《驯虎》夺得第三十四届台湾联合报文学奖评审奖，此奖在华人文学界享有较高声誉，大陆著名作家莫言、韩少功、苏童、王小波等均获过此奖。2008届学生陈泽韩，先后获得中国校园文学首届“新人杯”全国作文创作大赛大学组一等奖，全国13所重点高校与《萌芽》杂志社主办的第九届新概念全国作文大赛青年组一等奖，全国第四届“写作杯”文学艺术作品创作大赛散文组一等奖，以及广东省教育厅、团省委、学联主办的“广东省大学生创作大赛”一等奖等。2011年，由中华诗教学会主办、中山大学承办的首届中华大学生诗词大赛，分诗赛和词赛两组，诗赛组的9名获奖者中，就有我院的詹启源、黄佳娜2位同学。在由中山大学、复旦大学、华中科技大学、南京师范大学与韩山师范学院五所高校联合主办的“蒹葭杯”诗词创作比赛中，我院中文系2011级卓师班的林晓萍荣获词组冠军，中文系2009级陈春薇分获词组季军和诗组季军，2011级卓师班的杨文钰、2009级舒欣和郭佳丽、2010级丁秀洁以及数学系2010级陈振烨等分获优异奖，显示出韩山师范学院学生诗词创作的整体实力。在由中华诗教学会与南京师范大学联合主办的中华大学生研究生诗词创作比赛中，我院中文系汉语言文学专业2009级舒欣获诗组优异奖，其余获奖者多为博士生、硕士生。

3. 培养了一大批书法爱好者

学生的书法技能得以提升，并有一批作品在省级以上书法比赛中获奖。比较突出的有：中文系2011级学生林健斌获得广东省书法家协会主办的“第四届广东省新人新作书法展优秀奖”；物理与电子工程系2012级学生林杰的书法作品入选广东省书法家协会主办的广东省第四届“南雅奖”书法篆刻展；中文系2012级学生杨莹在校期间曾获广东省第二届大学生艺术展演活动书法组一等奖，后来考上首都师范大学书法专业硕士研究生。自2011年至2013年，共有4位学生考取首都师范大学书法专业硕士研究生，成绩令人瞩目。

4. 诗书教育活动的开展使学生的心灵得到净化、精神得到陶冶、素质得到提升

书法班学员林文敏在结业典礼发言中谈到在书法班的学习体会：“在书法班的学习过

程中，我看到了陈其铨先生对母校的深厚情谊，看到了老师们年复一年、不辞劳苦地往返海峡两岸。我曾经思考过这样一个问题：是什么让这些令人尊敬的人们毫无怨言地来来往往？我想前者是对母校的感恩和眷恋，后者则是对恩师的感恩和弘扬书道的无私奉献吧！对生活少一些抱怨的声音，多一份感恩的情怀；少一点索取，多一些奉献。这样，每天的生活都变得多姿多彩起来！”另一位同学郭少娜在谈到书法学习的收获时说：“虽没有老师们的那种深厚阅历，中年境界的成熟思想，或是老师们那种彻悟，宠辱去留无所动心、临风而笑的从容，但我们可以让书法书道伴随我们成长，穿越时空隧道，与古人对话，在淡淡墨韵中充实我们的心灵，让感悟和思绪在一笔一画的线条中，在点画、布白中去找寻与人生的契合点，于黑白间了悟人生，诠释生命，体味生命的永恒，让洒脱墨韵恒久留香！”书法初级班的学员詹泽銮说：“虽然我现在还是一个初级班的学员，但我会继续参加中级班、高级班的培训。我不求将来能在书法上有多么高的建树，我只求在夜深人静时，灯与我之间是书法，让我享受与之亲密接触时的宁静与喜悦！”

诗书教育活动的开展让韩园变得淳朴宁静，富有诗意。2008 年，教育部对学院本科教学水平进行评估，评估专家组组长、陕西师范大学校长房瑜感慨地说：“没想到在改革开放最前沿的广东，还保留着这一方净土。”

5. 诗书教育活动得到上级机关和社会的肯定和认可

2007 年，陈其铨书道馆书法辅修班在广东高校校园文化品牌项目展评活动中被评为“广东省十大校园文化优秀项目”；2009 年，韩山诗社在语文报社主办的评选活动中被评为“全国百强人文社团”；2012 年，韩山师范学院被广东中华诗词学会确立为“广东省中华诗教基地”，成为广东省高等院校中的首家诗教基地。

三、诗书教育的创新点与推广价值

（一）创新点

1. 教育理念的创新

教育的根底在于立人，在于促进人的发展。而人的发展有两个主题，一个主题指向自我，追求个体人性、人格完善；另一个主题指向外部世界，培养学生支配他人和生活的能力。但是在当代中国，由于市场经济的发展，社会竞争的日趋激烈，教育的前一个主题往往被遮蔽。提倡和实施诗书教育，可以温润人心，提升精神境界，从而促进学生个体人格的完善，促进人性的全面发展。面对当代社会日趋严重的生态恶化问题，在高等教育日渐功利化的背景下，立足于培养全面发展的人才，并开展教育实践活动，是诗书教育的着眼点和创新点，这也是开展诗书教育最有价值的地方。

2. 教育模式的创新

韩山师范学院诗书教育的探索与实践，在方式方法上有如下几个创新点：

将诗书教育纳入人才培养方案。其他院校开展诗书教育，一般是局限在第二课堂的活动上。而韩山师范学院充分认识到作为一所师范院校，应重视学生的人文素质教育，所以把诗书教育纳入人才培养方案。学院将“三笔字训练”设为全校师范专业的必修课，将“大学诗词写作”和“书法”列为师范专业中文系的必修课，将“诗词格律”“现代诗歌鉴赏与写作”“中华诗词之美”“书法”列为全校选修课，在第一课堂中指导学生进行欣赏和创作。

行政推动，为活动开展提供保障。其他学校的诗书活动，一般是学生的自发行为。而韩山师范学院则把它作为一项办学特色通过行政的力量加以推广：成立诗歌创研中心，建立陈其铨书道馆，为诗书教育活动提供组织保障和良好平台；学院每年拨专款给诗歌创研中心和陈其铨书道馆，支持刊物的出版和各种创作、培训活动的开展，为诗书教育活动提供经费保障。

创作和评论并重，通过指导、评论提高学生的创作水平，培养学生的诗书素养。学院不仅支持、组织学生开展创作活动，而且注重对学生的创作进行研究和评论，帮助学生提高创作能力，这在诗歌创作中尤为突出。诗歌创研中心组织校内专家对校园诗人有针对性地诊断、评论并向外推介，帮助校园诗人更快地成长。

（二）推广价值

在古代，教育强调教养性，重视人格、人性的完善；在现代，教育强调职业性和适应性，重视的是学生社会适应能力的培养。当今教育的功利主义和现代社会的物质主义、消费主义联合打造出来的潮流和时尚让大学培养出来的人才在精神上趋于平庸化，这样培养出来的学生或许能够较快地适应社会，但不利于学生未来的发展。大学应该思考，如何培养学生健全的人格，让其在世俗生活中能够有诗性、有尊严地生存，诗书教育固然不是提升学生人文素养的唯一途径，却是一种非常有效的、可资借鉴的途径。

学而时习之

——以韩师馀社社课为例谈大学生的诗词研习

赵松元　陈　伟

一、近百年的诗词教学

诗词教学在大学里的浮沉升降，是近百年中国本位文化是否受重视的一个浮标。回顾百年高校教育史，在民国时代，大朴未散，文脉不断，当时南北各大高校的诗词教学颇受重视，如南京中央大学、北平的北京大学和燕京大学、广州中山大学、武汉大学、开封河南大学、杭州的浙江大学和之江大学、上海暨南大学、安庆安徽大学乃至抗战期间迁移重庆、成都的各大学中文院系，多开设诗学、词学课程，不但要求学生学习诗词史和相关理论，而且必须动笔创作，由此培养出一大批以诗词研究为专业的优秀人才，并成为知名学者。著名的诗学、词学教授如陈洵、陈匪石、刘永济、吴梅、汪辟疆、汪东、胡小石、王易、顾随、邵瑞彭、蔡桢、易孺、冯振、陆维钊、夏承焘、俞平伯、唐圭璋、龙榆生、詹安泰、缪钺、胡士莹、徐震堮、王季思、宛敏灏、施蛰存、钱仲联、沈祖棻、万云骏、程千帆等，都是成就很高的诗词作家，都有作品集传世。新中国成立之后，由于当局对传统文化的大批判，以及高校体制的变化，诗词教学在高校中出现了一段相当长的历史空白。直到近三十年，文网稍宽，传统文化重新受到重视。十几年前，中华诗词学会乃有“让诗词走进中小学校园”之倡议，但由于中华诗词学会长久为老干体所把持，这个活动最终成了闹剧，与真正的诗教相去甚远，甚至在很多方面造成了误导青少年的恶劣影响。至于高校的诗词教育，则因为长期的文化断层，造成讲诗词的老师大多不会写诗词，没有了创作体验，就只能死抓“理论”这根救命稻草。没有实践，理论越多，效果越坏。因此，如果大学不开诗词写作课，则其诗词教学必难有成效，这是当今大学诗词教学的症结所在。幸而，一些高校已经恢复了诗词写作课，比如中山大学就开展得很成功，近几年来人才辈出，成为高校中的诗词重镇。

二、韩山师范学院的馀社社课的诗词研习

韩山师范学院是千年学府，百年师范，有着优秀的诗词传统。从清末到民国，这里汇聚过一大批诗词大师，如丘逢甲、詹安泰、饶宗颐，都曾经在此执教，播下了诗词的种子。近二十年来，我们持续开设“诗词格律与写作”与“大学诗词写作”课程，要求中

文系学生掌握诗词格律，训练学生的诗词写作能力，以此培养传统文化的元气，澡雪学生的人文精神。我们又成立了一个专门研习诗词的学生诗社——馀社，让学生之优者入社，作为重点培养的对象。

馀社是一个大学生诗词研习社，隶属韩山师范学院中文系诗歌创研中心，于 2011 年 6 月成立。何以取名为“馀社”，其立社宗旨有一段说明：“士先器识而后文艺。故诗词者，人之馀也。功夫在诗外，有人此有诗，人未立而强作诗，此谓缘木而求鱼。故曰立人为本，馀事乃作诗。同人期以诗词作为自我完善的修炼之船，共达理想之彼岸。另，馀者，多馀也，诗本是个人行为，组社是多馀之事，只是为了多一点人参加这种个人行为。以诗词为渡筏，以传统文化为依归，以‘古之学者为己’为座右，‘一是皆以修身为本’。社员可养其志、骋其才、尽其情、正其性，各适其‘真’而已矣。”

馀社的社员以中文系学生为主，同时对全校其他各院系的学生开放，只要喜欢诗词并达到一定的创作水准，就可以申请入社，目前社员有 20 人左右。馀社的主要活动有如下数端：①开展社课：每月第二个星期六为社课日。社课每期出一题，或诗或词或联句。组织社员开展习作互评、交流读书心得。②出版社刊：每学期出版两期报纸，作为社刊，名曰《馀音》。③每年组织一次全校诗词赛：社员不参加，旨在发现人才，获奖作品登于社刊。④组织采风活动：每年上巳、重阳，至少组织一次采风活动，与院外其他诗词社进行学习交流。⑤建立网络论坛、博客、QQ 群，便于社员及时交流切磋。

其中，又以“社课”作为重中之重。社课是馀社最主要的活动，也是社员进行诗词研习最重要的一种形式。自成立至今，馀社已举行二十多期社课。在社课中，老师、同学们分享各自的诗词创作体验。在切磋讨论中，不断提高各自的诗词修养，共同营造了一个研习诗词的自由氛围。历次社课为教师提供了丰富的大学诗词写作的第一手教学资料。馀社社课按内容可以分为：命题、唱和、对联、联句、游戏五个方面，以下将各举具体的例子来论述。

（一）命题

每次社课都提前命题，如红楼梦里的咏海棠、咏菊等，大家围绕同一命题来写，这样的好处是大家能围绕相同的主题各抒己见，进行社课讨论时，有一个中心，便于切磋讨论、互相学习。

1. 严题

命题的难度各有不同，其中难度较大的是定下主题，且限制体裁，并限制用哪一个部的韵，此种称为严题。如馀社第一期社课要求为：“以馀社为题，作七律一，限八庚韵。”这三个要求凑在一起，使这次社课的难度变得很大。七律限韵，已经很难写了，还要求以馀社为题，既要点出雅集，馀社以文会友、切磋琢磨的精神，又要融入自己的情感，使其有别于一般的应景文字。即使是斫轮老手，也不易下笔，何况是刚学习格律的学生。不过最终的习作，还是有几首可圈可点的，如：

> 翠羽灵光相与鸣，殷勤更待小鲜烹。荒田初种阳伯玉，旧曲还歌白雪英。
> 纵使荆榛多莽地，岂无风雨一灯擎。他年许到华阳洞，且上经楼论掣鲸。
>
> ——黄佳娜《赠馀社诸友》

首联点出社友诗文切磋之义。颔联以荒田种阳伯玉，旧曲歌白雪英喻传承高雅之古典文化。颈联荡开一笔，写出当今文化荆榛遍地之叹，作者以一个年轻人充满理想主义的雄心干劲，写出她的期望，在这风雨之中，岂无一灯独擎，以传古法。此联“纵使……岂无……”的转折，显示出作者纯熟的诗艺。有此自信，故尾联展望未来，今日之结社论诗，正为他年收其大成之权舆。

明月清辉休自瘦，诗心留取黯仙檠。湖烟湖野吟香棹，沐雨山阿采古蘅。
沉璧世馀掬梦浣，折梅槛外引云耕。揣摩月色成青卷，寥落幽思付玉笙。
——陈春薇《湖山幽居有感立社八月初八夜作》

此作颇为骚雅，特别是第七句的“揣摩月色成青卷”，可见作者的蕙质兰心。像这样的句子，大多是天分所资，很多人学了几十年诗，也写不出这样的句子。有才如此，只要在诗艺、学养上稍加砥砺，便可以写出优秀的诗词。

青山含翠蕴灵久，零落灯花第几擎？步月中庭思惝恍，高枝戴露俟嘤鸣。
一朝蚌满凝珠吐，斗室馨香泼墨成。莫道衡门常被褐，闲敲诗话向棋枰。
——刘瑶兰《寄馀社诸子》

首联点出韩山师范学院的诗词传统悠久，不知有几辈才人在零落灯花中吟咏不辍。颔联写到如今轮到我们，步月中庭，情思为之迷离惝恍，高枝戴着清露，上有嘤鸣求友之灵禽。此联用了“错综对”的手法。所谓错综对，即在错综的位置上交叉成对，如唐人李群玉的名句“裙拖六幅湘江水，鬓耸巫山一段云”，以“六幅”对“一段”，以“湘江”对“巫山”。瑶兰此联是以“步月”对“戴露”，以“中庭”对“高枝”。虽然“戴”字还略显生硬，但只在课堂上讲过一次错综对，作者在习作中就能运用，已经是相当难得。颈联则是用了“流水对”的手法，两句共同表达一个意思，且上下句之间有逻辑上的先后顺序。此联是言写诗的创作经验，必也厚积有时，待到“蚌满”才能“珠吐”，此时再下笔，才能泼墨而成，馨香满室。尾联用《诗经》“衡门之下，可以栖迟”之意，写此中自有真乐，不假外求。

2013 年中华大学生诗词大赛以“初恋”为题，限四支韵。我们也借题组织了一次社课，质量颇为可观。其中舒欣的一首诗作后来拿去参赛，获得了诗组的优异奖。

东风无赖种相思，红豆生成一树痴。过眼榴花空暧昧，留春心事自参差。
情迷弱水舟难返，梦入桃源路更歧。忍向蓬山重问讯，况当梅雨困人时。
——舒欣《初恋》

此作的“东风”“红豆”继承了王维红豆诗的传统，“种相思”与“生成一树痴”形成新的搭配，此为其创新之处。颔联写初恋之体验，无愧名句。颈联荡开一笔，选择“弱水”“桃源”两个意象来写情路之曲折。结语沿用义山“蓬山此去无多路，青鸟殷勤为探看”，于欲问不问间，见无限难言之感慨。通篇既见化用古人之功力，又有自身独特之情感，堪称佳作。

另外，此次社课还有三首也各具特色。

白月伶仃思旧游，风花轻叹此生休。鸿惊逝影难成字，絮乱飘春漫作愁。
方寸怦然听梦鹿，中洲去矣咏雎鸠。如今消得身心瘦，自怪当初一转眸。

——黄思燕《初恋》

首联便颇具风神，“轻叹”尤其为女生手笔。颔联也堪称名对，“鸿惊”“絮乱”的倒装可见其技法之纯熟，“难”“漫”两个虚词也炼得很到位，不可改易。第五句以蕉鹿梦之旧典，配上“方寸怦然”的新体验，颇有起死回生之妙。结句“自怪当初一转眸”，为此次社课诸位老师公认的最佳之结。妙在其刻画出了初恋深刻长久的影响力。

芳心憔悴不成诗，情到深时未觉痴。红萼初开经雨洗，翠�摇摆见风疑。
一生惆怅为君执，终古孤寥只月知。几度梦回空记省，抛人犹是落花时。

——方如珊《初恋》

颔联兴象动人。颈联语近决绝。而一结四两拨千斤，留不尽之意于言外。此诗开阖有度，笔锋数转，亦属难能。

无端春意上蛾眉，照影惊鸿故故迟。红玉生烟成晓梦，青禽传语约佳期。
丁香枝下遗新帕，豆蔻梢头验古辞。一夕鹊桥求白首，纫兰为佩月明时。

——杨文钰《初恋》

初恋以“无端”起，可谓直证菩提。次句化用陆游“伤心桥下春波绿，曾是惊鸿照影来”意象，着以“故故迟”，以见小女子羞涩之神态。中二联造语温艳，生香活色。尤其第五句借用戴望舒新诗《雨巷》：“我希望逢着一个，丁香般结着愁怨的姑娘”之意入诗，重新配以新意象：“遗新帕”，颇见巧思，且别具一种莫名之惆怅。第六句暗用杜牧“娉娉袅袅十三余，豆蔻梢头二月初”之诗境，扣初恋之题。结语之“求白首”，恨不与君一夕白头偕老，尤见深情，言至于此，已为议论之极致，故戛然而止，另接之以兰佩明月之境语，顿生韵外之风致。此作清新纯情，芳香悱恻，以少女写初恋，自是本色当行。

2. 宽题

宽题一般只定主题，不限制体裁与用韵。如馀社第二期社课要求“以秋为题，不限体裁，不限韵”。此题较宽，比较好发挥，此次社课质量也不错，有如下优秀诗作：

秋风疏动江边竹，水色依依惹晚条。隔夜流萤分翠冷，锁门薄袖忆春娇。
故园窗迥南楼月，玉箪思轻灞水桥。但惜飘摇催晓雨，悲凉信宿莫侵宵。

——詹启源《秋风》

此作中二联文字清丽，从四个不同角度对秋风进行渲染，在诗艺上已相当纯熟。只是结句的“信宿莫侵宵”文理难通，“信宿”意为“连宿两夜”，或谓“两三日”，与“莫侵宵”搭配不当。作者当是从老杜“信宿渔人还泛泛，清秋燕子故飞飞”之句中取“信宿”之词来用，只是学而未能化。

微雨卷帘红袖持。平湖衔月鹊桥诗。眉峰浅聚笛声迟。　空恨深闺繁露重，遍浇前院众芳痴。满庭新雾煮寒枝。

——江如萍《浣溪沙》

《浣溪沙》之体性宜清婉，此作在格调上基本能达到要求。只是赋秋而未能充分表现秋，除了“繁露”和“寒枝”之外，其他都和秋关系不大。末句“满庭新雾煮寒枝”，初学最易沉溺于此种乍看似很新奇，能吸引人眼球的表达，但终嫌刻意，且“雾煮寒枝”，于理也未通融。当时社课点评时，曾引革之一句为例：“疏光织锦难成匹”，此则不但新奇，且悟徒劳之义理，更为浑成。最终总结为八字，曰：“奇外出奇，合情合理”，方为上品。

野渚揉黄，寒湄褪碧，新晴又惹丝雨。栏桥如有待，正临水依依低叙。深秋城府。尽咏露蝉枝，凝冰兰圃。湖颜冷，解颐还倩，偶然江鹭。　小坞，亭榭飞甍，袅水芝残裾，对西风语。玉台何所寄，恨鱼影迟迟无主。烟云情绪。暂细履芳墀，闲斟汉黼。霞山薄，渡头归桨，一楫溶暮。

——陈春薇《翠楼吟》

春薇读白石词，颇能入其意境，读后有感觉，就开始试填长调。初见此首，颇有士别三日之叹。全词炼句炼意，颇有白石的味儿。《翠楼吟》一调，以前后两个四字对，两个五七字句及两结为骨架，其他不过穿针引线衔接之而已，所以这六个地方是全词的关键。春薇此作亦能在这些地方用力，且看她两个四字对“野渚揉黄，寒湄褪碧”“细履芳墀，闲斟汉黼”都写得很雅，尤其是起的一对，更是本色当行。两个五七字句，第一个“栏桥如有待，正临水依依低叙”，稍微显弱，第二个“玉台何所寄，恨鱼影迟迟无主”，就远胜前者。两个结也都不错，上结“湖颜冷，解颐还倩，偶然江鹭”，颇为从容，这是笔力有余的表现。下结“霞山薄，渡头归桨，一楫溶暮”，“溶”字炼得很好，颇可见其词心。全词以秋湖为背景，层层铺写，将情感融化于物色之中，造语炼意，颇近白石。唯个别细节还未尽善，比如“水”字重出，“低叙”与“对西风语”意近。这些细节如能再完善，便能打造出一首佳词。

龙润萧疏，凤林清减，几度秋澜憔悴？岸泊帆声，鉴留云影，萍风浪迹芳岁。漫独对焦桐语，幽耕泽兰意。老鱼绻，嘱红衣、绿团何计？同染就、霜画露描尘世。大梦久归来，寄鸿书、休问相识。欲济浮槎，恨湖岚、笼罩仔细。竟江城夕照，白了芦枝残髻。

——陈春薇《法曲献仙音》

春薇学白石，一发而不可收。这是她的第二首长调。起调四字对，龙润指雨，风林为树林的美称，皆用代字。王国维曾批周邦彦“桂华流瓦”之用代字为隔（桂华代月光），这要视具体用于何种体裁而论：若是小令，自然以直抒性情，自然浑成为佳；若是长调，则必用经营始能成篇，用代字只要用得恰当，正是铺叙造景的法宝，南宋的长调大家周姜张吴，莫不擅长此道，如果批长调用代字，那就是不懂长调了。王静庵擅小令而不能长调，所以《人间词话》论词也重北宋而轻南宋，这是他的局限。

春薇此词下阕一片神行，冷峻处直逼白石。过片“老鱼绻，嘱红衣、绿团何计?”情何其深，紧接着“同染就、霜画露描尘世”，荡开一笔，由小及大，女子有此笔力，殊为难得。“欲济浮槎，恨湖岚、笼罩仔细。”顿挫有致，开阖自如，最是词中妙笔，音韵亦佳。结语夕照“白了芦枝残髻”，将人物化，又将物人化，最终人和物打成一片，兴象甚佳。此词借秋景以写其落落寡合，独立于浊世之种种深愁细恨，用笔又能蕴藉优雅，诚为难得佳作。

佳节只待花前醉，萱草含烟翠。夕阳犹是近黄昏，零落秋风何事损霜痕。　　梦回惊觉朱颜改，辗转年三载。今宵酒醒负良辰，忍忆旧时月色旧时人。

——林钰《虞美人·中秋》

起结俱佳，中间略平。“辗转年三载”之“年”，是为费字，于此等细节处用心，功力自进。

魂入梦，灯暗酒还温。夜半拥衾独自冷，落花惊碎旧池痕，香乱共愁焚。

自归去，尽日倚栏看。孤鸟随风投暮霭，水波伴月起清涟，不见泪痕干。

——方如珊《忆江南》二首

《忆江南》如词中之绝句，片言之间，要有无尽情韵，甚难措笔。这两首还算得体。一首之结“落花惊碎旧池痕”颇有韵致，惜末句“香乱共愁焚”未能承接上句，有点脱节。第二首之结虽未能出新意，但初学能至此，得情韵音调之谐，亦属不易。

3. 咏物

另一种比较常见的命题是咏物，宽严可以具体再设定。如馀社第六期社课，要求“以桃花为题，体裁、韵不限”。这是最传统的题材了，难在前人已有太多名作，很难再出新意。好处是其时正逢初春，到处桃花盛开，大家游赏之余，都有切身体验，由此落笔，也觉亲切。习作如：

寂寂春蹊飞柳絮，轻红无语自黄昏。等闲借得潇湘泪，葬我今生一缕魂。

——江如萍《桃花》

前半“春蹊”“轻红”的铺垫都不错。后半由景入情，结作沉痛语。不足处在“潇湘”二字，湘妃泪染斑竹，此典不能用到桃花身上，这是常识性错误。不如将“潇湘”改为“东风”，于桃而言更贴切。

侵晓雾纱朦，玉露新芽宠。泥径弯弯抱落英，回首桃花送。 盈蕊映凝酥，软绿沾钗凤。最爱潇湘并蒂红，风雨依依共。

——林晓娜《卜算子·二月二十二日游凤凰洲公园》

此词原稿作：“侵晓雾纱白，碧雨小芽宠。泥径弯弯抱落英，回首桃花送。肥冠映凝酥，新绿湿钗凤。最爱连理姊妹红，风雨依依共。”在社课上，大家指出出律之处，“肥冠”缺乏美感，“姊妹红”落俗等。过后晓娜再斟酌修改成上面一稿，比初稿提升了一个档次。这就是切磋讨论的好处。当然还有问题，比如“潇湘”用在此处不当，与如萍那首一样，可改为“春江”。

桃枝解意，早为东风梳粉髻。独倚篱门，窥得愁人一眼春。 阶前砌雪，片片孤云谁拾掇？休约来生，苦果今生尤恨青！

——陈春薇《减字木兰花·桃花》

减字木兰花四段平行，都是四七句式，中间没有可供转折衔接的散句，所以要求四段须层次分明，有内在的逻辑，才不至于写散了。春薇此词，上片写桃花，景中有情；下片写花落，至于结成苦果。做到了层次分明。且咏物之佳境为不粘不滞，最贵物我合一。作者已能将桃花与自己融成一体，特别是结句，将自己的情感体验借夭桃结子青涩而成苦果来表现，这就是所谓的有寄托。

（二）唱和

唱和一般先有一个原唱，另一人读其作有感觉便可写一首和之，一般都会围绕一个主题，如古乐之琴瑟和鸣。这是传统诗教“兴观群怨”中的“群”。群者，《集解》引孔安国注：“群居相切磋。”亦即互相感染和互相提高的作用。在唱和之中，可以互相学习，增进友谊，是日常“练功”的一大法门。唱和按用韵的不同，又可以分成几种。

1. 和韵

用同一韵部的韵即可。渺之曾写有一首《春尽寄诸子》：

坐老湖山略欠伸，风前待卜去来因。江涵古月初沉气，石炼流星未烬身。
九壤先埋千里马，百花特供一家春。诸君珍重如冰履，后日种桑犹有人。

当时和者十几人，有如下诗作：

王事式微沦劫尘，尧天滴露不成津。千秋梦大谁先觉，一盏灯青客是身。
玩转二元求既济，推敲八索觅同人。临窗偶有东风过，数叶枝头聊作春。

——陈默《和渺之〈春尽寄诸子〉》

颔联最佳。《三国演义》有“大梦谁先觉”，倒装为“梦大”更佳，“客是身”则用大禹王生者寄也，死者归也之意，若作“身是客”，则流为俗调矣。倒装之用大矣哉！

孤城野径绝青尘，飞尽鹧鸪传恨新。倚杖相迎烂柯后，掩扉惜别病梅邻。
青藤自发钟声晚，晓梦但悲风露新。记得台城红雨歇，更愁清泪续来春。

——詹启源《春尽》

前六皆工稳，工稳者，无甚毛病，亦无甚精彩。幸有末句“清泪续来春”五字，庶几起死回生乎。

和烟短棹迷昏晓，秀色灵山共水匎。半缕香消风笛瘦，几番月堕雨梅新。
隔宵酒冷空枝在，离燕地偏慰语频。但把晴光弄柔翰，残春十里红未匀。

——黄佳娜《春尽》

颔联清丽，尾联设喻佳绝，晴光虽弄柔翰，而春已残，故红未能匀，直是一幅残春惊红图，所谓玉想琼思，此之谓也。“秀色灵山”颇拾现成，颈联亦有凑痕，通篇灵光有余，而浑成不足。

2. 步韵

步韵就是押韵要与原唱一模一样，有如踏着他的原步，故称步韵。这是唱和中最难的，因为每一个韵脚字都定死了，很不好发挥，此种也最考验才情功力。革之曾写了一首《何多》：

何多饾饤费屈指，尘海芥舟自在驶。草底虫吟半尺高，青天明月薄如纸。

这是在写作诗时的某种特殊体验，体裁为仄韵古绝，押“指”“驶”“纸”三韵。渺之步韵和了一首《焚诗》：

围炉煮字尽枝指，意马脱空任自驶。百忧逐月揉成团，漫卷青天焚一纸。

陈春薇也步韵和了一首《游梦》：

为问银汉深几指，无舵浮槎驭风驶。但遣虎仆侍龙宾，桂魄云山共一纸。

“虎仆”为笔之代称，“龙宾”为守墨之神。此作落想天外，骚之苗裔也。
步韵也可倒步，即将原韵的顺序前后颠倒。革之曾作《弱水》：

谁言弱水比侬颦，脉脉波眸看不真。络纬永宵空织梦，榴花终古未延春。
泫红泪化三年碧，守舍魂销一洗贫。欲向牡丹怜料峭，风中铅粉自成尘。

渺之想步他一首，不过对原韵的顺序没什么感觉，倒过来反而觉得思路顺了，所以就写了一首《无题倒步革之弱水韵》：

太息风前散作尘，月腰瘦损晓星贫。萤消碧落无明火，燕剪平芜有限春。
锈绿裹愁除更密，泪红滴梦剧成真。从来怯过城南路，坠尽桃花只一颦。

（三）对联

对联既是律诗的重要组成部分，也可以独立作为一种体裁来创作。对联又称对仗、对子、对偶、联语。它要求上下联字数相同、平仄相反、词性相同、句式一致。通过对联的练习，可以提高诗艺，对于创作诗词，这是一个重要的基本功。因为不管是律诗还是词中的小令、长调，都要求有对仗之处，而且一副好的对联往往是全篇最为精彩的地方，是画龙点睛之处，所以非常重要。此外，对联还可以广泛应用于生活之中，跟平常百姓家都有联系，春节的时候自己能写一副春联，成为不少学生学习对联的动力。作为消遣，对联也是最为简便可行的文字游戏。

玩对联通常有两种形式，一是"填空"。比如出题为："隔帘花__________，倚柳月__________。"革之对了几个：

隔帘花觑梦，倚柳月思君。
隔帘花顾盼，倚柳月踟蹰。
隔帘花冉冉，倚柳月梦梦。（"梦梦"音"蒙蒙"，玉溪写法）
隔帘花馥冷，倚柳月光残。（玉溪写法）
隔帘花写影，倚柳月摇眸。（纤巧，宋祁写法）
隔帘花抱影，倚柳月舒光。（纤巧，宋祁写法）

渺之也对了几个：

隔帘花似笑，倚柳月含颦。
隔帘花叹息，倚柳月回眸。
隔帘花润泪，倚柳月牵愁。
隔帘花再见，倚柳月曾经。
隔帘花善梦，倚柳月工愁。
隔帘花脉脉，倚柳月迟迟。
隔帘花有信，倚柳月无声。

隔帘花无碍，倚柳月忘情。
隔帘花易落，倚柳月思圆。
隔帘花有主，倚柳月无家。
隔帘花暧昧，倚柳月天真。
隔帘花无赖，倚柳月缠人。
隔帘花小小，倚柳月真真。（小小、真真皆古代美女名）
隔帘花勿忘，倚柳月含羞。（借对，勿忘我、含羞草）

另一种对联玩法更为常用，即出上联，征求下联。我们在中文系进行过几次大规模的征联，如有一次出题为："上联：山风卷袖扶云起，征下联。"结果收到120多句下联，其中较好的如：

柳眼回眸隔水愁（渺之）
古月披襟踏雪来（渺之）
残卷留心与古论（渺之）
春梦无痕共月沉（渺之）
罗袜凌波觅影寒（渺之）
佳茗留香隔座尝（渺之）
秋水无尘借月磨（渺之）
锦瑟无情入梦弹（渺之）
花露沾衣掠鬓凉（渺之）
美酒思人倚剑弹（渺之）
梦雨飘红待我归（渺之）
芳草留青候子来（渺之）
龙剑飞光逼斗寒（渺之）
月姊抛愁化水柔（渺之）
暖月寒花一镜空（渺之）
天马无缰蹑电追（渺之）
梦蝶回春破茧飞（渺之）
桐树留枝待鹤归（渺之）
杏座生春仗舌耕（渺之）
秋水横波认泪真（渺之）
杏雨沾襟送绿来（童蒙）
夜月窥窗倚梦生（沁园）
晓梦迷情共泪沉（舒欣）
古调绕梁待子聆（舒欣）
红烛伤春守夜明（舒欣）
细雨拂帘入梦来（冷霜月影）

海雾迷江锁月归（冷霜月影）
杏雨沾裳吻颊红（洛迦敏）
碧水回眸荡月开（洛迦敏）
墨字倾心托雁归（洛迦敏）
梦雨飞红沁枕凉（林钰）
细柳舒眉傍水生（刘瑶兰）
细水流花泣岁阑（刘瑶兰）
续盏留君喜雨来（刘瑶兰）
晓镜蒙尘觉岁残（刘瑶兰）
壁月怜人赠影双（刘瑶兰）
落月摇情袭梦来（刘瑶兰）
稚子托腮问月圆（刘瑶兰）
心事盈眸落泪知（刘瑶兰）
御水有情渡叶来（刘瑶兰）
闰月无情增岁长（刘瑶兰）
团扇堪愁盼夏回（刘瑶兰）
杯酒暖怀怜影寒（刘瑶兰）
蝶梦盈天破枕飞（如是庵）
芳草连天倚梦休（陈伟钊）
碧水东流抱月归（陈伟钊）
红烛倾心垂泪吟（陈伟钊）
蒲柳垂丝探水深（海虹）
古堞思人待日斜（海虹）
铁马披襟问鼎来（海虹）
青鸟低吟怅梦离（郭琪）
羌管弄晴泛夜明（郭琪）
尺素藏鱼滞泪凝（郭琪）

在征联的过程中，大家切磋讨论，互提意见，都从中受益匪浅。比如郭琪对了一句“草色萦汀绕案青”，有同学提意见说“萦”和“绕”意思相近，当避。最终改成了“草色浮汀绕案青”，换一字，境界顿出。又如，有同学对了一句“旅雁乘舟梦日环”。大家觉得很费解，作者解释说：“苏轼的诗‘旅雁何时更着行’的意思是‘漂泊的雁啊，什么时候才能停下来’。乘舟梦日的典故是有个古人在被重用前梦见自己乘舟绕日月而过。所以整句诗表达的是孤单漂泊的人希望受到重用然后建功立业的意思。貌似最后一个俗了。反正我被‘典故’了。”渺之评曰：“乘舟梦日边：伊尹见汤以前，梦乘舟过日月之边。‘旅雁’这词早得很，不用引东坡的，谢灵运《九日从宋公戏马台集送孔令》就有：‘旅雁违霜雪。’这句的毛病在于：‘旅雁’和‘乘舟’搭配，很怪异。虽然知道旅雁是比人，但从画面上看，是一只大雁乘着船去奔日……汉语的每个词都有它的画面效果，比兴得和画面浑成，才是好诗。”通过这样的讨论，我们能体验到古人所谓谈诗论道的乐趣了，这对大家都是一种促进。

另一次出题为：“上联：琴开三径菊，征下联。”一共收到近300句下联，且录其佳者如下，句后附渺之的点评：

香沁一庭风（刘子若）
月染一襟黄（刘子若）杜牧：水如环佩月如襟。
湖敛两汀秋（刘子若）
酒酿一壶诗（刘子若）
曲暖一壶冰（刘子若）王昌龄：一片冰心在玉壶。
帘掩满庭春（刘子若）掩耳盗铃，掩帘闭春。
眸养一汪泉（刘子若）可另对：眉挑千里月。
风碎一川霞（刘子若）苏轼：晓来雨过，一池萍碎。
愁拧一团纱（刘子若）读其诗，想见其为人……
月洗一川愁（刘子若）吾有：但借情天一轮月，清光洗尽美人愁。
雾暗一窗灯（刘子若）
墨展一帘风（张子衿）
魇碎一池萍（张子衿）以实释虚。凄美。
筝写两重心（张子衿）可另对：梅开三角恋。
月系一双人（张子衿）
鬓染九秋霜（黄子筠）
泪点半湖秋（黄子筠）大小，虚实搭配的经典。
棋打一灯花（黄子筠）赵师秀《约客》：“闲敲棋子落灯花。”
烛挑一窗幽（黄子筠）
袖敛一江风（黄子筠）女子写是“敛”，男子写可曰：“袖拂万山风。”
剑舞半庭花（黄子筠）刚柔并济。
云吐数峰幽（黄子筠）
酒饮一杯愁（黄子筠）姐喝的不是酒，是寂寞。
腹载五车书（黄子筠）
雨打半池萍（黄子筠）文天祥：身世浮沉雨打萍。
月闭满城娇（黄子筠）
月渡半江风（黄子筠）
茶煮半生闲（黄子筠）几人识得闲滋味，一盏山茶待子烹。
瑟鼓二人羞（詹子溯）
霞映九江波（詹子溯）
剑舞一声鸡（詹子溯）
秋割九回肠（詹子溯）柳宗元：海畔尖山似剑芒，秋来处处割愁肠。
月暗半墙苔（詹子溯）

路尽一人家（詹子湖）陆游：山重水复疑无路，柳暗花明又一村。

梅引一园香（陈子勉）

花笑众生痴（陈子勉）

月问几家愁（陈子勉）

鹤啸半湖烟（陈子勉）雅绝。

尘暗一身裘（陈子勉）

剑指九州山（陈子勉）

雷破两仪天（陈子勉）

月浸一墀秋（舒子慕）

酒借一壶愁（舒子慕）

雪孕一枝春（红树醉秋）

鹤去一楼风（二月末）鹤曰：悄悄地我走了，正如我悄悄地来；我挥一挥翅膀，只留下一缕风。

馆闭一春寒（二月末）秦观《踏莎行》："可堪孤馆闭春寒，杜鹃声里斜阳暮。"

箫悦满庭芳（茉步）

笑解半生愁（茉步）

瑟起五湖波（王洁梅）星星之火，燎原可以。纤指一挥，五湖波起。

酒引半生愁（林钰）

竹沁一帘香（罗红妹）

月笼万重纱（林宏丽）杜牧：烟笼寒水月笼纱。

风起半楼云（马婉华）

魂断五十弦（苏少君）李商隐《无题》："锦瑟无端五十弦，一弦一柱思华年。"十字仄，不过意好，可以不论。

凤觅五湖凰（郭羽程）可另对：云追千里月。

燕去两分天（陈玉蓉）

烟散五侯家（陈玉蓉）韩翃《寒食》："轻烟散入五侯家。"

舟过万重山（陈秋琼）李白：轻舟已过万重山。

翁钓一江萍（方如珊）渔翁之意不在鱼，在乎萍水之间也。

院锁几回秋（秦敏榕）空寂。

梦抚一帘幽（秦敏榕）

梦断九重天（洪楚钿）

月落半窗凉（陈荔珊）

秋挽一峰黄（郭佳丽）"挽"字极有情，不忍树叶凋谢，故挽之。此不忍之心，即是有情。

棋定半生缘（郭佳丽）以后不敢乱和人下棋了……

帘挂一川青（郭佳丽）比"草色入帘青"更有气象。

波撼一川烟（江如萍）

花落一潭红（张欢欢）凄美。西厢记：花落水流红。

舍绕一畦青（刘敏君）
碧抱一帘星（陈欣婷）
柳戏一池鸥（陈欣婷）
叶落一潭秋（陈欣婷）
梦释半床思（林怡倩）倩女幽魂。
妆卸一堆愁（杨晓璇）可另对：发削十年恨。
霜败一江荷（谢海虹）有暴力倾向。
烟入五侯家（谢海虹）
瀑落九重天（谢海虹）壮阔。
窗锁九薇灯（谢海虹）寂柔。
岭望几峰晴（陈洁雯）
月洒半窗秋（陈洁雯）
曲湿一青衫（陈怡丹）白居易《琵琶行》："座中泣下谁最多，江州司马青衫湿。"
雁落一山秋（孙锐珊）
月瘦几人思（郭朝平）
血荐一腔魂（陈健茹）
师育百年人（陈健茹）
史记一家言（陈健茹）
月抚一湾泉（洪琳）
山抱一泓泉（黄纯纯）
凤舞九重天（范菡）可另对：龙吟三岛月。
月叹六朝空（郑杏娜）
雁寄八行书（郑杏娜）
屐履满庭芳（郑杏娜）
鬓染九秋霜（黄平妹）
藕断万丝愁（黄平妹）
雪唤数枝梅（林春晓）
月暖一壶愁（林颖）
鹃带万襟秋（刘家敏）
发断百年情（王昕）
镜碎一心痴（王昕）
筑引一鸿悲（林琳）
雪兆一年丰（许洪芳）
风碎一池萍（许洪芳）苏轼：晓来雨过，一池萍碎。
花落万家楼（陈婉烨）
思沁一泓泉（陈婉烨）
墨透五分碑（陈婉烨）
叶落一湖秋（林敏珊）

瑟抚四愁心（许丹琦）
酒散百年香（曾颖）
枫落一江愁（邱晓琳）
眉蹙几多愁（张媛媛）宽对。
月引万家思（方敏华）
箫暖五湖烟（苏如婷）
鹤唳九重天（杨少珍）
诗点并蒂莲（林晓娜）
月载一江愁（林晓娜）郑文宝：载将离恨过江南。
酒沸两眸愁（许弈斌）
泪洗一江愁（杨晓霞）
诗梦一船山（邢妙如）清人句：绿挟诗梦一船山。
箫忆七香车（郑怡琦）
弦落半轮秋（郑怡琦）
梦折六朝梅（方少梅）绝对。
影赋一帘霜（杨丽璇）
月葬一潭愁（杨秀琳）
矢断六龙鞭（陈舜敏）
雨锁一庭秋（陈春薇）
月送一壶诗（陈春薇）
画入五湖烟（陈春薇）
酒恨六朝歌（陈春薇）
帘卷一痕青（许斯智）刘禹锡：草色入帘青。
雁引一声秋（王仰芳）李白：雁引愁心去。
绿绕一畦田（王仰芳）王安石：一水护田将绿绕。
笛吹九霄晴（房春霞）
曲定几生缘（陈雅芝）
月挽一丝愁（林晓玲）
浪鼓九重天（刘佩敏）
瑟鼓六朝风（陈碧蓉）
墨尽六朝魂（苏暖）
笛荡五湖萍（林少真）
月锁半城烟（章灿雄）
水荡一川秋（周素君）
袖落一江愁（方菲菁）
瑟并一枝兰（钟建桃）
烟锁一山秋（黄玉琼）
梦闯九重天（林海燕）

鼓吹万家灯（方清曼）
蹄踏一山青（陈伟芝）
笛撼九霄云（陈杰娜）
诗系半生缘（萧琼丽）
夜冷十年灯（徐苗佳）黄庭坚："江湖夜雨十年灯。"
人去五湖秋（渺之）
月钓一溪烟（渺之）
诗老十年心（渺之）
书笑几人呆（渺之）
水饮一瓢春（渺之）
帘卷万山秋（渺之）
龙卧一城书（渺之）
池吻一天星（渺之）
茶品隔年春（渺之）
心冷一壶冰（渺之）
凤泊百年身（渺之）

还有几位幽默的同学对了几个无情对，像："脚踏两条船（章灿雄）""脑缺一条筋（佚名）""书读四年呆（佚名）"，另如"柱抱一男人（佚名）"，此句看似粗鲁，实则暗用尾生抱柱之典，可谓善谑。总之，征联之趣，言之不穷。

徐社办的报纸《馀音》每期都有征联，也有难度很大，至今还收不到佳对的，如渺之出的上联："江山青眼无余地"，陈春薇出的上联："蝉韵半山，来客杖敲梅子雨。"可谓佳对难求。

（四）联句

联句以五言排律最为常见。如韩愈、孟郊的联句，如《红楼梦》中的《芦雪庵即景联句》《中秋夜大观园即景联句三十五韵》。一般要求前两句出来之后，就定下押韵的韵部。由首位再出一句上联，接下来的联句者须对出下联，再出一上联，如此连接下去。这需要参加联句者的水平相当，才能接下去。但这太难得了，所以又可以通融一下，大概谁能对，谁能出，便都可以接下去，不必要求人人都对一下联，出一上联。徐社有几次联句，大家玩得都很尽兴。以下且举二例，以见一斑：

徐社诸子辛卯中秋联句

偶然开醉眼，（渺之）沧海几扬尘。（渺之）
借我青云懒，（渺之）怜君白雪贫。（子若）
残荷秋倚恨，（子若）醉雨梦添尘。（子慕）
古苑怀新柳，（子慕）清光点绛唇。（子若）
拈花知鬓绿，（渺之）指月赋愁新。（佳娜）

断谱今何续，（佳娜）残香日更沦。（子湖）
江波延晚照，（子湖）玉露悼荒津。（佳娜）
隔岸仍灯火，（佳娜）挂瓢忘主宾。（渺之）
三杯遥接古，（渺之）百世可知因。（省之）
寂寂蛩初睡，（渺之）离离草自茵。（子慕）
白驹催故世，（沁园）青鸟寄来春。（沁园）
一苇蟾宫渡，（沁园）三秋蝶梦询。（沁园）
留风当羽扇，（沁园）剪霁试纶巾。（沁园）
恍入清凉国，（渺之）葛天归旧民。（渺之）

壬辰季春隔江草庐联句

暇日寻佳境，（瑶光阁主）草庐同赏游。（瑶光阁主）
烟波入眸渺，（吴志敏）银汉插天流。（渺之）
晓竹当窗隐，（渺之）篱花见子羞。（渺之）
江湖鱼约梦，（陈春薇）天地雁移秋。（渺之）
玩世宜千炼，（吴志敏）啸云又一楼。（陈春薇）
悠然循古道，（舒欣）去矣断今忧。（渺之）
白社开三径，（吴志敏）青山待二刘。（渺之）
逍遥人境外，（瑶光阁主）俯仰笔峰头。（渺之）
树引葱茏境，（瑶光阁主）霞飞缥缈舟。（陈春薇）
蓬莱真水浅，（渺之）牛斗剑空遒。（渺之）
众乐分香韵，（吴志敏）长歌破杞愁。（渺之）
苍茫张醉胆，（渺之）龌龊叹轻裘。（瑶光阁主）
谁遣桑田换？（丁秀洁）尔来王气收。（渺之）
骚心无处着，（瑶光阁主）沧海寄闲鸥。（渺之）

（五）游戏

1. 接龙

此游戏由一人先出一句古人诗词，接龙者须由其末字再领起一句古人成句以接之。比如出句为“更上一层楼”，则下一人须用一句以“楼”为首字的古人成句来接。兹举馀社的一次游戏为例：

更上一层楼（鑫洁）—楼观沧海日（渺之）—日长飞絮轻（子若）—轻舟短棹去如飞（渺之）—飞入寻常百姓家（子若）—家家扶得醉人归（渺之）—归去，也无风雨也无情（子若）—情人怨遥夜（鑫洁）—夜来风雨声（子若）—声声写尽湘波绿（佳娜）—绿蚁新醅酒（渺之）—酒入愁肠，化作相思泪（渺之）—泪眼问花花不语，乱红飞过千秋去（渺之）—去日苦多（子若）—多情只有春庭月（鑫洁）—月上柳梢头，人约黄昏后（佳娜）—后宫佳丽三千人（渺之）—人生代代无穷已（子溯）—已凉天气未寒时（渺之）—时时误拂弦（鑫洁）—弦断有谁知（渺之）—知君用心如日月（子若）—月生帘幕夜香寒（渺之）—寒尽不知年（子若）—年年至日常为客（渺之）—客从远方来（鑫洁）—来如春梦几多时（佳娜）—时鸣春涧中（佳娜）—中原北望气如山（王畚）—山气日夕佳（子若）—佳人难再得（渺之）—得意须尽欢（鑫洁）—欢颜得所憩，美酒聊共挥（子慕）—挥手自兹去（子慕）—去年今日此门中，人面桃花相映红（渺之）—红似相思绿似愁（渺之）—愁来一日即为长（渺之）—长风几万里，吹度玉门关（子溯）—关河冷落（佳娜）—落红不是无情物（子若）—物是人非事事休，欲语泪先流（渺之）—流水落花春去也（子若）—也无风雨也无晴（渺之）—晴空一鹤排云上（佳娜）—上有愁思妇（佳娜）—妇人不下堂（渺之）—堂空不见人（渺之）—人歌人哭水声中（渺之）—中有千千结（子若）—结束铅华归少作（子慕）

接龙玩起来很有难度，很容易接不下去。常常有富于千篇，穷于一字之叹。要接出一条“长龙”，相当不容易。

2. 射名

射名，即以含有其名字中一字的一句古诗词影射之，被射者当罚酒（或茶、水）一杯，适合在聚会时玩，可以锻炼大家对古典诗词的记忆力和反应敏捷度。这个游戏的灵感最初是来自当代词坛的一个故事：天津词人曹长河为寇梦碧前辈的佳婿，一次寇翁戏引老杜的“尔曹身与名俱灭”开他女婿的玩笑，曹长河马上以另一杜句回之：“西山寇盗莫相侵”，可谓当代文坛之雅谑。

此游戏可即景联想，因人而异，又针锋相对，带有竞赛意味，如果棋逢敌手，有来有往，玩起来相当刺激。比如有一次玩射名，在座数子，以黄佳娜被射最多，所射的古诗词句子有：“人比黄花瘦”“碧云天，黄叶地”“黄鸟于飞，集于灌木”“黄河远上白云间”“黄沙百战穿金甲”“黄四娘家花满蹊”“黄花满地无人扫”“黄河入海流”“黄花若解怜待客”“佳人难自得”“每逢佳节倍思亲”“佳期如梦”“绝代有佳人”，她被罚了13杯茶。排名第二的是曾鑫洁，所射诗句为：“曾经沧海难为水”“相逢何必曾相识”“曾是惊鸿照影来”“何曾吹落北风中”“何曾得见此风流”“何曾华之无实兮”“桂华秋皎洁”“欲洁何曾洁”“质本洁来还洁去”等，他被罚茶12杯，其中光是“欲洁何曾洁”一句就让他被连罚3杯，因为其中有3字均射中其名。而被射中最少的是詹启源，因他的名字入古诗词的甚少，所以他大占便宜，最终只被射中3次，诗句为：“为有源头活水来”“词源倒倾三峡水”与“源花费独寻”。

射名还有更高难度的，就是同时用一句（或一联）古人诗句射中在座中二人以上的名字。比如以“兰叶春葳蕤，桂华秋皎洁”射刘瑶兰和曾鑫洁，则二人都须受罚。以“地下若逢陈后主”射刘子若和陈渺之，以“黄沙百战穿金甲，不破楼兰终不还”射黄佳娜和刘瑶兰，以“执子之手，与子偕老”射子慕和渺之。这种射名足以博得满堂彩。此游戏人愈多愈好玩，最好形成混战局面，正是锻炼反应能力与考验记性的好方法。

3. 诗中因果

此游戏为十年前诗坛怪侠熊东遨先生所授。记得一次谈笑中，熊先生问：“孔雀东南飞，为什么？”诸君都丈二和尚摸不着头，熊先生诡异一笑说：“因为‘西北有高楼’，孔雀飞不过去啊！”众人回过神来，大笑称奇。熊先生说：“这种玩法以前就有，还有一对是这样的：‘少小离家老二回’，为什么？因为‘老大嫁作商人妇’。”大家又哄堂大笑，以为不可思议。熊先生提议：“我们何不照此模式也来玩玩，以古人成句为基础，略加点化，使之成为有因果关系之幽默，可美其名曰‘诗中因果’。”

熊先生“以身作则”，创制了不少“绝对”。如：①“相见时难别亦难”（李商隐），为什么？因为“人面不知何处去”（崔护），人都不知道在哪，所以相见也难，告别也难。②“李花依旧笑春风”（崔护原句：“桃花依旧笑春风”），怎么变成“李花”，“桃花”哪里去了？—“桃花尽日随流水”（张旭），流走了。③“茶债寻常行处有”（杜甫原句：“酒债寻常行处有”），怎么变成“茶债”了，那“酒债”呢？因为“杖头沽酒有余钱”（杜甫），有钱，所以不欠酒债了。

熊先生后来又发明了“连环因果”，有如下对句：①“淡扫蛾眉朝至尊”（王昌龄），为什么只能“淡扫”？因为“六宫粉黛无颜色”（白居易），那“颜色”都到哪里去了？—“红了樱桃，绿了芭蕉”（蒋捷），颜色都拿去染樱桃、芭蕉了。②“千里江陵两日还”（李白原句：“千里江陵一日还”）多了一日，干什么去了？—“一日勾留在秭归”，勾留在秭归干什么？—“生长明妃尚有村”（杜甫），因为秭归是王昭君的故乡，盛产美女，所以那一日，看美女去了。③“新鬼烦冤旧鬼哭”，为什么？“只缘地上见钱流”（袁枚），为什么见钱流鬼就要哭啊？因为“有钱能使鬼推磨”，地上钱流那么多，鬼推磨不是要累死，能不哭吗！

此游戏要求极高，除了能背诵大量古典诗词之外，还得有那条“筋”，把毫不相干的句子串成好玩的段子，如果没有这方面的才能，是想不出“诗中因果”的，所以此道后来几成绝学。我们也曾玩过几个，如志敏兄的：①“舍南舍北皆秋水”（杜甫原句：“舍南舍北皆春水”），“春水”怎么不见了，原来是因为“一江春水向东流”（李煜），所以屋舍的南面和北面就没有“春水”了。②“生子当如刘阿斗”（辛弃疾原句：“生子当如孙仲谋”），怎么变成阿斗，孙仲谋哪儿去了？原来是“英雄无觅孙仲谋处”（辛弃疾），找不着了。渺之有一段：“大江东去，浪淘尽、千古人物”（苏轼原句：“浪淘尽、千古风流人物”），怎么少了“风流”二字？因为“风流总被雨打风吹去”（辛弃疾）。

希望将来有后继者能玩出熊东遨先生的水平，我们拭目以待。

三、结　语

本文所举韩山师范学院馀社学生的习作，虽然略显稚嫩，却是当代大学生在诗词研习之道上的一次用心的尝试，也是青春的见证。在研读这些习作时，我们也深有感触，故略成拙文如上，以为芹曝之献，希望能为当代大学生的诗词研习提供一份鲜活的材料。千里之行，始于足下。星星之火，可以燎原。希望有更多的高校能开设诗词写作课，加入我们的行列，为中国的文化复兴尽一分力。

第四部分

其他文稿

无我之境的抒情内涵①

徐 炼②

一、“无我之境”和“有我之境”的区别不仅仅在于形式

一切景语皆情语。中国诗中的景语是一种抒情语言，这一点已是无争的共识。王国维提出“有有我之境，有无我之境”，曾引起热烈讨论，对于两种“境”都是用来表达情感这一点并无异议。很多意见认为，无我之境和有我之境的区别，只在于表现情感时的方式不同。

所谓“有我之境”就是诗词的境界表现了抒情主人公的鲜明的感情色彩；所谓“无我之境”就是抒情主人公的感情色彩被融化在自然景物中，以隐蔽的姿态出现。③

所谓造境和有我，即观我，是意余于境，“泪眼问花”是我问，“乱红飞过秋千去”是我认为“乱”的，反映我的心情，是以抒情为主。“悠然见南山”，即出于观物者，境多于意。……所谓造境和有我之境，只是说偏重于抒情，在有我之境中还是有物；所谓写境和无我之境，只是说偏重于写景，在无我之境中还是有我在，只是感情不像有我之境的强烈而已。④

这些意见都认为有我之境与无我之境的区别在于情感在境界中表现得是否明显、强烈，抒情性是否得到彰显，就是“我”所指示的这个主体在诗中的明与暗的形态的区别。这就是说，两种境界的情感表现方式的不同是两种境界的根本区别。

两种境界的差异难道只关乎抒情形式吗？无我之境和有我之境所蕴含的情感根本就没有区别吗？

如果对这些提问作出肯定回答，也就意味着认定两种境界的差别只是因为诗人们在表达情感时的心情和习惯有所不同。表达同样的意思，有人喜欢直言不讳，有人则惯于深藏

---

① 本文为2010年度国家社会科学基金项目“中国古代‘诗教’及其现代意义研究”（编号：10BZW063）阶段性成果。

② 徐炼，1952年生，男，湘潭大学文学与新闻学院教授，博士研究生导师。研究方向为唐宋文学、古代文论。

③ 吴奔星：《王国维的美学思想——“境界”论》，《江海学刊》1963年第3期，第33～41页。

④ 周振甫：《人间词话新注·序》（修订本），王国维：《人间词语新注》，济南：齐鲁书社1986年版。

不露、拈花微笑。仔细品味王国维所举的诗例，这种回答显然让人感到过于简单而尚有未尽之意。

以往评论者一般不对这些问题作出正面回答，然而从众多的评论中可以见到：批评者对于两种境界的情感内容方面的差异是有所认识的。很多论者都提到：两种境界之所以有区别，是由于诗人与对象、主体与客体间的关系有所不同，或者说是由于诗人观照对象的态度不同而产生的。如叶嘉莹在《王国维及其文学批评》中说，王国维由于受康德、叔本华的影响，把美的形态按诗人观物的态度，即心、物之间有无利害关系的区别，而分为壮美与优美两种，而“有我之境”和“无我之境”正与这两种美分别对应：

经由此种观念，再来看他所揭示的“有我”“无我”之说，我们就会了解他所说的“有我之境”，原来乃是指当吾人存有“我”之意志，因而与外物有某种相对立之利害关系时之境界。而“无我之境”则是指当吾人已泯灭了自我之意志，因而与外物并无利害关系相对立时的境界。……而与物达到一种泯然合一的状态，所以是“以物观物，故不知何者为我何者为物”。[①]

许多论者都表达过与叶嘉莹先生这一观点类似的意见，兹不繁举。这个认识对于本文所欲讨论的无我之境之抒情内涵这一问题有密切的关系。虽然它并没有直接对两种意境的情感性质和内容有所区分，但是它所强调的“观物态度”这个根本区别，直接导致了两种境界所抒之情的性质和内涵的差别。

在这两种观物态度中，所谓的“以物观物”又是问题的要害。

关于两种境界说的批评和争论，问题主要集中在“无我之境”，在“以物观物”。究竟有没有所谓的“以物观物”，决定着“无我之境”是否可能存在，故对“无我”之说有异议者，多对“以物观物”提出质疑：

到底在诗的写境中，有没有“无我之境”呢？我先简单地答复一句，值得称为诗的，绝没有“无我之境”。

诗人面对景物（境），概略言之有两种态度：一种是挟带自己感情以面对景物，将自己的感情移出于景物之上，此时，不知不觉地将景物拟人化，此即王氏之所谓“有我之境，以我观物，故物皆着我之色彩”。【另一种是】诗人以虚静之心面对景物，将景物之神移入于自己精神之内，此时不知不觉地将自己化为景物，即《庄子·齐物论》中的“此之谓物化”的“物化”，此殆王氏之所谓“无我之境，唯于静中得之”。……但“人唯于静中得之”，如何可说成“以物观物”？没有我，则“以物”的“以”由何而来？未观物以前，物、我两不相涉，则“以物”的“物”又从何而来？挟带感情以观物，固然有挟带感情之我在物里面，以虚静之心观物，依然有虚静的我在物里面。……“以物观物”

① 叶嘉莹：《王国维及其文学批评》，广州：广东人民出版社1982年版，第230～231页。

既语意含糊，“以我观物”亦失之笼统，世界岂有不以我观物之事？……①（【】中内容为引者所加）

因而，讨论无我之境抒情内涵的问题也就先从“以物观物”说起。

二、什么是“以物观物”？

应该尽可能回到古人的语境。“以物观物”是邵雍的著名论题，饶宗颐指出“王氏之说，乃由此出”②。侯外庐《中国思想通史》注明邵雍此语“出自佛学的止观说”，并接下去评论说：

据邵雍讲来，“物自身”是不能由“我”（主观）来认识（观）的，因为据他说，“不我物则能物物”，这个“物物”才是“物自身”的把握。怎样就能不以我观物呢？他说必须“无我”。在这里，我们一望而知他是窃取庄子的直观主义……③

历来已有许多批评者指出王国维“以物观物”说与庄子有关，或称“无我之境”为“庄学的境界”。饶宗颐云：“王氏所谓‘无我’，亦犹庄周之物化”④，上引徐复观的文章中也借庄子“物化”之说来诠释“无我之境”。所谓“物化”，就是“庄周梦蝶”的故事里所表达的重要思想：

昔者庄周梦为蝴蝶，栩栩然蝴蝶也。自喻适志与！不知周也。俄然觉，则蘧蘧然周也。不知周之梦为蝴蝶与？蝴蝶之梦为周与？周与蝴蝶则必有分也。此之谓物化。

——《庄子·齐物论》⑤

要了解“物化”，关键在于认识以下事实：如果说庄子的“物化”是一种思想，那么更重要的是，它首先是一种信仰和一种体验。

梦蝶之说向来被看作对生死的隐喻。郭象注：“夫时不暂停，而今不遂存，故昨日之梦，于今化矣。死生之变，岂异于此，而劳心于其间哉！”⑥ 梦与觉，犹如死与生之间的转化，而这种转化，体现为同一个本体可以在不同之“物”的形态之间往来变化：人梦化蝶，蝶梦化人。如果在庄子的思想背景下来解读这个故事，就应该感受到庄子所说的并非一个关于生死的隐喻，而是关于生死的事实。

---

① 徐复观：《王国维〈人间词话〉境界说试评》，《中国文学精神》，上海：上海书店出版社 2004 年版，第 55 ~ 56 页。

② 饶宗颐：《〈人间词话〉平议》，载自饶宗颐：《澄心论萃》，上海：上海文艺出版社 1996 年版，第 213 页。

③ 侯外庐：《中国思想通史》卷四，北京：人民出版社 1957 年版，第 522 页。

④ 饶宗颐：《〈人间词话〉平议》，《澄心论萃》，上海：上海文艺出版社 1996 年版，第 213 页。

⑤ 郭庆藩：《庄子集释》，北京：中华书局 1961 年版，第 112 页。

⑥ 郭庆藩：《庄子集释》，北京：中华书局 1961 年版，第 113 页。

庄子的思想之所以成为中国古代美学思想，与它的生成土壤，以及由这种土壤所孕育出的思想特质直接相关。任继愈指出："庄子的哲学思想是……以丰富多彩的楚文化为背景孕育而成的。"而"楚文化不同于中原地区的文化的特点，首先表现在传统的宗教信仰上。王逸说楚俗'信鬼而好祠，其祠必作歌乐鼓舞以乐诸神'"。因而"庄子的自然哲学带有浓厚的泛神论的色彩"[①]。孕育庄子的"传统的宗教信仰"所指的是什么？

闻一多先生在关于神话与诗的文章里谈到了庄子和楚俗的关联，这个关联的思想背景就是图腾信仰。闻一多在《龙凤》一文中说：庄子在《天运》篇中"以老子为龙"，在《人世间》中以"孔子为凤"，这"可能是庄子的寓言，但寓言的产生也该有着一种素地，民俗学的素地"[②]。所谓"民俗学素地"，是指楚地民俗图腾信仰的深刻痕迹，也就是任继愈所说的"传统的宗教信仰"之具体所指，王逸所谓"信鬼而好祠"，也仿佛就是对于楚地"图腾—祖先"崇拜风俗的描述。

在这个思想背景之下，对于庄周的蝴蝶梦就容易作出比较切近的解释。人梦成蝶、蝶梦成人的体验是原始图腾化身信仰的一个清晰的投影。化身信仰指的是：相信人死之后灵魂将化身为图腾的形象回到祖先身边——可以推测这是由于人之出生就是图腾所化。今人的民俗调查显示，在苗族的生命观念中，"他们认为人有七十二个魂魄，其中有一个在人死之后投生为鸟（图腾），……以鸟引路，人的阴魂度过阴间毛耸山和层层地狱，与祖宗团聚"[③]。而湖南苗族创世史诗里记述，在鸿蒙未辟的时代，人首蝶身的蝴蝶从枫树心里飞出，同泡沫结婚，生下十二个神奇的蛋，其中一个是人的胚胎。[④]——庄周梦中的蝴蝶正是苗民的图腾。

可知在图腾思维中，所谓"物化"原不是死亡的代词，它指的是同一个生命在生死间的永久循环，同一个灵魂，在不同物种形态的相互转化中永久循环。庄子说："上与造物者游，而下与外死生无终始者为友。"[⑤]这是蝶梦寓言所体现的思想，但首先它是一种信仰和一种体验，用现代的话说，思想者在信仰中体验和感受。对于言者（体验者）来说，隐喻（梦觉）和本体（生死）是同一种真实。现代有学者认识到这一点：

> 这则故事的解读至少暴露出，在庄子那里无论谈"知"，还是论"是非"，同样对知识与信仰是不加区分的。[⑥]
>
> "至知"即是"至情"，在前科学（其实也是前功利，未有"机心"产生之前）的判断中，知与情没有分化。万物一体，面对世界就是拥抱整个世界。[⑦]

了解了这一点，再来看梦蝶的"寓言"，就明白梦者庄周为什么那么着意描述"梦"

---

① 任继愈主编：《中国哲学发展史·先秦卷》，北京：人民出版社1983年版，第389、391页。

② 闻一多：《龙凤》，《神话与诗》，上海：华东师范大学出版社1997年版，第71～73页。

③ 刘海粟：《贵州蜡染的历史、现状及发展》，《贵州师范大学学报》1986年第1期，第3页。

④ 陶阳、牟钟秀：《中国创世史诗》，上海：上海人民出版社1989年版，第118页。

⑤ 郭庆藩：《庄子集释》，北京：中华书局1961年版，第1099页。

⑥ 陈少明：《〈齐物论〉及其影响》，北京：北京大学出版社2004年版，第59页。

⑦ 陈少明：《〈齐物论〉及其影响》，北京：北京大学出版社2004年版，第224页。

中的真实感。同一个本体前后经历了两种意识，两种意识都同样真实可感。真实感可以达到这样的境地：让人无从判别哪是梦境，哪是觉时。郭象注云：“【俄然觉】：自周而言，故称觉耳——未必非梦也。”“今之不知胡蝶，无异于梦之不知周也。而各适一时之志，则无以明蝴蝶之不梦为周矣。”① 极为中肯。这种物物相通的真实感，正是通向“以物观物”的心灵途径。

另一则著名的寓言“知鱼之乐”同样体现出“物化”的信仰和体验：

庄子与惠子游于濠梁之上。庄子曰：“鲦鱼出游从容，是鱼之乐也。”惠子曰：“子非鱼，安知鱼之乐？”庄子曰：“子非我，安知我不知鱼之乐？”

——《庄子·秋水》

论者一般都视惠庄之间的问答为庄子的诡辩。但对于庄子，却不是单纯的逻辑问题：人和鱼之间能相互感知，是因为在其体验中，自己和鱼在意识水平上是同类的对象而不是异类。《齐物论》所谓“天地与我并生，而万物与我为一”，在言者的头脑中，并非大而无当的形而上的玄言奥旨，而是当下真实的体验和感受。惠子说“子非鱼”，其言下之意，显然是指“人和鱼为异类因而不可互知”。而庄子回答“子非我，安知我不知鱼之乐”，却是以“人和鱼并非异类故可以互知”为前提的。这是在两种不同的思维系统中的对话。知鱼之乐与梦蝶的寓言，从两种维度体现着“物化”：庄周梦蝶描述的是历时态的“物化”流程。在相继的时间里，同一个灵魂（本体）可以先后是人和蝶；知鱼之乐所描述的是共时态的“物化”状态。由于人和鱼的本性没有分别，因此存在于同一时间的人和鱼便可以相互感知。

这就是“以物观物”。其中之所以没有“我”，是因为“我”已“物化”，此时之“我”（真宰之我）亦即是“物”。

三、“以物观物”与“无我”

“以物观物”是一种特殊的意识和感受状态。人在何种情况下可以“以物观物”?《庄子·齐物论》的开篇第一节可以看作这个问题的回答。钱穆《庄子纂笺·齐物论》引章炳麟：“此篇先说‘丧我’，终明‘物化’，泯绝彼此，排遣是非。”依庄子之意，“丧我”就是达到“齐物”“物化”的心灵状态或精神境界。《齐物论》的开头说：

南郭子綦隐几而坐，仰天而嘘，荅焉若丧其耦。颜成子游立侍乎前，曰：“何居乎？形固可使如槁木，而心固可使如死灰乎？今之隐几者，非昔之隐几者也?”子綦曰“偃，不亦善乎而问之也！今者吾丧我，汝知之乎？……”

这一刻，南郭子綦如蝉蜕一般地脱胎换骨，“荅焉若丧其耦”（“耦”多释为身体）。

① 郭庆藩：《庄子集释》，北京：中华书局 1961 年版，第 113 页。

释德清疏云："大概此论立意，若要齐物，必先破我执为第一，故首以'吾丧我'发端。然'吾'指真宰，'我'即形骸。"① "形骸"在这里并非一般所指的"躯壳"，而是指执迷于感性欲望的那个"皮囊"。《庄子·德充符》中有如下记述：

仲尼曰："死生存亡，穷达贫富，贤与不肖毁誉，饥渴寒暑，是事之变，命之行也。日夜相代乎前，而知不能规（窥）乎其始者也。故不足以滑和。不可入于灵府。"

种种世俗的祸福穷通、名利权势，日夜不停地困扰着我们，也许我们终其一生也摆脱不了这些物欲——这就是人的"形骸"、人的"小我"对生命的毁伤，对人之天性（真宰）的戕伐。不能让这一切来扰动你的天和。而要想摆脱困扰，只有并且必须做透彻的"无我"的功夫。用庄子的话说：

彻志之勃，解心之谬，去德之累，达道之塞。贵富显严名利六者，勃志也；容动色理气意六者，谬心也；恶欲喜怒哀乐六者，累德也；去就取与知能六者，塞道也。此四六者不荡，胸中则正，正则静，静则明，明则虚，虚则无为而无不为也。

——《庄子·庚桑楚》

"无我""忘我""丧我"之"我"，并非现代所谓人之本体或思维主体，而是困于物欲、惑于私情的"形骸"或假我。在中国哲学里这种用法的"我"都是贬义的。如《论语·子罕》："子绝四：毋意、毋必、毋固、毋我。""丧我"之意，就是要祛除这个"我"，而达到"吾丧我"中的那个"吾"（真我，真宰之我）。真宰之我同于大道，同于万物。庄子形容吾丧我时的状态如槁木死灰，就是对人超脱故我而同于大道、同于万物的真我形象的描绘。这个意义上的"无我"不是对主体的否定，而且是主体的涅槃新生。唯此经过涅槃之主体，才是以审美态度面对自然的前提。对于这一点，历来凡论及人与自然相往还的艺术，论及观照自然的心灵状态的话语，几乎是众口一词：

于是游览既周，体静心闲。害马已去，世事都捐。投刃皆虚，目牛无全。凝思幽岩，朗咏长川。

——孙绰《游天台山赋》

圣人含道应物，贤者澄怀味象。

——宗炳《画山水序》

是以陶钧文思，贵在虚静，疏瀹五脏，澡雪精神。

——刘勰《文心雕龙》

① 释德清：《庄子内篇注》，上海：华东师范大学出版社2009年版，第60页。

“物化”信仰虽源于原始思维，但并不随人类思维的演进而消亡。在现代诗人的思想中，仍不难看到庄子的灵魂：

只有当主体（自我）虚位，从宰制的位置退却，我们才能让素朴的天机回其活泼泼的兴现。现象、自然万物并不依赖“我”而存在，它们各自有其内在生成衍化的律动来确认它们独具的存在和美。所谓主体、所谓客体、所谓主奴的从属关系都是表面的、人为的区分。主体和客体，意识和自然现象互参互补互认互显，同时兴现，人应和着物，物应和着人，物应和着物至万物万象相印认。①

“无我”之说由此成为中国山水文学、艺术的思想之源。

四、“无我之境”是什么？

回顾上文所论，不难意识到：当我们从思维方式上对“物化”“无我”等思想进行分说的时候，我们就已经在谈论着这些思想的内容了。它们直接对应着“无我之境”的内容。庄子论“无我”“物化”是为了“泯绝彼此”“排遣是非”，泯绝彼此主要是消除人与自然，即“物我”之分别，而排遣是非则是要根除人与人之间世俗伦理的成见。这正是庄学对立于儒学的根本所在。由庄子思想所孕育的“无我之境”以至于中国的山水文学山水艺术，总体上也带有一种遗世的品格（王国维说它是“高举远慕，有遗世之意”）。不染尘泥，不带烟火之气，结庐在人境不闻车马喧，离于世情纷纠之外，让人的真性真义（真宰）回到生命的“灵府”之中，如此则天、人得以“同化”。此是庄学的境界。在庄子看来，这就是生命的真相，或理想的生命状态，在古代哲学的谱系中，它书写了一种宇宙生命的状态，而且它就是人的生命的理想状态。

撇开人世的成败利钝、是非计较，人的精神境界（无我之境）将是何种景象呢？用诗的话语来说，是“木欣欣以向荣，泉涓涓而始流”②，是“明月松间照，清泉石上流”③。这些诗句之所以不是“客观”的写景，之所以显得意味深长，是因为其中的自然物，“写景”实际上成了一种无意识的隐喻，它们所表现出来的“气象”，乃人的“无我”精神状态生机勃勃而澄澈光明的生命灵性，精神气貌，因此才可以称为“境界”。在形式上，它一方面是“物”的形象，刘勰说：“写气图貌，既随物而婉转。”④ 既“随物而婉转”，那么其间观物者——主体在何处呢？如上所述，观物者已由“忘我”而“物化”——物即我，观物同时也是自我观照。又唯其如此，才能真正地泯除我相，“随物婉转”，任大自然之天机活泼地兴现。而另一方面，由于真宰现化，“万物与我为一”，没有了客体主体之分，物的存在、物的性状即我的存在、我的性状。自然的天机所显现的，同时也是人之精神生命的形象。没有了利害计较、物欲纠缠，人的生命活动、生命意识就如同高天流云、

---

① 叶维廉：《中国诗学》，北京：生活·读书·新知三联书店 1992 年版，第 112 ~ 113 页。

② 陶渊明：《归去来兮辞》。

③ 王维：《山居秋暝》。

④ 范文澜：《文心雕龙注》，北京：人民文学出版社 1958 年版，第 693 页。

山川草木、飞鸟游鱼一样，自然而纯粹。在“生命的自然”这一层面上，人同于物，物我可以两忘。

“无我之境”所表现的，就是这样一个本真的生命——消解了人我是非（世俗伦理）而显示为物我一体的生命状态、精神状态的自我感受、自我描绘，这是一种纯粹的生命感动或生命感发，如果说它所表现的是一种情感的话，那么，可以将其称为本真的宇宙生命情怀。

从体现了生命情怀这个意义上来说，“无我之境”也可以看作一种特殊的隐喻。“境”中的“景”“物”便成为一种象征，只是在这种隐喻中，喻体本身同时也是本体。

五、几个例证

春眠不觉晓，处处闻啼鸟。夜来风雨声，花落知多少。

——孟浩然《春晓》

说诗者多誉此诗为自然高妙。黄叔灿《唐诗笺注》评：“诗到自然，无迹可寻。”刘永济辑注《唐人绝句精华》评：“佳处在人人所常有，唯浩然能道出之。”

这种人人常有而难言的自然就是“醒觉”。这里说的不是鸟的啼声唤醒了人，那并不是自然的觉醒。灵魂的自然醒来是不知不觉的，因而是“不觉晓”。我们的梦与觉，如同庄子所说，就像人的死与生，是“翛然而往，翛然而来而已矣”①。这种时刻，乃万物之所同。所以这里说的不是“鸟唤醒了人”，而是人感受到“与鸟一同醒觉”“像鸟一样地醒觉”。在醒觉到来之前，是无尽的混沌沉睡，是漫长的黑暗虚无。就在我们无法意识、不可思议的一瞬间，光明终结了黑暗，灵性明澈于耳目，生命发出了嘹亮的喧哗。这光明、灵性、啼叫就是由生命的自然所发动。这就是生命的醒来。不是被唤醒，不是相互唤醒，是万物间互通的、同时的觉醒。这里没有一个隔绝于啼鸟之外的“我”，生命的喧叫发自鸟的口中也是发自我的体内。

人闲桂花落，夜静春山空。月出惊山鸟，时鸣春涧中。

——王维《鸟鸣涧》

夜静山空，悠闲的桂花在寂静的黑暗中安然飘落。黑暗中，人的肉眼是看不见花的飘落的，而那个静心的人（“人闲”之人）却感应到了花的飘落，因为这个山中人的心灵在随着轻扬的花瓣悠然沉降。山中月上之前，鸟儿已经栖宿，待到月出，有一两只被枝叶间洒落的明净月光所惊动，在幽深的溪涧里偶尔发出几声低低的啁啾又复归于栖眠——它们明白了那只是月光而已。随遇任化，鸟的心就是静者之心。无论外境是动或静都无碍于它的安详。“扰动”在诗里是有意出现的，因为扰动（月出等）和被扰动，扰动者和被扰动

① 郭庆藩：《庄子集释》，北京：中华书局 1961 年版，第 229 页。

者，由扰动而重归宁静的过程都意在体现“自然”。

> 独坐幽篁里，弹琴复长啸。深林人不知，明月来相照。
>
> ——王维《竹里馆》

这样的诗，如果只是“自其外而观之”将一无所得。局外人看到的只是“独坐”或者“孤寂”而已。这里正用得上佛家的“指月之喻”。《楞严经》卷二有言：“如人以手指月示人，彼人因指当应看月。若复观指以为月体，此人岂唯亡失月轮，亦亡其指。”

诗的文字只是指示我们看月的那根手指。“明月来相照”，它指示给我们的就是人和明月之间的感应。琴者和月光在琴声中得到感应。琴者所奏虽然在诗句中不可得闻，但可想而知，琴者的心声必定是从所晏坐的绿竹之中，从竹丛中洒下的离披的光影中感应得来，而转译为琴韵。没有曲谱，没有听者相求，琴者所奏就是琴心与月光幽篁的和鸣，可谓天籁。独坐幽篁，可知世无知音。这里的倾听者就是月光（这就是“明月来相照”的含义），也是造物。造物是天籁的发出者也是天籁的倾听者。琴者真正感应到了明月的倾听，于是放声长啸，回应天上的明月、造物。天人在琴声中完成了交谈。

> 众鸟高飞尽，孤云独去闲。相看两不厌，只有敬亭山。
>
> ——李白《独坐敬亭山》

李白此诗，简直是专为“忘我”“物化”说赋形传神之作。人与山而可以“相看”，不唯人看山，山亦可以看人。如果不懂得庄子知鱼之乐、蝶梦为人的“物化”思想，是很难索解其中之味的。有意地飞走高鸟，遣去孤云，显然为了最清晰地凸显“人”与“山”、“山”与“人”的独自相对、“相看”。而人与山、山与人互看的所有内涵、真趣，又一切付于无言之中，付于“韵外之致”。正由于是诗，辄又深情地引导读者向诗外去神往，咀嚼“相看”二字的悠长意味。可以说，《独坐敬亭山》便是不着痕迹地、形象而诗意地诠释了庄子“独与天地精神往来”（《庄子·天下》[①]）这一形而上的幽玄境界。古人评此诗“非深知山水趣者不能道”（李攀龙《唐诗训解》），其实，非深得“物化”之旨者亦不能深知山水之趣。

六、“悠然见南山”为何是“无我之境”？

不少论者对于王国维以陶渊明“悠然见南山”句为“无我之境”提出看法。顾随在《论王静安》论道：

> 王先生讲无我之境举陶诗“采菊东篱下，悠然见南山”（《饮酒》其四）。不然。采谁采？见谁见？曰“采”曰“见”则有我矣。

---

① 郭庆藩：《庄子集释》，北京：中华书局1961年版，第109页。

周振甫在《人间词话新注·序》中说：

然非物无以见我，在“悠然”里正是观物中所见的我。

事实上，王国维有意无意中所举出的这个例子恰恰非常中肯地说明了何为“无我”之我，说明了“无我”之事并非关乎“我”之形迹，而只关乎“我”之内质。“无我”之我乃泯除“我相”而非灭绝“我形”，我相既泯则物我同矣，“采菊”之我，已是“人淡如菊”、人同于菊的我。“悠然见南山”犹见妙趣。“悠然”二字，正显示了“无我相”之我，而这一句不妨译作“我与南山悠然相见”或“我见到了悠然之南山”，似乎都不违诗人本意。且看此句的话语方式则耐人寻味：人与南山孰者悠然？不言而喻，“悠然”者，义兼彼此，既是说我，也是说南山。李白的“相看两不厌”，正好可以作为“悠然见南山”的注脚。

懂得了这个道理，就不难理解以下也都体现了“无我之境”的例子：

日照香炉生紫烟，遥看瀑布挂前川。飞流直下三千尺，疑是银河落九天。

——李白《望庐山瀑布》

独怜幽草涧边生，上有黄鹂深树鸣。春潮带雨晚来急，野渡无人舟自横。

——韦应物《滁州西涧》

风送出山钟，云霞度水浅。欲寻声尽处，鸟灭寥天远。

——钱起《远山钟》

其中“遥看”之我、“独怜”之我、“欲寻”之我，都近乎同于自然、同于造化之我。《滁州西涧》一例中的“独怜”，可以找出李商隐《晚晴》诗“天意怜幽草”句作注，证明此种“怜”的主体，其实就是“无我”之我。

七、“无我之境”与生命情怀

“无我之境”与生命情怀并不是唯一对应的形式与内容的关系。

先从“无我之境”与“有我之境”的关系上来看。从某种意义上说，“无我之境”确是与“有我之境”相对立而存在的。我们说“无我之境”具有遗世的品格，是否意味着“有我之境”就是表现一种入世之情呢？可以说，“有我之境”的确较多地表现了入世之情，在此不繁举例，不过这与“无我之境”的遗世品格是两个不同层面的问题。

我们说“无我之境”有出世心态，但生命情怀既可与出世心态相联系，也可不相联系。与出世心态相联系的生命情怀也并不等于隐逸情怀。（虽然两者有密切关系）相应地，“有我之境”也并不等于入世情怀。“无我之境”是一种心态，说它有遗世的品质，是指它需要祛除世俗的人我是非的心态才可产生，而“同化于大自然”被当作得到这种清净心态的途径。（超世俗的心态经过其他途径也可获得，比如佛家的禅定）而隐逸是一种社会行为，是尘世中人选择远离社会的主动行为。隐逸者和大自然的关系，只是有不少隐逸者选择了在亲近自然的环境中安顿身心、度过自己的隐逸生涯而已——除此之外，也有人选择隐于“朝市”，甚至隐于“衙署”。

我们说“无我之境”表现的是生命情怀，但生命情怀并非只为写“无我之境”的诗人所具有，而是为所有生命意识较强的人所共有，也就是说，几乎为一切诗人所共有。但每个诗人的生命情怀不一定属于“无我之境”所表达的那一种（万物与我为一）。隐逸诗人的确往往表现出较多的生命情怀，但隐逸情怀所包含的又不只是生命情怀一种，除此之外，它还可包含例如陶渊明式的“刑天舞干戚，猛志固常在”的情结，还有厌世和避世的情结：

春草绵绵不可名，水边原上乱抽荣。似嫌车马繁华地，才入城门便不生。

——刘敞《春草》

同时，表现生命情怀的“无我之境”也不是表现出世之情的作品中所独有的。杜甫律诗中有这样一种情况：

昔闻洞庭水，今上岳阳楼。
吴楚东南坼，乾坤日夜浮。
亲朋无一字，老病有孤舟。
戎马关山北，凭轩涕泗流。

——杜甫《登岳阳楼》

按那种皮相的说法，杜甫这类律诗是三、四句写景，五、六句叙事。岂知这里的三、四句正是在抒情，正是“无我之境”。蔡绦《金玉诗话》评：“‘吴楚东南坼，乾坤日夜浮’，不知少陵胸中，吞几云梦也。”这才是读懂了杜甫发的感慨。“吴楚东南坼，乾坤日夜浮”是至大无外、恢宏寥廓的宇宙生命，同时，它也就映现了这个境界的创造者——诗人自身的精神世界，宽阔胸怀。再看这个阔大的内心世界所寄寓的那个躯壳，即五、六句“亲朋无一字，老病有孤舟”，便可意会到诗人的用心：至大至刚的内在生命和羸弱孤寒的外部存在趋于两极，处于同一个奇崛的主体，形成了一种震撼的张力。这是中国文化中典型的崇高人格。

另一方面，在中国诗中，生命情怀可以通过多种方式进行表现，“无我之境”只是生命情怀的表现方式之一种，也是最为含蓄的一种。下面的例子可以说都与生命情怀有关，而采用的表达方式都不是“无我之境”。

情如落絮无高下，心似游丝自往还。

——邵雍《闲适吟》

从形式上说，这是“比”。这句诗显然表达的是一种与物往还的生命情怀，只是将“无我之境”不易察觉的隐喻关系，换成了明喻，而诗味顿减。这也是宋诗常遭人诟病的地方。

细数落花因坐久，缓寻芳草得归迟。

——王安石《北山》

论到诗法，这大概可以算是“赋”，诗人把自己与自然万物交接的心情和行为刻意叙说，因为刻意而被徐俯批评为过于留意执着。

梨花淡白柳深青，柳絮飞时花满城。惆怅东栏一枝雪，人生看得几清明。

——苏轼《东栏梨花》

这是诗中直道人生苦短的话语，近乎议论。

况修短随化，终期于尽。古人云：“死生亦大矣”，岂不痛哉！

——王羲之《兰亭序》

这是散文里关于死生之痛的直接告白。对照杜甫《曲江二首其一》：“江上小堂巢翡翠，花边高冢卧麒麟”一语，两者意思相近，而《兰亭》直说，杜诗则完全寓情于物，即可明了两种言说方式各自的意味。

常言五六月中，北窗下卧，遇凉风暂至，自谓是羲皇上人。

——陶渊明《与子俨等疏》

陶渊明此语，可谓表现了最经典的生命情怀，而此文虽然可以说是文中之诗，但仍是文的表达方式。

另外，“无我之境”可能只是一首诗的局部。从王国维所举“无我之境”的例句来看，所谓境界——也称意境，当是一意一境，表现一个相对独立的意义便可称一个境界。在整首诗中，作为局部的“无我之境”，虽然也可具有自身独立的意义，但它在全诗中的意义却必然受整体的影响，在整体中体现和发挥自身的意义，协同其他部分完成整体的诗意。这样，“无我”的部分就可能成为整体的“有我”意义的一个因素，也就是说，它所表现的生命情怀可以内在于某种世俗情感，或者说，世俗情感是以生命情怀为根基和源头的。以上所引《登岳阳楼》“吴楚东南坼，乾坤日夜浮”一联在诗中的作用就是一个典型的例子。“无我之境”和“有我”之意的这种结构关系，在古代抒情诗里很常见。另举一例：

油壁香车不再逢，峡云无迹任西东。梨花院落溶溶月，柳絮池塘淡淡风。
几日寂寥伤酒后，一番萧索禁烟中。鱼书欲寄何由达，水远山长处处同。

——晏殊《无题》

诗意整体上显然是关于伤离怀人的世俗之情。而其中备受称赏的“梨花院落”一联，并没有明确清晰的情感指向，只是给人一种轻烟似的莫名惆怅，这就是伤离者关于自身生命的惆怅，伤离意绪就是由这种样态下的生命所发出。

八、“无我之境”与性情之说

邵雍说：

以物观物，性也；以我观物，情也。

——邵雍《观物外篇》

那么，王国维的境界说是否与邵雍观物说的性情论相对应，即王氏所说的“以物观物”的“无我之境”是否就是表现了理学家所谓的“性”？而“以我观物”的“有我之境”是否就是表现了理学所谓的“情”呢？

理学的性情论，在《中庸》的一段讨论中得到集中的体现：

喜怒哀乐之未发，谓之中。发而皆中节，谓之和。中也者，天下之大本也。和也者，天下之达道也。

——《礼记·中庸》

理学家多以情感未发时本然的心灵状态——“中”为人之“性”，或者由“性”而来，性是情感发动的一种心理原生态和原动力；性之已发，则是情。性是情的根据，情是性的表现。由性而发的情，必然是不受私欲诱惑干扰的“中和”之情，这是人性中理想的情感品质，也被认为是本然的情感。儒家哲学中的这种性情（中和）论，也大致为儒家诗教所遵循：只有中和之情，才可入于诗文歌咏。

理学家朱熹曾长期寻求“未发”状态，一度认为“未发之前”不可寻觅、不可言说，“未发”状态的性只有通过“已发”状态的情来察识。如果以此说来论诗，即以生命情怀相当于“性”，而世俗情感相当于“情”，似乎也可以认为有某种契合之处：生命情怀只有通过“已发”的世俗情感才能得到观照和体认。

移舟泊烟渚，日暮客愁新。野旷天低树，江清月近人。

——孟浩然《宿建德江》

诗的三、四句应属于“无我之境”。如果独立地看，它表现的是一种没有明确情感指向性的宇宙情怀和生命感受，而上文“客愁”的提示，让人感到这种感受和羁旅之愁是相互融合在一起的。仿佛是世俗心理触动了生命情怀，或者说由于生命情怀的发动，世俗情感才有了深厚的心理内涵。“性”是“情”的源头、原质。

不过这种契合，即“无我之境”所言为未发之“性”，而“有我之境”所抒为中和之情，这是一种尚有所待之“性”（有待于在已发之情中来体认此“性”），它只适合部分抒写入世之情的诗，或者叫作儒学境界的诗。因为儒、道两家关于“性”的概念截然不同。

儒家的性情论纯然为了论证世俗伦理情感的先天合理性，为入世之情寻求根据。《易·系辞》：“一阴一阳之谓道，继之者善也，成之者性也。”朱熹解释说：

> “继之者善，成之者性。”这个理在天地间时，只是善，无有不善者。生物得来，方始名之性。只是这理，在天则曰命，在人则曰性。
>
> ——《朱子语类》卷五

而老庄的性情论是一种出世的伦理学说。上文已提到：庄子“无我”“物化”之论就是针对一切世俗伦理，是为了泯绝是非彼此，消除世俗的道德成见。庄子以同于天地之道为人之性，以世俗情感为有害于性，故主无情：

> 有人之形，无人之情。有人之形，故群于人；无人之情，故是非不得于身。……惠子曰，人而无情，何以谓之人？庄子曰，道与之貌，天与之形，恶得不谓之人？惠子曰，既谓之人，恶得无情？庄子曰，是非吾所谓情也。吾所谓无情者，言人之不以好恶内伤其身，常因自然而不益生也。
>
> ——《庄子·德充符》

因此道家之性也是一种纯粹之“性”。而完整体现道家性情论的“无我之境”，多出现在以出世情怀为主体的诗篇中，例如陶渊明和唐代田园诗人的部分诗歌里。本文所举的几个例证即是。

“小东坡”唐庚《诉衷情》词发微

唐 玲[①]

唐庚（1071—1121），字子西，北宋末著名诗人，与苏轼同为眉州人，同有被贬安置惠州的经历，在诗歌创作、诗学观念上也以苏轼为宗，故后人誉为“小东坡”[②]。刘克庄云：“唐子西诸文皆高，不独诗也。其出稍晚，使及坡门，当不在秦、晁之下。”[③] 诗文皆擅如此，而在词体风行的宋代，其集中却不见一词，实为憾事。幸好南宋黄升《花庵词选》能作遗珠之采，其书卷八录有唐氏仅存于世的一首倚声之作，兹录如下：

平生不会敛眉头，诸事等闲休。元来却到愁处，须着与他愁。　　残照外，大江流，去悠悠。风悲兰杜，烟澹沧浪，何处扁舟？

——《诉衷情·旅愁》

此词的创作可谓“无一字无来处”，诗人之词往往如此。上阕四句道出了词人由豁达乐观转为满怀愁绪的心路历程，其意盖出于《艺文类聚》卷三十五：“《郭子》曰：王东海初过江，登琅邪山。叹曰：‘我由来不愁，今日直欲愁。’”“须着与他”，则系宋时口语，《朱子语类》有“须着与他分别”（卷二十四）、“须着与之辩”（卷五十五）之语；王铚《默记》记王安石有“若使后世做牛，须着与他日里耕田”之言（卷中）。须者，须要也。四句意为虽然平生从不知愁，到了该愁的地方还是要愁的。这种比较手法，作者在其诗中亦曾用过，其《别勾永叔》诗云：“巴江滟滟巴山空，十里五里蕉花红。少年锐意立功业，破烟一棹轻如风。却思三岁相欢聚，说剑论诗轻李杜。平生不作儿女悲，今日为

---

① 唐玲，女，1981年生，云南昆明人，华东师范大学古籍研究所助理研究员，文学博士后，主要从事宋代文学与文献研究。

② 雁湖居士李壁曰：“唐子西文采风流，人谓为‘小东坡’。”刘望之曰：“唐子西善学东坡，量力从事，虽少，自成一家。其诗工于属对，缘此，遂无古竟，然其品在少游上。”林希夷曰：“唐子西学东坡者也，得其气骨而未尽其变态之妙，闲有直致处，然无一点尘俗，亦佳作也。”（马端临：《文献通考·经籍考》，上海：华东师范大学出版社1985年版，第1483页。）

③ 刘克庄：《后村诗话前集》卷二，北京：中华书局1983年版，第26页。

君重回顾。”[①] 可与李白“平生不下泪，于此泣无穷”[②]；司马光“平生不喜酒，是日成烂醉”[③]；苏轼“平生不尽器，痛饮知无那”[④] 相参。

唐庚二十岁初游京师，其时“少年不识愁滋味”，意气风发，豪放不羁。他于《中秋遇雨感怀呈世泽彦直》诗中对此有具体的描绘：

初游东都年二十，清欢趁得中秋及。高阳会中酒徒集，惠和坊里绣鞍入。蟹螯尝新左手执，鸡头未老搓玉粒。杯行到手不待揖，明月清风供一吸。缠头不惜倾箱给，倚赖决科如俯拾。[⑤]

此正“平生不会敛眉头，诸事等闲休”之谓。而这份好心情却被继之而来的现实无情地摧毁了。究竟是什么让乐观的唐庚转入愁乡呢？这要从他的身世谈起。

宋哲宗绍圣元年（1094），唐庚进士及第，历任利州治狱掾、阆中令、绵州录事参军、凤州教授等官。[⑥] 直至大观四年（1110）春，受宰相张商英荐，赴京为宗子博士，不久即除提举京畿常平。十余年来，沉浮下僚，此次赴京任职，可以说是他政治生涯中的一个小高潮。然而好景不长，唐庚在当年即被罢官，安置惠州。据称：“大观四年九月十五日，新除京畿路提举常平唐庚送吏部，与广南远小处监当。以给事中蔡薿论其出入权门、轻儇憸薄故也。”[⑦]

关于唐庚被贬惠州之由，约有两说：一说是张商英罢相后，他因连坐而被贬。如《东都事略》《宋史·唐庚传》皆云：“商英罢相，庚亦坐贬，安置惠州。”据唐庚《南征赋》云：“始摄提之孟冬，余负罪而南驰。”[⑧] 摄提为寅年，即大观四年（1110）孟冬（十月），唐庚已离京赴惠。而张商英罢相则在次年政和元年（1111）八月，[⑨] 晚于唐庚贬谪十月之久，故连坐之说不确。另一说是何执中等人欲除张商英而后快，故先以唐庚为打击对象。《宋史·张商英传》云：“何执中、郑居中日夜酝织其（商英）短。先使言者论其门下客唐庚，窜之惠州。有郭天信者，以方技隶太史。徽宗潜邸时，尝言当履天位，自是稍眷宠之。商英因僧德洪、客彭几与语言往来，事觉，鞫于开封府。御史中丞张克公疏击之，以观文殿大学士知河南府。”[⑩] 唐贬实在张前，《宋史纪事本末》取之，是。

细味词意，此篇《诉衷情·旅愁》正是由京师赴惠州途中所作，词中寄寓了词人不可言说的愁绪以及不知所措的茫然。

在负罪南窜的旅途中，道过武陵，唐庚曾作《武陵道中》一诗以抒愁思。诗云：

---

① 唐庚：《眉山唐先生文集》卷三，中华再造善本据宋刊本影印。
② 李白：《李太白集》卷十二《江夏别宋之悌》，宋蜀本。
③ 司马光：《传家集》卷三《早春戏作呈范景仁》。
④ 苏轼：《东坡全集》卷十二《次韵子由病酒肺疾发》。
⑤ 唐庚：《眉山唐先生文集》卷十八。
⑥ 唐庚：《眉山唐先生文集》卷二十三《上蔡司空书》。
⑦ 徐松：《宋会要辑稿·职官六八·降黜官五》，北京：中华书局1957年版，第21页。
⑧ 唐庚：《眉山唐先生文集》卷一。
⑨ 脱脱：《宋史》卷二十《徽宗纪》二、卷二百一十二《宰辅表》三，北京：中华书局1977年版。
⑩ 脱脱：《宋史》卷三百五十一《张商英传》，第11097页。

朝持汉使节，暮作楚囚奔。路入离骚国，江通欸乃村。
垣墙知地湿，草木验冬温。寂寞桃源路，行人祇断魂。[①]

自贾谊始，历代贬谪文人便视屈原为逐臣的代表，甚至将湖湘地区与放逐联系起来，作者的愁绪正是由“路入离骚国”引起的。在“朝持汉使节，暮作楚囚奔”的巨大反差中，唐庚道经屈子行吟之地，自然免不了抒发一番“异代同叹”。同时，武陵又是陶渊明笔下的避世之所，但桃源寂寞，无路可通，旅人只能望而“断魂”了。此正“元来却到愁处”也。

下阕“残照外，大江流，去悠悠。”诗人吟咏，惯以暝色起愁。钱钟书先生《管锥编》论之甚详。[②] 落日余晖本已令人伤感，何况目对江水，逝者如斯呢？崔颢《黄鹤楼》：“日暮乡关何处是，烟波江上使人愁。”[③] 唐庚于此可谓心有戚戚。记得韩愈《河之水二首寄子侄老成》诗有“河之水，去悠悠。我不如，水东流”“河之水，悠悠去。我不如，水东注”[④] 之句，唐庚此际，也许正与韩公心同理同。

“风悲兰杜，烟澹沧浪”两句，虽似即景，实则化用郑谷《别同志》：“天澹沧浪晚，风悲兰杜秋”之意。[⑤] 词中沿用前人诗句，本是常例，关键在“运用之妙，存乎一心”。郑谷诗较为浅显易懂，宋时在民间甚为流行，[⑥] 王安石集句《沈坦之将归溧阳值雨留吾庐久之三首》中也曾用过“风悲兰杜秋”一句，唐庚则将这两句一并拈来，略去二字，别具妙谛。

郑谷之句，在唐词中意义已经深化，“兰杜”指兰草与杜若，喻己之高洁；“风悲”则喻己之不幸。省去郑诗中之“秋”字，不仅是词律的要求，也符合时令，如前所述，唐庚贬官南行已是孟冬。“沧浪”，本是水名，古有“沧浪之水清兮可以濯吾缨，沧浪之水浊兮可以濯吾足”[⑦] 之歌，自屈原《九辨·渔父》中渔父鼓枻歌此后，相沿即指隐沦所居。王昌龄《观江淮名胜图》：“安期始遗舄，千古谢荣耀。投迹庶可齐，沧浪有孤棹。”[⑧] 李白《郢门秋怀》：“终当游五湖，濯足沧浪泉。”[⑨] 杜甫《壮游》：“之推避赏从，渔父濯沧浪。”[⑩] 白居易《初下汉江舟中作寄两省给舍》：“期年庶报政，三年当退身。终使沧浪水，濯吾缨上尘。”[⑪] 罗隐《投浙东王大夫二十韵》：“可能因蹇拙，便合老沧浪。”[⑫] 韦庄

---

① 唐庚：《眉山唐先生文集》卷二。
② 钱钟书：《管锥编》，北京：生活·读书·新知三联书店2008年版，第100～102页。
③ 崔颢：《黄鹤楼》，《全唐诗》卷一百三十，北京：中华书局1960年版。
④ 韩愈：《河之水二首寄子侄老成》，《全唐诗》卷三百三十八。
⑤ 郑谷：《别同志》，《全唐诗》卷六百七十四。
⑥ 刘永翔：《清波杂志校注》卷二《表章用字》，北京：中华书局1994年版。
⑦ 《孟子·离娄上》，阮刻十三经注疏本。
⑧ 王昌龄：《观江淮名胜图》，《全唐诗》卷一百四十一。
⑨ 李白：《郢门秋怀》，《全唐诗》卷一百八十一。
⑩ 杜甫：《壮游》，《全唐诗》卷二百二十二。
⑪ 白居易：《初下汉江舟中作寄两省给舍》，《全唐诗》卷四百三十一。
⑫ 罗隐：《投浙东王大夫二十韵》，《全唐诗》卷六百六十五。

《关河道中》："平生志业匡尧舜，又拟沧浪学钓翁。"①"沧浪"之指归隐之地可知。

唐词改郑诗"天澹"为"烟澹"，有点铁成金之妙，"烟澹"之"澹"是使动词，意谓"沧浪"在烟雾遮蔽下变得朦胧了，与何逊《落日前墟望赠范广州云》诗："轻烟澹柳色，重霞映日余"之"澹"字用法相同。②

最后一句"何处扁舟"承"烟澹沧浪"而来，表现了无处可归隐的迷惘之心。大江上不可能没有舟楫，故扁舟必非实指，此与孟浩然《望洞庭湖上张丞相》"欲济无舟楫"之为虚拟相同，而喻义各别。扁舟在诗词中往往被用来描绘隐居生活，源自《吴越春秋》卷六《勾践伐吴外传》："（范蠡）乃乘扁舟，出三江，入五湖，人莫知其所适"的记载。李白《宣州谢朓楼饯别校书叔云》诗云："人生在世不称意，明朝散髪弄扁舟。"③李商隐《安定城楼》诗曰："永忆江湖归白发，欲回天地入扁舟。"④皆是此意，与"沧浪"相应。

试想，一位洁身自好、忠君报国之人，在遭到政敌打击陷害，被迫远赴异乡之际，就连寻求内心的平静也变得不那么容易，只有阵阵晚风为他悲泣。就连避世之地，也在弥漫的烟气中"淡出"，难以寻找，不知还有什么地方是他"小舟从此逝，江海寄余生"的心灵归所呢？⑤

就是在这般的彷徨迷茫中，下阕所渲染的氛围恰如其分地呼应了上阕所蕴含的浓浓旅愁，令人读之怅然若失。

唐庚谪居岭外，五年后方遇赦北归。宣和二年（1120），提举上清太平宫，归蜀，道卒于凤翔，年五十一。扁舟归隐之愿始终没有实现。

---

① 韦庄：《关河道中》，《全唐诗》卷六百九十五。

② 何逊：《落日前墟望赠范广州云》，《何水部集》，明刻本。

③ 李白：《宣州谢朓楼饯别校书叔云》，《全唐诗》卷一百七十七。

④ 李商隐：《安定城楼》，《全唐诗》卷五百四十。

⑤ 苏轼：《临江仙》，《东坡词》，明刻宋名家词本。

诗话五则[①]

陈和世

一

拙诗《南京大屠树》："漫道金陵王气终。每逢丹凤泣梧桐。可怜百岁怀孙树，又遇屠儿王武龙。"网友尚秋兄质曰，南京之梧桐系宋美龄氏自英国引进之法梧，非吾国丹凤所栖之梧桐也。予答曰："凤凰鸣矣，于彼高岗。梧桐生矣，于彼朝阳"（《诗·大雅·卷阿》），此诗之寓梧桐以高洁品格者。南京之行道梧桐称法梧或英梧，原生于东南欧及印度，梧桐品种之一。我国自晋代即有引进栽种。拙诗用梧桐字面之意，非坐实某细分之梧桐品种也。拙意丹凤者，为不畏强暴之护树者，为华夏复兴不懈奋斗之士人君子也；梧桐者，华夏之文明历史也。窃以为诗非科普，用语、用事不需处处坐实，处处坐实则此梧桐非彼梧桐，而此丹凤亦非彼丹凤也，胡云乎诗哉，更遑论意内笔外之功也。

二

今读龚鹏程先生《晚清诗话·陈三立（九）》："清自同治以后，国家多故，内患外侮，骈接踵至。诗人忧生忧世，虑乱伤时，日薄崦嵫之感，自然杂于笔端；而救世经济，又须有真实学问行乎其中。若神韵、格调、性灵也者，岂此时所宜讲哉?"予以为龚氏此论移诸吾华今日诗坛正切。

三

日前予因南京砍树风波拟一联曰："七代王畿伤建业；一城风雨哭梧桐。"（南京现任砍树市长名季建业，其名正与南京旧称建业同）有方家曰："'风雨'乃两样东西，与'王畿'相对似勉强。"予曾读杭州王翼奇先生《绿痕庐诗话》，其中《借式之对》曰："'海水有门分上下；江山无地限华夷。'或谓'海水'为偏正式词组（海之水），'江山'为并列式词组（江与山），实不相侔，何以为对？予即以'借式'为言，曰：'江山'诚

① 作者按：本文诗话数则均录自敝人博客，2011年至2012年间所作也。

为并列式词组，然亦可别构（非‘别解’）为偏正式（江上之山），即借此偏正之另式以与‘海（中之）水’偶对。论者曰：‘汉字为方块字，所谓对仗，终为每一方块字之对’，其意即‘海’自对‘江’、‘水’自对‘山’耳。此诚一说。苟持此论，亦无所谓借式。然诗有句意，其对仗终须就句意读解。‘海水’‘江山’终是双音词，又确各为偏正、并列，活对之态势显然，故‘借式’之说最为畅达。”据此，拙联“王畿”或可别构为“并列之另式”（王与畿）；又“风雨”或可别构为“偏正之另式”（风吹之雨）耶？或谓何必作“风雨”？答：山雨欲来风满楼也。“诗有句意，其对仗终须就句意读解。”翼奇先生此论甚是。

四

前日读苏轼《水调歌头》至“烦子指间风雨，置我肠中冰炭，起坐不能平”忽有所感，亦“起坐不能平”矣，因得“每怀家国事，肠中置冰炭”句，后竟以此阐衍成篇，作《辛亥百年感赋》五言长句一首。人言诗、词每有因偶得一句或一联而后立意、选韵、谋篇布局蔓衍成篇者，信然。

五

有友语吾曰：兄诗多慷慨、有寄托，但嫌直怒耳。吾答曰：窃以为一个时代有一个时代之文学。当今之世，凡可见可闻者，皆可诅咒者也。人遭“恨之极，恨极消磨不得”（稼轩《兰陵王》句）之境遇时，焉得有风云月露之词哉。文道希先生曾慨叹云：“夫风雅道衰，輶轩不采，下情无以上达；而作者又不能原本学术、考察民隐，淆然为无谓之辞，或仅仅雕锼虫鱼，极命草木，而诗学极为天下裂。”陈其年云：“作诗有性情，有境遇。境遇者，人所不能意计者也；性情者，天之莫可限量者也，人为之也。”吾生丁斯世，每以所见所闻痛心疾首，虽身居草野，皤然老境，亦无时不以天下苍生为忧，此吾性情使然也。是故吾于此可诅咒之时世，首先要做战士，然后学做诗人。诗，吾之匕首投枪也。匕首投枪若无锋芒，将何以战？友人曰：人各有志，不敢苟同。

诗词作品选

◆杨启宇

和梦芙答战前韵

累累伤痕历劫身，拜金时代孰求仁？嗟麟叹凤悲前鉴，怒马肥车避后人。
坚信镰锤能绍圣，浪传竿木可亡秦。天荒地老颓唐笔，欲写云雷忆未真。

梦芙示诗，勉步前韵

沙尘西北望长安，妙手能医老大难。击鼓传花花正好，瞒天过海海犹寒。
百年许定兴邦策，九转熬糊盗版丹。又届瑶池龙虎会，鸣鸾佩玉簇雕栏。

题山程水驿诗草

山程水驿记曾经，龙性由来未可驯。杯酒暂能浇块垒，歌吟端不负苍生。
魂牵故国三千里，梦绕琼楼十二层。沧海何年枯作井，麻姑无语指方平。

望　海

平居话大海，空阔凭想象。今来对沧溟，烟波何浩荡。
云水接遥天，潮汐生万象。星汉浴其中，日月浮其上。
鲛女泣珠宫，长鲸喷白浪。更有三神山，缥缈殊难望。
精卫衔微尘，欲与无涯抗。人嗤尔何愚，我嗟汝何壮。
知其不可为，当仁有不让。

返蓉机上作

银翼掠长空，御风去何疾。迥出层霄上，太清净如洗。
俯视乱云奔，形态百千异。浩若大海涛，峻若峰峦脊。
散若兜罗棉，聚若瑶池卉。云外是神州，风雨嗟如晦。
平生无一用，谩诩屠龙技。迂阔终何补，默思只增愧。

燕子矶

绝壁有声抟逝水，古今一概付江流。题诗客已骑鲸去，襁褓儿今也白头。

【注】先父四八年秋游此题诗，余尚在襁褓中，今我来游，双鬓皆皤矣。

胭脂井

蚀痕斑驳井犹存，井上胭脂早化尘。留得后庭新乐府，苍皇辞庙又何人。

谒采石矶太白楼

捉月骑鲸遂不归，燃犀渚畔尚遗祠。我来恰遇梅黄雨，客拜都吟李白诗。
身世萧条还异代，衣冠磊落肯摧眉。诗成一掷江流去，欲倩鱼龙报与知。

端午日，金陵徐子置酒饯行，赋此留别

黄梅时节过金陵，潦倒乾坤潦倒人。芒角撑肠心有疾，河桥置酒意何殷。
相思别后传诗柬，击筑樽前共啸吟。屈子沉江山鬼死，九歌九辩若为情。

七夕咏怀

蒹葭凝露起苍苍，遥隔伊人水一方。尽忏绮怀归旷达，不妨吟啸付清狂。
荆天棘地愁难遣，刻骨铭心愿岂忘。似听秋风为叹息，白头今岁又添霜。

昨　夜

人生不合识文字，历阅今愁更古欢。韦杜城南天尺五，金张席上翠三千。
可知鹤语尧年雪，何预莺啼柳浪烟。昨夜西风萧瑟甚，长安木落噤寒蝉。

癸巳中秋无月

遍倚栏干十二楼，沉阴难觌月当头。嫦娥素面应无恙，风雨今宵只自愁。
积久相思犹似梦，本来仙侣不同舟。凉蟾长舌吴刚斧，管领冰轮桂殿秋。

夷　馆

上元灯火幻鱼龙，夷馆更深幕几重。魑影疑来天外客，囚车惊扯地皮风。
苍黄瓮鼎烹功狗，凉薄肝肠怨主公。缇骑收京群喙息，滇池鸥鹭尚从容。

默　坐

龙华高会正清秋，佩玉鸣鸾簇冕旒。谋国已颁新雉尾，济时还仗旧羊头。
六朝尚可余金粉，旷代真堪绝耻羞。默坐不挥闲涕泪，河枯山竭哭神州。

末日打油

百千万劫到今朝，纵到今朝劫未销。末日流言归玛雅，肃贪事业仰风骚。
天寒岁暮情何遣，芥小舟方难可逃。裸退裸奔还裸仕，大家真个赤条条。

马六甲海峡舟中远眺落日

鲸波蜃气荡遥空，天末楼台落照中。对此滔滔无尽水，欲将心事诉鱼龙。

太平洋船楼夜坐

午夜涛声掠槛寒，浮云终蔽月轮圆。有人不寐凭舷立，波底老蛟眠未眠。

印度洋舟中望月

罡风力扫浮云去，月色如银照大千。青玉黛螺三万顷，纵无灵怪也奇观。

普吉岛海滩

终古潮声拍岸还，猜它何事语喃喃。此中消息终难究，漠漠炎云漠漠天。

印度洋舟中观落日

海天尽处云为峰，落日衔山半壁红。青黛横拖连绀宇，金霞直射耀鳞龙。

◆刘梦芙

饶宗颐国学院于新年元月成立，缀《诗经》及《楚辞》语致贺

韩山苍苍，韩水泱泱。文公开化，德泽流长。凤皇鸣矣，于彼高冈；梧桐生矣，于彼朝阳（《大雅·卷阿》）。维岳降神（《大雅·嵩高》），男子之祥（《小雅·斯干》）。楼名天啸，坐拥缥缃。古训是式（《大雅·烝民》），将翱将翔（《郑风·有女同车》）。箕裘克绍，艺苑腾骧[①]。

天步艰难（《小雅·白华》），天命靡常（《大雅·文王》）。玁狁孔炽（《小雅·六月》），弓矢斯张（《大雅·公刘》）。邦国殄瘁（《小雅·瞻卬》），洪水芒芒（《商颂·长发》）。靡室靡家（《小雅·采薇》），民卒流亡（《小雅·召旻》）。彼黍离离（《王风·黍离》），忧心且伤（《小雅·鼓钟》）。肃肃宵征（《召南·小星》），我马玄黄（《周南·卷耳》）。陟彼崔嵬（《周南·卷耳》），北风其凉（《邶风·北风》）。啸歌伤怀（《小雅·白华》），出言有章（《小雅·都人士》）[②]。

芰荷为衣，芙蓉为裳（《楚辞·离骚》）。行吟泽畔，濯足沧浪（《楚辞·渔父》）。阴阳易位（《楚辞·涉江》），不能固臧（《楚辞·天问》）。行比伯夷（《楚辞·橘颂》），至于海邦（《鲁颂·閟宫》）[③]。考盘在涧（《卫风·考盘》），忠名弥彰（《楚辞·天问》）。苏世独立（《楚辞·橘颂》），明星煌煌（《陈风·东门之杨》）。

法京访戴，美都升堂。南履天竺，东渡扶桑[④]。终朝采绿（《小雅·采绿》），于以四方（《周颂·桓》）。如切如磋（《卫风·淇奥》），如圭如璋（《大雅·卷阿》）。思乐泮水（《鲁颂·泮水》），佩玉将将（《郑风·有女同车》）。翰飞戾天（《小雅·小宛》），万舞洋洋（《鲁颂·閟宫》）。罙入其阻（《商颂·殷武》），造舟为梁（《大雅·大明》）。奄有九有（《商颂·玄鸟》），吞吐八荒[⑤]。

既作泮宫（《鲁颂·泮水》），邦家之光（《小雅·南山有台》）[⑥]。德音秩秩（《大雅·假乐》），钟鼓喤喤（《清庙之什·执竞》）。凤皇于飞（《大雅·卷阿》），八鸾锵锵（《大雅·烝民》）。集于泮林（《鲁颂·泮水》），和铃央央（《臣工之什·载见》）。朝宗于海（《小雅·沔水》），江汉汤汤（《大雅·江汉》）。播芬六合（饶公二〇一二年为西泠印社题字），令闻令望（“望”平声）（《大雅·卷阿》）。我客戾止（《臣工之什·振鹭》），并坐鼓簧（《秦风·车邻》）。溯洄从之（《秦风·蒹葭》），示我周行（《小雅·鹿鸣》）。酌以大斗（《大雅·行苇》），降福穰穰（《周颂·执竞》）。以介眉寿（《臣工之什·载见》），黄耇无疆（《商颂·烈祖》）。

【注】①饶公少年时期，继父志编成《潮州艺文志》，名扬学界。

②抗战时期，饶公入粤西大瑶山避寇，作诗为《瑶山集》。

③大陆鼎革，饶公居香港。

④20 世纪 50 年代，饶公至巴黎，与汉学家戴密微为友，是为走向世界之始。20 世纪 60 年代，先后赴印度班达伽东方研究所治梵文婆罗门经典，至日本讲学。20 世纪 70 年代初，任美国耶鲁大学研究院客座教授。

⑤饶公之学贯通古今中外，著作山积，七十岁后已至大成境界。

⑥国学院于香港宣告成立，将在深圳建院。

江阴吊晚清词人蒋鹿潭

浩劫弥东南，咸同兵事烈。国号曰太平，赤帜金田揭。毁我圣贤教，禽兽行猖獗。衣冠尽涂炭，遑言恤民物。江阴世家子，诗书循旧辙。登楼赋奇句，乳虎称雄杰[①]。蹭蹬历科场，怀瑾悲披褐。浮沉屈下僚，謇侃惟存舌[②]。干戈塞天地，倚声拓境阔。精魂继骚雅，格调迈常浙[③]。如虹腾剑气，志在除魔孽。徘徊望京华，霾雾昏瑶阙[④]。毫端凝血泪，鬓角堆霜雪。夜夜念家山，欲归归未得。扁舟载萧娘，沙洲泊明月。银甲作秋声，孤雁啼呜咽[⑤]。虹桥系一舸，冻压梅花折。无人悯寒馁，长与世间绝[⑥]。词坛尊老杜，一脉起衰歇。劫后吐珠光，岂为尘埃没[⑦]？忆我垂髫时，箧藏珍玉叶。毒焰逾洪杨，万卷成灰屑[⑧]。今来蒋公乡，肝肠犹百结。想象水云楼，烟波眺明灭。

【注】①鹿潭之父官荆门知州，鹿潭随父居任所。尝登黄鹤楼赋诗，老宿敛手，一时有“乳虎”之目。

②金武祥《蒋君鹿潭传》：“既连不得志于有司，乃弃制举业，就淮南鹾官，非其志也。……庚辛之际，兵事方急，徐沟乔勤恪公松年，嘉善金运使安清，先后争致之。君抵掌陈当世利弊甚辨，謇侃奋发，不以属吏自挠，上官亦礼遇之，不为牾也。”

③《蒋君鹿潭传》：“君故力于诗，追源究流，靡不洞贯，积稿累数寸，中岁乃悉摧烧之。语所知曰：‘吾能诗匪难，特穷老尽气，无以蕲胜于古人之外。作者众矣，吾宁别取径焉。’用是一意于词，以终其身，然亦卒成大名。”宗源瀚《水云楼词续序》：“鹿潭慨然自谓：欲以骚经为骨，类情指事，意内言外，造词人之极致。誉以南唐两宋，意弗满也。”唐圭璋《蒋鹿潭评传》：“他作词目无南唐、两宋，更不屑局促于浙派和常州派的藩篱。他只知独抒性灵，上探风骚的遗意，和血和泪，喷薄而出。”

④鹿潭《虞美人》下片：“银潢何日销兵气，剑指寒星碎。遥凭南斗望京华，忘却满身清露在天涯。”《八声甘州》：“如虹气，不消磨处，夜识干将。”

⑤鹿潭《琵琶仙》序云：“……岁乙丑，偕婉君泛舟黄桥，望见烟水，益念乡土。谱白石自度曲一章，以箜篌按之。婉君曾经丧乱，歌声甚哀。”词下片云：“……弹指十年幽恨，损萧娘眉萼。今夜冷，篷窗倦倚，为月明，强起梳掠。怎奈银甲秋声，暗回清角。”

⑥《蒋春霖年谱》：“同治七年戊辰冬，鹿潭偕姬人黄婉君赴衢州，道经吴江垂虹桥，仰药卒于舟中，年五十一。”

⑦谭献《复堂词话》：“《水云楼词》固清商变征之声，而流别甚正，家数颇大，与成容若、项莲生二百年中，分鼎三足。咸丰兵事，天挺此才，为倚声家杜老。”清末至民国间，著名词家诸如徐珂、缪荃孙、朱祖谋、文廷式、冯煦、张尔田、冒广生、刘毓盘、吴梅、王易、沈轶刘、张伯驹、夏承焘、唐圭璋、龙榆生、周梦庄、郑骞、朱庸斋等于鹿潭词无不称誉，女词人丁宁、陈家庆、沈祖棻抗战期间所为词亦颇近鹿潭风格。鼎革后“极左”时期，《水云楼词》屡遭新朝文学史家批判。而“文革”之后，周梦庄《水云楼词疏证》、冯其庸《水云楼诗词辑校》先后问世，香港黄嫣梨女士撰《蒋春霖评传》数十万言，为鹿潭阐发幽光潜德。

⑧先君极喜鹿潭词，家藏一册，余儿时诵之，未能识其精奥。中年始撰《蒋鹿潭词论衡》《论〈水云楼词〉的艺术》二篇数万言，连载于《词学》第十六、十七辑，分载于《中国诗歌研究》、新加坡南洋理工大学《语言文化学报》。

读庄续作

至人悲喜已全无，牛马凭君任意呼。化蝶乍醒犹梦寐，与鱼相忘在江湖。玄机独得心成圣，大智深藏貌若愚。一脉真传颜子学，千秋谁识漆园儒？

排空驭气叱飞龙，偶驻蓬山缥缈踪。大道已为天下裂，真仙惟在古时逢。伏尸蜗角兵难息，猜意鹓雏世岂容？我亦红尘无所恋，此心长往碧霞峰。

鹏程九万怒风抟，背负青天帐影单。蓬雀那知沧海阔，夏虫焉语井冰寒。斋心古圣行仁易，化性群氓去恶难。劫后神州无道统，雷音渊默夜漫漫。

宁作泥涂曳尾龟，庙堂藏骨一何悲。材为樗栎人无用，器重瑚琏位亦危。齐物未须分贵贱，知几何必问成亏。坐忘虚室皆生白，万象昭森月影垂。

【注】《齐物论》：是非之彰也，道之所以亏也。道之所以亏，爱之所以成。果且有成与亏乎哉？果且无成与亏乎哉？有成与亏，故昭氏之鼓琴也；无成与亏，故昭氏之不鼓琴也。昭文之鼓琴也，师旷之枝策也，惠子之据梧也，三子之知几乎，皆其盛者也。

读　孟

德述唐虞祖六经，尊前谈笑藐王庭。厩多肥马君宜乐，泽有哀鸿国岂宁？浩气两间辉日月，大音千古震雷霆。尼山一脉今谁继，蒿目神州夜正冥。

富贵难淫七尺身，儒门风骨自嶙峋。交征上下惟趋利，独立乾坤首重仁。桀纣可诛皆盗贼，圣贤遥慕若鸾麟。重温典籍传薪火，长煦灵台一片春。

陋　室

陋室安居子夜凉，一灯红照鬓成霜。绝无剑气冲牛斗，剩有诗心接混茫。
但得养生延我寿，不知医国用何方。传谣闻说封天网，世可清平越汉唐。

读儒家中国网诸文感赋

千年禹域障妖祲，大道微茫苦苦寻。泻海倾河仁者泪，烛霄悬镜圣人心。
求真自有孤军奋，抗暴还期众士任。不信一阳终不复，鸡声啼破夜沉沉。

夜　读

群经盥读夜萧森，藜火长燃暖寸心。圣哲情怀家国重，诗书义理海渊深。
每从易象觇天运，那得王风挽陆沉？万古羲皇留梦想，哀时惟痛凤鸾瘖。

冷翠轩近词（组诗）

齐天乐

魏君新河前岁以此调题《空山琴雅图》赠和轩，余曾步韵作四阕，皆借题以抒己意。和轩今日来电，殷殷嘱为题图，勉成一解，明日即中秋也。

一年容易秋风到，瑶阶露生凉意。曲沼红疏，幽窗绿黯，添得客中憔悴。家山梦里。念空谷犹存，老松长翠。旧日琴心，几回脉脉诉流水。　冰弦与谁共抚，碧云凝望处，飘举仙袂。白雪飞声，清商泻玉，明月楼头呼起。尘襟净洗。更写入霜毫，雁书遥递。今夕姮娥，袖边应散绮。

前　调

读和轩词，枨触往事，因次原韵。

焦桐漫理朱丝涩，秋宵悄增愁思。调谱求凰，歌成化蝶，当日春心曾寄。花飘碎绮。剩一缕幽馨，半函珠泪。渺渺前踪，不堪回首劫尘里。　　灵山迢递路阻，几时能换骨，衣似蝉蜕。贝叶聆经，莲台礼佛，那识如来真意。浮生未已。任沧海茫茫，忽为沤水[①]。万象皆空，落红埋梦底。

【注】①《楞严经》云："空生大觉中，如海一沤发。"沤，水中气泡也。

前　调

辛卯中秋怀持社友人。

照人蟾魄圆如梦，今宵碧天如洗。宝瑟慵弹，芳尊暂酌，招手月中仙子。回栏自倚。正风色清凉，袷衣新试。祗惜流光，六龙奔辔永难系。　　紫霞西望万里，岷峨曾有约，高咏同醉。[①]散发江湖，搴裳薜荔，空忆羲皇时世。生涯倦矣。便叹凤嗟麟，大寰酣睡。夜已阑珊，蜃楼嘘雾起。

【注】①持社2010年于峨眉金顶宣告成立，定于2011年中秋节后在九寨沟举行年会，余事冗不得赴。

台城路

读老辈劫中诸作，纵笔书感，未能幽婉，不足言词也。

一编青史斑斑血，书生竟成牛鬼。赤焰烧空，玄冠压顶，微命刀环牢系[①]。兰枯蕙死。甚犹抱焦桐，素心无悔。午夜悲鸣，数声迸裂墨云里。　　残阳终见化碧[②]，长安棋局换，今又何世。妙术营金，新妆傅粉，同乐承平歌吹。骚魂唤起。听鸾背箫音，昆仑高倚。那得河清，雪莲开万蕊。

【注】①先君诗："一顶玄冠重泰山，十年生命系刀环。友朋冰炭无相契，亲戚参商少往还。"又云："曾着南冠类楚囚，亲朋相见总含羞。未能仙去同鸡犬，一任人呼作马牛。"

②寇梦碧先生诗："病叶零蝉渐不支，战秋魂气尚如丝。林梢一抹残阳血，看到幽幽化碧时。"

前　调

一从鳌足崩坤轴，尧疆拍天洪水。虎豹磨牙，龙蛇起陆，诺亚方舟谁置。余生众蚁。望鼎定神京，少陵收泪。叵测君心，赤旗又卷海潮沸。　　昆冈琼玉尽毁。宝章惟四卷，红耀寰内。遍野莺歌，通衢燕舞，百拜吾皇恩惠。江山信美。恁丹药无灵，玉棺长闭。紫禁招魂，夜枭犹叫起。

前　调

寇公梦碧逝世二十一周年，词以祭之。

水西庄畔扶筇望，离离故家禾黍。断碧分山，裁红续梦，一老词坛撑拄。人间噤语。奈灵鬼蟠胸[①]，刑天奇怒。电掣虹飞，剑芒凌轹稼轩句。　　骑鲸仙去廿载，暮烟凭吊处，来约鸥侣。酹酒风前，修箫月底，都是苍凉心绪。霜华旧谱。幸麝墨新镌，馥留千古[②]。九畹滋兰，晓丛含翠妩[③]。

【注】①龚定庵诗："庄骚两灵鬼，盘踞肝肠深。"

②寇公《夕秀词》由黄山书社绣梓行世。

③寇公门下蛰堪兄多有弟子。

买陂塘

城居十余年矣，庚寅中秋后感赋。

怅年年、素衣尘染，家山回望云渺。红楼处处金银气，夜听歌莺声袅。花影俏，见无数、明星顶上光环耀。神州梦好。正酿出芳醪，沉酣万井，圣意在堂庙。　何时向、第一峰头登眺，玉龙飞瀑吟啸。风鬟雾鬓寻仙去，遥指瀛洲员峤。君莫笑，是痴想长生，那得安期枣？玲珑月照。待天外移来，灵台深贮，清冷几分保。

买陂塘

十余年前居山中，香江李国明兄曾为我绘《冷翠轩擫笛填词图》，藏未面世。近读蛰堪新河诸家题图之作，因成一阕乞正。

记门前、一湾流水，青罗如带长绕。松篁影密遮窗翠，风起龙蛇夭矫。庐小小。爱插架、缥缃坐拥熏芸草。苔痕不扫。任开落梅花，浑忘甲子，幽境几人到。　闲情赋，偶寄予怀渺渺，伊谁含睇宜笑？文狸赤豹从山鬼，紫玉横吹云表。心渐老。自别却家园，日被红尘恼。楼无七宝。幻数朵烟霞，霓裳飘去，留得梦边稿。

【注】《楚辞·山鬼》："若有人兮山之阿，被薜荔兮带女萝。既含睇兮又宜笑，子慕予兮善窈窕。乘赤豹兮从文狸，辛夷车兮结桂旗。被石兰兮带杜衡，折芳馨兮遗所思。"昔时读之流连魂梦，至今仍无限低回也。

甘　州

中秋无月而雨，偶感时事，乃作。

甚今宵空自倚楼台，瑶光閟重阐。惘香消丹桂，枝零黄叶，栏外纷纭。卧听窗纱雨滴，孤枕总难温。应是姮娥泪，洒遍乾坤。　忽报东溟浪起，讶长鲸吐沫，怪蜃嘘云①。正神州耀武，一局赌棋新。灿荧屏、红裙曼舞，献琼浆齐颂玉皇尊②。须沉醉，共苍天老，秋梦无痕。

【注】①《环球时报》载，中日因钓鱼岛海域主权事交恶，双方剑拔弩张，互称制裁。欧美诸邦遥观虎斗，舆论推波助澜。

②央视正与芜湖台联播中秋晚会。

◆熊盛元

淞江七宝教寺怀古

壁间有余辉，盈手无从揽。高调只独舒，渺邈沉百感。
不闻鹤唳声，但见云惨惨。披襟坐华亭，老我悲习坎。

【注】“云间二陆”后人建家祠于吴淞江畔陆宝山，初名陆宝院。后吴越王赐以金字藏经曰：“此亦一宝也”，因易名七宝。盖“陆”与“六”谐音，故有七宝之称耳。陆士衡《拟明月何皎皎》诗云：“安寝北堂上，明月入我牖。照之有余辉，揽之不盈手。”王船山评曰：“平原拟古，步趋如一，然当其一致顺成，便尔独舒高调。一致则净，净则文，不问创守，皆成独构也。”《易》之《坎》《象》曰：“习坎入坎，失道凶也。”

七哀诗

天地偪且仄，惘惘无所之。月出何皎皎，怜我双鬓衰。
驾言游江汉，浊醪酹先知。一从义帜举，百年黍离离。
风骨销蚀尽，倚槛涕泗垂。难圆中兴梦，空吟下泉诗。
泽底雷忽震，龙起我欲随。同人今安在，梦萦建安时。

【注】吕向曰：“七哀谓痛而哀、义而哀、感而哀、耳闻而哀、目见而哀、口叹而哀、鼻酸而哀，谓一事而七情具也。”李冶曰：“人之七情有喜怒哀乐爱恶欲之殊，今则哀戚太甚，喜怒乐爱恶欲皆无有，情之所系惟有一哀而已，故谓之七哀也。”《易》之《随》象曰：“泽中有雷，随。”

读沈宛君《茉莉花》诗感而赋此未能尽如原意也

香轻盈而雅淡，影要眇兮宜修。借他山之灵种，植故国之高丘。采芳馨兮谁遗，伫冷落之街头。对纷驰之缇骑，但重足而夷犹。已矣夫，九衢既不能偶语兮，盍起古之人以为俦。寄华年于锦瑟，忘蝴蝶与庄周。嚼冰团兮诗心炽，执慧剑兮胆气遒。望广寒兮漠漠，驰魂梦之悠悠。知河清兮可俟，共诚坚以抗流。漫书空以遣孤愤兮，簪霜鬓兮醉中倚槛豁吟眸。

梦中作

刚日读经柔日史，心神安知其所止。便欲尚友古之人，奈何先贤呼不起。
胡然帝也胡然天，醒时佯狂醉时眠。梦到九幽灯明灭，一缕魂接羲皇前。

辛卯端阳暴雨如注赋此遣怀

登楼骋目兮，哀彼宿莽。蕙殒兰销兮，伤吾故土。巍巍大坝兮，气压巫山。瑶姬神瘁兮，镜锁愁颜。江汉断流兮，湘沅枯竭。车行彭蠡兮，尘扬龙阙。老鱼不复鼓浪兮，灵均休再问天。流民转徙失所兮，空泣涕而涟涟。自焚香以祈雨兮，偏日出而杲杲。苍冥果有情兮，胡不与人同老。卜卦象而得震兮，忽电掣以雷奔。霈然而苗渐苏兮，若冤雪之殇魂。余固知謇謇之招怨兮，亦欲三缄其口。惟心光之作作兮，忍凭栏而袖手。乱曰：骄阳连月，转作霖兮。溪流夜涨，岸岸深兮。南亩农夫，心暂慰兮。旱涝难期，徒望岁兮。凭轼谁悲，苛政烦兮。夫子之语，矢弗谖兮。高峡平湖，如蜃影兮。迅霆起处，忽忽梦将醒兮。

与江右诸子吊文山即次其《泰和》诗韵

接天云旆影幢幢，孤鹤归飞讵肯降。千尺樟阴真得地，两间英气欲横江。
魂兮未返哀长劫，命也维新阐旧邦。山外鹃啼春渐老，血花红映读书窗。

江右同人西昌雅集感怀用罗念庵春游韵

诗心草色翠烟浓，露滴吟笺梦几重。野渡波澄聊照影，深岩寺圮不闻钟。
劫边休问醒耶醉，花下谁怜老更慵。向晚樟林矜小立，森然节拟后凋松。

即日次义山韵

即日孤斟怅未休，林花谢了忍羁留。三千劫外单衫客，念二年间万古愁。
叵耐灵光埋积藓，强扶残梦上危楼。招魂赋罢虚垂涕，漠漠江天月似钩。

初到兴城

万劫洪荒一揽中，谁知息壤是虚空。云蒸海气茫茫白，泪渍莲房惨惨红。
松竹梦筛驹隙影，古今愁托草根虫。灯窗忽幻前生事，立马当潮挽大弓。

【注】陈苍虬《落花》："愿以虚空为息壤，偶回庭坳聚残春。"

山海关感怀次玄烨韵感怀

孽海依前接大荒，祖龙刍狗两茫茫。也知蓬岛应多阻，仍挂云帆欲远航。
聒耳红歌喧贝阙，弥天黑雾漏晨光。千年痼疾今谁治，漫乞仙家续命方。

【注】澄海楼多帝王题咏，忆王湘绮"即今福海冤如海，谁信神州尚有神"之句，不觉慨然。

辛卯孟秋访石窗词丈海上

槐花落尽桂初馨，小巷深深梦自宁。九域风云来歇浦，百年文献贮安亭。
生丁劫乱千龙蛰，话到沧桑泪雨零。休为曳轮悲未济，吟眸豁处远山青。

【注】《周易·未济》："九二，曳其轮，贞吉。"《象》曰："九二贞吉，中以行正也。"

辛卯重阳前一日游龙华次蒹葭楼韵

苍葭白露空凝望，解缆何人与溯游。海竭尘扬垂百载，萸肥菊瘦耐三秋。
天心渐死休呵壁，狐尾将濡自首丘。甚矣吾衰遘阳九，茫茫雾掩仲宣楼。

【注】附黄晦闻《九日登龙华塔同诸贞壮、邓秋枚》："九日龙华车似水，客中聊复作清游。一江入海浑成瘴，百里无山只见秋。强欲登临过此日，未须流涕对高丘。茱萸各有乡关感，难遣天涯共倚楼。"按：黄氏此诗作于光绪三十二年（1906），去今已百余年矣。余尝有诗曰："干柴烈火照棋枰，局势而今似晚清。梦到林岩归隐处，一溪风月伴潮生。"

夜宿萍乡感怀次文道希《幽人》韵

萍水湘山望中赭，窅然谁辨古耶今。星垂素履幽人侧，蚁聚枯槐断石阴。
酒半酣时歌自苦，梦初圆后月偏沉。羁愁碎析云千片，灯畔难书是此心。

【注】芸阁《缥缈》："缥缈烟云望九疑，方春惆怅遇秋悲。秦皇赭尽湘山石，不见青青斑竹枝。"

《易·履》："初九，素履，往无咎。""九二，履道坦坦，幽人贞吉。"

古 玉

古玉秋星两渺茫，亭亭影曳水中央。临流小立风初定，笑看蒹葭白似霜。

虞美人·夜宿蕲春三江度假村

遥峰渐被幽云锁，难认前生我。扪心坐到月沉时，亘古寂寥惟剩酒盈卮。 清风飒飒驱残醉，欹枕酣然睡。岚烟四远一窗秋，但觉碧溪都向梦中流。

临江仙·听歌有感

流水潺湲情惝恍，歌台酽酽春温。返生香袅玉梅魂。东风如有约，北渚自凝神。一任青衿飘梦雨，哀丝暂驻行云。醉边灯影认前尘。丁香空际幻，不见缟衣人。

踏莎行·惠山谒少游墓

藓蚀残碑，鹃啼远树。词魂绿黯云深处。千年泪满碧螺杯，一时都向坟前注。 涨海湖波，驰烟驿路。倾怀又恐鱼龙怒。漫将幽愤瘗荒寒，紫薇花落苍崖暮。

扬州慢·瘦西湖怀古

垂柳笼烟，落霞牵梦，几多往事萦怀。对亭亭塔影，念旧日裙钗。甚轻舸、空教载恨，万千尘劫，都付昏霾。自销凝、长笛泠然，声绕歌台。 冶春翠冷，问红桥、谁更重来。叹乱絮飘残，琼花谢了，幽恨难排。怕说胜朝骚雅，琴心敛、鸟莫惊猜。笑伶俜词客，榛丛犹唱韶陔。

八声甘州·兴城听涛亭观海

任酸风射眼雨沾襟，海天自销凝。看云间鸥起，滩头蜃灭，礁外潮生。见说神山雾掩，梦也不分明。除却扁舟子，谁见蓬瀛。 欲访成连遗蜕，怕尘根未斫，终碍移情。料松林人独，幽怨恍通灵。水潺湲、朱弦三弄，更那堪、涛怒挟雷霆。壶中酒，但频频注，慰我零丁。

南浦·梅湖踏青次玉田春水韵

春水碧痕轻，旷无垠，柳下舟横昏晓。香隔旧时蹊，红成阵、亭榭凭谁重扫。临风坐久，雨中凄绝莺声小。终古荒寒空蓄恨，绿掩醉边幽草。 残英斜插华颠，对清潭照影，尘缘蓦了。螺簇黛烟笼，峰迢递、闻说驷虬能到。云天浩渺。梦迷玄圃忧心悄。休问梅仙垂钓处，湖畔濯缨人少。

◆段晓华

天柱谣

亘古菡萏出，无开亦无落。支钻石以凿空，剥寸土而盘松。
松青兮石白，天谲兮地默。水何形兮媚从，草何德兮偃风。
巫咸荒唐女娲哭，人间要此担当骨。

壬辰除夕次东坡守岁韵

今夜由他去，施施来灵蛇。孤灯坼春意，万瓴残雪遮。
诵尽桃符句，更深若筹何。烟飘笙歌远，郊垌冷不哗。
余尘临风掸，前路子可挝。自笑无个事，书空整复斜。
椒盃余温热，天步本蹉跎。海棠莫憨睡，恃汝向人诗。

铁山谒吴泰伯庙

人间有让王，天角亦怀土。奔窜实无途，荊蛮聊可所。
文身效鸟耘，断发结鱼罟。民不诧为狂，伯尤甘自苦。
耽营生息事，未习干戈舞。遂使千秋下，飨仪逾圣主。

余姚龙泉山瞻拜四贤祠[①]

姚水去汤汤，古贤产其旁。弊屣视万乘，高卧严子光。
身践三不朽，新建不可当[②]。迷心谁启瀹，屈指首朱黄。
士风原有自，奚辨行与藏。鸿文犹在庋，一一示津梁。
名教虚诞辈，足愧着冠裳。今日复何日，忧来漫无方。
世氛虽涅滓，大道岂云亡。俛首向南揖，龙山郁苍苍。

【注】①严子陵、王阳明、朱舜水、黄宗羲俱余姚所产，行藏不同，士风有自。郡人将其墓迁移，并祠于城南龙泉山。姚江流经山之南麓。

②王阳明因平定宸濠之乱封新建伯。

金陵别后寄启宇梦芙战前诸兄

白门无限柳，垂雨袅如尘。数夕茶灯话，平生迂拙人。
气舒心转热，箸借事难陈。在劫同趋避，怜芳趁晚春。

【注】箸借：座间启宇兄为肉食者计，披陈若干条，议论横出，滑梯风生，满座绝倒。

重阴二首

小园渐幽碧，高阁俯重阴。宛转花无地，萧疏蝶更寻。
云浮多分薄，绪坠一何深。敲彻檐前点，凭空安此心。

花病连宵雨，春悭三日晴。卷帘页微润，浮藻水初平。
但觉筋骸减，已忘寒燠并。西园无过屐，坐费翠禽声。

【注】黄山谷《次韵张询斋中晚春》：春去不窥园，黄鹂颇三请。

滞　霾

自年初施行PM2.5空气监测值新指标以来，本市空气质量指数已连续二十五天在四、五级（中、重度污染）间徘徊。关停部分污染排放大户，收效甚微。

阴晴一例堕深霾，茧裹愁城拨不开。大谶有初人造孽，多生无妄鬼禳灾。
劫时棋待仙曹下，梦里车从乱辙回。扫荡积氛春尚浅，飞廉何处挟风来。

榴月祭

黯却花光与血流，夜台无分说春秋。填埋已溺海东鸟，翻覆还凭袖里谋。
一捧心灰供野祭，弥天梦语压虚舟。不知韶乐何从出，紫禁深宫初上头。

读梦芙兄寄伤隐战前二君诗步其韵

苦雨终风何处安，划然长啸补天难。登楼才子浮生贱，入海骄鳞彻骨寒。
琼树频惊三绕鹊，红尘尚觅九还丹。剧怜抢地出槐里，轻命当时枉折栏。

癸巳孟春寄示晓丹宏祥时二子在广州

亦徐亦疾贵兼能，盐坂连云自上乘。千万人中麾一帜，古今书畔契孤灯。
但凭揭厉纡如水，岂有川途直似绳。知汝嘶风绝尘去，丹山骏影必骞腾。

三月十七春月犹圆与持社诗侣携酒登金陵凤凰坛同步太白韵

凤台合是谪仙游，浩瀚春江抱梦流。难得开怀邀素月，可怜凝睇立高丘。
掷盃未醉星摇袂，吹气微芳苹覆洲。宛转三声歌又起，如何长替古人愁？

江城梅花引·腊月二十四立春

楼头穷目雾弥漫，岁犹残，诧春还。早是岭梅，消息忒无端。开谢甫能三五日，又深寒。人天事，反覆间。　　草心藏绿且凭栏。破冰船，过险滩。雪襟哀乐，被尊酒、悄湿颓鬟。苦觅芳枝，携梦路犹难。未了相思蓬岛外，水生烟。东风起，自远山。

浪淘沙令·燕子矶

燕子待谁还？洞锁春烟。旧朝歌板忒缠绵。海立天摧愁折羽，默数流年。　　下啄落花钿，波外三山。红襟黯去补苔斑。拍岸潮声声渐寂，衔梦孤骞。

忆秦娥·扬州蕃里观琼花

秋犹薄。坛心碧树寻残萼。寻残萼。琼冰未涣，可怜尘浊。　　人间尤物根难著，梦中天水花如昨。花如昨。铿然一磬，被伊惊觉。

踏莎行·无锡惠山二茅坪吊秦太虚墓

纸蝶犹飞，剑霜谁挂。伤心人在荒藤下。岩阿空碧悄沾衣，虫声唱彻漫长夜。　绪坠千寻，尘栖一罅。纷纭回首风吹马。莫分南北与朝昏，词魂总被寒潮打。

【注】宋元符三年（1100），秦观卒于藤州。南宋绍兴初，其子秦湛为常州通判，迁父柩葬于无锡惠山。现墓前有清嘉庆年间所立“秦龙图墓”青石碑。

夏云峰·骤雨用三变韵

炷灰深。湘帘底，听得雷毂初沉。压阵豆兵才过，风满荒浔。泼天倾瓮，凉似水、暂洗烦襟。更似有，石鲸须动，叠起潮音。　帝台何事惊心。看起舞商羊，高树难禁。飞溅铜盘冰泪，筝筑相侵。槐根蚁乱，翻密叶，断绝蝉吟。乍歇处，牵牛花紫，吹在篱阴。

高阳台·别浦

漾榭柔波，噙灯远树，晚来碕岸迎凉。秋信何迟，教人怅断遐方。萦心未放虚舟去，玉绳低，秋思偏长。但弥望、天罨深青，月沁微黄。　游踪散尽葭风起，任疏鬟袅袅，薄袂瀼瀼。那似花笺，无端遍洒诗行。如今早是尘怀淡，看人间、一剧千场。诧醒时，云外飘笙，梦底追香。

露华浓·园桂盛时倚碧山体

岫云似甕。破向暮秋烟，匝地金粟。细蕊暗藏，曾惹钿车相逐。意浓未便轻攀，凝袖却难盈掬。移片影，芳云坠时，画斧空斸。　商飙漫扫西陆。伴绕砌虫音，才断还续。待唤夜魂归来，揽此幽独。嫩凉放了深帘，拾掇小山吟幅。簪梦底，一枝衬谁鬓绿？

满江红·东苹女史赠示《云起轩词笺注》漏夜环诵感赋步文氏韵

大实惊舟，摇楚佩、苹波空绿。依稀见、隔花弹泪，斯人幽独。残鬓尘吹分罫路，九垠电笑投壶曲。甚谈手，凉局子无多，穷征逐。　汗血马，曾批竹；窥肉隼，方钩足。砌百年块垒，难平笺幅。砺圻带回红雾里，箕扬彗走银潢北。燧神火、排阅海飙来，山如甕。

◆汪茂荣

宿嘉州

卧我层楼上，嘉州夜未央。江声侵旅梦，[①]渔火识归航。
酒力摄心暖，霜威透骨凉。他年忆巴蜀，诗料满奚囊。

【注】①嘉州宾馆外即为岷江。

凌云山

不作汉嘉守，何妨游一遭。江流萦岸曲，梵宇切云高。
兴发属吾党，心空谢尔曹。溪毛荐坡老，小阁坐人豪。

【注】东坡诗云："生不愿封万户侯，亦不愿识韩荆州，但愿身为汉嘉守，载酒时作凌云游。"凌云寺东坡楼，内有苏翁塑像。

复性书院旧设乌尤寺内，为抗战时期马一浮先生撰杖都讲地也，其居所曰"濠上草堂"者亦构筑于乌尤山麓

是日下午以游凌云山茗饮延时未及往游，遥礼之而已

离堆茗寮外，遥看擘江开。浪噗乌尤寺，云遮尔雅台。
知常轻物化，复性重天培。何处濠堂上，支筇一老来？

峨眉报国寺

名山发始地，报国觅丛林。超世机缘浅，移情云水深。[①]
一钟潮海岳，[②]七佛证婆心。[③]并世挽波劫，黄炎孰可任？

【注】①寺外有峨秀湖。

②寺中大钟原由圣积寺移至，重二万五千斤，为全山第一。

③寺中第三进为七佛殿。

伏虎寺茗坐

山桥压涧表，楠木探天根。[①]离垢上方净，布金中土尊。
已惊威虎伏，犹憾毒龙翻。小憩茶瓯在，未输杯酒温。

【注】①山多楠木。

大明寺双楠

双楠岂天种，小谪落人间。知命赦斤斧，全真隐蜀山。
龙飞轻魏阙，虎卧重禅关。坐赏千年画，婆娑敌石顽。

光严古寺

西川名第一，风物掣游车。贝叶传经藏，[①]卿云护帝居。[②]
观空花寂寂，味有竹如如。清啸人何往？长松待问渠。[③]

【注】①明初，高僧悟空曾由西藏携梵文贝叶经一部回寺。

②传靖难之役，建文帝曾隐居于此。

③古寺又名翠围院，陆游《翠围院》诗云：“将归兴未尽，清啸倚长松。”

壬辰四月上旬，海内诗家四十余人云集天柱山为诗会焉。余忝随其后，身本皖人，虽珠玉在前，初无取乎默焉尔。爰赋百二十韵，贪多勿诮，亦聊以为山水吐气耳！

茫茫开辟初，造化钟间气。大山宫小山，腾踔萃奇丽。
孰为锡嘉名，霍也副经义。[1]萑苒邃古下，潜玉鄙儇媚。[2]
司命专千壑，仙真集百瑞。孤峰擎天立，六龙堪系辔。
绛阙拂云开，大千荫空翠。悠悠不计年，光精讵长闷？
吁嗟皖肇封，象德伯其类。治绩冠春秋，名之庶无愧。[3]
卓荦百世姿，及兹行颖异。岂独震凡尘，并可回天意。
舳舻蔽江来，厥惟汉武帝。登礼封南岳，镇国尊神器。[4]
遗式南北朝，燔柴固绳继。祀典重三公，舆图光遐裔。
维岳间降神，锡申风云际。羽客及缁流，肥遁祛尘累。
卓锡开梵宇，栖真张鹤第。盛极得无衰，非关干天忌。
大隋一四海，文明渐南被。移封向衡阳，未始非国计。[5]
龂龂争正统，辩口肆无谓。契阔名不居，酝酿功既济。
挂眼百代余，人文迭映蔚。周武尝灭佛，唯斯未陵替。
教外有别传，法门开不二。[6]东山廓堂庑，溯源此津逮。
一花开五叶，宗风猛而厉。众生病为病，即心孰默契？
荆公判舒州，丘壑自位置。于时兴不浅，信有高士致。
涪翁山泽癯，结茅三祖寺。却回俗士驾，清溪日莅止。
自许金华儿，石牛叱不起。颊上为添毫，画手龙眠李。[7]
西江承山谷，真源从此始。仁者朱晦翁，乐山敦行谊。
生民立极功，望峰识经纬。[8]生心皆入诗，当时固容易。
间有摩崖存，馈贫指囷米；龙舒大文脉，沾溉不一例。
桐城重宋学，考亭实先启。论文张义法，近接八家轨。
诗学嗣涪皤，下开同光体。斯文树南针，海内从披靡。
皖学终轩腾，今代犹未已。[9]雅俗顾兼容，何尝别泾渭。
乾隆致徽班，所关非微细。同光十三绝，髯程莫与比。
国剧喧京师，渊源自皖水。世间儿女情，则入黄梅戏。
宛转歌一曲，海外亦陶醉。山水吐雄奇，种种见孤诣。
我昔望远尖，[10]髫龄即翘企。迟回廿载前，方展游山屐。[11]
发始马祖庵，巨石惊奇诡。霹雳开混元，触境参妙理。
翠竹现真如，绿茶丛法喜。[12]任运莫污染，悬流走宛委。

三峰压头颅，[13]钦挹目为眯。攀缘燮苔壁，还效山猴技。[14]
天梯相钩连，脱颖洞腹裹。入地孤掌平，植寮缚筐篚。[15]
茶果俱不赀，饥渴信有以。樵叟叙山经，那嫌语下俚。
啜茗眺山东，[16]不言有大美。诸峰争出没，经天日巡礼。
俄而涨湿云，有车载奇鬼。殷雷震耳聋，天坠欲忧杞。
织空雨如麻，骨立尘缨洗。戛然风色净，兜罗云徙倚。
天外飞来石，雉卵差可拟。忍负仰止心，贾勇庶可抵。
索途六月雪，滑易艰移跬。及上振衣冈，万松排迤逦。
石泉积潺湲，一酌甘若醴。破寂画眉音，直可砭里耳。
罡风中面寒，瑟缩战折齿。顾视同游辈，流离渐琐尾。
势成衰而再，努力无不遂。终拨神秘雾，入谷伊胡底。[17]
前洞后洞间，蛇行时张弛；凸石圆石表，缘壁旋磨蚁。
窅然穿风隙，有时仅容己。动辄生障碍，碰壁叵怨诽。
仰视一线天，瞰然漏寸晷。石罅松童童，岩花灿霞绮。
穿云百尺泉，堕地激如矢。窾然洞天中，听水倚石几。
潇洒出尘想，两腋生风似。腾身天池上，豁然赏精髓。
巉绝擎天柱，咫尺可把臂。石笋片片动，云气层层紫。
向来千百峰，不中作仆婢。欲往友赤松，肯弃世如屣？
别来自萦回，梦中长在彼。不意二十载，又蹑名山趾。
风景或不殊，忝陪洵髦士。逐队入缆车，机心役物使。[18]
凌空旷无邻，摇摇七魂褫。呼吸广莫风，托足云辔驶。
觌面何人斯，疑是广成子。倾耳有希声，磅礴作变征。
掀簸升危巅，真救命如纸。东道有好怀，惠然动食指。[19]
果腹施施然，抚松拭目视。一柱长峥嵘，群峰旧鼎峙。
二水界混茫，[20]汩汩流清泚。江山真无恙，人事多感喟。
日下近诡谲，[21]何可识情伪。家国亦立极，旨哉民为贵。
君子自任大，岂独为朊仕？修己方治人，无耻之耻耻。
从来残民者，悉数入奸宄。物我一体仁，胡能容贪鄙。
因结山水缘，庶几振叔季。考盘乐在昔，陶成丈夫伟。
举君笔如椽，千钧书人字。无负江山灵，息壤其在此！

【注】①天柱山原名霍山，《尔雅》：“大山宫小山，霍。”

②天柱山又名潜山。

③潜为古皖国封地，皖伯治皖有德政，为崇其人，乃称境内主山天柱山为皖公山。

④汉武帝于元封五年（前106），登礼潜之天柱山，号曰南岳。

⑤隋文帝始废霍山为名山，而诏定湖南衡山为南岳，南岳称号从此南移。

⑥天柱山为禅宗三祖僧璨弘法地。

⑦石牛洞在山谷寺西北，其石状如伏牛，故名。初，李伯时尝画鲁直坐石上，鲁直因自号山谷道人，并题诗石上。

⑧朱熹《天柱峰》：“只说乾坤大，谁知立极功。”

⑨现代安庆属邑仍多一流大家。以人文领域为例，桐城有哲学家方东美，美学家朱光潜；怀宁有思想家陈独秀，书法家潘伯鹰；太湖有佛学家赵朴初；岳西有诗词家刘凤梧；潜山有小说家张恨水，史学家余英时。

⑩昔时每于夕照中遥见天柱峰，乡人所谓“望远尖”者，盖指此也。

⑪余于1992年5月始游天柱山。

⑫此处多竹林、茶树。

⑬马祖三峰：天书、天蛙、降丹。

⑭山猴子，乃天柱山药农绰号也。

⑮山腹有茶亭一。

⑯指东山诸峰。

⑰指神秘谷。

⑱新增缆车二处。

⑲会议承办方于天池峰设茶点充饥，甚可感也。

⑳指潜水、皖水。

㉑近时日下颇多传闻。

天柱山桃花次退之《杏花》韵

山角数枝烧晴空，人间万树已敛红。居常悒怏同白子，[1]夭夭喜又咏国风。
二月三月春风里，西园纷纷斗异同。十丈红尘走冠盖，衒媒自诬造化功。
人面桃花那相映，可怜滥着屠沽中。片刻繁华殊易了，降格徒负花满丛。
岂如此处开寂寞，四月红晚敌霜枫。涧竹谷兰镇为友，占断风月善处穷。
迁地为良移轻薄，翛然翻有高士风。问津恐生秦人怒：去去饶舌似渔翁！

【注】①白居易《大林寺桃花》：“长恨春归无觅处，不知转入此中来。”

天柱山诗会，梁东先生即席吟诵辛弃疾《南乡子》，慷慨悲凉，真天地间元音也。爰次韩退之《寒食日出游》韵，敬赋长古呈寄

沈侯作诗究声病，此事唐人意转盛。拥鼻浩浩讽洪流，风度才情交相映。
梁公岂得不传传，造诣动与古人竞。绝代稼轩豪放词，纷纷羸尪那得咏。
元气淋漓推公能，叔世高吟堪矫正。南渡英雄敌曹刘，北望抚髀时难更。
响遏行云弥六合，唾壶击碎讵委命？末路转以才人鸣，千古一例资谈柄。
弥天悲愤藉谁宣，泣下数行为公庆。固知声音能入人，感物翻生桑梓敬。
海峰论文重诵哦，因声求气入幽夐。[1]此意惜抱殊广之，法门不二自作圣。[2]
湘乡画像礼惜翁，雄伟深远得还并。[3]先正遗法嬗后学，公其承之抑天性？[4]
从来声音与政通，理乱何知觇气横。方今大圜厄阳九，举世滔滔滑欲迸。
礼崩乐坏为物役，簠簋不饬孰自镜？乱世之音怨以怒，桑间濮上征乖政。
一扫淫哇岂无时，颓风当挽角弓劲。公力倡之吾其从，黄钟大吕终当令。

【注】①桐城派倡“因声求气”之说。据长老所传，刘大櫆绝丰伟，日取古人之文，纵声读之。以为学文求神气而得之于音节，求音节而得之字句，则思过半矣。

②姚鼐虽患气羸，然亦不废哦诵，但抑其声使之下耳。以为诗古文各要从声音证入。必要放声疾读，又缓读，只久之自悟；若但能默看，即终身作外行也。

③曾国藩亟许于姚鼐，至列之《圣哲画像记》，以为粗解文章，由姚先生启之也。承姚鼐绪论，曾亦认为学古人之文，非高声朗诵，则不能得其雄伟之慨；非密咏恬吟，则不能探其深远之趣。二者并进，使古人之声调，拂拂然若与我之喉舌相习，则下笔时必有句调凑赴腕下，自觉琅琅可诵矣。

④梁老语余，抗战时曾就读安徽二临中，其时该校设置黄甲山区，任教者多桐城派文人。

题张耕、江虹贤伉俪“画为媒”二回画展

三槐门第旧多才，弓冶犹传二妙来。[①]赁庑孟梁同气味，[②]擘笺赵管各心裁。[③]

美如红袖添香入，[④]清似白莲承露开。[⑤]笔墨千秋此先卜，熙熙待再赏春台。

【注】①张耕为清文华殿大学士张英第十二世孙。

②孟梁：孟光、梁鸿。

③赵管：赵孟頫、管道升。

④江虹工仕女。

⑤张耕擅画白莲。

游披雪瀑

秋冬难为怀，古人先我语。龙眠比山阴，劣堪呼尔汝。穷秋遣岑寂，把臂集游侣。负郭杀山势，驱车逆可睹。连塍积禾秆，谷登业入庾。蓬雀噪新晴，遗秉饭饥鼠。弥望枫绚红，屏矗忽若阻。豁然大壑开，巨灵曾挥斧。荦确入杳冥，谷风侵肺腑。路绝挹前瀑[①]，一线缀若缕。时当枯水期，崩雪憾未举[②]。奔口张广腹，罂巨直何补。想当梅月中，千壑蛟龙舞。拔木走山石，天地尽鼓努。喧豗聚众流，势来莫可御。银河泻九派，堕石迸飞雨。潴为千尺潭，百怪生水府。腥风噀人寒，思之犹栗股。皤然蹈其背，继觅龙中处[③]。有亭堪小憩，缚茅岂戴祖[④]？曲涧溯且长，巨石卧如虎。世无李将军，怵惕谁挽弩？转喜清浅水，游鲦布三五。返照潭壁上，摩挲宋题署[⑤]。前此惜抱翁，流连殊有取。感慨成妙文，刻石惠游旅[⑥]。吾人尊先贤，宝之非佞古。而此山水情，直可承遗绪。庶寻舞雩乐，深味五斗侮。有如此行游，浊气藉一吐。惜未访奇松[⑦]，日色已过午。归来多余兴，轰酒饱鸡黍。醉中裁此诗，得无讥鹦鹉。

【注】①全瀑分三段，前段曰“前瀑”。

②后瀑北面崖壁有隶书石刻“崩雪”二字，年代、作者不明。

③瀑中段曰“披龙”。

④戴名世曾祖戴震（东鲜）曾筑亭瀑上，名曰“响雪亭”。

⑤溪谷崖壁有宋绍圣间游人题刻。

⑥姚鼐曾于乾隆四十年（1782）七月游披雪瀑，撰文《观披雪瀑记》。今文已刻石道右，以为观览。

⑦溪谷尽处有吾邑最大之罗汉松，以日短力竭未及往游。

张英墓

红羊劫忆此凭陵，虎豹当关得未曾。肯信摸金输魏武，不疑发墓胜胡僧[①]。

风中荷影张初日，天外松声落晚塍。黄阁局真埋寸土[②]，具瞻何处起云礽。

【注】①墓“文革”中两次被炸。

②今唯存一冢。

谒戴名世墓

一规残日冷萧萧，四顾平冈逐野樵。暮色苍茫压孤冢，秋心浩荡薄层霄。

才人命直狎穷鬼[①]，故国情翻殉饿鸮。不废江河自千古，眼中那著赵申乔。

【注】①戴文有《穷鬼传》。

仙龙湖即景

掠水轻舟惊鸟飞，远山红挂夕阳肥。晚风卷起鱼龙影，愁看伊人缓缓归。

宣城谢朓北楼

驱车怵入市廛深[①]，十丈红尘感不禁。坐失修眉浮远岫，只余麻雀噪平林[②]。

六朝诗兴归清发，百代文心藉觅寻。那得开关北楼上[③]，临风怀约谢公吟。

【注】①楼在闹市区。

②楼四围多打麻将者。

③楼未开放，绕行一周而已。

登敬亭山至太白独坐楼戏作

北郭名山开画图[①]，遮天竹海绿平铺。路如楚女束腰细，人似吴牛喘月粗。

岚气看扶双塔立[②]，花光引坐一楼孤。敬亭序继兰亭序，妙语联成美且都[③]。

【注】①山在宣城北五里。

②双塔在敬亭山南麓，建于北宋绍圣三年（1096）。

③社友有掇改兰亭句以纪游者，诙嘲杂出，殊堪发噱。

谒青山李白墓

春山如笑镜中涵，卅载心仪此共探。差喜寻诗门不二[①]，尚怜邀月影成三[②]。

并时子美难兄弟[③]，异代玄晖许靳骖。一卷何尝憎命达，千秋咀味有余甘。

【注】①园内有“寻诗径”。

②园内有“李白邀月像”。

③《世说新语·德行》：“陈元方子长文有英才，与季方子孝先各论其父功德，争之不能决。咨于太丘，太丘曰：‘元方难为兄，季方难为弟。’”又杜甫与李十二白同寻范十隐居：“李侯有佳句，往往似阴铿。余亦东蒙客，怜君如弟兄。醉眠秋共被，携手日同行。……”

晴窗展读风清网传徐战前先生“合肥别刘梦芙先生”，
一律并诸公和作，精思健笔，卓有风骨，
与时下浮响肤辞者流区以别矣，爰次原韵却寄

大患犹存物外身，新诗起我力依仁。填胸磊块轻余子，济世风骚重替人。
意气高时欲存鲁，霜锋及处可亡秦。恰同积月雾霾尽，留对春阳赏本真。

次啸云师韵感时

金瓯新奠泰山安，盈耳纶音拨置难。挟纩殊怜三伏暖，吟诗尚怯五更寒。
齐家无处室虚白，蠹国有人颜渥丹。领略牵丝游戏意，莫成轻命倚危栏。

◆蔡淑萍

癸巳中秋后二日自蓉赴黔江诗会日暮抵黔有满月迎人

已少中秋月一轮，锦城朝发雨纷纷。待余山水苍茫地，温婉含情若故人。

访雁荡山白云庵住持空颖法师

青山深处白云家，久绝凡尘气自华。飧我杨梅浑不识，溅衣一点色如花。

【注】初见杨梅，以形似荔枝，拟剥食之，红色果汁滴落白衬衣上，担心会洗不掉，法师笑曰："洗不掉也很好看啊。"

特呈岛温泉浴足

良夜何其诗思杳，人间万象了无痕。桑田沧海寻常事，二亿年来水尚温。

邛海月亮湾观人采菱并得尝新

画意诗情说采菱，都从纸上曲中听。重尝只有艰辛味，暑气熏蒸指血凝。

当涂谒太白墓太白塑像在焉

对月高擎酒一尊，风华绝代谪仙人。千年抔土能埋骨，怎掩不羁之壮魂。

武陵山与晓华中宵长谈

寂寂远城市，四围山色寒。联床又清夜，分袂动经年。
攘攘红尘客，纷纷碧海烟。不眠良有以，故事感无端。

步韵奉和仁德《感怀》

海桑惊变有生年，万里归来敢自怜。何处关山寻旧我，徒余心绪似从前。
苍凉怕听鹃啼血，羸病但看人着鞭。塞臆空多千滴泪，难挥一点到吟笺。

哀芦山地震

五载流光忆未磨，天崩地陷泪成河。才知绝境人无力，最痛学童夭折多！
预报之难逾蜀道，筑居欲固太蹉跎！汶川劫又芦山劫，啼血子规能语何？

【注】子规，传为古蜀帝所化。

庐山地震怀叶志平校长

芦山新地震，天国可听闻？旧景疑重现，安能不忆君？
豆渣楼必固，演习肯因循？重建求坚牢，劬劳殉以身。
丰碑何处立？一思泪湿巾。

【注】叶志平，原四川安县桑枣中学校长。因其十数年坚持向有司申请经费，一年或低至三五万元，一点点加固豆腐渣教学楼，又为防教学楼垮塌伤人，十数年坚持组织师生紧急疏散演习而从不中断。5·12大地震中，与被夷为平地的北川中学紧邻的桑枣中学，两千余师生无一伤亡。重建中，叶校长操劳

过度突发脑溢血去世，年仅五十余。

六 载

六载诚苦辛，疾除当自喜。喜色才瞬间，忧思来心底。
环境叹尽污，城市至乡鄙。自毁所为何？可怜 G D P。
俯仰吸与呼，饥渴食与水。防亦不胜防，处处皆毒饵。
医院何喧嚣，医师神其技。攘攘复熙熙，谈癌不惊矣。
我病今得瘳，后来知又几？敬虔人心死，此劫何时已！

【注】余 2007 年查出肠癌，手术、化疗、一次次复查。2013 年春复查后，主治医生张才全教授说："你的病完全好了。"

癸巳春日题窗前黄葛树

万木争葳蕤，此株独零落。旋飞如蝶轻，黄叶叩帘幕。
非不解春时，迁移记岁昨。叶落叶即生，浓绿仍绰约。
一岁一枯荣，不为从众错。西风飒然至，更见君卓荦。
秉节持素心，凭窗仰孤魄。

【注】黄葛树，川中多见常绿乔木，每年集中换叶一次，叶落即生，不论春秋，或曰以本株移栽时间为准。我家黄葛树因系春天移栽，故春日换叶，似可为证。

渔歌子·晨行邛海之滨观人钓得红鲤

晓雾轻轻细浪匀，窄舟如叶滑无痕。　伤锦鲤，惜红鳞，将投尺素到何人？

浣溪沙·喝春酒

曲径轻车丝柳斜，田园深处友人家。已齐春酒与春茶。　世事如棋看变幻，新诗有味咏桑麻。席前飘落碧桃花。

【注】曲径，村际水泥路，恰可供小车通行。

霜天晓角·雁荡山中遥瞻夏承焘先生墓

平生恨悔，求学真无计。中岁得翁遗玉，韦编绝、稍知意。　今过高卧地，青山遥望里。思想昔时游屐，飒然听、天风起。

鹧鸪天·辞岁

落尽西风霜叶黄，寒山瘦水度斜阳。惯看时事天方外，慢许覃思乱愁长。　莺在掌，燕居梁，蚁穿堤穴效鲸狂。小园辜负梅花蕊，难得闲情赋旧香。

鹧鸪天·春分后二日与诗友龙门山赏花

负了龙门一半春，龙门不负探春人。纷纷桃蕊因风落，皎皎梨花带雨新。　香雪海，武陵津，流光输与面前樽。闲言但任花听去，他日方知属意般。

金缕曲·纪念杜甫诞辰一千三百周年

2012 年 8 月 20 日凌晨 3 时许，雨大作。久晴之后，溽暑稍减，起而读杜，记感。

展卷闻呼吸。想先生、飘萧短发，敝袍遮膝。自信致君尧舜上，偏剩苍茫独立。都付与、如椽诗笔。已悯贫民贫到骨，正朱门酒肉骄奢极。鼙鼓动，暮笳急。　　更于何处留踪迹？锦城西、秋风茅屋，武侯霜柏。不尽长江三峡怒，千仞夔门壁立。吟咏处、神喑鬼泣。莫道百年歌自苦，蜀山知从此生颜色。风雨骤，夜沉寂。

满江红·九寨沟感怀

屏立诸峰，从教与、红尘阻隔。叹掠目、瀑悬如练，湖温如璧。映日秋波分五彩，倚风寒树摇三色。有经幡、高飐衬蓝天，拂云白。　　当斯美，思造物；闻故事，惊心魄。叹何其侥幸，才逃魔劫。此凭森工哀悯念，时伤利斧神州逼。便而今、几处恨犹听，山河泣。

【注】赵洪银兄咏九寨诗曰："不是吴刚停巨斧，何来仙境在人间。"事指，九寨沟原为南坪森工局伐区，1969 年伐木工人入驻，讶风光之美，不忍砍伐，层层上报，历时 10 年，终于 1978 年获国务院批准，将其从伐区划出，另设保护区，后得入世界自然遗产名录。

水调歌头·过岷江源

大块接天际，苍莽气氤氲。惊看凛凛三字，寂寞立黄昏。指点晶珠如串，汇聚清流如线，蜿转出荆榛。此是雪山魄，认取旧冰痕。　　水之源，木之本，国之珍。恍听千古吟咏，千古意弥新。今日潺湲南去，明日穿崖过岭，裂岸浪如喷。伫立秋风冷，肤欲为之皴。

【注】源区道旁有碑，书"岷江源"三字。

水龙吟·吊青白江弥牟镇三国八阵图遗址

遗址为蜀汉丞相诸葛亮所布旱八阵图（水八阵图位于夔门），已列为成都市文物保护单位。现仅余低矮土墩六个，两行排列，上生稀疏竹木。据闻原有百数墩，为夯筑，年代久远，湮灭矣！

久闻三国遗存，惊看失落荒芜里。几丛杂草，几株竹木，几堆泥垒。遥想当时，貔貅争命，血流漫地。正雷鸣电掣，风呻雨泣，竟藏得、玄机几？　　可叹英雄去后，纵渔樵、于今谁记？我来凭吊，深悲人命，曾经如蚁。小小寰球，迎眸充耳，炫威军备。或一朝核战，倩谁天上，下滂沱泪！

◆徐战前

酒　醉

酒醉诗多少，宵深梦有无。荒鸡休唤我，我已老江湖。

庚寅八月十八日海宁观潮

有约钱塘水，朝朝守信回。西风拦不住，直下海门来。

离　湘

归心一发似难收，拟鼓风帆下石头。却有诗魂摇不定，洞庭湖与岳阳楼。

南开杂忆（二十首选一）

马蹄湖上望空蒙，落絮无人着屐踪。记得南开听雪夜，一园如墨一灯红。

十　年

风雨如磐又十年，云荒月老此山川。倩谁炼得娲皇石，再补苍苍已碎天？

赠别陈和世先生

茫茫汨罗水，渺渺洞庭波。薜荔疑山鬼，秋风忆女萝。
湘君情自远，词客梦无讹。古楚虽三户，亡秦首放歌。

为孙志强题西行所摄照片

行见黄河水，伊谁一苇航。途中人老大，塞上境苍凉。
故郭依残垒，乱山支夕阳。西天愁望断，我佛在何乡？

元　旦

一年今夕尽，来日望茫茫。大梦添诗料，豪情老醉乡。
孰医天有恙，几见海成桑。风雪无多事，邀人共此觞。

春未至

芒鞋踏破久，烟雾锁山林。辛苦千秋愿，萧寥五夜心。
人如云易散，春比梦难寻。花事言何早，重寒尔许深。

壬辰早春和野夫

兔脱龙腾岁更寒，天时物态感无端。开缄花信浑难料，深浅残杯强自宽。
漫道余诗供涕泪，每闻止水有波澜。望春记得《西风颂》，冰雪枝头仔细看。

七夕与李昂顾迁饮

江湖落拓十年劳，未把新衣换旧袍。青石坐听淮水急，白庐仰看斗牛高。
一朝折屐空怀谢，七步成诗合让曹。今夜东山明月里，有人楼上唱《离骚》。

甲申白露

万里霜天极目宽，江山邀我一凭栏。云中楼阁开生面，物外烟霞幻大观。
少日情怀犹未尽，中年哀乐总无端。天涯海角遥相望，箫鼓声声入岁寒。

大学同学邀赴洛阳牡丹花会，因追念少年时事，慨然有作

天涯相望日相疏，忽得洛阳亲友书。枕簟已忘神化蝶，濠梁犹记乐观鱼。
声吞塞北千忧积，意尽吴门一醉无。昨日朱颜今几在？青春潦倒在江湖。

己丑重九登北固楼

第一江山第一楼，长风如虎撼神州。江涛入海奔腾急，帆影连云日夜浮。
灿烂文章推李杜，英雄事业问曹刘。忽来乱雨催诗句，万里关河万里秋。

合肥别刘梦芙先生

沧海横流到此身，天留我辈近乎仁。死生由命原如寄，穷达论交属几人。
斗酒未妨追李杜，一灯相对入周秦。少时肝胆中年泪，谁识英雄面目真。

一　念

是何感慨悲凉地？一念中原猛泪驰。衮衮自甘迷鹿马，滔滔谁复问熊罴。
百年长梦终将破，来日大难应可知。惟剩横刀匹夫怒，回眸博浪尚余锥。

七月七日

踏遍卢沟处处苔，惊心往事起轰雷。金瓯顿失金汤固，铁瓮谁教铁锁开？
大错铸成非旦暮，胡沙靖后又尘埃。故知家国终能复，纵有重光迹近哀。

甲午一百一十九年祭

海氛兵气郁迷茫，有泪如涛夜撼床。哀乐锥胸惟醉酒，山河举目剩创伤。
连场蝶梦谁先觉，不断鹃声语未详。我亦草间求活辈，竟抛心力到文章。

长夜八首（选一）

万里身行半天下，鸡鸣风雨梦如何？入时男女豪华甚，憎命文章慷慨多。
谁可起予尧社稷，天何厚我汉山河。无端歌哭因长夜，百感填胸付一哦。

启东夜坐

四望海茫茫，渺渺虚想象。混沌开未开，太古为何状。
倏尔狂飙来，风与云合唱。雷电裂长空，大潮恣漭漾。
拍岸骇声威，层层迭雪浪。忽然潮水平，明月出海上。
鱼龙九渊眠，天地俱空旷。元气培阴阳，盈虚成其壮。
造化了不殊，睹之心犹荡。霎时幽梦回，坐卧意惝恍。
起立一徜徉，孤怀成独往。

◆陈仁德

宿西水土家山寨

瑟瑟西风古寨秋，河湾夜静泊轻舟。虫声久绕庭前树，月色斜侵水上楼。
知己二三常买醉，生年六十不言愁。狂歌漫舞浑无状，惊起沙滩几白鸥。

满江红·蒜山怀古和吴伟业韵

落日西风，江声里，瓜洲咫尺。临古渡，烟波缥缈，舟车出入。曾有将军挥大势，拼将血肉驱强敌。到如今万事付东流，皆过客。　霜露冷，秋月白。遗迹在，游人集。尽凭轩指点，魏戈吴戟。当日几多英烈地，此时都是寻常宅。正街灯黯淡上楼台，闻船笛。

登巫山神女峰

襄王旧梦已模糊，云雨荒台事有无。我来登高拜神女，峡江秋色正萧疏。脚底波涛流不尽，云气缥缈接荆巫。断崖千仞森然立，古木苍藤满路途。雨后险峰攀难上，石径羊肠尽崎岖。乘舟几回江上过，仰望层峦如画图。今日真来画图里，两股战战立踟蹰。片石亭亭矗绝顶，咫尺相对叹盘纡。谁人凿石欲建庙，披萝带荔画仙符。窝棚斜挂枯松际，圬人去来自相呼。

殷勤邀我松下坐，到此宁不醉一觚。难得此生有今日，我亦凌空奋一呼。俯瞰茫茫深峡里，逝者悠悠如斯夫。

出京车上作

客中步履总匆忙，挥手依依别帝乡。醉后狂言醒便悔，来时得句去都忘。
平生宠辱随风散，故国兴衰引梦长。大野掠窗看不尽，飙轮掣电过廊坊。

【注】京中诗友宴请，余痛饮狂言多有不当。

拜谒雁荡山白云庵空影法师一见如故倾谈良久获教颇多赋此以赠

奇峰千仞上摩天，一入名山不计年。翠影随风来眼底，白云终日在窗前。
林深久绝尘凡事，轮转终成佛国缘。听罢晨钟听暮鼓，回头桑海已如烟。

观黄河壶口瀑布

苍崖断处怒涛飞，浊影腾空雾气微。天造奇观疑是幻，身临险境竟忘归。
一番风雨成秋色，万古雷霆共夕晖。滚滚惊湍奔眼底，乱溅黄渍上征衣。

雨中游晋祠（有序）

与中镇诗友于钟珩、杨启宇、熊东遨、段晓华、钱志熙同游太原晋祠，时大雨倾盆积水成溪，乃张伞赤足而行，痛快淋漓其乐何如，归作长歌以纪之。

太原城头雨大作，疾风吹雨垂天幕。驱车大笑出城南，一路昏黑动心魄。晋祠都在苍茫中，阶下汪汪成水泊。停车同向门前过，脱履清凉走赤脚。风光澹荡一时奇，漫天烟水笼池阁。雨中秋色何萧疏，衰柳枯杨齐摇落。庭中古柏独苍苍，如龙腾飞云相托。唐叔圣母望俨然，巍巍犹是旧庙廓。想象教化蔚人文，三千年来传脉络。我家巴渝万里遥，甕山胜迹曾有约。

岂因天变即相违，冲雨踏波神自若。侪辈生性远圣贤，何况圣贤亦寂寞。不如临风一曲歌，飘然来去若野鹤。人生难免雨复风，遇宠不惊辱不谔。回看晋祠雨正狂，请从此中识真乐。

除夜歌

小城除夜响爆竹，万家举杯共祝福。士女最喜听歌吹，童稚久已厌粱肉。烟花射空花千树，明灯映江珠万斛。楼前谁人踽踽来，豁齿苍颜头半秃。胶鞋残破敝衣单，但求长椅寄一宿。自言老家在碾盘，今年已过六十六。打工谋生去酆都，寒暑劳作颇辛苦。年终讨薪竟无门，无何徒步回故土。今夜方抵忠县城，头昏眼花饥肠辘。街头风紧霜气寒，因就此中暂蜷伏。

我闻此语感不禁，回房捧出果一鞠。夜深无可供尔餐，食之或可饱尔腹。颔首称谢犹未已，狼吞虎咽饿鹰啄。忽有旁人谈笑过，谓是骗术宜驱逐。呜呼此际复何言，转侧掩面欲痛哭。

癸巳春分与金水兄宿酉阳苍岭苗寨五律四首

癸巳晦日向喜英兄邀饮通远门饯春，微醺，赋此。

绿竹遮茅舍，清溪绕瓦房。檐低飞燕雀，日夕下牛羊。
到此尘心静，随他世事茫。夜来山影暗，满屋树脂香。
投宿深山里，栖身野寨中。围炉过子夜，移座问苗翁。
风寂灯光暗，酒酣炭火红。推门看月去，人月共朦胧。
庭中篝火旺，起舞尽山民。国运虽多舛，遗风尚未泯。
夜阑重把盏，炉尽复添薪。相对沉吟久，浑忘白发新。
明月过墙去，清风拂槛来。山高皆竹树，地远绝尘埃。
好景难描画，新诗费剪裁。夜深苗寨静，寒气透窗台。

同坐者周朝诚万龙生胡本栋彭君洋诸诗友

通远门前景色新，相逢最喜此良辰。东风来去都无迹，北国阴晴认未真。
帘外高楼遮绿柳，城头微雨湿红尘。举杯休放光阴过，犹有依依一日春。

游镇江焦山与诸友同和壁上前清顾贞观诗原韵

秋风落日大江边，独立高崖思悄然。树色遥连芳草地，钟声半入碧云天。
且凭残缺碑铭事，想象苍茫魏晋年。暮霭沉沉零露冷，渡头隔水唤归船。

送　春

落花流水总凄凄，又被东风误好期。闭户厌闻连夜雨，登楼强赋送春诗。
伤心每在无人处，放胆惟须有酒时。一点晴光天地外，遥知原上草离离。

自　嘲

独坐寒楼下，楼门久不开。无端生惆怅，未老已痴呆。
画饼随烟灭，歪诗搅梦来。性情终未改，依旧是童孩。

行至南京返，未赴扬州，用前韵

金陵咫尺是扬州，只许诗人梦里游。可惜隔窗空望月，未曾停棹已回舟。
波连绿野春将尽，风送黄昏雨半收。更逐钿车南下也，宣城去上谢公楼。

登巫溪云台观

危崖穿雾立，蹬道接天长。呼吸生云气，盘旋入浩茫。
孤城如片叶，一水似回肠。势欲乘风去，凌空意转惶。

过六和塔，不见四十年也

古塔长桥雨若烟，重来游子已华巅。无情最是钱塘水，流去光阴四十年。

◆张青云

弘毅山房诗选

乙酉孟夏长夜读陆放翁入蜀记，触拨楚蜀乡情，走笔成五截句。

一

清猿峡口泪无穷，乌帽骑驴羡放翁。冥想聊乘瓜蔓水，牵江百丈上巴东。

二

迎神驱疫楚风奇，姱女高丘唱竹枝。记泊归州红叶岸，瓣香曾拜屈原祠。

三

峭帆鸦轧趁奔泷，滟滪涛头乱打窗。独有长年奋骁勇，盘涡十万力能降。

四

烧畬硧瘠野烟长，雨歇巴山百草香。昨梦松林猎鸠去，万峰舞翠扑灯床。

五

橘柚霜红味自饶，岩耕当日隐山椒。桃笙夜共荆妻话，说到西川不自聊。

癸未重九时在上海

登临无计觅高冈，海地蛮天怨转长。斯世吾能吟九辩，昔功人自颂三湘[①]。
酸甘生味催头白，饾饤悲欢逼句苍。剩有红萸相晤对，小斋如舸度重阳。

【注】①当日湖南某文艺组织有人吟唱毛泽东《采桑子·重阳》一词，事见荧屏。

夜读抗日战争十大名将仰怀白崇禧将军

身关兴废昔曾闻[①]，带砺河山起战氛。庙社阽危诸葛起，舆图光复谢玄勤。
虾夷惶悚还三岛，猛士苍凉葬百坟。书幌秋灯吹欲死，瓣香敬为故将军。

【注】①徐悲鸿曾书赠白崇禧将军一联："雷霆走精锐，行止关兴衰。"

独　谣

朔望阴晴取次过，难追迅景意如何？观人已感知音少，学道方知鄙吝多。
旷放吾能师玉局，鹰扬谁复效荆轲。男儿濩落寻常事，依旧荒村扣角歌。

登东方明珠电视塔，于塔顶旋转餐厅俯瞰沪市全景，赋得一律

自跻高塔伴冥鸿，雾阁云窗晓日曈。车毂万方遵大道，舳舻千里没虚空。
神州稊米狮初醒，世界陶轮劫未终。铃语苍凉诗思惘，栏杆拍遍为谁雄？

同浙大刘雄博士登吴山城隍阁

都会三吴一睇收，胥山杰阁俯雄州。江吞大野槎枒势，湖抱平林沆瀣秋。
风月东南无净土，浮云西北有高楼。银筝沸市颓阳碧，王粲登临涕已流。

鼋头渚放歌

笠泽三万六千顷，弥望茫茫皆水浒。充山余脉何岖嵚，卧波遂成鼋头渚。
仙岛竦峙若神鳌，包蕴吴越势莫阻。环洲绿树作屏围，舶趠风清不受暑。
击汰我乘七桅船，岳影满窗青可数。溟渤滔天渺一发，七十二峰杳何所？
榜人鸣榔报水程，雕鹗颉颃通人语。兴尽回舟方日昃，快帆如马落琼屿。
余亦天地稊米身，砚几沉沦绝凄楚。休沐竭来具区畔，欲汲黛浪入樽俎。
微尚虽爱江湖乐，讵料世法如网罟。欲携笭箵自兹隐，漉蚬捞虾师渔父。

山塘街吊五人墓

颜佩韦、马杰、杨念如、沈扬、周文元五人，吴中义士也。明天启六年四月，魏忠贤矫诏逮苏州进士周顺昌，缇骑恣睢暴横，吴民罢市。佩韦等愤憾不平，乘开读诏书之际，击毙缇卒二人，余者窜匿。事后巡抚毛一鹭捕佩韦等五人斩之，吴人为营葬虎丘山塘，名曰“五人墓”。太仓张溥有五人墓碑记，述其事甚详。

逆阉恣睢颁矫诏，日遣缇骑剑出鞘，杀戮廉吏隳宗庙。蓼洲周公洵直臣，忽遭龂龁罪加身，夷然就系眉不颦。吴人罢市集万众，泣血叫阍来相送，声势崩屋孰能控。义士五人骨有钢，喑呜叱咤向山塘，棓梃纷落击虎伥。一朝定谳齐断脰，临刑犹将奸慝咒，杀身成仁岂不寿。声名皦皦化鬼雄，忠介原出编伍中，间气堂堂宿草红。黄月如盘照高墓，此来凭吊一却步，寒鸦泣冷青枫树。翁仲无声秋磷飘，毅魄长逐子胥潮，要离冢近慰寂寥。荒鸡喔喔天欲曙，风云吐翕生百虑，扼腕读碑弗忍去。

汶川地震歌

五月十二风日妍。婪尾春光迷大千。讵料五丁忽放颠。地维倏折蚕丛边。
奔蛇走虺恣盘旋。山陵簸扬化灰烟。中逵坼裂等断弦。崩颓阛阓一夕湮。
茅茨倾圮瓦不全。深埋黔首命如悬。野哭凄洏动钧天。存者流离沟洫沿。
避地支棚藉青毡。余震频频狞雨潺。五夜惊魂不成眠。咻噢呻吟势若煎。
强震八级六合延。西蜀巴僰到昆滇。猿鹤虫沙恨绵绵。招魂泪尽断肠篇。
天地不仁灾厄连。万物刍狗忍弃捐。祲沴唐山痛曩年。积惨今又哭汶川。
电波顷达琐闱前。援溺三军迅整编。襆被裹粮齐争先。拯危济困意拳拳。
痌瘝在抱宰辅贤。银翼斯须锦城翾。纾难有策任仔肩。九牧赒恤人心虔。
同为辙鲋献滴涓。力挽坠日出虞渊。否极泰来自古然。寄语苍生要勉旃。

江阁暑夜

村龙时吠月，蚊蚋偶穿帘。深倦茶方好，微醺酒不嫌。
众生犹疢疢，世界正庄严。细领濠梁趣，水花香上髯。

秋郊夜行偶作

野烧红渔浦，夜深群动暝。草间窥大月，树罅漏寒星。
察物知心妄，观河鉴道灵。谁能歌古调？蠲戏有仪型[①]。

【注】①马一浮先生（1883—1967），名浮，号湛翁，别署蠲叟、蠲戏老人。马老身通六艺，学贯中西，其诗融骚雅元音与陶杜逸响于一炉，风格简远，意境超脱，予平生最爱诵之。

台　风

飒沓飞廉怒，狂飙昼夜瞋。吹尘号浙沪，流潦陷台闽。
几欲摧坤轴，还堪黯北辰。斯民仍守望，戮力战波旬。

杭州栖霞岭拜岳坟岳庙

桧柏郁苍苍，衔悲吊鄂王。丰碑驮赑屃，禋祀荐豚羊。
左衽遗民恨，中原父老伤。神鸦啼不住，皦日满空堂。

哀悼先祖张之仁先生

乘化弭欣戚，溘然遽捐馆。窀穸营东冈，是遂首丘愿。山榴墓道红，络纬碑前散。修文讵可伤，正谓脱羁绊。忆昔课我时，百龄早过半。左史复庄骚，朗吟辄透幔。嘉树绿中庭，垂果曰文旦。祖孙每剖食，馥甘犹盈案。顾今过而立，穷海尚奔窜。事功两无成，祇益滋愧汗。丙夜梦慈容，屡将阿爷唤。似亦责顽梗，渊默不我看。推枕忽惊起，疏星耿河汉。不寐怀清芬，泪下如飞霰。

雪中游南湖

一白迷混成，凫翁飞无迹。喧聒绝湖濆，瑶华大如席。浦树媚古青，苍筤炫空碧。八表昼蒙蒙，磊砢寒水石。夙慕张宗子，冲雪畅所适[①]。伊余踵俊游，散策南湖陌。诘曲穿芦碕，缥黄雾凇积。龙吠见渔村，爨烟袅咫尺。鲐背老渔父，启扉亲款客。呼儿罗鲑菜，三巡称莫逆。饭罢烟艇出，挈予探蛟宅。皛皛月上初，沦涟静沉璧。孤屿如荠浮，鸥波映巾舄。放溜恣容舆，前驱藉风伯。斗转见银潢，俶诡雪光射。呜咽出洞箫，一曲髯上磔。翁复倾白堕，鲸吸醉颜赤。扣舷歌水调，斯情何脉脉。我生三十稔，颇有烟霞癖。命途久蹭蹬，不得振六翮。兹宵如梦寐，怫郁淡如释。东坡赤壁游，惝恍入夙昔。世网久拘挛，阳景亦蹙迫。清啸谢尘劳，莫教负今夕。

【注】①晚明散文家张岱（字宗子），于崇祯五年（1632）十二月，冒雪夜游西湖，撰湖心亭赏雪一文。

题天平山庄岁寒堂范仲淹手植君子松

山堂额岁寒，崷崒镇枫岭。庭前屹双松，神骨俱清瘦。直干无攲斜，危绿泊庄顶。根有苞桑固，樵斤讵能逞。偃蹇逾十围，谡谡涛亦冷。填委富苍藓，千祀翠弥永。觥觥范希文，抗志何峻整。乔木丁年爇，姱节重九鼎。老鹤终岁巢，塞主逝弗醒[①]。颜此曰君子，廉操令人憬。伊余斩莱蓏，抠衣造斯境。长跽涕涟洏，遗诗诵辄哽。晡时林薄暗，虬枝筛日影。合眼梦乃公，与树相高迥。

【注】①范仲淹，朱彝尊天平山谒范文正公祠诗：“遗像依然穷塞主，义田不改旧家风。”

◆刘永翔

蓬远楼诗七律自选

杭州孤山

孤峰傲态类孤云，似此孤标独此存。澹月暗香高士意，夕阳花影美人魂。
山中古往伤陈迹，水上风行送梦痕。太息孤芳复谁赏，沉沉空谷没黄昏。

吾　诗

每成佳句自高讴，知属诗家第几流？情往竟篇皆脉脉，悲来满纸即啾啾。
非无幽思怀千古，亦有哀弦痛九州。生不盛唐吾也晚，不然李杜好同游。
吟声吾自道心源，已卜他生定鹤猿。宁被群儿讥杜撰，耻将一语窃陈言。
谅无人赏孤芳谷，焉用墙高百尺园。陶冶性情存此物，不须月旦待高轩。

自　叹

半天飞絮即生涯，缭乱春愁日倍加。未逐群花同入溷，恐遂一苇远浮家。
沾泥自分终迟早，托迹谁容择迩遐。欲向苍冥问因果，东风吹浪上堤沙。

书　愤

少年浑不识崎岖，欲为神州负弩驱。天意东方难射覆，人生南郭漫吹竽。
红羊劫尽悲黄鸟，苍狗云成过白驹。稷契岂容生乱世，杜陵自许一何愚！

呈徐稼研先生

百雉书城贮腹中，美公南面隐墙东。词传白石清空气，诗染黄州跌宕风。
一见孤云如故旧，独弹流水向童蒙。何当略割斑斓锦，授我雕龙造化工？

恭祝徐震堮程俊英许杰三先生杖朝之庆

光焰名山聚德星，文昌南极并钟灵。学涵大海无穷碧，道法长天不老青。
共仰松筠傲霜雪，幸为桃李傍门庭。年登八秩黉宫瑞，眉寿还当庆百龄。

喜香港回归

尊俎从容善折冲，香江谈笑入尧封。国威已始收沦鼎，家祭今堪告列宗。
青竹简裁功自伟，紫荆花发色长秾。百年颔下珠终返，振鬣沧溟看起龙。

题陈君福康井中奇书考

投鞭骄虏覆东南，志士千秋意未甘。万国黔黎空自愤，九儒时世孰能堪！
肝肠永痛兰无土，血泪深缄井有函。耳食纷纷说真伪，奇书竟付一人探。

白内障术后志喜

腹笥元非一日营，行行字字赖双睛。终令秋水瞳仁暗，幸有西方手术精。
蔽目全驱东海雾，开颜免作左丘明。能生今世真奇福，不悔红羊劫里行。
案头书稿待经营，牛背光犹仗此睛。至道幸从前辈得，高谈未觉后贤精。
扣盘终免听声误，秉烛差延好学明。惟恨人间呈万怪，颜生勿视已难行。

悼邓女史红梅教授

花好宁堪玉尺量，一枝疏影坠红芳。曾膺白璧招才聘，难遏明珠减价伤。
彼美竟消桃李圃，伊人终着薜萝裳。他年谁立词仙庙，祀向幽栖漱玉旁。

贺香港浸会大学饶宗颐国学院成立

不为盈庭实与华，大儒青眼讵相加？羡看昭代弘吾道，许假高名独此家。
汲古自能兼汉宋，图新还祝过乾嘉。岭南人物多才俊，国故研几定足夸。

老去即次友人未老韵

衰病频随岁月增，羲和龙驭太骧腾。眼浮旧恨难胜喟，腹益新知愧未能！
懒拙分遭今日汰，冥顽早被少年称。平生事事皆堪悔，曲学阿时喜未曾。

拙诗承诸君赐和褒扬无限惭惶敬叠韵赋此志感鸣谢

漫与闲吟逐岁增，遣怀何意博声腾。不该朋辈皆怜老，遂使衰翁自觉能。
刘氏诗城浑未筑，杜家世业谬蒙称。胸中一线明犹在，吐凤雕龙梦几曾！

诸君迭赐和章思穷本不能答兹竭蹶为之勉迭前韵以谢雅意

喜接琼瑶怅亦增，片云何计逐龙腾。报君青眼高歌句，竭我枯肠苦索能。
才窘颇思来不往，年衰幸有病堪称。谁犹记得江郎笔，险韵无难少日曾。

六六贱辰喜接诸生贺诗次韵谨答

此生浑未利名牵，惟愿斯文一脉延。桃李圃甘劳毕世，桑榆景已逼残年。
终看绝学兴横舍，喜诵清诗在寿筵。六六不须须七十，同君把酒咏青天。

诸公宠赐和诗叠韵赋此鸣谢

唱酬诸友最情牵，大雅端凭格调延。不向枫宸歌圣代，却来蓬户祝遐年。
赏诗侬有麒麟阁，待客家无玳瑁筵。溢誉难承爱高咏，神州文运卜回天。

三迭敬谢友人祝贱辰诗

岂缘宠辱未心牵，老病犹堪一命延。万劫遭缘逢畏日，寸才展已到衰年。
宁求海上长生药，焉有人间不散筵？多谢诸君频颂祷，彭殇通塞本由天。

四迭前韵谢诸君赐和

诗魂应共国魂牵，文脉惟求一线延。楚客真堪同惜日，郑人何必与争年！
此情宣自凭柔翰，吾道弘须仗教筵。喜接群公吟社约，愿随仙侣步云天。

◆黄坤尧

平江谒杜甫墓

九月平江聚斗魁。湖湘星月灿成堆。汨罗舟入清秋冷，大历歌吟动地哀。
祠庙闲寻供想象，神州犹待振风雷。凤凰献瑞掏心血，千古遗阡德泽开。

将赴天水出席易学会议及两岸中秋雅集

陇月清圆天水浮。联耤两岸庆中秋。边城猎猎霜风劲，海峡滔滔浊浪收。
久仰伏羲占易卦，行随老杜入秦州。相期华夏同心侣，一夕灯辉万载谋。

陈章惠寄虾干赋谢二首

陆丰白刺海虾干。幻作千姿浪里看。何日江湖谋一聚，楼头杯酒与君欢。
遍野流离剧可哀。神州处处涌楼台。当时未信君恩薄，少数人先富起来。

台大鹿鸣宴酒党宴请澳门《九鼎》诸君子

台澳华洋玉液催。相逢主客畅怀开。鹿鸣宴席风云会，椰道园林仙圣才。
酒国千秋观盛德，镜湖九鼎铸琼瑰。欣欣生意由天运，愉快人间共举杯。

【注】酒党以“酒品中正”鉴定酒德高下，依次为酒仙、酒圣、酒贤、酒霸、酒侠、酒棍、酒丐、酒鬼、酒徒。又党魁曾永义著《人间愉快》《愉快人间》等书。

夜饮长白山下

衡水老白干。贞心冰胆寒。百年醇味厚，二道白河宽。
慷慨抒清兴，逍遥遣夜阑。美人松馆下，星斗缀重峦。

【注】八月十七日宿二道白河美人松宾馆，张海鸥招饮河北名酿。

佳　人

佳人何事苦含嚬。千里关河梦未真。掉线未能通款曲，相思犹待接前津。
愁城坐困红颜老，眉月平添白发新。黯黯断桥残雪夜，西湖缭绕一番春。

庚寅清明节公祭黄帝陵

桥陵龙驭祭轩辕。沮水萦回绿绕村。钟鼓和鸣观盛德，人文化育厚培元。
山桃花发三春艳，杨柳风微五帝尊。翠柏手栽天下重，中华儿女溯同根。

日本三一一地震

人力微茫可奈天。山摇地动海云颠。舟车席卷层楼上，房舍推移浊浪迁。
九级煎熬沧浩劫，无常生死委荒烟。大和魂系樱花血，民气寒凝苦节坚。

题恕斋师渴笔山水扇面遗墨，依韩愈《秋怀》其二韵

秋怀诗扇逸，人事慨荣悴。书道倚性灵，汉晋风流地。
背面山水姿，清光凉飒恣。摇曳荡神思，远岛浮岚异。
亲炙沐恩深，遗墨殊可贵。

【注】恕斋师补记云："甲辰（一九六四）秋录韩公诗。此余壬子（一九七二）年间移居大埔之运头坊所制，为坤尧老弟检去，今日重观，殊感汗颜也。庚午（一九九〇）岁暮，宗豪记。"又渴笔山水题云："庚午岁除为坤尧作。宗豪。"

恕斋师书画遗作展，依《秋怀》其五韵

大道日式微，浮华深自警。点画荡微澜，素心长夜永。偃卧濠上居，笔阵犹威猛。
泰山经石峪，源流溯汲绠。琼琳展大观，饱饫一何幸。骋怀天地宽，人间万缘屏。

成吉思汗陵

展翅雄鹰铁木真。伊金霍洛草原亲。驼毛吹气生灵聚，弓箭雕鞍奶桶神。汗国分疆通禹域，大元一统震欧邻。孤灯不灭贞魂续，八百年来守护人。

蒙古习俗秘葬，临终前以驼毛吹气，即为灵魂所聚。成陵原为八白宫，供奉成吉思汗专用之弓箭、马鞍及祭祀供奉之圣奶桶。守陵人世代相传，一灯不灭。

壬辰春意四首

春寒料峭意迟迟。闹市鱼龙觅旧诗。身影似曾穿梦界，桃花点缀托微词。
春心摇落日清寥。怨抑情怀负剑箫。江海无痕帆渐远，殷勤有约待花朝。
春灯凌乱隔河津。有限年光物态新。风雪漫天迷故国，秦关遥望更何人。
春帏欣接紫荆寮。漫步园林凤尾蕉。木末芙蓉花下客，辛夷初绽降仙乔。

迎佛顶骨

醍醐灌顶托真身。佛法慈悲舍利神。普度众生开智慧，沉埋千载拂风尘。
贪嗔痴去祥云见，悦乐安和大德邻。净化心灵瞻善信，脱离诸苦浴芳津。

【注】释迦牟尼涅槃火化后，弟子在灰烬中捡得一块头顶骨、四颗牙齿、两块肩骨、一节指骨、头发和八万四千颗舍利子，分送世界各地。佛顶骨原藏于南京六朝长干寺七宝阿育王塔铁函中，2008 年在大报恩寺明代遗址发掘得之，现供奉于栖霞古寺。

诀别四首

聚散匆匆不可言，几回仙梦误天孙。月圆此夜长相忆，含泪迷离过远邨。
老来无语渐忘情，一段仙凡路几程。我自飘零云海隔，凄凉灯火五羊城。
相逢草草负荣华，摇曳身轻蝶恋花。谁向月宫窥宝盒，夜寒含睇海心沙。
湖海茫茫不复寻，掩门一别失知音。殷勤检点青丝落，锦瑟佳人寂寞心。

◆陈建森

壬辰中秋望月

梦醒蝶还醉，迷离寥廓飞。随君圆入夜，袖染桂香归。

题光孝寺

禅房日暮杜鹃啼，诃子无言木已稀。唯见达摩泉底影，年年冷月照菩提。

流溪河独行

纤云淡远挂青空，漫步流溪入绿丛。两岸松根嬉水老，桃花一叹古今同。

和启宇兄《散尽》

寒塘雨过噪蛙煎，同庆山春入旧年。惟有夔峰梅夜哭，悲风荡卷一江烟。

韶州行四首

癸巳初夏游丹霞随喜唐云龙塔

独钓漳江古寺边，愿随丹石度华年。静观千载梅开落，笑弄山河九点烟。

奉酬吴晟兄和随喜唐云龙塔

不羡鸳鸯不慕仙，江干采荇任流年。闲歌一曲梅花落，化作丹霞梦里烟。

阳元石

凌霄一挺补天漏，从此神根定九州。为报女娲精炼意，丹雄永举任春秋。

过曲江墓

禄山反骨岂能留？力斩顽凶抗众流。无奈杨妃收义子，樵苏永禁恨难休。

登滕王阁有感

帝子云游久不归，阁空霞落鹜孤飞。长天玉碎广陵绝，秋水招魂色已非。

过八大山人隐所

元是明光千里驹，青云谱岭入残枝。仰天哭笑风雷动，犹见伊人大耳垂。

望廉江红树林

精卫含填碧浪烟，冲天一诺为红颜。胎生百代息洪海，与汐沉浮万世缘。

访花都圆玄观谒太上老君像

携酒寻仙访石丛，云开雨止显真容。垂衣欲理清平世，大道行天气运浓。

读康南海《辛亥腊游箱根与梁任甫书》

流星划夜意留痕，刻尽相思只为君。夕死朝生痴逝水，元来万象本浮云。

登唐北庭故城

壬辰夏登唐北庭国瑞城，忆岑嘉州《热海行送崔侍御还京》“中有鲤鱼长且肥”之句，然今热海已属异国矣，因有感曰。

残垣断壁立苍茫，白草风摧偃夕阳。纵有嘉州千里眼，难观热海鲤鱼长。

癸巳钱塘观潮

海注钱塘啸赤龙，楚南雷动一天风。洪波万里荡秋月，浪拍江干千古同。

闻“小鸟天堂”鹤唳追忆崖门

唳绕虬榕外，零丁卷猎尘。流云飘比翼，落木挂连根。
暮返扶桑日，朝成将士仁。崖山孤月下，岁岁向谁陈？

同窗卅载邕城重聚遥思桂林独秀峰

罗带如丝天淡远，玉簪独秀对茫苍。千秋伟业碑残断，百代迁臣墨溢香。
王府无心留过客，七星有意恋斜阳。扁舟戴月伏波去，渔笛悠悠恨水长。

和维江兄回南天

雾锁蛮邦二月天，西人土裂盼龙涎。风摧百草黄沙没，露润红棉秀色妍。
春绿江南窗挂汗，寒封塞北烛斋喧。阴阳挤助如民愿，雨洒胡杨红豆鲜。

和汉琳兄又读红楼辛卯中秋

顽灵若补苍天漏，雪鹦何须梦红楼。五载增删皆是血，十年砌字化成丘。
欢悲聚散灯燃尽，玉兔圆缺亘古秋。一把辛酸花葬后，无边柳絮点孤舟。

隰栝近作奉酬伍巍兄《变字前调·自嘲》

不羡鸳鸯不慕仙，江干采荇任流年。静观千载梅开落，空叹九州豆泣煎。
吏部伤悲毛颖秃，时人未解楚狂癫。长歌一曲春江月，化作青溪梦里烟。

蝶恋花·五月凤凰花似酒

五月凤凰花似酒。沉醉青溪，弄笛神交久。流水远山痴梦柳，数峰江上形消瘦。
谁道相逢须执手？相视无言，一点灵犀透。长忆东风吹满袖，燕飞雨细人归后。

蝶恋花·竹蔗

荔子林边舒翠袖。冷压三春，百岁餐依旧。满节甘滋渗齿后，不须庭舞消残酒。
谁与青纱帐媲秀。并驾幽篁，剑气冲牛斗。碎骨粉身何所有？泥尘似雪香依旧。

蝶恋花·贺开英先生梅兰芳艺事新考首发

绝代伶王舒水袖。色舞梅飞，举世尊崇厚。艺事纷纭花葬后，鸿篇考论厘清透。
莫道声尖鸣耳窦。恩怨非关，只是言新旧。海上蓄须书画瘦，兰心弘毅丹青留。

◆李　睿

郑州至合肥火车上见朝霞

一抹霞光嫩，濛濛动远空。淡彩洇天地，山河入画中。

汉江石

粼粼汉江石，历历卧沙滩。潮水来复去，岁月等闲看。

垂丝海棠

一缕春风思万千，低眉怯语倍堪怜。晓来处处胭脂湿，染透人间四月天。

【注】“思”，谐“丝”音也。低眉，状海棠花低垂之态。

清　明

鹁鸪声里野烟飏，当午鸡啼日转长。几处碧桃闲照水，春畦一路菜花黄。

山中留别

刻烛同题情意永，寻香步月话平生。青山也解惜离别，一夜松涛作雨声。

初至襄阳效孟浩然体

襄阳形胜地，荆楚帝王州。树色参差见，沧波汗漫流。

林泉记高咏，山水洗清愁。随处诗心在，登临复旧游。

正月初一全家游泾县水西禅寺

兰若栖幽谷，水西向晓晴。林深双塔静，雪过数峰清。

世界娑婆海，华严镜象生。溪云何处去？杳杳午钟鸣。

【注】镜象：严沧浪云，妙处透彻玲珑，不可凑泊，如水中之月，镜中之象。

秋日姑苏访范成大石湖

小住石湖景，屐痕满绿莎。寻香无雪落，听雨有枯荷。

竹静长宵咏，风轻一舸过。箫声何处是？回首醉清歌。

扬州谒史可法纪念堂

铁骨丹心何处觅？护城河外旧祠堂。披霜古桦秋还绿，似雪琼英老更香。

一代江山空指点，千年毅魄总飞扬。孤臣泪尽斜阳里，几树梅花望故乡。

谒桐城文庙并呈同游诸先生

儒风学脉相辉映，毓秀钟灵有令声。嫩蕊冲寒香淡远，苍松带雪郁峥嵘。

千秋孔庙频瞻仰，百世人文观化成。盛大如临邹鲁地，龙眠回首不胜情。

长相思

夜未央，秋未央。数尽遥空雁一行，相思梦里长。　　桂花香，菊花香。河汉盈盈几度霜，今宵分外凉。

采桑子·咏二月兰

二月兰，蓝色小花也。江南二月，生于草间，星星点点，望之可爱。

寒梅乍褪消息到，忘抹红妆，随意徜徉，二月东风犹带凉。　　平芜撒落星星碧，几处繁忙，笑靥清扬，不学夭桃暗断肠。

鹧鸪天·野蔷薇

几度蔷薇几度花，朱朱粉粉野人家。随风一夜萦怀抱，到晓清香透碧纱。　　春渐老，意偏佳。娇痴不作少年嗟。骚人未识玲珑态，开遍红墙不见夸。

少年游·紫云英

紫云英，又名红花草。

只因娇小唤云英，一色紫衣轻。蓬蓬万里，濛濛三月，长是绕乡城。　　非花非草年年到，无意胜娉婷。绿润流光，红肥绮陌，落尽更含情。

减字木兰花·感怀

暂留烟树，几处闲云随雁去。流水匆匆，却为青山映碧空。　　秋思春怨，饮水饮冰皆冷暖。愁似湘江，怎抵吟窗日月长。

高阳台·己丑年秋沪上重游有感

黄叶飞霜，菊花染露，重来正是清秋。一带风光，依然流水凝眸。绿杨芳草经行地，忆海棠、四月红稠。是几番，书卷光阴，风雨高楼。　　韶华惯是抛人去，纵音容未改，难减清愁。旧雨新知，剪灯同话绸缪。无端唤起并州恨，惹离思、心上眉头。更黄昏，望断高城，飞尽沙鸥。

念奴娇·国庆怀感

凭阑万里，见风高木落，碧天如洗。依旧桂香飘不尽，妆点神州端丽。橘绿橙黄，山明水秀，逸兴人微醉。举国欢庆，岁华如箭堪记。　　风雨六十余年，殚精竭虑，共把方舟济。远路崎岖不畏险，最是鲲鹏展翼。俊采云蒸，星河直上，情满人间世。鸿图长久，此时怀抱同寄。

绮罗香·白桃花

月辨梨云，冰裁玉蕾，悄立竹窗无语。澹荡风姿，掩袂万花深处。记依稀、唤渡桃根，识烂漫、寻芳归路。镇流连、暗转崇光，暂教嫩约绾春驻。　　嘉辰回首日暮，叹青青未遍，飘零如许。梦杳天台，忍拾落英无数。葬人间、一半春归，理不尽、客愁千缕。看盈盈、数点枝头，护他深夜雨。

石州慢·春感

柳色匀黄，轻浪涨痕，烟敛天阔。东风乍上檐牙，又看落梅吹雪。梦回芳草，遍寻旧日池塘，而今只有愁堪叠。试罢夹衫寒，过樱花时节。　　情切，桃溪云杳，楚泽兰伤，丁香空结。断梗疏萍，总负西楼圆月。韶光迅羽，未忍细数芳华，无端春恨凭谁说。纵望尽天涯，奈蓬山难越。

◆吴　晟

东方夏湾拿别业

2005年购得从化东方夏湾拿一隅别业——圣多明各东（简称“圣东”），连排三层户型，坐北朝南，红瓦白墙，前后有草地70余平方米。居室虽陋，但有流溪河环绕，绿树、青山、农庄、田野、阡陌、小桥、长堤，错落其间；春夏秋冬，空气氤氲，井水甘甜，时蔬鲜美；更有志同道合者八九家，周末相聚，品茶饮酒，谈古论今，散步赏景，郊游垂钓，曲肱瓢饮，读书闲睡，其乐融融。自感颇有古人之遗风，因效渊明躬耕之乐，远绍王维隐居之趣，率尔操觚，即兴赋诗。虽无少游对客挥毫之敏思，却深味无已闭门觅句之甘苦。自壬辰孟夏试笔以来，得五七律200余首，不避谫陋，抛砖引玉，以俟知音君子者也。

一

流溪河畔石桥西，红瓦白墙高复低。北圃叶肥藏细果，南园藤老绕疏篱。
侵晨雨过天犹湿，向晚炊中霭却稀。周末相逢如隔纪，急呼携馔醉扶归。

二

一抹青岚廓外斜，流溪河畔夏湾拿。弯弯小陌穿圩落，曲曲长堤绕万家。
日丽秋凉宜捕钓，风和冬暖合寻花。闲来昼寝不时起，入夜相邀细品茶。

三

鸟语喧晴木叶苏，单车圩里选时蔬。妻孥沿圃寻除草，老子开轩漫读书。
雨后好眠呼噜细，树边小酌舌头粗。风清月朗宜闲步，复绕河堤返敝庐。

四

节日来临野兴长，驱车百里入山庄。秀峰耸立疑天落，花雨纷飞误海飏。
走地家禽无杂味，糟床土酒有初尝。至今怀想彭泽令，退隐躬耕老浔阳。

五

何处夜登临？流溪河畔村。甍连疑栉比，灯照误飞萤。
归鸟林中隐，山泉谷底鸣。何须劳智慧，田园老余生。

六

午夜行经小莫家，灯黄隐约透窗纱。瓜棚可辨悬青果，墙角依稀簇野花。
园内石台空四座，路边藤蔓过篱笆。栏门似闭应虚掩，欲叩分茶月已斜。

七

岭南春季似穷秋，细雨连绵势未休。霉点趁潮斑四壁，角陬储湿殖蜗牛。
水边乱石生苔藓，橱底蚁虫蠹木头。忽想拨云晴见日，抽身陋室作郊游。

八

辛卯年来不问津，朝衫脱去一身轻。红颜可惜嗟流水，白首犹能返本真。
著述吟诗风助兴，品茶饮酒月为邻。闲来垂钓溪河上，误入天台几忘形。

九

流溪隔岸古庄田，遗址尚存已有年。断壁颓垣藏社鼠，井枯瓦砾杳人烟。
改朝荔树悬蛛网，更代拱桥绝水源。沧海桑田活化石，天荒地老话初元。

十

结庐幽静地，四季掩清荫。来访无掮客，栖园有鹤鸣。
曲肱吟月色，独酌醉琴音。个里存真意，难同俗子陈。

十一

新春远道过蓬荆，划袜颠裳出户迎。彼此夫人叨冷暖，久疏老友照冰心。
初醅浊酒百杯少，千里鹅毛东岳轻。杨柳依依伤惜别，流溪河畔月如银。

十二

茅庐园圃三分地，锦上添花亦等闲。妻子运筹荒野际，老夫开垦北河湾。
时蔬趁嫩随时剪，瓜果引藤任意攀。收获之余聊自乐，卧听流水韵潺潺。

十三

骄阳当午灼荆扉，闲睡起来日已微。池水迂回声激激，行人相见语依依。
风中黄叶铺庭落，棚上流莺掠地飞。山抹青岚斜廓外，倚栏尽处染余晖。

十四

清酒金樽斗十千，古人海量大无边。三杯两盏遗形骸，阔论高谈屈四筵。
嫉俗尚能为白眼，挥毫犹可泻云烟。至今怀想刘伶士，酒德颂篇天下传。

十五

春日临门未响雷，天空潮湿锁阴霾。斜风细雨人唯睡，流水小桥路欲回。
龙尾海棠含影秀，蛇头窗下拟枝开。但闻布谷啼南岭，叶底云间自往来。

十六

故人羁旅有经旬，辜负溪河两岸春。夹道桃花红似火，连天芳草绿如茵。
东风吹落流星雨，紫气飘浮北水滨。劝子远游乘月返，壶浆为尔洗征尘。

十七

癸巳开春纪历新，紫光朗照复还阴。抹云西岭连天碧，剪水黄莺掠地鸣。
飞絮越流铺曲径，落红度陌点梁津。单衣试酒黄昏后，月下犹疑上古民。

十八

五月黄梅花雨歇，近郊野草饶田田。几家邻曲邀垂钓，一亩方塘倒映天。
吞吐潜浮如角智，凝神贯注似参禅。不知暮色何时起，归去收竿遗落筌。

十九

人心不古世风矫，独尚前修友道高。坡谷诗书知己士，范张鸡黍死生交。
管君割席轻轩冕，程子存孤报久要。欲效桃园三结义，归真返璞致唐尧。

二十

松元筹备兰亭会，相约三秋聚瘴江。潮汕从来人杰郡，韩山自古地灵乡。
昌黎遗迹今犹在，曲水浮觞兴未央。八斗之才羞子建，风流儒雅短隋唐。

◆伍 巍

咏兰三首

一

潇潇细雨过兰芽，紫蕊鹅黄淡淡花。宠辱由来终不语，浮香暗透绿窗纱。

二

娥皇绿带舞芊绵，小草犹能化帝仙。高格无缘真情种，香心一柱伯牙弦。

三

微名小草本于真，浅浅黄花淡淡匀。绿羽摇风清韵雅，为君香透一枝春。

咏竹三首

一

凌寒沫雨俏枝丫，不见雷霆不绿芽。一杆凌云香自节，独缘风采不缘花。

二

绿羽香苞上石顽，凌霄傲骨对春山。长波舞动三千里，万杆婆娑自在闲。

三

乱石丛中立地难，犹然奉节上云端。经年寒暑心依旧，仰首清风托地宽。

和维江《春雨回南》

细雨回南料峭生，风飘雾湿越王城。云山暗起白烟障，暖水翻听潮涌声。
茹粉樱花空坠泪，含苞红杏自多情。春愁不解浓香酒，露滴芭蕉上晚筝。

春夜听雨

向晚烟云下地岗，羊城灯火对迷茫。三更枕倚催花雨，一夜雷鸣惊笋篁。
岭外江潮翻春汛，枝头红蕾化霓裳。西山正值茶芽绿，摘露村姑起手香。

贺友人六十华诞

吹水吟哦散淡行，大荒身世不周卿。林花感落诗心瘦，杯酒行沾老面樱。
腥雨十年慈母恨，阳台一跪海潮平。琴箫六秩风流旧，击壤承歌对晚晴。

伶仃洋怀古

云遮雾障过伶仃，烽火楼船忆窅冥。锁口横档挑旧梦，拦江威远戍空陉。
三千斛艇灰飞烬，百万浮尸血涤腥。歌舞升平焉未雨？崖山无处祭幽灵。

西江月·湘西德夯山寨游

久已烦难市闹，不堪隐忍尘嚣。湘西走马信鞭摇，一路繁花软草。　　徜徉云峰峡谷，流连碧水横桥。苗人寨鼓勃然敲，擂动春潮浩渺。

浪淘沙·观德夯瀑布

仰首两峰丫，出浴天佳。行云顶上泻流霞。万丈情柔飘若练，舞拍胡笳。　　坦荡一无邪，水幕珠花。湘西玉女浣溪沙。落地蟠龙分九脉，碧涌浮槎。

鹧鸪天·题广东汉剧

杂取皮黄作乱弹，寻源直上楚江天。百年依旧中原白，七角浑然粤海弦。　　兰继子，窦娥冤，人间万象一勾栏。欲知今古兴亡计，南国梨园赏牡丹。

浪淘沙·听客家山歌

随口出湘灵，一唱天惊。俚歌起处草青青。点化梅江春水绿，岭谷和鸣。　　隔壑对长亭，遥唤惺惺。南山比兴北山迎。生死情钟偎不舍，客子心听。

浪淘沙

壬辰七夕恰为李煜生逝之日，诸诗友酒聚作以寄怀。

七巧渡浮梁。织女牛郎。今宵私语破莲香。只信因缘堪执手，几载疏狂。　　洒酒忆南唐，梦笔重光。一江春水过愁肠。千古情痴多少泪，化作潇湘。

浪淘沙（二首）

一

游水乡同里

叶底啭莺娇，细柳檐飘。临街瓦舍接连漕。满院梨花方著雨，香对人撩。　　沿水小舟摇，石级横交。穿街品字拱三桥。一棹吴歌听软语，酒幌轻招。

二

太湖东山启园春

杨柳太湖边，极目长天。一帘胜境水云烟。料峭风来波万顷，白鸟轻船。　　绿竹引蜿蜒，夹路香牵。回廊转阁细听鹃。蛙鼓池塘莲叶小，春醒红园。

卖花声·秋心

冷雨上帘钩，怅望云稠。芭蕉不解故人忧，点点霖淫催夜枕，滴滴心头。　　霁月满汀州，万里乡愁。江南江北水凉秋，缱绻西风吹木叶，桂子香幽。

悼洪柏昭先生

枫红舞袂兮秋气凉，公远步兮西泠大荒；望远影兮吹箫仗剑，徐然歌咏兮一水沧浪。遗今世兮清瘦诗语，动余心兮淡泊文章；蹇蹇以为守兮文人风骨，终生不齿兮浊世贪赃。先生有成兮其名不显，捧朗月兮甘以星光。数今古浮名兮朽矣几许？唯直道兮历历铿锵。轻挥衣袖兮先生行别，草木摇落兮环佩叮当。

变字前调·自嘲

山肩耸，老背偻，一脸价褶子横竖也沟；衣架形，排骨肉，伏暑的炎光晒不出油。水泡眼斜瞅，筛糠腿爬楼，半截儿裈头且遮了羞。煮心的诗稿散作了苍狗，满腹的经纶敌不得耍猴，叹今生几多也糊涂一总儿休。你站你的云头，我数我的星斗；你正你的峨冠，我补我的衫袖。闲来际插科打诨，调笑中三五老友。正儿八经的教书匠，唤得个无桶底的大忽悠。

天赐也这般儿呆症候，免不了盖地的众人尤。舀一瓢沧浪水，洗濯了功名锈；撑一钩清砚钓，作别了奈何舟。随他沿路的时人眼，顶一髻歪倒的插花鬏。此生也难得随性，甘作了涉世无求。一杯清茶，三盅老酒，半卷诗书，偶尔的风流。轻挥帚、扫黄叶、慢悠悠。

◆林英男

《平沙集》后自选习作

读沚斋先生黄河壶口瀑布放歌

不见黄河之水天上来，不见壶口天门决。唯见滔滔红泪万里下昆仑，涩涩托起千江月。唯见吞穹沃日四海肆无涯，殷殷一腔君子血。当年地中岩髓气凝冲天柱，踏就劫灰铁云裂。衹听噌吰黄钟独鸣柏梁台，汉武百乐皆喑绝。上有飕飕惊雷蓬莱仙班列，下有阿鼻群鬼崛。江浔放歌鹤发翁，高蹈舞雩飞魂魄。不饮自醉天壶倚，柔肠芒角森如戟。默涵近濡味芝兰，雒颂内观声金石。一字百世冥冥野，非人道兮不可贯。

决心自食行身教，狂澜玉山岩岩立。晦雨昏昏无鸡鸣，铜目澌澌化铅沥。朣魂怅怀海宁玉，滂沱难霁新亭泣。六经铸子继绝肩，一寸成灰百年溺。断椽作笔殿飘销，沉陆阔海云皆墨。羲之池水落云色，霜毫长空砉紫霹。枯河纵赦千年俟，赭山长埋三代碧。私淑有年荆难识，天遗兰桡近沚汨。溷茫何处是燃灯，遮眼忘身天已黑。井底寥落闻钧乐，孤根一尺风恻恻。呜呼！今我来兮，雨雪霏霏，胡沙卷地羊尽羝，梦里羝乳甘如蜜。羝羊与我同声哭，哭我年年泪血青毡湿。

谨录沚斋先生所赐读新作　黄河壶口瀑布放歌

沧海泻杯河倾壶，悬流挟势群山趋，坼裂层岩陂坨粗。盘涡里外黄白殊，水石争夺不肯输，神划鬼剜得乘虚。巨浪扑噬若于菟，百里震震惊聋懦，激电翻霜俄纷如。游客骈首目睢盱，欲近还却三踟蹰。阴洞螺磴下窥觎，水府凝冷森鬓须。乱溅亿亿摩尼珠，日影飘瞥虹影弧，一珠万象才须臾，已历娲羲抵盘瓠。不周触陷东南隅，赤帝挥手众灵驱，竟移太行塞当途。浊流偏仄无完躯，河伯色怒掉狂车，秦晋蹴踏中原屠。镕铸大钧一洪炉，水火漂焚无贤愚，黄土所抟皆为奴，仰天莫问民何辜。噫嘻巇是欤非欤，长安闹市百六闾，贵人恃恩持左枢，舞紫歌红群讴俱。欲攀龙髯祠鼎湖，欲犯帝座踞清都，于此乘槎溯天衢。九牛力挽纤千夫，柁倾桨折骇且呼，一堕不救失头颅。浮生扰攘一蘧庐，增之不足减则余，身世相雠悔其初。今我七十何所图，自保一身惭妻孥，去去流年疾逃逋，口钳形解胡为乎。观我生兮道未孤，及吾衰矣道已污，有心无力心可诛。壶水当酒能醉吾，阮家老兵不识渠，招来对饮晓及晡。微阳在户月在除，豪素满几聊可娱，毋用局束气不苏。神州百年终丘墟，休嗟微禹吾其鱼，泪墨淋浪笔诸书，我泪未竭河已枯。

题罗奇先生民国学林叶子群贤图

魂来千江映大月，魂去星沈关山黑。青霾黄沙隐犹见，呼之欲出荆难识。昔信孙恩是水仙，今知谢客非山贼。赤日何焱焱，繁星何时熄。萧艾枉萋萋，恵兰填沟洫。暝柳堕荷泣风露，耻向秋光卖颜色。齐鸟三年不飞鸣，只缘镜中尽儒貊。盈野披发祭伊川，胡风岂肆三万日。百子纵横曜春秋，竹林拍浮好扪虱。中原秦鹿辛亥死，板荡神州枳耶橘。去古未远新旧学，夫子身死留魂魄。侧身大王旗转钧，冷眼腐璞鸱鸮吓。无边风雨逐寒潮，霸桥风雪骑驴客。国家不幸诗家幸，般礴披猖如椽笔。国难飞出火凤凰，烽火燃处无赤白。国可亡兮史难灭，华夏嵬嵬骨梁脊。一万年后寅公在，自由蟠根贯金石。卮言吾出驷难逮，声入荒茫四垂寂。中心崩摧对群贤，神交已久阴阳绝。大河余泪同日枯，荐我轩辕唯有血。

塔园魂

神州第一馆，名德自浩滂。晚来朔风吼，日月为敛光。疏数霜钟鸣阳九，塔铃悠咽动八荒。仆本恨人无余泪，彻骨裂笛闻山阳。时流衮衮似陆沉，髫龀少年皆盲瞽。因问余："子非鬼，安知鬼之苦?""子非我，安知我不知二千万冤魂野鬼无庙宇？子非我，安知我不知何谓入地无门，上天无路？子非我，安知我不知狱由三字，天庭地府无从诉？子非我，安知我不知牛鬼与蛇神，腥风共苦雨?"心如墨翟悲丝染，人道溷溷凭谁铸？"石笔"[①]摩天干气象，邙山苍茫惊六趣。汗青已然空"石书"，叶走风萧日将暮。"劫结"磊嵬警阳秋，人间何世路何处？病足越趄近"恸石"[②]，恸石声訇靡千树。镌者尊人殛冤狱，扑哭苍岩刀作笔。生不见人死无尸，星如磷火天如漆。阴阳梦断关山渺，孽海招魂飘雪魄。三生石上问前因，华颜青丝今已白。海未枯兮石未烂，残躯悯怀悲万亿。东海洪波苍生泪，夏民及汝偕亡日。青山有约迎灵塔，夕照湖光潋血水。苍狗云衣遂幻紫，乐俑丝竹骤变征。骇闻恸石对我语，恸极涕迸万年髓。"予凝应在盘古时，石身寿也雠山鬼。阅尽桑海间，亲历恐龙死。道生说法曾点头，重厚坚贞无块垒。且说赤马[③]苍天真狂醉，八亿芸芸尽余子。啮食已无鲁二生，更有束发胡戎羔羊仔。天倾地陷四维绝，劫尘飑飑共工罪。人文化成三千载，有耻且格成无耻。"犹闻古石殷勤语："万劫不复非剥复，剥复未将华夏毁。"聆听恸石言，于我心戚戚。颠沛知弘毅，道远何逼仄。易灭山中匪，难诛心中贼。彭公[④]痛板荡，"思安"[⑤]千秋德。肇因菩萨行，蒿莱收白骨。博物铭劫史，问天悬劫结。我悼塔园魂，涕泗衣衫湿。我别塔园塔，四垂近墨色。檐铃振风高，磷眼眦月黑。如萤火明灭，恐我前路失。抉目荡天地，魂兮安未息。

【注】①石笔以及下文的石书（无字书）、劫结均为塔园巨型雕塑景点。

②恸石：塔园一景点。荒山有天然大石，上勒"恸石"二大字。其旁有碑，碑文曰："恸石者，子因其父"文革"被害，呼叫无门，乃于荒山野岭之间，勒石以志哀愤。呜呼！人情之痛，莫过于骨肉含冤受戕，况生不见人，死不见尸，其痛也何如?"

③赤马：丙午年（1966）。丙为火，色红，午为马，故称。中华历史上丙午、丁未（称红羊）年，大都有国家灾难。

④彭公：主持澄海塔园"文革"博物馆之彭启安先生。

⑤思安，灵塔命名思安塔。

忆南洋二十韵

20世纪20年代，先祖父及先外祖父相继以谋生避难下南洋，辗转暹罗星洲。30年代，少年家母也求学于新加坡。40年代末，先父曾逃亡于安南。90年代初，余自我放逐于暹罗十年。天风海雨，竟无诗存。

樵风存世外，旧雨已星散。蹈海漂万里，有蟹无通判。
新唐[①]聋瞽孤，堕月兔毛贱。华夷尽异乡，茕茕独浩叹。
嗟呼三世劫，百年客路漫。焱方凛夜长，风雨营觞奠。
阅世细磨砻，侧身岂眄盼。自由鬼吹灯，民主鬼王宴。

自兹入商道，犊裈挥雨汗。胥魂不可夺，珠米任易换。
陶陶醉箕踞，野烧竹筒饭。颠扑强自奋，落齿和血咽。
不复嗟来食，腹膺藏万贯。从容对使君，慷慨求别院。
陆沉武陵源，越吟悲且颤。椰滩望家山，似闻慈亲唤。
炎炜迷烟水，堆雪撼胸岸。浮云幻羝羊，难觅寄书雁。
雁书无投处，冲荡湄江畔。仰天犹泣麟，清泪色如茜。

【注】①新唐：南洋称华人新客为新唐，唐即唐人之省称。新唐自嘲曰：吾等如聋子、盲人、孤儿。言语不通，文字不识，举目无亲之谓也。

呈沚斋先生谢教

蓬去随风日，归来画虎心。悭缘无四皓，辄尔动高吟。
水瑟波犹荡，圯桥月未沈。孤桐焚爨下，嚗嚗岂徽音。

立冬康乐园怀谢客

相传康乐村为其投荒徙所兹苟从之。

枕藉康园卉，客梦扰依依。焱方无酽雪，冰翰独飞霜。地极孤桑照，天陲海气荒。元嘉雄魄在，趋谒莫跄踉。

星霜千八转，日月运逡躔。一斗横华土，孤风出水莲。《诗品》引汤惠休："谢诗如芙蓉出水，颜诗如错彩镂金。"时来鸡亦鹤，骨病犬难仙。天下非刘马，陶诗漫纪年。

噫吁嚱谢客，高蹈迹难踪。旷远山倚水，希微论辨宗。着《辨宗论》。诗骚融佛老，吟啸泣鱼龙。罨画流天地，风人岩上松。

哀哉衰叔世，儒犬比奴僮。君子为猿鹤，黎元尽蚁虫。南山谁种豆，鸩舌鸟囚笼。后死无康乐，猖狂孰与同？

阒阒寥廓晚，倦鸟避浇风。残笛来天外，酲身沈陆中。鼠鼠橐鼓钥，晏晏羽移宫。朝暮凭谁问，吾曹狙与公？

登韩山谒文公祠

桥东遗笔架，曦影半江分。折槛忧民瘼，吟章屈鳄群。
蓝关千载雪，揭岭一年勋。墀绕红棉杪，堂庑弥郁氛。

访邹堂衡斋二首

路尽江天阔，风烟乱草墀。怆然临故地，寥寂认前陂。①
听蟹蕴涂日，观岩衔月时。②鸥盟求一醉，北斗作南箕。
林中新茗酽，鸡犬放荒丘。醉后吟多涩，峰前江自流。
湖光喧掠鸟，壑霭失藏舟。为问岩间蛤，冬眠何日休？

【注】①少日逃亡经此地。

②堪舆家称衡斋之正座栏杆厅为蕴涂蟹。其西面有山岩。

蝴蝶兰二首

辛卯年春节，年花谢后，余未弃之，换土重栽，竟连年盛开。亲友称奇。

绛蝶三春至，翩联落剥庐。琅枝飞撅拓，鸾紫出神巫。
交契唯清水，相怜类弃刍。同为天地客，共饮一冰壶。

枝空鹃咽后，蝶梦护花泥。的历兰丛寂，颓然云影低。
嗣春留老眼，芳信蕴新稊。霁雨清霜夜，魂归月傍西。

高阳台·秋夜怀故人

客寝凉飔，飘零树下，销磨雾豹薹文。宿梦惊回，关山青冢孤魂。寒蟾总怨清尊浅，翳愁霾，更与谁论？怅荒阑，泻海鲛珠，爇玉昆仑。　　柔肠圭角芒如剑，奈危冠蔽扇，难拂庾尘。赍恨青襟，冷吟瘦影嶙嶙。三升剩泪浇芳骨，纵埋香，籀石留痕。费殷勤，礸面何劳，翠袖红巾。

高阳台·失题

角黍赗鼍，昊天溽暑，锋残颖折冰翰。煮字枯肠，池塘梦草阑干。长空雁阵无人字，况违时、谁与凭栏。岂痴狂，梅子黄时，雨苦风酸。　　金沙锁骨幽灵泣，任崩云裂岸，鸦舞荒滩。瘗玉何存，徒有苍莽关山。年年孽海翻惊魇，问攀枝、孰染霜丹。笑臞身，吊月银蚕，未尽缠绵。

高阳台·酬故友

万迭鲲鳞，枯筇小拄，风中立尽残阳。赍恨因缘，三生南浦苍凉。停骖累眄丝鞭掷，算星桥、铁锁蛮荒。又何曾，曳裾附耳，笛傍宫墙。　　多君头白犹相忆，共狂生醉泣，忍数星霜。舞歇歌阑，残烟寸断刚肠。昔年颜色荒台雨，荡檐驤、枕上洄湧。念凋梅，冰落魂飘，月窟鸥乡。

高阳台·蝴蝶兰花期九十日凋殒

乱卉荒台，崩云掩阁，杜门永日酲身。午梦惊回，寻侵绛蝶香魂。翩翩不弃衡庐冷，是愁根、总堕天津。见风前，倦叶离披，醉影昏昏。　　狂飙已化春潮去，剩谈鸡匣剑，起舞谁人？一例飘萧，空悬谷岸嶙嶙。无由枕上飞红陨，叩心扉、燕背芳尘。乍凭栏，却月如霜，千里荆榛。

沁园春·失题

蹀躞登临，几堵连峦，一抹孤云。正千里溟蒙，烟绀敛霁；半丘残照，丝乱留春。宿草陈根，遗墩病树，历历无端五十轮。何堪忆，望远山怅塞，雨湿黄昏。　　婷婷粘草罗裙。共指顾银河陨影纷。痛中宵啼鸟，落红抱恨；十年赤血，流水销痕。竹马成鞭，青衫似铁，苦雨参商月避人。魂归处，插梨花滴露，少日衡门。

沁园春·忆初羁暹罗曾寓唐人佛寺

流火丛林，香馆箪寒，新唐病瘳。渐晚烟疏霁，云迷秦路；红尘回首，月怖吴牛。乱石摇峰，咽龙垂泪，一尺孤根桑海愁。移陶甓，笑空敲瘦骨，梦醒扬州。　夜鸮叫鬼啾啾。伴鱼析，江湖泛宅舟。似颓鹰病鹤，凌霄胯下；曝鳃折鬣，染血丹流。明日菰蒲，天涯风雨，乞食吹箫气未收。吾非蚁，厌趋腥附膻，浪死浮沤。

沁园春·醉中说梦

梦里筛云，播雨苍山，钥舞烟虬。幻落日无情，飞沙乱水；横参依约，鸣叶惊鸥。羁客挑灯，狂禅说剑，铁笛一声裂怨秋。西风黯，伴莹煌鬼火，嘈啐骷髅。　百年中酒方遒。问荷锸，几回堕洫沟。笑魂栖病骨，溪盘杪树；名浮浊醴，海荡中州。硕藓千秋，残碑百祀，不若今宵挂杖头。何日醒，赴洪炉烈火，灰洒东流。

醉落魄·致郑力兄

兄盛情邀余游邢台，谓此处太行山水或可苍莽入诗。余欲尚友四方，惜风湿病足，败登山之兴。小令聊以答谢。

太行崎崛。古今耿耿幽并月。孤光不照无名骨。醉后睨然，痛史凭谁说？　妖姬骏马男儿血。老来凝作霜肝雪。南溟瘴爇天中节。俯仰浑浑，抚足空忉怛。

◆李舜华

梦醒偶得，重和童轩

江山无处说苍凉，眼底秋波襟上霜。不历三千六百劫，焉能愁作海天长。

风前泼墨写苍凉，心上秋花腕底霜。更作江山枫叶醉，孤舟一啸碧云长。

减字木兰花·祭培恒师

万花如海，惊断鸾车春事改。碧意粼粼，一点心光逼仄人。　　归兮漫漫，九域歌沉明月满。从此中宵，驾遍千山听怒潮。

秋兴三首

其　一

衡门久欲折芳馨，小阁新晴不自宁。九有浮云成海市①，一帘淡月坐安亭。

应弦鹳鸲②生秋飒，隔叶梧桐吹雨零。剩有精魂招不得，野花开处乱山青。

【注】①《诗·商颂·玄鸟》：“方命厥后，奄有九有。”毛传：“九有，九州岛也。”黄遵宪《感事》诗之二：“茫茫九有古禹域，南北东西尽戎狄。”

②文武之世，有《鹳鸲谣》曰：“鹳鸲之巢，远哉遥遥，稠父丧劳，宋父以骄。鹳鸲鹳鸲，往歌来哭。”后人援之，以为“鹳鸲来巢，将及祸也”（《左传·昭公二十五年》）。元末王冕亦有《鹳鸲谣》诗：“鹳鸲入树腹，雎鸠乱关关。妖氛扇幽邃，幻惑成至欢。……风俗陡衰毁，教化委荆菅。君子致远虑，隐忧增忾叹。”

其　二

舌粲莲花咳唾馨，德怀大雅意惟宁。料无人续春秋事，且看禅生云水亭。

梦里引箫歌不发，朝来拔剑泪先零。此身安得长高卧，灼灼心光照眼青。

其　三

野草人家黍饭馨，斜阳深处话清宁①。长教桑海迷精卫，不觉风华误阮亭。

镜里芭蕉歌懵懂②，门前木叶感飘零。梦来云影如潮涌，霹雳一声万壑青③。

【注】①《老子·道德经·三十九章》：“昔之得一者：天得一以清，地得一以宁，神得一以灵，谷得一以盈，万物得一以生，侯王得一以为天下正。”宋林景熙《杂咏十首酬汪镇卿》：“海桑空变易，天地终清宁。”

②宋黄庭坚《次韵师厚病间》其八道：“引镜照清骨，惊非曩时人。天地入喻指，芭蕉自观身。”洪适《满庭芳》：“蝴蝶梦魂，芭蕉身世，几人得到庞眉。”

③明汤义仍《邯郸记》第三出“度世”，何仙姑扫花有“赏花时”一支：“翠凤毛翎札箒叉。闲踏天门扫落花。你看风起玉尘砂。猛可的那一层云下。抵多少门外即天涯。”

鹧鸪天

我所思兮惟德馨，长将芳瑟鼓丁宁。蓬蓬春远鹈鸪子，采采流金云水亭。

呼玉友，坐新晴，绿杨影里醉耶醒。苹花歌断孤帆下，云影天光一色青。

【注】宋张表臣《珊瑚钩诗话》卷三："近时以黄柑醒酒，号'洞庭春色'，以糯米药曲作白醪，号'玉友'，皆奇绝者。"

《辛卯冬至》四首，和曹升之（旭）《丁亥杂诗》

剑埋箫折信迟迟，无限苹花唱楚诗。一自中原胡骑走，荒津谁问野人词。

久已无梦向泬寥，此心横纵天地箫。[①]箫声不断明月远，写尽沉哀到今朝。

少年心事恨难申，长共诗痕渍雨痕。二十年光春已老，落花影里看归人。

看尽山寮共水寮，铜莺无处证芭蕉。[②]愿焚三万六千障，不许春深过二乔。

【注】①定庵《己亥杂诗》有"我心即是四始心，泬寥重发姬公梦"句。

②鲁直《次韵师厚病间》其八道："引镜照清骨，惊非曩时人。天地入喻指，芭蕉自观身。"

清平乐·忆缅栀子

癸巳暮春重过南京大学，惊觉二十五年飞逝，人海周旋，都忘却本来面目。是夜忽梦缅栀子花开，一点微黄恰如雨后初晴般，醒后犹觉温润，即用童轩《清平乐·缅栀子》韵记之。

谢家深院，烟锁莺声乱。看尽绿繁花事变，风被蝶衣惊颤。　　春日春影周旋，此情此忆澄鲜。一点微黄暗吐，相思如梦如煎。

昨奉穗城伟华先生宝墨，书旧作二首，感慨不置，勉和其韵，即希粲正

行人遥在暮云西，春草空随春梦齐。最是流莺枝上语，一篙风雨下花溪。

此心但与白云游，自坐空山自放喉。无那清风明月里，落花飞上玉搔头。

【注】清末费墨娟《春晴即事》集句云："年年春好锦堤游，江色和烟槛外流。细数落花因坐久，蜻蜓飞上玉搔头。"

七月中，师门将云集，
共贺张俊师八秩椿寿兼贺《新批校注〈红楼梦〉》版行，
惜身在万里之遥，不能亲赴，唯制新词四首遥叩而已

其　一

炎歊六月苦相侵，小坐荷风听素琴。霖雨何须垂一滴，夭桃忽已遍千林。

婆心能解荒唐梦，妙喻更生肮脏吟。长荐瓣香深祝祷，天教仁者广清音。

其　二

小园丛菊绽新秋，贺酒遥催不自由。因果无端欣白首，江山多难证红楼。

愧无长物添眉寿，且赋青词拜女牛。愿得年年如此日，满城桃李述风流。

其 三

从来心力与心违，渺渺孤鸿万里悲。今日已辜师友望，他年休作圣贤期。

且看桃蕊垂垂发，漫把春箫细细吹。廿载江湖思恩义，生憎无处托南枝。

【注】“南枝”二意，其一，陆凯有寄梅花诗云“江南无所有，聊赠一枝春”；其二，《古诗十九首》有“胡马依北风，越鸟巢南枝”句，苏轼《卜操作数》有“飘渺孤鸿影”“拣尽寒枝不肯栖”句。

其 四

千载风流一望收，苍崖何处放歌喉。重重闲梦瑶阶上，暧暧余晖古渡头[①]。

桃水初生听稗史，乱云乍起忆红楼。便教淡极真颜色[②]，不尽三春浩荡愁。

【注】①暧暧句用香菱上京事。桃水句，用《桃花扇》侯方域听柳敬亭说书事，乱云句用贾雨村渡头遇甄士隐事。

②便教句，《红楼梦》中有“淡极始知花更艳”（宝钗句）、“任是无情亦动人”（罗隐咏牡丹句），皆为宝钗照影。

减字木兰花·因张俊师八秩椿寿及《新批校注〈红楼梦〉》版行作

林兰香[①]好，稗史谁书松竹老；且判情深，劫罅云根[②]护此心。　　红楼奄冉，淡极始知花更艳[③]。海上歌阑，夜夜潮生到梦边。

【注】①林兰香，亦说部名。

②云根，山石也。宋梅尧臣《次韵答吴长文内翰遗石器》：“山工日斲器，殊匪事樵牧。掘地取云根，剖坚如剖玉。”劫罅，神瑛当年亦不过女娲补天之零余，是谓劫罅存身，不自红尘梦醒始也。

③淡极始知花更艳，薛蘅芜咏白海棠句，师素赏之，以为人生至味，常诵之以诲诸生。余谓，“淡极”二字从“情深”二字来，一部《红楼》便从“情深”至“淡极”中来。松竹者，延年常青也，然则“天若有情天亦老”，又何论松竹耶。

癸巳秋返故里中夜有感

风满虚斋叶满庭，旧年寒雨共谁听。料知今夜荷塘梦，一样箫声到月明。

昨夜风生潮海秋，苍凉碧透桂花讴。不堪旧病逢新酒，兀兀荒烟锁画楼。

◆曾楚楠

感　怀

辛巳长夏随《韩水长流》摄制溯江采风，暮经大埔高陂，四十余年前于此劳役情状骤现眼底，舟中有作。

分波劈浪借轻舟，遥望高陂引旧愁。半纪烟云萦脑际，百般滋味涌心头。
涛声起伏勾残梦，村貌依稀涩老眸。日暮群峰如叠嶂，清江决锁自奔流。

浣溪沙·福建连城冠豸峰道上

拂晓来寻小武夷，车行盘道绿参差。渔歌起处见涟漪。　　柔橹摇波惊野鹭，娇娃撒网罩晨曦。红衣一袭动清溪。

黄山松

穿崖裂石势难撄，直干森森万伞擎。叶扎青铜针簇簇，身浇黑铁骨铮铮。
凌寒常友梅和竹，伸臂何关送与迎。雪压霜欺仍挺拔，风来涛卷不平声。

戊寅出席广东中华诗词学会志慨

放眼词坛一叹嗟，满堂白发泛霜华。搴旗焉可劳耆宿，折桂由来属壮娃。
韩愈轩过长吉①宅，滕王阁待子安槎。何时溥降催诗雨，勃发新枝千万桠。

【注】①李贺字长吉，少有才名，韩愈、皇甫湜特驾车过访，贺为赋《高轩过》。相传，王勃（字子安）欲赴滕王阁盛会令而阻于途，是夜忽有好风送其舟直抵阁下。

落实改正咏怀

牛犊初生意气奢，清谈招祸谪天涯。狱中心事归鸿渺，梦里书生寒月斜。
向晚锄头沾血迹，平明被角挂霜花。浩茫泥爪堪忘却，耿耿长悲失岁华。

【注】我于1958年接到交通大学录取通知书，三天后被拘送劳教，身处青海日月山外改造近十四载，至1986年方落实改正。

木　棉

巨干虬柯云外斜，春光先驻意豪奢。蕊繁何有强枝托，色丽宁教绿叶遮？
护地落红披锦绣，凌空焕彩织丹霞。秋霜点染枫林好，可及天南二月花。

读《午门城下的沈从文》

城头孑立叹离群，人海凭谁护此君？①厄运卅年如鬼附，奇书十卷及尘殷。②
才高枉识天工妙，心拙常迷世态棼。老去有家归不得，泉台应悔号“从文”。③

【注】①沈从文自述：“（历史博物馆）关门时，独自站在午门城头上，望着暮色四合的北京城风景，明白我生命完全的孤独。”

②除《中国服饰研究》外，沈从文尚有丝绸史、家具史、漆艺史、陶艺史、扇与灯史、音乐杂技史等近十种专著，均未能出版。

③“文革”时，沈从文自叹：“台湾骂我是反动文人，共产党说我是反共老手，我是有家难归，我往哪里去呢？”

感事步雨溪老《秋吟》双韵六叠（选一）

寒儒一介敢言雄？聚敛无能两袖风。欲食小鲜先问价，懒交豪客总为穷。
入秋添被知时冷，逐月领薪随例同。偏有附庸风雅癖，书林侧畔印行踪。
五十将临鬓未秋，缘愁识尽反无愁。常迷真假心机拙，惯踏崎岖脚力遒。
牛饮妄夸三斗少，笔耕时伴一灯幽。半生碌碌情何似，跋涉流沙一瘦鸥。

敬步尚永亮先生《谒韩祠》原玉

迁谪八千里外村，熏风三度启南云。[1]文坛果可称王国，谁是臣来谁是君？

【注】①韩愈一生三次来到广东，韩祠中有“三启南云”牌匾。

六十自况四叠（选二）

依然走路挟风烟，不觉身当休退年。五斗米堪糊两口，百钧担可息双肩。
痴顽不改迷书砚，棱角虽磨欠滑圆。纵欲荷锄栽五柳，凭谁移地到门前。
此生快意酒茶烟，相伴相依年复年。茗入枯肠醒浊脑，酒通灵窍壮吟肩。
由它血压频升降，看我烟圈幻扁圆。夜半酒酣茶正韵，拈烟敲句倚窗前。

合肥谒李鸿章故居

大厦将倾国势危，犹持片纸补残扉。[1]弹痕留颊衣留血，功罪谁知李合肥？

【注】①李鸿章自称其当政“若以片纸补破屋”。晚年出使日本时曾遭浪人行刺，弹穿左颊，血注黄马褂，其相片及血衣均陈列于其故居中。

郊行见木棉花絮裹挟籽粒漫天飞舞

敢向云霄织锦霞，“英雄”美誉岂虚夸。缘何转作逐风絮？只为儿曹未有家。

汉城名洞商业区见摇滚女郎为商店招徕顾客，时在三月十一日，国际妇女节方过三天

歌狂舞荡乐声欢，半裸肌肤强忍寒。顾客寥寥眉暗蹙，谋生何处不艰难？

志敏赠诗依韵奉答四叠（选二）

少壮飘零等陌尘，虎狼为伴棘榛邻。黉宫路隔偏萦梦，闹市人嗤强压巾。
失意士多忧愤事，脱笼鸟惜自由身。时平且喜烟霾散，迟放黄花秋作春。

独爱千秋简帛尘，莽原踽踽觅芳邻。恨无猛士挥天剑，愧借红颜揾泪巾。
人唾不言充石佛，天磨能受即金身。痴迷但认书山路，偶上小丘心自春。

蝶恋花·有怀

叵耐愁丝缠绕久，却笑年来，此景何曾有？心绪棼烦惊滴漏，孤灯只影难消受。急雨敲窗今夕又。历历前尘，君可思量否？念到深时强纵酒，杯中味与人俱瘦。

丁亥初度用陈园公《乙卯生日》韵

逾老心坦夷，鸡虫笑得失。羲驭未停骖，忽焉年六七。世情如楸枰，谁谓天可必？[1]窃喜身粗健，优游乐衡荜。囷月方经旬，陡记初度日。朋侣聚一堂，壶觞祝履吉。华封愿难全，我但祈嘉栗。[2]言可不违心，行可任疏密。华堂岂不羡？惜无黄白术。且向南山陲，诛茅学束笔。[3]

【注】①苏轼《三槐堂铭》有“天可必乎”之句。

②《左传·桓公六年》：“奉酒醴以告曰：‘嘉栗旨酒。’谓其上下皆有嘉德而无违心也。”

③明陈白沙尝以茅草作笔，世称“茅龙”。

癸巳仲夏再游归湖寄闲园与陈伟席上联句

相看总不厌，水碧与山青。何必究仁智，（曾）阿谁问醉醒。莲衣青入座，（伟）筇叶影摇声。

水榭堪驰思，（曾）天光更启灵。茗香怀陆羽，（伟）醇厚傚刘伶。野簌盘中列，（曾）清风盏上停。闲云来旷野，（伟）花气沁茅亭。时暮月将上，（曾）诗成鹤欲听。行吟嗟浊世，（伟）雅酌笑浮生。蛇毒人能制[1]，（曾）石坚木亦荣。暑临荷露角，（伟）雨过鸟欢鸣。天意本如此，（曾）人心苦自争。飞觞携翠袖，（伟）索句寄闲情。但愿离尘忧，（曾）相期入太清。（伟）愁颜挥扫尽，笑语傲沧溟。（曾）

【注】①时主人奉上眼镜蛇羹。

韩祠橡木

橡木在潮州双旌峰麓韩文公祠左，传为文公手植，花开可卜科考前程。清嘉庆间萎凋。壬辰春，复从河南移植三十株，名曰“橡木园”。

文星南徙耀双旌，从此儒风振凤城。[1]灵异木能昭教化，稀繁花可卜科名。

劫来神物湮难觅，时至古株移复生。长愿芳林瑛簇放，赓扬岭表读书声。

【注】①潮州别称“凤城”。

◆杨子怡

扫地游·步文森兄原韵

黑甜坦腹，正鹿逐南柯，覆蕉藏雾。敲窗蝶舞。笑蛮夷猾夏，灭瀛几户？睡里元龙，有志屠龙何补？伫眙处，拍栏看远岑，骑鹿归去。　　看惯赢输数。甚屠狗雕龙，早无意绪。青山媚妩。叹排兵蛮触，也成棋谱。岭海萍踪，曾记僧庐听雨。关山阻。醉残阳，暮鸦噪宇。

烛影摇红·次海鸥兄原韵

煮石餐霞，壶天又喜忘机约。闲吟敲梦总思莼，酒把羁心濯。　　犹记当时轻薄。拍栏杆、不甘寂寞。张生老去，燕子还来，虫鸣篱落。

满庭芳·鹅城校友聚会感怀

梅送冷红，琴翻蝶梦。笑看槐蚁排兵。蓦然回首，杯酒慰飘萍。犹记中流击水，约三五，竹坞侃盟。疏篱外，李园论道，邵水乐鱼情。　　鹅城，今聚首。颜渊老否？原宪何营？漫赢得英雄，暮雪还生。莫负乔松酒约，名山里，尽是飞鳣。芸窗下，日高坦腹，有翠羽呼晴。

雨霖铃·瞻袁崇焕陵墓有怀

孤茔秋月，渐霜风紧，杜宇声咽。松翻太保[①]森阵，辽东铁马，轻车霆发。猛虎驱羊驻日，振鞭[②]去弦绝。枉费了、麟阁心思，剩得渔樵话兴灭。　　英雄自古多夭折，更哪堪、狡兔犹存穴。长安望断何在？残照里，断碑啼鴂。过客匆匆，谁解、蜗蛮总逐蝇血。算未抵，征士风流，柳补墙头缺[③]。

【注】①太保：化用枯松太保典。《资治通鉴》载：王建平定东川后，诸将争功，他却退诸枯松下不与争功，人们称之枯松太保。此喻袁公。

②振鞭：即振鞭绝弦典。语出《北堂书钞》：“兵法云见利徙之如振鞭，见不利去之如绝弦。”意谓用兵善变，攻撤自如。此处比袁公善将兵，变化莫测。

③补墙头缺：化用马致远《双调夜行船·秋思》语：“利名竭，是非绝。红尘不向门前惹，绿树偏宜屋角遮，青山正补墙头缺，竹篱茅舍。”

浣溪沙·重阳

一

惆怅梦余天气凉，一年最易到重阳，芸窗觅句和寒螀。　　明月有心窥寂寞，孤萤无计寄彷徨，西楼独自饮雄黄。

二

落帽当年华发长，菊篱把酒学疏狂，年年难过是重阳。　　壁映孤灯讥月满，蝉鸣小院笑虫忙，为何无梦到潇湘？

浣溪沙·中秋

一

广袖长裾玉宇游，天池濯足戏王侯，张生也学柳风流。　圆缺应如荣共辱，穷通何必戚和休，卧邻妇侧斝庾楼。

二

早备新辞索唱酬，篱虫总说去年秋，西湖载酒数闲鸥。　憔悴西风人共瘦，徘徊北雁我同游，梦回资水遍乡讴。

无　题

从来行路总嗟难，梁父悲吟世事艰。民主墙高犹未立，人权梦美已全删。
天朝日日观尧舞，上国天天报圣颜。君侧有人谋社稷，小民只合管些山。

叠前韵答友人

履险诚如蜀道难，楚狂我亦蔑时艰。闻鸡半夜君常舞，击楫中流梦未删。
能恃平生无媚骨，敢嘲尘俗尽奴颜。书生既负凌烟志，放棹沧波看远山。

篱边听虫偶题二绝

一

老大元知万事休，依然梦里竞风流。闹心最是篱虫语，夜夜乘风说自由。

二

只见梅妍万艳休，试鸣林鸟诩风流。侵晨独许西溪唱，底是寒虫说自由？

无锡水浒三国城杂咏

阳谷县衙

击鼓衙前到此游，非图阳谷做都头。痴心只借英豪气，要为人间涤浊流。

水浒山寨

纵横栅木立山冈，涛阵犹临古战场。纵使堂中虚席位，今来不是做强梁。

赤壁战场

鹿走中原起霸图，风流底是付赢输？乱华应有东风罪，禹甸瓜分魏蜀吴。

清明心祭

清明节至，远居岭海，赴湘为父母扫墓未果，以心香一瓣遥祭之。

卅载萍踪鬓亦秋，春晖未报隔冥幽。佳城冷月谁娱彩，细雨寒风独倚楼。
墓应已深三宿草，人元如寄四时蜉。有心赊梦鹃啼断，北望乡关丘复丘。

鹅城校友聚会兴怀

苍狗白云送落晖，雪泥鸿迹记依稀。曾经振羽欣天阔，几度凌空笑雀飞。许国愧吾余句读，补天羡尔有珠玑。相逢剧饮昏昏醉，也学蘧公始悟非。

国庆节蓝波湾垂钓有感四绝

一

摇尾掀鳍本自由，为贪绳利却吞钩。尘寰亦有欺人饵，无私锋刃任悠游。

二

倚风傍竹本观荷，无奈游鱼贪饵何！纵有仁心从愿者，英雄竞利总多多。

三

渭水当年谁钓谁？英雄总被利名欺。风流底事归姜尚？花满桐江严子矶。

四

投竿竟日不图鱼，久厌尘寰慕溺沮。知我远来应有意，清风竹外送啼鸥。

◆徐晋如

蜀栈野花

惟寂观生未有涯。又来蜀栈挹流霞。讵知鞞鼓凄凉地，生长人间未种花。

次韵唐温助教利州南渡诗口占

谁言蓉国尽朝晖？海竟生桑语竟微。落寞翠云如有恨，滂沱红雨不成归。
江村野老垂垂钓，山廓阳乌黯黯飞。往事惊心八十载，后来哪得便忘机。

阆中绝句

阆中风物可肠断，杜老当年意欲降。今我阆中还作客，锦屏山下醉青江。

午后回成都，邓世广先生与其弟子临歧泣别，余心惨然，遂口占一律赠之

自别阆州地，先生道不穷。未孤昆玉德，已化苍溪虹。
吟屐浣花后，清芬淡月中。千秋漫洒泪，大圣也流东。

海洲谷风吟长如邀重九登高用真韵

招携到幽境，随意及嘉辰。渐渐秋云合，行行野鸟亲。
海心看数点，亭上剩三人。应悔山深处，桃源未避秦。

浣溪沙·子云示近词惕然有感

曼衍鱼龙幻太平。狂歌匝地共愁生。谁登绝顶俯严城。　　十万人家灯刺梦，三千世界露凝冰。风前负手看春星。

五月二十九日侍座师祭酒章公坐归而感赋

四海同钦作育功，谈筵一近便春风。丈人志欲山阴接，黉舍乐应沂上同。
抚背温言勉樗子，惜花高义感明公。琴操化作浪千叠，何必祥麟叹道穷。

临江仙·雨

一梦春云无觅处，醒来如在江舟。为谁徙倚最高楼。四厢花影乱，万里碧烟浮。
渐渐飘风和泪住，寂然不动帘钩。难温难冷是离愁。怜他新荔子，红映翠眉头。

采桑子·辛卯冬月既望月有食之色呈绯红娟娟可爱

可怜秋与孤云杳，人在楼东，月在楼东，人月双双著晕红。　　谁能拨起寒灰烬，人对虚空，月对虚空，却说相思特地浓。

鹧鸪天

胡帝胡天自圣狂，当初不合种凄凉。失巢彩燕栖能稳？据树寒鸦怨更长。　　花未

灭，海尘扬。廿年不觉木樨香（业师成句）。人间此夕浑无赖，只有青灯接太阳。

游 仙

岧岧九华山，郁郁三珠树。南斗上孤云，海蟾照前路。
忆昔初拜登，衣襟溉芳雨。真人逆中途，道我容成遇。
言将遗世去，不复念亲故。鹤梦忽然醒，鸡窗初日曙。
一自羁软红，十丈花如雾。谁将天地心，视作草间露。

即 事

辰年建未月，初三卜云吉。都人习晏居，谁信祸来忽。共工不死神，又怒倾西北。更无娲皇补，何况不周裂。倒泻银潢水，居然成大泽。天衢沉巨车，郊野漂人骨。我闻丁氏子，妻弱子稚拙。不忍辄弃车，遂以全身没。救人本非迟，但曰遵其律。女跪牵衣号，行者动颜色。俄见长官至，存命终不及。又闻漂沦者，水漫过其室。生为异乡子，名字无人说。更闻房山邑，沟壑填死藉。云是采山人，挣命为此亟。怛恻怆予怀，万里梦为入。此邦吾久居，承平忆往日。春满碧桃花，夏荫槐与棘。西山致爽豁，秋气为佳节。那知慎海若，一旦餍鬼蜮。城市有良心，不在楼高矗。复见衣冠徒，大爱标无敌。岂知体仁心，死仅三十七。

虞美人·我将

我将归隐陶彭泽，子等须忘得。好山好土俸银钱，已是高楼华厦栋相连。　　人间一片秋声住，凭向东君诉。挥衣不管涨胥涛，但见予怀渺渺诵离骚。

癸巳送春有寄于建嵘徐昕二教授

莺燕无情衔梦去。恼人天气风兼雨。一春心事等寒灰，莫遣车轮挂金缕。

和矫庵

夜坐也曾看紫微，只今寒梦记春扉。商山已共诸人老，莫向东园问是非。

再和矫庵

树换新花独守愚。镜中久看不成臞。多情唯有辽东鹤，辛苦人间唤醒无？

奉题东汉长寿贵砖砚

之 一

轩车未容巷，轻裘自素表。昂昂同学翁，捷步见高蹈。匡坐者谁子，桑枢屋不扫。问病辞曰非，贫则宪甘冒。曳杖歌商颂，天地为清渺。

之 二

安处重冥下，清浅任蓬莱。偶因风雨夜，龙化出尘埃。旧镌班吉纹，纷批满苍苔。工巧偶得之，锤凿而取材。岂知微物心，有生即千哀。总言金石考，彭祖安在哉。

赠陆祁州

欲与君同梦，椎秦何壮哉！回笑管城子，画眉上阳。

读鹏举先生“山自永年云未终，满湖水色起零鸿。到今方信天难死，烧出残霞一段红。”诗率成一绝

已知维折天难补，谁信春来梦有凭。残日烧云云似血，五噫歌里望觚棱。

奉题战前宗兄山程水驿诗草

井底发铁函，光腾讵可视。梦中说妖梦，荒唐忍此味。
公生当幽厉，肝肺无余地。却将匆告心，铸作奇文字。
持诵百低回，素月方千里。风雨更开篇，龙吟殊未已。

◆彭敏哲

清明偶成（三首）

其 一

莺泣山花露未消，浅黄轻碧影迢迢。费他烟雨云中落，只替东风染柳条。

其 二

盈盈白露浸疏窗，谢絮辞风满故塘。好雨应知心底事，随风吹梦到潇湘。

其 三

小窗疏影立高楼，缈缈风烟动客愁。又是清明新雨后，子规声里忆潭州。

对 月

银盘空映镜中羞，钗鬓轻斜顾盼幽。笔下诗情尘上梦，两般合就一心柔。

悲袁崇焕

狼烟四起入苍穹，金甲穿沙见战功。立马横刀平朔北，挥军临阵定辽东。
丹心独向边关月，碧血犹凝疆塞风。散作忠魂谁记取，广渠门外一悲鸿。

绮罗香·游贞山六祖寺

迭翠千峦，熹光一缕，古刹清幽如故。风染菩提，摇落藕花深处。恰蝶蚁、相戏花间，似春绕、东风重度。寄多情、误尽前生，十年一觉懒回顾。　　凭栏谁问倦旅，游子浮云情意，无人听取。且倚回廊，彩笔赋题新谱。笑贾生、才调无伦，尽化作、独吟愁句。忆潇湘、枫冷青山，剪灯秋夜雨。

摊破浣溪沙·重阳登白云山

袅袅晴光映远川，白云深处探秋寒。幽寺湖光映连理，问合欢。　　日下层云留雁影，林间新月待君还。何日倚栏重眺望，怕梅残。

西江月

初秋逢夜雨，忽忆潇湘当年，作词以纪之。

秋暮岁寒尘起，雨翻碎绪蒙蒙。当时水远又山长，犹忆故人相送。　　已别楚江万里，又思云阙千重。独怜风月两蹉跎，一缕幽情谁共。

◆陈和世

水龙吟·寄庶之

域中阴气冥冥，商飚万里何凄厉。槁梧自凛，寒蝉凝咽，云鸿噤唳。百丈煤山，千年椒瘴，萦缠枫陛。叹任公乳虎，梅州人境，无人会、回春意。　北阙倏传霜信，问词人、凭谁幽闭。恫瘝待浣，寒饥望哺，神农何地。桀虏当涂，蚩尤施虐，封刀无计。要澄清天下，还须斩蟒，把龙泉佩。

金缕曲·六十初度并序

吾下放农村十年间，每向邻村段汝樊先生借书学习，并与之成莫逆兄弟。今汝樊兄已归道山，不复与之把臂谈诗矣，情何以堪，故词语及之。

甚矣吾衰矣。恨平生、行藏多舛，零余斯世。母难当年初国难，竖子生违时耳。是九域、红羊重纪。姨母衡山成饿殍，更慈严一夕俱牛鬼。天不吊，我之否。　少年亦有拏云志。记山南、论交志学，汝樊兄弟。携杖薅田吾最爱，能默鲂鱼赪尾。笑烈日、无伤心体。不见千年吟李杜，问王侯将相今传几。存此念，未全背。

减字木兰花·上巳次日南安府牡丹亭谒杜丽娘墓步晦窗韵

芳心不死，倩影留君痴处起。迹隐幽微，孤冢荒江冷半规。　谁家亭榭，但向淮扬思永夜。曲径重回，金殿人钦柳梦梅。

浣溪沙·乌衣巷怀古

片片红英逐水涯。乌衣庭树暗栖鸦。秦淮一缕夕阳斜。　王谢谁怜沣镐泪，诗豪但诵子昂嗟。伤心无觅寄奴家。

望梅花·寄由桥斋伯昏子眭谦兄并序

癸巳新正既望，慕白石人日寻梅雅致，携妻寻芳古城。闻省园艺所植梅数十亩于星城东郊泉塘，故驾车往访。及至梅园，见玉蝶含苞，游蜂满枝，而红萼尚未宜簪也。此非八百年前白石"古城阴。有官梅几许，红萼尚未宜簪"之境乎？爰赋此解，寄北京眭兄伯昏子共赏之。

何处寻踪高节，白石曾遗鸾辙。漫道东风迟玉蝶，早有群蜂餔啜。标格凭谁怜皎洁，霜雪甘滋由桥。

生查子·癸巳谷日寄桓大司马北京

去年湘水边，司马邀清集。春酒话秦皇，琴韵拈邹律。　今年湘水边，相望怜京域。底事最关心，霾瘴伤呼吸。

【注】壬辰谷日，桓大司马海上归来，邀饮湘江东岸秦皇食府。

齐天乐·月夕寄蛰堪先生并呈安知晦窗虞廷诸子用半梦庐韵

隔篱谁诵张孤雁，凄凄动侬幽思。露冷残荷，蛩吟老柳，冰魄尤添清意。明河问几。叹琼苑椒浆，不醒天醉。底事华鬘，却从尘海任凋坠。　　无情更怜渭水。奈何违桂楫，难聚期会。万里桥西，千寻蓟北，津隘重重壅闭。凭谁唤起。待振起河汾，再开风气。一曲关情，素心萦梦里。

洞仙歌·奉逍遥无津兄游长沙某氏园用况蕙风韵

逍遥无津兄自京来长，下榻圭塘河畔，予奉之游其下榻酒店之林园。园中茂林修竹，池塘清浅；回廊曲折，百鸟和鸣。浑不觉严冬将至矣。词以纪之。

佳景凭谁借。况孟冬节令，深寒俄且。有凌空健鹘，振声云罅。湘筠孔翠堪图画。看雅致、回廊连水榭。姿高洒。正玉桂临风，骚意人牵惹。暂把。　　庚愁缕缕，怅恨重重，泪染牛衣，付与望北湘流，换得片时融冶。吟边喜共知心话。更怎见斜阳林杪挂。堪慰藉。最难能，玉洁松贞凭天假。酒未贳。但有约、燕山下。又心忧天陛，雾兴云涌阴晴乍。

菩萨蛮

铿然一骑鲨鱼白，飘然一瀑金壶墨。镜泛水晶光，风追韩寿香。　　当年迷玉蝶，爱晚题红叶。往事莫思量，思量须断肠。

南乡子

先慈在日，每逢佳节必来电问：“回家过节不?”今人天永隔，纶音不再，岂不悲乎。

隔日是中秋，萧瑟西风满寓楼。犹盼高堂来电话，凝眸。明日回家过节不。　　欲哭噎咽喉，寸草春晖恨怎休。老去修齐无一是，羞羞。枉对湘江向北流。

满江红·长沙怀古十首

岳麓山

造化天工，无端处、飞来衡岳。君不见、阳阿晞髮，沧浪濯脚。穿石坡遗陶侃恨，笑啼岩隐孤山鹤。更巍巍、灏气六朝松，盘云壑。　　罗山长，称博学。随园老，留韵略。羡诗钞爱晚，改题亭阁。每向青丘羞后死，但从黄蔡寻先觉。问椒墙、何事怒胡寅，潮州鳄。

天心阁

楚汉名城，今来吊、南门高阁。凌空处、朱梁栗瓦，跳檐飞角。万里湘声奔帝渚，千年鱼梵来衡岳。遣孤怀、四面望云山，悲寥廓。　　萧朝贵，挥枣槊。彭大帅，鸣烽柝。更无端倭寇，逞奸施虐。千古风流骧楚炬，一门崇烈怜英魄。问何年、普世得和谐，闻天铎。

贾谊祠

攘攘熙熙，嚣尘里、茕茕孑立。君不见、酒帘炫目，丘门凝寂。鲁殿灵光惟古井，虬檐浮彩皆今漆。遣骚人、到此哽无言，伤遗迹。　屈原赋，神鬼泣。过秦论，人谁识。叹经年违阔，帝犹不及。底事庭中惊鵩鸟，英年便使殇鹏翼。问长安、谁肯惜苍生，虚前席。

营盘街

家住营盘，有多少、风情堪忆。闾巷里、五堆巡道，赐闲听橘。铁马迁流人有恨，桐花零落寒无力。向街前、似听稼轩吟，空叹息。　怜飞虎，收金戟。悲白发，闲师帅。便挑灯看剑，壮怀谁识。醽醁难浇陶令宅，家山尚有新亭泣。问而今、何处觅英雄，尊中国。

朱张渡

北去湘江，流不尽、濂溪道脉。舒望眼、麓山凝黛，橘洲浮碧。一代宗师连讲肆，三千学子争舟楫。想当年、帝渚会朱张，开风习。　循天理，论太极。承孔孟，光经籍。看源头活水，杏坛洋溢。格物还推朱子理，为人莫学登龙术。倩朋侪、又作暮春游，寻芳迹。

岳麓书院

吾道南来，于兹萃、潇湘槐市。其中有、四箴专享，六君同祀。幸有周程开太极，朱张从此传天理。越千年、庠序数鸿儒，光来嗣。　藏大麓，凝深粹。风雷蕴，垂天翅。看康梁变法，学开新季。大雅名山遗讲席，三湘子弟当匡继。算担当、惟楚有雄才，新天地。

杜甫江阁

烟雨江南，今又是、落花时节。寻遗址、旧时江阁，昨翻高阙。夕照江花浮血影，声闻柳浪惊鹈鴂。想杜陵、万里遣孤蓬，湘江涉。　南湖港，今已没。苏侍御，成传说。问潭州当日，惙然谁挈。五十八春殇耒水，千三百载惟唐月。归去来、一曲谢安吟，无家别。

曾文正公墓

狮子峰前，凭虎踞、伏龙藏锷。登临处、大江东去，晓声西掠。万寿亭边兴国寺，谈经石畔居仙鹤。看此间、伉俪曰忠贞，连梗桴。　居台府，宣木铎。披甲胄，精韬略。创湘江虎旅，京门锁钥。太傅三朝凭毅勇，家书一卷怀忧乐。叹如今、谁与话中兴，招魂魄。

定王台遗址

春物阑珊，浓荫里、啼莺老去。无聊赖，夫妻携手，星城觅古。闻道定王旌孝悌，筑台蛮越望慈母。到此间、大厦看连云，知何处。 图书馆，开光绪。凭倭寇，焚一炬。更红羊劫后，雷鸣瓦釜。天父天兄隳礼乐，人伦人道遭崩殂。又西风、残照定王台，声如诉。

白沙古井

何处飞来，都市里、蓬岛一峦。人道是、白沙仙女，回报坊间。一念因怜丹顶鹤，万年滋养白沙泉。更黑蛟、从此卧回龙，怀善缘。 冬温暖，驱酽寒。夏清冽，镇煎烦。酿白沙醇酵，醉彼东山。树辩云中怜小谢，地争芳迹耻粗顽。盼从今、珍惜在人人，同澧源。

◆唐　玲

咏班婕妤

永巷凄凉日影斜，凭栏凝望雪交加。愁牵病卧谁人会？心曲寒于六出花。

咏柳枝

弱冠清游意有牵，柳枝分浅竟悭缘。人生自是难如意，追忆惟余一惘然！

【注】李商隐尝作《柳枝五首》，感二人缘悭一面，遂为永隔。

咏小青

焚余诵罢步中庭，春水无情莫照形。纵有怜卿怜我意，徒留瘦影叹伶仃！

夜读《终古佳人去不还》有感兼和夫子三字韵诗

津津野语一生三，争笑梁鬅绿帽衫。太息龚娘为真爱，芳名损尽竟心甘！

《采葛》用三字韵

一日分如岁隔三，红裙终是念青衫。红墙隔断何曾怨，通得灵犀意便甘。

读《生查子》

如昼花灯夜不昏，春衫偏是染啼痕。平生怕听生查子，一读令人一断魂。

次韵夫子辛卯仲秋

底事年年抱古愁？谁能无望亦无求。可堪寂寞圆偏现，碧海青天又一秋！

入上师敬呈升之师

如箫岁月毓琼华，记室功臣第一家！忝列门墙深自愧，才疏岂敢辨津涯。

唐子西集注毕感赋二首

其　一

三载黉宫借一栖，天人难究恨才低。自怜性尚虫鱼近，且就吾家注子西。

其　二

眉山诗注有深缘，何止家门一祖延。公是宋廷唐博士，步趋侬亦妄希贤。

拟白头吟

犹忆当年相恋时，绿云绿绮互生姿。而今发已星星现，欲绾君心君不思。

晚　风

晚风萧瑟月和羞，流尽申江万古愁。最是销魂忧赏夜，河洲谁与赋雎鸠？

客游有感

不负韶华恣客游，临歧亦自不胜愁。十年梦寐阑干湿，赢得京尘化一沤！

【注】京尘，即京洛尘，陆机《为顾彦先赠妇》："京洛多风尘，素衣化为缁。"

入华师大述志

樱桃河畔夜微霜，蛙鼓相迎入上庠。有幸忝蒙鸿硕顾，无才愿效钝驽长。
顽金自不辞千炼，华锦还期待七襄。欲上高楼瞻万里，从兹须为筑基忙。

次韵夫子少作

不惟李杜可吟讴，蓬远锦囊高辈流。《惆怅》吁天悲寂寂，《落花》堕地哭啾啾。
才高八斗工骈语，学富五车惊几州。若遣唐人生此世，门墙数仞亦从游。

代阮妻作

空闺漏永不胜寒，黄卷青灯病影单。梦泽可堪寻梦远，桃源再到见桃难。
丹青安可描枯槁，粉黛徒教作烂漫。采药阮郎新有讯，离愁应到见时阑。

无　题

嗟我怀人作远游，桂华相逐过妆楼。门前潮送相思泪，园内花飞万点愁。
知否今生双白首，皆缘前世一回眸。良辰几许蹉跎甚，挑尽孤灯恨未休。

蝶恋花

梅雨绵绵风过处，吹皱池波，蛙鼓声如故。醉瞥月华穿牖户，谁谙夜夜离情苦！
锦瑟华年知几度？流水匆匆，不待飘红雨。梦呓空思凭尺素，重山隔阔传无路。

◆许习文

春日广深道中偶成

日脚酣酣春意浓，闲情于我马牛风。百年三万六千日，半在途中半客中。

兰庵兄筑如意琴馆索诗

抱琴欲向何方去，世路崎岖不可行。君有小楼容我住，无言相对亦怡情。

写瓜蔓图系以一绝

闲来写我园中蔬，豆架瓜棚入画图。此是故园旧景物，十年相忆在江湖。

游永嘉弘景洞

永嘉山水东南奇，人物钟灵信在兹。今日偶过陶景洞，低回默诵白云诗。

题礼堂写含笑花

一枝含笑写来工，清采帘栊淡淡风。但得人天春色满，他生愿作种花农。

西塘怀古

庭园深深锁画廊，繁华散尽亦寻常。零花蔓草荒烟里，剩有残碑近水塘。

【注】符子琴诗碑犹在。

潮州赠赵松元教授

题诗犹忆倚江楼，客子光阴几度秋。君是当年天水赵，春风教化在潮州。

赠潮州陈惠佳先生

当年豪气满疆场，湖海归来笔有霜。最爱诗狂子陈子，酒酣肝胆尚开张。

过凯庐怀康晓峰先生

深巷记曾载酒过，十年人事几蹉跎。小楼百尺元龙渺，不见当年一叟皤。

桑浦书屋主人以微信发湘桥春涨图，慨然有归去之思

家在韩江廿四桥，梦回午夜雨潇潇。不如归去韩山住，筑个茅庵看涨潮。

与二三子登江心屿，树荫品茗有作

江天登眺景澄鲜，塔影摇波送客船。树影一杯清在耳，蝉声几度忆流年。

◆谢伟国

兰陵王·《漱珠墨韵》书法集序

漱珠觅，亿载层岩拱壁。观台上，曾见几番，珠水绵绵浪潮泊。登临说忼慨。谁识，风灯催迫。飞云志，河汉星垂，朝斗环天著图籍。　　时看旧仙迹。昔结社宗南，开派传席。梅诗长卷酬春色。有二老居古，隔山波静，寒潭贯井畔江驿。遣词启思迪。　　今夕，社凭翊。渐画栋雕栏，松观闻笛。梅林重曳芳菲滴。抚故垒窗垣，馆鹤灰甓。中兴文字，拟琴挑，梦花积。

桂枝香·《客家风广府情·两地书画联展》跋

楚庭纵目，正南粤初秋，风雅双促。梅岭滃江似练，赤峰如簇。鸿儒泛棹珠江埗，借东风，墨缘旗矗。九天云涌，正声鹊起，古途霜菊。　　念前情，秦砖汉沃，叹珠巷佗城，血脉相续。韶石羊仙，同历几番荣辱。漫将往事如流水，且兴盟，挥笔凝玉。描金铺彩，琴诗犹唱，感时心曲。

南乡子·辛亥革命百年前夕登黄鹤楼有怀

怅目楚天秋。黄鹤千年影迹稠。绝唱琴台寻雾眼，悠悠，壁立江河万古愁。　　首义武昌谋。帝位飘摇帝制休。一曲共和凝碧血，同仇，浩气长歌风满楼。

洞仙歌·写在《陈作梁师生书法展》之前

迁魂爨骨，继吴门衣翰。端重凝闲秀风焕。海涵中，一管笃志耕耘，传薪否？阅阁中人堪观。　　砚台调素手，墨像怡然，池泛冰心付真腕。尺牍拓秦汉，午夜轻寒，书香漫，画屏惯看。喜缘得，毫端挟春雷，笔阵里，颐年细听莺唤。

蝶恋花·志荣兄影集《如歌的行板》序

半纪画图堆锦绣，北国江南、剪梦寻诗久。浥露红蜓掀碧袖，枫丹醉漾芳魂透。
佳构何辞风雨守，辟壤村童、尽入长焦秀。塞下古城江上柳，瞬间留别依依否？

最高楼·粤剧名伶任剑辉女士百年诞辰纪念

贞魂祭，钗剑百年辉。底事梦依稀。倚璋双树香夭日，九天玄女化情时。怎能消，洛阳水、宋王诗。且莫问，红梨花下雪。　　且莫问，牡丹亭上月。寻遍了，若心痴。红楼木石姻盟渐，故人深巷鹊桥移。叹今宵，声艺早，玉漏迟。

木兰花慢·《简寂朱痕》集代序

拆刀花款款，青灯下，眼昭明。正石韵行云，思飞悚野，织巧如屏。方盈。借奔雷手，若雕鞍六骏骈围城。夜雨梧桐叶碎，经营细绫秋声。　　怡情。余事甫名。朱白处，辨拒迎。治治中，昔巨来师典继，刀笔纵横。驰骋。仰天地阔，漫敲通衢震玉山倾。镌古清修瘗铭，存心一炬晖莹。

临江仙·六十初度

花甲知还年少处，天真留住春红。懒看秋鬓染颜容。诗书酬旧梦，寒夜望星空。

一把胡琴轻细诉，芝兰惠我清风。愧曾鸣铗棘丛中。登楼呵冷暖，拾叶话丹枫。

风入松·咏粤乐（广东音乐）

平湖秋月鸟投林，爱听荔乡音。工尺何士清平调，一弹水，一弹流金。谁借伶工妙手，携来蕉石鸣琴。　　琵琶塞外夜深沉，幽恨付遥岑。霓裳初叠声声慢，雁归时，思逐潮骎。袖底年华问取，百年粤韵重寻。

【注】词中句子多寓粤乐乐曲名。

鹧鸪天·羊城西关“柳桥古渡”怀旧

木屐声声过板桥，趟栊灰瓦映花朝。云莎纸伞西关调，十甫清平商贾潮。　　灯影灿，素琴调；鹅潭洞艇闹中宵。抛洲雅韵流芳久，烟树牌楼水墨遥。

【注】柳桥古渡原为羊城西关一古渡口，有石桥烟柳，河涌通出白鹅潭。与十三行、清平路、第十甫等繁华商地紧邻。明清以来，白鹅潭上有紫洞艇连营，为十三巷商人及文人们饮花酒之地。当年江上卖歌者众，并始创有粤曲南音中之“抛洲腔”，清越古雅，流传至今。

◆赵松元

孟州谒韩愈陵园

人物元和第一流，起衰济溺铸春秋。儒风岭海开邹鲁，百世衣冠拜两州。

希拉穆仁草原骑马

绿满草原蓝满天，迎风策马向云边。茫茫大野任驰骋，一发轻狂学少年。

草原日出

江南报晓鸡犹梦，塞北霞飞天欲丹。守得高原红日出，苍茫独立任风寒。

游天柱山

倚壁心惊造化功，一山突起柱苍穹。雄奇不许凡尘染，元气同参有古松。

游三祖寺石牛古洞

古洞无尘探眇幽，濯襟自在引泉流。何须散发江湖上，且共清风坐石牛。

东丽湖枯荷，用曹旭教授读龚自珍集韵

徘徊湖畔意迟迟，忍看枯荷瘦若诗。白鹭不来云影重，倩谁同咏绿波词。

赠别中文系毕业同学

弦歌几度上椒丘，怀抱芳馨思远游。记取清风明月意，江天任泛木兰舟。

中秋感怀

照眼繁华倦倚楼，聊凭杯酒度中秋。青天碧海谁知我，望月心情遍种愁。

挽邢凤梧先生

不从俗媚问妍媸，瘦劲常书傲雪枝。人世犹多不平事，泉台依旧赋新诗。

秋　怀

秋深爱晚总催诗，犹忆湘江横渡时。且任朱颜半憔悴，当年意气最君知。

上野公园樱树花期无华

春寒料峭锁龙年，樱树无华谁剧怜？苞冷枝头花不发，行人一见一缠绵。

广岛和平纪念公园有感

相生桥下水东流，夕照废墟如血稠。忍看风中摇曳处，梅花含泪伴人愁。

上野日本国立西洋美术馆观罗丹雕塑“接吻”

神斧堪传不老情，千年一吻众生倾。如何久永成朝暮，窗外风寒听雨声。

春日有怀酬梅大圣教授

摇落天涯久，陶然学守贫。涉江无桂楫，渡海有阳春。
萧艾薰宜远，木兰幽可邻。至今思畹亩，芳意共良辰。

游潮州紫莲山

吾道沉沦久，溯回何处求。紫莲开浊世，翠巘供清游。
石态奇尤峭，云心静且悠。登临消垒块，岩上啸寒秋。

天涯海角

身到天涯外，依然觅自由。涛声清俗耳，椰影画高秋。
鱼跃心同远，鸥翔意共游。行行沧海向，破浪御飞舟。

赠汕头许君习文

海天浩渺野云高，同上翠微诗兴豪。因是书香培玉树，竟从石砚种蟠桃。
蓬蒿岂自无才俊，碧海由来有玉蛟。我最怜君中夜舞，银河一挽起波涛。

登黄鹤楼

为寻黄鹤白云迹，秋上江南第一楼。三镇风光收眼底，百年忧患涌心头。
巨龙怀远跨新纪，大鸟图南忆旧游。浩渺烟波凝望处，江流浊浪使人愁。

香港旧体文学研讨会奉和黄坤尧教授

炼石安辞暑气熬，香江慷慨聚群豪。风来海上澄天阔，云起山间逸兴高。
横笛赋诗肩道义，放言论学竟风骚。秋心岂共年光老，会掣鲸鱼挽碧涛。

慧闻法师邀游智峰山佛果寺感怀

千里不辞远，扶病上智峰。峰高隔尘世，如鹤翱苍穹[①]。只愿白云近，不与网络通[②]。因春换新绿，崖边立青松。西坡丛竹翠，摇曳任清风。佛果在山巅，沧桑历千年[③]。兰若如茅屋，至简得至闲。信众来络绎，虔诚拜佛前。或为求福禄，或为受熬煎。观音庄严坐，梵音绕云间。山僧慧闻者，心性得天全。衣钵临济法，野处濯清泉[④]。涉谷采兰草，赋诗绝尘烟[⑤]。高义邀我至，煮茗话慧禅。清凉能自省[⑥]，使我意翩翩。吾相本属牛，劳累未曾休。挹露栽桃李，传道步芳洲。亦尝学骚雅，慷慨追曹刘。亦尝轻许汜，高卧百尺楼。倏忽年半百，梦回叹白头。白头何足叹？八荒更堪忧。礼乐崩弛久，大道渺难求。底线屡突破，物欲若洪流。私欲贪无极，腐败若恶瘤。人世尽污染[⑦]，谁为生民愁？纷扰成郁结，何处医悠悠？身到天涯外，依然不自由。会当破尘网，苦恨无方舟。一任花开落，或能脱笼囚。绝巘盘桓处，身轻若云浮。

壬辰龙年三月十二日即兴作于佛果寺

【注】① 佛果寺石碑《智峰山记》："智峰如仙鹤独蹲。"
② 山寺未通网络，手机信号亦极微弱。
③ 佛果寺始建于唐僖宗文德元年（公元 888 年），尝于清代重修。
④ 韩愈《送李愿归盘谷序》："穷居而野处，升高而望远，坐茂树以终日，濯清泉以自洁。"
⑤ 慧闻尝于荒山野岭间采药觅草，采得数株兰草，植于僧舍中。
⑥ 慧闻能诗词，著有《清凉自省集》。
⑦ 饶宗颐《念奴娇·自题书画集》："万峰如睡，看人世污染，竟成何物。"

◆般学国

草七绝一首

杭州之游，置身湖光山色之中，隐逸之念顿生，江南文化化人也速、入人也深。难怪晓明师对江南文化之美如此倾心。草七绝一首以为西湖记游，时寓于桂庐青年旅舍，南山路青年旅舍已经客满。

湖山久要少年行，西子秋波嗔望青。三宿何妨一苇渡，蝉声摇曳过长亭。

纪念《人间词话》诞生百年赋诗

铠甲屡穿龟甲锘，红楼戏曲唱人间。昆湖一碧沉沉恨，遍地英雄少仲连。

因赴嘉兴参加王国维《人间词话》诞辰一百周年纪念会，赋诗告假于寂潮先生。寂潮先生乃华东师范大学古籍所刘永翔先生，先生为硕士研究生开设诗词写作课，不才得厕身其间聆听先生吟诵之声

问学逾道又何妨，吟诵遥闻径踞墙。洙泗弦歌渔父恸，春风十里韵清长。

芜湖文心雕龙第十次年会兼寿师祖祖保泉公九秩荣庆

吴水鸠兹接楚流，铁山铁画两春秋。文关起舞摧词阵，长伴镜湖不泛舟。

人生之痛苦恒在两难取舍间，王国维所谓“可爱者不可信，可信者不可爱”大概可作如此解读

立身恒处断崖颠，半步深渊半步仙。非是经年贪险怪，桃源魔域一青天。

己丑岁末感怀兼呈韩山松元赵主

我家清颍赴淮流，朝圣观澜江海游。沪上三冬忆弦乐，一枝春后望依楼。

兰州别赠刘顺兄

诗道兰州友道东，黄河宛转水汾通。名山事业佳人梦，秋水青灯对豆红。

游歙县民居返沪临行赠徽州砖雕艺人吴仕杰

齐物襟怀格物功，吴生造作鬼神惊。当风气驭郢人斧，白雪歌发闾巷中。

沈兄赠别诗和作。中午中酒，醒即和之

曩昔涉川今陟坡，一箫一剑放歌多。巴山夜雨吾经过，秉烛分甘话销磨。

居潮感怀海上岁月兼呈胡师

居近韩祠临大江，半山风雨木苍苍。先生笔墨发清兴，高卧浩歌月斜窗。

凤城九月，收阅金城程兄旭光先生惠赠绿梅图一幅。
兄少时习字画，廿年不辍，格调高雅，志追古人。
深荷美意，赋诗报之

木棉叶落思无衣，重九韩山望陇西。岭上白云恒变幻，河间绿柳挽淹迟。
青蝇绕我足缺画，红豆伴君温旧词。秋雨吟诗消漏永，土花侵壁过梅枝。

紫莲山雅集得句

青山抱紫莲，佳构出天然。攀陟穷幽境，逡巡乐汩泉。
多情嗟有待，逝水叹流年。俯仰兰亭慨，孰谁薪火传。

二〇一一除夕居留潮州荐旧迎新赋诗感怀兼呈刘永翔先生新元奉贺

岭海梅发一一阑，天钧无意少冬寒。半江灯火送流艳，一瓣心香向故园。
天地人生恒作客，古今物变暂为然。光阴烛刻催杯酒，拚却酡颜入始元。

步寂潮夫子中秋感怀原玉

文章江左一轮圆，拔萃出尘自沛颠。畴昔风神惊俗眼，梨花小盏惜流年。

潮州古称凤城。
韩江南去，中流挺峙凤凰洲，洲上有凤凰台宾馆。
十三日中午，胡师讲演毕，中文系聚集凤凰台宾馆，飨以红酒群鱼宴。
松元赵主即兴赋诗，勉步原韵

心语天花拈未由，诗人心事两悠悠。凤凰洲上夕阳后，长啸风来一韵愁。

题渺之隔江草庐

草自韩祠落，庐缘学馆营。花间留梦影，枕上起涛声。
三径扫还绿，一苇去不惊。浮生得此寄，笔砚虚舟行。

哀劲草

春寒折蕙恸王孙，堂课曾于细论文。洙泗弦歌成往事，风雷沪渎乍飚轮。
终身惭愧对漂母，上蔡苍黄归里仁。夜雨今宵独杯酒，他年匹马过君坟。

松元赵兄移家新居赋诗贺之

爽气朝来雨后虹，湖山啸傲卧轩东。庭垂讲帐二三子，歌止惊鸿南北弓。
席水送舟常刻剑，帘风拂卷暂雕虫。莱妻乐道移江海，学易知年自主翁。

奉题陈公伟南先生功德兼为眉首之颂

画图瞻拜识春风，字在元亨事在忠。长养物生和以义，通平桥路济之同。
风烟手植宜青眼，丽正公推响巨钟。天地有情金有信，后期嘉会四德翁。

七夕遣怀寄内

娇痴杨家女，黔娄堂下妻。环堵惟余书，有朋报无衣。
风蓬多卜居，冷暖少亲戚。终夜长愧汝，展眉对七夕。
金钗市屠沽，粗酒长豪气。海上灯明处，窗前独语时。
水岚昔岁月，关河两梦知。

◆陈　伟

谒真娘墓

抱玉怀冰尔独痴，风尘落落不同时。高丘一掷哀娥泪，归去青灯写楚辞。

杭州西湖

挂得云帆半日凉，平湖十里饮秋光。他时无地逃沉陆，来借红莲一孔藏。

杨　花

吹老相思坠梦愁，飞飞临去几回眸。化萍惯是逐流水，渡尽荒波始自由。

过安庆独秀园有吊

山呼德赛气何雄，裂电惊飙过眼空。独恨先生输一着，不知太祖是真龙。

谒人境庐

一瓣心香祝，登临象纬开。屠龙技真绝，呵壁问同哀。
白发冲冠怒，狂涛卷地来。斗星天竟陨，月冷独徘徊。

枯　草

荒原余鼠迹，毒日射龙鞍。叶病虫仍噬，风威露久干。
同尘千里贱，守绿一朝难。身萎犹能忍，根枯地共残。

诸子颐园小聚有作

樽酒聊分月一团，清光终古有余寒。茫茫天问谁遵道，去去涉江空结兰。
时雨愿将嘉木润，好花留共美人看。归与吾党二三子，倚涧犹能赋考槃。

感怀三首

防川有术巷谈空，世贱贤愚废异同。一管聊窥斑似豹，十年勿用恐成龙。
荒村冷月交加白，故国霜林惨淡红。掩卷苍茫天作哑，古今都付马牛风。

一色迷红目欲盲，忍看刍狗弄群生。放言四海无容地，破梦千星有坠声。
捐尽自由同草贱，待焚思想禁春萌。年来已断乘桴愿，残戟西风举老兵。

风骨何人续建安，嵇琴阮啸叹才难。斫残名士刀尤利，吹入沧桑笛亦寒。
月下优昙争一白，眼中琪树半成丹。无端又起兴亡恨，霜影弥天覆石栏。

春　尽

坐老湖山略欠伸，风前待卜去来因。江涵古月初沉影，石炼流星未烬身。
九壤先埋千里马，百花特供一家春。不知沧海浮根后，来日栽桑有几人？

日课用从斤竹涧韵

读易北窗下，微处见其显。纵知劫火焚，难救枉挥泫。愿宜发地藏，衰莫学登岘。世界等恒沙，太虚无遐缅。五蕴照尽空，法轮恒自转。耽此文字禅，所造无乃浅。出入三家际，意得便抛卷。何日证菩提，法藏求正眼。菰蒲春水生，野鸭翅任展。似得味外味，冷暖孰与辨。未能逢天然，烧柴聊自遣。

盟鸥榭用步七里濑韵

白鸟时来下，幽池娱清眺。垒块若山石，浊醪浇彼峭。波静绿荷暗，日星聊隐曜。但好中散睡，偶从步兵啸。百年许盟鸥，万象参其妙。河图久不出，且罢渭滨钓。往矣曳泥涂，勿堕漆园诮。会有嘉客来，一歌白雪调。

赠陈彪用蛰庵《汪子贤宅菊花》韵

谈艺有间游无厚，此乐平生太稀有。弹指咳唾飞珠玉，晶光余焰射南斗。意酣停盏对韩山，山鬼乘狸正拍手。为我溯源追玉溪，目空夹岸闲桃柳。说到忠厚复缠绵，一时元气生户牖。此旨灵均传浣花，樊南鼎足堪殿后。既得麻姑痒处搔，尽出箧底诗百首。我诗何敢望三君，亦尝矜持享敝帚。颇信能葆性情真，掷地试听胜击瓿。十年顾曲待周郎，坐老寒花几重九。子且为我删订之，潮音或作狮子吼。君开火眼祭宝刀，手起分毫竟不苟。销我连篇孱屑词，抖落浮埃刮陈垢。呜呼不痛亦不快，谢君重击秦人缶。只今下笔定庄严，俗尘污子予惭久。待挽天河来濯缨，沧浪一曲为君寿。

浣溪沙

坐到灯寒旧梦荒，朝云暮雨自难忘。凌波无复过横塘。　红豆种成今日悔，愁丝织比去年长。落花都负少年狂。

虞美人

故园盼到花开遍，只有归来燕。飞飞燕子不知愁，依旧香泥衔上小芸楼。　冰弦隔梦终成误，未报轻鸿顾。春心秋思几轮回，销得红禅一味久成灰。

鹧鸪天

终古波流听悔音，风樯阵马逝骎骎。藏楼玉老云先避，隔浦鱼疏信自沉。　兰芷契，海桑心。人间久碎伯牙琴。一杯春露冰同冷，落尽灯花月在襟。

踏莎行

坠絮逃空，落红谁主？惘然片片凌波去。索春还我旧韶光，风兰一剪初成慕。　病久忘形，愁来无据。等闲检点当时语。念奴此夕不胜衣，为郎听尽江南雨。

水龙吟·祭黄公度

陆沉孰挽神州？拜鹃人往成孤旅。昏昏黯夜，唯公能窃，帝旁一炬。填海心期，屠龙身手，当时谁侣？奈一阳初动，九阍又阖，枉呵壁，天难寤。　　百载今成何世？叹横流，侧身无处。西风冶荡，红霓漭泱，式微中土。欲起公魂，灵旗尽扫，庙堂狐鼠。看鲸呿鳌掷，嘘噫成气，润苍生雨。

百字令

辛卯仲秋与持社同人游九寨沟用厉樊榭月夜过七里滩韵。

还山两屐，借沧浪、来洗云游尘躅。晞发阳阿招鹤侣，坐听霜空吹竹。快涧弹秋，老鱼剪碧，花梦波能续。人间何世？空桑留我三宿。　　好趁白社初盟，题襟印月，销尽平生独。色色灵幡风自转，梵唱疏林茅屋。天漏星流，舟藏海易，谁劝杯中绿？萤开青眼，一双飞入深谷。

近百年传统诗词高峰论坛综述

刘梦芙

2013年11月8—10日，由中华诗教学会、北京大学文化资源研究中心、持社、韩山师范学院共同承办的“近百年传统诗词高峰论坛”于广东省潮州市举行。本文根据与会论文及论坛发言情况作综合性评述。

一、论文内容丰富，学术质量高

论坛收到文稿共32篇，大体分为四类。

（一）近百年名家诗词研究

安徽省社会科学院研究员刘梦芙长期从事相关研究，承担国家社会科学基金项目“近百年名家旧体诗词及其流变研究”，专著于近期出版。向论坛提交的文稿为专著的“前言”，宏观论述近百年来传统诗词创作的重大成就，揭示名家诗词研究在中华民族文化复兴中继往开来的学术意义；考察诗词千古以来持续不断的渊源流变，昭示现当代老辈名家的思想品格与诗词创作的艺术规律，为中国现当代文学史、诗歌史补写不可缺少的新篇章，为21世纪诗词创作提供借鉴。

其他与会学者提交的多篇作家、作品专论，则从不同角度阐析老辈名家诗词的艺术风貌和审美风尚，诸如华东师范大学教授刘永翔的《钱锺书诗论略》、江西省社会科学院研究员熊盛元的《陶博吾先生诗词散论》、中山大学彭敏哲博士的《黄咏雩〈天蠁词〉创作简论》、汕头大学文学院黄晓丹的《文化失落的哀歌——论吴宓〈落花诗〉》、潮州诗社曾楚楠先生的《绚烂归平淡　奇崛出真诚——读丘玉麟〈回回记事诗〉小札》等。刘永翔先生之文剖析钱锺书诗兼容唐宋的风格与创作心态、艺术技法，细致深入，可见用力之专、学力之厚；其余诸篇所论诗人词家多不为学界熟知，有初步填补空白的作用。

韩山师范学院中文系多位先生共同承担广东省人文社会科学研究重大项目——“饶宗颐与20世纪中国诗学”，赵松元教授与林钰、陈洁雯合作的《“清”：选堂诗词艺术魅力之审美解读》、殷学国教授的《以“和”相生：选堂和韵写作研究》、陈伟的《饶宗颐七绝管窥》诸文为该项目的阶段性成果，分别讨论选堂诗词所映现的清空澄明的人生境界与审美理想，选堂和韵诗词“以和求创、以和相生、共在同美”的诗学理念，选堂七言绝句的内容、理趣、体式、取法与创新，皆能深入饶公诗词之堂奥，条分缕析，撷其精华。选堂为20世纪为数不多的学术大师，其诗词典雅深闳，读之不易，韩山师范学院中文系诸君在包罗万象的饶学中选择诗学做专门研究，为近百年传统诗词高张一帜，颇有勇于拓荒的志向，必将有更为丰硕的成果问世。

除上述诸文外，另有南昌大学教授段晓华与中山大学赵宏祥合著的《〈我友诗话〉考探——兼论王易的早期诗论》，阐发民国学人王易早年与众多诗人的交往及其为诗由唐入宋的轨迹；中山大学张宁博士的《胡适的旧体诗观》分析比较新文化运动首领胡适在不同历史时期对待旧体诗的矛盾心态，两文有考幽索隐的诗史学价值。

（二）当代诗词生态研究

这一大类文章取材多样，重在讨论新中国成立六十多年来的当代诗词，但内容不限于当代，往往追溯历史，以见传统诗词之流变。

中央文史研究馆中华诗词研究院副院长蔡世平的《从绿杨出发——迎接中华诗词的崭新时代》一文着眼于创新，提倡诗词迎接时代的考验与挑战，让今天的语言写作贴近生活、表现日常生活，并吸收西方文学理论来丰富今天的创作。

刘梦芙研究员的《当代诗词复兴进程中的传统派》介绍《海岳风华集》与持社中坚持传统的诗词作者，主张诗词创作继承中华民族优秀的人文精神，树立诗人品格，精研诗艺，取法前贤，以雅正为归；评价诗词以真善美为标准。在论坛主题发言中，刘梦芙认为只有在切实继承传统的基础上变化开新，方为诗词复兴的正路。而在近百年诗词文本未曾得到全面清理深入研究、“五四”新文化运动以来的历史也未曾被深刻反思，未得出足够的经验教训并总结传统诗词创作规律之前，轻言改革创新，很难成功。刘永翔教授的发言，表示支持刘梦芙的观点。

四川省诗词学会常务副会长、持社社长杨启宇《新旧诗之我见》一文另辟视角，清理“五四”新文化运动提倡白话文和自由诗并主张废除文言文和旧体诗的认识误区，指出历代诗人依据单音节汉语、方块汉字的内在性音乐节奏探索总结出来了诗词格律，自由体新诗违背了汉诗艺术本身的客观规律。从文体分类上看，新诗不能成为汉诗文本范式，自然也无法创作出传世经典。在历史灾难面前，新诗集体失语和缺席，旧体诗词却自觉地以多方位的创作给出了对历史负责的答卷，对照之下，诗之真伪立判。杨文逻辑清晰，笔锋锐利，对新旧诗的总结性评判，发人深省。

桐城汪茂荣先生《论诗坛生态的构成、破坏与重建》认为中国古典诗歌在历史上具有一个雅俗互动而又各得其所的良性文学生态系统，而“五四”文学革命与毛氏《在延安文艺座谈会上的讲话》接连破坏了健全的文坛生态，诗词降为庸俗、恶俗。复兴诗词，需要重建一整套教学和交流的机制。在中国日益走向世界的今天，诗词艺术这个代表中国文化高度的雅文学样式显得更为重要。汪文立足学理，以史为鉴，总结教训，思辨深刻。

惠州大学杨子怡教授的《古今诗坛“老干体”之漫论》对照与分析古今“老干体”诗歌相同而又相异的特征和“老干体”产生的原因与流弊。其共同特点是歌德化、程式化、空洞化、官气化和应制化；不同之处是古人艺术修养深，诗风典雅精致，严守格律，今人则浅薄庸俗，格律松弛。“老干体”泛滥成灾，造成当今诗坛虚假的繁荣。必须采取对策，加强舆论与理论的引导，提高老干群体的文化素养与艺术修养，克服平庸，回归雅正。

重庆诗人陈仁德《对当前诗词状况的思考》一文认为当前诗词创作队伍庞大、团队众多、刊物丰富、作品数量惊人，但写出较好作品的作者和有建树的团队只是少数，很少有能够传世之作。作者学养欠缺，写作草率，作品题材狭窄，缺少个性和艺术感染力，缺少良好的学术批评。亟须解决问题，在普及的基础上提高。

四川女词人蔡淑萍《现代诗词：写自己的生活和情感》认为现代人以诗词反映现代生活，只能是言己之志、抒己之情，作品中是否包含或体现了"大众"中一部分人的心声，是否能表现该时代的精神气质，最终还得由后人来概括、裁定。而反映生活，言志抒情，要求作者具备诗外、诗内两方面的功夫，诗外功夫指学识和历练，诗内功夫指艺术表达能力，主要体现在诗词语言的积累和运用上。

以上一系列论文，涉及当代诗词历史与现状中存在的许多有待解决的问题，文章作者都具有丰富的诗词写作经验，参与了几十年来诗词复兴的历程，对历史和现实颇有思考，因而在文中说真话、实话，对种种弊端提出严正的批评和解决的方法，不同程度地表现了诗人和学者的忧患意识和担当精神，表明诗词研究并不是不问世事的象牙塔中的学问；诗词创作与近百年来国家民族的命运息息相关，并非是用于娱乐消闲的文字游戏。

香港中文大学黄坤尧教授著文述评冯永军所撰《当代诗坛点将录》。《当代诗坛点将录》是一种传统的诗学批评方式，作者选取某一时代有代表性的诗人，排分座次，品评高下，带有个人的审美色彩，相当于一部浓缩的断代诗史。黄教授认为冯撰《当代诗坛点将录》以诗论诗，相对公允，但存在评价不确、诗人缺位的问题，遗漏了港澳台以及海外华人中许多有成就的诗家，眼界不够开阔，因此黄教授列出若干值得注意的名单，以备参考。北京大学文化资源研究中心为论坛主办单位之一，中心主持人龚鹏程教授是国际知名学者，因事不能到会，向论坛致以贺信，并提交了叙述他在大学时代学诗历程的《学诗述记》。文中先谈台湾高校多位名师对学生旧体诗和诗学论文的具体指导，再谈如何以现代的观念解释传统诗歌，重建中国文学理论，在诗学研究方面开辟新路，显示了龚先生创作与研究相结合、融贯古今中西以自成体系的治学特点，反映了传统诗学在台湾学界的生态，颇有学术深度。此文植根于传统，先入后出，重点在于汲取西学营养后如何建立中国诗学的现代话语体系，同时需避免以西释中失其真切的弊病，这对纠正大陆学界文学评论的"失语症"尤有启示。谢伟国先生的《略论粤语诗词吟诵》论述粤语方言吟诵诗词的方式，指出"问字摆腔"是粤语吟诵最本质的语言艺术特色，要求吟诵时做到字正腔圆，强调粤吟有民间语言文学、社会学、文化学等多方面研究价值，是诗词教育、美育中重要的手段，属于亟须保护和抢救的口头文学和非物质文化遗产。此外，暨南大学伍巍教授的《清诗格韵》以清代多位诗人的作品为论据，验证了"诗韵"规律的继承与发展。

（三）诗教与大学诗教

诗教是本论坛的重要内容之一，重点显示了当今多所高校努力推行诗教的可喜成果。文章可分三类：

1. 关于诗教的意义和功能

深圳大学副教授徐晋如博士的《诗教是国学之始》一文批判了欧洲近代启蒙运动以后

的思想传入中国的负面影响：国人彻底否定传统，盲目崇拜科学和工具理性，以致道德缺失，底线沦丧，人心冷漠，各私其私。而孔子主张的教育是让人的生命成长、性情完善的教育，旨在培养以“仁”为美德的君子人格，养成这种人格必须从诗教开始、从学诗开始，一部中国诗史就是中国古代品格最优秀的士大夫的心灵史，体现的是真善美。每一个热爱传统、崇尚国学的人都可以通过学诗，亲近高贵，崇尚高雅，成就宇宙人生的“大我”。中国电信《掌上国学堂》总编徐战前《诗教浅说》从诗的教化功能、诗教的美育作用、诗教是心灵教育这三个方面论述诗的教育功能，指出教育是一项扎根培元的事业，首在立人，倡导诗教，其深远意义在于谋求国民人格精神的提升与超越。这两篇论文写法不同，前者批判近代西方启蒙思想之流弊，显示国学中诗教的意义在于养成高尚的人格，正本清源，破中有立；后者追溯中国古代的文化教育，正面说理，辨析诗教的种种功能，以诗教立人、破除实利主义思想则是两文之共识，诗教是面向全社会的文化素质教育，不仅限于各级学校。

2. 关于大学诗教的具体实践

安徽大学文学院副教授李睿《关于大学诗教的几点思考》从三个方面谈诗教的方法：①读与写结合，培养学生的诗心；②练与评结合，不断总结诗词创作的经验；③创作与研究结合，推动诗词学的发展。文章认为，给当下诗词创作提供理论指导，引导诗词创作健康发展，也是大学诗教的任务。大学应重点培养一批有志于诗词创作研究的人才，担当起继往开来、振兴诗教的使命。赵松元、黄景忠教授合写的《开展诗书教育，培养大学生人文素养——以韩山师范学院教学改革实践为例》，全面介绍了在大学开展诗歌与书法教育的重要意义、方案措施、实施效果、创新点与推广价值。文章首先指出当代社会和教育生态出现的问题：精神文化危机、人文教育危机和汉字书写危机，这三大问题都与优秀传统文化的断裂有着密切的关系。基于解决问题的目标，显示出诗书教育的意义：培养学生良好的写作能力和汉字书写能力、审美鉴赏能力；培养学生的健全人格、高雅情趣和美好心灵。文中重点介绍开展诗书教育的创新与实践，诸如改革课程体系、修订人才培养方案，设置诗词格律、诗词鉴赏、大学诗词写作和各类书法训练课程，师生合办文学社团与书法学社，创办多种诗歌刊物，有计划地邀请知名诗人、学者、书法家莅校讲学，多次举办读诗会与校园诗歌创作大赛，与台湾书道机构合办诗书联展……通过读书教育的种种创新与实践，成效斐然：教师在理论研究方面发表多篇论文，学生创作成果丰硕，公开出版多种诗集、发表大量诗作；培养了一大批校园诗人和书法爱好者，多次在省级以上文学或诗歌创作大赛、书法展获奖。诗书教育使学生的心灵得到净化、精神得到陶冶、素质得到提升，并得到上级机关和社会的肯定与认可，多方面的创新与实践，具有推广价值。赵松元教授还与中文系青年教师陈伟合撰《学而时习之》，以韩山师范学院学生诗社馀社的社课为例，谈大学生的诗词研习。文章列举诗词研习中丰富多彩的活动方式，诸如命题、唱和、对联、联句、游戏等，以大量习作为例证，为当代大学生的诗词研习提供了生动的实践材料，同样有推广价值。

3. 关于大学生诗赛

香港中文大学黄坤尧教授撰文评述全港学界律诗创作比赛获奖作品 16 首，从诗作的立意构思、章法结构以及修辞用字等方面予以简析，认为律诗是一种语文训练和思想训练的基本模式，香港学生的律诗比赛不断提升了他们的综合能力。中山大学张海鸥教授引录中山大学第八届“蒹葭杯”诗词邀请赛获奖作品，加以评点，获奖者是中山大学、韩山师范学院、南京师范大学、复旦大学、华中科技大学的学生，作品总体水平比以往有所提高，令人欣喜。举办诗赛，可以检验诗教的成效，激发学生的创作热情，发现诗词创作的优秀人才，是推行诗教的有力措施之一，黄、张两位教授对获奖作品的评点与总结，展示了这方面的作用。

（四）其他文稿

这些文稿不便归类，包括张海鸥的《关于格律诗词之名称》，徐炼的《无我之境的抒情内涵》，杨子怡为友人、学生诗集所作序言多篇，陈和世的《诗话五则》，唐玲《“小东坡”唐庚〈诉衷情〉词发微》等。诸文或与论坛主题缺乏密切的联系，或非现代论文之形式，兹不一一评述。

总之，围绕论坛主题“近百年现当代诗词研究和诗教”展开论述的近30篇论文，多有力作，是诗人、学者们潜心思考、系统阐析的理论结晶，富有真知灼见，可以说成果丰硕，是论坛取得成功的显著标志。

二、继承诗词理论研究与创作并重的优良传统

本次论坛的一个值得称道的举措，是要求与会者必须在提交论文的同时附有诗词作品，这在当今全国各类诗词研讨会中首开范例。众所周知，古代诗词的学术和理论建立在创作的基础之上，诗人词家结合自身的创作体验，对作品加以诠释和鉴赏，紧密联系实际，才能有效地指导与推动创作。所谓“皮之不存，毛将焉附”，世上只有先产生文学作品，才有随之而来的理论研究，从古代到民国期间，许多诗人兼为学者，均保持这种知行合一的优良传统。新中国成立以来，学校废除了包括诗词写作在内的诗教，中文系培养学生只重视对古代诗词的理论研究，教师不写诗词，不谙格律辞章，不关注现当代诗词的创作实际，知与行分离的结果是诗词成为历史的陈迹、博物馆中的学问，脱离创作实际的理论必然起不到推动创作的功用。韩山师范学院大力开展诗教，数年前成立中国诗歌创作研究中心，强调创作之重要性；举办论坛，要求提交诗词作品，实为接续已经中断数十年的优良传统，开始扭转学术界重理论轻创作的风气，理当大书一笔。诗词理论研究与创作如鸟之两翼齐飞，缺一不可，二者密切配合，学术理念落到实处，当代诗词方能健康发展，全面复兴。论坛收到与会者28家诗词，作品500多首，作者多为在当代享有盛名的诗人词家，也有崭露头角的青年英秀，作品题材丰富，体式多样，总体上达到很高的水平，与论文交相辉映。多位诗人兼为学者，创作与理论并重，为诗教和诗学研究言传身教，树立典范，论坛的这一举措值得弘扬推广。

三、勇于争鸣，旨在求真

不论做任何学问，目的都在于探索事物内在的本质和规律，发现真理。表达不同的学

术观点，展开论辩，启发深思，是研讨会的题中应有之义。近百年传统诗词的价值如何？当代诗词应该朝什么方向发展，诗词如何表现时代？怎样看待诗词“声韵改革”与“大众化、通俗化”？新诗能否代表近百年中国诗歌的总体成就？这些问题，有的事关百年来旧体诗词与新诗的全局，有的涉及诗词写作的具体方式与途径，应当深入研究，多方讨论，集思广益，求真求实，学术问题应以学术方式解决。本次论坛上，诗人学者各抒己见，对同一问题提出不同的看法，针对当代诗词和新诗的弊端颇有批评；当代诗词如何发展，也持论迥异。即使未能达成共识，也能激发出思想的火花，照亮学术探索之路。只有百家争鸣，才能形成自由活泼、蓬勃发展的学术局面，这种良好的会风，需要继续发扬光大。

以上从三方面综述本次论坛，重点在于论文。在韩山师范学院领导的大力支持下，中文系师生合力，精心组织、周密安排，使论坛取得圆满成功，论文的总体质量，称得上“高峰”二字。由于历史原因，近百年来的传统诗词创作尽管取得了重大的成就，但长期处于“在野”的位置，当今学术界罕有关注，这是一片埋藏珠玉的学术荒原，亟待有识之士进行全面且深入的开拓。据笔者所知，类似的全国性学术会议，除了2001年于合肥举办的“‘五四’以来名家诗词研讨会”（潮州有曾楚楠、赵松元先生与会），十多年来只有本次论坛讨论近百年诗词，接续存而未议的现代诗词史，内容的广度与深度远越一般群众社团举办的只限于当代诗词范畴的研讨会，在学界则属于首创，具有开学术风气之先的意义。论坛对近百年传统诗词的价值作了甄定，集中探索了当代诗词的生存处境与未来走向，从实施意义与方法、教学模式、教材建设等方面探讨大学诗教，取得令人瞩目的学术成果。论坛必将有力地推动近百年传统诗词的研究，并对当代诗词创作的繁荣及大学诗教的推行产生积极影响。与会者既有资深学者，又有以创作为主的著名诗人。诗人与学者，消除壁垒，团结合作，初步开创了创作与研究并重且相辅相成的新局面，实堪称道。

正因论坛首辟榛芜，求全责备，难免有不足之处。对近百年传统诗词进行专力研究的学者为数极少，清末至民国期间许多卓有成就的诗词作家尚未进入学术视野，因此论坛所收论文除几篇讨论钱锺书、饶宗颐作品外，缺乏系统性的名家专论，一些论文尚处于简单肤浅的层次，所论作家也缺乏代表性，未能多方面显示百年诗词的真实成就。就论坛的组织而言，为期仅一天半，议程紧凑，无论是主题报告还是小组发言，皆因时间的短暂，未能展开并加以讨论。自由发言亦为时间所限，话题未能集中，讨论不够深入。这些需要改进之处为下次论坛的举办提供了经验。

希望韩山师范学院与多家联办单位以本次论坛为良好开端，继续促进近百年诗词研究和大学诗教的开展，为诗词文化之复兴作出更多更大的贡献！